KNAUR

MARKUS HEITZ

DAS HERZ DER ZWERGE

I

ROMAN

KNAUR

Besuchen Sie uns im Internet:
www.knaur.de
Facebook: Knaur Fantasy & Science Fiction
Instagram: @KnaurFantasy

Aus Verantwortung für die Umwelt hat sich die Verlagsgruppe Droemer Knaur zu einer nachhaltigen Buchproduktion verpflichtet. Der bewusste Umgang mit unseren Ressourcen, der Schutz unseres Klimas und der Natur gehören zu unseren obersten Unternehmenszielen. Gemeinsam mit unseren Partnern und Lieferanten setzen wir uns für eine klimaneutrale Buchproduktion ein, die den Erwerb von Klimazertifikaten zur Kompensation des CO_2-Ausstoßes einschließt. Weitere Informationen finden Sie unter: www.klimaneutralerverlag.de

MIX
Papier | Fördert gute Waldnutzung
FSC® C083411
FSC www.fsc.org

Originalausgabe September 2022
Knaur HC

Ein Imprint der Verlagsgruppe
Droemer Knaur GmbH & Co. KG, München

Dieses Werk wurde vermittelt durch die AVA international GmbH
Autoren- und Verlagsagentur, München
Redaktion: Hanka Leo
Covergestaltung: Guter Punkt, München / Anke Koopmann
unter Verwendung eines Motivs von Elm Haßfurth | elmstreet.org;
Karte Innenseite Umschlag: Guter Punkt, München / Markus Weber
Coverabbildung: © Elm Haßfurth | elmstreet.org
Satz: Adobe InDesign im Verlag
Druck und Bindung: CPI books GmbH, Leck
ISBN 978-3-426-22785-5

2 4 5 3 1

DRAMATIS PERSONAE

DIE ZWERGENSTÄMME

DIE ERSTEN

Xanomir Wogenherz aus dem Clan der Stahlmacher, Ingenius & Constructor

Hamalys Kettenhart aus dem Clan der Funkenschläger, Ingenia & Constructa

Gandalgir Eisengriff aus dem Clan der Stahldrücker, König der Ersten

Rathas Dicklippe aus dem Clan der Viellacher aus dem Stamm der Ersten, Schaukämpfer

DIE ZWEITEN

Baëndala Zweiklingenhand aus dem Clan der Axtschwinger, Gildenmeisterin der Steinmetze & Prophetin

Boïndal »Grimmz« Zweiklingenhand aus dem Clan der Axtschwinger, Krieger

Gondrabur Metzhammer aus dem Clan der Steinstichler, Krieger & Steinmetz

Bondobil Mehlfaust aus dem Clan der Steinspalter, Krieger

Grandobil Meißelfinger aus dem Clan der Steinhauer, Häscher

Berogard Granitmalmer aus dem Clan der Meißelgreifer, Häscher

Gwendalyn Glimmerstein aus dem Clan der Zahneisen, Königin

Stelyndis Schnellschlag aus dem Clan der Dreindrescher vom Stamm der Zweiten, Schaukämpferin

DIE DRITTEN

Tungdil Goldhand, Großkönig (Ehrentitel)
Regnorgata Sterbenshieb aus dem Clan der Orkschlächter, Königin der Dritten
Hargorina Todbringerin aus dem Clan der Steinmalmer, Kriegerin
Belîngor Klingenfresser aus dem Clan der Stahlfäuste, Krieger
Brûgar Funkenatmer aus dem Clan der Feuerschlinger, Krieger
Larembar Gutschuss aus dem Clan der Weitseher, Kommandant der Ostfestung
Gorina Schwarzbeil aus dem Clan der Knochenbrecher, Kriegerin
Ebringar Eisenhaar aus dem Clan der Gutschleifer, Krieger
Barinbor Kraftfinger aus dem Clan der Hämmerer, Krieger

DIE VIERTEN

Goïmron Schnitzeisen aus dem Clan der Silberbärte, Gemmarius
Bendoïn Feinunz aus dem Clan der Pfeilsucher, König der Vierten
Silbalyn Silberschein aus dem Clan der Kleinkerber, Kriegerin

DIE FÜNFTEN

Barbandor Stahlgold aus dem Clan der Königswassertrinker, Siedlungsrat von Platinglanze
Tirmelin Kräuselbart aus dem Clan der Blechdrücker, Krieger
Bergandor Wuchtfaust aus dem Clan der Draufhauer, Krieger
Balandis Amboskraft aus dem Clan der Münzbeißer, Königin
Galondin Amboskraft aus dem Clan der Münzbeißer, König

DIE MENSCHEN

Doria Rodana von Psalí, Puppenspielerin
Zimànja, Scherenschleiferin
Matnic, Einwohner von Malleniaswacht

Auriga, Bigarius, Narkabtu, Rakib, Sintash; Schaukämpfer/-in
Klaey Berengart, Brigantiner & Herrscher von Rhuta
Kiil, Jowna; Brigantiner/-in
Adelia, Famula
Mostro, Famulus
Eogan, Mostros Famulus & Stellvertreter
Kelja, Mostros Famula
Hantu, Rhamak
Stémna, Doulia
Gubnara, Ausbilderin der Doulia
Baron Lichte, königlicher Gesandter von König Gajek
Alsa, Krämerin in Platinglanze
Igenatz Hollenz, Einwohner von Platinglanze
Ilsina, Manimos; Studiosus/-a in Enaiko

DIE ALBAE

Ascatoîa, Zhussa
Mòndarcai, Krieger
Nacailôr, Simanôr, Uphanîa; Mitglieder der Geheimen Kammer

DIE ORKS

Borkon Gràc Hâl, Orkfürst
Eshkara, Druidin
Drushnak, Blutgrollork
Aktrag, Ork aus Kràg Tahuum

WEITERE

Vraccimbur Schlaufaust aus dem Clan der Immersieger von den Allfünfen, Schaukämpfer
Telìnâs, Elb
Nebtad Sònuk, Srgāláh

Icuriàs, Meldrith & Vorsteher der Siedlung Therlisôn
Yoldas, Jonate, Nurhan; Parsoi Khi
Todesschwinge, Flugmahr

BEGRIFFE

ORTE

Arima: Hauptinsel von Undarimar
Dsôn Khamateion: das Reich der Albae im Braunen Gebirge
Enaiko: die Stadt des Wissens im Süden des Geborgenen Landes
Gautaya: Kaiserreich in Gauragon
Kràg Tahuum: Orkfestung in der Mitte des Geborgenen Landes
Landsriegel: elftausend Schritt hoher Berg
Platinglanze: zwergische Wehrsiedlung am Fuße des Grauen Gebirges
Therlisôn: Wohnsiedlung der Meldrith
Towan: Fluss im Norden des Geborgenen Landes
Undarimar: Meeresreich im Westen des Geborgenen Landes

VÖLKER & ARTEN

Bastardpony: übergroßes, robustes Pony
Blutgrollorks: Bestien im Jenseitigen Land
Cadengis: der gefährlichste Gott der Cadengi, deren Glaube in Brigantia verbreitet ist
Cadengis Mutter: a. die gefährlichste Göttin der Cadengi, b. beliebter Fluch
Doulia: Menschen aus dem Jenseitigen Land, die sich freiwillig als Sklaven andienen
Feuerfresser: Bezeichnung der Bestien in den Lavafeldern im Norden von Gauragon
Lurco: Pflanze, die vom magischen Feld in fleischfressende Kreatur verwandelt wurde
Meldrith: Personen mit einem albischen und einem elbischen Elternteil

Panzerfische: große Fische im Binnenmeer
Parsoi Khi: magiesensitives Volk
Ragana: Moorhexen
Rhamak: Seelenrufer
Salzseeorks: Bestien in den Salzwüsten im Kaiserreich Gautaya
Srgāláh: humanoides Wesen mit Hundekopf
Wandelnder Turm/Acront: riesige Kriegerkreatur, die Bestien jagt

TITEL & BEZEICHNUNGEN

Adlata: Gehilfin
Aprendisa: Lehrling
Famula/-us: magisch begabter Mensch in Ausbildung
Fîndaii: Leibwache und Eliteeinheit der Kaiserin
Ganyeios: Titel des Herrschers von Khamateion
Kisâri: Titel, Kaiserin der Elben
Magus/Maga: Zauberer/Zauberin
Nuntios: gauragonisch-königlicher Postbediensteter
Omuthan: Fürst (von Brigantia)
Tharka: Sondereinheit der Dritten für die erste Schlachtreihe
Zhussa: Zauberkundige der Albae
Zolonarius: Zöllner

SONSTIGES

Elriahaube: Taucherglocke
Gunibur und Ganibur: schwere Federkatapulte der Zwerge
Hausberge: Gemeinschaftswohngebäude der Meldrith
Priem: Kautabak
Rauchwölfe: Wölfe, die sich mehrere Herzschläge lang als Nebel und Rauch tarnen können
Schnelltunnel: unterirdische Verbindungsstrecken im Zwergenreich, die früher durchs gesamte Geborgene Land führten

PROLOG

DAS GEBORGENE LAND, BLAUES GEBIRGE, FESTUNG BEILSTEIN (NORDEINGANG INS ZWERGENREICH), 1024 N.B. (7515. SONNENZYKLUS NACH ALTER ZEITRECHNUNG), FRÜHJAHR

Bläulicher Gesteinstaub waberte im Gewölbe umher, aus dessen Ecken steinerne Zwergengesichter mit grimmigen Granitaugen herabblickten. Das Schlagen des Hammers und das grelle Klirren des Spitzeisens, das über halbweichen Stein schrammte, schallten unaufhörlich und in rascher Folge.

Baëndala Zweiklingenhand aus dem Clan der Axtschwinger vom Stamm der Zweiten bearbeitete die zwei Schritt hohe Steinskulptur mit schnellen, sicheren Bewegungen. Gelegentlich stieg sie auf eine Trittleiter, um bald hier, bald dort Änderungen an ihrem Werk vorzunehmen.

Beleuchtet wurde der von ihr behauene Stein von dunkelgoldenen Sonnenstrahlen, die durch exakt gebohrte Lichtlöcher hereinfielen, sodass kein störender Schatten auf der Oberfläche entstand. Reichte die Kraft des Gestirns nicht mehr aus, wurden starke Blendlaternen entfacht und über ein Deckenschienennetz in die richtige Position bugsiert.

Auf dem glatten Boden um Baëndala herum lagen abgeschlagene Gesteinsbröckchen. Verschiedene große Meißel sowie Hämmer lagerten griffbereit und in genauer Anordnung auf dem Beistelltisch. Bisweilen wechselte sie abrupt das Werkzeug, je nachdem, wonach die Bearbeitung des Kunstwerks verlangte. Kleinere Meißel und Hämmerchen für rasch geschabte Feinheiten trug sie in Gürtelhalterungen bei sich.

Baëndalas dunkelbraune Augen mit dem rötlichen Schimmer blieben dabei stets auf die Skulptur gerichtet, ihr Blick war voller

Aufmerksamkeit und Entrückung. Auf Händen und Gesicht hatte sich ebenso blaues Steinmehl niedergelassen wie auf ihrem groben Leinenkleid und der Lederschürze.

Seit zwei Umläufen tat Baëndala nichts anderes.

Sie ging vollends in ihrem Tun auf, hatte alles und jeden um sich herum vergessen. Sie interessierte sich nicht für das Dutzend festlich gewandeter Zwerginnen und Zwerge, die an den Rändern des Raumes standen, kostbares Räucherwerk verbrannten und leise Hymnen zu Ehren von Vraccas sangen. Der Chor war bereits mehrmals ausgetauscht worden, da selbst die geübtesten Stimmen über diese lange Zeit ermüdeten.

Aber Baëndala konnte nichts in ihrem manischen Treiben bremsen.

Schweißflecken hatten sich unter ihren Armen und auf dem Rücken gebildet, das Tuch vor ihrer Nase schützte Hals und Lunge vor Feinstaub. Ein, zwei Kratzer in ihrem freundlichen Gesicht stammten von abgesprengten Steinstückchen. Vom *Kuss des Blauen Gebirges.*

Mit einem Handblasebalg pustete Baëndala Steinstaub von den Feinheiten, damit ihr nichts entging. Erneut wechselte sie daraufhin die Werkzeuge, bevor sie weitermachte. Dieses Mal nutzte sie einen skalpelldünnen Meißel und korrigierte einige Stellen, erklomm die Trittleiter und nahm letzte Veränderungen an ihrem Werk vor.

Dann steckte sie Hammer und Meißel behutsam in die Gürtelhalterung, sackte erschöpft auf der oberen Stufe der Leiter zusammen und lächelte erlöst.

»Vollbracht«, raunte sie. Ihr Blick klarte auf, das Rötliche in den Pupillen schwand ebenso wie die Besessenheit ihrer Handgriffe. »Vraccas' Botschaft an uns ist fertig.«

Zufrieden legte sie ihre schwielenübersäte, bandagierte Rechte auf die Stele, die sie in diesem Moment zum ersten Mal richtig wahrnahm. Bis jetzt hatte Vraccas selbst ihr die Eingebung dazu geschenkt und ihre Finger geführt, sie zu seinem Werkzeug gemacht.

Der begleitende Chor beendete das hymnische Singen mit einem letzten Akkord, der langsam im Raum verebbte.

»Hier.« Gondrabur Metzhammer aus dem Clan der Steinstichler brachte ihr einen vollen Trinkbeutel mit gezuckertem Schwarztee. Der ältere, grauhaarige Zwerg gehörte zu den besten Steingraveuren ihrer Zunft und hatte Baëndala ausgebildet, bevor sie selbst zu einer Meisterin geworden war. Auch er hatte gesungen. »Stärke dich damit ein wenig, bevor du dein verdientes Mahl bekommst. Nicht dass du vor Entkräftung vorher zusammenbrichst.«

Der Chor trat ehrfürchtig näher an das fertige Werk und stellte die Weihrauchschalen auf die vorgesehenen Steinhalterungen im Raum.

»Der göttliche Rausch hielt dieses Mal sehr lange an. Erkläre, was der ewige Schmied uns durch dich wissen lassen möchte«, bat Gondrabur und betrachtete das Kunstwerk respektvoll. »Was kommt auf uns zu? Müssen wir uns sorgen?«

Baëndala wischte sich Schweiß vom Gesicht, zog das Tuch von Mund und Nase. »Gebt mir einige Augenblicke. Ich verdurste sonst vor euren Augen.« Die Trance, der Rausch des Göttlichen, verlangte Tribut. In einem langen Zug trank sie den Schlauch leer. Der gezuckerte Schwarztee war nahezu ihre einzige Nahrung während der Arbeit, darüber hinaus hatte sie zwei Umläufe kaum etwas zu sich genommen. Sie hustete trocken und sah auf den bearbeiteten Blaugranitblock, der sich unter ihren Händen in etwas Neues verwandelt hatte. »Es sind viel Ozeankreide und Lapislazuli im Blaugranit enthalten, der Staub entzog mir viel Wasser. Ich fühle mich wie ein Dörrfisch.«

Die Zwerginnen und Zwerge um sie herum lachten leise.

Seit vielen Zyklen erhielt Baëndala göttliche Eingebungen von Vraccas. In heiligem Furor griff sie dann zu Meißeln und Hämmern und suchte einen Stein aus, um ihn neu zu formen und die Botschaft ihres Schöpfers herauszuarbeiten. Bevor diese nicht vollständig abgebildet war, vermochte sie nicht aufzuhören, was sie entkräftete, ihren Körper beanspruchte und ihr Blessuren bescherte. Schnitte vom Stein, blutige Blasen, aufgeschürfte Haut, geschwollene Gelenke. Handschuhe, Bandagen und Tücher schützten sie nur leidlich.

Da die Zweiten als die besten Steinmetze unter den fünf Stämmen galten, waren die Ansprüche an ihr Schaffen hoch. Mal waren es Symbole, mal Runen, die Baëndala in ihrem Rausch erschuf; mal grub sie einzelne Figuren und mal ganze Szenen aus dem Gestein. Manchmal blieb es bei behauenen Steinbrocken, mal erzeugte sie säulenhohe Kunstwerke.

Im Anschluss oblag es ihr, die Botschaften zu deuten und zu verstehen. Oftmals hatte ihnen Vraccas auf diese Weise in der Vergangenheit Zeichen gegeben, um Gefahren für das Blaue Gebirge zu erkennen, Entscheidungen zu treffen oder sie seines unerschütterlichen Beistands zu versichern, trotz der schwierigen Lage, in der sich das Geborgene Land befand.

Manche nannten Baëndala eine Hohepriesterin, aber sie selbst lehnte dies ab. Sie arbeitete als Gildenmeisterin der Steinmetzzunft in den Siedlungen und überwachte seit etlichen Zyklen den Neubau der äußeren Festungsanlage Beilstein. Mit dem Einzug ins Blaue Gebirge hatte sich die Aufmerksamkeit des Stammes zunehmend auf Arbeiten im Innern der vorhandenen Stollen, Gänge und Hallen verlagert.

»Also, schön. Nehmen wir in Augenschein, was Vraccas uns wissen ließ.« Baëndala erhob sich mit einem leisen Ächzen von der obersten Trittstufe und gesellte sich zu den übrigen Zwerginnen und Zwergen.

Gemeinsam umrundeten sie die Stele, betrachteten die akkurat gearbeiteten Szenen, die detaillierten Figuren und sorgsam geschlagenen Runen. Sie suchten nach einem Hinweis auf eine Reihenfolge, in der die Botschaft zu lesen sei. Zwei Schreiber griffen derweil zu Feder und Papier, die neben dem Tintenfass auf einer umgehängten Schreibunterlage ruhten, um jedes Wort aufzuzeichnen.

Für Baëndala war es, als sähe sie das Werk zum ersten Mal, sie staunte und wunderte sich ebenso wie die anderen. Durch den heiligen Furor, die göttliche Trance, erinnerte sie sich an keinen einzigen Hammerschlag.

»Ich glaube, ich erkenne die Anordnung«, sagte sie nach einer

Weile. »Das ist Borkon Gràc Hâl.« Sie zeigte auf die fingergroße Orkfigur, über deren Haut sich feine Tätowierungen zogen. »Er spricht zu den Seinen und hält sie in der Salzsee versammelt.« Sie fuhr mit ihren aufgescheuerten Kuppen über die angedeuteten Orkköpfe. »Er macht sich bereit, etwas Neues anzustoßen.«

»Dann sollten wir aufmerksam bleiben«, murmelte Gondrabur. »Was siehst du noch?«

Baëndala umkreiste die Stele. »Da ist ein junger Mensch von zweifacher Gestalt«, sprach sie rätselnd. »Einmal mit Locken und von geradem Wuchs, dann als missgestalteter älterer Mann.« Sie blickte sich verwundert um. »Hat jemand dazu eine Idee? Irgendein Gerücht, eine Neuigkeit, die hilft?«

Alle schüttelten die Köpfe.

»Gut. Dann weiter.« Baëndala kreiste erneut. »Hier ist ein Loch. Ein tiefes Loch in der Erde, und am anderen Ende lebt ein« – sie fuhr mit den Fingern über die vage herausgearbeiteten Formen –, »lebt … irgendwas. Ich kann es nicht mit Bestimmtheit sagen. Aber es ist groß. Riesig sogar!« Ihre dunkelbraunen Augen richteten sich auf die Doppelgestalt. »Seht ihr, dass der junge Mensch es bedroht?«

»Er alleine?«, vergewisserte sich Gondrabur.

»Ja. Er allein. Er allein vermag es mit dem Wesen aufzunehmen. Und ich glaube, Vraccas will uns vor dem Geschöpf unter der Erde warnen.«

»Jetzt müssten wir nur noch wissen, *wo* dieses Loch ist.« Gondrabur sah grübelnd in die Runde. »Und dieser junge Mensch muss beschützt werden. Ist das Vraccas' Rat?«

Baëndala wiegte nachdenklich den Kopf und zog das Tuch von ihren kurzen, braunen Haaren, blauer Staub flirrte im Licht. »Ich bin nicht sicher. Aber er ist wichtig für das Geborgene Land. Das steht fest.« Sie folgte der Linie weiter. »Seht ihr? Denn wenn dieses Wesen ausbricht, wird es ganze Landstriche verwüsten.« Sie richtete den Blick erneut auf die Figur des jungen Mannes. »Er ist ein Fremder. Nicht von hier, nicht aus dem Geborgenen Land.«

»Es gibt Tausende, auf die das zutrifft«, sprach Gondrabur stöhnend. »Keine echte Hilfe. Es wäre einfacher, wenn wir das Loch ausfindig machen könnten.«

Dafür bekam er die Zustimmung der Umstehenden.

Baëndala war sich nicht sicher, ob eine schwache Linie im Lapislazuli eine Verbindung zwischen Borkon und dem Wesen darstellen sollte. *Oder ist es nur ein unsauberer Grat?* Sie verschwieg ihre Überlegung.

»Ein Loch in der Erde demnach«, sagte sie.

»Oder unter dem Meer«, gab Gondrabur zu bedenken.

»Bei Vraccas! Das wäre ein Fall für die Ersten. Ich habe gehört, sie haben große Erfolge mit ihrem Tauchboot«, ergänzte eine Zwergin aus dem Chor. »Mich bekommen keine zehn Nachtmahre unter Wasser. Elrias Fluch wird mich nicht ersäufen.«

Unter dem Lachen der Versammelten setzte Baëndala ihre Sichtung fort.

Es gab noch mehrmals Hinweise auf den jungen Mann – und auch auf einen Zwerg, der eine Rolle spielen sollte.

Oh, nein! Ausgerechnet bei seiner detaillierten Darstellung war ein Stück Stein abgeplatzt, der Kopf und Teile des Oberkörpers fehlten. Sosehr sie sich auf dem Boden umschaute, sie fand keine Spur. *Oder bedeutet dies, dass noch nicht feststeht, wer von unserem Volk das sein soll?*

»Bei Vraccas! Seht doch!«, rief Gondrabur aufgeregt von der Trittleiter herab. »Das sind … noch mehr Orks!«

Baëndala stieg mit schweren Gliedern die Stufen hinauf und besah sich die Szene, welche ihr Vraccas gesandt hatte.

Es waren ohne Zweifel Bestien. Und zwar sehr viele Bestien, die sich durch einen Gebirgsstollen schlichen. *Welches Gebirge? Wo fallen sie ein?*

»Sie müssen von außen einen Zugang gefunden haben«, murmelte sie und betrachtete die Darstellung. Und entdeckte einen entscheidenden Hinweis. »Mögen die Stollen über ihnen zusammenbrechen: Das ist bei *uns!*«, stieß Baëndala alarmiert aus. »Ich erkenne die Verzierungen wieder. Die Orks nähern sich durch die alte Halle der Trauer!«

»Das kann nicht sein. Es ist alles eingestürzt und durch Tungdils Plan gesichert«, widersprach Gondrabur hoffnungsvoll. »Die Schweineschnauzen kommen nicht durch.«

»Vraccas sandte uns die Warnung nicht umsonst. Mag sein, dass es morgen so weit ist oder in hundert Umläufen. Doch sie *werden* erscheinen. Das ist gewiss.« Baëndala legte die Fingerkuppen der Linken gegen das Relief. »Schickt die Nachricht an Königin Gwendalyn. Sie soll sofort Kundschafter in die Halle der Trauer aussenden. Die Höhle muss überwacht werden. Und von dort aus suchen wir nach Durchbrüchen, die …« Sie winkte ab. »Nein, lasst es. Ich gehe selbst und sehe nach. Drei Dutzend Bewaffnete sollten als Begleittruppe genügen. Stoßen wir auf Bestien, senden wir unverzüglich einen Boten.«

»Du selbst?« Gondrabur tauschte einen Blick mit den Versammelten. »Aber … da ist keine Zwergin in der Szene eingemeißelt. Vraccas hat dich nicht vorgesehen.«

Baëndala lächelte und deutete auf einen Schatten am Ende des dargestellten Ganges, durch den die Orks kommen würden. »Sieh doch. Das bin bestimmt ich, alter Meister. Notfalls nehme ich meinen Bruder mit. Der wird mich verteidigen, wie du weißt.«

»Nein, er wird bleiben, wo er ist. Das ist für uns alle sicherer. Auch für ihn«, entgegnete Gondrabur. »Alsdann. Ich unterrichte die Königin von Vraccas' Zeichen, die er uns durch dich sandte.« Er warf einen langen Blick auf die zwei Schritt hohe Stele. »Haben wir etwas übersehen?«

Baëndala dachte an die Linie von dem Loch, das sich irgendwo im Geborgenen Land befand, hinüber zu Borkon. Sie schwieg weiterhin. *Erst muss ich in der Halle der Trauer nach dem Rechten sehen.*

***

»Du Berg, der blieb, da die Gebirge kamen,
Hang ohne Städte, Gipfel ohne Namen,
ewiger Schnee, in dem die Sterne strahlen,
und Träger jener Täler, die mit Blumen prahlen.
Ist im Basalte ein noch ungefundenes Metall?
Bringst gar den Hochmütigsten zu Fall.«

Aus: Der Berg
von Raingar Rilkbur aus dem Clan
der Reimreiher vom Stamm der Vierten

KAPITEL I

DAS GEBORGENE LAND, FREIE STADT MALLENIASWACHT, 1024 N.B. (7515. SONNENZYKLUS NACH ALTER ZEITRECHNUNG), FRÜHJAHR

Doria Rodana von Psalí betrachtete ihre Aufzeichnungen, die ihr dabei helfen sollten, ein neues Theaterstück für das eigene Puppenspiel zu entwerfen. Die unzähligen vollgekritzelten Blätter lagen verstreut auf dem Arbeitstisch ihrer kleinen Werkstatt, in der sie das Schnitzen der Stöcke, das Ausschneiden der Schablonen, das Anmalen der Figuren und Marionetten sowie sämtliche Arbeiten an Bühne und Staffage vornahm.

Aber richtig voran kam sie nicht.

Das lag nicht nur an der vorsommerlichen Hitze, die drückend auf der Stadt lag und vom Wind noch in den letzten schattigen Winkel getragen wurde. Wegen der Temperatur trug die zierliche junge Frau nur ein leichtes Untergewand, darüber eine Schürze gegen Tintenflecke und Farbspritzer.

Was ist nur los? Wieso gelingt es mir nicht?

Leise klimperte das metallene Musikwalzenspiel auf der Anrichte ein Lied, in das sich sanfte dunkle Töne des Holzwindspiels vor dem Fenster mischten.

Was Rodana normalerweise in eine passende Stimmung versetzte, nervte sie heute. Sie erhob sich vom Stuhl und ging zum mechanischen Abspielgerät, blockierte den Federantrieb mit dem vorgesehenen Haltbolzen. Ein letztes *Pling* wie zum Trotz, und nur das leise, unrhythmische Klingen des Windspiels blieb.

Straßengeräusche drangen durch die halb geschlossenen Läden, die zwar die Sonnenstrahlen abhielten, nicht aber die absonderliche Hitze, die durch die Gassen, Straßen und über die Plätze auf den acht Hügeln waberte. Das *Curiosum,* Rodanas Schattenspiel- und Figurentheater, befand sich auf dem Hauptmarktplatz der zweiten Erhebung.

Die Stadt war zu Ehren von Mallenia von Idoslân vor mehr als siebenhundert Zyklen gegründet worden. Schwere Befestigungen mit Wehrtürmen, Schleudern und Katapulten garantierten die Unabhängigkeit der Stadt im Vereinten Großkönigreich Gauragon. Jeder Eroberungsversuch in der Vergangenheit war dank ihnen abgeschmettert worden.

Zweihunderttausend Einwohner zählte Malleniaswacht, verteilt über acht Hügel, aber der Platz reichte nicht aus, sodass der Senat weiteren Zuzug untersagt hatte. Schwere Verbrechen geschahen trotz der Menge an Menschen selten. Neben ihnen gab es eine große Zwergengemeinschaft; auch Meldrith, Elben und Parsoi Khi wohnten in Malleniaswacht.

Und sie alle wollen meine Stücke sehen. Rodana goss gezuckertes Blütenwasser aus der Tonkaraffe in einen Glasbecher und begab sich damit an die angelehnte Werkstatttür, um von der Schwelle den Blick aus ihren hellgrünen Augen schweifen zu lassen.

Die Unterhaltungen und das Gelächter der Vorbeigehenden, das Rattern von Fuhrwerken und Klappern der Hufe waren seltener als sonst. Niemand wollte unter das sengende Gestirn treten, wenn es nicht sein musste. Die Kaufleute und Händler hatten ihre Marktstände längst abgebaut und waren in die schützenden Schatten geflüchtet.

Rodana wurde von Passanten gegrüßt und freundlich angelächelt. Sie prostete mit dem Becher in ihrer Hand zurück und erwiderte die Segenswünsche; dabei strich sie die kinnlangen blonden Haare hinter die Ohren. Ihre Fingerspitzen und die Lippen waren schwarz, wie angemalt – eine Pigmentstörung in ihrer hellbraunen Haut.

Das neue Stück des *Curiosum* hatte sie für den Abend in sieben Umläufen angekündigt. Dabei stand nicht einmal der grobe Handlungsrahmen. *Warum habe ich mich dazu verleiten lassen?*

Es sollte einmal mehr um Mostro gehen, den Famulus, der sich selbst großspurig Magus nannte und im weit entfernten Gebiet der Wunder hockte, wo er seine eigene Zauberschule errichtet hatte.

Rodana verachtete, verabscheute ihn.

Der selbstverliebte Famulus hatte einen beachtlichen Anteil an dem Unglück, das ihr und ihrer jugendlichen Aprendisa vor nicht allzu langer Zeit widerfahren war. Chòldunja hatte es letztlich das Leben gekostet.

Dass Rodana noch lebte, verdankte sie tapferen Zwergen.

Ich werde ihm niemals vergeben. Sie nutzte das *Curiosum*, um Mostro mittels Geschichten auf unterhaltsame Weise bloßzustellen, lächerlich zu machen und die Menschen pausenlos zu mahnen, diesem Mann niemals zu trauen. *Er steckt voller Feigheit und Hinterlist.*

Was sie in ihren Stücken verschwieg, war, dass Mostro einen Mann namens Hantu auf magische Weise versteckt hielt. Der verstand sich auf eine schreckliche, besondere Form der Magie. Das jedoch blieb ein Geheimnis von einigen Wenigen.

Wir müssen beide aufhalten. Dafür sorge ich. Rodana nahm einen Schluck Blütenwasser, das warm in ihren Mund schwappte, als wäre es vor einer Weile erst aufgekocht worden.

»Wie nachdenklich du dastehst«, rief Goïmron von der Seite und kam durch den spärlichen Schatten des Marktplatzes auf sie zu. Von Weitem wirkte er wie ein klein geratener, junger Mensch. Er war aus dem Stamm der Vierten und damit von schmächtigerer Natur als andere Zwerge. »Solltest du nicht am Stück arbeiten?« Trotz der Hitze hatte er sich für Hose, Hemd und Wams entschieden, alles in hellem Grau und Weiß gehalten und aus teurer Seide geschneidert; sie kühlte immerhin etwas. Die schwarzen lockigen Haare und Koteletten trug er kurz, ein breitkrempiger Strohhut schützte das Gesicht vor der Sonne. In seiner Rechten hielt er einen geschlossenen Korb. »Ich habe dir etwas zur Stärkung mitgebracht.«

Rodana umarmte ihn zur Begrüßung. »Das ist sehr lieb von dir.« Sie trat einladend zur Seite. »Leiste mir Gesellschaft.«

Goïmron stellte das geflochtene Behältnis seufzend vor ihr ab. Durch den Deckel duftete es verlockend nach frischem Buttergebäck, erste Wespen summten heran. »Das geht nicht. Leider. Ich muss noch Gemmen und Figürchen schnitzen. Oh, und Halbedelsteine in Drachenfassungen setzen! Die gehen einfach zu gut weg. Meister Funkelstein ist mehr als glücklich mit mir.« Man sah an Goïmrons teurer Kleidung, die eine Nummer größer ausfiel als im letzten Frühjahr, dass sein Geschäft mit den Sammelstücken brummte. Sie alle kündeten von den wichtigen Ereignissen des letzten halben Zyklus im Geborgenen Land, an denen Goïmron selbst Anteil gehabt hatte. Verschiedenste Artefakte, diverse Heldinnen und Helden, sogar Bösewichte gab es in Miniaturausgaben, als Gemmen und Kameen zu erwerben, von günstig bis verschwenderisch teuer. »Heute Abend auf einen Wein? Dann besprechen wir, welche Figürchen ich zu deinem neuen Stück anfertigen kann.«

Rodana überspielte ihre Enttäuschung. Ablenkung wäre ihr gerade sehr gelegen gekommen. »Gut. Einverstanden.« Sie wusste, dass Goïmron gerne mehr für sie wäre als ein enger Vertrauter, doch etwas in ihr konnte jene Barriere, die Freundschaft und Liebe trennte, nicht überwinden, so leid es ihr tat. Einen anderen Mann gab es nicht in ihrem Leben, obgleich die Auswahl an Verehrern, die regelmäßig Briefe schrieben und Geschenke sandten, um ihre Gunst zu gewinnen, nicht gering war. Es kümmerte sie nicht, dass sich darunter auch Reiche und Mächtige befanden. »Wenn das so weitergeht, muss ich das angekündigte Stück verschieben.«

Goïmron hob die Augenbrauen. »Was ist los? Fehlt dir Schnitzmaterial?« Durch die durchbrochenen Stellen in seinem Strohhut fielen vereinzelte Sonnenstrahlen auf die hellen vernarbten Stellen im Gesicht und am Hals. Szmajros heißes Drachenblut hatte Goïmron im Kampf getroffen und auf ewig verbrannt. Er trug die Wundmale mit Stolz. »Oder etwas für die Bühne?«

»Auch. Ich brauche unbedingt Arvenholz, und das wächst nicht in der Gegend rund um Malleniaswacht. Es wird eine längere Reise in den Norden«, antwortete Rodana niedergeschlagen. »Aber die Wahrheit ist: Ich bekomme meine vielen Einfälle nicht geordnet. Nicht sinnvoll zumindest.«

»Oje.« Goïmron sah abschätzend über den Tisch mit den verteilten Zetteln. »Geht es schon wieder um Mostro?«

»Ja.«

»Verstehe.« Er schnalzte mit der Zunge. »Wieso versuchst du nicht, etwas von Tungdil Goldhands Erinnerungen umzusetzen? Das spricht auch die Zuschauer …«

»Spectatores.«

»… die Spectatores mehr an. Anstatt sich anzusehen, wie du gegen den Famulus stichelst«, sagte Goïmron. »Bedenke: Meister Goldhand ist eine Legende! Und seine Abenteuer in der Schwarzen Schlucht werden begierig vernommen. Doch das Geborgene Land weiß so gut wie nichts davon.« Er nahm ein seidenes Taschentuch aus dem Wams und tupfte sich den Schweiß von der Stirn, der unter dem Strohhutrand hervorsickerte. »Das ist auch leichter, was die Texte angeht. Die Zuscha… Spectatores wollen mehr davon.«

Rodana hörte den mitschwingenden Vorwurf. Sie konnte ihn sogar nachvollziehen. Aber sie verfolgte eine selbst auferlegte Aufgabe, und die lautete: Mostro zu Fall bringen. Jeder Mann, jede Frau, jedes Kind und jedes Lebewesen mit Verstand sollten den Famulus hassen. *So sehr wie ich.*

»Ach, Meister Goldhand erzählt seine Abenteuer doch unentwegt in den Schänken von Malleniaswacht. Bald kennen alle acht Hügel seine Geschichten«, wehrte sie ab. »Und jeder ein bisschen anders. Weil sein Gedächtnis nachlässt.«

Rodana wusste, dass sich der größte und älteste Held des Zwergenvolks wie eine Last fühlte. Seine geistigen Aussetzer häuften sich. Ihr gegenüber hatte Goldhand mehrmals betont, dass er sich nach Malleniaswacht abgeschoben fühlte, während das Ansehen seines Volkes im Land stieg und die Besiedlung der Gebirge von

Neuem begann. Er wartete auf eine Einladung, daran teilzuhaben, doch die kam nicht. Mehr als einmal hatte er nach vier, fünf Bier betrübt davon gesprochen, in der falschen Zeit zu leben, seine Aufgabe erfüllt zu haben und in die Ewige Schmiede ziehen zu wollen.

Er hat es wahrlich nicht leicht. Rodana fühlte Mitleid mit dem uralten Zwerg, der seit mehr als eintausendzweihundert Zyklen lebte.

»Es ist vornehmlich das albische Gift, das ihm zu schaffen macht. *Danach* erst das Alter«, sagte Goïmron freundlich, doch bestimmt. »Ich habe viel von seinen Erzählungen aufgeschrieben, nachdem ich seinen ersten Buchentwurf in Hammerheim zurückließ. Die Aufzeichnungen kann ich dir gerne zur Inspiration überlassen.«

»Ich überlege es mir.« Rodana hob den Korb an und klappte ihn mit dem Becher in der Hand auf, blickte hinein. »Butterküchlein, Hefeknirpse und Süßbrot!«, rief sie erfreut. »Du meine Güte! So viel? Davon werde ich mich zwei Umläufe ernähren können.«

»Oder einmal tüchtig wie ein Zwerg essen«, erwiderte Goïmron und klopfte sich auf sein leicht wölbendes Bäuchlein. »Du brauchst Kraft. Zum Denken und Entwerfen. Zucker und Butter in deinem Magen helfen ganz sicher dabei.«

Rodana lachte. »Und dann rollen wir durch die Straßen der acht Hügel wie die Fässchen, was?«

»Gutes Stichwort! Ich bringe dir noch ein Fässchen Starkbier! Das regt die Gedanken an.« Goïmron umarmte sie zum Abschied. »Bis heute Abend. Ich hole dich ab, sobald ich mit den Figürchen fertig bin.« Unvermittelt kramte er einen roten Karfunkel und einen rotbraunen Nephrit aus der Tasche, präsentierte sie auf den Handflächen. »Ehe ich es vergesse: Welcher von denen passt besser zum Drachenfigürchen? Mir gehen die Bergkristalle aus.«

Rodana tippte auf den Nephrit, und der Zwerg nickte dankend für die Entscheidungshilfe.

»Was läuft am besten von allem?«, fragte sie.

»Der geflügelte Onyx-Nachtmahr mit Augen aus loderndem

Granat. Aus welchem Grund auch immer man solche Bestien mag.« Goïmron schob den Strohhut zurecht und ging los. »Vraccas sende dir reichlich Eingebung!«

»Wieso denn Vraccas? Als würde *ich* schmieden!« Rodana sah ihm lachend nach und stellte den Becher zur Seite. Sie wählte einen Hefeknirps aus, um herzhaft hineinzubeißen, und drehte sich zu ihrer Werkstatt um. *Wobei, ich versuche ja, Sätze zu schmieden. Dann passt es doch.*

Der Geschmack von Butterkaramell, Hefe und bestem Mehl breitete sich an ihrem Gaumen aus. Sie seufzte wohlig, während sie überlegte, ob sie noch etwas von der Hagebuttenkirschmarmelade dahatte. *Die würde perfekt passen.*

»Verzeih, aber sag: Bin ich zu spät für den Markt?«

Die brüchige Stimme hinter ihr ließ Rodana innehalten und sich umdrehen.

An ihrer Werkstatttür stand eine betagte Frau mit abgetragener Leinenkleidung, die etliche bunte Flicken aufwies. Unter dem weißen Kopftuch spitzten silbergraue Haare hervor. Die Falten im Gesicht und die Bräune ihrer Haut sprachen für lange Aufenthalte im Freien.

»Der Markt?« Rodana trat zu ihr und roch den Schweiß der Unbekannten. An diesen drückend heißen Umläufen konnte sie es niemandem verdenken. »Ja, der ist vorüber. Ich hoffe, du hast nichts Verderbliches, das du feilbieten wolltest.«

»Oy, bei den bösartigen Göttern aus alten Zeiten!« Die ältere Frau, die seit sechzig Zyklen leben mochte, verzog die faltigen Mundwinkel. »Und ich sputete und verausgabte mich noch in der dämonischen Hitze. Für nichts und wieder nichts!« Wirkte ihr Gesichtsausdruck auch müde und erschöpft, so funkelten die braungrüngelben Augen doch wach und aufmerksam.

Rodana füllte einen zweiten Glasbecher mit gezuckertem Blütenwasser und reichte ihn ihr. »Morgen früh ist wieder Markt. Gleich bei Sonnenaufgang kommen die Ersten zum Einkaufen. Ist deine Ware bis dahin noch frisch?«

In einem Zug wurde der Becher geleert. »Palandiell segne dich, mein Kind«, stieß die Alte glücklich aus und ließ sich nachschenken, wischte sich die Lippen mit dem schmutzigen Ärmel ab. »So viel besser als warm-trübes Wasser aus einer Tränke, aus der schon die Pferde soffen. Geld für anderes konnt' ich mir noch nicht verdienen.« Kichernd trank sie erneut. »Nein, es ist nichts Verderbliches, was ich führe.« Sie sah sich um. »Zimànja ist mein Name. Und deiner?«

»Rodana.«

»Du verkaufst Puppen und Marionetten, was?« Zimànja deutete mit dem Finger durch die Werkstatt. »Spielkram. Gute Wahl. Kinder hat's im überquellenden Malleniaswacht wie Kiesel im Flussbett, was ich gesehen habe. Ich mag die Kleinen.«

Rodana ließ die Alte in ihrem Glauben. Sie wollte nicht erklären müssen, was sie wirklich tat, und Fragen zum *Curiosum* beantworten. »So in etwa«, antwortete sie vage. »Woher kommst du?«

»Von nirgends. Ich ziehe, solang ich denken kann, durch das Großkönigreich und mache die Menschen überall glücklich.« Zimànja lachte leise. »Für dich tue ich das ohne Entgelt.« Sie wackelte mit dem Glasbecher und nahm einen weiteren großen Schluck. »Weil du mich nicht hast darben lassen.«

»Und wie könntest du das wohl anstellen?« Rodana war amüsiert von der wunderlichen Alten, die mit den Augen rollte, wenn sie sprach. »Bist du eine Geschichtenerzählerin?«

»Macht man damit Menschen glücklich?«

»Einige schon.«

»Oy, *einige!* Aha.« Zimànja stellte das leere Behältnis hart auf der Werkbank ab. »Das ist mir zu unsicher, was mein Einkommen angeht. Sind's nur einige wenige, verdien ich keine Münzen. Warte. Ich zeig's dir. Dann verstehst du.« Sie verschwand hinaus ins Freie und schob nach wenigen Herzschlägen einen schmalen Handkarren durch die Tür. Leise schepperte und klirrte es aus dem Aufbau, der voller Schubladen und kleiner Schranktüren war. Beherrscht wurde er von einem großen, weißen Schleifstein, der über einen Pedalantrieb in Rotation versetzt werden konnte. »Scheren jeglicher Art und Gebrauchsmesser, dazu Wetzstahl, Putzpaste und was man braucht, um Klingen scharf zu halten.«

»Ah, *nun* begreife ich es!«, rief Rodana erfreut. »Das trifft sich ausgezeichnet. Ich habe etliche Scheren und Messer, die du schleifen kannst. Ich will dich auch entlohnen.«

Zimànja winkte ab und machte den Schleifstein bereit, gab einen Tropfen Öl darauf. »Die freundliche Unterhaltung und dein leckeres Blütenwasser sind mir Lohn genug.« Summend drehte sich der helle Stein um die eigene Achse. Das Geräusch verströmte etwas eigentümlich Hypnotisches. »Gib, was ich schärfer als eine Rasierklinge machen soll. Ich vermag das im Handumdrehen. Morgen kannst du jedem sagen, wie gut mir dies gelingt. Selbst einen Hammer mache ich zu einem Schwert, wenn es sein muss.«

»Gib bitte acht.« Rodana reichte ihr unterschiedliche Scheren an, die sie zum Ausschneiden der papiernen Stabfigürchen und filigranen Kulissen benötigte. Deren Abmessungen gingen bis ins Winzige. »Die sind wertvoll.«

»Oy! Sie sind jedenfalls kleiner als alles, was ich bisher schärfen durfte.« Geschickt drehte, wendete und drückte Zimànja die Schneideflächen auf den kreisenden weißen Stein. Manchmal flogen kleine Funken, es roch nach warmem Metall und Öl und zerriebenem Fels. Jedes Mal, wenn Zimànja ein Werkzeug entgegennahm oder übergab, wirbelte sie damit herum, als wären es Nahkampfwaffen und die flinke Handhabung ein Kinderspiel.

Nach kurzer Zeit hatte die betagte Schleiferin ihre Arbeit erledigt.

Als Rodana die Scheren nacheinander prüfte, fand sie keine einzige Scharte. Dafür waren die Klingen so scharf wie nie. Das Metall glänzte poliert, sodass sie sich darin spiegeln konnte. »Besten Dank! Das ist wundervolle Arbeit.«

»Ich sagte doch: Ich mache Menschen glücklich. Viele. Nicht einige.« Zimànja lächelte und hielt den Schleifstein an, rieb sich die Hände mit einem Lappen aus einer Schublade sauber. »Lass mich dir ein paar Scheren zeigen, die du vielleicht brauchen könntest, bevor ich aufbreche und mir eine Unterkunft suche. Ich habe sie selbst geschmiedet.«

Rodana war beeindruckt. »Gerne.«

Nacheinander zog die Alte die Fächer am Handkarren auf und präsentierte ihre Auswahl. »Blechscheren benötigst du vermutlich eher nicht?«, redete sie dabei halblaut vor sich hin. »Aber eine chirurgische vielleicht? Eine Profilschere? Papierschere? Zackenschere?« Erneut ließ sie die Scheren bei jedem Anheben kreisen und wirbeln, schnippte damit schneller auf und zu, als es das Auge erfasste. »Eine teilbare, die sich leichter von Kleberresten reinigen lässt? Rebschere, Frisurenschere, eine silberne Storchenschere oder lieber« – Zimànja nahm ein größeres Modell heraus, wie es Schafscherer nutzten – »eine Bügelschere womöglich?« Die männerhandlangen, spitz zulaufenden Schneidwangen schnappten zweimal metallisch reibend auf und zu. »Man bekommt damit Äste, Zweige und Knochen durch, so scharf ist sie. Vorausgesetzt, du besitzt genügend Kraft in den Fingern.« Sie deutete auf den unteren Bereich der Schere. »Doppelte Halme. Für mehr Spannung.«

Rodana bestaunte die Auswahl, die sich in dem hohen Aufbau des Handkarrens verborgen hatte. Sie wischte sich eine rollende Schweißperle von der Schläfe. Die Hitze in der Werkstatt schien durch das Schleifen gestiegen zu sein. »Diese Zackenschere könnte ich gebrauchen. Wie viel kostet sie?«

Sofort hob Zimànja das Werkzeug mit der freien Hand an, ließ es mehrmals surrend um Zeige- und Mittelfinger rotieren und hielt es anbietend hin. »Eine Auskunft.«

Rodana stutzte. »Weiter nichts?«

»Weiter nichts.« Der Tonfall der ältlichen Schleiferin war von einem Herzschlag auf den nächsten feindselig geworden. »Wo sind die Habseligkeiten meiner Schwester?«

Rodana wurde die Besucherin unheimlich. »Wen meinst du?«

Das Funkeln in den braungrüngelben Augen wurde zu einem Lodern. Über die wettergegerbten Züge huschte ein stetes Zucken.

Mal schwanden die Falten, dann wurden sie tiefer, als könnte sich das Gesicht nicht für eine bleibende Form entscheiden.

»Hat sie einen Namen?«, fragte Rodana vorsichtig.

»Sie war deine Aprendisa und starb in Brigantia, wie ich gehört habe«, erklärte Zimànja drohend. »Während sie dort war. Mit dir. Entspricht dies der Wahrheit?«

Rodana stockte der Atem. Ihr Herz schlug schneller als eine Trommel beim wilden Tanz. Vor ihr saß eine Ragana. Eine ausgebildete Ragana, denen man die grausamsten Dinge und Zauber zuschrieb. »Ja. Aber ich …«

»Was geschah mit ihrem Anhänger? Du weißt genau, welchen ich meine. Er ist Familienbesitz. Es gab Berichte darüber.« Zimànjas Hand mit der Zackenschere schnellte vorwärts. Die Klingen öffneten sich und hielten einen Fingerbreit vor Rodanas Augen an. »Rede! Oder ich zeige dir, wie gut ich den Umgang mit meinen Scheren beherrsche. Nicht nur am Schleifstein.«

Sie sucht den Moordiamanten! In Rodanas Verstand überschlugen sich die Erinnerungen. Natürlich wusste sie, was damit geschehen war: Das magische Artefakt, in dem die unheilvolle Energie von Kinderseelen gespeichert worden war, existierte nicht mehr. Es war im Städtchen Woogentau vernichtet worden. Durch ihre Hand. Mostro hatte den seltenen Edelstein mit der rosafarbenen Verfärbung Chòldunja abgenommen und später verloren, woraufhin Goïmron ihn gefunden und Rodana überlassen hatte. Sie wiederum hatte ihn ins Kohlefeuer eines Ofens geworfen, wo er durch die immense Hitze zersprungen und verbrannt war.

Doch das würde sie der Ragana unmöglich sagen können. *Sie bringt mich auf der Stelle um.*

Die Zackenschere kam langsam näher, die Metallspitzen rückten dichter an Rodanas empfindliche Augäpfel. »Diese Schere ist verflucht scharf, und ich verliere meine Geduld, Puppenspielerin. Lass mich deine Wimpern stutzen! Aber es könnte sein, dass ich dabei …«

Und plötzlich erschien eine Eingebung in Rodanas Verstand.

Aus der Bedrohung ergab sich womöglich eine unerwartete Gelegenheit.

»Der Famulus hat Chòldunjas Amulett! Mostro ist sein Name! Er raubte es deiner Schwester in der Nacht vor unserer Flucht.« Schnell fasste sie zusammen, was damals im Heerlager vor der Schlacht geschehen war. »Seitdem ist es in seinem Besitz. Zusammen mit dem Moordiamanten. Das werden dir genügend andere bestätigen können«, haspelte sie. »Mostro trug es bei der Versammlung in Woogentau vor aller Augen. Es findet sich bestimmt auf den Siegesbildern, die gemalt wurden, um –«

»Wo finde ich den Famulus?«

»Auf dem Gebiet der Wunder. Er errichtete dort eine Zauberschule. Hüte dich vor seiner Macht. Und wenn du ihn tötest, grüße ihn von mir«, sprach Rodana hastig. »Er hat den Tod hundertfach verdient. Doch halte Ausschau nach einem Mann, der sich Hantu nennt. Er ist ein Rhamak. Dein Volk nennt Menschen wie ihn Taikhom. Auch er muss sterben, sonst wird er dich jagen.« Der Schweiß rann unter ihrer Kleidung herab, die Anspannung wollte nicht weichen. Erst wenn die Ragana die Werkstatt verließ, wäre die Gefahr gebannt.

»Oy! Ich sehe, du hast etwas von meiner kleinen Schwester gelernt. Hab Dank für deine Warnung. Aber ich fürchte mich nicht vor Zauberern, ganz gleich, welche billigen Tricks sie nutzen.« Zimànja lächelte grausam. »Ich werde beide töten und sie von dir grüßen. Aber sollte sich herausstellen, dass du mich angelogen hast, kehre ich zu dir zurück.« Langsam zog sie die Schere weg, wirbelte sie und warf sie in Rodanas Schoß. »Da. Als Andenken an mich. Und an das Versprechen einer Ragana Serdituu.« Sie wandte sich zu ihrem Handkarren um.

Dadurch wurde Rodanas Blick auf den Eingang der Werkstatt frei.

Auf der Schwelle standen drei kreidebleiche Stadtwachen, die offenbar lauschend ausgeharrt hatten und nun langsam ihre Schwerter zogen. Behutsam traten sie ein.

»Keine von euch bewegt sich«, befahl der anführende Obgardist mit zittriger Stimme. »Ihr seid verhaftet. Beide!« Sein Blick richtete sich auf die Puppenspielerin. »Dann stimmt es also *doch:* Du bist eine Freundin der Kinderfresserinnen! Bist ihre Spionin bei uns!«

»Nein! Nein, das missverstehst du!«, beteuerte Rodana. »Sie kam zu mir, um …«

Zimànja machte nur einen Schritt und stand plötzlich mitten zwischen den drei gerüsteten Männern, als wäre sie in der Lage, mit den Stiefeln mehr Raum als gewöhnliche Menschen zu greifen; im Vorbeigehen nahm sie eine zweite, spitz zulaufende Bügelschere aus dem Handkarren. Sie wich den ungezielten Stichen und Hieben der Gardisten aus und schloss die Tür mit einem Tritt hinter sich, damit niemand von außen etwas sah.

»Man lauscht nicht«, sprach sie strafend zu den Männern. »Hat euch das niemand beigebracht?« Sie ließ die Bügelscheren mit einem wilden Lachen um die Finger kreisen und zuschnappen. »Ich erteile euch eine Lektion, bei der euch Hören und Sehen vergeht – für immer!«

Was dann geschah, ging schneller vonstatten, als es von Rodanas Augen erfasst werden konnte. Die Scheren schnappten schleifend und rasend schnell zu, und schon sprühte das Blut aus den Hälsen der Gardisten.

Die Männer taumelten und torkelten ächzend durch die Werkstatt. Offenbar hatten sie noch nicht begriffen, dass sie tödlich verletzt waren und einer überlegenen Gegnerin entgegentraten.

Sie bräuchten zwei, drei Dutzend Gerüstete, um ihrer Herr zu werden, dachte Rodana und verharrte wie gelähmt. Ein Schrei von ihr würde die Garde alarmieren. *Aber … damit wären auch meine Rache an Mostro und mein Leben verwirkt.*

Erstarrt vor Furcht und den Kopf voller Schreckensgedanken, sah Rodana mit an, wie die Ragana wütete, die rotfeuchten Scheren zustachen und zuschnappten. Abtrennten und durchtrennten.

Der Boden der kleinen Werkstatt wurde mit Blut überzogen, verziert mit Stückchen um Stückchen fallenden Fleisches, Hautfetzen und losen Gliedmaßen der Gardisten.

***

DAS GEBORGENE LAND, SÜDLICHES MELDRITH-REICH, 1024 N.B. (7515. SONNENZYKLUS NACH ALTER ZEITRECHNUNG), FRÜHJAHR

Vraccimbur drehte das Gesicht nach hinten. »Schwenkt auf den Feldweg zur Rechten, zwischen den aufkeimenden Goldroggen. Ich habe unterhalb von uns tönerne Bewässerungsgräben und fest montierte Holzleitungen gesehen«, befahl er über die straff gezogene Abdeckplane des eigentümlichen Gespanns an der Spitze des Trosses hinweg; drei weitere nicht weniger absonderliche Gefährte folgten ihm. Jedes davon bestand baugleich aus zwei Elementen: Das vordere ähnelte einem Streitwagen, das angekuppelte einem gewöhnlichen Lastkarren mit sehr flachem Aufbau zog. »Es muss in der Nähe einen Brunnen geben, wo wir die Pferde saufen lassen können.«

Vraccimbur, ein Zwerg im besten Alter mit langen, hellblonden Schopf- und Barthaaren, deren Spitzen schwarz gefärbt waren, stand im vorderen Wagen auf einer Erhöhung. So sah er über die breiten Tierrücken, hielt die Zügel mit beiden Händen. Für einen Sohn des Schmieds war er recht groß und muskelbepackt, als habe er zyklenlang schwerste Arbeit verrichtet.

»Ist das nicht schon Meldrith-Land?«, erkundigte sich Bigarius wenig begeistert vom Wagen hinter ihm. Aufgrund seiner Leibesfülle saß er bequem auf der Ladefläche.

»Ja, und? Die Weißaugen haben genug Wasser.« Vraccimbur wandte den Kopf nach vorne. »Sollten welche von ihnen herumstehen, bezahl ich ihnen eine Abgabe.« Er dirigierte die beiden kräftigen Pferde von der breiten Straße hinunter.

Rumpelnd ging es für den Tross mit seinem guten Dutzend Mitfahrenden auf dem schmalen, befestigten Feldweg weiter. Männer, Frauen, Zwerge und Zwerginnen saßen auf den ungewöhnlichen Gefährten.

Die Sonne hatte tüchtig an Kraft gewonnen, ihre Strahlen wärmten Vraccimburs Gesicht, was er sehr genoss. Das gute Wetter machte das Reisen leichter, die erwachende Natur bot dem Auge nach jedem Hügel neue Farben. Lerchen stiegen in den blauen Himmel. Ein Bussard glitt majestätisch über sie hinweg und äugte nach Mäusen und Hamstern zwischen den sprießenden Halmen.

Vraccimbur sah über der flachen Kuppe das große Windmühlenrad aufziehen, dessen Flügel nicht mit Stoff bespannt waren. Wie das abgenagte Schwingengerippe eines abgestürzten, gewaltigen Vogels ragte es in die Höhe. Noch war die Bewässerung der weitreichenden Felder der Meldrith nicht vonnöten.

Unmittelbar daneben erhob sich das Dach einer Brunnenhütte, aus der Röhren in alle Himmelsrichtungen verliefen. Sobald die Mühlenflügel sich in der leisesten Brise drehten, förderte die Mechanik aus der Tiefe der Erde reinstes Wasser aufwärts, das die Felder über Regler und Rohre mit wichtigem Nass versorgte. Ausbleibender Regen bedeutete für die Meldrith keine Erntegefahr.

»Seht ihr?«, rief Vraccimbur nach hinten und zog das Fernglas aus dem Futteral im kleinen Wagen. Das leichte Kettenhemd über dem Gewand klirrte sachte. Pferdeschritt für Pferdeschritt ging es den flachen Hügel hinauf. »Wir haben Glück.«

Durch die geschliffenen Linsen machte er unerwartet zwei menschengroße Umrisse am Brunnengebäude aus. Daneben stand ein Eselskarren mit Fässern darauf.

»Da lungern doch Gestalten rum! Sind das Meldrith?«, fragte Bigarius ruhig. Furcht war in ihrer Truppe selten zu finden. Dafür hatten sie zu viel erlebt.

Und überlebt. Vraccimbur justierte die Schärfe am Fernglas nach und entdeckte Tücher vor den Mienen, die lediglich die Augen freiließen. Obwohl die Sonne schien, waren sie nicht weiß eingetrübt. »Nein. Ich schätze, es sind Lange, die sich maskiert haben. Irgendwelche Strolche.«

»Warum sollten sie das Wasser der Meldrith stehlen wollen?«

»Vielleicht vermag die Quelle etwas Einzigartiges?«, warf Rakib ein, der mit auf dem Wagen saß und dessen hagere Länge das Gegenteil von Bigarius' Statur bildete.

Aus der Brunnenhütte kam ein weiterer vermummter Mann, der ein leeres Fass aus der Tür rollte. An den oberen Rändern haftete grünlich braune Pampe, die teilweise außen über die Bretterwände herabgelaufen war.

Auf dem Wagen des Trios erkannte Vraccimbur gefaltete Leinwandbahnen, groß genug, um damit Mühlenflügel zu bespannen und das Getriebe in Gang zu setzen. *Oh, ich kann mir denken, was das soll.*

»Brunnenvergifter. Auf frischer Tat«, sagte Vraccimbur, ohne das Sehglas abzusetzen. Die verunreinigte Quelle sollte über das ausgeklügelte Röhrennetz die umliegenden Goldroggenfelder verseuchen. »Wie hoch ist wohl der Lohn, den die Meldrith uns für diese Schweineschubser zahlen?«

Leises, böses Lachen erklang von seinen Leuten.

Mit dem Eselskarren würde dem Trio die Flucht nicht gelingen. Also würden sie entweder zu Fuß Reißaus nehmen, sobald sie die Gefahr durch die Neuankömmlinge erkannten. *Oder sie kämpfen.* Der Gedanke brachte Vraccimbur zum Grinsen. *Sollen sie.*

»Machst du das alleine oder brauchst du Hilfe?«, erkundigte sich Rakib gespielt hilfsbereit, was erneutes dunkles Gelächter auslöste. »Nicht, dass es am Ende doch Weißaugen sind? Oder überragende Kämpfer?«

Vraccimbur löste den Verbindungsbolzen. Der angehängte Lastenwagen bremste durch den Sicherungsmechanismus von selbst und rollte so den Hang nicht rückwärts hinab. »Das werden wir bald wissen.« Er ließ sich einen Strick zum Fesseln der Verbrecher zuwerfen und das Zweigespann antraben. »Ich frage sie mal, was sie getrieben haben.«

Mit einem Handgriff war aus dem Gespann ein Streitwagen entstanden, kaum schwerer als ein halber Zentner und für einen Kampf zusätzlich mit Eisenblechen verstärkbar, die auf dem großen Karren lagen. Vraccimbur ging nicht davon aus, dass er den gesonderten Schutz gegen Brunnenvergifter benötigte. Außerdem hielt sein Gefährt noch einige Überraschungen bereit.

Vom Weg ging es runter und durch das Feld mit dem aufkeimenden Getreide, um in gerader Linie und auf kürzestem Weg zum Brunnenhaus zu gelangen. »Heya, Sturmhengste! Es gibt etwas zu tun.«

Die kräftigen Pferde spürten das Gewicht von Zwerg und Wagen kaum, sie schnaubten vorfreudig.

Die drei Vermummten waren auf den Tross aufmerksam geworden und berieten sich, um letztlich zum Karren zu eilen und den Esel auszuspannen. Einer stieg tatsächlich auf und suchte auf dem Graupelz das Weite, während die anderen schnurstracks auf einen weithin erkennbaren Grenzpfahl zurannten. Sie wollten auf das Gebiet von Khalteran.

Der Wind trug Vraccimbur den widerlichen Gestank von Gülle und Alchemie zu, der von den Fässern auf dem Eselskarren stammte.

Als wärt ihr da vor mir sicher, ihr Hasensöhne! Vraccimbur ließ die Rösser angaloppieren, Erdbrocken flogen aus den Hufen und über ihn hinweg. Das ebene Feld machte es leicht, den Streitwagen zu lenken, die Blattfederung glich Unebenheiten aus. »Heya, meine Sturmhengste«, rief er den Pferden zu und nahm die Zügel mit einer Hand. »Holen wir uns die feigen Verbrecher!«

Mit der Rechten zog er den Morgenstern aus dem Futteral, an dessen Ende vier schwere Ketten saßen; aus dem oberen Kopf ragte ein unterarmlanger glatter Runddorn zum Durchstoßen von Panzerung.

Als Ersten nahm sich der Zwerg den Flüchtenden auf dem Esel

vor. Binnen weniger Lidschläge hatte er zu ihm aufgeschlossen. »Du! Bleib stehen!«, rief Vraccimbur. »Oder ich schlage dich riesigen Esel vom Rücken deines kleineren Esels. Ich will dich was fragen.«

Der Maskierte langte an die Seite, wo er ein Kurzschwert in einer abgewetzten, kaum mehr intakten Hülle trug. »Verschwinde und lass uns in Ruhe«, erklang es undeutlich durch das Tuch vor seinem Gesicht. »Das geht dich nichts an.« Gleichzeitig rammte er dem Esel die Fersen in die Flanken, um ihn anzutreiben, was lediglich Protestgeschrei des Tieres zur Folge hatte.

»Doch, das tut es. Ich wollte meine Sturmhengste tränken. Ihr habt die Quelle vergiftet, oder? Dafür bringe ich euch zu den Meldrith.« Ankündigend hob Vraccimbur den Morgenstern.

»Man wird uns dafür hinrichten! Niemals gehe ich freiwillig …«

Wie ich es mir dachte. Vraccimbur ließ die Ketten einmal um den Kopf surren und schlug zu, noch ehe der Unbekannte seine Waffe gänzlich gezogen hatte.

Die stumpfen, schweren Glieder schlugen dem Mann gegen Brust, Hals und Gesicht, wischten ihn vom Rücken des Esels, der mit lautem *I-A* weiterrannte, um seinen Peiniger zurückzulassen. Ächzend landete der Maskierte im Feld und überschlug sich einmal.

»Sammelt den ein«, rief Vraccimbur seinen Leuten zu. »Ich schnappe mir die anderen Strolche.« Er lenkte das Gespann zum nächsten Davonrennenden.

Alsbald gab der Mann das Laufen auf, wandte sich um und bückte sich. Rasch lud er seine gezückte Tuchschleuder mit einem aufgehobenen kinderfaustgroßen Feldstein. »Verpiss dich!«

Der Stein sirrte knapp über den Zwerg hinweg, der fluchend den Kopf einzog. Ohne Helm wäre ein Treffer tödlich.

»Wer mich umbringen will, darf nicht mit Milde rechnen!« Vraccimbur zog an einem Knopf an der inneren Streitwagenwand. Damit betätigte er eine Leine, die am verlängerten Deichselende vor der Brust der Hengste ein schweres Eisenband aufklappen ließ.

Es diente als provisorischer Rammschutz, wenn die Pferde keinen Harnisch trugen.

Der Maskierte lud nach und kreiste die Schleuder einmal, als das Gespann ihn erreichte. Im letzten Moment gelang ihm eine Hechtrolle zur Seite, um dem Eisenband, den heranstürmenden Hengsten und ihren Hufen zu entgehen. »Du kriegst mich nicht!«

Vraccimbur lenkte abrupt nach rechts, um den Streitwagen seitlich driften zu lassen, während er einen weiteren Knopf betätigte. Daraufhin sprangen handlange Klingen in den Radnaben heraus und rotierten. Eine erwischte den Vermummten auf Höhe des Knies und trennte den Unterschenkel in Gänze ab.

Kreischend stürzte der Mann und hielt sich die offene Wunde, das Blut schoss aus der schweren Verletzung.

»Lasst den liegen. Der schafft's nicht mehr«, rief Vraccimbur und jagte dem letzten Brunnenvergifter nach.

Der Mann hetzte über das grünende Feld und spurtete auf eine hölzerne Bewässerungsröhre zu, die auf einem Stangenkonstrukt auf Kopfhöhe entlanglief.

Dieser kleine Bastard! Für den Streitwagen bildete die Röhre ein Hindernis, und unmittelbar dahinter folgte eine leichte Senke. »Los, meine Sturmhengste!« Vraccimbur ließ die Pferde preschen, um den Flüchtigen noch vor Holzelement und Senke zu erwischen.

Schnaubend flogen die Hengste vorwärts und jagten über die weiche Erde, die Räder wirbelten zarte Halme und Bodenkrumen durch die Luft.

Kurz vor der Bewässerungsanlage erreichten sie den Mann.

Wieder zwang der Zwerg die Pferde in eine enge Kurve. Der Streitwagen schlitterte auf einem Rad über den Acker, zog eine tiefe Furche und überschüttete den Maskierten mit einer Ladung Erde, die ihn aus dem Gleichgewicht brachte.

»Wirst du wohl stehen bleiben?« Vraccimbur sprang ab und stach dem Strauchelnden mit dem glatten Eisendorn des Morgensterns tief in die rechte Pobacke.

Aufjaulend ging das ungelenke Rennen des Vermummten in ein Hinken über, bevor er stolperte und stürzte.

Schon war der Zwerg über ihm und stellte ihm einen Fuß in den Nacken. Den Dorn legte er drohend über dem Steiß auf das Rückgrat. »Hab ich dich, Brunnenvergifter! Du warst zu langsam.« Dann stieß er einen schrillen Pfiff aus.

Die Hengste kehrten in lockerem Trab mit dem Streitwagen zurück und blieben schnaubend vor Vraccimbur stehen. Die eingeübten Manöver, die sie sonst bei Schaukämpfen zeigten, hatten sie mit der leichten Last kaum Anstrengung gekostet.

»Wir haben nichts vergiftet. Das war … Dünger«, behauptete der Mann undeutlich. Er starrte vor Dreck; einige Halme schienen aus dem Hemd zu wachsen. »Wir sollten das tun.«

»Natürlich. Die Meldrith haben euch beauftragt, Pisse, Scheiße und Alchemie unmittelbar in ihre Quelle zu gießen«, fasste Vraccimbur zusammen und lachte den Mann aus. »Dumm ist nur, dass die Worte deines Freundes ganz anders klangen. Er hatte Angst, für eure Tat hingerichtet zu werden.« Er nahm den Stiefel aus dem Nacken und ließ den Ertappten langsam aufstehen. Nasse Erde und Halme rieselten herab. Der Dorn blieb auf die Körpermitte gerichtet. »Es verhält sich so: Wegen euch feigen Trotteln müssen wir in die nächste Meldrithsiedlung, um unsere Pferde zu tränken. Da dacht' ich mir, es wäre eine schöne Sache, ihnen ein Geschenk mitzubringen. Du bist ein Teil davon.«

Den Angriff sah der Zwerg schon im Ansatz voraus. Unzählige Zweikämpfe gegen fähige und unfähige Gegner hatten seine Sinne geschult. Der Mann fasste an seinen rechten Unterarm, wo eine versteckte Messerhülle zum Vorschein kam – und bekam den Dorn in seinen linken Oberschenkel, woraufhin er stöhnend auf dem Feld zusammensackte. Seine Klinge landete in der aufgebrochenen Krume.

»Noch eine kostenlose Lektion für dich. Erst dein rechter Hintern, jetzt dein linkes Bein. Beim dritten Mal geht's durch dein Gehänge.« Vraccimbur steckte den Morgenstern zurück in die Wagenhalterung, um den Strick zu nehmen und ein Ende am Fuß des Mannes, das andere am Wagen zu befestigen. »Dann los. Und versuch, nicht zu viel Acker zu fressen. Sonst wächst der Goldroggen noch aus dir heraus. Das erschwert das Ernten.«

Gekonnt sprang er auf die Fahrererhöhung des Streitwagens, und die Hengste gingen langsam los. Sein fluchender Fang zog eine breite Furche in die weiche Erde. *Das können die Weißaugen den Giftmischern ebenfalls in Rechnung stellen.*

Vraccimburs Truppe hatte mittlerweile das Brunnenhaus zu Fuß erreicht und den herabgeschlagenen Eselreiter eingesammelt. Sie untersuchte die Fässer und machte angewiderte Gesichter: Es roch nach Gülle und etwas Metallisch-Alchemistischem.

»Ich hab den zweiten. Die Leiche des dritten Strolchs mag die Erde auflösen und verschlingen«, rief Vraccimbur ihnen zu. »Los, zurück auf den Hauptweg und dann nach Westen. Da steigt Rauch hinter dem Wald auf. Ich nehme an, dort finden wir die Meldrithsiedlung, zu der die Äcker gehören. Bringen wir den Weißaugen den Karren mit den Fässern mit.«

Auf seine Anweisung hin wurden Vorbereitungen getroffen. Vraccimbur rollte derweil zu seinem Anhänger zurück, der am Ende des Trosses stand, und koppelte den Streitwagen einfach auf der anderen Seite an.

Danach brachte er mit zwei Handgriffen den Rammschutz zurück in seine versteckte Deichselhalterung und ließ die Klingen in die Radnaben gleiten. Anschließend stieg er ab und ging zu den Hengsten.

»Das habt ihr gut gemacht, ihr Sturmhengste.« Sanft fuhr er über die Nüstern. »Bald gibt es was zu trinken. Und eine große Portion Goldroggen. Versprochen.«

Gleich darauf stießen seine Leute zu ihm, und die Reise wurde fortgesetzt. Genau auf die schwachen grauen Rauchsäulen zu, die ihnen den Weg zu den Meldrith wiesen.

Mit Einbruch der Dämmerung erreichten Vraccimbur und seine Truppe das Meldrithdorf. Inzwischen rollte er wieder an der Spitze des Zuges und nahm an, dass ihr Kommen längst bemerkt und gemeldet worden war.

»Also, aufgemerkt! Keiner greift zur Waffe«, wies er an. »Auch wenn manches schauderlich für unsere Augen und unseren Verstand erscheinen mag.«

Auf einer gerodeten Fläche zwischen Riesenweißtannen, die hundertzwanzig Schritte in die Höhe ragten, erhoben sich drei zuckerhutförmige weiße Gebilde, deren Spitzen bis an die Krone der Bäume reichten. Im unteren Durchmesser mochten sie fünfzig Schritte breit sein, nach oben verjüngten sie sich. Errichtet waren sie inmitten einer Mischung aus längstragenden hellen Steinsäulen und -streben, vereinzelten, flächig hochgezogenen Wandelementen aus behauenen weißen Marmorquadern und allgegenwärtigem hell getünchtem Holzfachwerk, in dem sich etliche Fenster und Balkone befanden. In den Materialien zeigten sich unzählige Verzierungen, die erst aus der Nähe ihre Feinheiten offenbaren würden. Zwischen den Kegeln spannten sich Hängebrücken.

»*Das* soll ein Dorf sein?«, vernahm Vraccimbur Rakibs ungläubige Stimme. »Erinnert mich an riesige Getreidespeicher. Die Meldrith wohnen alle da drin?«

»Sie leben eine starke Gemeinschaft«, erklärte Vraccimbur. »Und wechseln in regelmäßigen Abständen ihre Wohnstatt innerhalb der Hausberge, wie sie diese Gebilde nennen.«

Während sie auf die drei Kegel zufuhren, rief sich der Zwerg in Erinnerung, was er über das Volk wusste, das es noch gar nicht so lange im Geborgenen Land gab. Entstanden sei es durch eine Laune der Gottheiten, der Natur oder Alchemie, hieß es. Die Gelehrten stritten sich über den exakten Ursprung.

Vor Hunderten Zyklen und vor den Beben waren Albae getarnt und unerkannt ins Geborgene Land gereist. Dank alchemistischer Mittel färbten sich ihre Augen nicht schwarz, sobald das Sonnenlicht sie traf, noch zeigten sich die Wutlinien auf der Haut, wenn der Zorn sie überkam. Auch ihre angeborenen Fertigkeiten, wie Angst in die Herzen von Lebewesen zu bringen oder Feuer erlöschen zu lassen, wurden von den Mitteln unterdrückt. So wurden sie für Elben gehalten.

Um sowohl das Geborgene Land als auch die Elben selbst auszuspionieren, spielten sie ihre Rolle und lebten mitten unter ihnen. Und gingen leibliche Vereinigungen mit ihnen ein. Niemand hätte angenommen, dass aus diesen Verbindungen von Licht und Schatten Nachwuchs entstünde. Die gängigste Spekulation, der auch Vraccimbur folgte, besagte, dass ausgerechnet jene alchemistischen Tränke und Tinkturen die Fortpflanzung erst ermöglicht hatten.

Die Täuschung der Albae flog mit der Geburt der neuen Art alsbald auf. Die Augen dieser Kinder färbten sich im Sonnenlicht weiß, nicht schwarz. Zudem besaßen sie angeborene Fertigkeiten, über die es Dutzende Geschichten, Mutmaßungen und Gerüchte gab, die eine Veränderung und Weiterentwicklung der albischen Kräfte waren.

Zurückgelassen von den Albae und verstoßen von den Elben, bildeten sie eine verschworene Gemeinschaft und gaben sich den Namen Meldrith, was angeblich so viel wie *Schicksalskinder* bedeutete. Es dauerte nicht lange, und sie hatten mit List und Verhandlungen ihr eigenes Reich erschaffen: auf den Gebieten von Gauragon und Khalteran.

»Und nun: Ruhig bleiben. Lasst mich sprechen.« Vraccimbur hatte keinerlei Angst oder Besorgnis, die Siedlung zu betreten.

Die Meldrith sahen sich auf der Seite des Lichts und unterhielten Beziehungen zum Elbenreich Tî Silândur, um die es mal gut, mal weniger gut stand. Von den Albae wurden sie nach wie vor verachtet und als ungewolltes, schändliches Ergebnis eines alchemistischen Experiments betrachtet. Die meisten Menschen begegneten ihnen mit Vorsicht.

Nur die Dummen fürchten sich vor dem Albischen in ihnen. Vraccimbur winkte den am Boden spielenden Kindern zwischen den drei Kegeln zu. Sie schauten zu den rumpelnden, klappernden Gespannen auf und erwiderten den Gruß zögerlich. Manche kicherten, andere ahmten die Bewegungen des Zwergs nach. Überall sah er knielange, weite Gewänder in überwiegend bunten Stoffen, mit fantasievollen, heiteren Stickereien. Die Symbole standen sämtlich in Verbindung zum Tod, auch bei den Kleinsten: lachende Totenköpfe, tanzende Gerippe, Knochenmuster, Todesblumen und vieles mehr.

Mehrere Erwachsene standen auf der Straße, den Balkonen und Brücken, auch ihre Kleidung war mit farbenfrohen Motiven von Schnitter und Vergänglichkeit versehen. Die Neuankömmlinge wurden interessiert und ohne Scheu betrachtet. *Von Feindseligkeit keinerlei Spur.*

In Wuchs und Gestalt waren die Meldrith nicht von Elben oder Albae zu unterscheiden. Hochgewachsen, schlank, scharfe Gesichtszüge und hohe Wangenknochen – und doch schienen sie blind zu sein. Das Sonnenlicht machte ihre Augen weiß.

Aus der Nähe zeigten sich an den Wänden der Hausberge die Feinheiten der Verzierungen, welche die Besucherschar in Staunen versetzte.

Wie die Albae bevorzugten die Meldrith Symbole und Szenen rund um Vergänglichkeit, den Tod, das Sterben, den Untergang und Grausamkeit. Im Gegensatz zu ihren Ahnen nutzten sie keine echten Gebeine, sondern Holz und andere Materialien, um daraus Knochen, Innereien und Schädel zu formen, die in fröhlichen Farben bemalt wurden. Stets gab es heitere Elemente, der Horror und der Schrecken wurden durch Witz und kleine Scherze gebrochen. Dort wuchs Schattengras als Haare aus einem Totenschädel, da lachte ein Skelett, das von anderen gekitzelt wurde, und in einer anderen Szene erstickte eine Totengöttin an einem Opfer, das sie verschlang. *Eine besondere Art von Humor.*

Zwischen den Wänden des rechten und mittleren Hauskegels hindurch sah Vraccimbur im Vorbeirollen einen Srgāláh mit schwarzbraunem Fell, dessen rechter Arm aus einer umgeschnallten Ersatzgliedmaße mit Lederelementen, Scharnieren und Eisenplättchen bestand. Er übte den Umgang mit einem breitklingigen Speer. Beim ungeschickten Zugreifen mit den künstlichen Fingern ließ er die Waffe fallen.

Der Anblick eines Srgāláh war für Vraccimbur nicht ungewöhnlich. Die faszinierenden Wesen mit humanoidem Leib und schlankem, hundeähnlichem Kopf traf man gelegentlich im Geborgenen Land an, wo sie sich als unermüdliche Jäger verdingten. Doch in einer Meldrithsiedlung hatte er keinen erwartet.

»Die Weißaugen sehen seltsam aus«, kam es leise von Bigarius auf dem angehängten Wagen hinter Vraccimbur. »Das sind bestimmt *doch* echte Gebeine. Sie tun nur freundlich.«

»Ich sagte, ihr sollt die Klappe halten«, entgegnete er. »Sie können deine Beleidigung gut hören.«

Ein Meldrith in einer hellblauen Robe, auf der geometrische Formen in strengem Muster angeordnet waren, trat aus dem rechten Hausberg auf die Straße und reckte eine Hand gegen den Tross. Sein Alter war schwer zu schätzen, rein äußerlich ähnelte er einem Vierzigjährigen. Die langen, dunklen Haare wurden von einem schwarzen Diadem zurückgehalten, in dem bunte Steine funkelten. In der anderen Hand hielt er einen drahtumwickelten Eisenholzstab, an dessen oberem Ende zwei fingerlange Dornen herausragten.

Vraccimbur ließ anhalten.

»Willkommen in Therlisôn. Ich bin Icuriàs. Ihr würdet meine Aufgabe als Vorsteher unserer Gemeinschaft bezeichnen«, begrüßte der Meldrith sie freundlich in der Gemeinsprache. »Bevor du und deine Freunde weiterfahrt, Freund Zwerg, bitte ich dich um eine Erklärung, wer ihr seid und wohin ihr möchtet.« Er sah interessiert zum angehängten Eselskarren am Ende des Trosses und zu den gefesselten Menschen, die zwischen den Güllefässern hockten und lange Gesichter machten. Der Gestank, der aus den Behältnissen waberte, stach in der Nase und verursachte Kopfschmerzen. »Solltet ihr euch nicht verfahren haben: Ihr steht im Reich der Meldrith. Gerne erkläre ich dir und deinen Freunden, worauf ihr in unserem Land zu achten habt.«

»Oh, wir sind genau dort, wo wir hinwollten, Icuriàs.« Vraccimbur verließ seinen Streitwagen, blieb in respektvollem Abstand zu dem Meldrith und deutete eine Verbeugung an. »Mein Name ist Vraccimbur Schlaufaust aus dem Clan der Immersieger von den Allfünfen«, stellte er sich vor. »Schaukämpfer sind wir und ziehen durch die Lande und Reiche, um unseren Lohn zu verdienen.«

»Welch ungewöhnlicher Name für einen Zwerg.« Icuriàs richtete die weißen Augen auf ihn. »Wer sind die Allfünfer? Ich höre zum ersten Mal von ihnen.«

Vraccimbur grinste. »Oh, *ich* bin der Einzige. Ein Unikat. Denn ich gehöre *allen* Stämmen an. Meine Ahnen kamen aus sämtlichen Gebirgen. Ich bin sozusagen das Beste von allen fünfen.« Er verbeugte sich nochmals. »Entschuldige unseren unangekündigten Besuch. Wir hatten ursprünglich nicht vor, euch zu behelligen. Aber diese zwei gewissenlosen Schweineschubser hier ertappten wir dabei, wie sie den Brunnen keine zehn Meilen östlich von Waithendorff mit dieser … Kloake vergifteten, um das Gemisch auf euren Feldern auszubringen.« Auf seinen Wink hin wurden die Schuldigen aus dem Eselskarren geworfen und zu ihnen gezerrt. »Unsere Pferde müssen nach langer Reise getränkt werden. So blieb uns keine andere Wahl, als euch in Therlisôn aufzusuchen.«

Icuriàs betrachtete die schweigenden Männer, die mit gesenkten Köpfen auf der Straße knieten. »Wer beauftragte euch zu der Tat? War es wieder einmal Vogt Arlger? Oder Baronin Rosenia?«

Der Verletzte hob zum Sprechen an, doch der andere rempelte in seine Seite. »Wir sagen erst, was wir wissen, wenn du uns freies Geleit lässt«, erwiderte er patzig.

»Dann kommt diese Vergifterei öfter vor?«, fragte Vraccimbur. »Was ist wirklich in den Fässern? Es ist wohl mehr als alchemistisch behandelte Kloake.«

»Ein starkes Krumengift, welches die Keimlinge im Boden verseucht und die Ernte ausfallen lässt. Das wenige Korn, das trotzdem wächst, ist ungenießbar und macht tödlich krank. Über das

Bewässerungsnetz würden viele Morgen Land dem Anschlag zum Opfer fallen.« Icuriàs bedeutete den Männern, sich zu erheben. »Ihr mögt Therlisôn frei verlassen. Kein Meldrith wird euch etwas antun. Also?«

Der Verhandler warf seinem verletzten Freund einen erleichterten Blick zu. »Vogt Arlger zahlte uns jeweils eine Goldmünze, um in das Brunnenhaus einzubrechen und die Quelle zu verunreinigen.«

Vraccimbur versetzte ihm einen Tritt in den Hintern. »Ihr elenden Lügner! Vorhin habt ihr noch von Dünger gesprochen!«

»Zu Tion mit dir, du beschissenes Kurzbein«, fauchte der Mann ihn an. »Wärt ihr nicht gekommen, dann –«

»Wäre Therlisôn um den Großteil seiner Ernte gebracht worden«, vervollständigte Icuriàs ruhig. »Freund Vraccimbur, du musst wissen, dass sowohl einige von Hass verblendete Elben als auch gierige Menschen diese Art von Anschlägen in der Grenzgegend versuchen. Sie schieben sich die Schuld wechselweise in die Schuhe, damit wir einen von ihnen angreifen.«

»Was ihr nicht tut?«, vermutete Vraccimbur.

Der Meldrith blieb die Gelassenheit selbst. »Wir kennen diese Spielchen und begnügen uns damit, die Handlanger zu bestrafen. Damit senden wir unsere Botschaften an die Verantwortlichen.«

»Weil euch die handfesten Beweise für eine Anklage fehlen«, sagte Vraccimbur bedauernd. »Was für eine abgekartete, hinterhältige und feige Sache.«

Icuriàs nickte einmal. »Die Aussage dieser beiden Galgenstricke ist nichts wert. Vogt Arlger ist einer von denen, die unentwegt versuchen, die Brunnen zu vergiften, und sogar auf seinen eigenen Ländereien davor nicht zurückschreckt. Als Meldrith verkleidet sendet er die Schurken los, um uns die Schuld zu geben und einen Krieg mit Khalteran auszulösen.«

»Arlger war es, der uns angestiftet hat«, beteuerte der verletzte Mann sofort und nahm die Goldmünze heraus. »Hier. Nehmt den Lohn. Als Entschuldigung.«

Icuriàs lächelte freudlos. »Behalte es. Du hast es dir verdient, auch wenn deine Tat ein Verbrechen war, das du und dein Freund –«

»Es waren einst drei, Vorsteher«, unterbrach ihn Vraccimbur und räusperte sich. »Einen haben wir vor Ort getötet. Die wilden Tiere werden schon wissen, was sie mit der Leiche auf dem Acker tun.«

»Das werden sie.« Icuriàs zeigte mit seinem umwickelten Gehstab aus Eisenholz die Straße hinab, auf welcher der Tross herangekommen war. »Geht, ihr beide! Eilt euch, die Sonne ist bald versunken. Es streifen Rauchwölfe durchs Unterholz und die niedrigen Kornreihen. Lasst euch von denen nicht erwischen.«

Langsam und misstrauisch wandten sich die Brunnenvergifter um. Der Verletzte wurde von seinem Freund gestützt, langsam gingen sie unter den Augen der Erwachsenen und Kinder der Meldrith zur Siedlung hinaus.

Vraccimbur hatte insgeheim damit gerechnet, dass Steine und Kehricht in dichten Schauern hinterherfliegen würden, doch niemand bückte sich nach einem Wurfgeschoss, um den Verbrechern etwas anzutun. Wie es der Vorsteher versprochen hatte, durften sie Therlisôn unbehelligt verlassen.

»Sònuk«, rief Icuriàs plötzlich. Gleich darauf erschien der Srgāláh zwischen den Häusern; den Speer trug er in seiner natürlichen linken Hand. »Laut Gesetz steht auf das vorsätzliche Vergiften einer Wasserstätte in sämtlichen Reichen des Geborgenen Landes der Tod. Allerdings musste ich den beiden zusagen, dass ihnen kein Meldrith etwas antut. Du könntest für Gerechtigkeit sorgen.«

Der Srgāláh gab ein dunkles Grollen von sich, und die ledrig-goldene Nasenspitze blähte sich witternd. »Ich verstehe.«

Vraccimbur zog vor Icuriàs den imaginären Helm. Er hielt sein Wort und sandte doch den verdienten Tod gegen die Strolche aus. Für die Jagd hatten die Wesen einen feinen Geruchssinn, gute Augen und das perfekte Gehör: Einem Srgāláh entkam man nicht. Er betrachtete den künstlichen Arm, der sich bewegen ließ, als wäre er echt. *Das ist eine spannende Erfindung!*

»Sag, wie kannst du den Ersatz bewegen?«, fragte Vraccimbur. »Ich hörte, dass die Constructoren mit winzigen Uhrwerkantrieben viel vermögen. Aber *so* etwas?«

»Es ist kein Ersatz.« Sònuk schob ein bewegliches Blech am Unterarm zur Seite. Darunter kam dünne, felllose Haut zum Vorschein, unter der Adern und Muskeln fast blank dalagen. »Es ist ein unterstützender Schutz. Eine Panzerschiene.«

Vraccimbur hatte als Schaukämpfer jegliche Art von Verletzungen gesehen. Schnitte, Brüche, Abtrennungen, Quetschungen, Verbrennungen. Nichts davon passte zu den Wunden, die sich der Srgāláh eingefangen hatte. *Als hätte ein Raubtier versucht, ihn bei lebendigem Leib zu fressen.* »Zieht sich das deinen ganzen Arm hinauf?«

»Bis zur Schulter. Um ein Haar hätte ich ihn verloren.« Sònuks braune Augen mit den geschlitzten Pupillen richteten sich auf Icuriàs. »Sie haben mich und meinen Arm gerettet. Und dies ersonnen, damit mir neuerliche Verletzungen an der empfindlichen Stelle erspart bleiben.«

»Und was hat dich so übel erwischt? Ist eine Rotte hungriger Kleinorks im Schlaf über dich hergefallen?«

Der Srgāláh richtete den Blick auf den Zwerg, seine Ohren stellten sich steil auf. »Du bist sehr neugierig.«

»Und du bist eine Besonderheit. Machst wahrlich etwas her.« Vraccimbur deutete auf seinen Wagentross. »Wie wär's? Ich weiß nicht, welche Abmachung du mit den Meldrith hast, aber für dich wäre Platz in unserer Schaukampftruppe. Der perfekte Hingucker! Und wer sollte *dich* bezwingen, abgesehen von mir? Du hast ein sicheres Einkommen bei uns.«

Sònuk lehnte mit einem dunklen Bellen ab, das ein wenig verächtlich klang. »Ich bin noch lange nicht firm genug im Umgang mit meinem Halbpanzer und besitze kaum die Geschicklichkeit, die Arm und Hand einst hatten. Außerdem gibt es eine wichtigere

Aufgabe, die Vorrang hat.« Er grinste und zeigte dabei sein einschüchterndes Gebiss zwischen den Lefzen. »Aber *danach,* Freund Zwerg, danach mache ich mir Gedanken über dein Angebot. Es klingt unglaublich verlockend, mich mit großspurigen Dorftrotteln und besoffenen Angebern zu messen.«

»Oh, du Schelm des bösen Wortes!« Vraccimbur lachte dröhnend. »Ganz nach meinem Geschmack!«

»Du und deine Leute sind unsere Gäste. Ihr habt uns vor schwerem Schaden bewahrt«, hakte sich Icuriàs ein. »In Zukunft werde ich das Brunnenhaus wohl bewachen lassen müssen. Vogt Arlger und anderes Geschmeiß darf keine Gelegenheit mehr erhalten, uns derartig zu schaden.« Er gab Anweisungen in seiner Sprache an die Umstehenden, woraufhin zwei Meldrith auf den Balkonen sich verneigten und ins Innere der Hausberge verschwanden. »Seid herzlich zu einem Schmaus eingeladen, der ungewöhnlich erscheinen mag, aber euch gewiss mundet.«

»Ach, wir essen alles und sind nicht wählerisch«, erwiderte Vraccimbur, und seine Truppe lachte leise. »Mit genug Wein oder Bier bekommt man alles runter.«

»Daran soll es nicht mangeln.« Icuriàs wies mit der Stabspitze auf die Hand des Allfünfers. »Bevor ich es vergesse: Du trägst eine Einzigartigkeit als Schmuck, Freund Vraccimbur. Ist dir das bewusst?«

Er sah verwundert auf seinen Ring am rechten Mittelfinger. »Der? Ach, bloß ein Gewinn aus einem Schaukampf. Die Schnörkelrunen darauf sagen mir nichts. Dir schon?«

»Sie sagen mir, dass Großes auf dich wartet. Dies wird sich zeigen, wenn die Zeit dafür angebrochen ist.« Icuriàs deutete mit dem Stab zum mittleren Hauskegel. »Begebt euch in unsere Versammlungshalle im Erdgeschoss. Dort wird man euch bewirten und ein Lager gewähren. Besser, als in den kalten Nächten im Freien zu nächtigen, oder?«

Vraccimbur wollte etwas antworten und sich bedanken, als die Sonne endgültig hinter dem Horizont versank. Von einem Herzschlag auf den nächsten änderte sich Icuriàs' Augenfarbe, der blinde Eindruck wich. Rund um die dunkle Pupille gab es nur Schwärze, umgeben von etwas Weiß.

Bei Vraccas und Lorimbur! Als er sich rasch und unauffällig umschaute, bemerkte er, dass sämtliche Meldrith das Schwarz als Augenfarbe hatten.

Und Sònuk war wie vom Erdboden verschwunden.

***

DAS GEBORGENE LAND, FREIE STADT MALLENIASWACHT, 1024 N.B. (7515. SONNENZYKLUS NACH ALTER ZEITRECHNUNG), FRÜHJAHR

Goïmron eilte an den Fronten der mehrstöckigen, bunt bemalten Fachwerkhäuser vorbei und der Werkstatt von Meister Funkelstein entgegen. Dabei grüßte er freundlich jene Leute, die ihn erkannten. Seit seinen Abenteuern stieg die Zahl von Bewohnern und Besuchern, die sein Gesicht den Geschichten und Vorgängen in Brigantia und im Binnenmeer zuordnen konnten. Die Flugschriften und Plakate hatten sein Konterfei gut getroffen. Er war der Zwerg, der den mächtigen Drachen Szmajro furchtlos gelenkt und hernach heldenhaft getötet hatte, der die Albaeschiffe vernichtete und das Geborgene Land von vielerlei Übel befreite.

Auch wenn sich Goïmron bemühte, nicht allein den Ruhm für seine Taten einzuheimsen, mochten die Bewohner der Stadt die Vorstellung, einen Helden innerhalb ihrer Mauern zu haben. Das ließen sie ihn spüren, und sie waren stolz auf ihn. Er wiederum wurde nicht müde, unentwegt die Beteiligung vieler anderer Zwerge, Meldrith, Elben und Menschen zu betonen, ohne die all das niemals möglich gewesen wäre.

Goïmron erreichte die Kreuzung am fünften Hügel und schwenkte auf die Breitenallee ein, um zu seiner Wirkungsstätte zu gelangen. *Ich hätte mir doch ein Laufrad zulegen sollen.* Noch hatte er sich nicht dazu durchringen können, eine der modisch gewordenen Erfindungen auszuprobieren. Das Grundmodell hatten Händler mit nach Malleniaswacht gebracht, und irgendein schlaues Hirn aus der städtischen Zwergengemeinschaft hatte eine Version mit Zahnrad, Kette und Fußkurbeln ersonnen, mit denen man das Rad den Berg hinauftreten konnte. Wissen über Zahnräder und Antriebe besaß sein Volk zur Genüge. Es wurde bereits gemunkelt, dass beim Antrieb der Schienenkutsche Neuerungen anstünden, um keine Riesentrolle mehr vorspannen zu müssen.

Der Malzgeruch in der Luft machte ihm ein schlechtes Gewissen. Die Bierbrauereien der Zwerge schufen Nachschub für die durstigen Kehlen. Auf dem fünften Hügel fand man zudem die herausragenden Bäcker und Fleischer der Stadt sowie die meisten ihrer Zwerge aus dem Stamm der Vierten.

Auch wenn Malleniaswacht nicht deren angestammte Heimat war, fühlte sich Goïmron in der größten der insgesamt fünf freien Städte des Geborgenen Landes wohl. Daran änderte auch der Umstand nichts, dass der eigentliche Sitz der Vierten, das Braune Gebirge, von Feinden befreit war. Er hatte nicht vor, die Stadt zu verlassen, in der er geboren und aufgewachsen war.

Außerdem lebt Rodana hier. Der Duft nach frischem Bier steigerte sich zusammen mit seinem schlechten Gewissen. *Ich hätte ihr gleich welches mitbringen und sie nicht auf den Abend vertrösten sollen.*

Goïmron bog spontan in den Ladenverkauf von *Schmiedebier und Kinder* ein und stellte sich artig in die Schlange. *Schmiedebier* braute die süffigen und leichteren Sorten, die eine Menschenfrau trinken konnte, ohne sogleich in die Volltrunkenheit zu gleiten, wie das bei einem Vierfacheisbock der Fall wäre. *Das wird Rodana Inspiration verschaffen. Oder wenigstens ihren Durst löschen.*

Einige der Wartenden hatten große Kannen und kleine Fässchen, andere Humpen oder Flaschen dabei.

»… zwei Säuglinge verschwunden«, sprach eine Frau vor ihm

leise zu ihrer Nachbarin. »Stell dir vor: Aus dem Wagen und der Wiege müssen sie gestohlen worden sein!«

Goïmron hörte zunächst nur mit halbem Ohr zu. Er dachte über die Drachenfigürchen nach, die er überarbeiten wollte. Die bunten Halbedelsteine, um die sich fingergroße Geschuppte aus schimmerndem Kerzgranit wanden, waren Verkaufsmagnete geworden. Er kam mit den Stückzahlen kaum hinterher und musste zwischendurch seine Hände eincremen, die im Steinstaub austrockneten.

»Ja, bei Elria! Wie schrecklich! Mir hat Irec von der Garde gesagt, man habe die Knöchlein eines Kindes gefunden. Außerhalb der Stadt. Niemand dürfe davon erfahren, weil es zu grausam sei.«

Nun horchte Goïmron auf.

»Weswegen?«, fragte die andere Frau. »Da steckt doch mehr dahinter als ein Mord.«

»Wegen der Spuren an den Knochen. Von einer Klinge.« Die Erzählerin senkte zwar die Stimme, aber Goïmron hörte genau hin. »Und Zähnen.«

»Du meinst, jemand hat das arme Kind …?«

»Geschlachtet, ausgebeint und das Fleisch von den Knochen genagt. Sogar das Mark herausgesogen«, fuhr die Erzählerin fort. »Jedenfalls glaube ich das. Mehr hat mir Irec nicht anvertrauen wollen.«

»Ihr Götter! Wer sollte so etwas tun? Ein unschuldiges Kind zu verspeisen ist gegen die Natur und alles, was …«

»Na, *wem* schmeckt zartes Menschenfleisch, Frau Nachbarin?«, unterbrach sie die Erzählerin verschwörerisch. »So viele kommen nicht infrage. Der Senat hat die Patrouillen in der Stadt verstärkt. Damit wir sicher sind.«

Goïmron wurde von Unruhe befallen. *Das muss Rodana erfahren!* Sollte wirklich eine Ragana in der Nähe sein, hatte das vielleicht etwas mit Chòldunja zu tun, der einstigen Aprendisa der Puppenspielerin. Die junge Frau hatte vor ihrem Tod gestanden, eine Moorhexe zu sein, die sich vom Kult abgewandt hatte und deswegen von ihrer Familie gejagt wurde. *Ist eine verspätete Häscherin in Malleniaswacht unterwegs und auf der Suche nach ihr?*

Vielleicht hatte es sich noch nicht bis in die südlichen Sümpfe herumgesprochen, dass Chòldunja nicht mehr lebte. Daher würde der erste Gang einer Ragana unweigerlich zu Rodana führen, um dort mehr zu erfahren.

Endlich war die Reihe an Goïmron, und er erstand eine große Flasche Perlapfelbier. Das an Apfelwein erinnernde Gebräu war leichter, perliger und weniger kräftig am Gaumen, weswegen es sich vor allem bei den feineren Zungen großer Beliebtheit erfreute. An heißen Umläufen mache es zudem nicht trunken und eigne sich als perfekter Durstlöscher, versicherte ihm der Verkäufer. Die anpreisenden Worte spielten für Goïmron gerade keine Rolle, er wollte nur schnellstmöglich zurück zum *Curiosum.*

Die Sorge verlieh ihm Flügel. *Was gäbe ich für ein Laufrad!* Er spurtete durch die Straßen und Gassen, hinauf und hinab, bis er endlich den Hauptmarktplatz des zweiten Hügels erreicht hatte. Der Schweiß brannte ihm in den Augen, die Hitze staute sich unter seiner leichten Seidenkleidung.

Die Werkstatttür des *Curiosum* war geschlossen, die Läden waren es ebenso.

Als sich Goïmron dem Eingang näherte, vernahm er leises Klirren und Krachen, gefolgt von dumpfen Aufschlägen gerüsteter Körper. Vor der Schwelle lag ein dünnes Metallplättchen, das zur Rüstung einer Stadtwache gehörte.

Nein! Bei Vraccas, bin ich zu spät? Goïmron stellte die Bierflasche ab und zog sein Schnitzmesser. Eine andere Waffe führte er nicht mit sich. Dann öffnete er ruckartig die Tür, reckte die kleine Klinge nach vorne.

Auf dem Boden lagen drei verstümmelte Gardisten. Unmengen Blut lief aus vielen Schnitten und Stichen in Hälsen und Gesichtern. Abgetrennte Nasen, Fingerkuppen und Ohren hatten sich auf den Dielen der Werkstatt verteilt.

Rodana saß steif auf einem Stuhl und starrte ihm entgegen. Neben ihr stand eine ältere Frau in einem mehrfach geflickten Kleid, die geschickt zwei blutige Bügelscheren in ihren dünnen Händen wirbelte, als wäre es ein Kinderspiel.

»Lass sie in Ruhe!«, befahl Goïmron und trat in den nach Blut und Urin stinkenden Raum.

Der Handkarren mit dem Schleifstein verriet auf einen Blick, mit welcher Tarnung die Ragana nach Malleniaswacht gekommen war. *Vraccas steh mir bei!* Er sah auf sein Schnitzmesser und kam sich albern vor. *Ich brauche eine bessere Waffe. Und bessere Kämpfer.*

»Goïmron, nein! Verschwinde!«, rief Rodana aufgeregt. »Es ist alles geregelt.«

Er lachte ungläubig auf und sah auf die Leichen. »Was soll hierbei –«

»Oy, was haben wir denn hier? Einen heldenhaften Sohn des Schmieds oder einen heranwachsenden Jüngling?«, begrüßte ihn die Ragana und richtete sich auf, hielt die feuchtroten Scheren kampfbereit. »Ein Schnitzmesser? Mehr nicht?« Sie lächelte tückisch. »Dann musst du sehr gut damit sein. Sollte ich mir Sorgen machen?«

Dank seines Talents, Edelsteine jeglicher Art taxieren und magische Besonderheiten erkennen zu können, sah Goïmron einen schwarzen Diamanten sowie einen Bernstein aufleuchten, die die Sumpfhexe auf dem Amulett aus Gebein und Holz um den Hals trug. *Darin steckt viel Energie!* Der Bernstein glomm orangefarben, als habe er erst vor Kurzem frische Kraft erhalten. *Durch die Seelen der verzehrten Kinder.* Doch seine Macht war nichts im Vergleich zum Moordiamanten, den Chòldunja besessen hatte.

»Was willst du?«

»Goïmron, lass sie gehen! Es ist alles geregelt. Sie hat die Antworten bekommen, die sie haben wollte«, bat Rodana eindringlich.

»Sie gehen lassen? Sie hat zwei Kinder aus der Stadt vor den Toren gefressen, um ihre unheiligen Kräfte zu stärken«, brach es aus ihm heraus. »Wir müssen die Garde rufen, damit sie –«

»Dein Name ist Goïmron? Oy! *Du* bist der Unterirdische, dem manche nachsagen, er verstünde sich aufs Zaubern?« Die Ragana musterte ihn aus ihren braungrüngelben Augen. »Und doch bedrohst du mich mit einem Schnitzmesser anstatt deiner Magie.«

Das hat sie vernommen? Das brachte Goïmron auf eine verwegene Idee. »Oh, du kannst es natürlich auch anders haben, Kinderfresserin.« Er langte in die Wamstasche und zog den Nephrit hervor, präsentierte ihn auf der offenen Handfläche. »Wage es nicht und tue Rodana etwas zuleide!«

»Das habe ich nicht vor.« Sie legte die blutigen Bügelscheren langsam in eine offene Schublade des Handkarrens und schloss sie. »Außer, du würdest mich dazu zwingen.« Blitzschnell fasste sie eine Strähne von Rodanas blonden Haaren und schnitt sie mit einer kleinen Schere ab, die wie aus dem Nichts in ihrer Hand erschien. »Dieses Andenken verleiht mir Macht über sie. Stell dich mir weiter in den Weg oder rufe die Wache, während ich aus Malleniaswacht verschwinde, und ich belade deine Freundin mit einem Fluch, der ärger ist als alles, was ihr kennt.« Die hellen Haare verschwanden in den Falten ihres Kleides.

Goïmron hielt den rotbraunen Nephrit auf seiner Handfläche und ging langsam zu Rodana, achtete dabei auf den Abstand zur Ragana. Unvermittelt begann der Edelstein in seinem Inneren zu leuchten, und kleine grünliche Blitze zuckten aus ihm heraus.

Was … was ist das? Goïmron riss sich zusammen, um sich seine Überraschung nicht anmerken zu lassen.

»Oh, du vermagst ein paar Spielereien, wie ich sehe«, kommentierte die Ragana und rieb ihre blutigen Finger mit einer Handvoll Schnitzspäne sauber. Sie arretierte den Schleifstein und nahm die Griffe des Handkarrens, um mit ihm rückwärts auf den Ausgang zuzugehen. »Ich rate dir dennoch: Versuch nicht, mich aufzuhalten. Es bekäme euch beiden nicht gut.« Mit einem Tritt öffnete sie die Tür und ging langsam hinaus auf den Marktplatz, auf dem sich kaum jemand aufhielt. Ein paar Kinder spielten am Brunnen Fangen. »Denk an die Haarsträhne. Mach keinen Unsinn, Sohn des

Schmieds.« Dann verschwand sie aus dem Sichtfeld, leise quietschend entfernte sich der Karren.

Sofort sprang Rodana vom Stuhl und warf den Eingang der Werkstatt zu, damit die Jungen und Mädchen auf dem Marktplatz die Toten auf dem Dielenboden nicht sahen. »Rasch!«

»Ihr nach, meinst du?« Goïmron steckte den Nephrit zurück ins Wams. Er schob das Leuchten auf eine statische Aufladung, wie es auch bei Bernstein vorkam.

»Nein. Wir müssen die Leichen verschnüren und in der Nacht verschwinden lassen.«

»Ist das dein Ernst?« Goïmron rieb sich den Schweiß mit einem umherliegenden Tuch aus dem Gesicht. »Sollten wir nicht …?« Er hatte viele Fragen zum Besuch der Ragana. Und dazu, welche Antworten die Hexe von der Puppenspielerin erhalten hatte, sodass sie freiwillig gegangen war.

»Nein.« Rodana umfasste seine Schultern und sah ihm tief in die Augen. Die roten Spritzer auf ihrem Gesicht mit den hohen Wangenknochen stammten zu seiner Erleichterung nicht von ihr. »Wir lassen Zimànja unerkannt und unbehelligt gehen. Niemand darf mich mit ihr in Verbindung bringen. Du hast etwas von toten Kindern gesagt?«

Goïmron nickte zögerlich.

»Die Stadtwachen dachten auch schon, ich sei eine Spionin der Ragana. Chòldunjas Herkunft ist nicht vergessen worden.«

»Aber …«

»Zimànja wird eines Umlaufs für ihre Taten büßen. Aber nicht heute. Nicht in Malleniaswacht. Sonst reißt sie mich und dich mit in den Tod. Entweder durch ihren Fluch oder durch die Untersuchungen, welche der Senat gegen mich einleiten würde«, führte Rodana aus. »Niemand wird mir glauben, wenn ich meine Unschuld beteuere.« Sie nickte in Richtung der drei Leichen. »Diese Tat ist niemals in meiner Werkstatt vorgefallen, Goïmron. Du musst mir helfen, sie zu entsorgen.«

Seufzend willigte er ein, und sie umarmte ihn sogleich dafür.

»Was wollte sie von dir? Hat sie Chòldunja gejagt?«

»Später«, wiegelte Rodana ab und ließ ihn los. »Ich hole mehr Sägespäne und Sand, um das Blut aufzusaugen. Danach machen wir zuerst sauber und verschütten anschließend rote Farbe, Duftwasser und Wein. Die Flecken gehen nie wieder aus den Dielen. Also müssen wir sie übertünchen.«

Goïmron betrachtete die grässlich zugerichteten Toten. Übelkeit stieg in ihm auf. »Was machen wir mit ihnen?«

»Ausziehen, in die Kanalisation werfen und hoffen, dass man viele falsche Schlüsse zieht, sollten sie jemals gefunden werden«, antwortete Rodana und spähte durch einen Spalt in den Fensterläden. »Es ist schon fast Nachmittag. Ich muss das Abendstück vorbereiten.«

Ihre Abgebrühtheit machte Goïmron kurz sprachlos. »Du willst spielen?«

»Selbstverständlich. Alles muss wie immer ablaufen, damit kein Verdacht aufkommt.« Rodana eilte los, um zusammengefegte Sägespäne mit der Schaufel auf den roten Lachen zu verteilen. »Denn das hier …«

»… ist niemals geschehen«, vollendete Goïmron und begann, den ersten Gardisten von seiner Rüstung zu befreien.

Seine Fragen zum Besuch der Ragana blieben. Und seine Übelkeit wuchs.

***

»Die Ursprünglichen, so werden jene Albae genannt, die angeblich seit Tausenden Zyklen im Geborgenen Land leben.
Die Legenden und Gerüchte, denen ich nachspürte, besagen, sie hielten sich von den Meldrith und Dsôn Khamateion fern und lebten an einem geheimen Ort.
Ich habe nicht herausgefunden, ob auch nur ein Funken Wahrheit in diesen Geschichten ist. Meiner Meinung nach sind sie übertrieben. Denn wären sie wahr und sie besäßen geflügelte Nachtmahre und geflügelte Feuerstiere, hätten wir davon Kunde.«

Dar Whjenn, Kundiger von Flora,
Fauna und Weltgesetzen

KAPITEL II

DAS GEBORGENE LAND, IM NORDEN DES VEREINTEN GROSSKÖNIGREICHS GAURAGON, PROVINZ FEUERN, AN DEN AUSLÄUFERN DES GRAUEN GEBIRGES, PLATINGLANZE, 1024 N.B. (7515. SONNENZYKLUS NACH ALTER ZEITRECHNUNG), FRÜHJAHR

»Und als Nächstes hören wir …« Barbandor Stahlgold aus dem Clan der Königswassertrinker hatte den Überblick verloren, wer in der lebhaften Runde das Wort ergreifen durfte. Die Liste mit Rednernamen hatte einige Spritzer Schwarzbier abbekommen, die Tintenlinien verschwammen. Schwarz und Braun mischten sich, garniert mit etwas Schaum. *Verflucht!*

Zusammen mit drei Dutzend Menschen sowie einer Handvoll Zwerginnen und Zwergen saß er in der Versammlungshalle des Wehrhauses. Man beriet über die gemeinsame Zukunft von Platinglanze.

Die Menschen waren Abordnungen aus den Gilden der Handwerker und Kaufleute sowie Großbauern, zudem saß der angehende Hauptmann der Stadtwache zwischen ihnen. Da das Volk der Zwerge nach und nach ins Graue Gebirge zog, um die alte Heimat erneut in Besitz zu nehmen, verließ es allmählich seine Siedlungen Platinglanze, Bergesschein, Schmiedeburg und Güldenwall am Fuße der Berge.

Das Vereinte Großkönigreich Gauragon wiederum freute sich über die unerwartete Gelegenheit, die wehrhaften, befestigten Siedlungen samt Umland zu übernehmen – wenngleich die Zwerge den Vorgang eher als dauerhafte Leihgabe verstanden. Das führte gelegentlich zu Missverständnissen. Es gab einige Punkte zu verhandeln und abzustimmen, was die Nutzung des überlassenen Grund und Bodens anging.

Einige Zwerge würden in der Siedlung verweilen, um Fragen der Zugezogenen zu beantworten und deren Unsicherheiten im Umgang mit den Verteidigungsanlagen zu überwinden. Zudem hatten die Zimmerleute und Steinmetze mit ersten Umbauten begonnen. Das Innere der Gebäude musste wegen der unterschiedlichen Körpergrößen angepasst werden, um das Leben für die neuen Bewohner angenehmer zu machen.

»Gut, wir hören …« Barbandor hob den Blick und sah über den Wald aus gereckten Armen, der sich vor ihm emporstemmte. *Was mache ich bloß?* Als Siedlungsrat und Zuständiger für Verteidigung hatte ihm die Zwergengemeinschaft die undankbare Aufgabe übertragen, die Regeln des Zusammenlebens in Platinglanze mit den künftigen Bewohnern zu organisieren. Das gestaltete sich komplizierter, als er anfangs gedacht hatte.

»Alsa.« Er zeigte auf die Krämerin, was leise Laute des Aufbegehrens in der Versammlung auslöste. »Trage uns dein Anliegen vor.«

Alsa, eine Frau Ende zwanzig mit Allerweltsgesicht und feiner Stimme, erhob sich mit einem überraschten Nicken, strich das schlichte braune Kleid mit den weißen Streifchen glatt. »Danke, Ratsherr. Es ist eine Sache, die mich brennend interessiert.« Sie sah einmal in die Runde. »Nein, eigentlich uns alle, die Geld durch Handel verdienen. Ganz gleich, mit welcher Ware.«

»Sprich, bitte, frei heraus.« Barbandor ahnte, was kommen würde. Als Ausdruck seiner Autorität trug er in den Sitzungen stets die weiße Amtsschärpe über dunkelbraunem Ledergewand und Kettenhemd. Außerdem achtete er darauf, dass die geflochtenen dunklen Barthaare gepflegt wie das Haupthaar herabhingen. Menschen schauten sehr auf Äußerlichkeiten und ließen sich dadurch beeinflussen. Haarschmuck und Flechtfrisuren hätten Verunsicherung geweckt. Heimlich steckte er sich einen Priem in die Wangentasche, der nach Zimmet und Minze schmeckte. Es half ihm, seine Aufmerksamkeit zu bewahren.

»Wie genau steht es um die Pläne der Wiederbesiedlung durch

die Stämme?«, erkundigte sich Alsa. »Nein, lass es mich deutlich sagen: Wie schnell werden die zugeschütteten Durchgänge der Zwergenreiche geöffnet und deren Lage uns allen offenbart werden? Kannst du uns dazu mehr berichten, Ratsherr?«

Barbandor wusste, dass er sich mit seiner Antwort auf gefährliches Gebiet begab. »Nun, die einst verborgenen Zwergentruppen, die Goldhand persönlich beauftragte, haben Erstunterkünfte nahe dem neuen Durchgang vorbereitet. Dahin ziehen unsere Leute, um den Ausbau zu unterstützen. Sobald dieser abgeschlossen ist, erfolgt die Öffnung des Geborgenen Landes. Hier und anderswo.«

»Das ist keine genaue Aussage.« Alsa machte ein unzufriedenes Gesicht. »Wie lange dauert dieser Ausbau?«

»Wir Zwerge sind schnelle Arbeiter.« Barbandor kaute auf dem Priem gegen die Anspannung. Natürlich verstand er, dass die Bewohner Handel treiben und reisen wollten. Es sicherte das Auskommen, sorgte für Reichtum und Nahrung. »Sehen wir es doch in einem freundlichen Licht: Solange die Tore an allen fünf Stellen geschlossen bleiben, ist das Geborgene Land sicher und kann sich in Ruhe um sich selbst kümmern.«

Noch bevor er den Satz zu Ende gesprochen hatte, regten sich Widerspruch und Empörung in der Versammlungshalle. Es wurde durcheinandergerufen und eine feste Vorgabe von Zyklen verlangt, wann sich die Grenzen öffneten.

Barbandor ließ den Disput toben. Er würde ohnehin kein Gehör finden, solange die Gilden und Bauern ihre Vorschläge gleichzeitig vortrugen. *Ich ahne, dass es überall vor den Zwergenreichen so zugeht.*

Am Roten Gebirge, wo das Binnenmeer lag und ganze Reiche vom Austausch mit dem Jenseitigen Land lebten, würden noch schärfere Dispute mit König Gandalgir Eisengriff geführt werden als hier in Platinglanze. König Gajek von Gauragon hatte angedeutet, dass er alsbald Entschädigung von den Dritten im Schwarzen Gebirge verlangen würde, sollte der Warenverkehr nicht ins Rollen kommen. Barbandor hatte aus Nachrichten von den übrigen zwei Stämmen vernommen, dass es auch dort zu gravierenden diplomatischen Spannungen kam. *Aus Unmut kann handfester Streit werden.* Die hehre Absicht von Tungdil Goldhand, das Geborgene Land sicher wie vor mehr als tausend Zyklen zu machen, verkehrte sich in Ungemach.

»Bitte, meine lieben Freundinnen und Freunde«, sprach Barbandor laut und erhob sich langsam von seinem Stuhl. Die Ratsherrenschärpe sollte ihre Wirkung auf die erhitzten Gemüter entfalten. »Wir vermögen es nicht zu ändern. Daher schlage ich vor, wir richten unsere Aufmerksamkeit auf jene Dinge, die wir selbst in der Hand haben.«

»Wir können auf eigene Faust nach dem Durchgang im Grauen Gebirge suchen«, erwiderte Alsa trotzig.

Die Schärpe lässt nach. »Das könntest du. Hast du Erfahrung mit Gebirgen? Mit dem sich schnell ändernden Wetter, mit den Gefahren, die darin lauern?«, gab Barbandor freundlich zurück und deutete zum Fenster hinaus. »Dann nur zu, Krämerin Alsa. Nimm dir Proviant für zehn, zwanzig Zyklen mit. Vielleicht findest du ein Schlupfloch ins Jenseitige Land, durch das eine Assel passt. Das wird für dich und deine Waren jedoch nicht reichen.«

»Verspotte mich nicht, Ratsherr. Es ist die pure Not, die aus mir spricht.« Alsa sah ihn an. »Ich brauche ein Einkommen, sonst habe ich nichts zu essen.«

»Dann sucht Wege, eure Waren im Geborgenen Land zu verkaufen, bis es die Öffnung gibt.« Barbandor wollte den Disput beenden, der zu nichts führte. »Denkt nach und lasst eure Vorstellungskraft fliegen! In Platinglanze gibt es alles, was ihr braucht, um auf neue Gedanken zu kommen. Unterkunft, Wasser, fruchtbare Felder. Die euch nichts kosten, um es nochmals zu betonen. Ihr werdet etwas finden, was euch die Reiche aus den Fingern reißen wollen und euch Münzen einbringt wie nie zuvor.« Er nahm eine dicke Ledermappe und hob sie an. »Gehen wir nun die letzten Fortschritte durch. Ihr habt Abschriften vor euch liegen. Das mag erste Ideen für ungeahnte Geschäfte bringen.« Mit einem Wink orderte er frisches Bier und nahm Platz.

Zu einer Erleichterung setzte sich auch Alsa.

Die Versammelten studierten die Unterlagen, es wurde getrunken und leise gemurmelt.

Tirmelin Kräuselbart aus dem Clan der Blechdrücker, ein jüngerer Zwerg von stattlichem Wuchs und mit dreifach geflochtenem, schwarzem Bart, lehnte sich zu Barbandor. Er gehörte zu jenen Kindern des Schmieds, die einstweilen in der Siedlung blieben. »Ist es wirklich abgemacht, dass fast alle von uns ins Graue Gebirge ziehen, Ratsherr?«

Er sah zum Krieger, dessen Tonfall und Worten er anhörte, was sein wahres Begehren war. »Nicht jetzt, Tirmelin.«

»*Wann dann?* Du weichst mir auf der Straße und bei jedem Zusammentreffen aus.« Eine Zwiebelwolke drang aus seinem Mund. »Wir sollten den Langen nicht Platinglanze überlassen. Sie werden es ruinieren und an die Schweineschnauzen verlieren, trotz der vernichtenden Stahlfederschleudern und den verstärkten Mauern.«

Barbandor seufzte. Aus dem Augenwinkel bemerkte er, wie sich die Aufmerksamkeit einiger Menschen auf sie richtete. »Ich weiß, was du und viele andere denken. Aber es ist nicht …«

»Was denken?«, warf Alsa hoffnungsvoll ein. »Was wispert ihr da? Geht es um die Durchgänge?«

Tirmelin schüttelte den Kopf. »Eine zwergische Sache.«

»Vielleicht mag sie von Interesse für uns alle sein?«, forderte die Krämerin. »Wir helfen euch gerne, eine Lösung zu finden.«

»Nein, wir haben nur über …«, setzte Barbandor an und pochte erklärend auf die Ledermappe.

»Da hast du recht, Krämerin.« Tirmelin hakte seine Rechte im Brustgurt ein, in dem eine Wurfaxt steckte. »In unseren Reihen gibt es unterschiedliche Meinungen darüber, wie sinnvoll es ist, das Graue Gebirge zu besiedeln, solange die Schweineschnauzen noch als geschlossene Macht unter ihrem gepriesenen Anführer

Borkon in der Salzwüste sitzen und lauern. Sie werden nicht ewig friedlich sein.«

»Aha. Ich verstehe. Anstatt die Durchgänge zu öffnen, sollte man erst die Orks auslöschen und im Geborgenen Land für Ruhe sorgen. Bevor wir uns auf Einfälle und Angriffe von außen gefasst machen müssen.« Alsa sah in die Runde. »Nun ja. Die Salzwüste ist kaum für Wesen auf Dauer zu ertragen, die nicht Statur und Natur eines Orks haben. Wie sollte man dort schnelle Erfolge erringen? Die Scheusale kennen sich darin blendend aus.«

»Das müsste man planvoll angehen«, stimmte Tirmelin der Krämerin zu. »Und zwar unter dem Einsatz sämtlicher Kräfte, die es im Geborgenen Land gibt. In einem gemeinsamen Heer. Wie gegen Brigantia.«

Wir verlieren den Fokus der Unterredung. »Aber das ist nicht unsere Entscheidung«, widersprach Barbandor. *Sosehr ich es begrüßen würde.* Tief ihn ihm verlangte er nicht minder nach Rache.

Barbandor hatte den Orks und allen voran ihrem Anführer Borkon den Tod von Gyndala Zartfaust aus dem Clan der Goldfinder nie vergessen. Die Bestien hatten sie gefangen, getötet und vor seinen Augen mit Genuss verspeist. Ihn selbst hatten sie verschleppt und als Gefangenen in einem Käfig gehalten, während Borkon seine Allianz mit den Bestien aus Kràg Tahuum und der Salzsee schmiedete und die Bande der Feuerfresser unterwarf. Einem Maskottchen gleich hatte er Barbandor herumgetragen und vorgezeigt. Niemand glaubte dem nachtblauhäutigen Scheusal die postulierte Friedfertigkeit. *Ich am wenigsten. Doch es liegt nicht in meinen Händen, dies zu bestimmen.*

»Nun ist es genug!«, rief Barbandor. Er erhob sich und richtete die weiße Ratsherrenschärpe über seinem Kettenhemd, um die Versammelten seines Amtes zu gemahnen. »Platinglanze allein ist unsere Sorge. Die großen Dinge mögen von Mächtigeren als uns beschlossen werden.« Er warf dem aufsässigen juvenilen Zwergenkrieger einen maßregelnden Blick zu. »Es ist entschieden, wie es mit der Siedlung weitergehen wird. Sorgen wir für einen reibungslosen Übergang.«

»Mächtigere, größere, einerlei. Allenfalls Längere als uns.« Tirmelin lehnte sich zurück, schnappte den vollen Humpen vom Tablett, der eigentlich für Barbandor gedacht war, und nahm einen langen Zug vom Bier. Dabei vollführte er eine kleine Geste mit der freien Hand.

Barbandor sah, dass sie von Bergandor Wuchtfaust erwidert wurde, einem gedrungenen hellhaarigen Zwerg mit zerfasertem Bart.

Das fehlte mir noch. Die jungen Krieger gehörten anhand des Erkennungszeichens zum Flügel jener Kinder des Schmieds, die einem radikalen Ansatz folgten. Diese kleine Gruppe glaubte, die Zwergenstämme sollten über das Geborgene Land in Gänze herrschen, um den Schutz der Bewohner zu gewährleisten, wie es Vraccas seinem Volk befahl. *Schutz und Ordnung* lautete deren Losung. Davon hielt Barbandor überhaupt nichts.

»Wie dem auch sei. Es ist spät geworden. Rasch, ein Blick auf die Unterlagen, die ihr vor euch habt, und dann sollten wir ins Bett. Morgen wird ein anstrengender Umlauf für uns alle«, verkündete er.

In Rasanz wurde verlesen, wo die Umbauten der Häuser in vollem Gange oder bereits abgeschlossen waren, um den eintausend erwarteten Menschenfamilien genug Platz zu bieten.

Die ersten Gebäudevergaben und Einzüge der Neulinge samt Vieh und Hausstand waren in den letzten Umläufen schnell und reibungslos verlaufen. Etwa fünfzig Zwergenfamilien blieben in Platinglanze. Sie waren zuständig für die Verwaltung der Siedlung, Reparaturarbeiten sowie Wartung der Verteidigungsmaschinen.

Es kommen noch viele Sitzungen auf mich zu. Barbandor hatte beschlossen, Platinglanze nicht zu verlassen. In den Doppelmauern hatte er viel erlebt und erlitten und die Siedlung auf dem Dach des Wehrhauses nach Ûras Angriff bewacht. *Außerdem bleibe ich damit näher an Borkon und seiner Orkarmee.* Eines Umlaufs würde sich die Gelegenheit ergeben, den Bestien einen Besuch abzustatten. *Ich werde einige hässliche Schädel spalten, bei Vraccas!* Er trank von seinem frischen Bier. Der heiße Rachedurst tief in seiner Seele ließ sich dadurch nicht stillen.

Endlich war die dicke Ledermappe durchgearbeitet. Menschen und Zwerge zeigten sich erleichtert über die zügigen Fortschritte. Barbandor beendete die Versammlung.

»Schön. Morgen früh geht es los. Es stehen dreißig weitere Zuzüge an. Speicher und Kontore werden freigeräumt, Schaf- und Kuhställe eine halbe Meile südlich von hier sind instand zu setzen. Die angehenden Stadtwachen« – er sah zum dösenden Hauptmann, der einen Schubs bekam, um aufzuwachen – »erhalten eine Einweisung in die Stahlfederkatapulte. Treffpunkt am Südtor, zwei Sanduhren nach Sonnenaufgang.« Geräuschvoll schloss er die Mappe und schwenkte den Krug. »Auf die guten Zeiten von Platinglanze. Möge Vraccas mit euch allen sein.«

Sein Gruß wurde mehr oder weniger erwidert, die Müdigkeit verlangte Tribut. Die Zusammenkunft löste sich flott auf.

Zurück blieben Barbandor, Tirmelin, Bergandor und die Krämerin Alsa, die letzte Anmerkungen an ihre Aufzeichnungen kritzelte.

Als Tirmelin erneut zum Sprechen anhob, schüttelte Barbandor ablehnend den Kopf. »Es ist alles gesagt«, betonte er. »Die Zukunft von Platinglanze schreitet voran.«

»Hoffen wir's.« Tirmelin erhob sich, um mit seinem Freund den Saal zu verlassen. »Nicht, dass alles ins Stocken und Schwanken gerät.«

»Wie sollte das wohl geschehen?« Barbandor trank vom Bier. »Rechnest du mit einem Beben?«

»Nicht unbedingt der Erde, Ratsherr. Aber was wäre wohl, wenn *dir* etwas zustieße? Wenn du als Schlichter, als Lenker ausfällst?« Tirmelin gab sich Mühe, dabei sehr besorgt auszusehen. »Das hab ich schon zu Bergandor gesagt. Nicht, dass du dich übernimmst, auslaugst und entkräftet endest wie Glut ohne frische Kohle.«

»Die Entführung durch die Schweineschnauzen steckt dir noch

immer in den Knochen. Das sieht ein jeder in Platinglanze«, fügte der hellhaarige Bergandor vermeintlich fürsorglich hinzu.

»Achte gut auf dich, Barbandor. Nicht auszudenken, wenn du ausfallen würdest.« Tirmelin stellte seinen leeren Humpen laut auf dem Tisch ab. »Vraccas sei mit dir und lasse deine Lebensesse ewig brennen.«

Gemeinsam gingen die jungen Zwerge hinaus.

Alsa stieß daraufhin laut die Luft aus. »*Das* lässt du ihnen durchgehen, Ratsherr?«

Barbandor hatte sich gut im Griff. »Ach, das war nur Geplapper.« Das Bier machte ihn gelassener, sonst hätte er Tirmelin zurückgerufen und ihm eine Standpauke gehalten. Vor seinem Freund und der Krämerin. »Geboren aus Frustration und dem unguten Gefühl, nichts gegen das Böse tun zu dürfen, das einige Meilen entfernt sitzt und wartet.«

»Du hast ein großes Herz, solch eine verlogene Sorge zu verzeihen, die man als Drohung gegen dich deuten könnte«, stellte Alsa fest.

Das fand Barbandor auch und fühlte sich sehr großmütig. Und leicht angetrunken. »Es sind junge, heißspornige Krieger, die das Geborgene Land beschützen wollen.« Er war müde und freute sich auf sein Bett. »Ich finde auch, dass Tausende Schweineschnauzen, die einem blauhäutigen Scheusal sowie kruden Prophezeiungen folgen, eine Bedrohung sind.«

»Da hast du recht.« Alsa packte ihre Papiere in die Mappe, bündelte sie mit Aufstoßen der unteren Kante und stand auf. »Stimmt es, was man über Borkon sagt?«

»Ja. Er *ist* hässlich.« Barbandor griente bierlustig.

»Nein, ich meinte etwas anderes.«

»Ja, und er stinkt. Wenn auch nicht ganz so furchtbar wie –«

»Dass er unsterblich und unverwundbar ist«, fiel ihm Alsa ins Wort. »Dass er zudem seine Gemahlin mit dieser Macht versehen hat. Und einige aus seiner Gefolgschaft. *Das* ist der Grund, weswegen sie ihm folgen. Stimmt es?«

Verdammtes Gerede. Barbandor ließ sich nicht anmerken, dass es der Wahrheit entsprach. »Oh, es wird viel erzählt. Am Ende hat er noch vier Echsenschwänze und vier Köpfe.«

»Aber *du* warst dabei. Du hast die Bestien begleitet. Hast alles gesehen.« Gespannt wartete sie auf seine Antwort. »Denn wäre das so, fände ich Tirmelins Vorschlag, in die Salzsee einzumarschieren und alles in Flammen zu setzen, gar nicht mehr schlecht.«

In Barbandor schrie die Rache laut auf und forderte Zustimmung.

Mit ganzer Kraft konzentrierte er sich stattdessen auf ein unverbindliches Lächeln und rieb sich über den braunen Bart, in dem er die Zierspangen und Flechtmuster vermisste. »Nein. Das muss nicht geschehen. Sollten sie angreifen, könnte Platinglanze sie aufhalten, selbst wenn alle Schweineschnauzen des Geborgenen Landes unverwundbar würden. Was sie nicht sind. Man kann Borkon töten.« Er nahm seine Aufzeichnungsmappe und erhob sich, ging leicht schwankend aus der Halle. Dabei nahm er den Wachswollmantel vom Haken und warf ihn sich umständlich über. »Hab eine gute Nacht, Alsa.«

»Du auch. Und achte auf dich. Wie Tirmelin schon sagte«, rief ihm die Krämerin nach.

Noch eine Drohung? Wie herrlich. Barbandor verließ das Wehrhaus und betrat den Vorplatz, um die frische, kühle Frühlingsluft tief ein- und auszuatmen.

Der Geruch von Holzfeuer lag in der Luft; aus manchen Kaminen zogen Rauch und Funken in den Abendhimmel. Es war dunkler als gewöhnlich in Platinglanze. Noch lebten zu wenige Menschen in der Siedlung, um hinter sämtlichen Fenstern Lichter scheinen zu lassen. Nur gelegentlich blitzte eine Lampe oder eine Kerze durch eine Scheibe und erhellte den Weg, den Barbandor rasch einschlug. Ein letzter Hauch Winter kehrte des Nachts zurück.

Fröstelnd zog er seinen Mantel über dem Kettenhemd und der weißen Ratsherrenschärpe enger. Er hatte vergessen, sie abzulegen. Die breite, bestickte helle Binde machte sein Amt ersichtlich und ihn ansprechbar für alle, die Fragen und Sorgen hatten. *Aber nicht mehr in dieser Nacht,* hoffte er und ging mit traumwandlerischer Sicherheit durch die Straßen, Gässchen und Plätze, in und auf denen es mehr Schatten als Licht gab.

Die Gestirne verbargen sich hinter aufziehenden Wolken, als wollten sie sich von den Lebenden abwenden. Nur einmal kreuzte der Nachtwächter seinen Weg, es blieb bei einem stummen Gruß.

In der Stille vernahm Barbandor das dunkle Rauschen und Donnern der Smaragdfälle, mit denen sich der Fluss Towan viele Schritte tief in Kaskaden abwärtsstürzte. Wenn in Platinglanze fleißig gehämmert, gebaut und gelebt wurde, vernahm man das entfernte Tosen des Stromes nicht.

Sofort dachte Barbandor an seine Erlebnisse mit den grüngrauhäutigen Bestien. Wie sie aus dem Fluss gestiegen waren. Wie sie besiegt wurden. Wie er Borkon in seinem Versteck hinter dem Wasserfall gefunden hatte. Und wie er den Tod von Gyndala Zartfaust aus dem Clan der Goldfinder hatte mitansehen müssen.

Die Zwergin war aus Schmiedeburg gekommen, eine der östlichen Siedlungen nahe der Lavafelder, die ein Augenmerk auf die Orkbande der Feuerfresser hatte. Diese hatte sich Borkon unterworfen und Gyndala zu einem Mahl gemacht.

Tränen der Wut stiegen in Barbandors braune Augen.

Er wäre der Erste, der freiwillig an der Spitze eines Heeres marschierte. Die Schweineschnauzen mussten vernichtet werden, bevor sie alle durch die Macht des dämonischen Kräutertrunks unsterblich geworden waren, auf den sich ihr Druide verstand.

Was würde ich dafür geben, die Entscheidung der Mächtigen des Geborgenen Landes beeinflussen zu können, dachte er und seufzte. Sein Atem stieß als lange weiße Wolke in die Dunkelheit, in der er dank seiner Zwergenaugen gut sah.

Aber die Zeichen für einen solchen Heereszug standen schlecht.

Mostro, ein großspuriger, unausstehlicher Magieschüler, der sich nach dem Tod seiner Ausbilderin als Magus bezeichnete, weigerte sich, an einem Angriff teilzunehmen, solange er das Zauberreich Rhuta nicht besaß. Und das wiederum wurde von einem Schurken gehalten, der es im Handstreich eingenommen hatte und mittels magischer Artefakte verteidigte.

Ohne einen Magus und dessen Kunst wagte niemand eine Attacke auf derlei mächtige, kaum zu tötenden Orks.

Das wird sich am Ende rächen. Barbandor blieb an einer Ecke stehen und überlegte, ob er rasch sein Zwergenwasser abschlagen sollte. Bis nach Hause zu seinem eigenen Abort schaffte er es nicht mehr. Das Bier drängte, und die Kehrrichtrinne lag einladend vor seinen Füßen. *Nun denn.* Schnell erleichterte er sich. *Zu Elria damit!*

»Ah, da bist du ja, Ratsherr«, hörte er eine freudige Männerstimme. »Wir haben uns am Wehrhaus knapp verpasst.« Schnelle Schritte näherten sich, und der Schein einer heruntergedrehten Lampe fiel auf den Zwerg.

»Das ist gerade … ungünstig.« Barbandor versuchte, wertvolle Zeit zu gewinnen und den glatt rasierten Mann zu verscheuchen, der neben ihm erschien. Er trug die gelb-schwarze Uniform eines gauragonisch-königlichen Postbediensteten, Nuntios genannt, mit einem stilisierten Rufhorn an den Kragenspiegeln; an seiner Seite baumelte ein breiter Kurzsäbel. Schnell beendete Barbandor das Wasserabschlagen. »Ich muss dringend … ins Bett. Komm morgen in meine Amtsstube, und wir besprechen das.«

Der Nuntios verzog entschuldigend das Gesicht. »Das geht leider nicht.« Seine Hand mit der gereckten Laterne wankte hin und her, das Licht tanzte. Bevor es abrupt erlosch. »Dann wirst du nämlich nicht in der Stadt sein.«

»Was?« Barbandor kniff die Augen zusammen, Misstrauen schoss empor. Hatte der Unbekannte eben ein Signal gegeben? »Ich denke –«

Ein harter Schlag traf ihn in den Nacken, und halb besinnungslos brach er in der Kehrrichtrinne zusammen.

Wie in einem verschwommenen Traum bekam Barbandor mit,

dass man ihn fluchend anhob und davontrug; wie man ihm die Arme und Beine verschnürte und einen Knebel in den Mund schob; dass man ihn in einen hölzernen Verschlag legte, in den er gerade so mit Mantel und Kettenhemd hineinpasste. Kaum war er verstaut, setzte sich ein Gefährt mit ihm in Bewegung. Pferde wieherten, Räder ratterten, und es ging vorwärts über Kopfsteinpflaster.

Wenigstens habe ich mich vorher noch erleichtert, dachte er. *Sonst wäre es beim Erwachen noch peinlicher geworden.*

Mit zurückkehrenden Sinnen und einsetzendem Verstand versuchte er zu verstehen, was vorfiel.

Man entführt mich! Barbandor kam sogleich Tirmelins Drohung ins Gedächtnis. Die Art, wie die Krämerin sich verabschiedet hatte, machte auch Alsa verdächtig. *Aus welchem Grund? Was bewirkt mein Verschwinden aus Platinglanze?*

Die Antwort, die er sich selbst gab, war ernüchternd. Zum einen geriet der Zuzug der Menschen ins Stocken, zum anderen musste ein Nachfolger oder eine Nachfolgerin für ihn gefunden werden. Im schlechtesten Fall ging das Amt an ein Kind des Schmieds, das sich blendend mit Tirmelin und Bergandor verstand. Damit hätten *Schutz und Ordnung* einen wichtigen Posten besetzt. War seine Entführung demnach das Werk von Verschwörern, die ausschließlich ihresgleichen in den Siedlungen am Fuße des Grauen Gebirges wissen wollten?

Wohin bringen sie mich? Barbandor reimte sich aufgrund des Gefährts und der gelb-schwarzen Nuntios-Uniform zusammen, dass die Krämergilde oder Tirmelin die großkönigliche Post bestochen hatte, ihn mit einer offiziellen Amtskutsche aus Platinglanze zu schaffen. Damit stand es um eine Befreiung durch die Stadtwachen schlecht. Niemand hielt eines der Gefährte an, die mit Schreiben, Päckchen und Paketen in einem ausgeklügelten Stationsflechtwerk durchs Vereinte Großkönigreich reisten. Ob bei Sonnenschein oder bei nebliger Nacht, die Karren rollten über die Straßen.

Es wunderte Barbandor daher nicht, dass man die Kutsche am Tor nur aufhielt, um die Flügel zu öffnen und sie danach passieren zu lassen. Ohne Kontrolle.

Das Rattern der Räder beschleunigte sich. Eine Peitsche knallte, und die Fahrt nahm spürbar an Geschwindigkeit auf. Der Zwerg wurde in seinem Kabuff, welches die Kutschbesatzung gewiss für wertvolle Geheimfracht oder zum Schmuggeln nutzte, hin und her geschleudert. Die blauen Flecken würde er am ganzen Leib finden. *So ich dieser Entführung lebend entgehe.*

Immerhin gelang es Barbandor, sich des Knebels zu entledigen.

Etwas Licht fiel durch die Ritzen. Es stammte von starken Blendlaternen, die Pferden und Menschen den Weg ausleuchteten. Die einschläfernd-besänftigende Wirkung des starken Schwarzbieres war von der Aufregung vertrieben worden.

Wie kann ich entkommen? Barbandor versuchte, die Stricke von Hand- und Fußgelenken zu streifen, was ihm durch das Geruckel nicht gelang. Seine Finger ertasteten keinerlei scharfkantigen Vorsprünge innerhalb der Kiste, um die groben Fasern aufzureiben. *Verflucht noch eins! Muss ich eingewickelt wie ein Rollbraten ausharren, bis …?*

Die Kutsche bremste unvermittelt. Die Pferde wieherten erschrocken, und die Feststellbremse quietschte aufbegehrend. Spürbar rutschte das Heck des schweren Gefährts und brach aus, die Räder hopsten über die Straße, bis endlich Stillstand einkehrte.

Mehrere Leute unterhielten sich in der Gemeinsprache, teils vom Bock herunter und teils von der Straße, ohne dass Barbandor den Inhalt verstand. Der Tonfall war scharf, mitunter wütend.

Das ist … ein Überfall? Barbandor lauschte. *Scheint, als verhandelten sie mit den Räubern.* Beim genaueren Hinhören vernahm er kehligere Sprache von jenen, die offenkundig auf der Straße standen und die Weiterfahrt verzögerten.

Dann wippte die Kutsche, und ein Nuntios sprang herab.

»So wird das nichts«, vernahm Barbandor den Mann, der nahe

dem Kabuff auf dem Weg stand. »Ich habe gesagt, dass wir genug Waffen dabeihaben, um euch alle …«

Ein Schlag erklang, gefolgt von einem anhaltenden Ächzen und vielfachem dunklen Lachen.

»*Eine* Waffe genügt, wenn man damit umgehen kann«, sprach eine dunklere, animalischere Stimme. »Ihr zwei da oben auf der Kutsche: Finger von den Armbrüsten, und rückt raus, was ihr geladen habt. Dann lassen wir euch das Leben.«

Das sind Orks! Bei Vraccas! Die Schweineschnauzen machen die Gegend um Platinglanze unsicher. Nun versuchte Barbandor mit ganzer Kraft, die Stricke von den Händen zu lösen – ohne Erfolg. Ihm blieb die Rolle des verborgenen Zuhörers. *Ihr elenden Plünderer! Zu Tion mit euch!*

»Oink, oink, ihr Schweineschnauzen!«, schallte es plötzlich kampflustig auf Zwergisch, und schon schepperte es metallisch, gefolgt von grellem Kreischen der Getroffenen. »Euch werde ich lehren, Hinterhalte zu legen und Kutschen anzugreifen!«

Ein Zwerg! Barbandor lachte einmal vor Freude auf. *Vraccas sei Dank! Nun wendet sich das Ganze zum Guten.*

Um die Kutsche kamen Bewegung und Lärm auf. Waffen wurden gezogen, Befehle gegrunzt. Die Orks kämpften gegen den überraschend aufgetauchten Zwerg, der sie unentwegt mit Flüchen, Beschimpfungen und Schmähungen bedachte, als bekäme er für jedes Wort eine Silbermünze als Lohn.

Nach einer Weile erklangen nur noch Geröchel und schmerzvolles Wimmern, das nach und nach verstummte, gepaart mit dem Geräusch einer zuschlagenden, schweren Hiebwaffe und einem verächtlichen Lachen.

Er hat gewonnen! Barbandor feixte. *Was für eine Rettung. Es braucht eben einen Zwerg, um Schweineschnauzen zu bezwingen.*

Dann wurde ihm bewusst, dass er noch längst nicht außer Gefahr war. Woher sollte der Krieger wissen, dass jemand aus seinem Volk gefesselt und entführt in dem Kabuff irgendwo neben oder unter der Ladefläche lag?

»Danke, Sohn des Schmieds«, sagte ein Nuntios erleichtert. Er saß ab und ging über die Straße, ein zweiter sprang dazu. »Ohne deinen Beistand hätten uns die Orks gewiss die Hälse aufgeschlitzt.« Den Geräuschen und dem Wackeln nach hievten sie die Leiche ihres erschlagenen Begleiters auf das Gefährt.

»Die Hälse, die Bäuche, einfach alles, was man an Langen aufschlitzen kann«, bestätigte der Zwerg fröhlich. »Sagt, ist das die Straße nach Platinglanze?«

»Ist sie. Doch die Tore sind verschlossen bis Sonnenaufgang. Du solltest dir einen besseren Ort als den hier zum Schlafen suchen«, empfahl der königliche Bedienstete. »Falls noch mehr Bestien unterwegs sind.«

Barbandor spürte, wie eine Klinge durch eine Ritze im Kabuff zu ihm geschoben wurde und sich an seine Kehle legte. Der eindeutige Hinweis, den Mund zu halten oder seine Aufsässigkeit mit dem Leben zu bezahlen.

»Ah, die kämen mir gerade recht. Ich bin erst richtig warm geworden«, sprach der Zwerg leichthin. »Doch der Gestank aus ihren herausgefallenen Gedärmen lässt mich weichen. Bah, widerlich! Das hält man kaum aus. Wen haben die vorher gefressen? Einen aus ihrer Rotte?«

Die Männer neben dem Wagen lachten. Es klang nicht echt, sondern voller Anspannung und Unsicherheit.

»Dann wünsche ich dir Palandiells und Sitalias Segen. Nun geh zur Seite, damit wir weiterfahren können.« Der Nuntios ging zur Trittleiter. »Und zieh den fetten Ork noch aus dem Weg. Das macht es den Pferden leichter.«

Aber der Zwerg schien sich nicht zu rühren. »Wohin geht es denn, wenn ich fragen darf?«

»Nach Süden, immer der Straße nach, Meister Zwerg.«

»Wie gut. Nehmt mich ein Streckchen mit. Etwa vier Meilen abwärts ist ein Weiler, wenn ich das aus der Ferne richtig sah. Da schläft es sich besser als im Freien.«

Der Nuntios neben der Kutsche räusperte sich. »Oh, das geht

leider nicht. Wir … dürfen niemanden mitnehmen, der nicht zur königlich-gauragonischen Post gehört«, sprach er entschuldigend. »Vorschrift.«

Der Zwerg lachte voller Unglaube. »Ich bin euer Lebensretter!«

»Aber kein Nuntios. Ich bedauerte diese Vorschrift niemals mehr als heute.«

Barbandor überlegte fieberhaft, wie er auf sich aufmerksam machen konnte, ohne dass der Mann mit dem Dolch etwas bemerkte.

Andererseits: Hätten die Entführer ihn töten wollen, wäre das bereits in Platinglanze geschehen.

Sie haben überhaupt nicht vor, mich umzubringen. Daher beschloss er, es auf eine Fleischwunde ankommen zu lassen. »Zu Hilfe! Ich wurde von den Langen entführt«, rief er auf Zwergisch, so laut er vermochte, damit seine Stimme durch das Holz drang. »Hol mich raus, bitte!«

Der Dolch an Barbandors Hals wurde zurückgezogen, ein lauter Fluch erklang. Erneut wippte die Kutsche, als der zweite Nuntios hastig auf den Bock zurückkehrte, während die Peitsche knallte.

Laut aufwiehernd zogen die Pferde an und galoppierten unter den anfeuernden Rufen des Kutscherduos los. Erneut rüttelte und schüttelte es Barbandor in dem engen Verschlag durch, dass ihm Hören und Sehen verging. Es war unmöglich, in dem Rumpeln, Geschirrklirren und Knarren herauszubekommen, ob der Zwerg den Hufen samt nachfolgender Räder entgangen war.

Erneut kreischten die Bremsen schrill auf, und ein dunkles, beruhigendes »Ho, steht!« erklang im verebbenden Lärm. Die wilde Fahrt endete. Die Pferde hielten schnaubend an, der Geruch von aufgewirbeltem Staub lag in der Luft.

Er hat es geschafft! »Hier! Hier unten«, rief Barbandor sogleich. »Hier bin ich!«

»Ich höre dich, mein Bruder«, erwiderte der Zwerg und pochte die Kutsche auf der Suche nach dem Öffnungsmechanismus ab. »Warte, gleich bist du erlöst.«

Ein ächzend-berstendes Geräusch folgte, und die Klappe brach auf.

Barbandor wurde an den Schultern ins Freie gehoben. Die blitzende Klinge eines Kurzbeils durchtrennte geschickt die Stricke. »Danke! Auf ewig sei Vraccas mir dir«, sagte er und rieb sich die geschundenen Handgelenke.

Vor ihm stand ein junger, kräftig gebauter Zwerg mit schwarzen Haaren, die er in einem dicken, steißlangen Zopf bändigte. Er starrte vor Schmutz und trug ein ramponiertes, leicht rostiges Kettenhemd, das schon bessere Umläufe gesehen hatte.

»Wo sind die Kutscher?«, fragte Barbandor.

»Bei den Schweineschnauzen.« Die dunklen Blutspritzer der Orks und die helleren der Menschen hafteten überall auf dem Kettenhemd, auf den Händen und sogar am Hals und im Gesicht. Es musste ein Gemetzel gewesen sein. »Es hieß entweder sie oder ich. Du wirst eine sehr wertvolle Fracht sein, wenn sie ihre Leben für deins gaben.« Er spuckte aus und wirbelte einmal das rot verschmierte Kurzbeil im Lampenschein, bevor er es in den Gürtel schob. Den schwarzen Bart hatte er kunstvoll ausrasiert und kurz getrimmt; lediglich vom Kinn reichte eine geflochtene Strähne bis auf die Brust.

»Ich bin Barbandor Stahlgold aus dem Clan der Königswassertrinker vom Stamm der Fünften. Und Ratsherr von Platinglanze.« Er reichte ihm die Hand. »Es wird mir eine Ehre sein, dich in der Siedlung willkommen zu heißen.«

»Und ich bin Boïndal Zweiklingenhand aus dem Clan der Axtschwinger vom Stamm der Zweiten. Meine Freunde nennen mich Grimmz«, sagte der schwarzbärtige Zwerg und grinste. In seinen braunen Augen flackerte ein rötlicher Schleier, der sich abschwächte. »Ich hörte, die Tore sind bis zum Sonnenaufgang geschlossen. Da haben wir Pech.« Er pochte gegen die Kutschwand. »Wir können darin übernachten. Die Langen haben keine Verwendung mehr dafür.«

»Mir wird man öffnen.« Barbandor musste auflachen, auch

wenn ihm nicht danach war. »Die Kutscher sind tot?«, vergewisserte er sich. »Ich hätte sie gerne befragt.«

Grimmz pochte gegen das Kurzbeil. »Sprich zu ihren Einzelteilen. Aber erwarte keine Antworten.« Dröhnendes Gelächter brach aus ihm heraus. »Gut, dass es Schweineschnauzen bei euch gibt. Ich bin wohl genau an der richtigen Stelle.«

»Heute Nacht warst du es auf alle Fälle.« Barbandor erklomm umständlich den Kutschbock. Überall auf dem Sitz, der Bordwand und dem Rückenlederpolster hafteten Blut, Fetzen von Kleidung und einige Haarsträhnen. *Er zeigte keine Gnade mit ihnen.* »Komm, wir fahren zurück.«

»Wenn du es sagst, Ratsherr.« Grimmz hüpfte behände zu ihm hinauf. »Auf nach Platinglanze! Habt ihr gutes Bier?«

»Versuch's. Eines davon wird dir schmecken. Und dabei erzählst du mir, wie es kommt, dass ein Zweiter bis zu uns reist.«

»Das tue ich gerne.« Grimmz nahm sein Reisebündel und prüfte tastend, ob der Inhalt unversehrt geblieben war. Als Tragestange nutzte er einen imposanten Krähenschnabel, an dem schwarzgrünes Orkblut und Haarbüschel klebten. »Du bist nicht zufällig *jener* Barbandor, der die Gefangenschaft der Schweineschnauzen überstanden hat und einer unserer größten Helden ist?«

»Doch. Der bin ich.« Er griff die Zügel und ließ die Pferde langsam losgehen, wendete die Kutsche auf dem nahen offenen Feld. »Aber kein Held.«

»Oh, doch, Barbandor. Das bist du.« Grimmz legte sein Habseligkeitenbündel auf den Holzboden des Kutschbocks. »Du hast keine Ahnung, wie stolz und glücklich ich bin, dich zu treffen. Nirgends sonst sollte ich sein. Vraccas sei mein Zeuge!« Aufmerksam schaute er sich in der Dunkelheit um und leuchtete mit der Lampe umher. »Mit Glück kommen noch welche. Hussa, mir wäre nach einer dritten Schlacht. Ich könnte sie anlocken.« Er pumpte Luft in seine Lunge. »Oink, oink, kommt, ihr kleinen Schweinchen!«

Hoffentlich nicht. Barbandor fühlte jeden Knochen im Körper. »Sei bitte still.« Das Gerüttel im Verschlag hatte Spuren hinterlassen. »Erst mal gibt es was zu essen und zu trinken. Stärke dich und ruhe dich aus, bevor du dich erneut mit Orks anlegst.«

Grimmz drehte die Blendlaternen gespielt schmollend auf den Weg. »Nur unter Protest.«

Während sie zurück nach Platinglanze fuhren, überlegte Barbandor, woher er den Clan des jungen Zwergenkriegers kannte. Auch sein Vorname kam ihm verdächtig bekannt vor. Eine alte Erinnerung regte sich in seinem Gedächtnis, eingebettet in Geschichten, Lieder und Legenden. Doch er bekam sie nicht zu greifen.

Ebenso wenig wollte sich Barbandor erschließen, was hinter seiner mysteriösen Entführung steckte, außer: *Jemand in der Siedlung will mich loswerden.* Das konnten sowohl Menschen als auch Kinder des Schmieds sein. Wer dahintersteckte, galt es herauszufinden. Schleunigst, bevor es zu einem zweiten Versuch kam oder seine Widersacher es auf Mord ankommen ließen.

Gut, dass Grimmz gekommen ist. Er musterte den jungen Krieger, der sich das fremde Blut im Gesicht mit Wasser aus dem Trinkschlauch abwusch. *Dich hat mir Vraccas aus vielerlei Gründen geschickt.*

***

DAS GEBORGENE LAND, KAISERREICH GAUTAYA, DAS GEBIET DER WUNDER NAHE WEHRSTADT, 1024 N.B. (7515. SONNENZYKLUS NACH ALTER ZEITRECHNUNG), FRÜHJAHR

Mostro kniete in einem kostspieligen, ausladenden Zobelpelzmantel im Vorhof der Palastanlage und hielt einen grünen Aventurin vor sich. Gegen die Kühle trug er die passende Kappe auf dem halblangen dunkelblonden Haar, das sonst in großen Wellen um sein Haupt lag. Die Augen geschlossen, legte er die andere Hand sachte auf einen Roteichenschössling vor ihm.

»Wachse«, befahl er der winzigen Pflanze. »Wachse auf mein Geheiß, als zähltest du fünfzig Zyklen.« Er rief sich die erlernten Zauberformeln ins Gedächtnis und sprach sie leise, während die Magie aus der Erde in seinen Edelstein strömte und transformiert wurde.

Als Mostro das Kribbeln in der Hand fühlte, lächelte er still. *Ein Erfolg.*

Das Gebiet der Wunder, auf dem die Magie mit Anbruch des neuen Zyklus bis zu dessen Ende ihre Macht entfaltete, hatte sich durch Mostros Einwirken sehr verändert. Eindrucksvolle Bauwerke und verwinkelt angelegte, üppige Gärten mit blühenden Blumen breiteten sich anstelle des einstigen Waldes aus Eisendornbäumen und Eisfarn um ihn herum aus.

Dafür waren weder Handwerksleute noch Steine nötig gewesen noch buntes Glas hergestellt worden. Kein Gärtnerheer hatte die Hecken angelegt und schritthohe Figuren aus ihnen geformt. All diese Pracht war eine rein magische Kreation, erschaffen von Zauberei und aufrechterhalten durch die unaufhörlich strömende Macht in der Erde. Selbst die kühnsten Baumeister, die besten Steinmetze, Zimmerer, Tischler und weitere nötigen Gewerke hätten dies niemals zustande bringen können. Die Architektur der Gebäude widersprach Statik und Schwerkraft, duftende Blüten und reifende Früchte zur selben Zeit trotzten der Natur.

Die Innenräume bordeten über vor Prunk, Ausstattung und Aberwitz. So gab es einen Schokoladenspringbrunnen, einen Wasserfall aus flüssigem, kaltem Gold und umherstehende Fabeltiere, die auf ein Schnippen hin zu einer aus dem Nichts einsetzenden Musik zu tanzen begannen.

Knarrend und leise raschelnd wuchs der Schössling zu einer Roteiche.

Mostro spürte die raue Rinde an seinen Fingern, wie sich der Stamm ausdehnte, empordrückte und sich Äste mit grünen Blättern entfalteten, bis der Baum die verlangte Größe erreicht hatte. Erst dann öffnete er die Augen, um nach dem Wunder zu sehen, und rieb sich über das schwarze Federkielbärtchen.

»Ausgezeichnet. Das ist geschafft«, sagte er zu seinem Vertrauten Darislaff, der zwei Schritte hinter ihm stand; unter dem rechten Arm hielt er einen unscheinbaren, buchgroßen Kasten, der grob und lieblos zusammengezimmert wirkte. Langsam stand Mostro auf und tätschelte den Stamm. »Nun das zweite Wunder.«

»Aber denkt daran, Euch zu entfernen, ehrenwerter Magus«, mahnte Darislaff, der einen langen grauen Wollmantel über einer weißen Uniform trug. »Zur Sicherheit.«

»Du hast recht.« Mostro begab sich neben seinen Leibwächter, der äußerlich die Statur eines blonden Jünglings hatte. Niemand außer ihm kannte das Geheimnis, was sich darunter verbarg. »Also schön.« Er richtete den grünen Aventurin auf der ausgestreckten Hand auf die Roteiche, die gute dreißig Schritt in die Höhe ragte.

Seit seiner Ankunft nutzte Mostro die Energie in der Erde, um einen Zauber nach dem nächsten zu weben, ohne dass es ihn auslaugte. Mental anstrengend war lediglich, die Formeln richtig zu sprechen und sich auf die passenden Edelsteine zu konzentrieren. Das Gebiet der Wunder erstreckte sich in einem unregelmäßigen Radius von zwei Meilen. Es war zu seinem persönlichen Reich geworden. *Und ich beabsichtige nicht, es zu teilen.* Mostro nutzte das Gebiet weidlich, um Experimente anzustellen. Mit Materialien, Pflanzen und jenen Menschen, die sich ihm und seiner magischen Schule angeschlossen hatten. Dass er offiziell niemals zu einem Magus erklärt worden war, störte weder ihn noch seine mannigfaltige Gefolgschaft. Die Männer und Frauen kamen auf das Gebiet der Wunder, um von ihm zu lernen.

»Wandle dich«, murmelte Mostro und ließ eine Zauberformel folgen. Der grüne Aventurin schlug Funken und sandte Entladungen in den Baum, der bei jedem Einschlag erzitterte. »Folge meinem Befehl. Werde zu einer Lurco-Eiche!«

Knackend öffneten sich zwei senkrechte, schlitzschmale Augen in der Rinde, die grün leuchteten. Aus einem Astloch wurde ein gewaltiges Maul mit hölzernen, spitzen Zähnen. Die unteren Äste und Zweige zuckten suchend in alle Richtungen, um etwas zu ergreifen, das der Baum verschlingen konnte.

»Sehr gut, ehrenwerter Magus.« Darislaff deutete Applaus an. »Wozu die Augen?«

»Das ist nichts Besonderes. Aber gleich wirst du verstehen«, kündigte Mostro an, »warum ich die Verbesserung vornahm.«

Einst waren die Lurco-Eichen durch magische Fügung auf dem Gebiet der Wunder entstanden. Es hatte das Geborgene Land viele Anstrengungen gekostet, diese brandgefährlichen Wesen, die im Volksmund Fresseichen genannt wurden, nahezu auszurotten.

Mostro beschleunigte und lenkte diese tödliche Mutation nun. Die nächste Formel kam als Gemurmel über seine trockenen Lippen.

Rings um die peitschende Fresseiche rissen die Wurzeln aus dem Boden und bildeten Hunderte kleine schwarze Kriechfüße wie die von Tausendfüßlern.

Sogleich machte die Baumbestie erste vorsichtige, knarrende Bewegungen nach rechts und links, um Beute zu fassen zu bekommen. Die grün leuchtenden Augenschlitze blieben dabei wachsam auf Mostro und Darislaff gerichtet. Die Fresseiche schien zu ahnen, dass sie ihren Schöpfer besser nicht attackierte.

»Meine Lurco-Eichen sind Jäger. Sie sollen ihre Beute sehen und verfolgen. Nun den Redespiegel«, verlangte Mostro zufrieden und bekam den buchgroßen, schweren Kasten von Darislaff gereicht.

»Seid Ihr sicher, ehrenwerter Magus?«

»Der Anblick dessen, was ich erschaffen habe, wirkt hoffentlich erschreckend genug auf diesen Narren.« Mostro öffnete den provisorisch geschreinerten Kasten und klappte den darin eingelassenen Spiegel hoch, der erkennbar aus einem schlecht gerahmten Splitterstück bestand. Er hatte mit seiner Magie einen der Sprechspiegel vor Rhuta bersten lassen und die Fragmente eingesammelt, um einen eigenen zu erschaffen. Es war mehr schlecht als recht gelungen. Erst im dritten Anlauf hatte es funktioniert. Blankes

Holz, keine Verschnörkelungen auf dem Spiegel und nur ein blauer Edelstein, der den Verbindungsspruch auslöste. Mehr brauchte Mostro nicht.

Auf der reflektierenden Fläche geschah zunächst nichts; dann trübte sie sich milchig ein, und Klaey Berengarts Gesicht erschien. Das Artefakt ermöglichte die Unterredung über Hunderte Meilen hinweg zu einem bauähnlichen, viel schöneren Spiegelkasten im Zauberreich Rhuta, das der Brigantiner Berengart in einem Handstreich eingenommen hatte.

Wie stets bei ihren spärlichen, ruppigen Unterhaltungen trug er Mostros zurückgelassene Robe um die Schulter und eine seiner Mützen auf den schwarzen Haaren. Auf der Stirn prangte das eingebrannte Familienwappen der Berengarts, das mit Blattgold und kleinen Diamanten betont wurde.

»Du schon wieder. Adelia ist übrigens immer noch wütend auf dich wegen des Spiegels. Sie brauchte lange, um für Ersatz zu sorgen. Wolltest du dich entschuldigen?«, sprach der Gesetzlose mit seiner krächzenden Rabenstimme. »Oder noch mehr haltlose Drohungen gegen mich? Möglicherweise bist du bereit, mein Friedensangebot anzunehmen, indem du mir Rhuta offiziell überlässt? Das würde uns beiden –«

»Niemals! Du wirst dich mir ergeben und mein Reich räumen«, unterbrach ihn Mostro und hielt den Spiegel so, dass die Fresseiche bei Berengart zu sehen war. »Oder ich hetze meine Armee aus diesen Kreaturen auf dich.«

Der Brigantiner lachte rau und kratzte sich über die Bartstoppeln. »Seit wann laufen diese schnappenden Bäume denn herum?«

Mostro schwenkte den Spiegel abwärts auf die wurzelartigen Füßchen. »Ich sende sie gegen dich und deine Leute, Gesetzloser. Und sie werden durch die magische Barriere um Rhuta dringen!«, tönte er bedrohlich. »Tausende sende ich aus! Du kannst mir noch so viele magische Artefakte gestohlen haben, sie werden dir gegen meine hölzernen Soldaten nichts bringen.«

»Aha.« Berengart schob seinen Spiegel mit einem besockten Fuß etwas von sich, und das Zimmer um ihn herum wurde sichtbar. Er saß auf einem thronähnlichen Stuhl und bekam von einer Frauenhand einen Pokal gereicht. Die anhaltenden Annehmlichkeiten wirkten sich auf seinen Körper aus, er hatte deutlich an Gewicht zugelegt. »Danke, Liebes«, sprach er zur Seite und blickte dann wieder nach vorn. »Weißt du, Famulus –«

»Ich bin ein *Magus,* du verfluchter Verbrecher!«, platzte es aus Mostro heraus. Er rührte an seinem wunden Punkt, derart schmälernd tituliert zu werden.

»Wirst du es denn niemals begreifen?« Der Brigantiner lachte ihn aus. »Maga Vanéra sah Adelia als ihre Nachfolgerin vor. Du musstest dich selbst zum Magus ausrufen, und keiner glaubt dir.« Berengart winkte ab und nahm einen Schluck. »Geschenkt. Nenn dich, wie du möchtest. Für mich bist du ein mieser Famulus.« Ein fieses Grinsen entstand auf dem kratzbärtigen Gesicht. »Ach ja, ich habe noch keinen Beweis gesehen, dass deine Schnappeiche bis zu mir laufen kann.«

»Oh, *den* kann ich dir zeigen! Das Tor auf!«, befahl Mostro aufgebracht.

Die Wachmannschaft öffnete die zehn Schritt großen Flügel aus massivem Stahl ohne Anstrengung. Trotz ihrer Widerstandskraft gegen Angriffe war sie leichtgängig. Wie der Palast bestand die Verteidigungsmauer mit sämtlichen Aufbauten und Einrichtung aus purer Magie.

Dahinter lag eine breite, unbefestigte Straße, die nach Gautaya führte. Gesäumt wurde sie von zahlreichen Warnschildern und Bannern mit abschreckenden Symbolen, die Uneingeladene und Unbefugte vom Betreten des Gebiets der Wunder abhalten sollten. Wer es dennoch tat, müsse mit dem Tod rechnen.

Wie zum Beweis lagen auf dem breiten Weg, an dessen Rand und auf dem weiten Feld große und kleine ausgeblichene Knochen, menschliche Leichenstücke in verschiedenen Verwesungsgraden und Reste von absonderlichen Wesen und Fahrzeugen.

Sie stammten von zahlreichen misslungenen magischen Experimenten. Zu Mostros Missfallen und Frustration hatten viele Veränderungen außerhalb des Feldes wenig Bestand. Mutierte Menschen lösten sich schreiend auf oder zerfielen, erschaffene Fabelwesen vergingen unter schlimmsten Schmerzen, ersonnene Gefährte verpufften, explodierten oder wandelten sich zurück.

Die wenigen von Mostro erschaffenen Dinge, die jenseits des Gebiets fortexistierten, wurden Opfer der mysteriösen Bewohner jener Zeltstadt, die in einem weiten Band um das Gebiet der Wunder und die magische Festung errichtet worden war. Der Anblick erinnerte nicht zufällig an eine Belagerung.

Die Experimente aufzugeben kam für Mostro jedoch nicht infrage.

»Schön, das Tor ist offen. Und jetzt?«, erkundigte sich Berengart gelangweilt.

»Zeige ich dir meine gefährlichste Schöpfung, Gesetzloser. Hinaus und such dir Futter!«, befahl Mostro dem Baumwesen und deutete auf die Straße. »Geh zu den Zelten. Dort findest du genug zu fressen.«

»Oh, die Zelte? Sehr mutig.« Berengart lachte auf. »Belauern sie dich immer noch?«

»Ihr hetzt die Fresseiche auf die Parsoi Khi?« Darislaff wirkte nicht sonderlich begeistert. »Hatten wir nicht gesagt, wir unternehmen nichts, um sie zu provozieren?«

»Da! Hast du gehört, was dein Leibwächter dir rät?« Berengart verfolgte gespannt, was sich tat.

Der zu einem Scheusal gewandelte, dreißig Schritt hohe Baum kroch mit seinen Wurzelfüßchen gebückt zum Tor hinaus und zog dabei eine breite Schneise in den weichen Untergrund. Eine Eiche wog schwer.

»Wie ich es dir gesagt habe, Gesetzloser. Sie wird zu dir kommen, zusammen mit einem ganzen Wald ihrer Art. Und dann zerreißt sie dich in kleine Stückchen und verschlingt dich.« Mostro verfolgte mit einem zufriedenen Lächeln, wie die Lurco-Eiche Schritt um Schritt vom magisch aufgeladenen Land tippelte. »Ergib dich mir! Noch heute.«

Berengarts Züge spannten sich, er wirkte beunruhigt. »Das ist in der Tat unerfreulich. Sollte dir tatsächlich einmal etwas gelungen sein, Famulus? Ich möchte es kaum glauben.«

Dieser elende Scheißkerl! Eine heiße Woge Wut rollte durch Mostros Leib. »Du brauchst dich nicht zu ergeben. Es wird mir eine Freude sein, die Fresseichen nach Rhuta zu senden und …« Mostro verstummte. *So ein vermaledeiter Dreck!*

Das Baumscheusal verlangsamte die Schrittchen, die frischen grünen Blätter färbten sich erst braun, dann schwarz. Aufächzend warf es sich herum und wollte zurück auf das Gebiet der Wunder, aber die Füßchen wurden morsch und brachen ab, Zweige und Äste stürzten herab. Der Verfall verlief von der Krone abwärts noch rasanter als an den Wurzeln.

»Hoppla, Famulus«, sprach Berengart ebenso erleichtert wie lachend. »Mir scheint, da brach der Herbst aus.«

Das Eichenmonstrum knickte ein und stürzte auf die Straße, im Aufschlagen zerstob das Holz zu feuchtem Mehl und brüchigen Stücken. Von dem erschreckenden Wesen blieb nichts als ein vager Abdruck aus aufgequollenen Spänen und Rindensplittern auf der Straße; das Laub wurde vom Wind verweht.

Lautes Lachen drang aus dem Sprechspiegel, über den Berengart das Ende der Fresseiche verfolgt hatte. »Ein neuerlicher Tiefschlag, was, Famulus?«

Der Geruch von modrigem Holz und sich zersetzendem Laub umwehte Mostros Nase. *Nicht schon wieder!* Sein Plan, sich auf magischem Weg eine unschlagbare Armee zu erschaffen und das Zauberreich Rhuta zu erobern, stockte Umlauf für Umlauf. Mit der Streitmacht ging es einfach nicht voran. *Was mache ich falsch, dass nichts hält?*, grübelte Mostro verärgert. *Liegt es daran, dass ich die Veränderungen künstlich erzeuge und nicht das Gebiet der Wunder selbst?*

»Mir scheint, wir sind am Ende unserer Unterredung«, krächzte Berengart. »Ich muss gleich in die Wanne, um mich ein wenig zu arrangieren, bevor ich vor meine Untertanen trete. Ich gebe einen Ball, musst du wissen. Du solltest sehen, wie glücklich die Menschen sind, seit du fort bist.« Sein Stoppelgesicht näherte sich dem Spiegel und nahm die gesamte Bildfläche ein. »Es wird auch so bleiben. Solange ich lebe.«

»Das werde ich ändern«, grollte Mostro.

»Wäre es so, würden wir beide nicht dieses Gespräch führen, kleiner Famulus«, stichelte Berengart genüsslich. »Oh, sag, hat sich inzwischen herumgesprochen, dass du diesen Hantu bei dir beherbergst?«

Für drei, vier Herzschläge verlor Mostro die Fassung. »Wer … sagt so was?« Hitze schoss ihm ins Gesicht. »Er ist bei der Belagerung gefallen.«

»Nein, seine Leiche fand man nicht. Und ich hatte vor einiger Zeit … einen sehr unwiderstehlichen Besucher, der wissen wollte, ob ich Hantu bei meinen Brigantinern verstecke.« Berengart grinste herausfordernd. »Dein dummes Gesicht lässt mich annehmen, dass er sich wirklich bei dir verbirgt.« Er reckte drohend einen Finger. »*Dann* wird das Geborgene Land bald seine Heere gegen euch beide senden.« Er prostete ihm zu. »Und um mich wird sich keiner mehr sorgen.«

»Das ist eine infame Lüge!«, rief Mostro mit erhitztem Kopf.

»Jetzt bin ich mir *noch* sicherer, dass Hantu sich auf dem Gebiet der Wunder befindet.« Berengart nahm einen weiteren Schluck und berührte die Fassung des Spiegels.

Das Milchige wandelte sich sogleich zurück in eine herkömmliche, reflektierende Oberfläche, auf der Mostro sein eigenes, rotes Antlitz anstarrte.

In einem ersten Impuls wollte er den schmucklosen Kasten auf dem Boden zerschmettern, aber er besann sich, knallte den Deckel zu und gab den grob gemachten Sprechspiegel ruppig an Darislaff zurück. »Ich schwöre, dass ich diese vermaledeite Kiste nicht mehr nutzen werde. Sehe ich Berengarts impertinente Fratze noch einmal, ohne sie zerschlagen zu können, werde ich vor Wut bersten.«

»Selbstverständlich, ehrenwerter Magus.« Darislaff strich einmal über die Oberseite des Behältnisses. »Eines noch: Mit Eurer Erlaubnis mache ich mich morgen auf eine kleine Reise nach Osten.«

»Um erneut nach Artefakten in den Ruinen von Kràg Tahuum zu suchen?«

»So ist es, ehrenwerter Magus.«

Mostro sah ihn unzufrieden an. »Brauchen wir dieses … Spielzeug denn wirklich? Du vergeudest deine Zeit, während du –«

»Nein. Ich denke, dass ich kurz davor bin, einen bedeutsamen Fund zu machen. Einer, der Eure Pläne in Bezug auf Rhuta voranbringen wird«, unterbrach ihn Darislaff freundlich, doch bestimmt. »Fragt bitte nicht weiter, sonst verderbt Ihr mir die Überraschung.«

»Was wird mit meiner Ausbildung, während du unterwegs bist?«

»Führt die Übungen fort, die ich Euch wies.«

»Die bringen nichts. Ich komme nicht so tief in …« Mostro sah sich um, bevor er weitersprach. Niemand sollte wissen, dass es sich bei Darislaff in Wahrheit um Hantu handelte, den er zum Schutz mit einem Gestaltwandelzauber belegt hatte. Berengart hatte mit seiner Annahme ins Schwarze getroffen. Wer immer sein mysteriöser Besucher gewesen war, der ihn auf die richtige Spur gebracht hatte, er schien gefährlich zu sein. »Ich dringe nicht so tief wie du in fremde Sphären, um Verbindung zu einem dieser Wesen aufzunehmen.«

»Doch, das könnt Ihr. Es erfordert mehr Übung, ehrenwerter Magus. Einfach mehr Übung. Es liegt allein in Eurer Hand.« Er legte einen Finger an die Schläfe. »Befreit den Verstand, löst Euer Bewusstsein und lasst es aufsteigen. Atmung, Klangschalen, Trommeln und Weihrauch werden Euch dabei helfen. Geduld und Durchhaltevermögen. Zu einem Rhamak wird man nicht binnen weniger Umläufe. Ich übte es mein ganzes Leben.«

Wieso klingen seine Weisheiten stets nach Ausflüchten? »Manchmal, Hantu«, sprach Mostro mit leiser Stimme, »denke ich, dass du mich zum Narren halten willst und meine Ausbildung verzögerst.«

»Das würde ich nicht wagen. Ihr bewahrt mein Leben.« Er vollführte eine unterwürfige Verbeugung. »Sobald Ihr Euren schützenden Zauber von mir nehmt, wird mich jeder als Hantu erkennen und jagen.«

»Eben. Oder ich lasse den eingepflanzten Edelstein in deiner Schulter zerspringen und töte dich«, fügte Mostro hinzu Der Rhamak sollte nicht vergessen, wie abhängig er von ihm war. »Du hast dreißig Umläufe für deinen Ausflug. Bist du dann nicht zurück, wird es Folgen haben.«

Darislaff setzte zu einer Erwiderung an, doch ein alarmierender Ruf von der Zinne des Turms über dem Tor ließ die Männer die Blicke auf die Straße richten.

Mostro erkannte unverzüglich, um wen es sich bei den drei Gestalten handelte, die sich auf Pferden in schnellem Trab näherten. »Späher der Parsoi Khi«, murmelte er.

»Sie haben Eure wandelnde Fresseiche gesehen und wollen herausfinden, ob es was für sie zu holen gibt«, sagte Darislaff. »Ich empfehle, dass wir ruhig bleiben.«

Wenig war über das rätselhafte Volk bekannt, das über das Meer ins Geborgene Land gekommen war. Parsoi Khi jagten Kreaturen und Menschen, die durch das Gebiet der Wunder magisch verändert worden waren. Das machte das Volk in den Augen der meisten Bewohner zu Helden, die sich um absonderliche Bedrohungen kümmerten. Mit ihren angeborenen Fähigkeiten waren sie in der Lage, die kleinsten magischen Veränderungen zu erspüren.

Was sie mit jenen mutierten Menschen, Kreaturen und Pflanzen taten, darüber gab es Gerüchte und Theorien, doch nichts Belastbares. Selbst Mostros Meisterin Vanéra hatte nichts darüber sagen können.

Ein Fehler. Mostro beobachtete das Trio, das die Überreste der zerstörten Lurco-Eiche erreicht hatte. *Man müsste sie dringend näher erforschen.*

Ein Parsoi Khi stieg ab und ging in den Spänen, Rindenfetzen und dem Holzmehl umher, ging in die Hocke, stocherte mit dem Dolch darin herum. Was Gestalt und Aussehen anging, wirkten sie zunächst wie herkömmliche Menschen. Deutlich erkannte Mostro die messerrückenbreiten Atemschlitze der Parsoi Khi rechts und links neben der Nase, über die es verschiedene Gerüchte gab: Sie seien zur Witterung, zum Aufspüren von Magie, zum Atmen unter Wasser oder gar zum Freisetzen von giftigem Brodem, hieß es. Auf der safrangelben Haut zogen sich weiße Linien senkrecht von den Augen die Stirn hinauf und über die Wangen hinab bis zum Unterkiefer.

Ihre Mode hob sich zudem von der der Menschen in Gautaya ab. Die Männer und Frauen trugen Mieder aus Leder und Metall, darunter fließende helle Gewänder, deren unterer Saum bis zu den Knöcheln reichte, mit überlangen Ärmeln. Die Späher trugen ihre Waffen in breiten Gürteln, manche Parsoi Khi bevorzugten Kopfschmuck aus Perlenstirnbändern und Hauben.

»Sollen wir sie verjagen, ehrenwerter Magus?«, rief die Wache vom Turm. »Die Katapulte sind schussbereit.«

»Das wäre nicht ratsam, ehrenwerter Magus«, mahnte Darislaff sogleich. »Wir hatten beschlossen, sie nicht zu reizen.«

Anfangs hatte Mostro es mit einem Lächeln und Schulterzucken hingenommen, dass sich die Parsoi Khi um sein Zauberreich zur Belagerung zusammenrotteten. Das änderte sich, als sie die ersten magisch veränderten Probanden aus seinem Gebiet gelockt oder sie von der Straße gepflückt hatten. Danach hatte er mehrere Nachrichten und Geschenke zu ihnen geschickt. Man einigte sich schließlich darauf, dass sie nichts mehr aus seinem Reich stahlen. Die hochgezogene Mauer mit den Wachen bildete eine wirkungsvolle Sperre. Doch alles, was jenseits der Mauer aufkreuzte, betrachteten sie als potenzielle Beute.

»Ich frage mich«, murmelte Mostro, »ob man einen von denen

durch einen Zauber verändern könnte? Um ihn auf seine Leute zu hetzen.«

»Nicht mit Magie, ehrenwerter Magus«, gab Darislaff zu bedenken. »Sie sind resistent gegen jeglichen Zauber.«

»So sagt man.« Mostros rechte Hand fuhr in die Tasche des Pelzmantels. »Doch habe ich es nicht selbst versucht.« Er sah, dass sein geheimer Ausbilder zum Luftholen ansetzte. »Was sollen sie schon gegen mich ausrichten? Gegen die Mauern kommen sie nicht an.« Er überlegte fieberhaft, welchen Spruch er gegen die drei Späher einsetzen konnte, um sie unschädlich zu machen und zur Examination in die Festung zu bringen. »Genau genommen schulden die Parsoi Khi *mir* Ausgleich für meine abgegriffenen Probanden. Ich habe sie dafür nie zur Rechenschaft gezogen.«

»Ich halte es für den falschen Moment, ehrenwerter Magus.« Darislaff klang warnender als zuvor. »Es sähe aus, als würdet Ihr sie grundlos angreifen.«

Dann ist es eben so. Mostro konzentrierte sich auf einen Zauber, der dem Opfer die inneren Organe zerpresste. Er hatte die ursprüngliche Heilformel eigenhändig modifiziert, um Schaden statt Linderung anzurichten. Seine Hand mit dem polierten Aventurin zwischen Daumen und Zeigefinger hob sich, er sah durch den grünen Edelstein auf die ahnungslosen Späher. *Lasst sehen, was geschieht.* Mostro nutzte die Kraft des magischen Landes und des Aventurins, um den veränderten Zauber gegen das Trio zu senden.

Im gleichen Atemzug flammte die Luft um die Parsoi Khi dunkelgelblich auf, und sie richteten die Blicke synchron auf Mostro. Es war offenkundig, wer sie aus dem Hinterhalt mit Magie attackierte.

»Verflucht seien sie!«, sprach Mostro halblaut und stellte sein Tun unverzüglich ein. *Ich kann ihnen tatsächlich nichts anhaben.*

Der abgesessene Späher erhob sich aus der Hocke und rieb sich die Hände ab, Sägemehl flirrte durch die Luft. »Na, na, Meister Mostro«, rief er. »Ist Euch ein Zauber entfleucht?«

»Ja. Verzeiht mir das Missgeschick«, erwiderte er. »Ich wollte meine Kreatur erneut zum Leben erwecken. Stattdessen traf die Magie euch. Es tut mir leid.«

Der Parsoi Khi schwang sich in den Sattel. »In den Überresten steckt keinerlei Magie mehr, die Euch zu Willen sein kann. Passt beim nächsten Zauber besser auf, sonst könnte man Euer Verhalten anders auslegen. Wo wir doch so lange brauchten, um Missverständnisse zu beseitigen.« Er wendete das Pferd, und die Späher preschten gemeinsam ins Lager zurück.

Gegen Magie seid ihr immun. Aber ich habe noch einen Weg, euch zu schlagen. Mostro richtete seine teure Garderobe, während er ihnen nachblickte. »Auf dem Rückweg von deiner Artefaktsuche, Darislaff, wirst du mir einen von denen mitbringen. Heimlich. Es ist an der Zeit, die Parsoi Khi zu studieren. Bevor das Geborgene Land sie gegen mich einzusetzen gedenkt.« Er sah seinen Leibwächter an. »Wenn ich verliere, wäre es auch dein Ende.«

Darislaff verbeugte sich einmal mehr, wenn auch etwas weniger devot.

***

»Wer Berge versetzen will, braucht eine gute Schaufel.«

Zwergische Redensart

KAPITEL III

DAS GEBORGENE LAND, FREIE STADT MALLENIASWACHT, 1024 N.B. (7515. SONNENZYKLUS NACH ALTER ZEITRECHNUNG), FRÜHJAHR

Goïmron hielt den rotbraunen Nephrit auf der Hand und versuchte sich an den Übungen, die ihm einst Chòldunja beigebracht hatte. Nicht um sie zu schleifen oder zu bearbeiten, sondern um mit ihnen magisch zu hantieren.

Aber der Edelstein widersetzte sich bislang jeglichem Versuch, seine ihm eigene Energie abzugeben. *Also bin ich doch kein Magus.* Goïmron legte den Stein auf den Tisch, ohne den Blick von ihm zu nehmen. Musste erst jemand, um den er sich sorgte, in Gefahr geraten, damit er sein Potenzial abrufen konnte? *Wie bei Rodana?*

Der geschliffene Edelstein tat nichts, außer schön und anmutig im Sonnenlicht zu blinken, das durch die halb geschlossenen Dachluken der leeren Werkstatt von Meister Funkelstein fiel.

Auf der Schnitzbank ruhten die nächsten Figürchen, die Goïmron gefertigt hatte, um sie den Spectatores nach Rodanas Vorstellungen zu verkaufen: zehn Dutzend Specksteine für den schmalen Beutel und echten Samtmarmor und Goldbasalt für die besser Betuchten. Zu seiner großen Freude gab es darüber hinaus Anfragen von Adligen und Wohlhabenden aus dem ganzen Geborgenen Land, die mit Saphiren versehene Ausgaben der Drachenfigur haben wollten.

Doch im Moment beschäftigten ihn wichtigere Fragen. Goïmron schloss die blauen Augen und seufzte. *Hat mich Tallas belogen oder nicht?*

Der Wasserdrache, den er aus seinem magischen Gefängnis befreit hatte, hatte ihm gesagt, dass er kein Magus sei. Jegliche Zauber seien vom Geschuppten selbst ausgegangen, der den Zwerg lediglich als Medium für seine eigene Magie genutzt haben wollte.

Anfangs hatte Goïmron diese Worte geglaubt.

Daher fand er sich zunächst mit dem Dasein als Figurenschnitzer für den Rest seines langen Zwergenlebens ab. Dank seiner niedergeschriebenen Abenteuer, die sich als gedrucktes Büchlein sowie über Barden und Schausteller im Geborgenen Land verbreiteten, verdiente er so viele Münzen, dass er ein gemachter Vierter war. Ansehen, Geld, Ruhm.

Goïmron hatte die Besonderheiten von Edel- und Halbedelsteinen schon immer erkannt. Das hatte ihm der Anblick von Zimànjas Amulett erneut bewiesen.

Als aber Rodana von ihr bedroht worden war, hatte sich etwas in ihm geregt.

Tief ihn ihm.

Dieses Etwas hatte den Nephrit zum Leuchten gebracht und beinahe einen spontanen Zauber entstehen lassen. *Ich spürte es.* Goïmron öffnete die Lider und strich mit der rechten Zeigefingerkuppe über den Nephrit.

Daraus ergaben sich einige Fragen.

Sollte er doch ein Edelsteinmagus sein oder zumindest die Fähigkeit dazu besitzen: Wieso hatte der Drache ihn belogen? Fürchtete Tallas die verborgene Macht? Oder hatte er sie schlicht nicht im Zwerg bemerkt?

Oder hatte sich die Zaubermacht erst durch den Einfluss des Drachen geformt, mit dem er geistig verbunden gewesen war?

Wie soll ich diese Rätsel je lösen? Goïmron steckte den Nephrit zurück in seine Wamstasche und packte die fertigen Schmuckstücke behutsam in eine gepolsterte Kiste. *Was soll's. Erst die Arbeit.* In Bälde begann die Vorstellung des *Curiosum.* Danach sollten die Spectatores etwas zum Kaufen vor der Nase haben.

Während er die Kisten eine nach der anderen aus der Hintertür der Werkstatt zum Handkarren trug und verstaute, vernahm er die Geräusche des Lebens auf den Straßen von Malleniaswacht, die als Echo von den Wänden durch den Durchgang in den Hof schwappten.

Der Frühling hatte seine Temperaturen gemildert, die Stadt atmete auf und erholte sich von der ungewöhnlichen Hitze. Laute und leise Stimmen, klappernde Fuhrwerke und die vielen Schritte von Dahinziehenden mischten sich. Jemand sang, und wieder jemand anderes pfiff eine heitere Melodie. Ein Händler rief Werbeparolen, um seinen Laden für Laufräder bekannter zu machen.

»Ich wusste, dass ich dich hier finde«, hörte Goïmron aus dem Durchgang, als er die letzte Kiste auf den Wagen wuchtete und mit einem Strick sichern wollte.

Er kannte die alte, knarrende Stimme, in der mehr als eintausendzweihundert Zyklen steckten. Tungdil Goldhand stattete ihm einen Besuch ab. Und dem beschwingten Tonfall nach hatte er am frühen Nachmittag schon mehr getrunken, als gut für ihn war.

»Schön, dass du mich gefunden hast.« Goïmron wandte sich zu dem legendären Zwerg um, dem man das Alter deutlich ansah. Seine Lebensesse brannte schon mehr als fünfmal so lange wie bei einem gewöhnlichen Kind des Schmieds. *Und er war im Humpensammler.*

»Ja. Das ist auch dringend nötig. Du könntest mich geleiten.« Goldhands bequeme Kleidung war voller Bierflecken, auch der silberweiße Rauschebart hatte etwas abbekommen. Hier und da klebten Krümel und kleine Fleischstückchen am Gewand, einige eingestickte Zwergenrunen bekamen eine gänzlich neue Bedeutung. »Sonst torkle ich wie ein besoffenes Schwein durch Malleniaswacht und rolle die Hügel hinab.« Er stützte sich an der Mauer des Durchgangs ab. »Ich weiß, was du sagen möchtest: Sauf halt weniger.«

Goïmron spürte immenses Mitleid in sich aufsteigen. *Ein Schatten des Helden, der er einst gewesen war.* Zugleich fiel es ihm jeden Umlauf schwerer, das Selbstmitleidige zu ertragen, das Goldhand in Bier und Branntwein zu ersäufen suchte. »Ich muss mit den Waren zum *Curiosum.* Halt dich am Karren fest. Das fällt am wenigsten auf.« Schnell ging er zu ihm und wischte die Essensreste ab, nahm etwas Wasser aus dem Pferdetrog und wusch den Bart aus, bevor er die sauberen Haare über den Flecken auf dem Wams drapierte. »So. Besser.«

»Du bist wie eine gute Amme«, stellte Goldhand gerührt fest. »Erst warst du meine Stimme, nun bist du meine Amme geworden.«

»Wir sollten dir eine Begleiterin besorgen«, stimmte Goïmron zu. »Eine gute Seele, die für dich sorgt und auf dich aufpasst. Und deine dunklen Gedanken vertreibt, wenn sich dein Gemüt verfinstert.«

»Ach, das vergeht wieder. Ein guter Schluck Bier und …« Goldhand wankte und plumpste schwer auf eine leere Kiste. »Und es wird wieder.«

Goïmron hörte das Gespielte aus den gelallten Worten heraus. An unzähligen Umläufen überwog im Verstand des heldenhaften Dritten die Düsternis, die nicht vom albischen Pfeilgift stammte. Es war die tödliche Melancholie, gegen die es kaum Heilung gab.

»Bier ist nicht die Lösung.«

Goldhand rülpste leise. »Ich weiß. Ich kenne den Dämon Alkohol sehr gut, mein junger Freund. Aus längst vergangenen Zeiten.« Er legte ihm eine Hand auf die Schulter. »Doch was soll ich tun? Ich *bin* die Vergangenheit, die keiner mehr braucht. Das Geborgene Land hatte mich vergessen, bis ich mich zurück in sein Gedächtnis drängte.«

»Aber …«, setzte Goïmron zum Widerspruch an.

»Ich weiß schon gar nicht mehr, wie viele von den Büchlein ich signierte, die du für mich hast anfertigen lassen. Diese ersten Erzählungen aus der Schwarzen Schlucht, die mir hübsches Geld bringen«, redete Goldhand mit schwerer Zunge weiter. »Oder wie oft ich meine Geschichte erzählte. Anfangs hörten sie mir noch zu. Im *Humpensammler*. Im *Schluckspecht*. Oder im *Ofenloch*. Inzwischen bleiben nur wenige sitzen. Meistens Leute auf der Durchreise. Aber der Rest?« Er winkte ab und verlor dabei das Gleichgewicht.

»Sei nicht zu düster. Wir brauchen dich.« Goïmron stützte ihn, damit er auf der Kiste blieb. »Du trägst zu einem neuen Gefühl der Gemeinschaft bei. Du stehst für eine neue Zeit! Ohne Ûra! Ohne Brigantia!«

»Die neue Zeit ist längst angebrochen. Aber ich bin die Altlast. Der Ballast einer vergangenen Epoche, der besoffen in Kneipen sitzt und sein Schicksal bedauert«, erwiderte Goldhand. »Meine Aussetzer werden schlimmer, Goïmron.«

»Das ist nur das Bier«, beschwichtigte der.

»Oh, nein. Es ist vieles. Mein viel zu alter Kopf. Das albische Gift. Die etlichen Erinnerungen, die durcheinandergeraten und mir Angst einflößen. Im Leben und in meinen Träumen«, wisperte Goldhand. »Ich sollte nur noch als Theaterstück existieren. Als gute Erinnerung. Nicht« – er deutete an sich herab – »nicht so.«

Goïmrons Mitleid mit der Legende wuchs. Er versuchte es mit einer neuen Taktik. »Dein Ratschlag wird gebraucht.«

»Mein Rat?« Der uralte Zwerg lachte bitter auf. »Ich bin ein Großkönig aller Stämme ehrenhalber. *Ehrenhalber!* Verstaubter Zierrat bin ich. Etwas, das man sich beschaut und denkt: Ja, früher. Früher war es so.« Er schöpfte eine Handvoll Wasser aus dem Pferdetrog und trank es. »Ein Relikt. Am besten wäre es, wenn ich sterbe. Sowie ich dir die letzte Seite meiner Abenteuer diktiert habe.«

»Was? Nein!« Goïmron war entsetzt. Er kannte die nachtschweren Phasen seines Freundes, doch diese Todeswunschworte waren noch nie zuvor über seine Lippen gekommen.

Goldhand rieb die nasse Hand an seinem Gewand trocken. »Vraccas sei mein Zeuge: Ich will mit Ehre meine Lebensesse erlöschen lassen. Nicht als vergesslicher Trunkenheld, der vom Mitleid anderer lebt.« Stumme Tränen liefen über die faltige Haut und versickerten im Silberbart. »Ich will nicht mehr, Goïmron. Mir bleibt keine Aufgabe mehr, wenn ich das letzte Wort gesprochen habe.«

Es schnürte Goïmron die Kehle zu, den Zwergengreis so elend

und verzweifelt vor sich sitzen zu sehen. »Du hast noch viele Geschichten zu erzählen.«

Goldhand schüttelte das ergraute Haupt. »Alles ist gesagt. Fast alles.« Er zog sich an seinem Freund in die Höhe. »Denk nicht, ich lamentiere, weil ich zu viel Eisbockbier hatte. Die Wahrheit, die ich bislang still in mir trug, drängt lediglich laut heraus.« Mit einer Hand hielt er sich an der Bordwand des Karrens fest, und die goldenen Sprengsel in seiner Haut blitzten auf. »Gäbe es nur *einen* Anlass, wie ich gebührend in die Ewige Schmiede zu Vraccas reisen könnte, ich würde ihn nutzen. Auf der Stelle.«

Goïmron beließ es dabei. Es brachte nichts, gegen den Freund anzusprechen. *Nicht, wenn er in dieser Stimmung ist und zu viele Humpen intus hat.* Langsam setzte er sich mit dem Handwagen in Bewegung.

»Kennst du schon das neue Stück, das Rodana zum Besten gibt?«, fragte er.

Goldhand verneinte und ging übertrieben aufrecht neben dem Wagen her, die Rechte ums Holz geklammert. Wer genau hinschaute, sah die Knöchel weiß hervorstehen. »Sie wird die Gelegenheit nicht verstreichen lassen, um gegen Mostro zu schießen, oder?«

»Er kommt nicht gut dabei weg.«

»Wie stets.« Goldhands faltige Miene wurde sorgenumwölkt. »Nicht, dass das Kind es übertreibt und er ihr Attentäter auf den Hals hetzt.«

Der Gedanke erschreckte Goïmron. »Denkst du, das würde er tun?«

»Diesem Wicht ist alles zuzutrauen. Natürlich würde er keine Magie gegen sie einsetzen. Sonst wäre es zu offensichtlich. Aber ein paar bezahlte Klingen über einen Mittelsmann, und schon ist die lauteste kritische Stimme im Geborgenen Land verstummt.« Goldhand kniff die Augen zusammen, als sie aus dem Durchgang ins Sonnenlicht traten. »Ich wollte dir keine Angst machen. Seid einfach aufmerksam.«

Über die Breitenallee ging es voran.

»Ah, hast du von den fünf verschwundenen Kindern gehört?«, fragte Goldhand. »Im *Humpensammler* gab es kaum einen anderen Gesprächsstoff.«

Für Goïmron wurde die Plauderei nicht angenehmer. »Fünf?«, krächzte er. Schnell räusperte er sich. »Nein, habe ich nicht.«

»Ihr Verschwinden fiel auf, weil zwei Kinder von einflussreichen Senatsfamilien darunter sind. Durch Nachforschungen der Garde erhöhte sich die Zahl auf insgesamt fünf.« Goldhand schien das Unwohlsein seines Freundes nicht zu bemerken. »Die armen Kleinen.«

»Wie konnte das geschehen? Ich meine, was wird wohl passiert sein?«, haspelte Goïmron. Für ihn gab es keinen Zweifel, dass die Ragana ihre Klauen und Zähne im Spiel hatte. »Ich wollte sagen: Wieso hatte die Stadtwache nichts bemerkt?«

»Oh, im *Humpensammler* glaubt man, drei Gardisten haben damit zu tun«, erzählte Goldhand, dessen Gehen in übertriebenes Schreiten überging. Gelegentlich winkte er Passanten zu, die ihm einen Gruß zuwarfen.

»Wie das?«

»Entführungen. Gegen Lösegeld.« Goldhand wischte sich Schweiß von der Stirn und stützte sich schwer gegen den Karren. Bei jedem Satz drang der Geruch von Alkohol aus seinem Mund, sein Körper wollte das Bier loswerden.

Goïmron spürte das Gewicht das greisenhaften Helden, den er mit der Last der Figürchen voranschob. Er hielt sich bereit, ihm jederzeit zur Seite zu springen. *Man sieht ihm an, wie er ringen muss.* »Wie schrecklich. Ich hoffe, es geht gut aus.«

»Das hoffe ich auch. Welche gewissenlose Kreatur tut Kindern so etwas an?« Goldhand bat mit einem Handzeichen um eine Unterbrechung. »Lass mich kurz zu Atem kommen«, sagte er leise. »Malleniaswachts Hügel scheinen steiler geworden zu sein.«

»Sicher.« Goïmron hielt an und tat, als müsste er die Kiste nachsichern.

Lautes Wagenrattern, das Klappern von Pferdehufen und das Läuten einer hellen Glocke schallten über die Breitenallee.

»Höret, höret, ihr Zwerge und Menschen und Wesen von Malleniaswacht«, brüllte eine blecherne Stimme durch den Lärm. »Nicht mehr als ein Wunder erwartet euch schon übermorgen! Kommt, seht und verdient euch Goldmünzen – wenn ihr euch traut!«

Gemeinsam schauten Goïmron und Goldhand verwundert zur Allee hinter ihnen.

Jeder auf der Straße drehte den Kopf nach dem Streitwagen, von dem die Stimme rollte. Drei schwere Rappen in Kriegsrüstung waren als Triga nebeneinander eingespannt und nahmen beinahe die gesamte Breite der Straße ein.

Auf dem schwergepanzerten Wagen stand ein muskulöser Zwerg im mittleren Alter, dessen prächtiger hellblonder Bart ebenso wie seine gleichfarbige Mähne geradezu leuchtete; die Spitzen waren schwarz gefärbt, was ihn noch auffälliger machte. »Ich bin Vraccimbur Schlaufaust aus dem Clan der Immersieger von den Allfünfen«, rief er durch eine Sprechtüte aus Blech und schlug noch einmal die Glocke, die am Streitwagen befestigt war.

»Du meine Güte. Was ist *das* denn?« Goïmron betrachtete den rötlichen Harnisch aus Vraccasium, unter dem ein wadenlanger, schwarz-weißer Männerrock folgte. Nietenbesetzte Stiefel schützten die Füße. Als Waffe führte der Zwerg einen Morgenstern mit langen Ketten, aus dessen Kopf ein unterarmlanger schlanker Rundspieß stand. »Und was sind Allfünfer?«

Schimpfend wichen Fuhrwerke dem breiten Gespann aus. Immer mehr Fenster entlang der Allee öffneten sich. Die Anwohner wollten wissen, wer den Lärm veranstaltete.

»Ich höre davon zum ersten Mal«, gestand Goldhand und betrachtete den Streitwagen mit Skepsis. »Das ist gewiss ausgedacht.«

Schlaufaust hielt das Gefährt mitten auf der Straße an und sah auf die versammelten Neugierigen rund um die Triga. »In zwei

Umläufen findet ihr mich und meine Truppe auf dem Marktplatz des zweiten Hügels«, rief er laut. »Wer es wagt, gegen mich im Zweikampf anzutreten, kann reich werden. Sofern er mich bezwingt. Die Herausforderung geht an alle, die erwachsen und gesund sind.« Dann langte er unter sich, zog einen dicken Packen bedruckter Zettel heraus und warf sie durch die Luft. »Da steht alles, was ihr wissen müsst. Kommt und versucht euer Glück. Ich beiße nicht – aber mehr Zurückhaltung kann ich euch nicht versprechen.«

Lautes Lachen der Umstehenden kam auf, vereinzelt erklang Beifall.

Schlaufaust rollte mit dem Streitwagen weiter – und hielt unvermittelt neben Goïmrons Handkarren an. »Es wäre mir eine Ehre, Euch meinen besten Platz anzubieten, Meister Goldhand.« Er reichte ihm einen Handzettel über den Rand des Gefährts hinab. »Ihr seid eine Legende. Bezwinger von Not und Elend, Sieger über Orks und Albae und auferstandener Held, der sogar der Schwarzen Schlucht entkam. Das Geborgene Land schuldet Euch so vieles. Da ist ein Ehrenplatz in meiner bescheidenen Arena das Mindeste.«

Verblüfft nahm Goldhand den Wisch entgegen, auf dem *Ehrengast* geschrieben stand.

»Du kannst auch kommen, Seidenwamsbursche. Aber du musst zahlen.« Schon fuhr Schlaufaust weiter, schlug die Glocke und brüllte wieder durch die Sprechtüte. Die Triga walzte regelrecht über die Breitenallee.

»Allfünfer.« Goïmron sah dem auffälligen Zwerg auf seinem martialischen Streitwagen nach. »Was es nicht alles gibt.« Mit einem leisen Ächzen schob er den schweren Handwagen an. »Er wird die Gäste vor dem *Curiosum* verscheuchen. Wir müssen Rodana unbedingt vor dem Lärmmacher warnen.«

Aber Goldhand rührte sich nicht und hielt den Karren auf. Ein rätselhaftes Lächeln umspielte seine Lippen.

Das habe ich noch nie bei ihm gesehen. »Was ist?«, fragte Goïmron besorgt. *Ist sein Verstand gegangen?* »Soll ich dir einen Schluck Wasser bringen?«

Goldhand sah auf den Zettel und ließ ihn achtlos fallen. »Das muss ein Wunder sein! Ein Wunder, das mir Vraccas sandte«, brach es aus ihm heraus.

»Dieser Schlaufaust?« Goïmron verzog das Gesicht. »Ich finde, er hat mehr von einer Ohrenplage als von einem Wunder. Man sollte ihn Gehörpein nennen.«

»Ja. Ja und nein«, korrigierte Goldhand begeistert.

»Du redest mir ein wenig zu verworren.« Goïmron wollte zu Rodana, um ihr von dem bevorstehenden Besuch der Schaukampftruppe auf dem Marktplatz zu erzählen. Möglicherweise wäre es besser, die Darbietungen und Aufführungen des *Curiosum* so lange auszusetzen. *Gegen diesen dämonischen Lärm kommt man nicht an.*

»Hast du ihn gesehen?«, fragte Goldhand aufgeregt.

Goïmron verdrehte die Augen. »Schlaufaust war leider keine Einbildung. Wir alle haben –«

»Nein, nicht ihn.« Der Heldenzwerg hob die rechte Hand und pochte gegen seinen Mittelfinger. »Ich meine *den Ring.*«

Goïmron versuchte sich zu entsinnen. »Nein, es ging wohl zu schnell. Was war damit?«

»Er trug elbische Runen. *Uralte* elbische Runen!«

»Aha? Das ist ja –«

»Der Ring gehörte einst mir.« Goldhand schob den Handwagen nun mit beiden Händen an, es konnte ihm plötzlich nicht schnell genug gehen. »Rasch! Schlaufaust hinterher. Ich muss wissen, woher er ihn hat.«

»Nicht so eilig! Sonst stürzt du.« Goïmron kam kaum hinterher, so beflügelt hetzte der Zwergengreis voran. »Bist du dir sicher mit dem Schmuck?«

»Absolut sicher! Das ist … ganz und gar unglaublich! Ich hielt ihn für verloren.«

Ein Ring mit elbischen Runen als Geschenk für einen Zwerg. Ungewöhnlich war die Geschichte mit Sicherheit, ganz gleich, ob sich Goldhand den Schmuck eingebildet hatte oder nicht. »Was hatte es damals damit auf sich?«

Goldhand zwinkerte ihm zu. »Das wirst du bald erfahren.«

***

DAS GEBORGENE LAND, BRAUNES GEBIRGE,
DSÔN KHAMATEION, 1024 N.B. (7515. SONNENZYKLUS
NACH ALTER ZEITRECHNUNG), FRÜHJAHR

Ascatoîa betrat den kuppelförmigen Saal, dessen Durchmesser gute sechzig Schritte betrug und dessen Decke ohne jegliche Säulen oder sichtbare Stützen hielt. *Ich war noch nie bei Vollmond in der Halle der Worte.* Sie hatte sich gefragt, was das Licht des Nachtgestirns mit den gewaltigen bunten Glasbildern tun würde, die verschiedene Szenerien zeigten. Nun erkannte Ascatoîa, dass die Erbauer sowohl an den Vollmond als auch an die divergierenden Umlaufbahnen gedacht hatten. In Grau- und Silbertönen schimmerte das Mondlicht durch die gebogenen Glaswände der Kuppel und illuminierte die Kunstobjekte darunter.

Ascatoîa kannte die abstrakten Gebilde, die aus Knochenstücken und poliertem Gold geschaffen worden waren. Das veränderte Licht gab ihnen Tiefe, Schärfe und Wirkung. Neu waren die noch unfertigen, anmutigen Objekte, die kokongleich an verschiedenen Stellen unter der Kuppel schwebten, aufgehängt an kaum sichtbarem Glasstahldraht, der im Licht spinnenfadengleich glänzte. Die Skulpteure hatten im Innern Umrisse von entstehenden, fremdartigen Lebewesen eingearbeitet.

Ihre Lieblinge blieben dennoch die in sich gewundenen, sieben mal vier Schritt großen Gemälde, die dem Gemalten auf der verdrehten Leinwand eine faszinierende Lebendigkeit verliehen. Sie waren seit ihrem letzten Besuch einmal um die eigene Achse gedreht worden, und durch veränderte Perspektive und Schattenwurf entstanden neue Motive.

Für die Besprechung mit dem Ganyeios, dem Herrscher über das Reich der Albae, hatte sie das dunkelrote Kleid mit dem hohen Stehkragen gewählt, das sich eng an den schlanken Oberkörper schmiegte und von der Hüfte abwärts weit schwang. Schmuck lag an Armen und Fingern, Geschmeide um den Hals und ein diamantbesetztes Silberstirnband unterhalb des schwarzen Haaransatzes. Das Band diente als Halterung für den gloriolengroßen Weißgoldschmuck an ihrem Hinterkopf. Sie hatte es dank ihren vielen Siegen und ihrem Aufstieg nicht nötig, Eindruck zu schinden. *Aber es schadet nicht.*

Ascatoîa ging durch das Spalier aus übergroßen, brennenden Statuen, auf dessen Leibern rauchlose, bunte Flämmchen zuckten. Sie waren das einzige farbige Element in der vom Mondlicht durchfluteten Rundhalle.

Bei näherem Betrachten bestanden die Standbilder nicht aus Marmor oder Granit, sondern aus bearbeiteten Skeletten, deren Knochen durch alchemistische Behandlung unempfindlich gegen Feuer gemacht worden waren. Die fingergroßen Lohen sprangen und tanzten über die Gebeine der neu zusammengesetzten Wesen, die es in dieser Form im Geborgenen Land nicht gab.

»Gefallen dir Unsere neusten Laternen?«, erklang die samtweiche Stimme des Ganyeios im Kuppelsaal. Wie stets war nicht erkennbar, ob sie einem Mann oder einer Frau gehörte.

»Sie sind wunderschön, hochwürdiger Ganyeios«, antwortete Ascatoîa und sah zu dem von Mondstrahlen ausgeleuchteten Thron auf einer niedrigen Plattform.

Die gedrechselten und geschnitzten Gebeinelemente strahlten gespenstig mit weißlicher Aura. Die Intarsien aus unterschiedlichen Metallen wirkten wie streng geometrisch angelegte Adern, die den Thron mit Blut versorgten. Darauf saß, aufrecht wie stets, der Herrscher ihres Volkes in weiten, dunklen Gewändern, mit einem halbtransparenten Schleier vor dem Antlitz.

»Meine Bewunderung über Eure Einfallskraft steigt jeden Umlauf.«

»Wir hatten eines Morgens eine Art … Vision und mussten sie einfach umsetzen«, sagte der Ganyeios. Der leichte Stoff bewegte sich kaum merklich vor seinem Mund.

Oft hatte Ascatoîa versucht, durch die Silbergaze zu blicken, aber es war unmöglich. Mehr als die Umrisse der perfekten Züge erhaschte sie nie. Sie machte die letzten Schritte bis vor den schimmernden Thron und ging auf ein Knie. »Ich bin gespannt, was Ihr Euch als Nächstes einfallen lasst, hochwürdiger Ganyeios.« Sie wartete auf die Dienerinnen und Diener, die üblicherweise Tisch, Stuhl und eine Karaffe mit Wein brachten. Bislang hatte jede Unterredung mit dem ritualgleichen Ablauf begonnen.

Doch nicht in dieser Nacht.

Ebenso vergebens wartete Ascatoîa auf die Erlaubnis, sich erheben zu dürfen. Daher verblieb sie in der unbequemen Haltung.

»Wir baten dich zu Uns, um dir eine Ehre zuteilwerden zu lassen, wie sie zuvor noch keiner Seele in Dsôn zuteilwurde«, hob der Herrscher in seiner einzigartigen Weise zu sprechen an. Seine schlanken, bleichen Hände lagen locker auf den Seitenlehnen. »Du, Zhussa, sollst Uns eine Vorgabe für ein Kunstwerk liefern. Wir werden es ausführen, um es zu deinem Geschenk zu machen.«

Ascatoîa verschlug es die Sprache vor Überraschung. »Das ist … tausend Dank, hochwürdiger Ganyeios! Was gereicht mir zu dieser Ehre?«

»Deine Verdienste, Zhussa, sind größer als die eines jeden. Du hast deine Zaubermacht vorangetrieben und Uns die Drachen gebracht, mit denen Unser Reich sich gegen jeglichen Feind verteidigen kann, der seinen Fuß über Unsere Grenzen setzen will, sei er aus dem Geborgenen Land oder aus dem Jenseitigen.« Sein Duktus war getragen, als spräche er vor den gesamten Einwohnern Dsôns. »Wer, wenn nicht du, verdient Unsere Wertschätzung?«

Die Freude drohte Ascatoîa zu überwältigen, ihre Finger begannen zu zittern. *Reiß dich zusammen,* mahnte sie sich. »Das ist zu großzügig von Euch.«

»Hast du eine Vorstellung, wie Wir dich ehren könnten?«

Hastig überlegte sie. »Widmet mir einen dieser Kokons. Gestaltet das Wesen, das darin lebt, nach Euren Vorstellungen.«

»So sei es, Zhussa.« Der Ganyeios neigte sein verschleiertes Haupt leicht. »Lass uns jetzt über eine gute Sache für Unser Reich reden, die unverhofft zu mir kam.«

Ascatoîa fühlte, dass ihr nach hinten abgewinkelter Fuß einschlief. Das elegante Schuhwerk war für diese Haltung nicht gedacht. Das Gewicht der Weißgoldgloriole an ihrem Hinterhaupt wurde spürbar. »Haben unsere Spione bei den Elben oder den Meldrith etwas berichtet?«

»Nein. Wir hatten eine Unterredung. Mit der Königin der Dritten. Sie erschien, um Uns eine geheime Allianz vorzuschlagen.« Der Ganyeios lachte leise, und der Laut bescherte der Zhussa Gänsehaut vor Wonne. »Ahnst du, weswegen sie Uns gewogen ist? Ich meine mich zu erinnern, dass ihr euch auf dem Gebiet der Wunder begegnet seid.«

»Auf dem Schlachtfeld blieb keine Zeit, freundliche Worte auszutauschen. Es machte nicht den Anschein, als zeigte sie Milde und Nachsicht gegen unsere Truppen«, sagte Ascatoîa. »Wie käme sie unversehens auf eine Allianz? Das klingt für mich nach einer Falle.«

»Nun, das liegt daran, dass ein Zauber seine Wirkung nach und nach entfaltet.« Der Ganyeios tippte anmutig mit der Linken an seinen hohen Kragen. »Die Königin trägt einen albischen Willensflüsterer. Ein Erbstück, wie sie Uns sagte, von einem ihrer Ahnen. Sie hat keine Ahnung, woher ihre Vorfahren es erhielten.«

Ascatoîa runzelte die Stirn. *Ein Willensflüsterer?* »Was vermag das Artefakt?«

»Es hat den Anschein, ein harmloses Schmuckstück zu sein, schön anzuschauen und passend zu jedem Gewand. Aber darin liegt ein unauffälliger Zauber gebunden, welcher das Wesen, das den Willensflüsterer trägt, empfänglicher und freundlicher für unser Volk macht«, erklärte er. »Sie wurden erschaffen, um jene für uns einzunehmen, die uns weder fürchten noch hassen. Und: Du kannst die Königin mit deinen magischen Kräften über den Willensflüsterer aufspüren. Wo immer sie weilt.«

»Dann wird Regnorgata Sterbenshieb unaufhörlich auf unsere Seite gezogen?« Ein behutsames Lächeln entstand auf ihrem Antlitz. *Wie wundervoll!*

»Ganz recht. Um die Wirkung des Willensflüsterers zu stärken, brachten Wir sie dazu, unser geheimes Abkommen für Wohlstand und Glück unserer Länder mit Blut zu besiegeln.« Er hob die Hand und wies ihr einen kaum mehr sichtbaren Schnitt in der Haut. »Der albische Tropfen, der seitdem durch ihre Adern rinnt, verstärkt ihr Empfinden. Welche Reden auch immer bei den Versammlungen im Geborgenen Land geschwungen werden, insgeheim ist die Königin für die Albae und wird Uns freimütig berichten.«

Ascatoîa erlaubte sich ein zurückhaltendes, vornehmes Lachen. »Wohlstand und Glück für unsere Länder! Da konnte sie nicht anders, als zuzustimmen.«

»Ja.«

In ihrem Verstand taten sich Dutzende ungeahnte Möglichkeiten auf, wie das Geborgene Landes unterworfen werden konnte. Ihr Herz pochte vor Freude rascher. *Ach, mein lieber Vetter Vascalôr. Hättest du das nur erleben dürfen.* »Ich verstehe. Wiegen wir die Länder in Sicherheit, während ich die Drachen weiter abrichte und die Flugmahre –«

»Wir meinten es, wie Wir es sagten. Wir haben kein Interesse an Eroberungen«, unterbrach sie der Ganyeios, samten und kalt. »Gata hält jedes Übel von Dsôn fern, und Wir kümmern uns nicht um das Geborgene Land. Außer im Handel. Doch dazu sind die Menschen, Zwerge, Elben und Meldrith noch nicht bereit. In zehn, zwanzig Teilen der Unendlichkeit vielleicht. Die Gier wird zuerst die Menschen anlocken.«

Ascatoîa glaubte, sich verhört zu haben. Außerdem spürte sie ihren Fuß und den Unterschenkel nicht mehr. Sollte sie sich nicht bald erheben dürfen, fiele sie höchst elegant um. »Unsterblicher Ganyeios, ich bewundere Eure Vorsicht, aber –«

»Der Anblick des Willensflüsterers brachte Uns auf einen merkwürdigen Gedanken«, redete der Ganyeios über ihren Einwand hinweg. »Gata und Wir sprachen über die albische Flotte, die durch das Reich der Unterirdischen im Roten Gebirge ins Binnenmeer vordrang. Wir sagten ihr, dass Unsere Verwunderung unermesslich gewesen sei, denn Wir hatten keine Ahnung, wer die Flotte sandte.« Der Herrscher lehnte sich mit geradem Oberkörper nach vorne, ein Mondstrahl stach durch die Silbergaze und wies die Umrisse seines vollkommenen Antlitzes. »*Wir* riefen sie nicht.«

Nun wurde es für Ascatoîa unangenehm. Sie ahnte, warum es einerseits eine Belohnung geben sollte, sie andererseits wie eine flehende Büßerin vor dem Gebeinthron kniete. *Ich bekomme Lohn und Strafe zugleich.*

»Du schweigst?«

»Ich denke nach, hochwürdiger Ganyeios, was dahinterstecken könnte.«

»Das tat die Unterirdische auch. Sie riet Uns zu überlegen, ob vielleicht jemand Mächtiges aus Unserem Umfeld dafür verantwortlich sei. Jemand, der Dsôn Khamateion als Herrscherin über das Geborgene Land sähe und sich dazu Verbündete riefe, um Tatsachen zu schaffen.« Der Alb holte langsam Luft. »Wir dachten damals, dass niemand etwas ohne Unsere Zustimmung betriebe. Die Intrigen der Geheimen Kammer richten sich nur gegen die Mitglieder untereinander. Aber wer könnte wahnsinnig genug sein, insgeheim weitreichende Entscheidungen zu fällen, die Uns gebühren?«

Ascatoîa fühlte den stechenden Blick durch den Schleier. *Bei den Infamen! Er hat mich in Verdacht?*

»Immer noch Schweigen, Ascatoîa?«

»Mir will niemand einfallen, der sich derlei anmaßt«, sagte sie. »Bis auf Vascalôr. Er sprach gelegentlich davon, dass manche Dinge in Dsôn anders laufen müssten.«

Der Ganyeios lachte zurückhaltend. »Gewitzt, die Schuld einem Toten in die Schuhe schieben zu wollen. Wir hätten es Vascalôr durchaus zugetraut. Ein starker Wille, rücksichtslos und skrupellos. Er war dein Vetter, nicht wahr?«

»Das war er, hochwürdiger Ganyeios.«

»Liegt derlei vielleicht in der Familie?«

Bestürzung entstand auf Ascatoîas ansprechenden Zügen. »Ihr denkt, ich hätte Euch –«

»Deine Magie, Zhussa, könnte Uns beeinflussen. Uns dazu bringen, Dinge zu sagen, anzuordnen, zu unterzeichnen, die Wir gar nicht wollen, und hernach das Getane zu vergessen«, fiel er ihr scharf ins Wort. »Haben Wir deine Macht unterschätzt?«

»Niemals! Ihr würdet sofort bemerken, würde ich einen Zauber gegen Euch richten, der den Verstand befallen soll«, beteuerte Ascatoîa. »Ihr fühlt doch Magie.« Zugleich sandte sie einen Spruch, der sein Gemüt beruhigen und seine Gedanken zurück auf Vascalôr lenken sollte. »Ich denke, es war ein Netz aus Lügen und Intrigen, die mein Vetter –« Ihr Blick fiel auf ein unauffälliges Armband, das der Ganyeios am rechten Handgelenk trug. Der sattviolette Amethyst darauf leuchtete pulsierend auf. *Bei Inàste! Er hat sich abgesichert!*

»Du besitzt die Abgefeimtheit, in deiner Verteidigungsrede einen Zauber anzuwenden, Zhussa?« Der Ganyeios lehnte sich zurück, der Stoff vor seinem Gesicht bebte. Er zitterte vor Zorn am ganzen Körper, doch seine Stimme blieb ruhig. »Damit deine Lügen Uns erneut umgarnen und Wir dem toten Vascalôr die Schuld geben?«

Ascatoîa sah das Geschmeide um ihren Hals ebenso verräterisch flirren. Das Artefakt des Herrschers warnte nicht nur vor Manipulationszauberei – es offenbarte zugleich die Quelle. *Aufgeflogen!*

»Vergebt mir, unsterblicher Ganyeios!«, bat sie. »Ich trachte lediglich nach dem Wohle unseres Volkes! Wir werden niemals sicher sein, solange wir das Geborgene Land nicht kontrollieren.«

»Nein. Sobald wir die Eroberung versuchen, werden wir nicht mehr sicher sein«, schmetterte er ihren Einwand eisig ab. »Was dachtest du dir dabei, Uns zu hintergehen? Uns, das Land und die Geheime Kammer? Welche Strafe könnte angemessen für so viel Verrat sein, Zhussa?«

»Stellt mich in die erste Reihe einer Schlacht. Gebt mir die schwersten, gefährlichsten Aufgaben, und ich werde sie für Euch erfüllen. Um zu beweisen, dass sich meine Unternehmungen niemals gegen Euch richteten, unsterblicher Ganyeios!« Ascatoîa senkte das Haupt, starrte auf den polierten Marmorboden. Sie nahm die schimmernde Weißgoldgloriole ab, um das Ablegen ihres Hochmuts zu verdeutlichen; scheppernd landete der kostbare Schmuck auf den Platten. »Ich wollte den Gebeinthron niemals für mich.«

»Nein. Nicht *diesen.* Aber den Thron über das gesamte Geborgene Land. Und darin stünde auch Unserer.« Dem schleifenden Geräusch nach zog er eine eingelassene Waffe aus der Lehne. »Wir können dir nicht mehr vertrauen, Zhussa. Weder wirst du die Drachen befehligen noch das Sagen in Dsôn Khamateion haben.«

Tränen der Wut auf sich selbst, diese Entwicklung nicht kommen gesehen zu haben, rannen über ihre Wangen. Sie fühlte die schwarzen Zorneslinien auf ihrem Antlitz entstehen. »Ihr wolltet mich beschenken, hochwürdiger Ganyeios.« Sie hob den Kopf und sah den Herrscher vor seinem Thron stehen, einen geschwungenen Knochendolch in der Linken. »Wegen meiner Verdienste! Vergesst sie nicht.«

»Oh, erinnere dich Unserer Worte. Wir versprachen dir, ein Kunstwerk nach deinen Vorgaben anzufertigen, um es zu deinem Geschenk zu machen«, korrigierte der Alb. »Wir kommen deinem Wunsch nach, Zhussa, und verarbeiten dich zu einem ausgefallenen Wesen, das in einem der Kokons lebt. Du wirst am Platz der

Gnadenlosen Kunst ausgestellt. *Das* ist dein Geschenk. An Dsôn.« Er ging einen anmutigen Halbschritt nach vorne und fegte die Weißgoldgloriole mit dem Fuß zur Seite, klirrend rutschte sie davon. »*Unser* Geschenk an dich ist, dass Wir dich eigenhändig hinrichten.«

Leise Schritte erklangen, Kleidung raschelte.

Aus den Augenwinkeln bemerkte Ascatoîa mehrere Albae, die sich im Flammenschein der brennenden Statuen näherten. Auch wenn sie durch den Tränenschleier kaum etwas sah, glaubte sie, die Mitglieder der Geheimen Kammer zu erkennen. Sie waren eingeladen worden, der Hinrichtung beizuwohnen.

»Dein Tod heißt Ganyeios«, vernahm sie den Herrscher mehr raunen als sprechen. »Mit dieser verfluchten Klinge töten Wir deinen Leib – und deine Seele!«

Bis vor wenigen Herzschlägen hatte Ascatoîa an ihr sicheres Ende geglaubt, da sich der Herrscher gegen ihre Zauber mit dem schirmenden Amethystartefakt wappnete. An ihn war Zhussamagie verschwendet, und ihre Drachen wären niemals schnell genug bis zu ihr vorgedrungen.

Doch an die gleiche vorausschauende Klugheit der Geheimen Kammer glaubte sie nicht.

Das ist die letzte Gelegenheit, meine Hinrichtung zu überstehen. Es kostete Ascatoîa keine Mühe, ihre Kräfte aufzurufen und gegen jene Albae anzuwenden, die in die Kuppelhalle gekommen waren, um ihr Ende zu verfolgen und sich daran zu ergötzen. *So wendet sich das Blatt!*

Einige schrien überrascht auf, weil sie den Zauber spürten, ehe sie davon überwältigt wurden. Bei anderen verfing er nicht, da die Zhussa ihren Spruch aufteilen musste, um möglichst viele Verbündete zu erhalten.

»Greift den Ganyeios an«, befahl Ascatoîa ihren Sklaven und ließ sich fallen, als der Herrscher mit einem wütenden Schrei nach ihr stach. Ihr Fuß und der Unterschenkel waren taub, unbeholfen kroch sie rückwärts – und sah den geschwungenen Knochendolch vor sich. Die Klinge war nah. Viel zu nah und zu schnell. *Nein, er wird mich –*

Unvermittelt warf sich ein Alb in den Stoß und fing ihn mit seinem Leib ab. Sogleich legte er die Hände um den Hals des überrumpelten Ganyeios und drückte zu. Ächzend und würgend gingen sie zu Boden.

Unter der Kuppel brach ein grausamer Kampf aus, magisch beeinflusste gegen unbeeinflusste Albae. Freundschaften und Verwandtschaften galten nicht mehr. Klingen blitzten auf, Kunstwerke gingen zu Bruch, und Blut spritzte auf den Marmor.

Das wird knapp! Keuchend setzte Ascatoîa all ihre Magie ein. Zum einen, um etliche Willen zu kontrollieren; zum anderen, um den Lärm zu dämpfen, damit keine Kampfgeräusche aus der mondlichtdurchfluteten Halle drangen. *Ich darf nicht nachlassen.* Die Anstrengung erzeugte enorme Hitze in ihr, der Schmuck leuchtete unter der Beanspruchung und erwärmte sich auf ihrer Haut.

Schließlich gewannen Ascatoîas Verbündete die Oberhand. Die drei Überlebenden des grausamen Handgemenges warfen sich auf den Ganyeios, der die Attacken unentwegt mit dem Knochendolch abwehrte. Niemand scherte sich um die Schnittwunden. Im magischen Bann der Zhussa setzten sie nach und versuchten, den Gegner zu packen. Als dem Herrscher das Amethystarmband im gnadenlosen, blutigen Gerangel abgerissen wurde, wusste Ascatoîa: *Ich habe gewonnen!*

Sie ließ die Willenskontrolle der drei Albae fallen und setzte stattdessen einen gleißenden Energiestrahl mitten durch die Silbergaze in das Antlitz des Ganyeios.

Ohne einen Laut fiel der Alb nieder. Stinkender Rauch kräuselte sich aus dem Loch in seinem Schädel, und schwarzrotes Blut lief auf den Marmor. Der Knochendolch löste sich aus den erschlaffenden Fingern.

Nun die Letzten! Schnell hob Ascatoîa den geschwungenen Dolch magisch an und ließ ihn reihum durch die Hälse der benommenen Albae fahren. Gleich einem weißen Blitz sirrte die Klinge aus geschliffenem Bein durch Fleisch und Adern, öffnete die Kehlen und sandte die Albae tot auf den Hallenboden, während sich ihr Blut im Rhythmus der letzten Herzschläge ergoss.

»Euer Tod heißt Ascatoîa«, sprach sie angestrengt atmend. »Ich raube euch das Leben, doch der Knochendolch nimmt euch die Seele.«

Erschöpft wankte sie zum verwaisten Gebeinthron und fiel hinein. Sie brauchte einen Moment, um sich auszuruhen und nachzudenken.

Es ist alles verloren. Bis auf mein Leben, war ihr erster verzweifelter Gedanke, als sie die Leichen und das Blut um das Podest im silbrigen Licht des Nachtgestirns betrachtete. Jeder Maler in Dsôn hätte sich um dieses Motiv gerissen.

Die Toten gehörten nicht zur Geheimen Kammer. Es mussten Günstlinge des Herrschers gewesen sein, die er zur Hinrichtung eingeladen hatte.

Ascatoîa sah auf das Loch im Stoff, hinter dem sich einst das Antlitz des Ganyeios befunden hatte, dann hinauf zu den unfertigen Kokons. *Ein Geschenk an Dsôn sollte ich werden.* Sie tupfte sich das verschwitzte, heiße Gesicht mit dem Ärmel ab, die Wutlinien schwanden spürbar. Auch kehrte das Gefühl in Fuß und Unterschenkel endlich zurück. *Da ich nicht gestorben bin, bleibt das Gespinst frei für einen anderen.*

Ein Funke Hoffnung glomm in ihr auf.

Ascatoîa erhob sich und entkleidete den toten Ganyeios. Danach trat sie zurück und betrachtete ihn.

Langweilig sah der Herrscher der Albae als bloße Leiche aus. Geradezu unscheinbar. Es gab keine Male, keine Tätowierungen an seinem Körper, nichts, was ihn von jenen abhob, die tot um ihn herum lagen. *Gewöhnliche Makellosigkeit.* Von seinem Antlitz war nichts geblieben bis auf ein Loch, eingerahmt von verkohltem Fleisch, verbrannten Knochen und verkrustetem Blut. *Das ist perfekt! Sein Leichnam gibt keinen Aufschluss über seine Identität.*

Sie machte sich ans Plündern. Den verbrannten Gazeschleier, die Kleidung und den Schmuck des Herrschers band sie sich mit dem Gürtel eines Toten unter dem Rock am Bein fest. Auf seinen Armreif, der sie mit seinem Amethyst verraten hatte, achtete sie besonders. Unter den bauschenden Falten des Kleides fiel die zusätzliche Last nicht auf.

Lassen wir den alten Ganyeios verschwinden. Mit ihren Zhussakräften holte Ascatoîa einen der Kokons heran und ließ die Leiche hineinschweben. Sorgfältig verschloss sie das gewobene Metallgespinst und sandte die Hülle zurück an die Hallendecke zu den fertigen Werken. *Das ist mein Geschenk. Das beste Geschenk.*

Den Gebeindolch verbarg sie im Gewandärmel, ehe sie zum Ausgang ging, einmal tief Luft holte und die große Tür aufriss. »Wachen!«, schrie sie in vorgetäuschter Angst. »Wachen, schnell! Attentäter wollten den Ganyeios töten!« Sie wankte vorwärts und zeigte immer wieder in die Halle der Worte. »Ich konnte den Herrscher und mich retten, aber … die Verräter! Vielleicht leben sie noch!« Ächzend und schluchzend sackte sie auf einem Mamorbänkchen zusammen.

Gepanzerte Kriegerinnen und Krieger hetzten mit gezogenen Waffen in den Kuppelsaal.

»Wohin ist der Ganyeios?«, wollte der Anführer der Garde wissen.

»Er sagte mir, er wolle sich in Sicherheit bringen, bis das Ausmaß des Verrats bekannt ist«, antwortete Ascatoîa. »Verhaftet die Familien der Verschwörer und setzt sie fest. Lasst keinen entkommen. Sobald wir sie haben, wird sich der Ganyeios zeigen.«

Der Krieger nickte und gab Befehle. »Ich hätte darauf drängen sollen, in der Halle zu bleiben. Aber der Ganyeios wollte in dieser Nacht weder mich noch die Dienerschaft bei sich haben.«

»Deine Sorge war begründet. Und nun tue, was ich dir im Namen unseres Herrschers auftrug. Er verlässt sich auf dich.«

Zwei besorgte Dienerinnen erschienen und führten Ascatoîa auf ihr Bitten aus dem Palast und geleiteten sie durch das nächtliche Dsôn. Mehrmals täuschte sie ein Humpeln vor, damit die unter dem Rock verborgene Kleidung nicht vom Bein abrutschte.

Sie spielte die Rolle der erschöpften Retterin, bis sich die Tür ihres Heimes hinter ihr schloss und sie alleine war. Sodann legte sie das geraubte Gewand unter dem Rock ab, nahm den perforierten Schleier zur Hand und betrachtete ihn.

Langsam begriff Ascatoîa die Tragweite ihres Handelns.

Fortan bin ich der Ganyeios, dachte sie und lachte erst leise, schließlich laut und anhaltend. Das beste Geschenk hatte sie sich selbst gemacht.

***

DAS GEBORGENE LAND, IM NORDEN DES VEREINTEN GROSSKÖNIGREICHS GAURAGON, PROVINZ FEUERN, AN DEN AUSLÄUFERN DES GRAUEN GEBIRGES, PLATINGLANZE, 1024 N.B. (7515. SONNENZYKLUS NACH ALTER ZEITRECHNUNG), FRÜHJAHR

Barbandor strich zusammen mit Grimmz seit dem frühen Morgen durch das Unterholz rechts der Straße, die von Platinglanze gen Süden verlief. Sie suchten nach den Leichen seiner Entführer und fanden keine Spur.

Nachdem die beiden Zwerge nachts mit der Kutsche in der Siedlung angekommen waren, hatten sie sich zuerst zur Ruhe begeben, anstatt Alarm zu schlagen. Das blutverschmierte Gefährt hatten sie in einer Scheune untergestellt, um es vor neugierigen Blicken zu verbergen. Die Torwachen wurden ermahnt, nichts von den Vorkommnissen zu berichten.

»Ich könnte schwören, dass ich die Langen hier vom Dach und vom Bock schlug«, sagte Grimmz verwundert. Für den Ausflug hatte er das rostige Kettenhemd angelegt, trug das Kurzbeil im Gürtel und den Krähenschnabel geschultert. Leises Bewegen war für ihn unmöglich, alles an ihm machte Lärm. »Ich erinnere mich an die Schweinseiche. Der tief hängende Ast dort traf einen an der Schulter.«

Barbandor störte das unentwegte Klirren und Knarren, das von Grimmz ausging, weil es feine, geringere Laute übertönte. Am Ende überhörten sie noch das Stöhnen eines verletzten Nuntios oder heranpirschende Orks. Er sah in die Höhe und machte einen Fetzen schwarz-gelben Stoffes am angebrochenen Ast der Eiche aus. »Ohne Zweifel.« Erneut suchte er den Boden ab. »Da! Schleifspuren.«

»Wie bei den verschollenen Orkkadavern. Sind eure Waldtiere derart gefräßig und zahlreich, dass sie binnen weniger Sanduhren eine Horde Schweineschnauzen und Menschen verschlingen? Spurlos?« Grimmz schaute zur Straße, auf der ein Karren mit einer weiteren Familie nach Platinglanze rollte. Die Menschen bemerkten die Zwerge im dichten Unterholz nicht. »Welche Art von Bären, Luchsen oder Wölfen leben im Norden? Die müssen riesig sein!«

Barbandor hatte so eine Ahnung, wer die Schuld an dem Verschwinden der Leichen und damit von Beweisen trug. *Wäre es so, bedeutete dies nichts Gutes für die umliegenden Bauernhöfe.* »Du sagst, die Orkrotte bestand aus fünf Scheusalen?«

Grimmz bestätigte und warf den dicken, schwarzen Haarzopf über die Schulter. »Ich kenne mich mit euren Schweineschnauzen nicht aus, aber es waren ziemlich ordentliche Kaventsbestien.«

»Welche Farbe oder Maserung hatte ihre Haut?«

»Schwer zu sagen. Und ehrlicherweise hab ich nicht besonders darauf geachtet. Ihre Hauer hatten sie schwarz bemalt, daran erinnere ich mich.« Grimmz verscheuchte ein Insekt von seiner Nase. »Oh, eines der Weibchen war über und über mit weißer Kruste bedeckt, die absplitterte, sobald ich sie traf. Spricht für die Salzsee, oder?«

»Das tut es.«

Zuvor hatten sie den Kampfort aufgesucht, an dem die Orks auf die Postkutsche und Grimmz getroffen waren. Das dunkle, grünschwarze Blut der Scheusale war in den Boden gezogen und hatte ölige Flecken hinterlassen.

Den Abdrücken nach hatte sich einer von den Fünfen nach dem Gefecht erhoben. *Ist er verwundet entkommen oder unsterblich?* Genau diese auferstandene Bestie hatte offenbar seine Artgenossen und die toten Kutscher verschwinden lassen, um Beweise zu vernichten. Grimmz konnte man dafür keinen Vorwurf machen. Woher hätte er wissen sollen, dass man den Bestien sicherheitshalber den Schädel vom Hals schlug und es nicht bei einem Stich durchs Herz belassen sollte?

Wo steckt dieser Ork nun? Barbandor lauschte aufmerksam. *Ist er geblieben oder kehrte er in die Salzwüste zurück, um einer Gefangennahme zu entgehen? Wie viele gibt es noch?*

»Du grübelst«, befand Grimmz und löste seine Feldflasche vom Gürtel. Als er sie öffnete, roch es intensiv nach Kräutertee. »Teilst du deine Gedanken mit mir?«

Barbandor fasste seine Erkenntnisse zusammen. »So oder so sind uns die Anhaltspunkte genommen worden, um in Platinglanze Nachforschungen über den Auftraggeber für meine Entführung anzustellen«, schloss er. »Wir müssen mit Mutmaßungen hantieren. Das ist nie gut.«

Grimmz reichte ihm die Flasche, und Barbandor gönnte sich einen Schluck. Der Tee schmeckte kräftig nach Basilikumminze.

»Was hätte man davon, wenn du verschwunden bist?«, fragte Grimmz. »Wer profitiert davon?«

Diese Frage hatte sich Barbandor in dem Kabuff in der Kutsche auch gestellt. »Da kommen zu viele in Betracht.«

»Gut. Dann anders: Wer ist vermögend genug und traut sich obendrein, drei hochrangige gauragonische Bedienstete zu bestechen, damit sie einen berühmten Helden und Ratsherrn niederschlagen und verschleppen?«, fragte Grimmz. »Es muss jemand mit Einfluss *und* Geld gewesen sein. Sonst wäre er auf der Stelle von den Postlern gemeldet worden.«

»Durchaus. Das begrenzt den Kreis der Verdächtigen.« *Er ist nicht ungewitzt.* Barbandor hatte Grimmz zunächst wegen des ausrasierten Barts und des lauten Auftretens für einen Aufschneider gehalten, der lieber Muskeln statt Verstand einsetzte. *Wie es aussieht, vermag er beides.* Er beschloss, die Suche entlang der Straße aufzugeben, und reichte die Feldflasche zurück. »Lass uns zurückkehren und eine Liste mit Verdächtigen anlegen, die infrage kommen. Danach werde ich in Platinglanze einiges von dem verlautbaren lassen, was gestern Nacht geschehen ist. Auf dem Platz am Wehrhaus. Vor aller Augen und Ohren.«

Grimmz grinste. »Du willst die Reaktionen der Leute sehen.«

»Ja. Es kann sein, dass sich der Drahtzieher durch eine Geste, ein Zucken, einen Ausruf verrät. Du wirst mir dabei helfen, die Verdächtigen im Blick zu behalten.«

»Nur zu gerne, Ratsherr.« Grimmz befestigte die Flasche am Gürtel. »Klopfen wir auf den Moosbusch und schauen, welcher Käfer hüpft.«

Gemeinsam traten sie den Rückweg durch das Unterholz an, kehrten zu den angebundenen Ponys zurück und ritten im Galopp in die Wehrsiedlung.

Kaum angekommen, ließ Barbandor das Glockensignal für eine dringende Bekanntgabe geben. Die Bewohnerinnen und Bewohner würden sich alsdann vor dem Wehrhaus versammeln und darauf warten, was es zu verkünden gab.

Die beiden Zwerge eilten in die Amtsstube, wo sich Barbandor die bestickte, weiße Schärpe anlegte.

»Du bist mir wirklich von Vraccas geschickt worden«, sprach er dabei zu Grimmz.

»Er wird geahnt haben, dass ich in Platinglanze gebraucht werde«, erwiderte der stattliche Zwerg und schulterte den Krähenschnabel, der in seiner Hand kein Gewicht zu besitzen schien. »Und nicht nur in *der* Stadt.«

»Ach, wo noch? Möchtest du die große Rundreise zwischen Bergesschein, Schmiedeburg und Güldenwall beginnen?« Barbandor entfernte zwei Fusseln von der Schärpe und wusch sich rasch das Gesicht, ordnete sein dunkles Haar und den geflochtenen Bart, in dem er Zierspangen befestigte. Würde gehörte zum Amt.

»Überall dort, wo ich gegen Schweineschnauzen antreten kann. Das bin ich meinem Namen und meinem Clan schuldig.« Grimmz sah zum Fenster hinaus. »Auch wenn es nicht meine Heimat ist: Die Schweineschnauzen sind hier näher als im Süden. Deswegen nahm ich die Reise auf mich.«

»Du hättest das Graue Gebirge früher sehen müssen. Vor den Beben. Es war wunderschön. Nein, *wunderschöner.*« Auch Barbandor sah versonnen zum Horizont, wo sich die Linien der neu entstandenen Berge und Höhenzüge abzeichneten. Er rieb sich über das Barthaar, während er das Gebirge betrachtete, und spielte mit einer weißgoldenen Zierspange. »Zum Glück haben Goldhands Mineure neue Verzeichnisse über die Gänge, Tunnel, Schächte und Minen angelegt. Es würde uns viele Zyklen kosten, das alles zu erkunden.«

»Und das Geborgene Land ist abgeschottet und sicher«, fügte Grimmz hinzu. »Das sollte man nutzen, um gründlich mit den Bestien aufzuräumen. Bevor sich die Grenzen öffnen.«

Barbandor horchte auf. Das Gerede erinnerte ihn an die Dispute in der letzten Beratung mit den Gilden und Tirmelin. »Vielleicht. Aber zuvor sollten wir dir entweder ein neues Kettenhemd besorgen oder deinem alten ein Ölbad und eine Stahlbürste gönnen. Du klingst beim Bewegen bald wie ein rostiges Scharnier.«

Grimmz lachte und pochte auf die rostbraun verfärbten Ringe. Rostkrümel lösten sich und rieselten auf die abgelaufenen Dielen. »Ich kam unterwegs nicht zur Pflege. Und es regnete oft.«

Vor dem Wehrhaus versammelten sich immer mehr Bewohner. Ihre leisen Unterhaltungen drangen zwischen den dröhnenden Glockenschlägen durch das offene Fenster in die Amtsstube.

»Das Ölbad müssen wir verschieben. Du gehst ans obere Fenster und betrachtest jeden. *Ganz* genau«, schärfte Barbandor ihm ein. »Nimm ein Fernglas mit, aber lass dich nicht sehen. Verbirg dich hinter einem Vorhang. Sonst ist die Überraschung dahin.«

»Mache ich.« Grimmz eilte hinaus, seine schweren Schritte polterten die Holztreppe hinauf.

Barbandor wartete ein wenig, bevor er aus der Stube und vor das Gebäude trat. Mithilfe zweier Kisten und eines Fasses wurde er bis in die hinteren Reihen gesehen.

Das leise Gerede verebbte.

»Werte neue und alte Bewohner von Platinglanze«, rief er, und die letzten Unterhaltungen verstummten. »Ich habe euch rufen lassen, weil sich gestern Nacht eine Ungeheuerlichkeit zutrug.« Barbandor behielt vor allem die Gildenvorsteher und hochrangigen Persönlichkeiten im Blick, die sich in den vorderen Linien eingefunden hatten. »Die königliche Postkutsche brach mit eiligen Briefen und besonderer Fracht auf. Doch leider wurde sie nach wenigen Meilen angehalten. Und überfallen.«

Aufgeregtes Rufen erklang aus der Menge, Menschen und Zwerge tuschelten untereinander.

»Nicht etwa von Räubern. Sondern von Orks«, sprach Barbandor weiter und musste innehalten. Die ungläubigen Ausrufe wurden zahlreich und laut. *Na? Wer von euch hat etwas zu verbergen?*

Den Gildenleuten war nichts anzumerken. Kein verdächtiges Zucken, kein ungewöhnliches Erblassen, kein rasches Wegschauen oder überhasteter Aufbruch vom Platz. Sosehr Barbandor sich umschaute, er machte keinerlei verräterische Bewegungen in der Masse aus. Stattdessen herrschten aufrichtiges Entsetzen und Wut über die Tat der Orks.

»Einem unerschrockenen wandernden Zwerg ist es zu verdanken, dass die Bestien unschädlich gemacht werden konnten. Für die Besatzung der Kutsche kam sein Beistand leider nicht mehr rechtzeitig«, erklärte Barbandor, nachdem sich der Tumult etwas gelegt hatte. »Aufgemerkt, liebe Leute: Es hat den Anschein, als wäre eine Bestie verletzt entkommen. Daher bitte ich euch, vorerst nicht mehr allein vor die Tore von Platinglanze zu gehen, bis wir den Ork gefunden oder seine Spur aufgenommen haben.«

Beifall kam auf, der jedoch keine große Begeisterung in sich barg. Zwerge und Menschen fühlten sich unwohl.

Kein Hinweis auf mögliche Anstifter? Barbandor sah es hinter manchen Mienen arbeiten. Die Empörung über den Überfall der Orks wollte sich Luft machen, aber er konnte nichts entdecken, was ihm Aufschluss über die Hinterleute seiner versuchten Entführung gab. Sollten sie auf dem Platz stehen, gab sich keiner von ihnen eine Blöße. *Ich hoffe, dass Grimmz mehr Glück beim Spähen hatte.*

Unvermittelt trat Tirmelin aus der Menge hervor, jener jüngere Zwerg mit dreifach geflochtenem Bart, der schon in der Ratsversammlung eine feurige Rede gegen die Besiedlung des Grauen Gebirges und für den Angriff auf die Salzseeorks geschwungen hatte.

»Reicht das aus, Platinglanze und das Geborgene Land vor den gierigen Schweineschnauzen zu schützen?« Tirmelins Stimme wurde von den Häuserfronten zurückgeworfen. »Reicht es aus, lediglich wachsam zu sein?« Er deutete nach Süden. »Die Bestien werden zurückkehren. Sich irgendwo festsetzen. Und noch mehr plündern, rauben und morden.«

Sogleich wurde von den meisten Versammelten Zustimmung laut.

»Tirmelin, dies ist der falsche Moment und der falsche Ort, über derartige Grundsatzentscheidungen zu sprechen. Diese werden von anderen gefällt. Nicht von dir oder mir«, wies Barbandor den Zwerg in seine Schranken. »Ich wollte Platinglanze mitteilen –«

»Wie es laufen wird, wenn wir uns das Verhalten der Orks gefallen lassen!« Tirmelin richtete seine Worte an die Zwerginnen und Zwerge. »Wir sind die Kinder des Schmieds. Wir schworen Vraccas Treue, und wir schworen, seine Schöpfung vor Gefahren zu schützen. Sollten wir daher nicht die Zugänge geschlossen lassen und im Geborgenen Land Jagd auf Bestien machen, bevor wir uns neue hereinholen?«

»Oh, nein! Diese Jagd dauert mir zu lange.« Krämerin Alsa verschränkte die Arme unter der Brust. »Du musst nicht vom Handel leben und hast gut reden, Tirmelin. Aber wir« – sie deutete auf die Umstehenden der Gilden – »brauchen die rasche Öffnung. Sonst ist's bald um uns und unsere Geschäfte geschehen. Von dem Geld, das wir im Geborgenen Land einnehmen, lässt es sich kaum leben. Es reicht weder für uns noch für unsere Gesellen und Meister.«

»Und wie soll man gegen Scheusale überhaupt vorgehen? Wir bräuchten ein Heer! Und Magie«, schaltete sich ein Bewohner ein, der seiner Tracht nach zu den Bauern gehörte. »Dieser Famulus hat sich schmollend in eine Ecke verzogen. Nur Elria weiß, was er auf dem Gebiet der Wunder treibt. Und in Rhuta herrscht ein Lump mit seiner Gaunerbande über Tausende Artefakte. Wir haben keinerlei magischen Beistand für dein Unterfangen, Tirmelin.«

»Es gibt kein Unterfangen.« Barbandor hob die Hände, um Ruhe einzufordern. »Ihr Bewohner von Platinglanze –«

»Hier steht der Zwerg, der in der vergangenen Nacht die Schweineschnauzen bezwang«, schallte es unvermittelt über den Köpfen aus dem obersten Fenster des Wehrhauses. »Ich bin Boïndal Zweiklingenhand aus dem Clan der Axtschwinger vom Stamm der Zweiten. Und ich bin zu euch gereist, um die Stadt zu beschützen. Um gegen Orks zu kämpfen. Um die Ausgeburten des Bösen für immer auszurotten.«

Wie alle anderen wandte sich Barbandor um und behielt gerade so sein Gleichgewicht auf dem Fass. *Was hat er vor?*

»Du, Krämerin! Was denkst du, wie viel du noch verdienst, wenn die Scheusale um Platinglanze schleichen? Und du, Bauer, wie lange wirst du einen Hof mit Tieren haben, wenn die Orks dich heimsuchen? An jedem verdammten Umlauf.« Grimmz sah abwartend über die Menge. In seinen Augen brannte ein fanatisches Feuer, das weithin zu erkennen war. »Keiner von euch, niemand wird in Frieden leben, solange Borkon und seine Horden in der Salzsee hocken. Macht euch nichts vor: Sie werden niemals aufhören, Siedlungen zu überfallen. Denn sie trachten nach ihrer alten Macht. Nach einem eigenen Reich, dessen Luft nicht nach beißendem Salz schmeckt. Sie warten und vermehren sich, wachsen in ihrer Zahl an und kriechen hernach auf geheimen Wegen durch unsere Heimat.«

Er ist regelrecht entflammt! Barbandor hörte mit wachsendem Unwohlsein, wie geschickt der Zweite ein Szenario heraufbeschwor, das Grauen in jedem erschuf.

»Was wir in Brigantia erreicht haben, gelingt uns ebenso gegen Borkon und die Seinen!«, rief Grimmz voller Inbrunst. »Meine Ahnen Boïndil und Boëndal haben Taten vollbracht, die man für unmöglich hielt. Mit der Einigkeit meines Volkes! Und diese Einigkeit brauchen wir erneut – unter allen Völkern mit Vernunft. Zwerge, Menschen, Elben und Meldrith: Ein gemeinsames Heer muss sich erneut formieren. Und dann: Zu Tion mit den Schweineschnauzen!« Er riss den Krähenschnabel in die Luft, und begeisterter Beifall brandete auf.

»Du bist ein echter Schlauzwerg«, rief Tirmelin durch das Klatschen hinauf. »Aber was ist mit Magie? Es gibt Gerüchte über die Kräfte mancher Orks. Der Bauer hat recht. Wie sollen wir ohne Rhutas Artefakte und ohne Mostros Zauberei bestehen? Welche anderen Verbündeten gäbe es noch?«

Zu Barbandors Schrecken wies Grimmz auf ihn. »*Da* steht ein Held, ihr Leute von Platinglanze. Er weiß um die Schreckenstaten der Orks. Auch wenn er es nicht laut ausspricht, so wäre er einer der Ersten, die mit mir gemeinsam gegen Borkon ziehen. Um Rache zu üben. Um das Böse zu vernichten.«

Dieses Mal fiel der Applaus noch anhaltender aus, Pfiffe und Hochrufe mischten sich darunter.

»Das war keine Antwort auf Tirmelins Frage«, gab Alsa zurück. »Das Heer würde in der Salzsee außen getrocknet und innerlich gepökelt. Die Orks könnten uns nehmen und als Dauerfleisch einfach in die Vorratskammern hängen.« Leises Lachen quittierte ihre Anmerkung. »Wie Tirmelin schon sagte: Du bist ein Schlauzwerg und vermagst uns mit Worten zu begeistern – aber wir brauchen Magie. Sonst sterben wir gemeinsam mit unserer Begeisterung.«

Barbandor wartete gespannt auf die Erwiderung. Hätte Grimmz tatsächlich eine Lösung zu bieten, stünde dem Feldzug wenig im Wege. Er fühlte eine Art Hoffnung auf das Unmögliche, auf einen Vorschlag, der den Angriff auf Borkon in greifbare Nähe rückte. Doch er rief sich rasch zur Ordnung. *Was kann er schon wissen, auf das die Besten unserer Anführer nicht gekommen sind?*

»Ich war auf meinem Weg zu euch zuvor in Bergesschein, Schmiedeburg und Güldenwall«, sprach Grimmz laut. »Auch dort ist man meiner Meinung. *Eurer* Meinung! Das Übel muss erst im Geborgenen Land ausgerottet werden.« Er legte eine dramatische Pause ein. »Vernehmt: Auf mein Schreiben hin werden die Siedlungen Truppen zu uns senden. Gehen wir zu den Lavafeldern und beseitigen die Bande der Feuerfresser, die mit Borkons und König Gajeks Einverständnis neue Dörfer errichtet haben. Ist der erste Sieg errungen, werden sich uns die übrigen Reiche anschließen. Und der Magus wird uns beistehen. Weil sie begriffen haben, dass es um unsere Zukunft geht.« Er sah über die Versammlung, die an seinen Lippen hing. »Entweder die Orks oder wir!«

Erneut brandeten Zustimmung, Pfiffe und lauter Beifall auf.

Jetzt ist es genug. Sonst ziehen sie in ihrer Erregung sofort zu den Lavafeldern. »Gut gesprochen, Grimmz! Nun Fenster zu und runter mit dir«, wies ihn Barbandor an. »Komm und hole dir deine Schulterklopfer für deine nächtlichen Heldentaten ab.« Behände sprang er vom Fass und wartete am Fuße der Treppe. *So ein Heißsporn.* Er machte gute Miene zum miesen Spiel, das der Zweite zu spielen versuchte. *Ich habe dich durchschaut.* Grimmz beabsichtigte nichts anderes als einen ersten Schlag gegen Borkon, der die Reiche im Geborgenen Land unter Zugzwang setzen sollte. Denn ein Angriff auf die neuen Siedlungen der Feuerfresser, die sich

Borkon angeschlossen hatten, führte unweigerlich zu einer Reaktion der Orks. *Wie ein Tritt in ein Langstachelwespennest.* Der Sieg über die Feuerfresser dürfte leicht zu erringen sein. Entscheidender war die nachhallende Wirkung. Danach gab es kein Zurück.

Grimmz erschien auf dem oberen Treppenabsatz und wurde begeistert empfangen. Barbandor sah an den Gesichtern der Menschen und Zwerge, dass sie dessen Worte nicht vergessen würden. *Sie werden nachhallen und weitergetragen werden. Hoffnungen und Ängste gleichermaßen schüren.*

Das wiederum brachte Unruhe in die Siedlung. Die Lager würden sich deutlicher teilen, in Besonnene und Rachedürstende. Barbandor selbst war hin- und hergerissen. Sein eigentliches Ziel hatte er nicht erreicht. Anstatt etwas über die Hintergründe seiner Entführung herauszufinden, war es zu einem flammenden Appell für den Angriff auf die Feuerfresser gekommen.

Und ich kann mir nun überlegen, wie ich die erhitzte Stimmung abkühle. Sollte der verschollene fünfte Ork einen Überfall begehen, stünden die Zeichen unwiderruflich auf Heereszug. *Ich muss mit den Ratsleuten der anderen Wehrsiedlungen sprechen.* Es rächte sich nun deutlich, dass die Zwergenstämme keinen Großkönig gewählt hatten, der solch einen Irrsinn mit einem einzigen Befehl aufhalten konnte. *Uns fehlt ein gemeinschaftliches Herz, das den Takt vorgibt.*

Barbandor zog sich aus dem Getümmel zurück und überließ Grimmz seinem großen Moment samt der berechtigten Anerkennung für seine Heldentat in der Nacht. Stumm ging er vom Platz und schlug den Weg zum Südtor ein, um sich nochmals die Kutsche anzuschauen, die ganz in der Nähe in einer Scheune stand. *Vielleicht habe ich etwas übersehen.*

Durch eine quer verlaufende Nebenstraße sah er den königlichen Gesandten mit kleinem Gefolge in Platinglanze einreiten.

Jetzt schon? Dunkel erinnerte er sich, dass Baron Lichte sein Kommen angekündigt hatte, um im Auftrag von König Gajek nach dem Besiedlungsfortschritt zu schauen. *Er ist viel zu früh hier.* Doch so wichtig war ihm der Baron nicht. *Sein Pech. Er wird seine Zimmer im Gasthaus Schwanenkopf beziehen und auf mich warten müssen.*

Als Barbandor um die Ecke bog, kam ihm eine berittene und gerüstete Zwergenschar auf der Hauptstraße entgegen. Dem Schmutz und Staub auf den leichten Mänteln und Helmen nach war das Dutzend schon lange unterwegs. Die Abzeichen an den Schilden, die an Sattelhalterungen baumelten, sprachen für den Stamm der Zweiten.

Bei Vraccas! Es erscheinen immer mehr, die mit Grimmz in den Krieg ziehen wollen! Barbandor verfluchte die überzeugende Art seines neuen Freundes.

Der Zwerg an der Spitze des kleinen Trosses hielt sein Bastardpony an und zeigte auf die weiße Ratsherrenschärpe. Um sein Kinn baumelten zwei Dutzend geflochtene dunkelblonde Bartsträhnen, die mit gelochten Steinperlen in Form gehalten wurden. »Ah, *du* musst Barbandor Stahlgold sein.«

»Der bin ich.«

»Das ist gut. Zu dir wollten wir.« Er nickte ihm freundlich zu. »Ich bin Grandobil Meißelfinger aus dem Clan der Steinhauer vom Stamm der Zweiten. Meine Freunde und ich sind nach Platinglanze gekommen, um –«

»Mit Grimmz in den Krieg gegen die Orks zu ziehen«, sagte Barbandor mit einem verkniffenen Lächeln. »Ich weiß. Gehe ich recht in der Annahme, dass noch weitere aus eurem Stamm erscheinen? Bei seinen berühmten Vorfahren würde es mich nicht wundern, wenn ihm viele folgten.«

Grandobil hob die breiten Augenbrauen. »Dann ist Grimmz bereits in deiner Siedlung angekommen?«

»Das ist er.«

Grandobil warf einen Blick über die Schulter zu seiner Begleitung. Eine Zwergin mit lilafarbenen Haaren nahm daraufhin massive Eisenfesseln für Handgelenke aus der Packtasche und machte sie einsatzbereit. Zwei Krieger zogen Bolas heraus, die mit Eisendraht anstelle von Schnüren an den Gewichten versehen waren. »Gab es schon Tote?«

»Was?« Barbandors Gedanken stolperten. *Wie meint er das?* »Nein. Doch, Orks, die er erschlug, und er hat mein Leben gerettet, aber –«

»Dann sollten wir schnell handeln. Wir sind hier, um ihn festzunehmen.« Grandobil lenkte das Bastardpony voran und auf ihn zu. »Grimmz ist ausgebrochen. Und sehr gefährlich. Wo finden wir ihn, Ratsherr?«

Barbandor wusste nicht, was er dazu sagen sollte.

***

»Der Berg ist das Ziel.«

Zwergische Redensart

KAPITEL IV

DAS GEBORGENE LAND, FREIE STADT MALLENIASWACHT, 1024 N.B. (7515. SONNENZYKLUS NACH ALTER ZEITRECHNUNG), FRÜHJAHR

Goïmron vernahm das laute Trommeln schon von Weitem. Dazwischen quäkten zwei Sackpfeifen und drei Trombonen eine bedrohlich-anfeuernde Melodie über den Marktplatz des zweiten Hügels. »Scheint, als wäre die Schaukampftruppe schon da.«

»Es klingt, als wären sie einmarschiert und hätten Malleniaswacht erobert«, kommentierte Goldhand amüsiert. Sein Gang war aufrechter und gerader seit der Begegnung mit Vraccimbur. Noch dazu verflog die Wirkung des übermäßig genossenen Bieres. »Aber sie machen gehörig auf sich aufmerksam. Das erinnert mich ein bisschen an früher.« Er deutete auf das Namenschild des *Curiosum.* »Als das Theater noch in einer anderen Stadt lag und von Rodanas Ahnen betrieben wurde. Bei Vraccas, wenn ich daran denke! Der Unglaubliche Rodario. Unvergessen!« Lachend ließ er den Handkarren los und steuerte mit sicheren Schritten auf das bunte Rundzelt zu, das die Truppe auf dem Marktplatz aufgebaut hatte.

»Ich komme gleich nach.« Goïmron fuhr den beladenen Karren zum Werkstatteingang des Puppen- und Schattentheaters. *Als wäre er um Zyklen jünger geworden. Weil er einem Zwerg begegnet ist, der seinen alten Ring trägt?*

Als er sich näherte, sah er einen braunhaarigen Meldrith in unauffälliger Kleidung nahe dem Eingang. Er aß eine Essiggurke, das Gesicht mit den weißen Augen zum Marktplatz gerichtet. Kaum kam Goïmron näher, schlenderte er los und zog eine Kapuze über den Kopf. *Wie seltsam. Hat er gelauscht, oder täusche ich mich?*

Die Tür zur Werkstatt war angelehnt. Aus dem Inneren schallten das Lachen von Rodana sowie eine tiefere Stimme, die übertrieben dramatisch erzählte. »Hast du Besuch? Ich bringe die Gemmen.« Geschickt lenkte Goïmron den Handkarren ins Innere – und blieb wie vom Donner gerührt stehen. *Ausgerechnet er!*

Rodana richtete sich an der Schnitzbank auf, ein grobes Holzfigürchen in der Hand, das sie mit dem gerüsteten, muskulösen Zwerg vor sich verglich. Spänchen rieselten von der Schürze, einige davon hatten sich in ihre glatten, blonden Haare verirrt. »Ja, Besuch. Vraccimbur und seine Truppe sind heute angekommen und haben ihr Lager auf dem Marktplatz aufgeschlagen.«

Vraccimbur trug den rötlichen Harnisch, seinen Männerrock und die beschlagenen Stiefel. Er musste direkt vom Streitwagen in die Werkstatt gegangen sein. »Ich habe mich der Dame vorgestellt. Als neuer Nachbar einer wunderschönen wie geistreichen Legende unter den Kunstschaffenden des Geborgenen Landes.« Er streifte Goïmron lediglich mit einem beiläufigen Blick, seine Aufmerksamkeit blieb auf die zierliche Puppenspielerin gerichtet. »Stell den Karren ab, Laufbursche, und verschwinde.«

Eine Woge der Abneigung schwappte durch Goïmrons Inneres, getragen von der herablassenden Behandlung und dem Umstand, dass der Schaukämpfer ganz offenkundig Interesse an Rodana hegte. Beides war nur schwer zu ertragen. *Großmaul und Großkotz. Das passt zu ihm.*

»Aber Goïmron ist doch kein Laufbursche«, entgegnete Rodana sogleich. »Er ist ein Gemmarius. Und ein Held.«

Jetzt wandte sich Vraccimbur ihm zu, die durchdringenden blauen Augen richteten sich auf ihn. »Goïmron? *Der* Goïmron?«

»Ja. Wir begegneten uns auf der Breitenallee. Du hast meinem Freund Tungdil eine Einladung überreicht«, sagte Goïmron. Er beneidete sein Gegenüber um den prächtigen hellblonden Bart und die üppigen hellblonden Haare mit den schwarz gefärbten Spitzen. *Vraccas hat ihn sehr gesegnet.*

»Ach ja! Das Seidenwams! Ich entschuldige mich für mein Verhalten.« Vraccimbur winkte knapp. »Nichts für ungut. Ich hielt dich wegen deiner schmalen Statur und deines Wuchses für einen der Langen. Und so ohne Bart. Wobei du eher ein … sagen wir, du …« Offenbar suchte er nach weniger verletzenden Worten. »Einerlei. Ich war zu fasziniert von …«

»Rodana?«, kam es bolzenschnell über Goïmrons Zunge. *Ich Idiot. Ich verrate mich gegenüber einem Fremden.*

»Wäre das ein Ärgernis für dich, Schmalheld?« Vraccimbur lachte schallend. »Ich mache dir deine Gefährtin nicht abspenstig. Nur ein böser Scherz. Verzeih. Ich neige dazu.«

»Wie zu Anmaßung und Einbildung, nehme ich an.« Goïmron wusste nicht, woher der beißende Spott kam, doch er genoss ihn. Ein bisschen. »Ist gewiss eine Form deines Berufsgebarens. Du kannst nicht anders, als den Mund aufzureißen. Das verstehe ich.«

Rodana sah verwundert zwischen den grundverschiedenen Zwergen hin und her. »Bei Sitalia! Was ist denn mit *euch* beiden?« Sie stellte das geschnitzte Figürchen auf die Werkbank. »Waren die Herren zu lange in der Sonne?«

»Verzeiht mir, bitte. Beide. Es war ein anstrengender Umlauf.« Goïmron seufzte. »Und Rodana ist nicht meine Gefährtin.«

Das breite Grinsen, das sich daraufhin auf Vraccimburs Gesicht stahl, ließ ihn seine Worte bedauern. Der Schaukämpfer wusste, dass er bei Frauen Eindruck machte.

»Da ich Goldhand eingeladen habe, bist du natürlich ebenso willkommen. In meiner Loge. Wie Rodana. Unentgeltlich. Eine wahrlich wundervolle Premiere wird das bei der ersten Vorstellung. Und es ist mir eine aufrichtige Ehre.« Dieses Mal klang er versöhnlich und ehrlich.

»Ich weiß nicht«, sagte Rodana. »Das Blutvergießen gegen Geld widerstrebt mir.«

»Ach, i wo! Ich metzle die Leute doch nicht ab. Sonst kommen sie nicht für eine zweite Tracht Prügel wieder«, sagte Vraccimbur und lachte. »Wir nutzen Holzwaffen und manchmal auch nur die Fäuste. Ganz wie die Herausforderer es möchten. Hier ist zu wenig

Platz für eine eingeübte Vorführung meiner Truppe mit den Streitwagen. Leider. So bleibt es bei Prügeleien mit den Spectatores.«

»Wir überlegen es uns«, sprach Rodana und hob plötzlich den Kopf, als wäre ihr etwas eingefallen. »Oh, nein! Ich hatte Baumreis zum Garen aufgesetzt. Entschuldigt mich einen Moment.« Sie streifte die restlichen Spänchen ab und eilte die Treppe hinauf in den Wohnbereich des Hauses.

Vraccimbur sah zu Goïmron und schüttelte den hellen Prachtbart auf, die Haare raschelten leise. »Solltest du dich im Wettkampf versuchen wollen, wir haben auch Schwächere in der Truppe.« Mit einem Zwinkern fügte er hinzu: »Nicht böse gemeint. Aber deine Statur lässt mich vermuten, dass du kein geborener Krieger bist. Als Gemmarius.«

»Woher willst du das wissen?«, entgegnete Goïmron. Innerlich verfluchte er sich dafür.

»Jedenfalls nutzt du keine schweren Waffen. Das steht fest.« Vraccimbur deutete hinauf zur Decke, durch die Rodanas leichte Schritte klangen. »Diese wundervolle Frau ist nicht deine Gefährtin. Gut. Hat sie einem anderen ihr Herz gegeben?«

»Wer weiß?«, erwiderte Goïmron und hoffte, dass Vraccimbur nicht nachhakte.

»Du *hättest* sie gerne als deine Gefährtin«, sagte der Allfünfer und feixte. »Das ist wirklich nicht schwer herauszufinden. Bemühst du dich noch um sie oder hast du aufgegeben?«

Goïmron hasste seine Sprachlosigkeit. Die Unverblümtheit brachte ihn durcheinander. »Ich …«

»Ah, gut, verstehe. Du bist noch im Spiel.« Vraccimbur wischte sich das Holzmehl von den Händen, und die Armmuskeln schwollen an. Selbst die kräftigsten Krieger aus dem Stamm der Dritten würden den Schaukämpfer für seine Physis bewundern. »Ich gestehe dir zu, die älteren Rechte zu haben. Doch ist meine Zeit in Malleniaswacht knapp bemessen, und ich muss sagen, dass mir Rodana ausnehmend gut gefällt. Ich bin im Zwist mit mir.«

»Lass die Finger von ihr«, bekam Goïmron endlich heraus. »Du hast doch in jeder Stadt eine, oder?«

»Nicht in jeder. Doch eine wie *sie* sah ich noch nie.« Vraccimbur kam langsam auf Goïmron zu. »Weil du ein Held bist, schlage ich dir eine Wette vor.« Er langte nach einem Scheit vom Vorratsstapel des Schnitzholzes und drückte es ihm in die Hand. »Du hast drei Versuche. Triffst du mich damit, unternehme ich nichts und halte mich zurück. Andernfalls …«

Goïmron schlug sofort zu.

Doch Vraccimbur wich mit der Geschmeidigkeit einer Katze aus, die man dem muskelbepackten Zwerg nicht zutraute. »Eins«, sagte er mit diesem Feixen, das die friedlichste Kreatur im Geborgenen Land zur Weißglut getrieben hätte; dazu rempelte er Goïmron an, der daraufhin gegen den Schnitztisch stolperte.

Schnaubend wirbelte er herum. »Zwei sind übrig.«

Vraccimbur legte die Hände hinter den Rücken und schloss die Augen, ohne das überhebliche Grinsen sein zu lassen.

Zuerst pochte Goïmron gegen die Wand, um den Allfünfer in die Irre zu leiten – und warf dann das Scheit nach ihm.

Auch diese Attacke erahnte Vraccimbur und lehnte sich geschickt seitwärts. Das Holz flog vorbei, prallte gegen die Wand und landete auf dem späneüberzogenen Boden. Langsam hob er die Lider. »Zwei«, und dazu das Grinsen.

Ich brauche eine höhere Geschwindigkeit. Goïmron hob das Scheit auf und wog es in der Hand. Die andere umfasste den Nephrit in seiner Wamstasche. *Bitte, wenn ich wirklich auch nur einen Hauch von Magiefähigkeit in mir trage …* Dann zuckte er mit der Hand aufwärts, machte den Arm lang und konzentrierte sich.

Vraccimbur zog Kopf und Kinn nach hinten. Die Kante zischte weniger als einen halben Finger breit daran vorbei, der voluminöse blonde Bart wehte im Zugwind. »Dr–«

Ansatzlos kribbelte es in Goïmrons Hand. Der Edelstein setzte unvermittelt Wärme frei, die durch den Leib des Zwergs jagte, und ehe er sichs versah, ruckten seine Finger mit dem Scheit noch in der gleichen Bewegung schräg abwärts.

Vraccimbur kam nicht dazu, das Zahlwort zu vollenden. Das Holz erwischte ihn an der Wange und ließ ihn mit einem Aufkeuchen nach rechts wanken. Ein Riss tat sich in der Haut auf, der weißblonde Bart färbte sich tröpfchenweise mit dem dunklen, eisenhaltigen Zwergenblut.

Erschrocken und freudig zugleich stieß Goïmron einen Siegesruf aus, das Scheit fiel aus seinen Fingern. »Drei! Ich habe dich erwischt!«

Vraccimbur betastete die getroffene Stelle und sah das Rot am Finger, spuckte noch etwas Blut aus. Ohne ein weiteres Wort ging er aus der Werkstatt.

Ein Sieg mit Folgen, fürchte ich. Die Freude ebbte ab, und Goïmron beschlich das unbestimmte Gefühl, entweder einen schweren Fehler oder sich einen Feind fürs Zwergenleben gemacht zu haben.

***

DAS GEBORGENE LAND, SCHWARZES GEBIRGE,
OSTSEITE UND GRENZE ZUM JENSEITIGEN LAND,
1024 N.B. (7515. SONNENZYKLUS NACH
ALTER ZEITRECHNUNG), FRÜHJAHR

Gata kroch hinter Larembar Gutschuss aus dem Clan der Weitseher her, dem einstigen Kommandanten der Ostfestung, durch deren Tore man einst vom Jenseitigen Land ins Geborgene Land gekommen war.

»Lange sollte es nicht mehr dauern«, rief sie ihm durch den engen Gang zu. Die leichte Rüstung erschwerte das Unterfangen, sie schwitzte aus allen Poren. Gelegentlich roch es nach gefährlichen Schwefelgasen, die durch Ritzen aus der Tiefe emporstiegen. Zu viel davon in den Lungen brachte den Tod. »Sollte uns ein Kampf bevorstehen, wie du sagtest, brauchen wir unsere Kräfte.«

Seit geraumer Zeit krochen sie durch enge Passagen, steile Kamine und Lücken im verworfenen, zerbrochenen Gestein, das überwiegend aus schwarzem Basalt und dunkelgrauem Granit bestand. Manchmal waren Seilwinden und Kettenzüge von den Kundschaftermineuren angebracht worden, welche das Klettern vereinfachten. Aber durch die Enge und das Gewicht von Rüstung und Waffen blieb es ein anstrengender Ausflug.

»Nein, kein Kampf. Nicht heute. Du sollst nur sehen, was mich beunruhigt, Königin«, rief der stattliche, vollbärtige Zwerg hinter sich. »Goldhands Vorgehen, ohne Rücksprache die Durchgänge ins Geborgene Land zu verschließen, war nicht vorausschauend.« Er schob sich weiter. »Wo wir hindurchgelangen, finden die Schweineschnauzen ebenso einen Weg. Ihre hässlichen Nasen sind feiner, als man denkt.«

Gata widersprach ihm stumm, was das Verschließen der Durchgänge anging. *Einmal mehr.*

Larembar und die Besatzung des Bollwerks hatte die Warnung vor dem Einsturz des östlichen Torwegs rechtzeitig erreicht – zeitig genug, dass ihm und seiner Truppe die Gelegenheit geblieben war, bei ihrem Rückzug Stützbalken in den Gängen einzuziehen und den Weg zu markieren. Ohne Gatas Wissen und ihre Zustimmung hatte Larembar unmittelbar nach dem Einsturz einen Durchgang zurück zur Ostfestung graben lassen.

Ohne sein eigenmächtiges Handeln gäbe es den Kriechgang erst gar nicht. So trug Larembar zur Gefährdung des Geborgenen Landes bei. Denn mit einer Sache hatte der Kommandant durchaus recht: Die feinen Nasen der Orks vermochten das Schlupfloch aufzuspüren.

Gata beschloss, ihn dafür später zur Rede zu stellen. *Danach wird dieser Mäusegang zugeschüttet. Endgültig.* Ihr Vater hatte große Stücke auf Larembar Gutschuss gehalten. Manchmal beschlich sie das Gefühl, in Unterredungen mit dem Kommandanten die

Stimme des verhassten Königs zu hören. Und das passte ihr nicht. Überhaupt nicht.

Während Gata die letzten Schritte aufwärts und hinaus ins Freie kletterte, dachte sie an die Nachricht, die sie kürzlich von Tungdil Goldhand aus Malleniaswacht bekommen hatte. Darin lud er die Königinnen und Könige der Stämme unverzüglich zur Versammlung in die Freistadt ein und berief sich auf seinen ehrenhalber verliehenen Titel des Großkönigs. Seine Begründung für die überstürzte Zusammenkunft las sich höchst abenteuerlich.

Das kann was werden. Dabei haben wir mit der Besiedlung in den meisten Gebirgen wahrlich genug zu tun. Gata blinzelte in die Nachmittagssonne und blickte sich um, schob eine lange blonde Strähne zurück unter den Helm.

Zusammen mit dem Zwergentrupp befand sie sich im oberen Ausguck der Ostfestung, der etwa hundert Schritte über den Doppelmauern und Innenhöfen des Bollwerks lag. Den Kamin, durch den sie aufgestiegen waren, hatte Larembar eigens durch den schwarzen Basalt treiben lassen. Unter ihr lag die Festung, die sie viele Umläufe auf Geheiß ihres Vaters als stellvertretende Kommandantin befehligt hatte.

Nicht, weil sie an derlei Aufgaben Freude empfand oder sich besonders geschickt anstellte, sondern damit sie fernab beschäftigt war und im Kronrat keine Widerworte zu geben vermochte. Statt auf das Regieren der Dritten vorbereitet zu werden, musste Gata auf jene achten, die Einlass begehrten. Die Abmachung mit Gauragon besagte, dass nur ins Geborgene Land einreisen durfte, wer die Zustimmung der Dritten fand. Ein königlicher Zolonarius prüfte die Waren und erhob Ein- und Ausfuhrsteuer. Davon erhielten die Dritten wiederum einen Anteil.

Diese Aufgabe hatte Gata stets missfallen. Für simple Kontrollen brauchte es keine Thronfolgerin. Jedes halbwegs vernünftige Kind des Schmieds konnte diese Tätigkeit ausüben, wie Larembar bewiesen hatte.

Auch wenn Gata keine besonders guten oder freudigen Erinnerungen an die Ostfestung hatte, versetzte es ihrem Herzen einen Stich, die fremden roten Banner auf den Türmen wehen zu sehen. Die ausgefransten Kanten flatterten und knatterten im eisigen Wind, in dem kaum ein Hauch von Frühling steckte. *Bei Lorimbur!*

»Den Runen nach sind es Blutgrollorks«, erklärte Larembar neben ihr und spuckte verächtlich aus. »Es kam genauso, wie ich es befürchtet hatte: Der Berg verschlang unsere Festung mit dem Einsturz nicht, und jetzt dient sie dem Abschaum als Lager.« Er reichte Gata den Wallgucker und zog sie einige Schritte weiter, weg von der Öffnung und über verborgene Treppenstufen zu Auskragungen. Die Wand davor schützte vor Entdeckung. »Schau nach unten und sag mir, was du siehst.«

Gata blickte durch das lange Spähglas, mit dem sie dank rechtwinkliger Vertikalverlängerung gefahrlos über die Mauer lugen konnte. Kein Pfeil, kein Geschoss vermochte sie zu erreichen, während sie beobachtete.

Sie kam sich vor wie bei einer Rekrutenprüfung. Der Befehlshaber behandelte sie wie eine Untergebene. Dabei war sie seine Königin und schon längst nicht mehr seine stellvertretende Kommandantin der Festung.

Sie ließ die Linse wandern und sog die Eindrücke auf.

Die Blutgrollorks hatten schwer in der Festung gehaust und alles Zwergische, sei es Schmuck, Symbol, Zierde oder Rune, abgeschlagen oder verunstaltet. Sie verhöhnten Vraccas und Lorimbur aufs Widerlichste und hatten die Abzeichen von Tion überall preisend an die Wände geschmiert.

Die Verteidigungsanlagen, die Mechaniken und Geschütze hingegen schienen in bestem Zustand zu sein. Im überdachten Gang des vorderen großen Torhauses erkannte Gata vier fassgroße Signaltrommeln, mit denen Nachrichten weit übers Land versendet werden konnten.

Sie stellen sich schlau an. Gata sah Orks, die sich um die Bedienelemente der größten Stahlfederkatapulte kümmerten, die Gunibur und Ganibur hießen. Deren direkte Treffer zerschlugen dickste Holzbohlen, Metallbleche, Rüstungen und Körper, als bestünden sie aus Papier, Butter und Wachs.

Auf der breiten Steinstraße vor der Außenmauer standen rot angemalte Fässer und etliche zerborstene Exemplare in verschiedenen Abständen. Die Orks hatten den Umgang mit den tödlichen Maschinen erprobt und verstanden, wie man sie bediente. Bis zwei Meilen betrug die Reichweite die Geschosse, wenn der Schütze es geschickt anstellte.

Darauf zielte Larembars Frage aber nicht ab. Als Gata mit dem Wallgucker weiterschwenkte, erkannte sie zwei kleinere leere Halterungen. Die restlichen drei Geschütze saßen noch in den Lafetten hinter den Schießscharten. »Es sind Federkatapulte verschwunden. Meintest du das?«

»Ja, Königin. Es ist *ein* Teil von dem, was mich beunruhigt«, sagte er.

Er lässt mich weitersuchen. Gata betrachtete das gesamte Bollwerk durch die vergrößernden Linsen. *Wenn er so weitermacht, kassiert er eine Zurechtweisung vor seinen Leuten.*

Im Vorhof am großen Tor, das in Form eines stilisierten behelmten Zwergenkopfs aus dem schwarzen Basalt geschlagen worden war, entdeckte sie mehrere Wagen. Darauf lagen die vermissten beiden Geschütze, sorgsam zerlegt und auf Matten gelagert oder in Kisten verstaut.

Gata stieß einen Fluch aus. »Sie wollen sie wegschaffen.«

»Ich befürchte, ja.« Larembar klang ungehalten. »Stell dir das vor, Königin! Die geniale Arbeit von zwergischen Constructoren in den Händen der Bestien, weit weg von unserem Einfluss. Am Ende gelingt es ihnen, unsere Technik in grotesker Form nachzuahmen. Was wird wohl geschehen, wenn sich der neue Durchlass öffnet?«

»Sie werden unsere eigenen Federkatapulte gegen uns einsetzen«, sprach Gata das Offensichtliche aus. »Die Wagen dürfen die Ostfestung nicht verlassen. Nichts von dem, was wir erfunden und erschaffen haben.«

»So sehe ich das auch.« Larembar stimmte ihr zu wie ein zufriedener Meister, dessen Famula das Richtige gesagt hatte. »Nur: Was tun?«

Gata überlegte nicht lange. Es war unmöglich, die Stahlfederkatapulte durch den engen Kriechgang ins Reich der Dritten zu schaffen. Einzelne Elemente von Ganibur und Gunibur konnten nur mit Flaschenzügen und der Kraft von Wind- oder Wassermühlen bewegt werden. Selbst in Einzelteile zerlegt, blieben die Läufe zu lang und zu sperrig für den Kriechgang. »Wir zerstören sämtliche Geschütze.«

Larembar lachte ungläubig auf. »Und wie, Königin? Wie schaffen wir Säure oder eine Schmiede herbei, um den Stahl zu schmelzen?«

Die Prüfung geht weiter. Gata nahm ihre hellen Augen vom Wallgucker und fixierte den Kommandanten, der offenbar nicht aufhören wollte, sie vorzuführen. Sie beschloss, den Spieß umzudrehen, und reichte dem bärtigen Zwerg die abgewinkelte Sehhilfe. »Die Lösung liegt vor dir. Schau nach.«

»Du bist mir überlegen und hast bereits die Lösung.« Mit dem vergifteten Lob nahm er ihr den Wind aus den Segeln. »Spann uns nicht auf die Folter, Königin.«

»Das vordere Gattertor.« Gata zog ihren Dolch und ritzte eine grobe Zeichnung in den schwarzen Stein vor sich. »Es besteht aus zwei Elementen, die sich von oben und unten schließen, wie du weißt. Wenn wir die Bewegungsgewichte erhöhen, treffen sich die spitzen Zähne aus geschliffenem Schwarzstahl mit mehr Wucht. Wie bei einem Nussknacker. Damit machen wir sowohl die Mechaniken als auch die Läufe der Geschütze unschädlich.«

»Sehr gut, Königin.« Selbst in seiner Anerkennung hörte sie Herablassung. *Wie bei meinem Vater. Fehlen noch das Kopfstreicheln und eine Süßigkeit als Lohn.*

»Bis auf dich und mich bleibt der Trupp als Beobachter der Blutgrollorks hier. Nichts darf ihnen entgehen.« Wenn Gatas Augen sie nicht getäuscht hatten, befanden sich kaum mehr als drei

Dutzend Bestien in der Festung. Doch sie wollte kein Wagnis eingehen. »Wir beide kehren zurück und stellen eine Einheit aus Tharka zusammen, um die Festung einzunehmen und sämtliche Geschütze zu zerstören«, befahl sie. »Danach ziehen wir uns zurück, lassen die Kriechgänge einbrechen und –«

Ein lautes, quäkendes Rufhorn erklang schräg über ihnen. Gleich darauf sirrte ein rotschaftiger Pfeil knapp an Larembar vorbei.

Gata wirbelte herum und zog ihr Axtschwert. *Wir sind entdeckt!*

Auf einem Felsvorsprung über ihnen tauchten die gerüsteten Köpfe und Schultern von Orks auf, die sie von einem eigenen Spähposten aus bemerkt hatten.

Noch mehr Pfeile schwirrten in Richtung der Zwerginnen und Zwerge, die eilends Deckung hinter den Windungen der Felswand suchten.

»Ohne Schilde gelangen wir nicht zurück zum Schacht«, sagte Gata und blickte zu Larembar. »Sie werden uns abschießen wie Berghühnchen.«

Die Orks mussten verstanden haben, woher die Zwerge gekommen waren, und suchten gewiss bereits nach dem Eingang ins Gebirge. *Dank der feinen Nase wird ihnen das Aufspüren ein Leichtes.*

Larembar hielt sein Kurzbeil bereit und wagte einen raschen Blick um die Ecke. »Sie kommen!«, berichtete er atemlos. »Und eine Bestie fand bereits den Zugang.«

Erneut erklang das trötende Hornsignal der Orkspäher, das ihren Fund in die eroberte Festung meldete, woraufhin lauter, kehliger Jubel aus dem darunter liegenden Bollwerk erklang.

Gata sah entschlossen in die kleine Runde. »Ihr wisst, was wir tun müssen?« Sie erntete ein grimmiges Nicken. »Die Nachricht über diesen Stollen darf die Festung niemals verlassen. Wir müssen ihre Melder und Trommeln ausschalten. Sonst weiß die nächste Siedlung der Blutgrollscheusale bald Bescheid und sendet Hundertschaften hierher.« Sie nahm eine Lederschleuder aus der Tasche. »Sucht Munition. Wir lenken die Späher ab, damit zwei von uns dem Ork in den Gang nachsteigen, ihn erledigen und Verstärkung rufen.« Sie sah auf die Krieger Ebringar und Barinbor. »Ihr seid die Schnellsten und erledigt das. Wir kümmern uns um die verbliebenen Bestien. Und die Geschütze. Es ist keine Zeit, auf die Tharka zu warten.«

»Nein, Gata! Du musst zurück. Du bist die Königin der Dritten!«, begehrte eine Zwergin gegen den Plan auf.

»Ich war Kommandantin dieser Festung. Es ist meine Aufgabe, sie zurückzuerobern. Ein letztes Mal, bevor wir sie für immer aufgeben.« Gata klaubte einen Vorrat an spitzen, tödlichen Steinen auf. »Auf mein Zeichen beschießen wir sie. Schafft an ihrer rechten Flanke eine Bresche für Ebringar und Barinbor.«

Die übrige Einheit tat es ihr nach und hielt die Lederschleudern bereit.

»Jetzt!« Mit Gatas Befehl sprangen sie auf den Weg und sandten einen verheerenden Hagel gegen die verdutzten Orks, die ihnen mit gezogenen Schwertern, Keulen und Langdolchen entgegeneilten.

Gata schoss einen feindlichen Bogenschützen vom Vorsprung über ihnen. In den Reihen der heraneilenden Bestien tat sich durch mehrere Treffer eine breite Lücke auf. *Die Bresche, die wir brauchen!*

»Ebringar, Barinbor, rasch! Jetzt oder nie!«

Die beiden Krieger spurteten los. Sie schlängelten sich zwischen den Gegnern hindurch und wurden dabei von neuerlichen Steinsalven gedeckt.

Erst als sie im Durchgang verschwanden, atmete Gata auf. *Jetzt liegt es an uns.* Sie schätzte die Zahl der Blutgrollorks in der Festung auf höchstens dreißig. Es war machbar. *Wir müssen bloß schnell genug sein, bevor sie Signale und Melder senden.*

»Larembar, nimm drei der –« Im nächsten Moment wurde sie von einem Krachen unterbrochen.

Die natürliche Steinmauer, hinter der die Zwergentruppe lag, bebte und erhielt Risse; an mehreren Stellen zerbrach sie oder wurde durchstanzt.

Gata wusste, was das bedeutete. *Sie haben die Katapulte gedreht.*

Schrill pfeifend und sirrend prasselten die Stahlkugeln von den Wehrgängen gegen ihre Deckung und trugen sie ab.

In das Schreien der verwundeten Kriegerinnen und Krieger rings um Gata mischte sich das quiekende Schmerzensgebrüll und Todeskreischen der nahen Orks, die nicht minder vom Beschuss überrascht wurden. Das eilends gespielte Rufhorn brach mitten in der hektischen Tonfolge ab. Die Bestien in der Festung nahmen keinerlei Rücksicht auf die eigenen Späher, um die verhassten Zwerge mit den von ihnen ersonnenen Waffen auszuradieren.

Wenigstens die sind wir los. Gata versuchte, ihre Truppe im wabernden schwarzgrauen Steinstaub auszumachen. »Wir können nicht bleiben. Runter, zur innen liegenden Wendeltreppe«, befahl sie laut und spurtete hustend durch die mehlartige Wolke.

Mit absoluter Sicherheit bewältigte Gata den schmalen Pfad, während um sie herum ununterbrochen Stahlkugeln einschlugen, scharfkantige Splitter aus dem Basalt absprengten und Wände einrissen.

Erst nach einigen Stufen abwärts auf der Wendeltreppe, deren Abgänge auf verschiedene Wälle und von da in die Höfe führten, blieb Gata stehen. *Wo sind sie? Sie werden doch nicht alle …?*

Nach vier, fünf hustenden Atemzügen gesellten sich Larembar und eine geschrumpfte Schar zu ihr. Ein Dutzend Zwerge gegen die kampfbereiten Scheusale, die ihnen auflauerten.

Gata atmete einmal durch, um ihren Schreck niederzuringen. »Schnell! Uns rinnt der Sand durch die Finger.« Sie eilte los und führte die Truppe auf Pfaden, die sie nicht in den Schussbereich der Stahlfederkatapulte brachten.

Ein, zwei Blutgrollorks tauchten unterwegs in Durchgängen auf und versuchten, sie mit unüberlegten, hastigen Attacken aufzuhalten. Sie starben durch sichere Hiebe und Stiche von Gatas Axtschwert, bevor sie Alarm zu geben vermochten.

Durch einen engen Torbogen gelangte die geduckte Truppe auf

eine mit Kisten, Fässern und Unrat vollgestapelte Wehrmauer, die in den Vorhof und zu den Lafetten führte.

Noch immer deckten die Ungeheuer den hundert Schritt höhergelegenen Weg mit stählernen Kugeln ein. Die Basaltwand war von den Garben und Salven großräumig gezeichnet.

Sie glauben uns dort verborgen. Gata sah in die Augen ihrer Kriegerinnen und Krieger. Nirgends zeigte sich Angst, sondern blanke Entschlossenheit und Hass auf die Orks. »Ihr stehlt euch so weit es geht bis an das nächste Geschütz, nehmt es blitzartig und fegt die Bestien damit von den Katapulten.« Sie deutete auf die Maschine, die in gut zwanzig Schritt Entfernung stand und von fünf Scheusalen bedient wurde. »Danach säubert ihr den ersten Hof damit. Mit dem kläglichen Rest der Schweineschnauzen werden unsere Klingen fertig.« Ihr Blick richtete sich auf Larembar. »Gorina und ich werden währenddessen zum Torhaus schleichen und die Signaltrommeln zerstören.«

»Wieso du, Königin?«, setzte Larembar zum Widerspruch an. »Ich kenne jede klappernde Platte auf dem Gang, die –«

»Dein Wissen um die Katapulte ist wichtiger. Daher musst du die Truppe führen und das Zielen übernehmen«, unterbrach ihn Gata. »Noch sind sie uns zahlenmäßig überlegen. Wir brauchen jemand Erfahrenen wie dich. Mit gutem Auge, ruhiger Hand und Überblick.« Widerwillig nickte er. »Gut. Möge Lorimbur mit uns sein.«

Halb gebückt, halb kriechend bewegte sich die Truppe den schmalen Wehrgang entlang. Dabei kamen ihnen die heillos durcheinander aufgestellten Kisten, der Unrat und die Fässer gelegen. Das Chaos raubte den Orks die Sicht, und der Gestank überlagerte den Geruch.

Am Treppenabgang verabschiedeten sich Gata und Gorina mit einem Handzeichen vom Rest des Trupps und pirschten die Stufen hinab. Am Fuß der Stiege und im Schatten der Mauer warteten sie regungslos, bis Larembar und die Seinen den Angriff auf das Geschütz begannen.

Gata hatte die etwa gleichaltrige Gorina Schwarzbeil aus dem Clan der Knochenbrecher nicht umsonst ausgesucht. Die von Geburt an kahlköpfige Zwergin war flink und behände, dazu in der Lage, sich leise wie eine Schneeleopardin zu bewegen. Die besten Voraussetzungen, um unentdeckt durch eine Festung voller Feinde zu schleichen.

Kaum drangen Scheppern und Rufe zu Gata in den Vorhof hinab, hetzte sie mit Gorina an ihrer Seite durch die leeren Stallungen und mit Vorräten gefüllten Scheunen. Dem entfernten Toben und Gebrüll nach hatten die Blutgrollorks ausschließlich Augen und Ohren für Larembars Truppe.

»Da rüber und in die Kammer des Zolonarius«, wies sie Gorina an und spurtete durch die Scheune zum Durchgang, der sie in die Amtsstube des königlichen Zollbeamten führte.

Im Gegensatz zu den anderen Gebäuden war sie jedoch nicht leer.

Vier mit Hand- und Fußeisen gefesselte Menschen saßen auf dem Boden und blickten überrascht auf, als die Zwerginnen eintraten. Drei Männer und eine Frau harrten in schmutziger Kleidung aus, ihre Körper wiesen Zeichen massiver Folter auf. Den leeren Schüsseln nach schienen sie von den Orks mit Essen versorgt worden zu sein. Auf ihren Unterarmen zeigten sich eingebrannte, rätselhafte Symbole.

Gefangene!, erkannte Gata überrascht. *Lebendige Speise für die Schweineschnauzen.*

»Seid leise«, sagte sie und hielt sich einen Finger an die Lippen, falls die Gefesselten sie nicht verstanden. »Wir müssen zuerst unseren Auftrag erledigen. Wir kehren zurück und befreien euch. Ich schwöre es!«

Sie gab Gorina ein Handzeichen, die Kammer zu durchqueren. Zeit war ein knappes Gut.

»Unterirdische«, sagte die Frau auf Orkisch leise zu den Männern und glaubte sich offenbar von den Zwerginnen unverstanden. »Sie könnten aus dem Geborgenen Land kommen. Dann muss es doch einen Durchgang geben! Ich hab es euch gesagt.«

Was bei Lorimbur hat das zu bedeuten? Gata ging langsamer, um mehr zu vernehmen.

»Sollen wir um Hilfe rufen?«, fragte einer von ihnen.

»Nein, wir bleiben still. Wenn uns die Unterirdischen mitnehmen, ist viel gewonnen. Wir kommen vielleicht rascher an unser Ziel«, sprach ein anderer. »Die Orks würden uns eher fressen, als sich an ihr Versprechen zu halten, uns als neue Baumeister für die zerstörte Festung mitzunehmen.«

Gorina sah entgeistert zu Gata und öffnete den Mund, doch die Königin schüttelte andeutungsweise den Kopf. *Lass sie reden,* sagte sie lautlos.

»Es sind nur zwei. Was sollen sie gegen die Bestien ausrichten?«, widersprach der dritte Mann. »Wenn wir sie auffliegen lassen, werden uns die Orks mögen. Je rascher wir in Kràg Tahuum sind, desto besser. Wenn aus dem Grollen und Schütteln ein Bersten und Brechen wird, müssen wir da sein! Bereit sein!«

Gata wandte sich an der Tür nochmals um, und sofort verstummten die vier Gefangenen. »Seid leise!«, schärfte sie ihnen ein und drückte nochmals einen Finger auf die Lippen.

Das Quartett nickte zögerlich.

Behutsam öffnete Gata die Tür und spähte hinaus.

»Was ist mit den Langen?«, raunte Gorina ihr zu. »Haben sie den Verstand verloren? War die Folter zu viel für ihren Geist?«

»Das fragen wir sie, sobald wir die Orks aufgehalten haben.« Gata vernahm das Klirren von Ketten und blickte über die Schulter. Die Gefangenen hatten sich erhoben und blickten feindselig zu den Zwerginnen.

»Drushnak!«, schrie die Frau plötzlich gellend auf Orkisch. »Drushnak, hier sind Unterirdische! Komm rasch!«

Fluchend sprangen Gata und Gorina auf die Gefesselten zu und schlugen sie mit den stumpfen Seiten ihrer Waffen nieder. Die Gegenwehr war heftig, trotz der Eisen und Ketten, doch erfolglos gegen die Kriegerinnen. Bewusstlos fielen die Frau und die Männer zu Boden.

»Das verstehe ich nicht.« Gorina nahm den Helm für einen Moment ab, um sich den Schweiß von der Glatze zu wischen. »Baumeister, um Kràg Tahuum zu errichten?«

»Ein Vorwand, um in die Ruinen zu gelangen. Zusammen mit den Blutgrollorks.« Gata prägte sich die eingebrannten Zeichen auf den Unterarmen ein. *Was haben sie zu bedeuten?* »Es geht mehr im Geborgenen Land vor, als wir erahnen.« Sie deutete auf den Ausgang. »Doch zuerst erfüllen wir unsere Aufgabe.«

Die Zwerginnen verließen die Kammer des Zolonarius und gingen hinter einem Fass in Deckung. *Keiner hat uns bemerkt. Die Warnung ist nicht gehört worden. Ausgezeichnet.* Wenige Schritte trennten sie vom vorderen Torturm.

»Warte«, raunte Gata ihrer Begleiterin zu. »Wir brauchen Ablenkung.«

Da setzte das bekannte, erlösende Summen und Klacken des zurückeroberten Federkatapults ein. Aus dem aufgebrachten Grölen der Bestien wurde wütendes, hasserfülltes Geschrei. Zwischendrin erklang unentwegtes Krachen, als die Lafetten und Maschinen von den Zwergen unter Beschuss genommen und getroffen wurden.

»Los!« Gata huschte zur rechten Treppe in den Torturm, auf dessen überdachtem Zinnengang sie die Signaltrommeln entdeckt hatte. Gorina folgte ihr auf dem Fuß. *Lorimbur, ich danke dir,* sandte sie ein Stoßgebet. *Verlasse uns nicht.* Dann trat Gata hinaus auf den Gang, der im titanischen Zwergenkriegerkopf aus Stein lag. Schießscharten und Ausgüsse für heiße Schlacke, brennendes Öl oder Löschkalk waren im gewaltigen Antlitz versteckt.

An den vier weinfassgroßen Trommeln, die waagrecht auf Halterungen lagen, standen fünf ungepanzerte, muskulöse Orks. Wie bei den Blutgrollorks üblich, waren die Kleidung, die Trommeln, sogar die Tätowierungen und die Frisuren in dunklem Rot gehalten. In den Händen hielten sie unterarmlange Prügel. Damit würden sie auf die gespannten Häute eindreschen, um Botschaften zu weiter entfernten Bestien zu senden. Gerade sahen sie durch die geöffneten Seitenfensterchen zum Wehrgang, wo Larembar mit seiner Schar und dem erbeuteten Katapult die Zahl der Orks auf dem Hof sowie an den anderen Maschinen ausdünnte. Dabei redeten sie aufgebracht und laut durcheinander.

Diese Trommelschlegel eignen sich gleichermaßen, um uns die Schädel einzuschlagen. Gata hob das Axtschwert. Noch waren die Zwerginnen nicht bemerkt worden. Die Bestien wurden von den Ereignissen auf der Mauer abgelenkt.

»Erst die Trommeln!«, befahl sie flüsternd und hob ihre Waffe, um die Bespannung zu durchstechen.

Bei den ersten beiden ging alles gut. Doch die dritte Haut zerplatzte mit einem lauten Knall, der die Orks aufmerksam machte.

»Für das Geborgene Land!« Gata machte einen Satz vorwärts und führte einen Hieb gegen das überraschte Scheusal.

Es vermochte noch, die Prügel in die Höhe zu reißen, um die Waffe abzufangen. Aber das Axtschwert war zu scharf und zu wuchtig geführt, um sich aufhalten zu lassen. Die Schneide ging durch das Holz und schlug mit dumpfem Knacken im breiten Brustkorb ein.

»Für Lorimbur!« Gorina sprang an ihr vorbei und griff den nächsten Gegner an.

Die Verwunderung war verflogen. Die vier Bestien gingen in den Nahkampf über, schwangen die dicken Stöcke äußerst geschickt. Da jeder zwei Schlegel führte, hagelten die Attacken brachial schnell auf die Zwerginnen nieder.

Gata parierte die Angriffe und hackte sich der Einfachheit halber durch Stöcke und Körper der tobenden, schreienden Bestien, die ihr schlieriges, rötliches Blut auf dem Steinboden verteilten. Sie bekam einige heftige Schläge ab, die sie durch ihre leichte Rüstung spürte. Mindestens zwei Rippen erhielten einen Knacks, und der rechte Unterarm schien angebrochen.

Doch letztlich errangen die Zwerginnen den Sieg.

»Rasch, lass uns …« Gata sah Gorinas eingeknickte rechte Schulter und das vor Schmerz verzerrte Gesicht. Ein Hieb hatte Gelenk und Schlüsselbein zerschlagen. »Ich erledige es. Sieh durch das Fenster und schau nach, was Larembar macht.« Sie ging zur letzten Trommel und zerschmetterte das Instrument mit einem Hieb ihres Axtschwerts. *Damit werdet ihr keine Botschaften mehr senden.*

Als Gata sich umdrehte, fühlte sie das leichte Vibrieren im Untergrund, das sie gut kannte. Es war kein Erdbeben, sondern der Schlag der ausgelösten Feder eines Großgeschützes. Die Bestien hatten trotz des Beschusses Ganibur oder Gunibur zum Leben erweckt.

»Nein!«, rief sie und eilte neben Gorina ans Fensterchen.

Entsetzt verfolgten sie, wie die kopfgroßen Stahlkugeln mitten durch die Zwergenschar fuhren.

Die Wirkung war verheerend. Das kleinere Katapult und die Lafette vermochten die Wucht nicht abzufangen oder zu mildern. Holz und Eisen zersprangen, der Zwerg neben dem sichtlich erschütterten Larembar zerstob in einer Wolke aus Blut, Rüstungsfetzen und Körperteilen.

Als hätte die Wirkung der Geschosse nicht ausgereicht, schnellte die aufgedrehte Feder aus dem zerschlagenen Gehäuse heraus. Sie wickelte sich zu einem langen dünnen Band ab, dessen scharfkantige Ränder beim Umherzucken tiefe Wunden in die Zwergenleiber schnitten. Die verfingen sich in dem tanzenden Stahl und wurden eingeschnürt, sodass ein Entkommen unmöglich wurde.

»Wir müssen hinaus und ihnen helfen«, stieß Gorina verzweifelt aus und riss sich den Helm von der Glatze. »Sonst ist unsere Sache verloren, Königin. Meine Verletzung wird mich nicht aufhalten!«

Es bleibt uns nichts anderes übrig. Gata hob ihr blutiges Axtschwert. »Lass uns die restlichen Schweineschnauzen –«

Unvermittelt schwenkte der Lauf des großen Geschützes auf den Torturm. Genau auf das Fensterchen, hinter dem die Zwerginnen standen.

***

DAS GEBORGENE LAND, FREIE STADT MALLENIASWACHT, 1024 N.B. (7515. SONNENZYKLUS NACH ALTER ZEITRECHNUNG), FRÜHJAHR

»Los, Malleniaswacht! Wo steckt der mutigste und stärkste Mann, der für seine Herzensdame eine Goldmünze erringen will? Oder einen Armreif aus purem Silber?«, rief der als Ork verkleidete, feiste Mann, der sich zu Beginn des Spektakels als Bigarius vorgestellt hatte. Er mühte sich, seine Stimme zu verstellen, und verlor beim Sprechen beinahe die falschen Hauer. Ob sie aus Holz gemacht waren, von einem Eber oder einem Ork stammten, blieb der Fantasie der Zuschauer überlassen. »Oder gibt es gar eine echte Schildmaid, die ihrem Freund etwas erringen möchte?« Er schlug sich gegen die breite, speckige Brust. »Nur zu! Ihr habt gesehen, dass es nicht unmöglich ist.«

Mit Trommeln, Sackpfeifen und Blechtrombonen hatte das Spektakel vor einer halben Sanduhr auf dem Marktplatz begonnen. Und ebenso schrill, schief und schräg fand Goïmron das Ganze. Das lag nicht nur an Vraccimbur, sondern an der gesamten Art der Darbietung. Niemals wäre er auf den Gedanken gekommen, gegen einen der maskierten und kostümierten Kämpfer anzutreten. Dass er neben Rodana und Goldhand in der ersten Reihe und leicht erhöht in einer Holzloge wie auf dem Präsentierteller saß, machte sein Unbehagen nicht geringer.

Eigens herausgeputzt hatte er sich nicht. Goldhand hingegen trug eine schimmernde, polierte Rüstung und Rodana ein wundervoll geschnittenes, cremefarbenes Kleid, das ihre dunklere Haut betonte. Die beiden genossen es sichtlich.

Den Besucherinnen und Besuchern gefiel die Darbietung. Man erstand von umhergehenden Bauchladenkrämern süße und herzhafte Knabbereien, Bier oder Wein, wettete auf den Ausgang der Zweikämpfe und lachte, wenn in den Pausen die verkleideten

Spaßmacher als falsche Riesen, nachgeahmte Elben oder hinkende Gnome ihre derben Zoten rissen.

Unterhalb der Gürtellinie. Goïmron empfand seinen Besuch als verschwendete Zeit. *Es wartet noch genug Arbeit auf mich. Ich sollte in der Werkstatt sein.*

In der letzten halben Sanduhr hatten zwei Mutige ihren Stolz und einige Zähne gegen die Schläger der Schaukampftruppe verloren, ein Dritter hatte gewonnen, wenn auch mit ausgekugelter Schulter. Das Duell der Frauen endete unentschieden, und unter dem Beifall der Zuschauermenge hatte man der Herausforderin die Goldmünze überlassen. Der Trostpreis hingegen war ein geprägtes Blechstück, auf dem *Kühnes Verliererlein* stand.

»Hier! Hier ist der Mann«, rief ein Hüne in schlichter Kleidung und erhob sich von seinem Platz. Unter dem Johlen und Klatschen der Leute trank er seinen Wein aus und stieg in den mit Sand und Sägemehl ausgestreuten Ring. »Und ich will den größten Preis, den ihr dabeihabt, du Schande von Ork.«

Noch mehr Applaus kam auf, trampelnde Füße und anfeuernde Pfiffe erschufen ein kleines Ohrenunwetter.

Der feiste Bigarius umrundete den Hünen schnuppernd wie eine Bestie und gab ein Zeichen, woraufhin der Strahl einer Blendlaterne auf den Stapel mit den Belohnungen gerichtet wurde. Feierlich entfernte ein falscher Gnom das fleckige Leinentuch von einem goldenen Pokal. »Sehet: Da ist das Ding! Ein Artefakt, ein Kelch, der sich stets mit frischem Wein füllt, direkt aus Rhutas geheimer Zauberkammer. Aber keine Sorge, er wird niemanden ertränken.«

Lautes »Oh« und »Ah« ging durch das Dreiviertelrund.

Goïmron fand die Anspielung geschmacklos. Der König der Dritten hatte sich in Rhuta mit einem ähnlichen Zauberpokal zu Tode gesoffen. Danach hatte seine Tochter Regnorgata den Thron bestiegen. Mit ihr verband Goïmron eine tiefe Freundschaft.

»Ich glaube, ich gehe lieber«, raunte er Rodana zu. *Nicht noch eine sinnlose Prügelei.*

An ihrem Profil vorbei bemerkte er plötzlich jenen Meldrith, den er zuvor vor ihrem Theater herumlungern gesehen hatte. Er gab sich mit seiner gedeckten Kleidung und der aufgesetzten Kapuze Mühe, nicht aus der Menge hervorzustechen. Sein Blick war auf Vraccimbur gerichtet. *Nanu?*

»Du bleibst«, befahl Goldhand durch das Toben der Spectatores. »Ich muss im Anschluss an die Vorstellung mit Vraccimbur sprechen. Dazu brauche ich dich.«

Goïmron verzog das Gesicht, wagte aber keinen Widerspruch. Zu seinem Missfallen lachte Rodana herzhaft über die derben Scherze und über manchen unfreiwillig komischen Verlauf der Wettkämpfe. *Sie muss mir später erklären, was sie daran findet.*

»Nicht schlecht, dieser Lohn«, befand der vom Trank mutig gewordene Hüne. »Der Wein mag mir gestohlen bleiben, doch das Gold nehme ich.«

»Ja, *das* hättest du gerne. Aber noch ist es nicht deine Beute!« Bigarius fuchtelte grollend herum, und der helle Schein der Laterne huschte über die bisherigen Schaukampfgegner des Abends. »So einen Schatz gibt es nicht, indem man gegen den größten Kleintroll des Geborgenen Landes antritt.« Ein als Scheusal verkleideter Mann auf Stelzen gab animalische Laute von sich und ruderte mit den Armen, um das Gleichgewicht zu halten. »Oder gegen den spuckenden Einaugengnom aus Tiefenland!« Ein maskierter Zwerg hüpfte auf und ab und schlug jaulend mit einer Keule auf den Boden, sodass eine Sägemehlwolke aufstieg. Die Leute lachten. »Auch ich, der stinkende Urschluchgargl Knutz, bin nicht der rechte Gegner für dich. Du musst gegen *ihn* antreten! Den Besten von allen.« Er deutete auf den hellblonden Schaukampfzwerg, der als Letzter in der Reihe der Gegner so tat, als langweile er sich. »Vraccimbur Schlaufaust aus dem Clan der Immersieger von den Allfünfen.«

Vraccimbur täuschte Überraschung vor und winkte einmal ab, als wäre er zu bescheiden; riss sodann die Arme hoch und sprang wild schreiend durch den Ring. Die Menge feuerte ihn an, rief rhythmisch seinen Namen.

»Der hat mehr Muskeln als ein Pflugochse«, murmelte Goïmron und wurde sich erneut seiner Schmächtigkeit bewusst. Heimlich schielte er zu Rodana. Um ihren Mund lag ein amüsiertes Lächeln. *Keine Begeisterung. Gut.*

»Du! Riesenkerl! Wie ist dein Name?«, wollte Bigarius wissen.

»Matnic«, antwortete der Hüne voller Zuversicht.

»Also gut, Matnic. Du bist der Herausforderer.« Der falsche Ork deutete zum Sammelsurium aus hölzernen Äxten, Schwertern, Speeren, Knüppeln und Schilden, das am Rand der Arena auf einem Ständer hing. »Wähle die Waffen für euch beide.«

Matnic sah zu seiner Holden, die nicht ganz überzeugt vom kommenden Sieg zu sein schien und die Finger zu Fäusten geballt hatte. Er warf ihr einen Kuss zu. »Keine Waffen.« Er hob seine prankenähnlichen Hände. »Nur die hier.«

Goïmron musste ein Grinsen unterdrücken. *Gute Wahl. Der Wein sandte ihm die rechte Eingebung.* Vraccimbur reichte dem Hünen bis zur Brust, der Reichweitenvorteil lag bei dem Mann. Dazu kam das höhere Gewicht des Herausforderers.

Vraccimbur nickte anerkennend. »Das war schlau.« Mit wenigen Handgriffen entledigte er sich unter dem Pfeifen und Johlen der Spectatores seines Vraccassiumharnisches, des Untergewands und des knielangen Männerrocks. Unbekleidet bis auf Lendenschurz und die Stiefel stand er in der Arena und ließ sich einen Topf mit Öl geben, den er über die vernarbte Brust und den Rücken goss. »Aber glaube nicht, dass ich nicht mithalten kann.«

Matnic war verwundert, lehnte das angebotene Öl jedoch ab und behielt seine Kleidung an. »Du wirst mir nicht durch die Finger flutschen wie ein kleiner Wurm.«

»Das werden wir sehen.« Vraccimbur sah hinauf zur Loge und grüßte. »Den Kampf widme ich Tungdil Goldhand, unserem größten Helden. Möge er lange leben, bei Vraccas!«

Goïmron entging nicht, dass der Schaukämpfer dabei Blickkontakt zu Rodana suchte und breit grinste. *Ich möchte ihm ein Pfeil ins Auge werfen. Aus der Loge.*

Die Zuschauerschar erhob sich und applaudierte dem Greis, der aufstand und huldvoll winkte. Die Gebrechlichkeit, die Umlauf für Umlauf zugenommen hatte, schwand seit dem Zusammentreffen mit Vraccimbur von Sanduhr zu Sanduhr.

Das ist das einzig Gute an diesem Großmaul. Goïmron machte sich klein, wollte nicht in den Strudel der Aufmerksamkeit geraten. Dabei entdeckte er erneut den Meldrith in der Menge, der sich ebenfalls Mühe gab, zwischen den Leuten zu verschwinden. Er hatte die Seite der Arena gewechselt. Allmählich glaubte Goïmron nicht mehr an einen Zufall.

»Dann beginnt«, sprach der orkhaft zurechtgemachte Bigarius und schob die falschen Hauer gerade. »Ach ja, kein Beißen, kein Augenkratzen. Ansonsten ist alles erlaubt. Die Zeit läuft runter. Sechzig Steine. Wer abklopft, hat verloren. Wer ohnmächtig wird, hat verloren. Steht es nach Ablauf der sechzig Steine unentschieden, hat der Herausforderer verloren. Und wer stirbt … nun ja. Hat auch verloren.«

Auf seinen Wink hin steckte sich der falsche einäugige Gnom eine Handvoll getrockneter Kirschen in den Mund und spuckte den ersten Kern gegen einen Gong. Mit dem Signal begannen die Leute zu johlen, zu toben und anfeuernd zu schreien.

»Zehn Silberstücke auf Matnic«, sagte Goïmron beim vorbeilaufenden Buchmacher und kramte seinen Einsatz heraus, um ihn gegen eine Abreißquittung in die Eisenkassette zu werfen.

Rodana sah ihn verwundert an. »Ach? Ich hatte nicht den Eindruck, dass es dir gefällt.«

»Es würde mir gefallen, wenn er verliert«, gab er zurück. »Und wenn es so ist, kann ich mich doppelt freuen.«

»Du wirst dich doppelt *ärgern*«, prophezeite Goldhand und legte eine Goldmünze in das Behältnis. »Mein Einsatz. Auf Vraccimbur.«

Matnic bückte sich und rieb Hände sowie Unterarme mit dem Gemisch aus Sand und Sägespänen ein, hob die Fäuste und umrundete den fast nackten Zwerg, der tänzelnd in Bewegung blieb.

Mehrmals versuchte der Hüne, Vraccimbur zu greifen. Doch dieser entwischte geschickt und machte sich den Spaß, den Herausforderer mit einem lauten »Tada!« an der Nase zu berühren.

Auch Matnic wehrte die raschen Vorstöße des kleineren Gegners gekonnt ab, stellte ihm sogar ein Bein und ließ ihn straucheln. Die Menge tobte vor Vergnügen. Dieses Mal schien das Duell ausgeglichen zu sein.

»Ich sage, dass Vraccimbur nur spielt.« Rodana verfolgte den Kampf genau, stützte die Hände auf die Oberschenkel. Es schien, als fieberte sie mit. »Er hätte den Mann schon zweimal erwischen können.«

»Nein, hätte er nicht. Er ist ein lauter, nerviger Aufschneider«, hielt Goïmron dagegen. »Das werdet ihr schon bald sehen.« Seine Hand glitt in die Wamstasche und umschloss den Nephrit. Es hatte in der Werkstatt funktioniert. *Vielleicht auch auf Entfernung?*

Sein Herz schlug rascher, als er sich die magischen Übungen ins Gedächtnis rief, die er und Chòldunja auf ihren Reisen gemeinsam in aller Heimlichkeit vollführt hatten. Zwar hegte er selbst noch Zweifel, ein angehender Edelsteinmagus zu sein, doch er wollte es versuchen. *Sollte es wirklich und wahrhaftig so sein, muss ich mit Tallas sprechen. Wenn er mich angelogen hat, will ich den Grund erfahren.* Goïmron konzentrierte sich. Er musste eine Wirkung auslösen, die den vielen aufmerksamen Augen nicht auffiel, aber Matnic Vorteile verschaffte.

Unvermittelt rutschten Vraccimbur bei seiner nächsten Drehung etliche der langen hellblonden Haarsträhnen in die Augen, sodass er nichts mehr sah. »Was bei …?«

Sofort sprang der Hüne mit beiden Füßen voran gegen den Zwerg und stieß ihn rücklings mehrere Schritte durch die Luft. Ächzend kam Vraccimbur im Gemisch aus Spänen und Sand zum Liegen, stemmte den breiten Oberkörper fluchend in die Höhe.

Es klappt! Goïmron klebte den öligen Bart, der sich mit Sand und Spänchen vollgesogen hatte, durch magische Einwirkung ins Gesicht des Zwerges.

Daher sah Vraccimbur auch den Tritt nicht kommen, der ihn seitlich gegen die Wange traf und ihn herumschleuderte. Das Publikum gab gleichermaßen Laute des Mitleids und der Begeisterung von sich.

Matnic warf sich auf den desorientierten Schaukämpfer, legte sich auf dessen Rücken und nahm ihn gekonnt in den Schwitzkasten.

Das hat Spaß gemacht. Goïmron gab den Nephrit frei und legte die Hand zurück auf die Balustrade – und spürte einen Blick auf sich. Er wandte den Kopf und sah Rodana, die ihn maßregelnd anschaute. Auch Goldhand sah misstrauisch zu ihm.

Demonstrativ deutete Goïmron in die Arena.

Vraccimbur gab würgende Laute von sich, sein Gesicht lief rot an. Doch er dachte nicht daran, abzuklopfen und aufzugeben.

Unter den ungläubigen, erstaunten Rufen stemmte er sich langsam in die Höhe und wuchtete den Hünen auf seinen Schultern aufwärts, der den Fehler beging, den Würgegriff nicht zu lösen.

Zieh ihm die Arme weg, Matnic, du Idiot! Da Goïmron sich beobachtet wusste, konnte er den Nephrit nicht mehr umfassen und einen weiteren Zauber wagen. *Verflucht. Das darf nicht wahr sein. Das Großmaul wird gewinnen!*

Ruckartig sprang Vraccimbur in die Höhe, drehte sich leicht ein, um die Umklammerung zu sprengen, und wuchtete den verdutzten Matnic wie eine übergroße, lebendige Hantelstange über seinen Kopf, um ihn sogleich niederzuschmettern. Sand und Spänchen wirbelten auf.

Ohne zu zögern, hechtete der Zwerg hinterdrein, rammte Matnic den angewinkelten Ellbogen auf das Sonnengeflecht, und der Hüne verdrehte die Augen. Sein Körper verlor die Spannung, und er wurde ohnmächtig.

Mit dem letzten gespuckten Kirschkern und einem scheppernden *Bong* erhob sich Vraccimbur und riss die fleckigen Arme in die Luft, deutete zur Loge und verbeugte sich tief. Die Menge tobte und feierte den Schaukämpfer für seine unglaubliche Leistung, eine beinahe sichere Niederlage in einen spektakulären Sieg umgewandelt zu haben.

Goïmron dachte an seine zehn verlorenen Silbermünzen. *Goldhand hat recht behalten. Ich ärgere mich doppelt.*

Man kümmerte sich um den Verlierer und bedachte ihn mit einem Guss eiskalten Wassers, der die Lebensgeister in ihn zurückbrachte. Seine Gefährtin umarmte ihn erleichtert. Sie war sichtlich froh, dass Matnic nichts Schlimmeres geschehen war.

»Oh, das mundet gar köstlich!« Vraccimbur nahm unter dem Jubel einen langen Schluck Wein aus dem Pokalartefakt und stellte es zurück auf das Podest, deckte es mit dem Tuch ab »Wer den Trunk versuchen möchte, der komme morgen wieder. Ich werde hier sein! Vraccas segne euch und sende euch heiße Träume.« Nach einem letzten Winken verschwand er aus der Arena.

»Los«, befahl Goldhand und stand auf. »Reden wir mit ihm.«

»Sollen wir nicht warten, bis er sich gewaschen hat?« Goïmron wollte den ölbehafteten, sägemehlbestäubten Zwerg weder riechen noch sehen. *Und Rodana sollte es auch nicht.* »Hat es nicht Zeit bis –«

»Nein. Sonst würde ich nicht drängen.« Goldhand ging voran. Die Puppenspielerin und der Gemmenschnitzer folgten ihm durch die Menge, die zur Seite wich und sie unter lautem Beifall passieren ließ.

Goïmron spürte die Schulterklopfer, sah den winkenden Heldenzwerg vor sich und wie Rodana die Leute anlächelte. Ihm hingegen passte die Aufmerksamkeit nicht.

Alsbald befanden sie sich im abgetrennten Bereich des Lagers. Gespannte Zeltwände verhinderten ein Durchkommen für Außenstehende. Sie gingen an den Schaukämpfern vorbei, die sich verschwitzt gegenseitig die Kostüme abnahmen. Aus den Orks, Trollen, Gnomen und anderen Wesen wurden Menschen und Zwerge.

Vraccimbur stand neben einem Wasserfass, zwei kichernde junge Frauen schrubbten ihm mit Bürste und Seife das Öl zusammen mit Schmutz und Schweiß vom Leib. Die Stiefel hatte er ausgezogen. Überrascht sah er auf den eingetroffenen Besuch, ohne dass die ruppige Wäsche endete. »Meister Goldhand und seine Freunde!«, begrüßte er sie. »Verzeiht, wenn ich mich nicht verbeuge, aber bei meiner derzeitigen Kleidung möchte ich euch Ein- und Anblicke ersparen. Hat euch das Programm gefallen? Seid ihr gekommen, um mir zu gratulieren? Oder hat es einen anderen Grund, weswegen eine Legende, eine wunderschöne Frau und ein Seidenwamszwerg zu mir kommen?«

Ich wüsste, worauf ich ziele. Goïmron tastete nach seinen Wurfpfeilen, ließ sie aber in der Gewandtasche stecken. *Und träfe.*

»Schicke deine emsigen Wäscherinnen weg. Ich muss mit dir sprechen«, erwiderte Goldhand und sank schwer auf einem Hocker nieder, die polierte Rüstung klapperte leise. »Die Sache duldet keinen Aufschub.«

»Nun denn. Wenn es auf Leben und Tod ist.« Vraccimbur entließ seine Helferinnen. »Kommt in einer Sanduhr wieder. Dann machen wir weiter«, wies er sie an und warf sich in einen Bademantel über und legte ein Handtuch um den Nacken. Leise lachend eilten die Schönheiten davon. »Malleniaswachts neugierige Jugend. Sie wollten mir unbedingt zur Hand gehen.« Er streifte die langen Haare zurück, in denen wie im Bart noch Sägespäne und Sand klebten. »So. Wir sind ungestört. Ich höre?«

Das passt so gut zu dem eitlen Großmaul. Er will umschwärmt und angehimmelt werden. Goïmrons Neugier stieg trotz seiner Ungehaltenheit. Stumm setzte er sich wie Rodana auf eine Bank und wartete ab.

»Nein, *ich* höre.« Goldhand machte eine auffordernde Handbewegung.

Die Stirn des Kämpfers legte sich in Falten. »Ich verstehe nicht.«

»Beginnen wir mit deinem Namen. Den hast du dir ausgedacht. Als … Name für deine Kämpfe«, sagte Goldhand. »Wie lautet dein *richtiger?*«

»Dies *ist* mein Name. Ich gab ihn mir selbst. Ich trage ihn voll

Stolz in der Arena und außerhalb.« Vraccimbur rieb sich Wasser aus den blauen Augen. »Mein einstiger Name ist nicht von Belang. Hättest du die Freundlichkeit, mir zu sagen, wohin dieses … Verhör führen soll? Habe ich etwas in Malleniaswacht verbrochen, das gegen die Regeln der hiesigen Zwergengemeinschaft verstößt? Und die jungen Waschdamen sind volljährig.«

»Was soll dieser Stamm sein? Diese Allfünfer?«, fragte Goldhand unbeirrt.

Der Schaukämpfer lächelte. »Der ist nicht ausgedacht. Meine Ahnen stammen aus sämtlichen fünf Stämmen der Zwerge.« Er beugte sich zur Seite und nahm von einem Tischchen etliche Amulette, Steinsiegel und Metallabzeichen, die er zum Waschen abgenommen hatte. »Diese gehörten meinen Vorfahren. Wie du siehst –«

»Die … die sind uralt«, entfuhr es Goïmron, kaum dass er einen Blick darauf erhaschte. »Bei Vraccas! Auch diese zwei von den Fünften sind … aus der Zeit vor dem ersten Fall des Steinernen Torwegs. Ich erkenne es genau!«

Goldhand sah betrübt auf die Sammlung. »Aber es beweist gar nichts. Leider.«

»Ich habe Urkunden und alte Aufzeichnungen dazu«, widersprach Vraccimbur. »Deswegen auch mein Name: Vraccas und Lorimbur. Ich vereine beide Strömungen unseres Volkes. Um ein Aussöhner der Stämme zu sein.«

»Pah«, machte Goïmron verächtlich. *Großspurig, überheblich und nun auch noch anmaßend. Wie kann man sich derart überschätzen?*

»Ich will deine Beweise sehen«, sagte Goldhand eindringlich. »Eile und hole sie.«

Goïmron fand das manische Verhalten des greisen Zwerges befremdlich. *Als hätte er etwas in diesem Aufschneider gefunden, was von großem Wert sein könnte.*

Aber Vraccimbur stützte eine Hand auf den Oberschenkel und blieb auf seinem Platz hocken. »Bei allem Respekt vor dir und deinen Taten, Meister Goldhand. Dieses Verhör verläuft etwas seltsam.« Er zeigte auf Rodana und Goïmron. »Noch dazu sitzen die beiden da wie Richter, die über mein Ende beraten wollen. Vor allem der Schmalheld.«

Goldhand betrachtete die vielen Abzeichen, Amulette und Siegel nachdenklich. »Sobald ich deine Unterlagen gesehen habe, erfährst du den Grund für meine Fragen«, sagte er leise. »Ich schwöre es dir.«

Vraccimbur warf einen Blick in die kleine Runde und stand auf. »Na, schön. Ich bin sehr, sehr neugierig.« Er richtete den Bademantel und verschwand durch einen Vorhang.

Die Stille dauerte nur wenige Atemzüge an. Goïmron hielt selbst diese nicht aus. »Was bedeutet das alles?«, brach es aus ihm hervor. »Ist es der Ring, dass wir Aufhebens um –«

»Welcher Ring?« Vraccimbur kehrte zu ihnen zurück und hielt eine dicke Ledermappe in der Linken. Er reichte sie dem Greis. »Der?« Er hielt den Goldschmuck an seinem rechten Mittelfinger ins Licht. »Was ist mit ihm?«

Goldhand antwortete nicht. Er blätterte durch Papier und Pergament, hielt die Prägungen und Siegel gegen das Lampenlicht. Schließlich reichte er alles an Goïmron weiter, damit er es ebenso studierte.

Goïmron hatte sich gewünscht, Fälschungen zu erkennen. Doch die Unterlagen erwiesen sich als antik oder waren gesiegelte Abschriften noch älterer Aufzeichnungen, deren Originale längst in den Gebirgen zu Bruch oder verloren gegangen waren.

»Du hast keine Ahnung, was du an deinem Finger trägst, Vraccimbur«, murmelte Goldhand in seinen weißen Rauschebart und hob langsam den Kopf, sah ihm in die Augen.

»Nun, er ist aus Gold. Und hat wundervolle Schnörkel. Und er passt mir wie angegossen«, gab der Schaukämpfer im Bademantel zurück. »Was sollte ich noch wissen, dass dir so feierlich zumute ist?«

Goïmron hielt unbewusst den Atem an.

»Dieser Ring saß am Finger von Ataimînas«, erzählte Goldhand leise. »Er war Regent über Ti Lesinteïl und Naishïon der Elben.«

»Was ist ein … Naschihorn?«, fragte Vraccimbur.

»Naishïon. Es bedeutet so viel wie *Allherrscher* oder auch *Großherrscher der Elben*«, erklärte der Greis. »Das Geschnörkel, wie du es nennst, ist sein Siegel. Du magst damit nichts anzufangen wissen, aber wann immer du einem Elb etwas befiehlst und ihm diesen Ring zeigst, wird er dir gehorchen. Ganz gleich, was du von ihm verlangst. Es mag ein Schluck Wasser an einem heißen Tag sein, den er dir bringt, oder dass er dir in einen Krieg folgen soll.«

Vraccimbur schluckte und verlor die Farbe aus dem Gesicht. »Gilt dieser Befehl … etwa auch bei … ihrer Herrscherin?«

»Ja. Sogar die Kisâri ist dazu verpflichtet. Wer dieses Siegel und die Aufforderung missachtet, ist fortan voller Schande und von Sitalia verflucht.«

Schweigen senkte sich auf die kleine Versammlung. Fassungslos und ehrfürchtig betrachteten Rodana und die Zwerge den goldschimmernden Schmuck.

»Ich … ich gewann ihn bei einem Schaukampf«, flüsterte Vraccimbur und rieb behutsam über den elbischen Ring. »Niemals hätte ich geahnt, welchen Wert er über das Gold hinaus …« Seine Stimme versagte.

»Ich habe ihn sofort bemerkt, als wir uns begegnet sind«, sagte Goldhand. »Vor mehr als tausend Zyklen saß er an meiner Hand. Ataimînas schenkte ihn einst mir.« Der Schaukämpfer machte sofort Anstalten, den Ring vom Finger abzuziehen. »Nein, behalte ihn. Es ist ein Zeichen von Vraccas. Er wollte, dass du ihn mir bringst. Ein Zwerg, der sich Allfünfer nennt und die Macht in Händen hält, die Elben zu befehligen.« Er sah zu Goïmron. »Und dazu ein Vierter, der mich fand und der sich auf die Kunst der Magie versteht.«

»Was? Nein, das tue ich nicht!«, wehrte Goïmron sogleich ab. *Verdammt. Jetzt ahnt das Großmaul gleich, woher der Wind weht.*

»Doch, das tust du«, merkte Rodana leise an. »Du hast bestimmt dafür gesorgt, dass –«

»Oh, *deswegen* hast du mich in der Werkstatt mit …«, brauste Vraccimbur auf und biss sich auf die Zunge.

»Seid still. Ihr alle«, verlangte Goldhand und legte eine Hand auf Vraccimburs breite, die andere auf Goïmrons schmale Schulter. »Ich erkenne die göttlichen Zeichen: Der Ewige Schmied hat euch *beide* auserkoren, die Anführer unseres Volkes zu sein. Deutlicher hätten die Hinweise niemals sein können.« Er sah ergriffen zum Schaukämpfer. »Der Allfünfer als verbindender Großkönig sämtlicher Stämme.« Dann blickte er Goïmron an. »Und der Vierte als sein magischer Beistand. Was soll euch aufhalten? Was soll die Kinder des Schmieds noch aufhalten? Ihr beide steht für eine neue Einigkeit.«

Noch ehe Goïmron etwas sagen konnte, zog Goldhand ihn und Vraccimbur an sich und drückte sie mit einer Kraft, die er dem Greis nicht zugetraut hätte. *Als wären wir seine Söhne.*

»Schon bald«, sprach der alte Held ergriffen, »werden wir zu einer Versammlung unserer Stämme sprechen. Niemand wird sich meinem Ratschlag widersetzen. Oh, Vraccas, ich preise dich! Du weißt, was dein Volk benötigt.«

Weder Vraccimbur noch Rodana wagten einen Widerspruch.

Goïmron schon gar nicht. Er wollte dem Greis nicht auf dem Marktplatz in Malleniaswacht das Herz brechen, indem er diese Würde ablehnte. *Früher oder später werde ich es müssen.*

***

»Viele Schlachten wurden geschlagen und gewonnen – von Truppen, die sich von Bier nährten.«

König Friedrich II. von Gauragar, Bierfreund

KAPITEL V

DAS GEBORGENE LAND, IM NORDEN DES VEREINTEN GROSSKÖNIGREICHS GAURAGON, PROVINZ FEUERN, AN DEN AUSLÄUFERN DES GRAUEN GEBIRGES, PLATINGLANZE, 1024 N.B. (7515. SONNENZYKLUS NACH ALTER ZEITRECHNUNG), FRÜHJAHR

»Wartet!« Barbandor hob Einhalt gebietend die Arme vor dem Dutzend berittener Zwerginnen und Zwerge, die Grimmz in Eisen legen wollten. »Ich kann euch erst gestatten weiterzureiten, wenn ich alles zu dem Sachverhalt erfahren habe. Da ich Ratsherr und zuständig für die Verteidigung von Platinglanze bin, ist dies mein Recht.«

»Wir wollen keinen Ärger mit dir oder der Siedlung, Ratsherr.« Grandobil Meißelfinger streichelte sein struppiges Bastardpony. »Im Gegenteil. Wir kamen den langen Weg aus dem Süden des Geborgenen Landes einzig aus dem Grund, dich, die Zwerge und die Langen vor Grimmz zu beschützen.«

»Ich weiß, dass er im Aufwiegeln sehr gut ist. Das tut er mit Feuer und Leidenschaft, und nicht wenige sind mit ihm einer Meinung, was Borkon und seine Orkmeute angeht«, sprach Barbandor. »Wird dies sein Vergehen im Blauen Gebirge gewesen sein, bei dem es zu Toten kam, von denen du sprachst?«

»Aufwiegelei?« Grandobil zog die dunkelblonden Brauen zusammen. »Das ist mir fremd. Nein.« Er klopfte sich den Reisestaub von den Ärmeln. »Ich meine Mord. Von ihm begangen. In Raserei.«

Das traf Barbandor wie ein eisiger Stich in den Magen. »Mord?«

Grandobil sah sich in der Straße um. »Wollen wir das hier besprechen oder gehen wir dazu in deine Amtsstube, Ratsherr?«

»In meine Stube können wir nicht. Vor dem Wehrhaus ist zu viel los. Grimmz würde euch sehen, und …« Barbandor zeigte zum nahen Gasthaus, dem *Grünen Spundloch.* »Dort hinein. Da könnt ihr euch stärken und die Glieder vom Ritt ausschütteln. Was ihr esst und trinkt, geht auf mich.«

»So soll es sein.« Grandobil wendete sein Bastardpony und lenkte es zur Schenke.

Barbandor eilte voraus, um mit dem Wirt einen freien Tisch zu finden, der abseits von neugierigen Augen und Ohren lag. In einem Nebenraum wurden sie fündig. Um diese Zeit fanden sich zum Glück wenige Gäste ein, die Hunger und Durst stillen wollten.

Mit der Ankunft von Grandobil und seinen Zweiten änderte sich das. Die Bestellungen des Mahls waren riesig, doch die Zwerginnen und Zwerge verzichteten auf Alkohol in jeglicher Form.

»Also, sprich.« Barbandor schloss den dicken Vorhang zum Hauptraum. »Was hat Grimmz angestellt, dass du von Mord und Raserei sprichst?« Er wünschte sich, von einem Unglück, einem hässlichen Zufall oder einer tragischen Liebesgeschichte zu hören.

»Was hat er zu dir gesagt?«, wollte Grandobil wissen und trank von dem humpenweise gebrachten Kräutertee. Nebenbei schnitt er sich etwas vom geflämmten Lavakäse ab und kostete, schmatzte anerkennend.

Barbandor haderte mit sich, wie viel er vom ersten Zusammentreffen mit Grimmz schildern wollte. »Er rettete mich aus einer misslichen Lage«, sagte er schließlich. »Sein Weg habe ihn nach Platinglanze geführt, sagte er, um die Wehrsiedlung gegen die umherstreifenden Orks zu verteidigen.« Er bekam ebenfalls einen großen Becher Tee gebracht und bat um einen zusätzlichen Met. *Den brauche ich dringend auf den Schock.* »Heute erfuhr ich, dass er in den benachbarten Zwergensiedlungen ähnliche Reden geschwungen hat, um einen Feldzug gegen Borkon zu beginnen.«

Grandobil hatte aufmerksam zugehört und nebenbei die Hälfte des Käses verschlungen. »Aha«, nuschelte er. »Sonst nichts?«

»Nur, dass es seine Pflicht sei. Aufgrund seiner Ahnen. Boïndil und Boëndal.«

»Seine Abstammung zumindest ist nicht erlogen.« Grandobil spülte den Mund mit Kräutertee und schluckte, während sich Barbandor erleichtert auf den gereichten Met stürzte. »Genau dies wird ihm zum Verhängnis. Und damit uns.«

»Wie viele hat er getötet?«

»Alles in allem oder im letzten Umlauf?«

Die Erwiderung ließ Barbandor bereuen, die Frage überhaupt gestellt zu haben. Innerlich wappnete er sich. »Die gesamte Anzahl. Bitte.«

»Achtzehn. Fünfzehn Männer, drei Frauen.« Grandobil lehnte sich zurück und machte eine beschwichtigende Geste, bei der die zwei Dutzend geflochtenen Bartsträhnen ins Pendeln gerieten; die Steinperlchen klackerten gegeneinander. »Versteh mich nicht falsch: Er ist kein Schurke und kein gewissenloses Monstrum. Er zieht keinen Spaß aus seinen Taten, wie es verrückte Mörder oder Bestien tun.«

Barbandor fühlte die Wirkung des Mets und wünschte sich, er möge doppelt berauscht sein. »Dann ist es ein Leiden?«

»In der Art. Wie sein Ahne Ingrimmsch hat er heißes Blut, ausgelöst durch eine überfeurige Lebensesse, die ihm Vraccas verlieh«, führte Grandobil aus. »Es kam mit den Zyklen, in denen er zum Mann heranreifte. Anfangs blieb es beim Aufbrausen, das sich besänftigen ließ. Doch es wurde hitziger, gewalttätiger und endete bald mit gebrochenen Knochen, Platzwunden und herausgebissenen Fleischbrocken bei jenen, die seinen Weg kreuzten.« Er zeigte in die Runde. »Wir haben nichts gegen Grimmz. Aber verfällt er in die Raserei seines Ahnen Boïndil, erkennt er weder Freund noch Feind. Er schlachtet, was ihm vor die Klingen gerät.«

Barbandor wusste nicht, ob er mehr Mitleid mit den Opfern oder dem ungestümen Zwerg haben sollte. »Ich vermute, ihr habt euch längst und lange mit seiner Veranlagung beschäftigt, aber gibt es wirklich keinerlei Mittel gegen das heiße Blut? Nicht eines?«

Grandobil schwenkte den Kräutertee. »Ich weiß nicht, *was* alles versucht wurde. Angefangen beim Wegsperren. Das Legen in dickste Ketten, bis der Anfall abklingt. Gewichte an Armen und Beinen«, zählte er auf. »Nicht zu vergessen verschiedenste vorbeugende Sude aus Heilkräutern, mal als Wickel, mal als Tee. Sogar Destillate aus Pilzen, Rauschkraut und Traumbeeren.«

»Nichts half?«

»Nichts. Entweder überwand er die Wirkung der Substanzen oder er fand eine Möglichkeit, den Fesseln zu entgehen. Es scheint, als bräuchte seine Lebensesse nur eine Weile, um sich an die neuen Umstände anzupassen«, erzählte Grandobil weiter. »Das ist alles traurig und tragisch, bei Vraccas.«

Barbandor wollte es weder glauben noch wahrhaben. *Das kann ich doch nicht einfach hinnehmen!* »Und es … gibt nichts, wie man Grimmz' … Talent besser … zur Geltung bringen kann?«

Erneut verneinte Grandobil. »Wir haben versucht, ihn in Patrouillen einzubinden, die oft mit Bestien zu tun hatten. Dabei gab es die meisten Toten – auf unserer Seite. Wie ich schon sagte: Gerät er in diesen wahnhaften Zustand, drischt und schlägt er um sich. Die Kräfte, die er dabei entwickelt, sind fernab jeglicher Vorstellung, die du dir machen kannst.«

»Einmal«, schaltete sich ein Zwerg ein, der sich randvolle Löffel vom Eintopf gönnte, »hat er in seiner Raserei einen Krähenschnabel *zerschlagen.* Mit solcher Macht ging er auf die Bestien los!«

»Und als sich Schweineschnauzen hinter einem Felsen vor ihm verbargen, machte er mit bloßen Fäusten kleine Steinchen daraus«, steuerte die Zwergin mit den lilafarbenen Haaren bei. »Danach drosch er die Orks zu rotklumpigem Brei.«

Diese Schilderung hielt Barbandor für übertrieben. *Aber wenn sie ein Dutzend Gerüstete ausschicken, die Eisenfesseln und Wurfkugeln mit Draht bei sich führen, ist Grimmz gefährlich. Hochgefährlich.* Darüber musste er nicht disputieren. Dennoch widerstrebte es ihm, seinen Lebensretter einfach auszuliefern. *Dafür verdanke ich ihm zu viel. Ohne ihn wäre ich verschleppt, womöglich sogar tot.* Er stürzte den Met hinab und verlangte noch einen kleinen Becher. »Eurer Ausrüstung nach seid ihr nicht nach Platinglanze gekommen, um Grimmz hinzurichten. Oder ihm den Prozess zu machen.«

»Nein.« Grandobil blieb gelassen. »Er mordet nicht mit Absicht.«

»Was dann? Ihr spracht von *festnehmen,* oder?«

»Ja, wir verschnüren ihn. Mehrfach. Mit Ketten und Draht und transportieren ihn zurück ins Blaue Gebirge.« Grandobil schob den leeren Teller von sich. »Dieses Mal landet er in einer stählernen Kammer, die seine Familie für ihn anfertigte. Sie ist ausbruchssicher, im Gegensatz zu seinem letzten Verlies.«

Die Vorstellung, Grimmz diesem Schicksal zu überlassen, schmerzte Barbandor. »Für immer weggesperrt? Das ist grausam.«

»Es ist zu seinem eigenen Besten. Und noch mehr zum Besten aller übrigen Zwerge.« Grandobil sprach ohne Zorn über Grimmz. »Wir wissen, dass er nichts dafür kann. Aus diesem Grund droht ihm keine Strafe. Aber er muss aufgehalten werden. Mehr Morde können nicht hingenommen werden.«

»Genau genommen sind es keine Morde«, sagte Barbandor nachdenklich. »Wäre es nicht Totschlag? Ähnlich wie bei … Trunkenheit? Wie bei einem Streit? Oder einem Unfall?«

»Die Wortwahl macht keinen Unterschied zwischen den Ergebnissen der Raserei«, erwiderte Grandobil und wischte sich über den vielsträhnigen Bart. Letzte Krümel fielen heraus und lösten sich von den Perlchen.

Allmählich glaubte Barbandor, die Reise und die Reden von Grimmz zu verstehen. Bevor er in der Stahlkammer bis ans Ende seiner Lebenszeit eingesperrt lebte, warf er sich lieber in den Kriegszug gegen Borkon und seine immense Streitmacht. *Um seiner heißen Lebensesse ein Ventil zu bieten, ohne seinesgleichen in Gefahr zu bringen.*

Grandobil gab seiner Schar ein Zeichen. Sie beendeten den Schmaus mit raschen Bissen, leckten sich die Finger ab und tranken aus. »So, Ratsherr. Du hast verstanden, was wir in Platinglanze wollen, und die Hintergründe erfahren. Ich nehme an, du lässt uns den Auftrag ausführen?«

Barbandor leerte den zweiten Met in einem Zug. »Ich komme mit. Damit die Garde euch nicht behelligt.« Er tupfte sich die Lippen mit einer Serviette ab, der Honigtrank machte die Härchen klebrig. »Sollte Grimmz in seine Raserei verfallen, werde ich alles versuchen, um ihn aufzuhalten.«

Grandobil stand auf. »Dabei würdest du sterben, Ratsherr. Es wäre schade um dich. Du bist ein Held.«

»Grimmz ist für mich ein Held. Er …« Barbandor biss sich auf die Zunge, die zu locker saß. *Zwei Met auf nüchternen Magen waren kein guter Einfall.* »Er hat ein gutes Herz. Das weiß ich.« Er erhob sich von seinem Stuhl. »Es kann über die heiße Lebensesse siegen.«

Grandobil schürzte nur die Lippen und ließ ihm den Vortritt aus dem Räumchen.

Die Gruppe bewegte sich durch die Straßen und Gassen von Platinglanze zum Wehrhaus.

Die Mehrheit der Menschen und Zwerge hatte sich bereits verstreut, aber eine größere Gruppe lauschte noch immer Grimmz' Worten. Er stand auf dem Fass, das vorhin Barbandor als improvisiertes Podest gedient hatte.

»Lasst mich zuerst mit ihm sprechen«, bat Barbandor. »Gewährt mir diese Sache.«

»Es ist dein Leben, Ratsherr.« Grandobil sah über die etwa achtzig Leute auf dem Platz. »Und deine Verantwortung. Spiele nicht mit der Gesundheit der Unschuldigen.«

»Haltet euch bereit. Ihr werdet wissen, wann es Zeit ist, einzugreifen.« Barbandor löste sich aus der Truppe, die von den Bastardponys absaß, und ging seitlich auf den eindringlich sprechenden Grimmz zu.

»… sonst kommen die Bestien zu uns«, sprach der Zweite, die rechte Hand auf dem Kopf des aufgestützten Krähenschnabels. »Wir wissen, was sie tun: sich vermehren. Wachsen. Ihre bösen Pläne schmieden, bis sie genug an Zahl sind, um wie eine Woge über das Geborgene Land zu schwappen und sich zur Macht emporzuspülen. Euer Ratsherr hat sie –«

Barbandor griff ihn am Arm und zog ihn vom Fass. »Auf ein Wort, Grimmz.«

»Ich bin gleich zurück, meine Freunde!« Er nahm den Krähenschnabel und folgte Barbandor einige Schritte zur Seite bis an die Mauer des Wehrhauses. Sein Gesicht nahm einen schuldbewussten Ausdruck an. »Sei nicht sauer auf mich, weil ich die Gelegenheit nutzte, um –«

»Grandobil ist da«, unterbrach ihn Barbandor. »Er und seine Truppe stehen bereit, dich zu binden und ins Blaue Gebirge zu bringen.«

Grimmz erbleichte. »Bei Vraccas, nein!«

»Wann wolltest du mir den wahren Grund für deine flammenden Kriegsreden gestehen?«

»Was … was meinst du damit?«

»Dass du deine heiße Lebensesse im Gefecht gegen die Bestien kühlen willst. Gegen viele Bestien. Unendlich viele«, sprach Barbandor. »Dafür bringst du Zwerge und Menschen in den Siedlungen in immense Gefahr?«

Grimmz blickte sich suchend um und entdeckte seine Häscher. Barbandor glaubte zu sehen, wie sich der Blick veränderte und eine Spur wütenden Sturms in den Augen aufzog. Die Raserei kündigte sich mit rötlichem Schleier an. »Alles, was ich möchte, ist eine Gelegenheit, zu beweisen, dass sich mein heißes Blut durch Kampf beruhigen lässt.«

»Grandobil erzählte mir, dass dies bereits versucht wurde. Ohne Erfolg.«

»Eher sterbe ich im Gefecht, als in einem stählernen Tresor vor mich hin zu schimmeln, bis ich gänzlich verrottet bin!«

»Aber du könntest in dieser Kammer so viele Dinge erlernen. Dich bilden. Als Ratgeber für deine Königin dienen«, entgegnete Barbandor halbherzig. *Es hört sich dennoch grausam an. Und falsch. Es muss etwas anderes geben.*

Grimmz schüttelte entschieden das Haupt und warf den langen schwarzen Haarzopf über den Rücken. »Vraccas gab mir die Hitze ins Gemüt, damit ich Aufgaben erledige wie meine Ahnen. Um gegen das Böse anzutreten. Aber eingesperrt wie eine Bestie oder ein Verrückter? Niemals!« Die Faust spannte sich fester um den Griff des Krähenschnabels. »*Niemals,* hörst du, Barbandor?«

»Bitte, beruhige dich«, beschwichtigte er den Freund. »Nicht zu laut, sonst wird Grandobil auf den Plan gerufen. Dann vermag ich nichts mehr für dich zu tun.«

Für einige Momente schwand die aufsteigende Raserei im Blick des Zweiten, der rötliche Ton schwächte sich ab. »Du kannst nichts für mich tun. Außer mir einen Kriegszug zu geben, Barbandor.« Grimmz schaute fragend zu Grandobil und machte eine scheuchende Bewegung. »Er wird mich nicht bekommen und auch nicht binden. Das Blaue Gebirge wird mich niemals mehr sehen. Diese Schmach kann ich meinem Clan und meiner Schwester nicht antun.«

Barbandor verfolgte, wie Grimmz in die unbändige Wut glitt. Er konnte zusehen, wie sich wieder ein rötlicher Schleier vor die Pupille des Kriegers legte und auf das Braun übergriff. Seine Züge verhärteten sich, er atmete tiefer und spannte die Muskeln seines Oberkörpers an. »Nicht, ich bitte dich. Es sind viele Unschuldige auf dem Platz.«

Grimmz schnaubte und nahm den Krähenschnabel mit beiden Händen. »Das ist nicht meine Schuld. Wäre Grandobil nicht erschienen, hätte ich meine Raserei kontrollieren können.«

Barbandor blickte über die Schulter.

Die Zweiten hatten sich in Bewegung gesetzt und drei Gruppen gebildet. Aus verschiedenen Richtungen kamen sie näher. Verstärkte Schilde sollten ihnen Schutz gewähren.

Ich muss die Unschuldigen in Sicherheit bringen. »Ihr Bewohner von Platinglanze«, rief Barbandor und sprang auf das Fass. »Verlasst den Platz, bitte. Es ist zu eurem eigenen Schutz. Ich erkläre es euch später.« Er wedelte auffordernd mit den Armen. »Geht jetzt! Rasch!«

Verwundert und zögernd kamen die wartenden Menschen und Zwerge der Anweisung nach.

Vier Gardisten, die am Rand des Platzes standen, sahen zu ihm und erwarteten seine Befehle. Barbandor schickte auch sie weg. Wenn Grimmz wirklich den Verstand verlor, sollten sie nicht Leidtragende sein.

»Grimmz! Leg die Waffen nieder«, rief Grandobil. »Wir wollen dich nicht verletzen.«

»Ich euch auch nicht«, gab er düster zurück. »Aber wenn ihr mich zwingt, schlage ich mir eine Schneise, um den Eisenschellen zu entkommen. Ich lasse mich nicht fesseln.«

»Das ist längst entschieden. Das weißt du.« Grandobil hob seine mit Draht verbundenen Wurfkugeln und brachte sie zum Rotieren. Vier seiner Leute taten es ihm nach, das dunkle Surren verstärkte sich. »Ergib dich! Zum Wohle der Unschuldigen.«

»Verschwindet! Zum Wohle der Unschuldigen«, brüllte Grimmz und ließ den Krähenschnabel kreisen. Pfeifend glitt der Stahl durch die Luft. »Lasst mich in die Salzwüste ziehen! Noch an diesem Umlauf! Ich will gegen Orks kämpfen und beweisen, dass deren Tode mein Gemüt kühlen wie kaltes Wasser den geschmiedeten Stahl.«

»Nein. Deine Familie will dich lebend.« Grandobil schleuderte die verbundenen Wurfkugeln.

Barbandor duckte sich unter dem Geschoss weg, das über sein Haupt schwirrte. »Grimmz, bitte! Ergib dich! Ich verspreche dir, dass –«

Geschickt fing der Zweite die Kugeln mit der langen Seite des Krähenschnabels ab und lenkte sie auf den Boden. »Ich werde diesen Landstrich nicht verlassen«, schrie er, und eine dicke Zornesader entstand auf der Stirn. »Nicht, bis *er* erschienen ist!«

»Er? Wer ist er?« Barbandor richtete sich auf.

»Los, schnappt ihn euch«, befahl Grandobil. »Alle zugleich!«

Die Wurfkugeln summten über den Platz und hielten auf Grimmz zu, der mit unglaublich geschmeidigen Bewegungen auswich oder die Geschosse abfing.

Barbandor wurde unvermittelt gepackt und sah das abgeflachte, hammerkopfgleiche Ende des Krähenschnabels dicht vor seiner Nase. *Ich habe ihn nicht einmal kommen sehen.* »Grimmz, wen hast du gemeint? Wer ist *er?*«, brachte er trotz der Drohung über die Lippen. »*Wer* soll erscheinen?«

Grimmz' Gesicht hatte sich zu einer Grimasse verzerrt, im Blick brannten Feuer und Verwirrung; das Rot der Raserei hatte das warme Braun seiner Augen verdrängt. »Borkon! Er wird kommen! Meine Nachricht ist gesandt. Ich fordere ihn zum Kampf. Und dem kann er sich nicht entziehen!« Er stieß Barbandor mit dem Krähenschnabel nieder und sprang über ihn hinweg. »Grandobil! Du wirst bald keine Hände mehr haben, um mich zu binden«, brüllte er von Sinnen und drang auf die Zweiten ein, die ihre verstärkten Schilde hoben.

Welch ein Wahn! Barbandor stemmte sich ächzend vom Kopfsteinpflaster hoch. Der Kraft des Zweiten hatte er nichts entgegenzusetzen gehabt. *Er hat vollständig den Verstand verloren.* Der nachtblauhäutige Orkanführer würde sich niemals blicken lassen, nur weil ein verrückter Zwerg ihn zum Kampf herausgefordert hatte.

Durch das Scheppern von Schilden und das Krachen des Krähenschnabels schnitt sich das Signalhorn der Siedlung, gleich darauf wurden die Warnglocken geschlagen: Platinglanze wurde angegriffen.

***

DAS GEBORGENE LAND, SCHWARZES GEBIRGE, OSTFESTUNG, 1024 N.B. (7515. SONNENZYKLUS NACH ALTER ZEITRECHNUNG), FRÜHJAHR

Gata öffnete die Augen und sah den Himmel über sich, in den grauer Staub und dunkler Rauch aufstiegen. Es war totenstill um sie herum.

Was ist passiert? Eben noch hatte sie mit Gorina am Fenster des überdachten Wehrgangs gestanden und verfolgt, wie die Orks mit Larembars Truppe kämpften.

Gunibur! Sie haben damit auf uns geschossen! Mit der Erinnerung kamen die Schmerzen in den Rippen, am Arm und im Schädel. Gata richtete sich hustend auf.

Ein riesiges Loch klaffte in Seitenwand und Dach des Torturms, durch das sich die Stahlkugeln geschnitten hatten. Die Geschosse hatten den Innenraum vollkommen zerstört, mehrere Feuerchen waren durch zerschlagene Lampen ausgebrochen und flackerten rauchend vor sich hin.

Von der tapferen Gorina war nichts als Fetzen, Blut und Gedärme geblieben, die verteilt an Wand und Boden klebten.

Gata schob jegliche Trauer beiseite. Für Entsetzen über Gorinas schrecklichen Tod und Übelkeit beim Anblick der Überreste blieb nach dem Kampf Zeit. *Wo sind die Bestien? Viele können es nicht mehr sein.* Sie tastete unter Schmerzen nach ihrem Axtschwert und bekam den Griff zu fassen. *Ich muss sie töten, bevor …*

»Diese Unterirdische ist zäh«, sagte eine gutturale, dunkle Stimme unter dem Lachen von vielen anderen in ihrem Rücken. »Wir werden sie lange braten müssen, bis sie weich wird.« Eine Hand langte in ihren blonden Schopf und zog sie daran in die Höhe, sodass sie den Boden unter den Füßen verlor. Jemand entriss ihr unter Grölen die Waffe. »Lass uns aus dem Rauch gehen, Unterirdische. Und dann wirst du uns erzählen, woher ihr Bergmaden gekommen seid.«

Jeglicher Versuch, dem Griff zu entkommen, misslang und wurde schließlich durch einen harten Schlag in den Rücken unterbunden. Die Rippenschmerzen brannten heftiger.

»Ich erzähle euch nichts!« Wie eine Puppe hielt der Ork Gata an den Haaren und trug sie pendelnd aus dem verqualmten Raum hinaus auf den Wehrgang, wo er sie auf den Steinboden schleuderte. »Eher sterbe ich!« Sie wandte sich um und starrte die Feinde an.

Vor ihr erhoben sich ein Dutzend grienender, glucksender Bestien. Einige von ihnen hielten aufgebrochene Knochenstücke mit blutigen Fleischfetzen in den klauenhaften Händen und nagten daran. Es gab keinen Zweifel, dass es sich dabei um Zwergenüberreste handelte.

Ihr Anführer hatte Gata herausgetragen, zwei blonde Strähnen zwischen den Fingern verrieten ihn. Er steckte wie die anderen in einer dicken roten Lederpanzerung, die einem Mantel ähnlich bis zu den Knöcheln reichte und von mehreren Schnallen zusammengehalten wurde. In der anderen Hand hielt er ein gezacktes Kurzschwert.

Rote Tätowierungen ließen sein hässliches Gesicht roher erscheinen, die hellen Haare hatte er sich mit frischem Zwergenblut nach hinten gestrichen. In zwei dünnen Strichen sickerte es über Stirn und Wange abwärts. »Du wirst sterben, Unterirdische. Das ist sicher.« Er bleckte die Reißzähne. »Aber vorher verrätst du uns sämtliche Geheimnisse, die wir wissen wollen.«

Lautes Triumphgeschrei erklang aus dem Vorhof. Zahllose Kehlen brüllten wieder und wieder: »Drushnak, Drushnak!«

Noch mehr? Gata wandte den schmerzenden Kopf und sah hinunter zu den Unterkünften der Wachmannschaften. Beim Anblick der herausströmenden Bestien breitete sich ein bitterer, galliger Geschmack in ihrem Mund aus. *Wir haben uns getäuscht. Es sind an die hundert, die in der Festung leben.* Die Erkenntnis, niemals gegen diese Menge an Feinden bestehen zu können, raubte ihr das letzte Quäntchen Zuversicht, lebend aus der Festung zu gelangen.

Doch Gatas Trotz blieb. »Du magst mich foltern, zerschneiden und auffressen, aber ich verrate nichts«, schleuderte sie Drushnak entgegen. »Lorimbur und Vraccas seien meine Zeugen. Binnen eines Umlaufs fallen unsere Tharka über euch her und vernichten euch! Eure Banner werden brennen.«

Drushnak lachte sie aus und trat ihr ins Gesicht. Gata wurde nach hinten geschleudert und konnte sich gerade noch abfangen, sonst wäre sie mit dem Schädel aufgeschlagen. »Wir finden das Schlupfloch, durch das ihr zu uns gekommen seid. Und dann erobern wir Kammer für Kammer euer Reich.« Lachend wies er auf die verbliebenen Stahlfederkatapulte. »Mit euren eigenen Waffen, Unterirdische. Sie werden gute Dienste leisten. Gegen die blauen Riesen und gegen euch.« Er ging in die Hocke und legte die Spitze des gezackten Kurzschwertes an ihre Halsbeuge. Der Geruch von frischem Blut und Schweiß ging von ihm aus. »Wie gefällt dir das?«

Urplötzlich fuhr ein Luftstoß den Wehrgang entlang.

Über den Zinnen schoss ein schwarzer Schatten empor, und ein grauenvolles, kreischendes Wiehern erklang, das Gata einen Schauder bescherte. Ein Paar wütende, glutrote Augen glomm in einem schlanken Pferdekopf, zwei Schwingen hielten den Nachtmahr über den Bestien in der Luft. Mit dem nächsten schrillen Wiehern zeigten sich messerscharfe Reißzähne im weit geöffneten Maul.

Auf dem Rücken des grazilen Flugmahrs saß eine Albin in einer schwarzen Gewandrüstung, an die sich Gata sehr genau erinnerte. Ein Auge war weiß, das andere tiefschwarz, eine Gesichtshälfte heller als die andere. *Ascatoîa?*

In ihr kämpften zweierlei Gefühle beim Anblick der tödlichen Zhussa. Zum einen eine unbestimmte Art der Erleichterung. Eine leise Überzeugung in ihr raunte, nun würde alles gut. Zum anderen der eisige Schreck, zusammen mit Enttäuschung. *Die Albae und die Blutgrollorks? Aber ich dachte, der Ganyeios und ich …?*

Drushnak brüllte einen Befehl.

Einige Orks rannten sogleich zu den Stahlfederkatapulten. Andere nahmen Armbrust oder Bogen zur Hand, um sie zu spannen und auf die Albin anzulegen.

Sie gehören nicht zusammen, dachte Gata erleichtert – und verstand dennoch nichts von dem, was um sie herum geschah.

Ascatoîa vollführte eine Geste, dunkle Silben drangen über ihre Lippen. Das Geschmeide an Hals und Handgelenken leuchtete.

Die Orks schrien unvermittelt in Pein auf, brachen in die Knie und hielten sich die Köpfe. Die Hälfte der Bestien spuckte schwarzes Blut, halbgeronnen schwappte es aus Nasen, Mündern und Ohren.

Drushnak versuchte, das gezackte Kurzschwert nach der Albin zu schleudern. Aber sein Arm zitterte beim Ausholen, während ihm das Blut ansatzlos aus Nase und Augen strömte. Dann stieß er sich die Spitze selbst durch den Hals und stürzte seitlich über die Brüstung hinab auf den Vorhof.

Die überlebenden Scheusale stemmten sich nach dem Ende ihres Anführers voller Schrecken in die Höhe. Sie torkelten in Todesangst zur Festung hinaus, warfen Waffen und Rüstungen von sich, um schneller laufen zu können. Die Albin hatte neben ihrer Hexenkraft auch die angeborene Fertigkeit ihrer Art genutzt, den Gegnern Furcht in Herz und Verstand zu pflanzen.

Ihr werdet nicht entkommen. Keuchend wuchtete sich Gata auf die Beine und ging zur geladenen Gunibur. Sie richtete die Zielvorrichtung auf die kreischenden, jammernden Orks vor den Mauern und betätigte den Auslöser. *Rache für die Meinen!*

Die Kugeln zerschlugen die Orks und verwandelten sie in formlose Kadaver. Schuss um Schuss gab sie ab, bis sie sicher war, dass ihr keine Bestie entkommen war. Ächzend brach Gata halb über der Maschine zusammen. *Wo ist die Zhussa?*

»Meine Hochachtung. Überragend und tapfer gekämpft, Königin Regnorgata«, sprach Ascatoîa ruhig hinter ihr. Als die Zwergin sich umwandte, stand die Albin auf dem Wehrgang. Sie deutete eine Verbeugung an, während sich der Flugmahr schräg neben ihr an den toten Orks labte. Die Reißzähne rissen brockenweise

Fleisch heraus. »Ihr nehmt es mir nicht übel, dass ich zu Euren Gunsten eingriff?«

Das Gefühl, es wendete sich alles zum Guten, verstärkte sich. Gata fühlte keinerlei Angst. »Nein. Ich bedanke mich bei dir«, antwortete sie unsicher. »Wie … hast du mich gefunden?«

»Der Ganyeios sandte mich mit einer Nachricht, die ich Euch heimlich übermitteln sollte. Als ich Euch nicht fand und hörte, dass Ihr mit Larembar zur Ostfestung reistet, folgte ich Euch«, erklärte Ascatoîa.

»Es hätte besser nicht sein können.« Gata sah über die Zwergenleichen und zerrissenen, ausgeweideten Toten ringsumher. »Doch, hätte es, wenn ich es recht bedenke.«

»Ihr lebt, Königin. Für Euren Stamm und für mein Volk ist das unbezahlbar.« Ascatoîa hielt ihr die Hand hin, um ihr beim Aufstehen zu helfen. »Was werdet Ihr nun tun?«

Gata ergriff die feingliedrige Hand ohne Scheu. Es fühlte sich richtig an, der Albin zu vertrauen. Immerhin hatte sie ihr das Leben gerettet. »Ich werde alles Brennbare zusammensuchen und die Festung den Flammen überlassen. Mit allem darin.« Sie zeigte auf die Federstahlgeschütze. »Auch sie. Die Blutgrollorks sollen nichts davon besitzen. Weder das Bollwerk noch unsere Waffen.«

»Das muss Euch sehr schmerzen, Königin Regnorgata.«

»Ich mochte die Festung nie besonders. Sie ist ein Relikt aus meiner Vergangenheit und der Vergangenheit der Dritten. Bald wird sich ein neuer Zugang ins Geborgene Land zeigen. Ihn zu schützen, wird mir eine Freude sein.«

»Ihr und die Euren werden es mit Bravour meistern.« Ascatoîa betrachtete die Verletzungen der Zwergin. »Soll ich Euch ein wenig Linderung verschaffen? Und Euch bei der Vernichtung der Mauern zur Hand gehen?«

»Überlass das Auslöschen mir.« Gata fühlte die heftigen Schmerzen überall an und in sich. An Rippen, Arm und Kopf. In ihrem Mund gab es ausschließlich den Geschmack von Blut. »Aber wenn du mich heilen könntest?«

»Gewiss, Königin. Eine Zhussa vermag so etwas im Handumdrehen.« Ascatoîa schloss die unterschiedlich farbigen Augen und legte eine Hand auf die Schulter der Zwergin. Erneut sprach sie düstere Silben, was Gata nicht schreckte. Nichts schreckte sie an der Albin.

Ein Kribbeln ging durch jede Faser ihres Körpers. Die Qualen und die Einschränkungen schwanden spürbar. Von einem Blinzeln auf das nächste konnte sie sich ohne Schmerzen bewegen und fühlte sich erfrischt wie nach einem langen Schlaf und gutem Essen. »Hab Dank. Erneut«, sagte sie und sah sich nach ihrem Axtschwert um, das wenige Schritte entfernt lag. »Bevor ich es vergesse: Wie lautet die Nachricht des Ganyeios?«

»Oh, es ist seine Beteuerung des gegenseitigen Paktes und seiner Verbundenheit. Damit die Dritten und Dsôn Khamateion in Wohlstand, Frieden und Glück miteinander vereint bleiben wie sein und Euer Blut, Königin.« Ascatoîa verneigte sich erneut. »Ich soll Euch zudem ausrichten, dass er sich auf ein Wiedersehen zur Beratung freut. Ihr legt den Umlauf fest. Und Ihr sollt überlegen, wann für Euch der passende Moment gekommen ist, die freundschaftlichen Beziehungen zwischen Euch und dem Ganyeios zu offenbaren. Damit das Geborgene Land seine Angst vor uns verliert.« Die Albin lächelte. »Wir sind nicht jene Schwarzaugen, gegen die man einst Heere entsandte. Wir sind friedlich, sofern man uns lässt.«

»Das tue ich sehr gerne. Nach meiner Rückkehr muss sich die Aufregung über diesen Vorfall erst legen. Danach sehen wir weiter. Die Verkündung unseres blutbesiegelten Paktes muss einstweilen aufgeschoben werden.«

»Ihr werdet Eure Gründe haben, Königin?«

»Ich erhielt eine Einladung von Tungdil Goldhand. Alle Königinnen und Könige der Zwergenstämme werden nach Malleniaswacht gebeten, um über einen Großkönig abzustimmen. Goldhand sprach in seinem Schreiben davon, etwas Großes verkünden zu wollen.«

Ascatoîa machte ein erfreutes Gesicht. »Aber natürlich! Ich denke, dass es für unsere Reiche das Beste wäre, wenn *Ihr* Großkönigin werdet.«

Am liebsten hätte sich Gata gegen die Stirn geschlagen. *Dass ich nicht von selbst darauf kam!* »Ein guter Einfall! Aber das wird nicht leicht.«

»Goldhand ist Euer Freund, richtig?«

»Ich denke ja.«

»Schlagt ihm doch vor, die Lage der neuen Durchlässe ins Geborgene Land erst zu enthüllen, sobald die Stämme einen Großkönig gewählt haben«, schlug Ascatoîa vor. »Und da Ihr ihm sehr nahesteht, sollte er Euch als Favoritin ansehen. Denkt Ihr nicht?«

Gata nickte. »Das ist ausgezeichnet. Für das Geborgene Land wäre es in der Tat das Beste.«

Die Albin verbeugte sich nochmals. »Ich eile und überbringe dem Ganyeios Eure wunderbare Neuigkeit. Er wird sich ebenfalls Gedanken machen und Euch seine Nachricht senden.« Sie schwang sich auf den Sattel des Flugmahrs. »Ihr habt in mir eine treue Dienerin, Königin Regnorgata. Ich werde stets zur Stelle sein, um Euch zu retten.« Mit einem Ruck am Zügel und einem leichten Tritt in die Flanken brachte sie den geflügelten Nachtmahr zum Aufsteigen. »Ihr seid sicher, meinen Beistand nicht zu benötigen?«

»Nein, flieg nur.« Gata hob die Hand zum Gruß. »Ich danke dir, Ascatoîa.«

Die Zhussa erwiderte die Abschiedsgeste und stieg schnell in den Himmel hinauf. Der Flugmahr bewegte sich gewandter als eine Sturmschwalbe.

Gata sah ihr nach, bis sie verschwunden war, und richtete dann den Blick auf die Festung, auf deren Mauern und Zinnen die roten Runenbanner der Blutgrollorks im kalten Wind flatterten. *Bald nicht mehr.*

Ein leises Scharren in ihrem Rücken ließ sie herumwirbeln und den Dolch ziehen. *Ein Ork, der sich feige versteckte?*

Larembar hatte sich aufgesetzt und sah sie an. Hiebe hatten ihm den rechten Unterarm genommen, ein klaffender Schnitt verlief über das rechte Auge abwärts, und zwei Bolzen steckten in seiner Brust. Gata hatte ihn für tot gehalten.

In seinen Augen standen Fassungslosigkeit, Wut und Enttäuschung, während sein blutverschmiertes Gesicht starr wie eine Maske blieb. »Du bist einen Pakt mit Dsôn eingegangen«, raunte er. »Du hast dich dem Bösen in die Arme geworfen.«

»Nein, ich … ich schuf ein Bündnis, welches das Geborgene Land sichern wird.«

»Ein Blutpakt«, röchelte er. »In dir rinnt der verdorbene Lebenssaft der Schwarzaugen? Du kannst nicht mehr Königin sein! Dein Vater hätte das niemals zugelassen.«

»Mein Vater ist tot.«

»Ich beweine seinen Tod jeden Umlauf. Er wollte, dass wir Lorimbur ehren und seinen Namen verbreiten und die Stämme für ihn einnehmen. Aber dann kamst *du* und brachtest das Vraccas-Wunder mit Goldhand zustande«, redete er hastig, aber kraftlos. »Und nun verrätst du deinen eigenen Stamm! Du verrätst Lorimbur.« Larembar versuchte, sich an der Lafette des Katapults in die Höhe zu ziehen. »Das kann ich nicht zulassen.«

Gata blieb ruhig. Sie und der Zwerg waren die letzten Überlebenden, fernab von Zeugen und Hilfe. »Versuche es. Schaffst du es nach Hause, stelle ich mich deinen Anschuldigungen.« Sie ging die Treppe abwärts und schlug den Weg zu den Vorratsräumen ein, in denen Pech, Petroleum und Öl für die Verteidigung der Festung gelagert wurden. »Du hast so viel Zeit, wie ich brauche, um Vorbereitungen zu treffen.«

»Was hast du vor?«, rief er ihr mit brechender Stimme nach.

Gata antwortete nicht.

Zu ihrer Freude waren die Fässer und Behältnisse nicht angerührt, die Orks hatten sie zur eigenen Nutzung aufbewahrt. Nach und nach verteilte sie den Inhalt zuerst in den schwer brennbaren Bereichen des Bollwerks, um den Flammen Nahrung zu bieten und sie hineinzulocken.

Die Luft stank bald nach Pech, Petroleum und Teer, nach Schwefel und Tod. Krähen hopsten auf den Leichen umher und rupften sich Bissen aus den offenen Wunden, pickten die weichen Augen aus den Höhlen.

Nun zu den Gefangenen. Gata betrat die einstige Schreibstube des Zolonarius.

Die drei Männer und die Frau lagen mit aufgeschnittenen Körpern in ihrem eigenen Blut. Orks schienen im Gefecht oder Siegestaumel über sie hergefallen zu sein. Ihre Geheimnisse hatten die Unbekannten mit in den Tod genommen.

Verflucht. Ich hätte viele Fragen an sie gehabt. Gata nahm das Verteilen des Petroleums wieder auf. Zwischendurch sah sie zu Larembar, der sich den Armstumpf abgebunden hatte und über den Wehrgang kroch.

Eine Blutspur führte hinter ihm her, gelegentlich spuckte er rote Brocken aus. Drei Raben schritten neben ihm her und betrachteten ihn mit schief gelegten Köpfchen, als warteten sie, dass sie an einen warmen Happen kamen. Sobald der Zwerg genug Luft übrig hatte, schrie er anklagend Gatas Namen und verkündete dem Schwarzen Gebirge ihren angeblichen Verrat.

Schrei, so viel du willst. Ich tue das einzig Richtige. Es kostete Gata viele Sandgläser, bis sie zufrieden mit dem Ausbringen von Pech, Öl und Petroleum war. Erst gegen Abend hatte sie ihren letzten Handgriff getan.

Sie nahm eine brennende Fackel und schritt mit ihr über den Wehrgang, folgte der breiten roten Bahn, die sie zu Larembar führte. Er war bis zu den Treppen gekommen, die auf den nächsten Wall führten. »Du hast es also nicht geschafft.«

Larembar lachte bitter auf, Blut sickerte aus dem Mund in seinen verkrusteten Bart. »Es wäre ein Wunder gewesen, oder?«

»Nun, es scheint, dass Lorimbur kein Wunder für dich verschwenden möchte«, sprach Gata. »Oder er weiß, dass ich im Recht bin.«

»Du bist eine Verräterin! Eine Verräterin an uns und dem Geborgenen Land.«

Ich erwarte zu viel von ihm. Sein Denken ist zu begrenzt, um mich zu verstehen. Gata atmete tief ein und aus. »Ich werde deinen Namen preisen und dich ehren. Wie alle, die bei dem Unterfangen, die Festung den Orks zu entreißen, ihr Leben ließen.«

»Eine Verräterin mit albischem Blut in den Adern«, spie er ihr entgegen und bäumte sich auf, als wollte er sie angreifen.

Gata lächelte ihn verzeihend an und schritt an ihm vorbei. Als sie den Aufgang zur Wendeltreppe erreichte, der hinauf zu dem Spähposten und dem Durchbruch führte, warf sie die Fackel auf eine der Petroleumspuren.

Leise fauchend entzündete sich die Flüssigkeit.

Eine Feuerschnur zog sich durch den gesamten Innenbereich der Festung, wurde zu etlichen Bahnen und Linien, die schwarz und ölig rauchten und loderten.

Mit stetem Schritt ging Gata die Stiege hinauf und sah ein letztes Mal vom Pfad hinab.

Die Flammen schlugen bald aus sämtlichen Gebäuden, sandten Lohen aus Schießscharten, Fenstern und Ausgüssen. Das Feuer brannte derart heiß, dass Schieferschindeln zerplatzten und sich die Reste der Stahlfederkatapulte in der glühenden Hitze wie in einer Schmiedeesse verbogen. Rumpelnd fielen die ersten Häuser und Mauern zusammen, Funkenschwärme warfen sich in den dunklen Himmel und beleuchteten die Basaltwände des Schwarzen Gebirges.

Vergangen. Beendet. Ein neues Kapitel wird aufgeschlagen.

Gata nahm eine Lampe vom Haken und entzündete sie, kroch in den von Larembar geschaffenen Kriechgang und rutschte vorwärts. Jedes Mal, wenn sie einen Stützbalken passierte, zerstörte sie ihn mit Tritten, sodass die Decke und die Wände hinter ihr einbrachen.

Nach einer Weile roch sie Blut, das schwer und satt in der Luft lag, trotz des Staubes, den ihre Zerstörung ausgelöst hatte.

Sie erreichte jene Stelle des Ganges, in der die ausgesandten Krieger Ebringar und Barinbor den Ork eingeholt und getötet hatten. Dafür gaben sie ihr Leben. Aus zahlreichen Stich- und Bisswunden war das dunkelrote Zwergenblut gelaufen. Die Bestie hatte nicht aufgeben wollen und sie mit ins Verderben gerissen.

Noch mehr Tote. Gata schloss den Kriegern die Augen, robbte über sie und das tote Scheusal hinweg, um mit einem neuerlichen Tritt gegen eine Stütze den Abschnitt über den Leichen einbrechen zu lassen. *Ein karges Grab,* dachte sie. *Im Schwarzen Gebirge werdet ihr ein Denkmal erhalten, das seinesgleichen sucht.*

Ihren Tränen freien Lauf lassend, schob sich Gata weiter.

***

DAS GEBORGENE LAND, VEREINTES GROSSKÖNIGREICH GAURAGON, PROVINZ FEYRNLAND, NAHE DEN RUINEN VON KRÀG TAHUUM, 1024 N.B. (7515. SONNENZYKLUS NACH ALTER ZEITRECHNUNG), FRÜHJAHR

Hantu dirigierte seinen Schimmel durch den Nieselregen, der seit Sonnenaufgang aus den grauen Wolken fiel. Die allgegenwärtige Feuchtigkeit zog unter den dunkelgrünen Kutschermantel und seinen dreieckigen Hut, die er sich als Witterungsschutz angelegt hatte. Am rechten Ärmel trug er weithin sichtbar die weiße Armbinde mit dem roten Wappen Rhutas. Es beschützte ihn vor Fragen und Zwischenfällen bei seiner Reise durch Gauragon. Jeder Mann, jede Frau und jedes Kind wussten, dass er damit unter dem Schutz des Magus stand, auch wenn dieser sein Reich verloren hatte. Mit Zauberei legte man sich nicht an.

An sein Äußeres als Jüngling Darislaff von kräftiger Statur und geradem Wuchs hatte Hantu sich inzwischen gewöhnt. Nur die Haare hatte er dunkel gefärbt. Mostros Tarnzauber verdankte er, dass ihn niemand als Hantu erkannte und Jagd auf ihn machte.

Aufrechterhalten wurde die Magie durch einen daumennagelflachen, schwarzen Onyx in seinem Schlüsselbein, den ihm

Mostro eingesetzt hatte. Einhergegangen war die Maskerade mit der Drohung, den Stein explodieren lassen zu können, sollte sich Hantu absetzen oder einen Betrug planen oder Mostros Ausbildung zu einem Rhamak nicht fortsetzen. Dabei war der Famulus weder begabt noch geeignet dafür.

Dieser Onyx und die dauerhaft wirkende Magie sorgten dafür, dass die Parsoi Khi, die vor der Mauer des Gebiets der Wunder lagerten, Hantu anschauten wie hungrige Metzgershunde einen saftigen Knochen, sobald er durch ihre Zeltstadt ritt. Aufgrund der Armbinde wagten sie keinen Angriff. Etliche Probanden vor ihm hatten dieses Glück nicht gehabt.

Was sie wohl mit ihnen getan haben? Für Hantu waren die Parsoi Khi, die über das Meer ins Geborgene Land gekommen waren, hochgradig interessant. Mit der richtigen Führung hätten sie Mostro längst überwältigt. *Womöglich wollen sie das gar nicht und warten lieber auf weitere magische Kreaturen, die er erschafft.*

Vor ihm, keine vier Meilen mehr entfernt, lag das Ziel seiner Reise: die Ruinen von Kràg Tahuum.

Kein gewöhnliches Heer hätte dieses Meisterwerk einnehmen können. Umgeben von einem breiten, hundert Schritt tiefen Graben, erstreckte sich Kràg Tahuum auf tausend mal tausend Schritten und bot Platz für zwei- bis dreitausend ausgebildete Krieger und Kriegerinnen samt ihren Sippen.

Einst hatten Tausende Orks von dieser riesenhaften Festung aus das Umland regiert, Schrecken und Angst unter den Menschen verbreitet, die ihnen Tribut entrichten mussten. Stufig angelegte Ringmauern und Verteidigungstürme hatten die Bestien geschützt. Im Mittelpunkt erhoben sich einst mehrstöckige Gebäude ohne ein erkennbares Muster sowie runde und siebeneckige Türme, die weit über den letzten Wall hinausragten. Niemand wusste, wie die Orks dieses Bauwunder vollbracht hatten.

Dann war der Zwerg Goïmron gekommen, der den Drachen Szmajro kontrolliert und Kràg Tahuum angegriffen hatte.

Hantu ließ den Blick über die traurigen Reste schweifen. *Umso besser für mich.* Der Zwerg Goïmron hatte ihm einen riesigen Gefallen getan. Ohne die Zerstörung der Festung und Auslöschung der Orks hätte Hantu niemals derart leicht Einlass gefunden.

Mauerreste, Turmfragmente und Graben zeugten von der einstigen Herrschaftlichkeit. Gleich einem abgebrochenen, schwarzen Stalagmiten ragte der verkohlte Hauptturm empor. Die eingebrochenen, verrußten Steine hatten den Graben teils zu einem Drittel aufgeschüttet, teils war das Fundament abgerutscht. Von den vier Brücken, die einst nach Kràg Tahuum geführt hatten, existierte einzig noch die westliche. Die anderen waren zerfallen und geborsten.

Was ist das? Hantu sah eine zarte Rauchsäule aus den Ruinen aufsteigen. Ein leiser, fremdländischer Fluch gelangte über seine Lippen. *Scheint, als müsste ich die Schrecken auffrischen und meine Warntafeln nachmalen.*

Er lenkte das Pferd auf die letzte Brücke zu und ließ es im Schritt auf das vernichtete Bollwerk zugehen, vorbei an den Schildern mit den Zeichnungen, die er selbst aufgestellt hatte. Eine gereckte Hand, Totenköpfe und angenagelte Knochen sollten verhindern, dass sich ungebetene Besucher in die Ruinen wagten. Zudem hatte Hantu Gerüchte im Umland gestreut, dass die Geister der Bestien in der vernichteten Festung umgingen und Wacht hielten.

Auf ein Schild hatte jemand mit krakeliger Schrift geschrieben: BESITZ VON WULFIM. Zur besseren Lesbarkeit waren die Wörter mit Holzkohle und Wachs nachgezogen worden.

Sieh einer an. So dämlich war noch keiner zuvor. Gerüchte über Schätze lockten besonders Wagemutige oder Verzweifelte an, die auf Gold, Edelsteine oder sonstige Reichtümer in den verbrannten Festungsresten hofften. Eine ähnliche Ausrede nutzte Hantu gegenüber Mostro, nur dass er angeblich nach magischen Orkartefakten suchte.

Der wahre Grund für seine steten Besuche in Kràg Tahuum war ein gänzlich anderer und von immenser Bedeutung. Wegen dieses Geheimnisses hatte sich Hantu überhaupt erst von Omuthan Berengart anwerben lassen, ins Geborgene Land und nach Kràg Tahuum zu kommen. Für die Handvoll lumpiger Münzen allein wäre er niemals in die Dienste von Brigantia getreten. Auch dass er in Mostros Abhängigkeit blieb, tat er einzig deswegen.

Dieses Geheimnis darf niemals von einem anderen aufgedeckt werden. Hantu ritt auf den Feuerschein zwischen den Mauerresten unterhalb der Rauchsäule zu. Die Flammen flackerten warm und rot in der einbrechenden Dämmerung. *Sie haben ein Lager aufgeschlagen.* Damit hatten die Schatzsucher ihre Leben verwirkt. *Wie so viele vor ihnen.*

Sein Schimmel trottete schnaubend an zusammengestürzten Fassaden, umgefallenen Wallstücken, verfallenen Gebäuden und Turmresten vorbei. Efeuranken und Dornen schlangen sich um die Überbleibsel, die Natur wucherte und wuchs, als wollte sie sich wie eine grüne Decke über Kràg Tahuum legen.

Rabenschwärme umkreisten krächzend die höchsten Ruinen und ließen sich zum Schlafen in den Gebäudenischen nieder.

Je näher Hantu dem Feuerschein kam, desto deutlicher vernahm er leise Unterhaltungen und das Jammern und Lachen mindestens zweier Kleinkinder. Gelegentlich erklang das anhaltende Quietschen und Schaben eines Schleifsteins.

Nachdem er eine Säule umritten hatte und um eine Mauer gebogen war, sah er eine kleine Schar Menschen verschiedenen Alters, die ihr Quartier in der Ruine bezogen hatten. Aus einem aufgebrochenen, halben Stockwerk hatten sie mit Geschick, Latten und Segeltuch sowie weiteren Stoffresten eine Mischung aus offener Jurte und Haus errichtet. Einige Bilder, geflickte Möbel und Fundstücke machten die Unterkunft gemütlich. Im Innern brannte ein Herd, auf dem Töpfe brodelten, sowie ein offenes Feuer, um das mehrere Leute saßen und sich unterhielten.

Hantu erkannte das einstige Banner der Festung, eine weiße Fahne mit dunkelblauen Orkrunen und einem Stern, als Zier über dem offenen Eingang hängen. *Borkon fände das bestimmt lustig.*

Ein dösender Wächter schreckte beim Klang der Hufe auf und

bemerkte den Neuankömmling. Außer einem Speer trug der Mann nichts, was ihn gefährlich machte.

»Halt! Du bist auf dem Land von Wulfim!«, rief er so laut, dass die anderen Bewohner im Zelthaus aufmerksam wurden. »Um dich herum liegen zahlreiche Bogenschützen versteckt, die dich auf mein Geheiß hin erlegen, solltest du Übles wollen.«

Hantu grinste breit und hob die Arme zum Zeichen der Friedfertigkeit. Außer einem Dolch und einem breiten Säbel führte er auf Reisen keine Waffen mit sich.

Sein tödlichster Schutz waren die zwei Sphärenwesen, die ihn auf Schritt und Tritt begleiteten und den mundanen Augen der Bewohner verborgen blieben. Sie waren unsichtbar, aber jederzeit auf sein Geheiß zum Eingreifen bereit.

»Ich bin Darislaff«, stellte er sich mit seinem falschen Namen vor. »Darf ich bei euch die Nacht verbringen?« Er deutete zum sich verdunkelnden Himmel. »Es wird einen gewaltigen Wolkenbruch geben.«

»Wulfim, der Herr über diese verfallene Schönheit«, stellte sich der Mann vor und zeigte auf die rote Armbinde. »Du bist aus dem Gefolge des Magus? Oder hast du die selbst gemacht, damit dich keiner angreift?«

Hantu stieg langsam ab. »Wer so etwas täte, bekäme üble Schwierigkeiten. Falsche Wappen und Insignien zu führen ist bei Todesstrafe verboten.« Er sah zum zerschlissenen Banner der Orks. »Aber ich glaube, *das* wird euch niemand übel nehmen.« Dann lachte er freundlich und entlockte den Menschen im Zelt etwas Heiterkeit. »Du kannst deinen Bogenschützen sagen, dass sie mich verschonen sollen.« Er langte behutsam unter seinen grünen Kutschermantel und nahm einen Beutel mit Münzen heraus. »Ich zahle für die Unterbringung.«

»Oh? Na, dann.« Wulfim zeigte auf den zusammengezimmerten Stall. »Binde dein Pferd da drüben an. Da steht es geschützt. Wasser haben wir, aber Heu ist nicht genug …«

»Ich habe Hafer dabei. Danke.« Hantu führte den Schimmel

zum behelfsmäßigen Unterstand, wo sich einige Ziegen und zwei Schafe in einem Gatter gegenseitig wärmten. Er schnallte dem Wallach den Fresssack mit Getreide um, sattelte ihn ab und betrat mit seinen Habseligkeiten die Unterkunft.

Drei Dutzend Leute verteilten sich auf den verschiedenen Ebenen des aufgebrochenen Hauses, die mit Strickleitern oder Hangelseilen verbunden waren. Er kam auf fünf unterschiedliche Familien mit Nachwuchs, dazu vier Männer und eine Frau, die am Feuer saßen und Reisende zu sein schienen. *Oder Schatzsucher.*

Neben dem Herd hatte sich eine junge Scherenschleiferin mit langen, blonden Haaren niedergelassen, die an ihrem Handkarrenschleifstein Messer, Äxte und Beile der Bewohner schärfte. Dafür durfte sie vermutlich die Herberge nutzen. Sie würdigte ihn keines Blickes.

Von draußen erklang ein lautes Grollen, in den Wolken blitzte es. Ein Gewitter rollte über das Land und machte aus dem Nieselregen einen schweren Guss, der auf Dach und Plane prasselte und rauschte.

»Da hattest du Glück, Darislaff«, befand Wulfim und trat ins Trockene. Den Speer lehnte er an einen Pfosten. »Du wärst nass bis auf die Knochen geworden.«

»Wie eure Bogenschützen. Die Ärmsten.« Hantu lächelte als Zeichen, dass er die Lüge durchschaut hatte. »Ich bin ein Gesandter des ehrenwerten Magus Mostro und auf dem Weg nach Rhuta.« Sattel und Gepäck stellte er vor sich ab. »Ihr seid wohl die mutigsten Siedler und Schatzsucher, die ich kenne.«

Wulfim lachte. »Du hast meine Warntafeln gesehen.«

Mieser kleiner Hochstapler. »Ja. Und ich hörte im Umland die Geschichten von Orkgeistern, die jeden zerfetzen, der es wagt, einen Fuß nach Kràg Tahuum zu setzen.«

»Und doch hast du dir diesen Platz für die Nacht ausgesucht«, sprach die Scherenschleiferin, ohne den Blick von der Beilklinge zu nehmen, der sie gerade die Scharten austrieb. Gelegentlich flogen kleine Funken. »Willkommen im Reigen der Mutigsten, Darislaff.«

Erneut kam Heiterkeit in der Behausung auf.

»Das Banner über dem Eingang schützt uns«, erklärte Wulfim und nahm ein Lederamulett unter der Kleidung hervor. Darauf waren die gleichen Runen und der Stern eingebrannt. »Sie gehörten einst den Scheusalen. Damit wehren wir ihre Seelen ab.« Er deutete in den Räumlichkeiten umher. »Schau, keiner von uns wurde je verletzt.«

Hantu nahm den dreieckigen Hut von den brünetten Haaren und schüttelte das Wasser ab, das sich darauf gesammelt hatte. »Wie lange seid ihr schon da?«

»Etwa einen Mond. Wir vermochten die königlichen Abgaben nicht mehr zu leisten und wurden von unserem Land vertrieben. So mussten wir schauen, wo wir bleiben«, antwortete eine Frau, die einen Säugling stillte. »Ob wir an Hunger sterben oder durch Geister, macht keinen Unterschied.«

Wulfim nickte zur Fünfergruppe am offenen Feuer, die robuste Kleidung trug. »Das sind Schatzsucher. Wir bieten ihnen unseren Schutz gegen die Geister und verdienen damit unseren Lebensunterhalt.« Dreck und Steinabrieb hafteten erkennbar an ihren Sachen, an einigen Stellen klafften Löcher im Stoff und in den Lederschonern. Sie suchten offenbar schon länger in den Ruinen nach Kostbarkeiten.

Hantu nickte. »Ich verstehe.« Streng genommen gehörte das Land, das die Orks für sich beansprucht hatten, dem gauragonischen König. Hoffentlich bekam keiner seiner Bediensteten etwas von Wulfims anmaßender Beschriftung auf den Schildern mit und rückte mit einer Schar Soldaten an, um die Ruine zu räumen. *Ich werde die Krakeleien besser entfernen.* Er wandte sich an die Fremden. »Wonach sucht ihr in Kràg Tahuum?«

Der Älteste von ihnen wandte sich halb zu ihm. »Kein Gold, wenn du das wissen willst. Dafür wird man schneller umgebracht, als einem lieb ist.« Seine Begleiter lachten. »Außerdem gibt es das nicht. Das hat das Heer, das nach dem Drachen angerückt ist, längst mitgenommen.«

»Also Artefakte? Oder Anhänger, wie Wulfim einen trägt?«

»Nein. Wir wühlen uns durch den Schutt, um die Steine mit den orkischen Zauberrunen zu finden«, gestand der Mann freimütig. »Sie sind vor allem in den Quadern der Außenmauern eingeritzt.« Er pochte auf einen Haufen, der mit einer Plane abgedeckt war. »Zehn Stück fanden wir schon und schlugen sie heraus.«

Hantu deutete fragend auf das Tuch und bekam die genickte Erlaubnis, sich die Steine anzuschauen. Mit einem Blick sah er die Runen, die sich deutlich von den Zeichen der Orksprache unterschieden. »Interessant. Was tut ihr damit?«

»An reiche Säcke in größeren Städten verkaufen. Als Schutzsymbol«, antwortete die Frau in der Gruppe.

»Wogegen helfen sie? Orks?«, erkundigte sich Hantu und lachte.

Erneut fand sein Scherz Anklang, Heiterkeit hallte durch die Unterkunft.

Der ältere Mann lachte mit. »Sie würden die Bestien eher anlocken. Nein, diese Symbole sind angeblich in der Lage, jeglichen Zauber dorthin zurückzuspiegeln, von wo er stammt.« Er nickte in Richtung des Mittelpunkts der Ruinen. »Aber die schönsten, rätselhaftesten Symbole fanden wir gestern dort. Neben den Überresten des Badehauses. Sie waren von gänzlich anderer Natur und nach innen gerichtet. Als müssten sie etwas … einsperren oder derlei. Ist das nicht seltsam?«

»Nun redest du zu viel«, wurde er von der Frau gemaßregelt. »Vor allem mit einem, der Rhutas Wappen als Armbinde trägt. Am Ende will er diese Steine für seinen Meister beschlagnahmen, anstatt sie uns für viele Münzen abzukaufen.«

Der Mann verstummte mit leicht errötetem Gesicht.

Hantu legte das Tuch zurück auf die Steine. »Kein Bedarf. Mein Meister hat keine Verwendung für derlei magischen Tand, von dem nicht einmal geklärt ist, wer ihn anfertigte.«

»Wieso?«, entfuhr es dem Mann verblüfft. »Das waren Orks.«

»*Diese* Runen? Niemals.« Es gab genug Leute im Geborgenen Land, die daran zweifelten, dass die Bestien Kràg Tahuum selbst errichtet hatten. Leider gab es nur wenige Aufzeichnungen. Nun, da die Scheusale besiegt und die Bastion zerstört worden war, erlosch allmählich das Interesse an diesem Rätsel. »Schön, dass es euch Reichtum beschert. Doch gebt acht: Diese Ziersteine sind wie Gold in anderer Form. Dafür töten Halunken und Strolche.«

»Wir sind vorbereitet«, erwiderte die Frau und deutete auf ihren Dolch am Gürtel. »Wir können damit umgehen, auch wenn wir Steinmetze sind.«

»Wie neulich, als diese zwei Wirrköpfe erschienen sind. Mit Zeichen am Unterarm, die den Runen auf den Innensteinen glichen«, prahlte ein anderer Mann und bekam sofort einen Blick von der Frau, der ihn schweigen ließ.

»Das war wirklich seltsam«, nahm Wulfim die Erzählung auf. »Sie wollten uns mit Gewalt vertreiben und haben behauptet, die Nachfahren der alten Baumeister zu sein. Wir hätten nichts in Kràg Tahuum verloren und würden …« Er sah zur Stillenden. »Wie sagte er?«

»Wir wären unwürdig, in der Nähe des *Gheuto* zu sein. Und müssten sterben«, antwortete sie. »Und viele Dinge auf Orkisch, die ich nicht verstanden habe.«

Wulfim nickte. »Es ging schlecht für die Verrückten aus.« Er deutete auf den Speer, und der alte Steinmetz pochte auf seine Hammersammlung.

»Ich fühle mich gleich noch sicherer bei euch.« Hantu lauschte dem Unwetter. *Scheint, als wäre ich nicht alleine auf der Suche.*

Die Böen frischten auf, die abgespannte Plane wippte. Der Regen ging in einem wahren Sturzbach nieder. Herd und Feuerstelle wurden von den Leuten geschürt, Holzscheite und Kohlestücke nachgelegt, damit die Wärme erhalten blieb. Je mehr die Natur um sie herum tobte, Blitz und Donner über die Ruinen ausstieß, desto ruhiger wurde es in der Unterkunft. Die Kinder kuschelten sich auf ihren Schlafstellen zusammen.

Einzig die Scherenschleiferin blieb unbeeindruckt von dem Tosen des Windes, den Regenfluten und den gleißenden Entladungen, die nicht allzu weit entfernt in den Boden einschlugen. Klinge um Klinge bearbeitete sie im Licht vom Feuer mit dem rotierenden Stein, den sie über ein Wipp-Pedal antrieb.

»Es ranken sich zahlreiche Mythen um Kràg Tahuum«, sagte sie plötzlich mit der Stimme einer alten Geschichtenerzählerin. »Es beginnt schon mit dem Namen. Denn er ist in seinem Ursprung nicht von Bestien ersonnen.«

»Nein?« Wulfim sah sie an. »Was weißt du darüber?«

»Ich hörte, dass die Orks den Klang mochten. Weil er dunkel und böse ist: Kràg Tahuum«, sprach die Blonde weiter, begleitet vom Sirren des Schleifsteins. Sie setzte das Metall geschickt an den Stein, sodass das singende Vibrieren der Klinge leicht nachschwang. »Der alte Name lautete *Hutu'rag Ka'm*. Ein alturgonischer Dialekt. Er bezog sich nicht auf die Festung, sondern auf den Ort, auf dem sie steht.«

Hantu horchte auf. Die Scherenschleiferin erzählte nicht irgendeine Geschichte, die sie sich ausdachte, um Schauder und Grusel zu erzeugen. *Sie ist dicht an der Wahrheit. Verflucht.*

»Was bedeutet er?«, raunte Wulfim und schauderte.

»Er meint so viel wie *bodenloses Übel*«, antwortete sie.

»Bodenlos?« Der Anführer der Steinmetztruppe machte ein fragendes Gesicht. »Vielleicht war es eine übertriebene Bezeichnung für den Graben? Da ist es zappenduster. Man kann schon glauben, er reicht bis ans Ende der Welt.«

Die blonde Scherenschleiferin legte das Messer zur Seite und hielt den Stein mit den Fingernägeln an. Hantu glaubte, dabei glühende Pünktchen fliegen zu sehen. »Diese Mythen haben die Bestien mit in ihr feuriges Grab genommen. Asche spricht leider nicht mehr.« Sie stieg von dem Sitz und legte sich auf einer Lage Felle neben ihrem Karren zur Ruhe. »Die Götter mögen euch alle in der Nacht beschützen«, sprach sie und zog zwei Decken über sich, schloss die Augen.

Sie ist merkwürdig. Hantu bereitete sich aus Sattel und Unterdecke ein Lager und machte es sich darauf zum Schein gemütlich. Er wollte abwarten, bis möglichst viele ins Reich der Träume geglitten waren. Den Mantel zog er eng um sich und legte ein Schaffell darüber. *Sie werden niemals mehr erwachen.*

Die Lampen wurden gelöscht, die Gespräche verstummten. Leise Atemgeräusche und lautes Schnarchen mischten sich, gelegentlich murmelte jemand im Schlummer.

»Ich weiß, was du bist«, vernahm Hantu plötzlich ein Flüstern an seinem Ohr.

Er hob die Lider und sah die junge Scherenschleiferin neben sich.

Die Zeit, sich zu wundern, weswegen seine unsichtbaren Leibwächter ihn nicht gewarnt hatten, blieb ihm nicht. Schlangengleich glitt sie unter sein Schaffell und legte einen Arm sowie ein Bein über ihn, als schmiegte sie sich an ihn. Der Druck ihres Körpers war tonnenschwer.

»Wir nannten sie Taikhom. Seelenrufer. Der Rufer des Verborgenen«, raunte die Frau ihm zu. »Es gibt sie schon lange nicht mehr im Geborgenen Land. Somit bist du nicht von hier und kamst auf verschlungenen Pfaden herein.«

Hantus Gedanken überschlugen sich. *Da sie mich nicht verrät, führt sie etwas im Schilde.* »Wer bist du?«

»Ich bin eine Ragana. Eine Moorhexe, wie sie uns schimpfen. Ich sah deine beiden Sphärenwesen, die du als Wachen mit dir führst, und erlaubte mir einen Zauber, um sie zu narren.« Die Frau roch an seinem Hals. »Ich könnte dir nun mit meiner Schere in der anderen Hand die Kehle durchschneiden, Taikhom. Doch ich möchte, dass du in meiner Schuld stehst.«

»Einverstanden«, erwiderte Hantu mit belegter Stimme. Derartige Angst hatte er zum letzten Mal bei der Eroberung Brigantias verspürt.

»Mir ist gleich, was du mit diesen Leuten vorhast«, wisperte sie. »Ich nehme an, du wirst sie töten, sobald sie schlafen, um deine Sphärenwesen mit deren Blut und Lebenskraft zu füttern?«

»Ja.«

»Ich werde dich nicht hindern, Taikhom. Doch die Säuglinge gehören mir. Hast du verstanden?«

»Ich werde sie dir lassen.«

»Sehr gut.« Hantu fühlte ein leichtes Rupfen an seinem Haupt. »Ich behalte eine Locke von deinem Haar. Damit vermag ich, Flüche über dich zu werfen, ganz gleich, wo du und ich sind. Deine unsichtbaren Wächter werden dir dagegen nicht helfen können. Selbst mein Tod beendet einen solchen Fluch nicht.« Sie gab ihm mit glühenden Lippen einen sanften Kuss auf den Hals, an dem die Schlagader schnell pochte. »Schwöre, dass du in meiner Schuld stehst.«

»Ich schwöre es.« Noch nie hatte Hantu diese Art von Furcht durchlitten. Zum ersten Mal in seinem Leben geriet er an eine Widersacherin, gegen die seine Sphärenwesen machtlos waren. Von den Ragana hatte er zwar gehört, aber er wusste so gut wie nichts über sie.

»Dass ich alles von dir verlangen kann. Ein einziges Mal. Außer deinem Tod.«

Hantu schluckte schwer. »Auch das schwöre ich.«

»Du wirst niemandem von unserer Übereinkunft erzählen. Auch nicht deinem Herrn Mostro.«

»Natürlich nicht!«

Die Ragana knabberte leicht an seinem Ohrläppchen. »Ich nehme an, *du* bist in Wahrheit der Grund für die vielen Toten in den Ruinen von Kràg Tahuum? Und nicht die Orkgeister.«

»Das bin ich.« Hantu musste sein Leben unter allen Umständen behalten. *Ich bin so nahe an meinem Ziel.*

»Handelst du im Auftrag deines Meisters?«

»Mostro weiß nichts davon.« Hantu wagte eine Lüge, um zu sehen, wie weit ihre Intuition reichte. »Auf diese Weise kann ich die Sphärenwesen mit Kraft versorgen, ohne dass es auffällt. Es ist weit genug vom Famulus entfernt, damit er nichts mitbekommt.« Als sie nicht einhakte, sprach er weiter. »Die Festung dient mir als Laboratorium für meine Taikhomkräfte. Ich kann ungestört versuchen, in neue Sphären vorzudringen.«

»Gleichzeitig nährst du die Legende von den wütenden Bestiengeistern, welche die Menschen töten. Sehr geschickt.« Sie roch an seinen Haaren. »Was ist dein Plan, Seelenrufer? Willst du das Geborgene Land erobern?«

»Ich … ich will mehr Schutz für mich. Und dann weg von hier, sobald sich die Durchgänge öffnen«, erklärte Hantu. »Ich kam, um Brigantia zu dienen, aber die Berengarts haben verloren.« Geschickt wandelte er an der Wahrheit entlang. Das größte Geheimnis sollte sie nicht erfahren.

Das lange Schweigen verstärkte seine Furcht vor der Ragana.

Es war eine Erlösung, als sie sagte: »Ich glaube dir nicht. Du treibst ein eigenes Spiel, das ich noch nicht verstehe.« Noch einmal küsste sie ihn. »Aber ich habe eine Locke von dir und werde nicht zögern, dir einen Fluch auf den Hals zu hetzen, solltest du mir und meinen Schwestern Böses wollen.« Geschickt glitt sie unter dem Fell heraus. »Schlafe süß, Darislaff.« Sie schwenkte die dunkle Locke und barg sie in einer Kleiderfalte.

Kaum dass sie an ihren Platz zurückgekehrt war, begann die Ragana, leise zu singen.

Die ruhige Melodie zwang Hantu die Lider herab. Die verwobenen Töne schoben seinen Verstand entgegen seiner Absicht in einen tiefen Schlummer.

Nach einer Weile erwachte er und richtete den Oberkörper langsam auf, schob das Fell von sich. *Was bei …?*

Das Unwetter tobte noch immer, es schüttete und grollte und blitzte ununterbrochen.

Die Ragana fehlte, und die zwei Säuglinge waren mit ihr verschwunden.

Die Menschen lagen unversehrt an ihren Plätzen und schliefen. Um ihre Arm- und Handgelenke hatten sich Efeuranken geschlungen, welche die Männer, Frauen und Kinder im Falle eines Erwachens am Boden hielten. Wulfim, der Wache hätte halten sollen, hockte zusammengesunken am Eingang und schnarchte leise.

Opfergaben. Hantu tastete nach seinem Haar und fand eine lichtere Stelle, wo die Ragana die Strähne herausgeschnitten hatte. *Sie hinterließ mir das Geschenk des leichten Mordens.*

Langsam erhob sich Hantu und schloss die Augen. Rasch nahm er geistig Kontakt zu den beiden Sphärenwesen auf, die ihn schützten. »Haltet euch bereit. Gleich ist es so weit.«

Unbändige Gier brandete gegen ihn, die Intensität bereitete ihm Übelkeit. Die Speisung wurde dringend verlangt.

Hantu öffnete die Lider und zog seinen Dolch.

Reihum wandelte er zwischen den Schlafenden umher, schnitt ihnen die Kehlen durch und ließ ihre Lebenskraft entweichen, die von den unsichtbaren Wesen aufgesogen wurde. Während sie sich lautlos sättigten, ging er durch das ausgetretene Blut der Ermordeten auf dem Boden hinaus ins Unwetter.

Er lenkte seine Schritte durch den Regen auf den Mittelpunkt der Ruinen. Dorthin, wo der Steinmetz die Schutzsteine gefunden hatte, die nach innen gerichtet waren. *Die Überreste nahe dem Badehaus.* Das war der Hinweis, nach dem Hantu gesucht hatte.

***

»Lecker gepuffte Schweyneschwarten

- Nymm Schweyneschwarten
- Schneyde sye in Streyfen und koche sye salzlos mit Knoblauch und Gewuyrzen eine halbe Sanduhr in Wasser
- Trockne sye gut ab und lasse sye in Wayrme doyrren
- Alsdann bade sye in heyssem Ryndertalg, bis sye puffen
- Nymm sye heraus, wuyrze sye und kredenze sye«

Aus: Verbotene Recepte der Orks, Albae und anderen Feynden
von Anonymius der Zweite

KAPITEL VI

DAS GEBORGENE LAND, IM NORDEN DES VEREINTEN GROSSKÖNIGREICHS GAURAGON, PROVINZ FEUERN, AN DEN AUSLÄUFERN DES GRAUEN GEBIRGES, PLATINGLANZE, 1024 N.B. (7515. SONNENZYKLUS NACH ALTER ZEITRECHNUNG), FRÜHJAHR

Barbandor stand allein vor den Toren der Wehrsiedlung und sah hinüber zu dem Wäldchen, hinter dem vor seinen Blicken verborgen der breite Strom Towan floss.

Er wollte niemanden in Gefahr bringen, bevor der Grund für das Auftauchen der Orks nicht geklärt war. Als Ratsherr sah er sich in der Pflicht. Er wusste, dass aufmerksame Augen und ruhige Hände an Fernkampfwaffen auf den Mauern über ihn wachten.

Einen aromatisierten Priem hatte Barbandor bereits zermalmt und den Geschmack aus dem Tabak gekaut. Daher schob er sich eine neue Portion aus dem Beutel in die Wangentasche. *Kirsche und Minze.* Seine Rechte ruhte dabei weiterhin auf dem massiven, ziselierten Stahlkopf seiner Kriegsaxt.

Das Rauschen und Donnern der Smaragdfälle drangen gedämpft bis zu ihm, was viele Erinnerungen weckte. Wie er einst zusammen mit seinem Freund Giselgar in dem Fluss nach Kostbarkeiten seines Stammes gesucht hatte.

Wie plötzlich ein Ork aus den Fluten aufgetaucht war und ihn attackiert hatte.

Wie er von einer ganzen Horde der Bestien bis vor Platinglanze verfolgt und gejagt worden war, bevor ihn die Geschütze auf den Mauern gerettet hatten.

Und wie ihn zuletzt doch ein Orkpfeil getroffen und aufs Krankenlager gezwungen hatte, von dem aus er Ûras Überfall auf die Siedlung erlebt und überlebt hatte.

Als wäre es erst gestern gewesen. Trotz allem, was in der Zwischenzeit geschehen ist. Barbandor richtete sich auf und strich über seinen gepflegten braunen Bart. *Vraccas, gib mir Kraft für das, was kommt und unvermeidlich ist.*

Aus dem Wäldchen traten sieben Orks und gingen langsam auf der Straße entlang, die nach Platinglanze führte. Sie trugen schwere Schuppenpanzer und unübersehbar eine weiße Fahne als Zeichen der friedlichen Verhandlungen bei sich. Darunter flatterte das dunkelblaue Banner mit Stern und den Runen von Borkon Gràc Hâl.

Noch mehr Erinnerungen suchten Barbandor heim. An seine Zeit als Gefangener des blauhäutigen Scheusals, umhergetragen in einem Käfig und präsentiert wie eine Trophäe. Er hatte Dinge gesehen, die er niemals mehr vergessen konnte. Oder verzeihen wollte.

Als Barbandor den Alarm gehört hatte, glaubte er wie alle Bewohner der Siedlung an eine Attacke, was sich als Irrtum erwies. Eine übereifrige Wache hatte die Glocke beim ersten Anblick eines Orks geschlagen.

In Wahrheit erschienen die Scheusale für eine Unterredung. Grimmz' Herausforderung an Borkon war angekommen und wollte von den Orks erwidert werden. Mündlich, wie eine Nachricht an einem Pfeil am Eingangstor erklärte.

Nun stand Barbandor kurz nach Sonnenaufgang an der verabredeten Stelle und betrachtete die sieben Orks, die sich auf ihn zubewegten und keine Angst zu haben schienen. Weder vor ihm noch vor Platinglanze. *Als gehörte ihnen die Erde, auf der sie gehen. Die heimlichen Herrscher des Geborgenen Landes.*

Späher hatten berichtet, dass es sich um etwa fünfhundert Bestien handelte, der Statur und den Rüstungen nach sowohl Salzseeorks als auch Feuerfresser und einige aus der Festung Kràg Tahuum, die vom Drachen Szmajro und Goïmron vernichtet worden war.

Zu wenige für eine Belagerung. Barbandor atmete tief durch, als die Orks näher kamen und er Borkon erkannte, der neben dem grauhäutigen Fahnenträger schritt. Über seine nachtblaue Haut zogen sich weiße Tätowierungen, in seiner langen, schwarzen Haarpracht glänzten einzelne mit Golddraht umwickelte Strähnen. Der Gesichtsausdruck des Fürsten war entspannt, ohne Anzeichen von Wut oder Empörung.

Fünf Schritte vor dem Zwerg hielt die Abordnung auf Borkons Zeichen an. »Ich grüße dich, Barbandor Stahlgold. Es ist schön, dich wiederzusehen«, sagte er mit seltsamer Betonung, aber in flüssiger Gemeinsprache. Wie bei ihrer ersten Begegnung war das stattliche Gebiss schwarz gefärbt, lediglich die kräftigen Eckzähne hatten eine silberne Schicht erhalten, was sie noch gefährlicher wirken ließ.

»Das kann ich so nicht erwidern«, sprach Barbandor und fühlte sein Herz schneller schlagen und sein Blut in den Adern brennen. Alles in ihm verlangte nach einem Angriff auf den Orkherrscher, dem er seine Verschleppung und seine Erniedrigung verdankte. *Die vielen Grausamkeiten, die er bei seiner Vermählung zugelassen hat.* »Wie nennst du dich jetzt? Kaiser der Orks? Auserwählter?«

Borkon lachte schleppend. »Ich kann deine Wut auf mich fühlen.«

»Das ist keine Wut.«

»Was denn?«

»Hass.« Barbandor lächelte grimmig. »Für alles, was du mir und meinem Volk angetan hast.«

»Du meinst den Frieden, den ich brachte?« Borkon blieb ruhig, er hatte offenkundig mit den Anschuldigungen gerechnet. »Nenne mir ein Dorf, ein Gehöft, eine Stadt, die seit meinem Erscheinen von meiner Art angegriffen wurde!«

»Ich weiß, warum das so ist«, erwiderte Barbandor. »Du gaukelst Frieden vor. Aber ich hörte von deinen Plänen. Ihr habt euch in die Salzwüste zurückgezogen, damit sich dein Volk ungestört vermehrt und wächst und sich für den Umlauf bereithält, an dem ihr losschlagen werdet. Und die Feuerfresser durften zwei neue Dörfer errichten.«

»Ach, aus reiner Tradition. Sie wollen nichts Schlechtes.« Borkon breitete langsam die starken Arme aus. »Hier stehe ich vor dir, Barbandor Stahlgold, friedlich und ohne Arglist. Unter dem weißen Banner eines Unterhändlers und auf Einladung eines wagemutigen Zwergs.«

»Das war ein Missverständnis. Grimmz ist verzweifelt genug, den Tod zu suchen, und hat gehofft, ihn in einem Zweikampf gegen dich zu finden«, erklärte Barbandor. »Du kannst deine Bestien nehmen und in die Salzwüste zurückkehren. Fahrt fort, euch zu vermehren.«

»Oh, nein. Ich bin auf Grimmz' Einladung hin gekommen und verlange, mit dem tapferen kleinen Kerl sprechen zu dürfen. Sollte er danach immer noch kämpfen wollen, stehe ich ihm zur Verfügung.«

Barbandor lachte verächtlich auf. »Bist du schlagartig sterblich geworden? Sonst wäre es ein unredliches Spiel.«

»Darum geht es nicht. Er wollte den Zweikampf.« Borkon zwinkerte ihm zu. »Wenn ich ehrlich bin, habe ich keine Lust auf ein solches Duell. Weil ich weiß, dass es zu meinen Gunsten enden muss.«

»Dann hast du den langen Weg aus der Salzsee auf dich genommen, um zu sehen, wie sich reine Luft einatmet?«

»Ihr sagt dazu: Nostalgie«, gab der nachtblauhäutige Hüne zurück und deutete die Straße hinab zum Fluss. »Weißt du noch, wie wir uns begegnet sind? In der Höhle?«

»Ich habe Gyndala nicht vergessen«, grollte Barbandor. Die Finger spannten sich um den Stahl seiner Kampfaxt, als wollte er das Metall zerdrücken. *Er reizt mich! Weswegen?* »Nichts davon.«

»Du hast mir Glück gebracht, Unterirdischer. Überall, wo ich mit dir im Gepäck auftauchte und vorsprach, nahmen die Dinge eine gute Wendung. Schade, dass es so mit uns auseinanderging.«

»Du meinst meine Flucht. Vor euren Kochtöpfen.«

»Ich hätte dir niemals etwas angetan.« Borkon nahm einen langen Atemzug. »Du hast recht. Die Luft ist wirklich frischer, klarer und angenehmer als in der Salzsee. Ich sollte die Gebiete der Feuerfresser in größerer Zahl besiedeln. Oder erbaue ich Kràg Tahuum neu?«

»Das werden wir –«, setzte Barbandor energisch an.

»*Wir?* Die Unterirdischen? Soweit ich weiß, ist dies das Gebiet von König Gajek, dem Herrscher über das Vereinte Großkönigreich Gauragon«, unterbrach ihn Borkon süffisant. »Wenn ich mit ihm einen Handel eingehe, hat dich das nicht zu stören.«

Ein Handel? Bei Vraccas, wie könnte man einen Handel mit diesen Bestien eingehen? Barbandor hatte Borkon niemals unterschätzt, und gerade bekam er erneut vor Augen geführt, was diesen Ork brandgefährlich machte.

»Das wird nicht geschehen.« Selbst in seinen Ohren klang dies wie eine Ausflucht.

»König Gajek sieht das anders. Man sagt, es gingen in Kràg Tahuums Ruinen Geister und Dämonen umher. So eine Stätte wird man gerne los.« Borkon sah ihn milde an. »Ich trage es dir und deinem Freund Goïmron nicht nach, dass ihr meine Festung zerstört und tausendfachen Tod gebracht habt. Siehst du? So geht das mit dem Verzeihen. Ihr anderen im Geborgenen Land vermögt das nicht.« Sein rechter Zeigefinger tippte sich gegen die gerüstete Brust. »Vergiss nicht, dass ich keiner der üblichen Orks bin.«

»Das sagen auch manche Albae von sich. Und doch bringen sie Leid und Tod über uns.« Barbandor dauerte die Unterhaltung schon viel zu lange. *Was hat er wirklich vor?* Er beschloss, das Spiel der Herausforderung umzukehren. »Vernimm, dass der Umlauf kommen mag, an dem wir dich und deine unselige Orkallianz zerschmettern. Ich werde alles dafür tun, ein solches Bündnis zu schmieden, und sogar an der Spitze marschieren, um deinen Kopf vom Hals zu schlagen!« Das war nicht gelogen, allenfalls etwas übertrieben.

Die Bestien um Borkon herum warfen sich aufgebrachte Blicke zu, schnaubten und grummelten bedrohlich.

»Ich habe es vernommen. Zugleich weiß ich, dass ich vielleicht nicht dich, aber viele andere im Geborgenen Land von meiner Friedfertigkeit überzeugen kann«, erwiderte Borkon. »Fangen wir mit der Unterhaltung an, die ich mit Grimmz führen werde. Vergiss nicht: Er hat mich eingeladen und herausgefordert.«

»Meinetwegen.« *Was immer das bringen soll.* »Ich lasse ihn herführen.«

»Gut. Danach werde ich mit dem königlichen Gesandten sprechen, der sich hinter den Mauern von Platinglanze aufhält. Er müsste gestern oder vorgestern angekommen sein«, sagte Borkon nüchtern. »Baron Lichte.«

»Woher …?« Barbandor vermochte seine Verwunderung nicht zu überspielen. *Deswegen sein Hinweis, dass wir uns auf gauragonischem Gebiet befinden.* »Nun … nein. Du könntest versuchen, den Baron gefangen zu nehmen und als Geisel zu nutzen. Als Ratsherr und Zuständiger für die Verteidigung erscheint mir die Anwesenheit von dir und deinen fünfhundert Bestien zu gefährlich.«

»Das wirst du mir nicht untersagen können. Ich bin der Anführer sämtlicher Orkstämme. Fürst, Kaiser, was auch immer, denk dir einen Titel für mich aus. Und ich möchte als Herrscher und Oberhaupt über die Sicherung des Friedens sprechen«, hielt Borkon dagegen. Er wusste genau, was zu tun und zu sagen war. »Wir sind genügsam. Und wollen eine Bereicherung für das Geborgene Land sein.«

Verflucht noch eins. Barbandor würde ihm einräumen müssen, mit Baron Lichte sprechen zu dürfen. *Niemals werden die Mächtigen auf die klugen, schmeichelnden und falschen Worte von Borkon hereinfallen,* versuchte er, sich zu beruhigen. »Du wirst mit deinem Anliegen scheitern.«

»Das werden wir sehen.« Borkon deutete auf den weißen Faden, der vier Schritte hinter ihm und seiner Begleitung an einem Busch wehte. »Übrigens weiß ich, dass die Stahlfederkatapulte von der Mauer bis zu uns reichen. Ich begab mich freiwillig in deren Wirkungskreis, um meine Ehrlichkeit dir und Platinglanze und dem Geborgenen Land gegenüber zu unterstreichen.«

Seine Bestien tauschten erneut Blicke. Dieses Mal flackerte Furcht in den Augen auf. Sie hatten nicht gewusst, dass der Tod in Form von Eisen- und Steinkugeln binnen eines Herzschlags über sie hereinbrechen konnte.

Barbandor fühlte sich gefangen. Rachsucht rang mit Amtspflicht, Hass mit kühlem Kopf. Dass Borkon wusste, welche Schnüre er ziehen musste, um den königlichen Gesandten sprechen zu dürfen, ärgerte ihn maßlos.

Am liebsten hätte er das verabredete Signal an die Siedlung gegeben, damit die geladenen, gespannten Geschütze auf den Zinnen zum Leben erwachten. Borkon würde den Beschuss womöglich überstehen, aber der ihm verursachte Schmerz wäre ein wenig Genugtuung gewesen.

»Ich komme mit lebenden Beweisen, wie ernst ich es meine. Sieh hin.« Der nachtblaue Ork wandte sich um und schwenkte die weiße Fahne deutlich sichtbar, der Stoff rauschte wie ein Flugdrache in heftigen Böen.

Aus dem Schatten der Bäume fuhren drei große Ochsengespanne, auf denen wuchtige Käfige aus geschmiedeten Eisenbändern montiert waren.

Hatte Barbandor zuerst an Gefangene geglaubt, erkannte er beim genaueren Hinsehen: *Das sind Orks! Dreißig Stück pro Karren.* »Was wird das?«

»Geiseln. Für König Gajek und Baron Lichte. Hundert an der Zahl. Die Erstgeborenen von Stammesanführerinnen und -anführern, aus wichtigen Familien und von bedeutenden Blutlinien«, erklärte Borkon, erkennbar zufrieden mit der Überraschung auf dem Gesicht seines Gegenübers. »Darunter auch mein erstgeborener Sohn. Eine wertvollere Absicherung des Friedens mit uns kann es nicht geben.«

Barbandor starrte auf die langsam anrollenden Wagen mit den Käfigen.

In Platinglanze wurden Hornsignale gegeben, der Wind wehte gebrüllte Befehle bis zu ihnen. Die Siedlung rüstete sich für einen bevorstehenden Angriff. Man wusste die Vorgänge auf dem Feld nicht zu deuten. *Gebe ich den Schützen das Zeichen zum Beschuss, habe ich den Krieg mit den Orks, nach dem sich viele sehnen.*

Barbandors Gedanken überschlugen sich. Vor ihm lagen zwei Möglichkeiten. Er konnte die Zukunft des Geborgenen Landes mitgestalten – oder Rache für Gyndalas schrecklichen Tod und seine Erniedrigungen nehmen. Hob er den kleinen Finger am Axtkopf, schwirrten die Kugeln mitten in die Bestien und schredderten sie in blutige Fetzen. Auch Borkon, denn ohne Kopf konnte er gewiss nicht überleben.

Barbandor brach der Schweiß aus, während es in seinem Verstand wüst durcheinanderging. *Vraccas, was tue ich?*

***

DAS GEBORGENE LAND, VEREINTES GROSSKÖNIGREICH GAURAGON, PROVINZ FEYRNLAND, NAHE DEN RUINEN VON KRÀG TAHUUM, 1024 N.B. (7515. SONNENZYKLUS NACH ALTER ZEITRECHNUNG), FRÜHJAHR

Hantu hatte am frühen Morgen das fast vollständig eingebrochene Badehaus gefunden und watete in dem abschüssigen Becken durch kniehohes Wasser. Er suchte nach einem Hinweis oder einem Zeichen, um endlich Fortschritte zu machen. Gelegentlich schaute er zu den Schutzsteinen hinauf, die wirklich nach innen gerichtet waren. *Als wollten sie diese Stätte abschirmen. Oder etwas heraufbeschwören.*

Die Erbauer von Kràg Tahuum hatten für die Bewohner der Festung verschiedene Bäder vorgesehen, die Wannen, Zuber und

Becken beinhalteten. Leitungen aus Ton und Holz hatten das geförderte Wasser verteilt und in Kesseln erhitzt, bevor es zum Einsatz kam.

Orks hatten sicherlich nicht das Bedürfnis, einer derartig ausgeklügelten Badekultur zu frönen. Das brachte Hantu zurück zu der Frage, die das Geborgene Land schon lange beschäftigte: *Wer legte den Grundstein, ersann die Pläne und errichtete Kràg Tahuum?*

Die Schutzsymbole rings um das Badehaus gehörten nicht ins Geborgene Land. Hantu vermochte ihre Bedeutung nicht im Detail zu erfassen, aber es reichte aus, um zu verstehen. Es ging um abgründigste Tiefe, das Aufsteigen daraus und Schlaf, der nicht ewig währte.

Genau in diesen Abyssus wollte er hinab. Allerdings fand Hantu in dem trüben, aufgestauten Wasser keinerlei Abgang, keinen Schacht, nicht ein verstopftes Gitter.

Es muss hier sein! Die Schutzsymbole sind nicht ohne Grund hier angebracht. Seine beiden unsichtbaren Begleiter waren ihm dabei keine Hilfe. Also ließ er sie durch die Ruinen streifen und Jagd auf Schatzsucher machen, die Warnschilder und frische Skelette nicht beeindruckt hatten.

Hantu verfluchte den Regen, der seit dem Morgen unaufhörlich über dem Landstrich niederging. Er war schon durchnässt bis auf die Knochen gewesen, bevor er mit dem Herumstapfen im Wasser begonnen hatte. Es kam ihm zupass, dass Mostro ihm mit einem körperverändernden Zauber belegt hatte. Anfangs hatte er angenommen, die Jünglingmaskerade sei nur äußerlich, doch dieser Körper ermöglichte ihm schmerzfreie und behände Bewegungen. Wäre der Edelstein in seinem Schlüsselbein nicht an die Drohung gebunden, ihn jederzeit detonieren lassen zu können, hätte Hantu ihn gelassen, wo er steckte. Aber falls der Famulus seiner überdrüssig würde, wollte er nicht in einer blutigen Wolke vergehen.

Nicht jetzt, wo ich meinem Ziel so nahe bin. Hantu hob eine verbogene, mannsgroße Eisenstange auf, die aus dem Wasser ragte, und pochte damit kräftig auf dem Untergrund herum. *Wo könnte es einen Hohlraum geben?* Er begann am Mittelpunkt, den ihm die ausgerichteten Symbole wiesen. Nach vielen Schlägen gegen die überfluteten Steinplatten erklang ein knackendes Geräusch.

Hantu hielt inne. *Was war das?*

Zunächst geschah nichts.

Dann bildete sich ein kleiner Strudel an der Oberfläche, und der Pegel des gestauten Wassers fiel schnell und schneller.

Es läuft ab! Hantu wich langsam zurück, bis er auf dem Boden außerhalb des Beckens stand. *Habe ich ein Loch erschaffen oder …*

Mit dem letzten Quäntchen Wasser sackten die schrägen Platten unvermittelt ab und stürzten in die Dunkelheit. Weder erklang ein Platschen noch ein Krachen. Der Hohlraum darunter musste sich Hunderte und Aberhunderte Schritte weit in die Tiefe erstrecken.

Als Hantu vorsichtig den Kopf über den Rand streckte und hinabblickte, sah er unten nichts als Finsternis. An den Wänden hingegen befanden sich die Reste von Gängen, Räumen und Kellern. Die unterirdischen Grundfesten von Kràg Tahuum waren durch den Einsturz der Türme und Mauern in Mitleidenschaft gezogen worden und eingebrochen.

Enttäuschung machte sich breit. *Nicht, was ich mir erhofft hatte. Aber ein guter Anfang.*

Mit Proviant und Ausrüstung aus dem Lager der Ruinenbewohner stieg er in den Untergrund hinab, vorbei an aufgebrochenen Korridoren, Vorratskammern und Gewölben. Es roch nach vergossenem Wein, Bier, verdorbenem Fleisch und sauer eingelegtem Kraut, vermengt mit dem Geruch feuchter Erde und Moder.

Irgendwann genügte das einfallende, gedämpfte Sonnenlicht nicht mehr, um einen Weg zu finden. Dunkelheit breitete sich um Hantu aus, die er mit einer rasch entzündeten Grubenlampe um sich herum zurückschlug.

Die Risse in den Einstürzen und Verwerfungen wurden enger. Bald presste er sich gewaltsam durch Spalten, um den Spuren des versickerten Wassers zu folgen.

Dabei kam er an verstreuten Schätzen vorbei, die aus der Schatzkammer Kràg Tahuums stammten. Sie interessierten ihn nicht. Goldmünzen, Ketten aus Silber und Vraccasium, poliertes schwarzes Tionium mit herrlichen Kupfereinlagen, verbogene Diamantdiademe, Schmuckhauben und weitere wertvolle Dinge besaßen für ihn keinen Wert im Vergleich zu dem, wonach er suchte. *Schatzgräber hätten für eine Handvoll hiervon ohne zu zögern getötet.*

Hantu schlängelte sich den engen Schacht hinab, vorbei an kreuz und quer liegenden Balken, die wiederum die wacklige Stütze für riesige Quader bildeten. Rutschte eines der Hölzer ab, würde sich eine Lawine aus Streben und Steinen lösen, die alles Umliegende mitriss und unter sich begrub.

Und doch gab es trotz der Gefahr keinen Gedanken ans Umkehren – und schließlich stand Hantu auf einer ornamentgeschmückten Bodenplatte, mit einem verankerten Eisenring zum Anheben. Die Fugen waren mit Wachs ausgegossen und mit eingravierten Zeichen versehen. Ein großer Fundamentquader hatte den Schachtboden zur Hälfte durchschlagen und verschloss zugleich das Loch, das er erschaffen hatte, wie ein übergroßer Stöpsel.

Also doch! Hantu leuchtete mit der Grubenlampe die engen Wände ab.

In die senkrechte, aus dem Fels geschlagene Röhre passten höchstens vier albschmale Menschen nebeneinander. Der Stein war spiegelglatt poliert, sodass nichts daran Halt fand, um aus eigener Kraft hinauf- oder hinabzuklettern. Erst das Ende von Kràg Tahuum und die Hunderte Zyklen anhaltenden Beben hatten eine Möglichkeit geschaffen, diesen Schacht zu finden und zu betreten.

Besser hätte ich den Zeitpunkt nicht abpassen können. Im flackernden Licht fand Hantu die gleichen Symbole am Boden und im unteren Bereich des Schachtbodens wie an den Schutzsteinen oberhalb des Badehauses. *Es wird Zeit, mir Hilfe zu holen.*

Er lehnte sich gegen die glatte Wand und entspannte seinen

Blick, sandte seinen Geistruf die Röhre hinauf ins Freie bis weit über die Ruinen, um die Sphärenwesen zu versammeln, deren Dienste er sich gleichermaßen erzwang und erkaufte. *Kommt zu mir. Ich brauche euch.*

Schon sah er sie als schimmernde Schemen aus dem verfallenen Kràg Tahuum aufsteigen und ihm in den Schacht folgen.

Hantus Verstand glitt zurück in seinen Körper. *Nun fahrt in mich ein.*

Das Flimmern schoss auf ihn zu und versank in ihm.

Eine eisige Kälte breitete sich in ihm aus. Mehr als sechzig Herzschläge stand er diesen Effekt nicht durch, sonst litten seine inneren Organe Erfrierungen. Befahl er die Wesen in andere Geschöpfe, um diese zu kontrollieren, verlangte die Besessenheit wesentlich langsamer und auf andere Weise ihren Tribut.

Umgekehrt steigerte das Einfahren die körperlichen Kräfte um ein Vielfaches. Hantu legte die Hände gegen den eingeschlagenen Quader und drückte mit ganzer Kraft, um ihn gänzlich durch den Boden zu pressen. Er wollte ein Loch schaffen, ohne das Siegel um den Deckel zu zerstören. Die Barriere musste erhalten bleiben.

Der behauene Stein knirschte und knackte, sprang und splitterte an manchen Stellen. Schließlich glitt er hinab in weitere Dunkelheit, gleich darauf erklang der Aufschlag. Gestank von Moos, Verwesung und salziger Luft drang aus der gewaltsam erschaffenen Öffnung.

Hantu ließ die Sphärenwesen mit einem Befehl aus sich herausfahren. »Haltet euch bereit«, sprach er fröstelnd.

Der Umgang mit ihnen war vergleichbar mit dem Halten von gefährlichen Raubtieren, denen man zwar Kunststücke beibringen konnte und die bis zu einem gewissen Grad abzurichten waren – aber wehe, sie verloren den Respekt vor ihrem Herrn. Erhielten sie nicht genug Nahrung von ihm, nahmen sie sich, was sie zu packen bekamen, labten sich daran und nahmen Reißaus. Die fragilen Bande zum Rhamak wären anschließend für ihn verloren, und sie würden in ihre Ebene zurückkehren.

Unvermittelt erklang ein hoffender, fragender Ruf aus der Finsternis.

Orkisch! Hantu unterdrückte einen Fluch und schwenkte die Grubenlampe in die Öffnung. *Wie kommen sie da hinunter? Sind sie seit der Vernichtung der Festung eingeschlossen?* »Wer seid ihr?«, erwiderte er in Gemeinsprache.

Die Stille hielt eine Weile vor. Die Überraschung musste offenbar verdaut werden.

»Nein, wer bist *du?*«, gab der Ork mit starkem Akzent zurück. »Was machst du in unserer Festung, Mensch?« Er klang fordernd, als stünde er mit gezückter Waffe neben dem Mann und sei nicht auf dessen Hilfe angewiesen, um dem Loch zu entkommen.

Hantu befestigte das mitgebrachte Tau an der Halterung der Lampe und ließ sie zwei, drei Schritte tief hinab. Unter ihm wurden vier Orks in einer weitläufigen, acht Schritt hohen Höhle sichtbar, welche die Hände schützend vor die Augen hielten. Die lange Zeit in der Dunkelheit hatten sie lichtempfindlich werden lassen. Sie trugen einfache, zerschlissene Gewänder und schwere Dolche in Händen. Überall zeigten sich verschorfte, schlecht verheilte Blessuren an den Körpern.

An einer Wand lagen zerschlagene, verbogene Knochen sowie unangetastete, abgetrennte Köpfe von acht weiteren Bestien. Anscheinend hatten sie den vier Überlebenden als Mahl gedient. An der gegenüberliegenden Wand gab es einen Durchgang, vor dem sich Trümmer türmten.

»Wie seid ihr in diesem Hohlraum gelandet?« Hantu schwang die Lampe am Seil und warf das pendelnde Licht in jede Ecke. Dabei kamen weitere Symbole an den Wänden zum Vorschein.

Die Orks schauten sich an, statt eine Antwort zu geben. Sie überlegten offenkundig, wie sie zum Ausgang über sich gelangten, ohne auf die Hilfe des Menschen angewiesen zu sein. Einer von ihnen ließ seinen Dolch kreisen, als wollte er ihn werfen.

Das pendelnde Licht verzerrte ihre Statur. Es dichtete ihnen unterschiedlich lange Gliedmaße an, verformte die Köpfe und bedeckte die Haut wie mit Schuppen.

»Ich werde euch erst helfen, wenn ihr euch mir erklärt habt«, sagte Hantu freundlich. »Ist das eine Barrikade vor dem Durchgang? Von euch? Was ist da unten, das ihr fürchtet?«

Ein Eingeschlossener machte eine auffordernde Geste zum Größten von ihnen.

»Wir wissen nicht, was es ist«, antwortete der Ork zähneknirschend. »Es sind … seltsame Kreaturen, die in der Dunkelheit perfekt sehen und sich etliche von uns geholt haben.«

»Und wie kommt ihr in diese Höhle?«

»Wir waren im Anbaukeller. Kümmerten uns um die Sandkrumenvorräte und die Zuchtkörbe der Grauausternpilze, als die Erde bebte und unter uns einbrach«, erklärte er. »Ehe wir uns versahen, saßen wir in dieser Halle.«

»Kanntet ihr sie vorher?«

Die vor Schmutz starrenden Orks schüttelten die Köpfe. Gestank drang aus dem Loch, eine Mischung aus Verwesung und Exkrementen. »Niemand von uns.«

»Und die Symbole?«

»Auch nicht.« Der Anführer sah aufmerksam zur Barrikade und hob den Dolch kampfbereit. »Wer immer das hier errichtet hat, es waren keine Orks. Unsere Priester können dir dazu vielleicht mehr sagen. Und jetzt hol uns raus, bevor diese Viecher durch unseren Wall dringen. Ich will nicht hier unten sterben. Wir haben nicht einmal taugliche Rüstungen oder Waffen, um uns zu verteidigen.«

Hantu lachte. »*Wann* ich euch zu mir hole, das entscheide ich.« Wütendes Grollen kommentierte seine Worte. »Eure Festung ist nur noch eine Ruine. Sie ist komplett zerstört. Vernichtet von einem Drachen und geschleift von einem Heer. Das war das Beben, das euch hier hinabbefördert hat.«

Ungläubiges Brüllen und wütendes Schreien folgten. Einer hob aus Frust einen Stein auf und schleuderte ihn nach dem Rhamak –

und bekam sofort einen Faustschlag zur Strafe von ihrem Anführer, gefolgt von einer lauten Rüge.

»Ich vermag es nicht zu ändern. Es ist so«, rief Hantu hinab. Er senkte die Lampe noch weiter herab, damit er die Scheusale genauer sah. »Sonst wäre ich kaum hier, oder?«

Das intensivere Licht machte seinen Irrtum deutlich: Die Verzerrungen und Wandlungen, die er für Augentrug und Schattenspiel gehalten hatte, waren echt. Die Orks hatten sich verändert und trugen stellenweise schillernde Schuppen auf der Haut. *Etwas hat die Bestien mutieren lassen.* Er nahm sich zusammen, damit sie ihm sein Erschrecken nicht ansahen. *War es diese Halle voller Symbole?*

»Was treibt dich in die Ruine?«, wollte der Anführer wissen und reckte den Kopf in die Höhe. »Bist du ein Plünderer?«

»Ich kam durch einen Schacht, den jemand vor langer Zeit erbaut hat. Unter dem Badehaus von Kràg Tahuum.« Hantu sah Kiemen am Hals des Orks und Schwimmhäute zwischen den Fingern. Die Zähne waren kleiner und spitzer geworden, wie bei einem Raubfisch. *Was geht da unten vor?*

Es erinnerte ihn an Geschehnisse auf dem Gebiet der Wunder, das durch seine magische Energie sowohl Lebewesen als auch Pflanzen veränderte. *Doch es liegt in Gautaya.* Hantu fiel auf, dass etwas Entscheidendes in der Halle fehlte. »Woher habt ihr euer Wasser?«

»Da.« Der Anführer der Orks wies nach rechts. »Wir hatten nichts anderes.«

Hantu strengte seine Augen an und schwang die Grubenlampe weiter in die angegebene Richtung.

In einer Vertiefung blubberte trübe, schleimartige Flüssigkeit, die aus dem Untergrund aufstieg. Das zauberte Hantu ein Lächeln aufs Gesicht. *Ich bin am richtigen Ort!*

»Wir haben lange genug gewartet.« Ansatzlos schnappte sich der Anführer der Bestien die pendelnde Lampe, packte das dicke Tau und zog kräftig daran.

Dieser elende Hundsfott! Um drei von Hantus Fingern hatte sich eine Schlaufe gebildet, sodass er den Griff nicht rechtzeitig gelöst bekam. Der kräftige Ruck schmerzte in den strapazierten Gelenken, er vernahm ein lautes Knacken – und stürzte kopfüber in die Halle.

Anstatt hart auf dem Boden zu landen, fing ihn der Ork mit einem gehässigen Lachen auf und setzte ihm die Dolchklinge an den Hals. »Nun bist du bei uns, Plünderer. Und du kommst gerade recht. Dein Fleisch wird uns als Nahrung dienen.«

»Das war ein Fehler«, würgte Hantu heraus. Der Aufprall in den Armen der Bestie hatte ihm die Luft aus der Lunge getrieben, die Rippen schmerzten beunruhigend und überlagerten die Qualen in seiner Hand.

»Weil wir nicht hinauskommen, denkst du?« Der Ork nickte zur Barrikade. »Damit bauen wir uns einen hübschen Turm hinauf zum Loch, durch das ich dich gezogen habe wie ein Fischlein am Haken.«

Hantus Blick ging ins Leere, während er seinen Geist aussandte, um seinen Sphärenwesen Befehle zu geben. *Tötet alle bis auf den Anführer. Packt ihn und entreißt mich ihm.*

Flirrend schwebten die Sphärenwesen in die Höhle. Einen Atemzug darauf lagen drei Bestien mit verdrehten Hälsen und gebrochenen Augen auf dem steinernen Untergrund. Sie hatten ihren Tod nicht einmal kommen gesehen.

Hantu wurde der Klaue des Anführers entwunden und abgestellt, ohne dass er eine Schramme erlitt.

Gleich darauf schwebte der Ork an der Wand, die Arme und Beine ausgestreckt wie eine Hampelmannpuppe. Brüllend und tobend versuchte er, sich aus dem Griff der unsichtbaren Angreifer zu winden. »Was ist das? Wie kannst du das?«

Einer wacht an der Barriere. Töte alles, was hereinwill, wies er seine Verbündeten an. *Die Bestie soll bleiben, wo sie ist.* Hantu fokussierte sich wieder auf die Umgebung. Er hob die gefallene Grubenlampe auf und ließ ihr Licht auf die drei Getöteten fallen.

»Schau, was ich vermag und wo du hängst, Scheusal«, sprach er zufrieden.

»Ich werde dich töten«, versprach ihm der Ork und fletschte die eindrucksvollen Zähne.

Hantu gewährte ihm die Illusion. Er deutete zu dem improvisierten Wall aus Holzbalken und Steinen. »Wogegen habt ihr euch abgeschottet?«

Da eine Antwort ausblieb, ließ er das Sphärenwesen die Schmerzen des Gefangenen erhöhen.

»Unheimliche Kreaturen«, stieß der Ork jaulend aus. »Sie laufen umher, kichern und schnarren wie verrostete Türen. Teils Menschen, teils Unterirdische und … irgendetwas anderes.«

»Vermögen sie etwas Ungewöhnliches? So wie ich? Oder Zauberei?«

Der Ork verneinte. »Aber es sind viele. Sehr viele, und sie … sie haben Spitzhacken dabei und bauen Maschinen und Gerätschaften, als wollten sie Stollen treiben. Nachdem sie drei von uns verschleppt haben und mit einer ganzen Horde zurückkehrten, um uns zu holen, sperrten wir sie aus.« Der Ork versuchte erneut, sich aus der unsichtbaren Klammer zu lösen, und scheiterte. »Bring mich weg, Mensch! Dieser Ort … verändert mich. Das sind diese beschissenen Symbole an den Wänden und der Decke! Sie verströmen einen Fluch!«

Hantu hatte noch lange nicht vor, sein Verhör zu beenden. »Ich frage noch einmal: Wusstest du hiervon? Von dem Schacht und der Halle und den Wesen?«

»Nein. Keiner in Kràg Tahuum hat das geahnt. Sonst wären wir längst hinabgestiegen und hätten sie ausgemerzt«, brüllte er. »Zusammen mit diesen … beschissenen Zeichen!«

Es waren nicht die Symbole. Hantu deutete auf die Quelle mit dem zähen Wasser. »Ihr habt *davon* getrunken. *Das* veränderte euch. Wundsekret eines Wesens, das uralt ist und unter dem Geborgenen Land lebt. Eingeschlossen und eingesperrt. Es sehnt sich nach Freiheit.« Hantu bemerkte das leichte Zittern der Erde. »Spürst du, wie es nach und nach mehr Platz verlangt?«

»Dann … dann versuchen diese seltsamen Kreaturen in den Gängen, es zu befreien?«, fragte der Ork.

»Ja. Es hat sie gerufen.« Hantu hörte ein Geräusch von der Barriere, gefolgt von Krächzen und knarrenden Lauten. Das Scharren von Füßen erklang. *Sie sammeln sich vor der Sperre zu einem Angriff.* »Das uralte Wesen liegt so tief, dass es nicht einmal die Kinder des Schmieds entdeckt haben.«

»Diese Halle ist künstlich erschaffen. Wie der Schacht, durch den du gekommen bist«, warf der Ork ein und sah zur Barrikade. Er hatte die Geräusche auch vernommen. »Jemand *hat* davon gewusst und wollte sich zu diesem alten Wesen graben?«

»Vermutlich.« *Alles ist, wie ich es in den Aufzeichnungen las. Ich bin nicht enttäuscht worden.*

Hantu befahl dem Sphärenwesen an der Barrikade, sich neben ihn zu begeben. Einen Kampf wollte er nicht wagen. Jenseits der Halle konnten Aberhunderte Kreaturen in weiteren Gängen wie in einem Ameisenbau lauern, gegen die seine unsichtbaren Beschützer nicht ausreichten. *Diese Dienstwesen sind mir im Weg. Ich werde einen Weg finden müssen, sie auszuschalten.*

»Oh, jetzt ergeben die Weissagungen von Krushnog dem Reißer Sinn! Die Erklärungen lagen unter unseren Füßen!« Der Ork lachte röchelnd. »Du weißt viel zu gut Bescheid über die Dinge, von denen ich nicht einmal etwas erahnte. Wer bist du wirklich? Und was willst du? Das Wesen befreien und damit die Herrschaft über das Geborgene Land erlangen? Oder sämtliche Reiche vernichten?«

Hantu konnte dem Anflug orkischer Erkenntnis nichts abgewinnen. *Krushnog der Reißer?* Das hing vermutlich mit dem nachtblauhäutigen Ork zusammen, der drei Gruppierungen der Bestien geeint hatte. *Das finde ich heraus. Aber in Sicherheit. An der Oberfläche.*

»Dieses Ding unter uns ist für mich lediglich in einer Hinsicht von Belang.« Er befahl einem Sphärenwesen, in ihn einzufahren. Dann nahm er die Lampe und sprang aus dem Stand durch das

Loch hinaus auf den Stollenboden, wo er es sofort aus sich gleiten ließ. »Als riesiger, gigantischer Köder.«

Mit einem raschen Gedanken zog er das zweite Sphärenwesen aus der Halle der magischen Symbole ab.

Der Ork rutschte zu Boden und starrte hinauf zum unerreichbar hohen, beleuchteten Ausgang. Die Augen reflektierten das Licht und brachten die Pupillen zum Schimmern. »Nimm mich mit!«

»Warum? Damit du versuchst, mich zu töten und zu fressen?« Hantu deutete auf die drei toten Bestien. »Nahrung hast du genug. Sobald diese Kreaturen durch die Barrikade gelangen, sind deine Sorgen ohnehin zu Ende.« Er erhob sich und begann mit dem Aufstieg durch das instabile Geflecht aus Quadern und Balken.

»Nein! Nein, komm zurück! Hol mich hier raus!«, schrie der Ork ihm nach. »Ich werde dein ergebenster Diener!«

Ein Krachen ertönte, und die Trümmerhalde brach zusammen. Vielfaches Kichern, Schnarren und Krächzen ertönte aus dem Loch. Bald mischten sich die Todesschreie des Orks darunter, bevor nichts als lautes Schmatzen aus etlichen Mündern blieb.

Hantu hielt mit dem Klettern inne und sah auf den Durchbruch in der Bodenplatte, den er mithilfe des Quaders erschaffen hatte. *Wird das magische Siegel halten?* Er richtete das Licht der Grubenlampe darauf.

Nach einer Weile erkannte er huschende Bewegung in der Dunkelheit des Abyssus. Eine kräftige, schwielige Hand hell wie Schnee, mit blauen Adern und Tätowierungen zeigte sich. Sie versuchte, die ausgestreckten Finger durch das ausgefranste Loch zu schieben.

Summend erwachten die Bannrunen an den Wänden und erstrahlten in blendendem Weiß. Grelle Blitze lösten sich daraus und verbrannten die tastenden Finger zu Asche. Begleitet von peinerfülltem Kreischen wurde die qualmende, verstümmelte Hand zurückgezogen.

Gut. Es gibt kein Durchkommen für das, was im Verborgenen

lebt. Hantu kletterte weiter aufwärts. Dabei sammelte er etwas vom Schmuck ein, an dem er vorbeikam. *Ich brauche einen Plan, um diese gewandelten Kreaturen loszuwerden. Sobald ich einen ersonnen habe, stehe ich an der Schwelle zur größten Erkenntnis, die es für einen Sterblichen geben kann.*

Glücklich stieg Hantu nach beschwerlicher Kletterei zurück auf den festen Boden der Ruinen. Es regnete noch immer, und die Dämmerung hatte sich über Gauragon gesenkt. *Wie bedauerlich, dass das Badehaus zerstört ist. Eine heiße Wanne mit duftenden Essenzen käme mir gerade recht.*

»Halt! Wer bist du?«, schallte eine drohende Männerstimme, und der Strahl einer Blendlaterne traf ihn ins Gesicht.

»Seht ihr das? Er hat die Taschen voller Geschmeide!«, rief eine begeisterte Frauenstimme. »Er muss von weit unten kommen. Er kann uns sagen, wie tief es hinabgeht.«

»Ich habe immer gesagt, dass dieser Fluch von Kràg Tahuum Unfug ist«, fiel eine weitere Frau ein. »Der da ist ein Schatzräuber, der die anderen umbringt und eine Legende zurechtgesponnen hat.«

»Ich ergebe mich.« Hantu hob langsam die Arme und zeigte seine leeren Handflächen. »Nehmt euch das Gold, aber tut mir nichts. Ich zeige euch, wie ihr dahingelangt. Doch den Fluch gibt es wirklich.« Durch das Lachen von mindestens fünf Leuten, die sich hinter der blendenden Laterne befanden, gab er den gedanklichen Befehl an seine unsichtbaren Begleiter, die Plünderer zu vernichten. »Wartet, ich beweise es euch.«

Abrupt verstummte die Heiterkeit, und die Lampe fiel klirrend zu Boden.

Hier kommt euer Lohn. Hantu hob die Laterne auf und leuchtete über die Leichen zweier Frauen und dreier Männer, aus deren aufgerissenen Kehlen das Blut rann und sogleich verschwand, als verdampfte es in der Luft. Die Sphärenwesen labten sich.

Dabei entdeckte er am Unterarm der Brünetten eintätowierte Symbole, die ein exaktes Abbild jener Schriftzeichen waren, die er in den Schutzsteinen des Badehauses ebenso gesehen hatte wie im Schacht und auch in der Halle.

Verdammt! Hantu prüfte die übrigen Toten auf weitere Hautmalereien – und fand an jedem von ihnen welche. *Sie haben von dem Schacht gewusst. Von der Halle. Von Kràg Tahuums Geheimnissen!* Er hatte den kurzen Wortwechsel mit den Unbekannten fehlgedeutet und ihnen einen zu frühen Tod angedeihen lassen. *Sie wären mir äußerst nützlich gewesen.*

In ihrem Gepäck, das er rasch unter einem Mauervorsprung durchsuchte, fanden sich keinerlei Hinweise auf Karten, Aufzeichnungen oder hilfreiche Notizen über die Helferkreaturen in der Tiefe.

Aber die Baupläne.

Sehr exakte Baupläne von Kràg Tahuum, die dem Datum der Anfertigung nach über eintausend Zyklen alt waren. Darauf erkannte Hantu den Schacht.

Sein Blick wanderte von den Karten auf die fünf Toten, auf die der Regen herabrauschte. *Die Nachfahren der rätselhaften Baumeister, die den Orks halfen, die Festung zu errichten?* Ging es bei Kràg Tahuum von Anfang an um die Sicherung jenes Schachtes, ohne dass die Bestien etwas davon wussten? *Oder kamen die fünf, um den Zugang zu zerstören?*

***

DAS GEBORGENE LAND, IM NORDEN DES VEREINTEN GROSSKÖNIGREICHS GAURAGON, PROVINZ FEUERN, AN DEN AUSLÄUFERN DES GRAUEN GEBIRGES, PLATINGLANZE, 1024 N.B. (7515. SONNENZYKLUS NACH ALTER ZEITRECHNUNG), FRÜHJAHR

Ein lautes Hornsignal erklang vom Wehrgang bis zu der Stelle zwischen Festungsmauern und Wald, wo sich der Zwerg und die Orks gegenüberstanden.

Was? Barbandor musste nicht länger mit Pflicht gegenüber der Siedlung und gerechter Rache für Gyndala in seinem Herzen ringen: Die knappe Melodie entsprang dem gauragonischen Militär und besagte nichts anderes als das Einstellen eines Angriffs. Baron Lichte, der königliche Gesandte, machte überdeutlich, dass sich die Zuständigkeiten in Platinglanze deutlich verschoben hatten.

»Alle sollen schön friedlich bleiben. Das spielt doch die kleine Fanfare, oder?« Borkon hob amüsiert den Blick und sah hinüber zur Mauer. »Das hattest du nicht erwartet.«

Das Klappern von Hufen kam rasch näher, ein einzelner Reiter preschte heran. Die sieben Orks blieben die Ruhe selbst.

Barbandor tat ihnen nicht den Gefallen, sich umzudrehen und nachzuschauen, wer sich unversehens und ohne Absprache ins Spiel brachte. Er wusste es auch so. *Ein Soldat von Baron Lichte.*

Neben ihnen erschien ein Bote in der grünen Uniform des gauragonischen Heeres und zügelte seinen aufgeregten Apfelschimmel, dessen Nüstern sich deutlich blähten. Er witterte ängstlich zu den Scheusalen und wollte nicht in ihrer Nähe verharren.

»Ich bringe die Einladung von Baron Lichte, seines Zeichens großköniglicher Gesandter für die Zwergensiedlungen«, sprach der Soldat und mühte sich, sein furchtvolles Pferd unter Kontrolle zu halten.

So eine … »Das heißt was?«, blaffte ihn Barbandor an. »Wie kann er wissen, was wir besprechen?«

»Ein Lippenleser verfolgte eure Unterredung durch das Fernrohr. Baron Lichte ist sehr erfreut über das Angebot von Fürst Borkon und entschied, die Geiseln vorerst in Platinglanze unterzubringen, bis sie an den großköniglichen Hof gebracht werden können.« Der Soldat wandte sich an den nachtblauen Ork. »Sie werden bei der Überstellung mit einer Eskorte versehen, damit ihnen keinen Leid zugefügt wird. Fürst Borkon, bitte seid an dem heutigen Umlauf Gast des Barons in Platinglanze, um die Einzelheiten der Vereinbarung zu besprechen. Er sichert freies Geleit für Euch und Eure … Leute.«

Borkon grinste. »Ich nehme die Einladung sehr gerne an.«

»Baron Lichte erwartet euch alle am Wehrhaus.« Der Soldat wendete seinen Apfelschimmel und ritt zurück in die Siedlung.

»Dieses Mal bin *ich* in *deiner* Hand, Barbandor«, stellte Borkon fest und schulterte die Fahnen. »Die Vorzeichen haben sich geändert.«

»Wäre es so, säßest du in einem Käfig«, erwiderte Barbandor und versuchte, sich von der Überrumplung zu erholen. *Ich werde mit dem Baron ein ernstes Wörtchen reden müssen. Noch habe ich das Sagen in Platinglanze.* »Freue dich darüber, dass dem nicht so ist.«

Borkon gab einen Befehl, und der Tross mit den drei Gitterwagen setzte sich in Bewegung. »Lass uns herausfinden, wie Platinglanze über meinen Besuch denkt.«

Barbandor ging neben den sieben Bestien her, als wäre er ihr Wächter, und hielt seine Kriegsaxt locker am Stiel. In Gedanken legte er sich eine geharnischte Rede für Baron Lichte zurecht, dem er die Einmischung ernsthaft übel nahm. *Ich hätte Borkon und seine Geiseln zurück in die Salzsee geschickt.*

Schweigend schritten sie durch das Tor ins Innere der Siedlung, angestarrt von den Bewohnern, die vor Schreck und Unglaube ihr Tun und Gehen unterbrachen. Die neuen Siedler aus den östlichen Gebieten des Vereinten Großkönigreichs kannten Orks höchstens aus Erzählungen und Liedern, von Zeichnungen und Bildern.

Der berittene Soldat hatte am Tor auf sie gewartet und wechselte letzte Worte mit den Wachen, dann setzte er sich an die Spitze des Zuges. »Einwohner von Platinglanze«, rief er in die angespannte Stille. »Die Orks in den Wagen sowie ihr Anführer, Fürst Borkon, samt Gefolge stehen unter dem Schutz eures Herrschers, seiner Majestät König Gajek. Wer die Waffen oder die Hand gegen sie erhebt, wird schwerstens an Leib und Leben bestraft. Das gilt für jede Seele in Platinglanze. Sagt es weiter.«

»Gemeinsam unterwegs. Wie damals«, raunte Borkon dem Zwerg zu.

Lass dich nicht reizen. Das will er doch. »Nur dass du frei bist. Und mit Anstand behandelt wirst«, erwiderte Barbandor. *Ich würde ihn am liebsten …*

Aus dem Augenwinkel sah er etwas aus einer Seitengasse heranfliegen, das in hohem Bogen auf die Orkgruppe zielte. Sofort riss er die Kampfaxt in die Höhe und hielt das Geschoss auf, das sonst unweigerlich in Borkons Gesicht gelandet wäre. Das Ei zerplatzte an dem aufwendig gestalteten Stahl. Der übel riechende, faulige Inhalt ergoss sich auf den Zwerg statt den Anführer der Bestien. Zäh verteilten sich grauer Dotter und grünliches Weiß auf Bart, Haaren und den Schultern, einige Spritzer gingen auf Stirn und Wangen nieder.

Barbandor sah zu dem Werfer, den er gut kannte, schüttelte maßregelnd den Kopf und ging erhobenen Hauptes weiter. *Vraccas, das ist fast eine ebenso schwere Prüfung wie meine Entführung damals durch die Schweineschnauzen.*

Dabei kam ihm unversehens etwas in den Sinn.

Etwas, das er fast verdrängt hatte.

Der fehlende Ork! Nach dem Überfall auf die Kutsche! Langsam drehte er das beschmutzte Gesicht zu Borkon, der ihm dankend zunickte. Nun fand er es gar nicht mehr so schlecht, den weiß tätowierten, nachtblauen Ork in seiner Nähe zu wissen. *Bald habe ich in dieser Angelegenheit Klarheit.*

***

»Wenn junger Sommer in die Berge steigt,
ins Eisgebirg', in Tann und Quell.
Schnell springt vom Fels herab
der Sturzbach wie zum Gruß.
Und zwischen Eis und fahlem Graugestein
breitet sich plötzlich Leuchten aus.
Da wird's in brechend' Zwergenaugen
wohl noch einmal Licht.«

Aus: Heldenmittag
von Friedibur Nitschhand aus dem
Clan der Vieldenker vom Stamm der Dritten

KAPITEL VII

DAS GEBORGENE LAND, FREIE STADT MALLENIASWACHT, 1024 N.B. (7515. SONNENZYKLUS NACH ALTER ZEITRECHNUNG), FRÜHSOMMER

Goïmron betrachtete die blutende, tiefe Halswunde, die das dunkelbraune Kaninchen auf seinem Arm von der Fangschlinge davongetragen hatte. »Das haben wir gleich wieder, mein Freund«, sprach er beruhigend zu dem verängstigten Tier. »Dann kannst du davonhoppeln.«

Seit vielen Umläufen schlich er durch die Natur rund um Malleniaswacht und suchte nach Wildfallen jeglicher Art. Zur Prüfung seiner eigenen Fertigkeiten befreite er Kaninchen, Hasen, Füchse, Streunerhunde und Eichhörnchen auf magische Weise aus Eisen, Käfigen und Schlingen, um die Tiere hernach zu heilen.

Sein Tun hatte dreierlei Folgen.

Zum einen beherrschte Goïmron nun einige Zaubertricks, um Mechaniken und Knoten zu lösen, und schloss auch die tiefsten Wunden, solange sie halbwegs frisch waren. Manchmal jedoch kam er zu spät und konnte nichts anderes tun, als die Tiere vom Leid zu erlösen.

Zum Zweiten machte in Malleniaswacht die Nachricht vom dreisten Beutedieb die Runde.

Jäger, Holzfäller und Köhler, aber auch ärmere Leute, die sich ihr karges Mahl durch einen Wildtierfang aufbessern wollten, verfluchten jene Person, die ihnen die Fallen leerte. Der Senat hatte alsbald eine üppige Belohnung auf den unverschämten Dieb ausgesetzt.

Und zum Dritten hatte Goïmron einige überschüssige Pfunde

verloren und sein altes Gewicht zurück. Wams, Hemd und Hose mussten enger gemacht werden.

Beim Abmessen im Atelier von Schneidermeister Fädelfein hatte Goïmron ein Gerücht zum Landsriegel vernommen, auf dem sich einst die Zwergensiedlung Kronenstahl befunden hatte. Der Besuch dort war ihm noch lebhaft im Gedächtnis.

Ein Händler, der sich seinen neuen Mantel von Meister Fädelfein abholte, schwor felsenfest, Bewegung auf der Straße gesehen zu haben, die hinauf zu den Ruinen führte. Möglicherweise trachteten Zwerge danach, Kronenstahl nach seiner vollständigen Zerstörung neu erblühen zu lassen. *Welch seltsamer Einfall. Wollten sie nicht zuerst die neuen Durchlässe besiedeln*? Er würde bei Tungdil Goldhand nachfragen, was er darüber wusste.

Zum letzten Mal an diesem Frühsommertag strich Goïmron umher, um nach Fallen zu schauen. Es wurde sonst zu gefährlich für ihn. Als Fallendieb wollte er weder geschnappt noch verurteilt werden. *Dabei tat ich nur Gutes.*

Zum Zaubern nutzte er die intuitive Edelsteinmagie, wie er sie mit Chòldunjas Hilfe entdeckt hatte. Je nach Stein rief er durch Konzentration verschiedene Wirkungen hervor, die sich auf Kleinigkeiten beschränkten. Goïmron hatte den Eindruck, dass die magische Energie des Edelsteins bei jeder Anwendung weniger wurde, wie wenn Kelle für Kelle aus einem Wassereimer geschöpft wurde. Vermutlich beschleunigte sich dieser Verbrauch, sobald er größere Zauber wirkte.

»Gleich geschafft, kleiner Freund.« Goïmron löste die lindernde Macht des Karneols aus und ließ sie in den Schnitt ziehen, der sich um den Hals des Kaninchens zog. Er sah zu, wie sich die Verletzung schloss und nichts weiter blieb als eine rosafarbene Linie. Blut im braunen Fell erinnerte an die Wunde.

Er setzte das Kaninchen mit einem Lächeln ins Gras, und es flitzte los, um sich in Sicherheit zu bringen. »Gern geschehen, Pelznase«, rief er ihm nach und ging weiter.

Natürlich machte sich Goïmron Gedanken darüber, wie es mit

seinen Kräften weitergehen konnte. Dass er diese Begabung tatsächlich in sich trug, war eine überraschende Wendung für ihn. Der Drache Tallas hatte ihn im Glauben gelassen, er verstünde sich nicht darauf.

In der Vergangenheit waren durchaus magisch Begabte in den Reihen des Zwergenvolks aufgefallen. Aufzeichnungen darüber gab es im Sammelsurium des Kuriositätenhändlers Solto, und Goldhand hatte dies durch einige Anekdoten aus seinem langen Leben bestätigt. Zauberei und Zwerge passten nur in seltenen Fällen gut zusammen, aber es kam vor.

Dass ich gesegnet sein würde, hätte ich mir niemals erträumt. Goïmron hielt das Gesicht in die Sonne und genoss die Wärme, sog die Frühsommerluft tief ein. Abseits vom Lärm und der Hast der großen Stadt fand er eine gänzlich neue Art von Ruhe. *Ich werde öfter hinausgehen und Malleniaswachts Trubel entkommen.*

Zu Goïmrons Überlegungen gehörte gleichermaßen, wie er sein Leben fortführen wollte: Als Gemmarius – oder wollte er etwas Neues wagen, basierend auf seiner Zauberkraft?

Dazu müsste er viel über Edelsteinmagie lernen, sie studieren, Experimente betreiben. Und Edelsteine waren teuer. Man würde sie ihm nicht einfach schenken. Daher benötigte er Münzen. *Viele Münzen.* Er sah den Ertrag aus seinen Gemmenschnitzereien und Buchverkäufen schon schwinden.

Goïmron steuerte auf den Buchenhain zu, der als Stadtwald diente. *Oder bleibe ich bei den kleinen Zaubereien, die ich vermag, und unterstütze Rodana in ihrem Curiosum?* Eine Prise Magie zusätzlich zu dem, was die Puppenspielerin durch ihre Stücke und Inszenierungen erschuf, würde den Spectatores die Kinnlade zu Boden fallen lassen. Das wiederum triebe die Eintrittsgelder in die Höhe.

Der Kopf schwirrte Goïmron, als er in den Schatten der alten, großen Buchen trat. Die Überlegungen zu seiner Zukunft waren ebenso aufregend wie beängstigend. Und doch kam er zu keinerlei Ergebnis.

Am allerwenigsten wollte er den eingebildeten Mostro als studierten Zauberkundigen um Rat fragen. Damit blieb nur Famula Adelia, die in Rhuta lebte, das von Berengart besetzt war. *Vielleicht lässt er mich mit ihr sprechen?* Goïmron seufzte und langte in die Wamstasche, um einen Karneol herauszuziehen. *Bis ich meine Kräfte an die Steine anpassen kann, werden Dekaden von Zyklen ins Land gehen.*

Der Gedanke ans Altern schreckte ihn als Zwerg nicht. Aber die Vorstellung, dass er Rodana beim Altern und Sterben zusehen musste, versetzte ihn in Angst. Goïmrons Faust schloss sich um den Karneol. *Wenn ich zu heilen vermag, werde ich Rodanas Alterung aufhalten können?* Mit dem nächsten Atemzug fühlte er sich dumm. Wäre es so einfach, das Altern durch Zauberei endgültig aufzuhalten, hätte es jemand aus den Reihen der Magi und Magae der vergangenen tausend Zyklen getan.

Bevor Goïmrons Furcht um Rodanas Leben ihn zu überwältigen drohte, schloss er die Augen und lauschte auf die Geräusche der Umgebung. *Sie hat noch viele Zyklen. Eines nach dem anderen. Vraccas, lass mich heute noch gute Taten vollbringen und sende mir danach eine Eingebung, was ich tun soll.*

Ein Schrei klang durch den Buchenforst, der abrupt abbrach, gefolgt von einem wütenden Raubtierbrüllen.

Ein Bär! Er hat jemanden angegriffen! Er rannte los und folgte den durchdringenden, aufgebrachten Lauten. Je näher er kam, desto deutlicher vernahm Goïmron weitere Stimmen, die durcheinanderriefen.

»… zurück! Ins Lager! Wir brauchen die Armbrüste!«, befahl eine Frau. Schritte näherten sich durch das blattdichte Unterholz.

Goïmron tauchte ab, um nicht entdeckt zu werden.

Schon hasteten zwei Jäger und eine Jägerin an ihm vorbei, hinter denen das Siegesgebrüll des Bären erklang. Einer von ihnen hielt sich die Seite, die grüne Kleidung war zerfetzt und nass von Blut.

»Macht schnell! Rache für Chraston!«

Der Triumpf von Meister Petz wird nicht von langer Dauer sein. Goïmron wartete, bis sie außer Sicht waren, und schlich vorsichtig näher, um nach dem Mann zu sehen, den die Jagdgesellschaft zurückgelassen hatten. Die Hand schloss er fest um den Karneol. *Was mache ich, wenn der Bär noch in der Nähe ist?*

Ein scharfes, lautes Klicken erklang. Gleich darauf brüllte das Raubtier leidvoll auf, und das Klirren von Ketten erklang.

Er ist in eine Falle getreten. Goïmron sputete sich, um den Ort des Dramas zu erreichen.

Als er durch das Dickicht spähte, sah er einen reglosen Mann auf dem Waldboden liegen, dessen Bauchdecke von einem Prankenhieb aufgeschlitzt worden war. Die Gedärme quollen heraus und bildeten ein verschlungenes Gebilde neben ihm.

Für Chraston kann ich nichts mehr tun. Goïmron sah zum tobenden Bären, der mit dem rechten Fuß in eine Eisenfalle getreten war, deren Metallzähne sein Hinterbein festhielten. Er zog und zerrte an der Kette, die ihn mit einer ausgewachsenen Buche verband. Weder Eisenglieder noch Baum würden nachgeben.

Goïmron war unsicher. Der Bär hatte einen Jäger getötet und einen anderen schwer verletzt. Durfte er das Tier einfach heilen und freilassen? Hatten sich die Bauern westlich von Malleniaswacht nicht kürzlich über etliche gerissene Schafe und Kühe beim Senat beschwert?

Während Goïmron noch überlegte, kamen zwei Bärenjunge aus dem Unterholz getapst und liefen aufgeregt um das gefangene Raubtier, bissen in die Ketten und in die Falle.

Das ist ihr Nachwuchs! Goïmron atmete tief ein. Eine Bärenmutter konnte er nicht einfach dem Tod überlassen. Die Jäger schienen nichts von den Jungen gewusst zu haben.

Langsam trat er aus seinem Versteck.

Die Bärin stellte sich, so gut es mit der Falle am Fuß ging, drohend auf die Hinterbeine, als sie den Zwerg bemerkte.

Sie ist dreimal so groß wie ich. Goïmrons Mund wurde trocken, die Hände schweißnass. Nach Hasen, Kaninchen und Füchsen stand er nun vor einem der gefährlichsten, größten Raubtiere des Geborgenen Landes.

Er versuchte erst gar nicht, die wütende, von Schmerz und Angst um ihren Nachwuchs aufgebrachte Bärin mit Gesten und Worten zu beruhigen. Auch wenn er gehörigen Respekt fühlte und sein Herz in der Brust raste, ging Goïmron näher. Ohne Kette und Falle hätte die Bärin ihn mit Pranken und Zähnen in winzige Stückchen zerlegt.

Die Bärenjungen liefen mit prostierendem, hellem Brummen ungelenk vor ihm davon und versuchten, zur eigenen Sicherheit auf eine Buche zu klettern.

»Schlafe!« Goïmron versuchte, die aufgebrachte Bärenmutter mit der Macht des Karneols in den Schlummer zu zwingen.

Aber so leicht wie bei Kaninchen und Füchsen ging ihm dies nicht von der Hand. Die Kraft des Steins und seine Fertigkeiten gelangten an ihre Grenze. Es dauerte, bis die tobende Bärin auf alle viere ging und sich widerwillig hinlegte. Immer wieder brüllte sie schwach, stemmte sich gegen den unnatürlichen Schlaf, den sie nicht verstand und nicht wollte.

Bei Vraccas. Welchen Widerstand sie leistete. Die Anstrengung hatte Goïmron den Schweiß auf die Stirn getrieben, in dicken Tropfen rollte er über das Gesicht und unter die Kleidung.

Geschickt öffnete er den Mechanismus der Schnappfalle, hakte die Feder aus und klappte die gezackten Eisenkiefern auseinander.

Vraccas, stehe mir erneut bei! Goïmron begann mit der Heilung der verletzten Bärin. Erwachte das Tier zu früh oder weckte er es aus Versehen, hätte sich sein letztes Uhrenglas gedreht.

Durch die Macht des Karneols richtete sich der gebrochene Knochen des Hinterlaufs und verwuchs knisternd, gleichzeitig heilten die tiefen Löcher im Bein.

Das leise Grollen aus der Schnauze der Bärin wurde lauter und bedrohlicher. Sie erwachte und witterte den Zwerg neben sich, den sie für einen Angreifer hielt. Doch noch waren die Wunden nicht gänzlich versorgt.

Jetzt muss es schnell gehen! Goïmron legte mehr Konzentration in sein Tun. *Danach nichts wie –*

»Da rüber! Und spannt die schweren Armbrüste. Dieses Vieh hat bestimmt schon die halbe Buche mit der Kette durchgesägt«, klang eine Männerstimme durch den stillen Wald. »Ich meine das Klacken und das Brüllen gehört zu haben, als wir Reißaus nahmen.«

Goïmron schreckte zusammen. *Zu früh!* Er sah zu den niedlichen Jungbären, die immer noch versuchten, den Stamm zu erklimmen. *Sie werden zuerst die Mutter und danach die Kleinen töten.*

»Ich verlasse mich auf meinen Bogen. Damit bin ich schneller als ihr«, gab die Frau zurück. »Schießt nicht zu viele Löcher in den Pelz. Das verdirbt den Preis.«

Das wollte Goïmron nicht zulassen. Er nahm den rot gemaserten Jaspis zur Hand, versteckte sich hinter einer Buche und wartete.

Gleich darauf raschelte es, und die Umrisse des grün gekleideten Trios schoben sich durch Äste und Zweige.

»Bei den Göttern!«, stieß die Jägerin beim Anblick des schlafenden Raubtieres und der geöffneten Falle aus. »Wer hat denn …?« Dann erspähte sie die Bärenjungen. »Sie hat Nachwuchs?«

Jetzt! Goïmron konzentrierte sich darauf, mithilfe des Jaspis die Menschen vorübergehend zu blenden, sodass sie ihn nicht sahen. Er schlug ihre Augen mit Schwärze und musste sich sogleich zurücknehmen. Es fiel ihm viel leichter als die Heilung der widerspenstigen Bärenmutter. Die Kraft sprudelte regelrecht aus dem Edelstein heraus. *Liegt es am Edelstein? Oder daran, dass ich wütend auf sie bin?*

»Auf die Knie, ihr Elenden! Ich bin Erunnos, der Hüter der Wiesen und Wälder«, sprach er mit verstellter Stimme und sah um die Buche herum. *Es klappt!* »Ihr habt es gewagt, eine Bärenmutter zu jagen und wolltet sie töten! Das verlangt nach Strafe!«

Die Frau und die beiden Männer ließen die Waffen fallen, warfen sich wie verlangt auf den Boden und bedeckten ihre blinden Augen.

»Wir … wir wussten das nicht«, beteuerte die Jägerin. »Die Bauern haben uns beauftragt, den Bären zur Strecke zu bringen. Wir wussten nicht, dass sie Junge hat. Erunnos, verschone uns!«

»Nutzt eure Augen in Zukunft besser«, befahl Goïmron mit dunkler Grabesstimme und verkniff sich das Lachen. »Vertreibt die Bärin künftig mit Lärm und Geschepper von den Weiden der Bauern. Aber wagt es nicht, ihr ein Haar zu krümmen!«

»Natürlich, Erunnos! Natürlich tun wir das«, rief die Jägerin und verbeugte sich tief. »Sei gnädig mit uns! Lass uns wieder sehen! Wie sonst wären wir noch von Nutzen? Für unser Handwerk brauchen wir unsere Augen.«

Goïmron wollte etwas Lustig-Böses erwidern, als ein Jäger die Hände senkte und das Gesicht in seine Richtung drehte. Dessen Augen waren zu rostfarbenen Rosinen geschrumpft, auf denen die Pupillen wie schwarze Linsen klebten. Blut sickerte aus den halb leeren Höhlen die Wangen hinab. *Bei Vraccas! Was …?*

»Was geschieht mit uns?« Dem zweiten Jäger baumelten die Augäpfel an den Sehnerven aus dem Kopf. Auch er verlor Blut aus der offenen Wunde. Mit einem Schrei ertastete er seine heraushängenden Augen.

»Erunnos?«, raunte die Jägerin und drehte suchend den Kopf, neigte ihn leicht und lauschte. »Erunnos! Bist du noch da? Bitte, verschone uns! Niemals mehr verstoßen wir gegen deine Regeln. Hörst du?«

Goïmron sah ihre zerplatzten Augäpfel wie zertretene Trauben im Schädel kleben. Helle Flüssigkeit mischte sich mit fließendem Blut. *Vraccas, was … was habe ich mit meiner Magie angerichtet?*

»Erunnos!«, schrie die Jägerin entsetzt und erhob sich schwankend. »Zeige Gnade! Ich flehe dich an! Zeige Mitleid und Gnade!«

So gut es ging riss sich Goïmron zusammen. »Kniet nieder, und ich überlege, wie hart eure Strafe ausfallen wird«, sprach er krächzend.

Die drei kamen seiner Aufforderung nach.

Anschließend ging er zwischen ihnen umher und versuchte, die Schäden mit dem Karneol zu beheben. Er fühlte deutlich, dass die gespeicherte Kraft im Heilstein zu Ende ging. Und einen zweiten hatte er nicht eingesteckt.

»Haltet euch die Hände vors Gesicht und nehmt sie erst weg, wenn ich es euch erlaube.« Sosehr er sich anstrengte, die Jäger und die Jägerin verloren jeweils ein Augenlicht. *Das wollte ich nicht! Vraccas, du weißt, dass ich das nicht wollte!* Dennoch musste er sein Schauspiel als strenger Hüter des Waldes zu Ende führen. »Lasst es euch eine Lehre sein«, presste er heraus, bevor er sich umwandte und ging. »Zählt bis fünfzig und betet, dass die Bärin nicht vorher erwacht!«

Kaum war Goïmron im Unterholz angelangt, begann er zu rennen. *Raus aus dem Buchenwald!*

Er ertrug den Ort nicht länger, an dem er in guter Absicht Schlimmes angerichtet hatte. *Und das nur, weil ich mit meiner Magie nicht umzugehen verstehe!* Er hatte gefühlt, wie zu viel Kraft aus dem Jaspis geflutet war, ohne dass er etwas dagegen unternommen hatte. Hatte er es in seinem Zorn genossen, die Menschen zu bestrafen? *Ich Narr! Ich Einfaltspinsel und überheblicher Idiot. Am Ende werde ich sein wie Mostro.*

Die Hügel und Mauern von Malleniaswacht hoben sich vor dem lichter werdenden Gestrüpp ab, und endlich verließ er den Stadtwald.

Goïmron ahnte nun, weswegen ihn Tallas belogen hatte, als er sagte, der Zwerg könne keine Magie wirken. *Weil er wusste, dass ich ein Stümper bin. Weil ich eine Gefahr bin. Weil ich es lassen sollte.*

Während er ins unauffällige Gehen verfiel und die Straße entlang zitternd auf das Tor zuging, schwor sich Goïmron, keine Magie zu wirken.

Niemals mehr! Dabei nahm er den Jaspis mit bebenden Fingern aus der Wamstasche und schleuderte ihn weit von sich ins hohe, saftige Gras. *So etwas wie heute darf sich nicht wiederholen.*

***

DAS GEBORGENE LAND, KAISERREICH GAUTAYA, NAHE WEHRSTADT, 1024 N.B. (7515. SONNENZYKLUS NACH ALTER ZEITRECHNUNG), FRÜHSOMMER

Zimànja hatte den Südausläufer des Schwertspitzengebirges längst passiert. Es schob sich seit dem Beben vor etwa tausend Zyklen im Nordwesten des Geborgenen Landes mitten in das Kaiserreich Gautaya, dem dadurch ein Großteil seines fruchtbaren Landes geraubt worden war. Auffällige Lavakegel formten an den höchsten Stellen Gebilde, die an gereckte Schwertspitzen erinnerten.

Zimànjas Ziel lag westlich davon, nahe Wehrstadt. Sie fegte über die Straße wie ein Wirbelwind. Mit jedem Schritt ihrer magischen Stiefel, die aus feinstem Kindsleder gefertigt waren, legte sie eine beträchtliche Strecke zurück, als würde sie einen riesigen Satz machen. So schaffte sie innerhalb einer Sanduhr je nach Landschaft zehn bis zwanzig Meilen ohne besondere Anstrengung. Sollte sich die Straße in ihrem Verlauf und Beschaffenheit anbieten, griff sie auf die Besonderheit ihres Handkarrens zurück und reiste noch schneller voran.

Da ihr Ziel näher kam und sie die Tarnung als Scherenschleiferin nicht verlieren durfte, verfiel sie in normales Gehen. Den Karren mit dem Schleifstein und der Auswahl an Klingen und Scheren zog sie dabei hinter sich her.

In etlichen Meilen Entfernung erhob sich Wehrstadt, im Rücken die Hänge des steil aufragenden Roten Gebirges und daneben das Schwertklingenmassiv als seitlicher Schutz. Der Farbverlauf im Gestein, von grau zu rot, erinnerte die Ragana an verblassendes, verwaschenes Blut.

Zimànja wandte den Blick nach Süden, wo ringsherum viele kleine Seen und niedrig wachsende Wälder lagen. *Da ist das Gebiet der Wunder.* Der starke, stete Wind ließ die Bäume und Büsche mit leichter Neigung nach Osten wachsen, als fürchteten sie sich vor Wehrstadt.

Und da ist Mostro. Eine riesige Mauer stemmte sich empor, mit der sich der anmaßende Famulus vor Besuch schützte. Um die Mauer wiederum lag ein Ring aus rundlichen Zelten. Es wirkte, als hätten die Parsoi Khi die Festung gefangen gesetzt.

Zimànja schwenkte auf den breiten, schlammigen Weg ein, der auf das Tor des Bollwerks zuführte. *Bald ist es geschafft.*

Früher hatte sich anstelle der Befestigung ein Eisendornwald erhoben, der durch die Feuer der Albae in Rauch aufgegangen war. Danach hatte sich der Famulus zu einem Magus erklärt und das Gebiet besetzt, um jeglichen anderen Interessenten den Zutritt zu verwehren. Mostro wollte Rhuta bis zum Winter erobern, da er meinte, dass ihm als Nachfolger von Vanéra die Herrschaft über das Zauberreich gebührte. Hinter den Mauern forschte er nach einem Mittel, um die magische Barriere rund um Rhuta zu brechen, erzählte man sich. Ohne Rücksicht auf alles.

Aber nicht mehr lange. Zimànja kam den Zelten der Parsoi Khi nahe. Hunde umsprangen sie bellend und machten die Bewohner auf die Scherenschleiferin aufmerksam. *Der Moordiamant gehört meiner Sippe. Er wird dir nicht als Kraftquelle dienen. Und dein Leben hole ich mir obendrein.*

Ein Mann und eine Frau der Parsoi Khi näherten sich aus einem kleinen Bretterverschlag, der als Wachhäuschen diente; er hielt einen Speer, sie einen Bogen mit Pfeil auf der Sehne. Anstatt der üblichen Kleidung mit Eisen- und Ledermieder über Gewändern aus fließenden Stoffen trugen sie leichte Lederpanzerungen und wirkten ungewöhnlich aufmerksam. Deutlich erkennbar waren die senkrechten weißen Striche auf den safrangelben Gesichtern, die von den Augen die Stirn hinauf und über die Wangen hinab bis zum Unterkiefer verliefen.

»Ich grüße dich«, sprach der Mann. »Bleib bitte stehen und sage uns, was du hier suchst.«

Aufhalten lassen würde Zimànja sich von ihnen nicht. Sie hatte mit den Parsoi Khi keinerlei Erfahrung und wusste nicht, ab welcher Entfernung sie Magie mit ihrem außergewöhnlichen Spürsinn wahrnahmen. Daher hatte sie auf eine Gestaltveränderung verzichtet, wie sie sie sonst zur Verschleierung einsetzte. Die Wachen sahen eine Frau von fünfunddreißig Zyklen in derber, mehrfach geflickter Kleidung, die ihre langen schwarzbraunen Haare zu Widderhörnern aufgerollt hatte.

»Oy, dienlich will ich sein.« Zimànja hielt an, pochte gegen den Karren und ließ den Schleifstein einmal drehen. »Dein Speer könnte einen Schliff gebrauchen. Und die Pfeilspitze mache ich schärfer als eine Rasierklinge.« Zimànja deutete auf die Festung. »Bevor ich nach Wehrstadt gehe, um den Leuten dort Messer, Scheren und Äxte zu feilen oder Töpfe auszubessern, wollt' ich einen Abstecher zu diesem Magus machen. Und zu euch. Ein paar zusätzliche Münzen verdienen.«

Die Frau stellte sich auf den Weg, ohne den Bogen mit dem Pfeil auf der Sehne zu senken.

Der Mann ging auf sie zu. »Ich denke nicht, dass Mostro deine Dienste braucht. Und wir auch nicht. Wir …« Abrupt verstummte er, und seine Augen wurden schmal. Dafür öffneten sich die Schlitze rechts und links der Nase leicht. Ein leises Pfeifen erklang, als der Parsoi Khi die Luft schnell und tief einatmete. »Einen Moment«, sagte er abwesend, als konzentriere er sich auf feine, ausgefallene Geruchsnuancen. »Du hast etwas Magisches an dir, bei dir, das ich nicht kenne.« Sein Blick richtete sich auf die Stiefel. »Das sind Artefakte, wie ich sie noch nie gesehen habe. Was ist das? Woher stammen sie?«

Verflucht! Zimànja hätte nicht gedacht, dass die Schwierigkeiten so früh begannen. »Ich bekam sie als Lohn für meine Arbeit geschenkt«, log sie und überlegte, wie sie den Wächtern entging und ohne Aufsehen bis zum Tor gelangte.

Nach dem Bretterverschlag folgten zwei größere, offene Jurten rechts und links der Straße, in denen sich weitere Parsoi Khi aufhielten und rege unterhielten. Etwas hatte sie aufgebracht. Mehrmals wurde auf die Festung des Famulus gezeigt.

Wenn sie meine Magie ebenfalls bemerken, wird es anstrengender als gedacht.

»Was ist mit deinem Karren? Ich spüre fremdartige Zauberei in ihm. Auch ein Geschenk?« Die Stimmlage des Mannes enthielt Schärfe und Misstrauen. »Oder bist du eine getarnte Famula, die ihrem Meister heimlich etwas zukommen lassen möchte?«

»Oy, ich?« Zimànja lachte. »Nein, gewiss nicht. Ich bin nur eine Scherenschleiferin und sehr müde.« Nacheinander löste sie die Sicherungen der Schubladen, öffnete sie und nahm verschiedene Schneidwerkzeuge heraus, um sie zu zeigen und preisend hochzuhalten. »Von Hand geschmiedet oder aus Blech gestanzt, ich habe für jeden Preis etwas.« Dann nahm sie die Bügelscheren mit den handlangen Blättern heraus. »*Das* sind die Besten von allen, wenn auch nicht das Neuste, was man auf dem Markt finden kann.« Sie ging auf den Wächter zu. »Sieh nur, wie präzise die Klingenflächen übereinanderlaufen.« Mit ein, zwei Bewegungen ließ sie die Werkzeuge in ihren Händen kreisen und spielerisch zuschnappen. Sie liebte das Geräusch.

»Bleib zurück«, sagte der Parsoi Khi und senkte drohend den Speer. »Ich muss noch –«

»Yoldas, Achtung! Sie ist eine Ragana!«, fiel ihm die Frau ins Wort und zog die Sehne zurück, die Pfeilspitze richtete sich auf Zimànja. »Der Magus holt sich im Ringen um das Zauberreich neue Verbündete!«

Damit war es entschieden: Es *wurde* anstrengender als gedacht.

Zimànja schob den Speer mit einer Schere auf die Seite, glitt mit den geöffneten Blättern seitlich daran herab und kappte die Finger des Mannes. Noch bevor er vor Schmerzen schreien konnte, rammte sie ihm die Spitzen durch den Hals und erstach den Laut.

Dabei schleuderte sie ihre zweite Bügelschere nach der Schützin, die gerade die Finger von der gespannten Sehne nahm.

Die offenen Schneiden trennten die Fasern, der Pfeil trudelte wirkungslos davon. Die Spitzen fuhren in die Augen der Parsoi Khi und töteten sie auf der Stelle. Rücklings fiel sie in den Matsch.

Zimànjas Angriff hatte keine zwei Herzschläge gedauert. Rasch zog sie die Leichen ins Wachhäuschen, bevor sie von den übrigen Bewohnern bemerkt wurden. Sie nahm die Scheren an sich, wischte die Klingen an der Kleidung der Toten ab, und lauschte nach dem Innern des Kabuffs. *Kommt jemand?*

Der Disput vor und in den größeren Zelten nahm die ganze Aufmerksamkeit der Belagerer in Beschlag.

Ich und eine Verbündete des Famulus? Sie lachte stumm auf und trat hinaus. Rasch ging sie mit dem Handkarren die Straße entlang, hielt Kopf und Blick gesenkt. Schritt um Schritt ging es auf das Tor zu.

Zimànja verringerte die Geschwindigkeit, um nicht aufzufallen. Im Vorbeigehen schnappte sie einige aufgebrachte Worte der Parsoi Khi auf, auch wenn sie den Dialekt kaum verstand. Anscheinend ging es in der Unterhaltung um den Verbleib zweier Kinder.

Damit wurde es gefährlich für sie. Sollten die Männer und Frauen bemerken, dass sie eine Ragana war, fiel der Verdacht von selbst auf sie. *Dabei habe ich damit nichts zu schaffen.* Keiner würde ihr glauben, erst recht nicht, sobald man die Leichen der erstochenen Wachen fand.

Aus dem Augenwinkel nahm Zimànja wahr, dass ihr ein-, zweimal jemand nachblickte. Aber da die Wächter sie hatten passieren lassen, hielt niemand sie auf.

Schließlich erreichte sie das Tor und läutete über Griff und Kettenzug die Glocke im Innern. »Oy! Ihr da!« Über ihr schauten mehrere Wachen gleichmütig aus den geöffneten Bodenschießscharten zu ihr hinab. »Macht auf!«

Es dauerte lange, bis ein metallverschlossenes Guckloch im Tor geöffnet wurde. Dahinter erschien ein blassblaues Frauenauge. »Ja?«

»Ich bin Amîz die Scherenschleiferin und bitte um ein Lager für die Nacht«, sprach sie laut genug, damit die Wachen hinter den Schießscharten sie hörten. Dann senkte sie die Stimme. »Lass mich ein. Ich bin Mostros Spionin und schmuggle Artefakte. Wenn die Parsoi Khi das bemerken, werde ich sterben, und die Artefakte sind verloren.«

»Oh! Das … woher soll ich wissen, dass dies die Wahrheit ist?«, gab die Frau jenseits des Tores überrumpelt zurück. »Ich kenne dich nicht und habe keine Anweisungen bezüglich einer Amîz.«

»Warum sollte ich lügen? Um ins Innere zu gelangen und die Festung alleine einzunehmen?« Zimànja hörte hinter sich Stimmen der Belagerer, die lauter wurden. *Sie kommen!*

»Berengart könnte dich geschickt haben. Weil er bemerkt hat, dass der Meister fort ist«, lautete die nachdenkliche Erwiderung.

Mostro ist fort? Zimànja fluchte innerlich. *Also bin ich wieder einmal am falschen Ort.* »Wohin …?«, setzte sie an, als ein Alarmruf in ihrem Rücken erschallte. Die ermordeten Wachen waren gefunden worden. Wagen- und Fußspuren machten es leicht, die Schuldige aufzuspüren. Laut tönte eine Triangel, gepaart mit einem scheppernden Gong.

Verdammt! Zu früh! »Da siehst du es! Sie wollen die Artefakte!«, sprach Zimànja hastig. Sich durch die Reihen der Parsoi Khi zu kämpfen musste schiefgehen, gerade in Anbetracht der besonderen Kräfte, die sie immun gegen Magie machten. Ihre einzige Rettung war die Festung des Magus. »Lass mich ein!«

Die Unbekannte auf der anderen Seite des Tores schien unschlüssig. »Ich weiß nicht«, druckste sie herum. »Das müsste Eogan entscheiden. Er ist der oberste Famulus, wenn der Meister fort ist.«

»Bis du ihn gerufen hast, bin ich tot und die Artefakte verloren«, rief Zimànja und warf einen Blick über die Schulter.

Ein Pulk Parsoi Khi näherte sich, Speere und Schwerter gezogen. Andere richteten fahrbare Schilde gegen die Festung, falls vom Wehrgang geschossen werden sollte.

»Welche Artefakte sind es?«

»Oy! Öffne, verflucht!«, schrie Zimànja und duckte sich hinter ihren Karren, als sie das Sirren von Pfeilen vernahm. Die Geschosse krachten gegen das Tor und in das Holz ihres Gefährtes. »Wenn mir etwas geschieht und Mostro davon erfährt, wird er dich hinrichten!«

Klackend entriegelte sich die kleine Tür im großen Flügel und öffnete sich. »Komm! Aber wehe dir, wenn du mich zu täuschen versuchst.«

Zimànja zerrte den scheppernden Karren Hals über Kopf durch den engen Durchlass und rutschte dabei mehrmals auf dem weichen Boden aus. Schlitternd gelangte sie ins Innere der Festung und stürzte neben dem Handwagen in den kalten Schlamm. Das dunkle Prasseln gegen das Tor stammte von Pfeilen. Nur wenige Atemzüge später, und Zimànjas ganzer Leib wäre durchbohrt gewesen.

Sie fand sich in einem offenen Vorhof wieder, hinter dem sich mehrere Gebäude erhoben und in dem sich eine riesige Gartenanlage mit grünenden Pflanzen und blühenden Sträuchern erstreckte.

»Danke.« Sie sah seufzend auf und zog sich an den Speichen in die Höhe. Dreck klebte überall an ihren Stiefeln und am Umhang. »Mostro wird sich dir erkenntlich zeigen. Du hast seiner besten Spionin das Leben bewahrt.«

Neben der dunkelhaarigen Famula in der blauen Robe hatten sich fünf Schwerbewaffnete aufgebaut, die ihre Speere und Schwerter drohend gegen die Ragana richteten. Alle trugen die Armbinde mit Rhutas Wappen.

»Welche Artefakte bringst du dem ehrenwerten Magus, Amîz?«, fragte die Famula.

Zimànja nahm ihr Amulett aus Bein- und Holzkomponenten

mit Edel- und Bernstein unter dem Kleid hervor. »Ein schwarzer Nachtdiamant. Aus den Sümpfen der Ragana. Schwer zu bekommen, aber unermesslich wertvoll«, sprach sie gespielt ehrfürchtig. »Er passt ausgezeichnet zu Mostros Sammlung«, sagte sie und hoffte auf einen Hinweis, wo Chòldunjas Diamant abgeblieben war.

Die Famula betrachtete den düsteren Edelstein und zeigte sich beeindruckt. »Das wird dem Meister bei seinen Experimenten helfen. Aber eine Sammlung hiervon besitzt der ehrenwerte Magus meines Wissens nicht.«

»Er wird nicht jedem seiner einfachen Famuli derlei auf die Nase binden. Du wusstest auch nicht, dass ich seine Spionin bin.« *Also versteckt er den gestohlenen Moordiamanten. Oder trägt ihn bei sich.* »Ich muss dem ehrenwerten Mostro selbst berichten, wie ich an den Nachtdiamanten gelangte und wie man ihn einsetzt.«

»Natürlich. Entschuldige.« Sie deutete auf ein kleineres Haus unmittelbar neben den Ausläufern der Gartenanlage. »Mein Name ist Kelja. Komm, ich zeige dir, wo du dich aufhalten und warten kannst, Amîz.«

»Wo ist Mostro denn hin?«

»Heimlich aufgebrochen nach Rhuta. Zu einem Kriegszug«, berichtete Kelja. »Er meinte, er habe einen Weg gefunden, die Barriere zu durchdringen. Eogan und wir sichern solange das Gebiet der Wunder gegen Unbefugte.«

»Ein Kriegszug. Er alleine?«, vergewisserte sich Zimànja. *Was versucht dieser Trottel?*

Kelja nickte. »Der ehrenwerte Magus geht von einem Sieg aus.« Sie öffnete die Doppeltür des Hauses, dessen Inneres vor Gold funkelte, als wäre das Metall billig wie Blech. »Lass deinen Karren –«

»Nein, mein Karren muss ins Trockene. Es sind zu viele wertvolle Scheren darin«, widersprach sie und schob das schlanke Gefährt hinein.

»Wie du wünschst.« Kelja übernahm die Führung durch die Eingangshalle. »Der Sieg wird im Handumdrehen errungen sein.«

Daran zweifelte die Ragana. »Ich nehme an, er wird danach zurückkehren?«

»Das weiß nur der ehrenwerte Magus. Er sendet Nachricht, was hernach zu tun ist.« Kelja öffnete die Tür zu einem geräumigen Zimmer, das nicht weniger verschwenderisch eingerichtet war, und ließ Zimànja den Vortritt. »Hierinnen findest du alles, was du benötigst.«

»Wann soll der Angriff beginnen?«

»In genau … zwei Umläufen.«

Zimànja überschlug die Entfernung nach Rhuta. *Vielleicht vermag ich ihn einzuholen?* »Oy! Dann ist Mostro schon längere Zeit unterwegs?«

»Du weißt, dass er ein Magus ist. Er vermag sich schnell zu bewegen, wenn er möchte«, gab Kelja bewundernd zurück. »Nun ist es aber genug mit dem Schwatz. Ich muss mich um die Belange der Festung kümmern und die Parsoi Khi verscheuchen. Solltest du Hunger bekommen, wir treffen uns in zwei Sanduhren zum gemeinschaftlichen Mahl. Wir hören gerne deine Geschichte, wie du zu seiner Spionin wurdest.« Sie gab den fünf Bewaffneten einen Wink. »Sie achten auf deine Sicherheit, solange du bei uns bist.«

Zimànja schreckten die Aufpasser nicht.

Da sich Mostro mit irgendeinem Zauber schnell, vielleicht schneller bewegte als sie, war eine Verfolgungsjagd eine schlechte Idee. Außerdem lauerten vor den Toren die Parsoi Khi, die genau wussten, was sie war.

Daher entschied sie, sieben Umläufe abzuwarten, ob sich Mostro nach seinem Sieg wieder auf dem Gebiet der Wunder einfand. Sollte er die Schlacht verlieren, musste sie ohnehin anders bei ihrer Suche nach dem Moordiamanten vorgehen.

»Ach, eine Frage noch, Kelja.«

»Ja?«

»Ich hatte vernommen, dass die Parsoi Khi zwei ihrer Kinder vermissen. Weißt du etwas darüber?«

Die Famula lächelte. »Das ist Teil des Plans des ehrenwerten Magus. Und mehr möchte ich dir nicht sagen. Er wird es dir bald selbst erzählen. Nach seinem glorreichen Sieg gegen den anmaßenden Berengart und seine gesetzlosen Brigantiner.« Sie zog die Tür hinter sich zu. »Erhole dich, Amîz.«

Vor den Fenstern der Unterkunft erhoben sich die fünf Umrisse der Wachen.

Zimànja machte es nichts aus, mehr oder weniger eine Gefangene zu sein. *Ich bin sicher, trocken und warm untergebracht. Was will ich mehr?*

Sie sah die kupferne Badewanne und den heizbaren Zuber mit Wasser daneben. Schnell war ein Feuer entfacht, um Wasser zu erwärmen und sich ein Bad zu gönnen.

Zimànja streifte die schmutzige Kleidung ab und stieg in die dampfende Wanne. *Was hat sich der Famulus wohl ausgedacht?* Bald würde sie es aus erster Hand erfahren. *Dann kommt mein Moment der Rache. Oh, er wird Augen machen!* Ihre Bügelscheren lagen jederzeit griffbereit.

***

DAS GEBORGENE LAND, FREIE STADT MALLENIASWACHT, 1024 N.B. (7515. SONNENZYKLUS NACH ALTER ZEITRECHNUNG), FRÜHSOMMER

Goïmron fuhr auf dem Laufrad, in Hemd, Wams und Kniebundhose, die Hauptstraße des fünften Hügels entlang und bewunderte, wie sich Malleniaswacht für die Zusammenkunft der fünf Zwergenstämme herausgeputzt hatte. *Das habe ich so nur bei der Gründungsfeier so gesehen.*

Anfangs hatte die Neuigkeit in der Stadt keine hohen Wogen

geschlagen, doch irgendwann war die Nachricht aus der Zwergengemeinschaft in den Senat getragen worden, da Genehmigungen eingeholt werden mussten. Sogleich hatte das Gremium beschlossen, eine große Sache daraus zu machen. Es sei eine herausragende Ehre, der Wahlort des zwergischen Großkönigs oder der Großkönigin der zu sein, und das solle zelebriert werden. Flugs wurden Fassaden verschönert, neu verputzt und bemalt, Straßen ausgebessert und Girlanden mit Wimpeln und Lampions über die Straßen und Gassen gespannt. Die Brauereien sollten verschiedenste Biere anbieten und neue Rezepturen zu Ehren der Königinnen und Könige entwickeln. Ein Wettstreit um das beste Bier wurde ausgelobt.

Gleichzeitig verbreitete der Senat die Nachricht in ganz Gauragon, um möglichst viele Neugierige und Schaulustige von außerhalb nach Malleniaswacht zu locken. Sie bedeuteten Einnahmen für die Gasthöfe, Herbergen und Bewohner, die ein Zimmer oder ein Bett vermieteten.

Goïmron nannte den Senat für diese geschäftstüchtige Vorgehensweise »pfiffig«, Goldhand hingegen betitelte die Gäste weniger vornehm mit »Gaffer«. Es seien schlichte Gemüter, die es sich nicht entgehen lassen wollten, Zwerginnen und Zwerge aus verschiedenen Stämmen unschicklich anzustarren wie seltene Tiere. Auch nutzte er die Worte *Zurschaustellung, Zirkus* und *Bestiarium.*

Die Kinder des Schmieds, die seit Generationen in Malleniaswacht lebten, betrachteten das Ganze eher als eine gute Gelegenheit, tüchtig Geld mit Bier zu verdienen. Die Feierlichkeiten mit Unterhaltung, Schaubuden, Verlustierungen, Musik und Tanz hatten fünf Umläufe vor der Unterredung der Königinnen und Könige begonnen. Es gab Märkte auf allen acht Hügeln.

Die Beratungen der fünf Stämme selbst blieben hingegen vertraulich. Jeder Nichtzwerg wurde davon ausgeschlossen.

Morgen wählen sie. Goïmron hatte selbstverständlich den Einzug der Delegationen verfolgt und Gata gewunken, die mit ihren Dritten als Letzte nach Malleniaswacht eingeritten war. Gleich einem schwarzen Strom aus Stahl kamen die Erben Lorimburs durch das Tor und beeindruckten jedermann, der sie erblickte.

Bei der Panzerung, die Gata angelegt hatte, stutzte Goïmron. Es war die ihres Vaters, umgeschmiedet und perfekt auf sie angepasst. Die brünierte Todesrüstung verbarg in etlichen Segmenten versteckte Klingen, die durch Schnappmechanismen im Nahkampf ausfuhren. Stahlfederchen verschossen durch Druckauslöser vergiftete Nadeln aus Brust- und Rückenplatte. Die Schmiedetechnik verband das Wissen der Dritten mit dem der Albae und stammte aus jenen Umläufen, als die beiden Völker sich nahegestanden hatten. Der Umgang damit erforderte viel Übung und machte den Träger zu einem kaum zu bezwingenden Gegner.

Beim Anblick der schwarz gerüsteten Zwergenkriegerinnen und -krieger war es auf der Breitenallee still geworden. Hatte die Menge den Delegationen der Stämme zuvor zugejubelt und Fähnchen geschwenkt, wagte es bei den Dritten kaum jemand, in fröhliche Hochrufe auszubrechen.

Und das, obwohl ihr Gebirge nicht weit entfernt liegt. Man müsste sich kennen. Goïmron hatte Gatas ernstes Gesicht betrachtet. Ihre einst blonden Haare waren kohlrabenschwarz gefärbt, und eine neue, dunkelblaue Ehrentätowierung verlief über Stirn und Jochbein, was ihr noch mehr Düsterkeit verlieh. Noch hatte es keine Gelegenheit gegeben, mit ihr zu sprechen. Die Dritten schotteten sich ab und blieben unter sich. Und es betrübte ihn, weder Hargorina noch Brûgar oder Belîngor in der Delegation gesehen zu haben. *Wo stecken sie?*

Ein Gerücht machte die Runde, es habe vor dem Aufbruch der Königin ein schweres Gefecht am alten Osttor gegeben, das Gata als Einzige überlebt habe. *Das könnte sowohl ihren martialischen Auftritt als auch die frischen Runen in der Haut erklären.*

Goïmron schnurrte mit dem Laufrad auf die Zunfthalle der Zwergengemeinschaft zu, in der die Versammlung am kommenden Umlauf stattfinden würde. Der Umgang mit dem Vehikel fiel ihm leicht. Es machte ihm Spaß, die Hügel auf zwei Rädern hinabzurasen, wobei der Wind durch die kurzen schwarzen Locken und die Koteletten rauschte. Es erforderte Geschick und Reaktionsschnelle, Fußgängern und Gespannen auszuweichen. *Als Nächstes kaufe ich mir ein Pedalrad. Damit komme ich die Hügel leichter hoch.*

Goïmron gehörte zum eigens gegründeten Festrat, der für die reibungslosen Abläufe der Zusammenkunft zuständig war. Anfangs hatte er sich gegen die Berufung in das Gremium wehren wollen, doch sein Protest war schlicht ignoriert worden. Als Held des Geborgenen Landes und Vertrauter von Tungdil Goldhand betrachtete man es als seine Pflicht.

Am Mittag stand die finale Abnahme des Programms an. Das bedeutete viele Kontrollen, Vergleiche und womöglich Verbesserungen bis zum letzten Sandkorn in der ablaufenden Uhr. Goïmron stellte das Laufrad ab und betrat den Vorraum. Sogleich bekam er von einer Helferin ein Klemmbrett mit einer mehrseitigen Liste in die Hand gedrückt. Mit einem Graphitstift sollte er erledigte Dinge abhaken oder vermerken, was noch zu tun sei.

Und die Liste war lang.

Sehr lang. Die Zwergengemeinschaft von Malleniaswacht wollte sich von ihrer besten Seite zeigen und überließ nichts, aber so gar nichts dem Zufall. *Vraccas, stehe mir bei! Wir werden bis zum Einbruch des Abends damit beschäftigt sein.* Während er die Liste überflog und blätterte, betrat er die Halle, in der sich für gewöhnlich die Zwergenzünfte trafen.

Die Gildenwappen waren abgehängt oder abgedeckt worden, stattdessen prangten die Fahnen, Banner und Symbole der fünf Stämme an den Wänden. Die Halle war komplett aus Stein errichtet und dem Innern eines Berges nachempfunden. Es roch sogar nach Gebirge und Stein. Einzig die vielen Lichtluken und -schlitze zerstörten die Illusion, man befände sich tief unter der Erde.

Goïmron sah den Festrat um die kreisrunde Tafel schreiten und die Platzbreite kontrollieren, die jedem Stamm zugedacht war. Allenthalben wurde geputzt, gewienert und poliert, sodass Gläser,

Abdeckungen und jegliches Metall blinkte und glänzte. Eine große Bühne war aufgebaut worden, auf der in den Besprechungspausen verschiedene Darbietungen zur allgemeinen Auflockerung gezeigt werden sollten.

Gerade probte Rodana ihr Schattenspiel, hantierte mit den Stabpuppen und erweckte ein neues Stück zum Leben, das sie eigens für diesen Anlass ersonnen hatte. Sie sah in ihrem dunkelgrünen Kleid bezaubernd aus.

»Goïmron, meine Stimme!«, traf ihn Goldhands Ruf von der Seite. »Auf ein Wort, bevor dich der Festrat in seinen Krallen hat.« Der Zwergengreis, der am Rande der kleineren Bardenbühne gestanden hatte, kam auf ihn zu. Er hatte ein bequemes, weites Gewand in Erdtönen gewählt. Bierflecken gab es darauf ebenso wenig wie Essensreste. Er schien sich im Griff zu haben.

An der Bühne blieb Vraccimbur zurück, der vor Selbstbewusstsein und Kraft nur so strotzte. Harnisch, Körperhaltung, Gesichtsausdruck sowie die füllige, blonde Haarpracht machten aus ihm das perfekte Modell für grandiose Kriegerstatuen, wie Goïmron resigniert feststellte. *Vraccas, das ist nicht gerecht. Er hat nur Vorzüge.*

»Ich möchte dich um einen Gefallen bitten«, sagte Goldhand und senkte die Stimme, als er ihn erreicht hatte. Freundschaftlich legte er ihm die Hand auf den Rücken. »Begleite mich in den Vorraum. Hier gibt es zu viele neugierige Augen und Ohren.« Sein Atem roch frisch und nach Minze, keine Spur von Trunkenheit.

»Gerne.« Goïmron sah nochmals zu Vraccimbur, der ihm zuzwinkerte und hinüber zu Rodana schlenderte. *Zu Tion mit ihm! Er wird versuchen, bei ihr zu landen. Trotz seines Versprechens.* Offenbar sah sich der Schaukämpfer von seinem Schwur der Zurückhaltung entbunden, weil er mithilfe von Magie und damit zu Unrecht besiegt worden war. »Was haben du und der Muskelzwerg besprochen? Ist es wegen morgen?«

Sie verließen die Zunfthalle und traten in eine Ecke des Vorraumes.

»Ich hoffte lange auf ein Zeichen, wie du weißt. Endlich sandte es Vraccas«, begann Goldhand bewegt. Seine Augen waren klar, seine Stimme fest. »Vraccimbur ist derjenige, der die fünf Stämme vereinen kann. Durch seine Abstammung. Durch seinen Ring. Niemand vermag ihn von der Bewerbung auszugrenzen, da er Ahnen sämtlicher Stämme in sich vereint.« Der Greis sprach schnell und voller Begeisterung, der silberweiße Bart wogte, als wollte er den Worten noch mehr Bedeutung geben. »Mit Ataimînas' Ring vermag er die Elben zu allem zu bewegen, was wichtig für das Geborgene Land ist.« Er fasste Goïmron an beiden Schultern. »Verstehst du, was ich damit sagen will?«

»Selbstverständlich. Vraccimbur soll Großkönig werden«, fasste er wenig überrascht zusammen. *Er ist besessen von diesem schrägen Gedanken.* »Aber … verzeih, wenn ich das einwerfe, doch … was wissen wir wirklich über seine Herkunft? Das wird man von ihm hören wollen. Die Zeit des Vertröstens ist vorbei, wenn er sich bewirbt.«

Verblüfft sah ihn Goldhand an. »Wie meinst du das? Du hast seine Siegel gesehen. Du hast seine Abzeichen geprüft, und die Abschriften von –«

»Bei allem Respekt, Tungdil. Ich suche seit vielen Zyklen in Kuriositätenhändler Soltos Magazinen nach Relikten unseres Volkes. Ähnliche Dinge, die Vraccimbur besitzt, fand auch ich. Macht mich das zu einem Allfünfer?« Goïmron fühlte den härter werdenden Griff des Greises an seinen Schultern; die schonungslosen Worte schmerzten ihn. »Genau diese Fragen und andere werden die Königinnen und Könige stellen.«

»Das ist mir gleich«, kam es bockig zurück.

»Dein Vorhaben wird scheitern, wenn du die gekrönten Häupter nicht zu überzeugen vermagst.« Goïmron legte seine Hände auf die seines väterlichen Freundes. »*Ich* verstehe, wie du zu diesem Entschluss gekommen bist, Vraccas habe dir diesen … Zwerg gesendet. Doch wie vermagst du deine Sicherheit anderen gegenüber zu belegen?«

»Weil ich es fühle!«

Goïmron tat es leid, dem Alten die Zuversicht zu nehmen. *Lieber tue ich es jetzt, und es fallen ihm noch Argumente ein, bevor es morgen in der Besprechung hoch hergeht.* »Damit wird es nicht getan sein«, sagte er sanft. »Man wird denken, dass du in ihm deinen verlorenen Sohn siehst und es deswegen verlangst.«

»Unfug! Wir brauchen einen Großkönig. Der Thron muss besetzt sein. Das gemeinschaftliche Herz der Zwerge muss schlagen«, brauste Goldhand auf und löste seinen schmerzhaften Griff. »Goïmron, ich spüre, dass eine neue Gefahr für uns alle heraufzieht. Eine große, neue Bedrohung, gegen die wir gebündelte Kräfte brauchen! Bevor die Einigkeit unseres Volkes nicht besteht, werde ich die genaue Lage der Durchlässe nicht verraten.«

Also Erpressung. »Zwang wird Unruhe bringen. Damit sollte der Thron nicht bestiegen werden.«

»Druck erzeugt Diamanten, Goïmron. Gerade du als Vierter solltest das wissen.« Goldhand legte eine Hand in den Nacken des Gemmarius. »Du *musst* in der Versammlung ein gutes Wort für Vraccimbur einlegen. Ich mag ein alter Held sein, den man als Narr betrachtet und der seinen Verstand verlieren wird. Aber *du* hast das Geborgene Land gerettet. Hast einen Drachen getötet.« Er zeigte auf sein goldenes Mal an der Hand, um anschließend auf die Narben auf Goïmrons Gesicht und am Hals zu deuten. »Sagte ich nicht immer, wie ähnlich wir uns sind?«

»Ich kann dennoch keine Königinnen und Könige überreden. Vraccimbur überzeugt nicht einmal mich«, entgegnete er.

»Oh, denkst du, ich kenne den Grund nicht?« Goldhands Miene verfinsterte sich. »Du bist eifersüchtig auf ihn.«

»Was?« Goïmron errötete.

»Weil ich ihn dir scheinbar vorziehe. Und weil er Rodana schöne Augen macht.« Goldhand atmete lange aus, seine Stimme senkte sich. »Sei kein Narr, Goïmron! Ich weiß, dass die Kinder des Schmieds und das Geborgene Land ihn brauchen werden. Ich sah es in meinen Träumen, die mir Vraccas sandte. Und die kamen ganz ohne Bier oder Met über mich.« Er legte seine furchige Stirn gegen Goïmrons. »Vraccimbur wird *dich* brauchen. *Deine* Magie. Nur gemeinsam werdet ihr das Übel aufhalten.«

»Ich habe der Zauberei abgeschworen. Sie ist nicht mein Weg«, wehrte er sogleich ab. »Er muss sich einen richtigen Magus suchen.« Goïmron löste sich mit einem freundlichen Lächeln aus dem Griff. *Ich kann nicht der Amboss in seiner Pläneschmiede sein.* »Möge Vraccas morgen mit euch beiden sein. Er sandte dir die Zeichen und Träume. Da wird er am kommenden Umlauf ebenso an eurer Seite sein.« Er hob andeutend das Klemmbrett mit der Liste an. »Jetzt mache ich mich ans Werk. Darauf stehen viele Punkte.« Er wandte sich mit einem entschuldigenden Lächeln um und kehrte in die Zunfthalle zurück.

Vraccimbur stand wie befürchtet bei Rodana und unterhielt sich mit ihr, als wäre er auf Brautschau und nicht die Hoffnung der Zwergenstämme gegen nahendes Übel. Als er den Vierten sah, hob er die Hand zu einem spöttischen Gruß.

Ich werde dir niemals helfen. Goïmron lachte lautlos und falsch zu ihm hinüber und ging zur Bühne. *Die Kinder des Schmieds werden einen Besseren finden als dich.*

Rodana eilte ihm aufgeregt entgegen. »Stell dir vor, was Vraccimbur soeben erzählte!«

Innerlich wappnete sich Goïmron für eine Anmaßung. »Ich kann es mir schon vorstellen.«

»Nein, kannst du nicht.« Sie nahm seine Hände und schüttelte sie freudig. »Ich glaube, er hat Sònuk gesehen. Er lebt!«

Das kam überraschend und war die beste Nachricht seit Langem.

Und der Umlauf wurde noch besser, als ihn Rodana im Überschwang umarmte. Goïmron lächelte und übersah Vraccimbur einfach.

***

»Gebirge erklimmt man nicht nur mit Seil und Pickel, sondern mit Demut im Gepäck.«

Zwergische Redensart

KAPITEL VIII

DAS GEBORGENE LAND, ZAUBERREICH RHUTA, 1024 N.B. (7515. SONNENZYKLUS NACH ALTER ZEITRECHNUNG), FRÜHSOMMER

»Elora! Wo sind die Pralinen mit der Nuss-Minz-Cremefüllung? Ich dachte, wir hätten gesagt, sie sollen neben der Honigmandelmilch sein, damit ich sie sofort finde?«

Stémna unterbrach das Aufräumen in der riesigen Wohnhalle, in der vier bis fünf Familien spielend leicht Unterkunft gefunden hätten, und wandte sich zu Klaey Berengart um. Seine Stimme klang wie die eines Raben, krächzend und knarrend, was er der Attacke eines Albs im vergangenen Zyklus verdankte.

Für ihn war sie *Elora*, äußerlich um die vierzig und verlässliche Sklavin, mit fingerlangen hellen Haaren und einer eingeflochtenen Locke aus grauem Rossschweif, das Zugehörigkeitszeichen der Doulia. Ihr wahres Ich kannte er nicht.

Berengart stand etwas verloren in seinem bestickten, seidenen Schlafrock mitten im Raum und blickte verwirrt um sich. An den Füßen steckten warme Puschen mit Federn und Perlen, die einst Vanéra gehört haben mussten; seine Fersen ragten über den hinteren Rand hinaus.

»Gewiss, Herr.« Sie lächelte freundlich unter ihrer aufwendig gestalteten Halbmaske, die etwa die Hälfte ihres Gesichtes bedeckte und schräg über ihre Züge verlief. Sie hatte sich eine dramatische Geschichte ausgedacht, weshalb sie sie dauerhaft trug, und sie war offenbar eindrucksvoll genug, dass er sie gewähren ließ.

Letztlich ging es darum, dass Berengart Stémna nicht als einstige Stimme der Drachin Ûra erkannte. Einmal waren sie sich auf dem Schlachtfeld begegnet, und dabei hatte sie ihm den Flugmahr gestohlen. Bislang hatte der Brigantiner keinen Verdacht geschöpft.

»Herr, Ihr findet alles, was Ihr mögt, gleich an jedem Eingang.« Stémna zeigte auf die festgeschraubten Podeste an der Wand, auf denen sie die Naschereien in Schüsseln und Gläschen zum Mitnehmen drapiert hatte. »Wo wollt Ihr Euch platzieren? Ich bringe Euch sogleich, wonach Euch der Sinn steht.«

»Du bist wie eine dritte Hand am Leib, Elora. Und eine vierte dazu.« Berengart seufzte und schlenderte zur langen Ruhebank nahe dem Südfenster, um sich in die Sonnenstrahlen zu setzen. Die langen schwarzen Haare fielen auf die Schultern, auf dem Gesicht stand ein dichter Stoppelbart, den er an den Wangen und am Hals leicht ausrasiert hatte. Das Berengart-Brandzeichen auf der Stirn war mit geschickter Bemalung und einer Lage Blattgold zu einem aufwendigen Körperschmuck geworden. »Wahrlich die Beste, die mir deine Vorsteherin Gubnara senden konnte!«

»Ich trage die Auszeichnung der Goldenen Hand nicht umsonst, Herr.« Stémna ging zum Eingang, stellte eine Auswahl Naschereien zusammen und brachte ihm das Tablett. Das knopfgroße Abzeichen in Form einer Hand, gefertigt aus echtem Gold, glänzte an ihrem einfachen robenähnlichen Gewand auf. »Beflissenheit ist das Selbstverständnis unseres Standes, und unser Stolz, alles für unsere Herrschaft zu geben.« Sie hielt ihm die Süßigkeiten anbietend hin.

»Und das gelingt dir außerordentlich.« Der Mittzwanziger wählte umständlich eine Praline aus und warf sie sich in den Mund. »Das ist so unfassbar lecker!«, rief er, und seine blauen Augen leuchteten vor Glück. »Warum habe ich Rhuta nicht viel früher erobert?«

»Ihr hattet anderes zu tun, Herr.« Stémna sah auf den Letzten der verhassten Familie Berengart, die viele Dekaden in Brigantia das Sagen gehabt hatten und Schuld an großem Leid trugen. Er hatte an Gewicht zugelegt. Die Annehmlichkeiten und das Nichtstun setzten sich an dem einst albhaft schlanken Mann an. Das Regieren über Rhuta verursachte weder Aufwand noch Ärger, denn die Menschen mochten ihn und Adelia lieber als den anmaßenden Mostro. »Aber nun seid Ihr ja gekommen. Die Leute schenken Euch und Euren Leuten ihre Herzen.«

»Das ist mehr, als ich jemals zu träumen wagte.« Berengart lachte und nahm den Becher mit der Honigmandelmilch. »Hach, Elora. Du bist die kandierte Kirsche auf dieser Karamelltorte. Ihr Doulia seid ein wahrlich hilfreiches Religionsvölkchen.«

»Danke, Herr. Zu gütig von Euch.«

»Setz dich zu mir«, sagte er. Offenbar hatte er Langeweile. »Wir essen Pralinen, und du erzählst mir mehr von deinesgleichen.«

Niemals. »Herr, Ihr wisst, dass wir verschwiegen sind. Wie ich Eure Geheimnisse mit in den Tod nehme, so schweige ich über alles, was die Rituale der Doulia angeht«, erwiderte Stémna. »Unser Glaube ist eine heilige Sache und nichts für Außenstehende.«

»Gut, dann lass mich anders fragen: Was ist mit eurem Gott Doul? Wieso verlangt er von euch, als Sklaven zu dienen?« Berengart stopfte sich die nächste Praline in den Mund. Himbeerpüree mit geschlagener Sahne und Krokant. »Woher diese Unterwürfigkeit?«, fragte er undeutlich. »Was erlangt ihr im Gegenzug von ihm?«

»Das würdet Ihr nicht verstehen, Herr. Wenn man nicht als Doulia geboren ist, hat man weder Sinn noch Verständnis für den Glauben«, antwortete sie diplomatisch. »Genießt die Früchte unserer Religion, die für Euch und das Geborgene Land wachsen.«

»Na schön«, gestand Berengart ihr zu und sah ihr nach, als sie sich erneut ans Aufräumen machte. »Du hast ein Händchen für Inneneinrichtung. Als ich dich anwies, die Wohnhalle umzugestalten, dachte ich nicht, dass es so schön werden könnte. Mir ging das Zuckerdekor von Vanéra sehr auf die Nerven.« Seine Blicke schweiften umher. »Es ist viel … beeindruckender geworden. Düsterer, aber mit Stil.«

»Danke, Herr. Mir gefällt es auch. Insofern habt Ihr mir eine doppelte Freude gemacht.« Sie strich die Falten aus dem knöchellangen dunkelgrauen Kleid; um die Hüfte trug sie einen breiten schwarzen Gürtel mit weißen Stickereien.

Berengart lachte und beschäftigte sich erneut mit der Auswahl Pralinen, richtete mit einem Griff die seidene Unterwäsche. »Sag, was steht an, sobald du die Wohnhalle fertig hast?«

»Ihr gabt mir noch keine neuen Aufträge, abgesehen von der Gesellschafterei und der Pflege Eures leiblichen Wohls«, erwiderte Stémna. Sie ordnete die urnenförmigen, bemalten Vasen auf dem Kaminsims neu an. Aus ihnen ragten Hölzchen, die sich mit dem Parfümöl aus dem Inneren vollsogen und angenehmen Duft nach Moschus und Sandelholz abgaben. »Ich harre sehnsüchtig der neuen Aufgaben, Herr.«

Das war eine Lüge, wie fast alles, was mit ihrem Aufenthalt in Rhuta zu tun hatte.

Stémna war weder eine gebürtige Doulia noch unterwürfig. In Wahrheit verlangte es sie nach Rache für ihre alte Herrin, deren Stimme und Verbündete sie gewesen war: die Drachin Ûra. Ein Alb namens Mòndarcai hatte sie mit seinem Runenspeer sowie der Mithilfe des verräterischen Drachen Ardin abgeschlachtet.

Dafür musste der Alb sterben – doch wie sollte sie ihn im Geborgenen Land finden?

Da war Berengart ins Spiel gekommen, der demselben Alb seine zerstörte Stimme verdankte. Ein Stich in seine Kehle hatte die Bänder unheilbar beschädigt.

Nach der Aufnahme bei den Doulia hatte Stémna erfahren, dass Mòndarcai Berengart erschienen war. Der Alb hatte die Brigantiner auf ihrer Flucht nach Rhuta gestellt – und verschont. Er hatte Berengart dafür das Ehrenwort abgenommen, ihm etwas aus Rhutas Kammer der Wunder zu beschaffen, was er sich binnen eines Zyklus abholen wollte.

Damit war Stémna klar gewesen, wohin sie reisen würde. Um die Stelle in Rhuta zu bekommen, hatte sie die eigentlich für Berengarts Dienste vorgesehene Doulia getötet und den Mord als Unfall kaschiert.

Die Eroberung Rhutas hatte sich im vergangenen Winter zugetragen. Somit blieb Berengart nur noch etwa ein halber Zyklus, um Mòndarcai die verlangten Artefakte aus der Wunderkammer zu übergeben. *Meine Rache rückt näher.*

»Neue Aufgaben möchtest du? Gut. Ich hätte da etwas, bei dem ich nicht vorankomme«, gestand Berengart müde und verschlang ohne echten Genuss die sechste Praline, spülte sie mit Honigmandelmilch hinab wie eine lästige Pille. Basilikum, Schokolade und Marzipan. »Du könntest diese Sache für mich übernehmen. Dir vertraue ich.« Er deutete auf das Abzeichen der Goldenen Hand an ihrer Robe. »Niemand ist treuer als eine Doulia, nicht wahr?«

»Bis in den Tod, Herr.« Stémna ließ offen, wessen Tod sie meinte.

»Gut. Ich habe –«

Die Nordtür schwang auf.

Adelia fegte in die Wohnhalle. Die langen blonden Locken hatte sie hochgetürmt, die Ärmel des orangefarbenen Kleids zurückgeschoben. Tintenflecke zierten Finger und Unterarme, in der Linken hielt sie mehrere beschriebene Blätter.

»*Da* steckst du«, rief sie, nachdem sie Berengart auf der Ruhebank entdeckt hatte. »Ich habe mir auf der Suche nach dir schon Blasen gelaufen. Es gibt Neuigkeiten, die ich mit dir besprechen muss.« Nach einem kurzen Blick zu Stémna fügte sie hinzu: »Hoheitlicher Herrscher, meine ich.«

Stémna verbeugte sich sogleich tief und devot, wie es von einer Doulia erwartet wurde.

Berengart lachte mit dunklen Schokozähnen und winkte ab. »Lass das. Du musst vor Elora nicht so tun, als wäre ich dein Herrscher. Sie weiß, dass wir ein Abkommen haben.«

»So? Das weiß sie?« Adelia warf Stémna einen durchdringenden Blick zu.

»Niemals hintergeht eine Doulia ihre Herrschaft. Es wäre ein Verrat an ihrem Gott. Deswegen ist jedes Geheimnis bei ihr gut aufgehoben«, erklärte er und sah bedauernd auf die leere Pralinenplatte. »Ich habe längst keine mehr vor ihr. Sie hat mir gar den Arsch abgewischt, als ich es im Kreuz hatte.«

Stémna bestätigte dies mit einer weiteren Verbeugung. *Wie gerne hätte ich dir dabei einen Dolch in den …*

»Das kommt daher, weil der feine Herr immer fetter wird, statt sich körperlich für den Kampf zu rüsten, der jederzeit ausbrechen kann«, giftete Adelia. »Wie es für einen Eroberer passend wäre!«

»Wer sollte das schon wagen?«, wehrte Berengart mit einem Lachen ab.

»Was ist mit deiner normalen Kleidung, Klaey? In der du wie ein Mann aussiehst?«, stichelte Adelia weiter. »Passt sie nicht mehr?«

»Doch. Schon. Ich wollte nur freier umherlaufen.« Er streichelte sein Bäuchlein, das sich unter dem langen Seidengewand wölbte. »Es steht nichts an, weder Audienzen noch Empfänge. Rhuta genießt eine herrliche entspannte Zeit. Und ich genieße die Ruhe.«

»Dann bringe ich dir miese Nachrichten, die mit einer Händlergruppe aus Gauragon kamen«, setzte Adelia an. »Die Ruhe wird bald vorüber sein. Such den Eroberer in dir. Sonst geraten wir in Schwierigkeiten.«

Stémna setzte das Staubwischen fort. Dabei waren ihren Ohren gespitzt. Sie hatte bei ihrer Ausbildung unter Vorsteherin Gubnara herausgefunden, dass Douls Glaubensgemeinschaft wenig anderes war als ein Netzwerk perfekter Spione. Es zog sich über das gesamte Geborgene Land, sammelte Informationen zu allem und jedem. Die Bespitzelung hatte einzig einen Zweck: die Vorbereitung auf den Umlauf des Erwachens.

Die Grußformel innerhalb der Doulia: »Bis zum Erwachen« spielte auf jenen Moment an, in dem etwas geschehen sollte. Gleichzeitig. Im ganzen Land.

Doch *was* geschehen sollte, das wusste Stémna nicht.

Als nicht geborene Doulia hatte sie die allerletzte Weihe nicht bekommen, bei der eine seltsame Substanz eingenommen wurde. *Was immer sie bewirken soll, ich trinke das Zeug gewiss nicht.*

Adelia setzte sich Berengart gegenüber und hob die Blätter mit ihren handschriftlichen Notizen darauf. »Es hat sich ein Haufen aus Freiwilligen und Wütenden aus dem Norden Gauragons aufgemacht, um an die Grenzen meines –«

»*Meines* Reiches«, verbesserte Berengart entspannt.

Adelia warf ihm einen warnenden Blick zu. »Meines Reiches«, wiederholte sie. »Es sind Menschen, die unter Brigantias Herrschaft und den Berengarts gelitten haben. Sie kommen …« Sie blätterte vor und zurück und las vor: »*… um den Letzten ihrer Unterdrücker zur Rechenschaft zu ziehen.*« Sie sah ihn an. »Das bist dann wohl du.«

Berengart winkte ab. »Lass sie doch. Sie werden bis an den Rand der magischen Barriere gelangen, heulend und zähneknirschend die Mistgabeln und Fackeln schwenken. Nach ein, zwei Umläufen werden sie abziehen, nachdem sie gemerkt haben, dass sie nicht hindurchgelangen und sie Hunger bekommen. Oder wenn ich nicht erscheine, um sie anzuhören.« Traurig sah er über die Pralinenkrümel auf der leer gefutterten Platte. »*Das* macht dir Angst, oh du angehende Maga von Rhuta? Dieser zusammengewürfelte Haufen?«

Stémna kannte die Abmachung, die der Gesetzlose und die Famula eingegangen waren. Die Eroberung war ein abgekartetes Spiel, damit sie das Reich behielt und sich in Sachen Zauberei schulte, während Berengart hinter dem Wall Schutz fand. Damit hatten beide gewonnen. *Es sind sicher mehr als ein paar Hundert Bewaffnete, die da anrücken.*

»Das klingt, als hättest du so etwas erwartet?« Adelia wollte sich etwas von der Honigmandelmilch nehmen.

»Mein großer Bruder Orweyn war verhasst. Der Name Berengart soll ausgelöscht werden.« Berengart schnappte ihr das Getränk flink weg. »Ich sehe es gar nicht ein, für seine Taten zur Rechenschaft gezogen zu werden.« Er nippte an der Milch. »Und ja, ich habe damit gerechnet.«

»Dann hast du auch vorhergesehen, dass Mostro sie aufwiegelt?«

»Äh, nein«, antwortete er ehrlich überrascht. »Warum? Er weiß doch, dass es nichts bringt.«

Adelia warf ihm die beschriebenen Blätter zu. »Er ist bei ihnen.«

»Was?« Hastig suchte Berengart auf dem Papier nach der passenden Passage. Seine Augen wurden größer. »Tatsächlich«, krächzte er. »Dieser miese Zauberstablecker!«

»Er unterstützt die Forderungen der Menschen nach Gerechtigkeit, Rache und Rechenschaft.« Adelia lehnte sich nachdenklich an den gepolsterten Rücken der Bank und rieb an der Tinte auf ihren Fingern. »Ich kenne Mostro. So etwas tut er nur, wenn ihm ein Mittel gegen die magische Barriere eingefallen ist.«

»Kann das sein?«

Ich hoffe nicht. Stémna räumte Figürchen hin und her, lauschte angestrengt und tat, als kümmerte sie das Gespräch nicht.

Die Famula knetete mit den sauberen Kuppen ihre Unterlippe. »Er hat die Zauberei und viele magische Aufzeichnungen in Enaiko studiert. Die Stadt des Wissens birgt diesbezüglich einige papierne Schätze und Steintafeln. Edelsteinmagie und Formeln mögen vielleicht etwas beinhalten, um eine Barriere zu brechen.« Sie richtete ihren Blick auf ihn. »Ich hörte, dass es diesem Zwerg Goïmron bei einer ähnlichen magischen Sperre der Albae gelang. Auf dem Gebiet der Wunder.«

Nun sprang Berengart wie von der Kratzkatze gebissen auf. Er rannte vor der Ruhebank auf und ab, warf die schwarzen Haare zurück. Panik stand ihm in die Züge geschrieben. »Bei Cadengis! Dieser …« Er knüllte die Papiere in den Händen zusammen und zerriss sie sogleich. »Das ist nicht unser Plan gewesen!«

»Nein.«

»Wir wollten uns auf den Umlauf freuen, an dem das Gebiet der Wunder verschwindet und Mostro in Sachen magischer Energie auf dem Trockenen sitzt.«

»Ja.« Adelia bewarf ihn mit einem Kissen. »Setz dich! Du machst mich nervös. So kann ich nicht nachdenken.«

Berengart setzte sich und knabberte an seinen Fingernägeln. »Was tun wir bloß?«

In Stémna stieg die Sorge um ihr Vorhaben, die Ankunft des Albs abzuwarten und ihn zu töten. Sollte Mostro einen Plan haben, um Rhuta zu Fall zu bringen, geriet ihre Rache in Gefahr. *Und ich bin zum Zuhören verdammt.* Sie biss sich auf die Lippen, damit sie sich nicht in die Unterhaltung einbrachte. Das stand einer Doulia nicht zu.

»Ich habe Spione ausgesendet, die den ungeordneten Haufen der Rachsüchtigen unter der Führung des Möchtegern-Magus unter die Lupe nehmen«, sagte Adelia zu Stémnas Beruhigung. »Wir wissen bald, was er vermag.« Sie erhob sich. »Ich empfehle dir, dich zu ertüchtigen. Und deine Leute ebenso. Es wird zu einer Auseinandersetzung kommen. Ich will dabei nicht die Verliererin sein, hörst du?« Sie sah auf ihn herab. »Ich kann immer sagen, du hättest mich gezwungen, Klaey. Du sorgst also besser mit mir zusammen dafür, dass wir Mostro Einhalt gebieten.« Sie eilte hinaus.

»Bei Cadengis' Mutter!«, stieß Berengart aus und erhob sich ruckartig. »Dieser elende kleine Scheißer! Ich reiße ihm sein affiges Bärtchen ab! Und jedes einzelne wallende Haar aus!« Er sah aufgebracht zu Stémna. »Elora, vergiss das Aufräumen! Ich habe eine wichtigere Aufgabe für dich.« Mit einem Griff öffnete er eine Schublade an der Anrichte und nahm einen Zettel heraus. »Dies sind die Beschreibungen dreier Artefakte, die … ich unbedingt benötige.«

»Um Mostro aufzuhalten. Ich verstehe.«

»Nein, nein, für … eine andere Angelegenheit«, erwiderte er nervös. »Mir läuft die Zeit davon, und nun muss ich erst Mostro abwehren.« Berengart drückte ihr den Zettel in die Hand, der ramponiert, fleckig und eingerissen war. »Fortan tust du nichts anderes, als *danach* in der Kammer der Wunder zu suchen.«

Stémna verbeugte sich. »Es ist mir Ehre und Freude zugleich, Herr.«

»Niemand darf davon erfahren«, schärfte er ihr ein. »Wenn dich jemand sieht oder Adelia dich fragt, sagst du, dass du auf mein Geheiß Ordnung in der Kammer schaffen sollst. Es darf keinerlei Verdacht aufkommen, es ginge um eine Suche. Sollte sie dich rauswerfen, lass dir etwas einfallen.« Er drückte ihre Hand. »Es eilt, Elora. Und es könnte sein, dass mein Leben davon abhängt … Ich meine, der Fortbestand von Rhuta.«

»Ich tue mit Freude, was Ihr mir auftrugt, Herr.« Es war ihr unangenehm, dass er ihr so nahe kam. Die Gefahr stieg, dass sich die Erinnerung in ihm regte. *Bleib ruhig. Nichts anmerken lassen und lächeln. Er kennt dich nicht lächelnd.*

Berengart tätschelte ihre freie Wange mit Schokoladenfingern und stutzte einen Moment. Dann wandte er sich doch um, ohne sie erkannt zu haben. »Beginne sofort«, rief er im Gehen. »Ich muss meine Leute dazu bringen, wieder zu Kämpfern zu werden.« Gleich danach hatte er die Wohnhalle verlassen.

Stémna beruhigte ihr rasch pochendes Herz und entfaltete den beschädigten Zettel.

Auf den ersten Blick erkannte sie, dass es nicht Berengarts Handschrift war, sondern die eines Albs, wie der Schwung der Buchstaben deutlich machte. Die Gemeinsprache war mit Verachtung und mit unfassbarer Schönheit geschrieben worden.

Das sind die Artefakte, die Mòndarcai von ihm verlangt! Als Gegenleistung für sein verschontes Leben. Stémna lächelte schwach und überflog die Beschreibungen.

Einen Ornamentwürfel aus Grantholz mit Kupfer- und Bronzeintarsien, mit der Kantenlänge eines Erwachsenenfingers.

Dazu eine Feuervogelfeder aus Gebeinporzellan.

Und zu guter Letzt ein Wassertropfen, aufgefangen aus dem Rest eines verwunschenen Meeres und aufbewahrt in einer Bergkristallphiole.

Interessant. Was kann der Alb damit wollen? Stémna ging langsam los und steckte die Beschreibung ein.

Natürlich würde sie danach suchen und sie ganz sicher finden.

Parallel dazu galt es, Nachforschungen zur Macht der Artefakte anzustellen und herauszufinden, wie sie Mòndarcai nützlich sein konnten, was ihr wiederum Aufschluss über dessen Vorhaben gewährte.

Ich komme dir auf die Spur, vermaledeites Schwarzauge, dachte sie düster. *Bis zum Erwachen. Zu deinem bösen Erwachen, Alb!*

***

DAS GEBORGENE LAND, FREIE STADT MALLENIASWACHT, 1024 N.B. (7515. SONNENZYKLUS NACH ALTER ZEITRECHNUNG), FRÜHSOMMER

Goïmron hatte sich in der Zunfthalle einen Platz hinter Tungdil Goldhand gesucht, an dem er nicht auffiel und im Hintergrund blieb. Die hohe Lehne des bequemen Stuhls warf einen schützenden Schatten über ihn. Für diesen Umlauf hatte er sich in sein bestes Wams und Hemd geworfen, eigens dazu passende Kniebundhosen nähen lassen.

Er betrachtete seine Aufgabe in der Geschichte des Geborgenen Landes bis auf wenige Ausnahmen als abgeschlossen. Als Stimme des greisen Heldenzwergs hielt er sich bereit, einzuspringen, sollte das albische Gift seinem Verstand erneut zusetzen. *Mehr werde ich nicht tun.*

Goldhand hatte ihm aufgetragen, im Falle eines Stockens nicht mehr in seinem Namen zu sprechen, sondern die Versammlung zu unterbrechen, bis sich sein Geist erholt habe. Im Vorfeld hatte der Greis viele Sude und Süßpasten mit Heilkräutern zu sich genommen, um sich zu stärken. Ob es wirkte, würde sich in den kommenden Sanduhren zeigen.

Bei allem Ärger über Vraccimburs fast unerträgliche Selbstdarstellung und Goldhands merkwürdige Überzeugung, der Schaukämpfer sei der geeignete Großkönig, konnte sich Goïmron der Wirkung dieser Zusammenkunft nicht entziehen.

Unter den Bannern der fünf Stämme an den Wänden saßen die jeweiligen Herrscherinnen und Herrscher in vollem Ornat, das funkelte und ihre Würde unterstrich.

Gata trug die finstere Todesrüstung, die Übrigen hatten sich für vornehme Kleidung mit viel Pelz, Zierborten, Stickereien aus Edelmetallfäden entschieden. Jede Garderobe unterstrich die Besonderheit des Stammes, die er von Vraccas bekommen hatte. Mit Schnallen, Schmuck und Verzierungen wurde betont, wer unter ihnen die besten Erfinder und Schmiede, Steinmetze, Krieger, Edelsteinschleifer und Goldschmiede waren. Gata stach wie ein lichtabsorbierender düsterer Fleck aus ihnen heraus.

Es ist eine leibhaftige Auferstehung der alten Zeiten. Viele Zyklen hatte Goïmron damit verbracht, historische Zeugnisse seines Volkes zu sammeln, weil er sie für jenen Umlauf hatte bewahren wollen, an dem die Stämme in die Gebirge zurückkehrten. Dies war nun geschehen. Für die Kinder des Schmieds brach eine neue Zeit an, und diese illustre Zusammenkunft führte es dem letzten Zweifler vor Augen.

Erwartungsvolles Gemurmel der Delegationen schwebte durch die Zunfthalle. Zwei Drehleiermusikanten und ein Chor untermalten die letzten Vorbereitungen mit bekannten Weisen aus den Gebirgen. Pokale wurden aufgefüllt, Platten mit Häppchen auf der kreisrunden Tafel verteilt, in deren Mitte eine große Aussparung für Redner sowie ein schmaler Gang geschaffen worden waren.

Es bescherte Goïmron Gänsehaut am ganzen Leib, bei diesem einzigartigen Moment anwesend zu sein, obgleich er die Umstände weniger schätzte. Und er überlegte, warum Sònuk sich bei den Meldrith aufhielt, anstatt sich in Malleniaswacht oder bei seinem guten Freund Telînâs blicken zu lassen. *Was hat der Srgāláh vor?* Dabei fiel ihm der Meldrith wieder ein, der sich auffällig unauffällig in Malleniaswacht herumgetrieben hatte. *Hat er was mit Sònuk zu tun? Sandte er ihn zu uns, um eine Botschaft überbringen zu lassen?*

»Bist du bereit?«, fragte Goldhand und rieb über sein lichtschwarzes Gewand, auf dem etliche Zwergrunen eingestickt waren. Als er Goïmrons schwaches Nicken sah, erhob er sich, ohne zu wanken oder Schwäche zu zeigen. Die Umläufe der Trunkenheit gehörten der Vergangenheit an. »Ihr Königinnen und Könige!«, sprach er laut und getragen, hob eine Hand und brachte die Musik samt Gesang zum Verstummen. »Vraccas' Segen sei mit euch allen.«

Sein freundlicher Gruß wurde erwidert, sogar von Gata, die sogleich ein gemurmeltes *und Lorimburs* hinzufügte, wie Goïmron an ihren Lippenbewegungen erkannte. *Wie schade, dass sie Abstand zu mir hält,* dachte er. Mehr als einen Blickkontakt, ein aufrichtiges Lächeln und ein Winken hatte es zwischen ihnen nicht gegeben. Die Dritten waren nicht nur als Letzte in die Stadt eingezogen, sie waren auch zum Schluss in der Zunfthalle erschienen und vermieden Gespräche mit den übrigen vier Stämmen.

Goïmron war sich sicher, dass das etwas zu bedeuten hatte. *Ein Plan, eine Überraschung.* Um im Vorfeld nichts zu verraten, sah Gata wohl von einem Treffen ab. Das Fehlen von Brûgar und Belîngor ebenso wie von Hargorina in der Delegation betrachtete er als Beweis dafür, dass im Schwarzen Gebirge etwas vonstattenging, was eine faustdicke Überraschung bedeutete.

»Ich danke euch, ihr Königinnen und Könige, dass ihr meiner Einladung gefolgt seid. Ihr habt einem alten Zwerg die Unannehmlichkeit erspart, Hunderte Meilen durch das Land zu reisen«, sprach Goldhand.

Die Versammelten pochten mit den Fäusten auf den Tisch, um ihm ihren Respekt zu zeigen, und lachten leise.

»Ich bat euch nach Malleniaswacht, um euch von meinen Vorahnungen zu berichten, in denen ich eine große Bedrohung für unsere Heimat sah«, eröffnete Goldhand getragen. »Wir alle, die im Geborgenen Land leben, werden einer Prüfung unterzogen, wie es sie selten gab.« Er ließ seinen Blick über die Gesichter schweifen. »Auch wenn jeder Stamm stark ist wie lange nicht, brauchen wir eine gemeinsame Führung. Ein Herz, das für alle schlägt. Dieses fehlte in den letzten Hunderten Zyklen. Es mag der Umlauf kommen, an dem rasche Entscheidungen gefällt werden müssen und keine Zeit für Beratungen ist. An dem gegen das Übel gekämpft werden muss. Einer oder eine in diesem Raum muss die fünf Stämme anführen und Verantwortung übernehmen.«

Goïmron sah auf den Mienen der Könige und Königinnen mäßige Begeisterung und keine echte Überraschung. Sie hatten mit dem Aufruf, einen Großkönig zu wählen, fest gerechnet. *Wie haben sie sich vorbereitet?*

Der schnauzbärtige Bendoïn Feinunz erhob sich, und zahllose Edelsteine auf seinem Gewand glitzerten im Licht. Einst war er Kommandant der Grenzfestungen von Brigantia gewesen. Nach der Befreiung des Braunen Gebirges hatten die Vierten ihn wegen seiner Verdienste und seiner Tatkraft zum König gewählt. »Du wirst uns diese kommende Gefahr sicherlich beschreiben können, Meister Tungdil? Erzähle uns mehr darüber und was wir dagegen tun können.« Er deutete reihum auf die gekrönten Häupter. »Was setzen wir am besten entgegen? Kraft? Mut? Klugheit?« Seine ausgestreckte Hand richtete sich auf Goïmron, der prompt über die ungewollte Aufmerksamkeit erschrak. »Oder gar Zauberei?«

Goldhand schüttelte das weißsilberne Haupt und strich sich durch den Bart. »Die Träume, die mir Vraccas sandte, ließen mich darüber im Unklaren. Doch die Gefahr wird gewaltig sein. Und nur mit Einigkeit zu bestehen.« Ein glückliches Lächeln erschien auf seinem faltigen, uralten Gesicht. »Vraccas sandte mir nicht nur die Warnung. Sondern auch den Einen, der unsere Stämme führen soll.«

Schlechte Wortwahl. Goïmron hörte das aufgeregte Tuscheln und Wispern innerhalb der Delegationen. Man verstand die Formulierung als Befehl, weniger als Anregung, wie Goldhand es eigentlich gedacht hatte.

Die Eingangstür schwang auf.

Herein trat der Schaukämpfer, gehüllt in seinen rötlichen Vraccasiumharnisch wie zu einem Gefecht, den Morgenstern mit den

Ketten geschultert. Die dunklen Bartspitzen hatte er nachgefärbt, was das Blondweiße seiner Haarpracht betonte und ihn Goldhand ähnlicher sehen ließ. An seiner Seite trug er eine prallvolle Umhängetasche, in der es raschelte und leise klimperte.

Sie tun fast so, als wären sie Vater und Sohn. Goïmron gab sich Mühe, Vraccimbur nicht böse anzufunkeln. Solange er Rodana nachstellte, würden sie keine Freunde werden.

Das Raunen und Flüstern wurde zu einem vernehmbaren Gemurmel. Es begleitete den Schaukämpfer von seinem Weg bis in die offene Mitte des Tischrunds. Breitbeinig blieb er stehen und musterte die Königinnen und Könige, als wäre er ihr Anführer, bevor er sich aufreizend langsam verbeugte und dabei den Morgenstern abstellte; laut schepperte die schwere Waffe auf die Dielen.

Goldhand setzte zur Vorstellung an, aber der vor Selbstbewusstsein strotzende Zwerg war schneller. »Ich bin Vraccimbur Schlaufaust aus dem Clan der Immersieger von den Allfünfen«, sprach er laut und stolz. »Meine Ahnen stammen aus allen fünf Stämmen, wie euch die Insignien beweisen, die ich euch vorlege.« Er langte in seine Umhängetasche und verteilte die Abschriften und Siegel auf dem Tisch. »Seht und prüft sie. In mir fließt das Blut sämtlicher Gebirge und sämtlicher Kinder des Schmieds. Ich vereine –«

»Es gibt keine Allfünfer«, unterbrach ihn Bendoïn hart. »Das ist ausgedacht. Und wer weiß, woher du diese vermeintlichen Beweise hast.«

»Oder meinst du damit, du gehörst den Freien an, die sich nach den Beben nicht mehr zeigten?«, sprach Gwendalyn Glimmerstein aus dem Clan der Zahneisen vom Stamm der Zweiten neugierig. Sie hatte vor wenigen Monden erst den Thron des Blauen Gebirges bestiegen. In ihr Gewand und ihren Schmuck waren viele gravierte daumennagelgroße Steinplättchen eingesetzt, den Gürtel zierte eine Spange aus buntem Vulkanglas.

»Ist das dein Ernst, Meister Tungdil?«, rief Gandalgir Eisengriff aus dem Clan der Stahldrücker vom Stamm der Ersten ungläubig und deutete auf Vraccimbur. Er trug seinen rötlichen Bart flach und ausladend wie einen Fächer. »Ein Schaukämpfer, der mit seiner Truppe prügelnd und raufend sein Geld verdient? Oder ist das eine Einlage, um uns zu belustigen?«

»Wahrlich, da wäre Goïmron geeigneter als Großkönig«, fügte Balandis Ambosskraft vom Stamm der Fünften hinzu und hob entschuldigend die Hand, an der Goldringe in verschiedenen Farben saßen. Sie teilte sich mit ihrem Bruder Galondin das Herrschaftsamt über das Graue Gebirge, was eine Besonderheit darstellte. »Nichts für ungut. Das sollte nicht abwertend klingen. Er ist wenigstens so etwas wie Magus und ganz zweifelsfrei ein Held, dem wir alle viel zu verdanken haben.«

Der einsetzende donnernde Applaus in der Zunfthalle galt einzig Goïmron, der errötete und sich unsicher erhob, um sich zaghaft zu verbeugen.

»Zurück auf den Stuhl«, fauchte Goldhand leise. »Bleib im Hintergrund, wie du es wolltest.« Er räusperte sich. »Ihr Königinnen und Könige, Vraccimbur Schlaufaust hat seine Abstammung nachgewiesen und ist das Beste, was unser Volk hervorbrachte.«

»Was macht dich so sicher? Wieso glaubst du ihm?«, fragte Bendoïn. »Das ist niemals sein wahrer Name und sein Clan. Wieso verschweigt er seine Herkunft?«

»Du kannst mit mir sprechen, König Bendoïn. Ich stehe vor dir«, erwiderte Vraccimbur unwirsch. »Und dies *ist* mein wahrer Name.«

»Es gibt keine Allfünfer! Also bist du einer von den Freien, die sich lieber versteckten, anstatt uns beizustehen. Kommt ihr jetzt aus den Löchern gekrochen, um die Früchte zu ernten, deren Bäume und Sträucher ihr nicht gepflanzt habt?«

Diese Zusammenkunft wird anders verlaufen als von Goldhand vorgesehen. Goïmron wusste, dass es einst Siedlungen seines Volkes unter der Erde des Geborgenen Landes gegeben hatte, in denen Zwerginnen und Zwerge frei von Traditionen gelebt hatten. Nach den Beben galten sie als verschüttet – oder zu feige, um sich an der Verteidigung der offenen Durchgänge zu beteiligen. Daher wog der Vorwurf von Bendoïn doppelt schwer.

»Du magst die Begegnung mit dem Schaukämpfer als Fügung von Vraccas gesehen haben, Meister Tungdil.« Balandis versuchte, die Wogen zu glätten. »Aber hast du noch anderes für uns als seine Abstammung? Etwas anderes als diese unkonkreten Vorahnungen, die auch … nun ja …« Sie suchte nach schmeichelnden Worten.

»Du meinst meinen alten Verstand, der unter den Hunderten Zyklen und dem Gift der Albae leidet«, ergänzte Goldhand. »Ihr alle denkt, dass ich Übergreis meine Klugheit verliere. Mein Denken. Mein ganzes Wesen.« Er trat neben Vraccimbur und legte ihm die Rechte auf die Schulter. Neben dem muskulösen Zwerg wirkte er noch gebrechlicher. »Es mag sogar manche geben, die befürchten, dass ich in meiner möglichen Verwirrung in ihm meinen Sohn sehe.«

Goïmron seufzte im Schatten der Stuhllehne. *Er steht auf verlorenem Posten. Ganz gleich, was er sagen wird.*

»Vraccimbur trägt etwas, was mich überzeugt hat.« Goldhand deutete auf die Rechte und den Ring am Mittelfinger des Schaukämpfers. »*Das* ist *mein* Ring. Ein elbischer Ring, mir geschenkt vor Hunderten Zyklen von Ataimînas, Regent über Ti Lesinteïl und Naishïon der Elben. Damit verbunden ist das unbrechbare Versprechen, dass jeder Elb dem Ringträger einen Wunsch erfüllen muss. Ganz gleich, welcher es sein möge. Ich dachte, ich hätte den Ring verloren. Aber Vraccas gab ihn Vraccimbur und schickte den Allfünfer zu mir. Das kann kein Zufall sein, das müsst ihr doch einsehen!«

Getuschel und leises Reden innerhalb der Delegationen setzten erneut ein.

Gwendalyn erhob sich. »Bei allem Respekt für deine Verdienste, Meister Tungdil. Wir in dieser Halle haben nicht gelebt, als du das Geborgene Land wieder und wieder gerettet hast. Vor vielen, vielen Gefahren. Und wer weiß, ob es unsere Heimat ohne dich noch gäbe? Wir sind dir dankbar für deine Taten, die in der tiefen Vergangenheit liegen.« Sie versuchte ein freundliches Lächeln. »Aber sie ist eben genau das: längst vergangen. Ich glaube dir, dass du der festen Überzeugung bist, in diesem Schaukämpfer den kommenden Großkönig zu sehen. Und ich denke, dass du dich daran klammerst, das Geborgene Land retten zu müssen. Deswegen hast du ihm den Ring selbst gegeben. Um deine Geschichte überzeugender zu machen.«

»Was?«, donnerte Goldhand mit einer Stimme, die an seine alte Kraft erinnerte. »Du bezichtigst mich einer Lüge, Königin Gwendalyn?«

»Nein, keiner Lüge. Nur einer gut gemeinten List, um deinen Willen zu bekommen.« Sie sank auf den Stuhl zurück. »Weil du nicht loslassen kannst. Und weißt, wie dünn die Worte sind, mit denen du uns diesen Allfünfer schmackhaft machen möchtest.«

»Er ist ein stattlicher, beeindruckender Krieger, gewiss. Aber Krieger haben wir selbst. Die Königin der besten Kämpfer sitzt an unserem Tisch und kann Hunderte wie ihn aufbieten«, ergänzte Bendoïn. Gata nickte dankend zu ihm. »Was mir zu denken gibt, ist die Geheimnistuerei um seine Abstammung.«

»Ich bin ein Allfünfer«, beharrte Vraccimbur. »Den Ring errang ich in einem Gefecht. Es war der Wetteinsatz eines Großmauls, dem ich die Zähne aus dem Mund drosch«, sprach er knurrig zu Bendoïn. »Ich fühle mich bereit, als Großkönig zu dienen. Euch zu dienen. Vraccas und Lorimbur gleichermaßen.« Er hatte offenbar bemerkt, dass Drohungen die Abneigung gegen ihn vergrößerten. »Wählt mich. Damit wäre kein Stamm mit dem Amt bevorzugt.«

Goïmron fühlte die Ablehnung greifbar im Raum. Die Gesichter zeigten Unglaube, Verweigerung, aber auch Verwunderung und Enttäuschung darüber, wie es Goldhand wagen konnte, einen solchen Anwärter als Lösung für die Führungsfrage zu präsentieren und auch noch mit Zustimmung zu rechnen.

Gandalgir räusperte sich. »Beherrschst du irgendetwas, was dich herausragend macht, Vraccimbur? Besitzt du ein geheimes

Heer der Freien, mit dem du uns bei der aufziehenden Bedrohung helfen kannst, von der Meister Tungdil so überzeugt ist?«

»Nein«, gab er zu. »Aber … ich …«

»Dann vielleicht verborgene magische Talente wie unser Freund Goïmron?«, unterbrach ihn Gandalgir.

Erneut versuchte Goïmron, sich hinter der Lehne noch kleiner zu machen, während sich die Blicke auf ihn richteten. *Sie sollen mich aus dem Spiel lassen. Das ist nicht meine Angelegenheit.*

»Nein«, musste Vraccimbur einräumen. »Doch vergiss nicht den Ring, mit dem ich …«

»Dieser Ring wurde Meister Tungdil geschenkt, nicht dir. Kein Elb wird einem dahergelaufenen Schaukämpfer von unsicherer Abstammung einen Wunsch erfüllen«, unterbrach ihn Bendoïn rüde. »Die Kisâri wird dich auslachen.«

»Wirst du uns deinen wahren Namen nennen und das Versteckspiel beenden?«, fragte Gandalgir.

Vraccimbur reckte sich trotzig. »Das *ist* mein *wahrer* Name.«

»Da es keine Allfünfer gibt, kann dies nicht sein«, entgegnete Bendoïn und erhielt allgemeines Nicken. »Es wird am Ende gar einen düsteren Grund geben, warum du dich nicht deiner Herkunft und deiner Vergangenheit stellst.«

»Und doch ist *er* derjenige, den mir Vraccas sandte«, warf Goldhand beinahe flehentlich ein. »Ich habe seine Zeichen erkannt. In meinen Träumen. Und vergesst den Ring nicht, den er mir brachte! Nein, der ihn zu mir führte! Von … von Vraccas.«

Goïmron sah das Zittern, das im Arm begann, dessen Hand auf Vraccimburs Schulter ruhte. *Er überanstrengt sich.* Er hielt sich bereit, dem aufgewühlten Greis beizuspringen, sollten die Beine oder seine Stimme versagen.

»Ich versuche, eure Vorbehalte mir gegenüber zu verstehen. Daher biete ich euch an: Prüft mich«, sagte Vraccimbur kämpferisch, und das Blau seiner Augen blitzte. »Ich stelle mich jeder Herausforderung, die ihr haben wollt. Vraccas ist mit mir. Das werde ich euch beweisen. Danach sind eure Zweifel vergangen.«

»Eine Prüfung, ja? Etwa wie damals, als Meister Tungdil um das Amt des Großkönigs rang?«, warf Bendoïn leicht spöttisch ein. »Manche Dinge in der Geschichte wiederholen sich, wie es scheint.«

»Beginnen wir mit der einfachsten Prüfung: Wie lautet dein wahrer Name, Vraccimbur Schlaufaust aus dem Clan der Immersieger von den Allfünfen?« Gandalgir hob den Pokal und nahm einen Schluck. »Ich höre nichts von dir. Hast du schon aufgegeben? Das ging schnell.«

Allgemeines Gelächter kam in der Zunfthalle auf.

In der Woge der Heiterkeit erhob sich Gata betont langsam in ihrer Todesrüstung, sodass sich die Aufmerksamkeit von selbst auf sie richtete. Die dunkelhaarige Königin der Dritten hatte das Wort bislang nicht ergriffen. Das steigerte die Spannung. »Ich bin Regnorgata Sterbenshieb aus dem Clan der Orkschlächter vom Stamm der Dritten. Hiermit erhebe ich Anspruch auf den Großthron der Zwerge«, sagte sie laut und vernehmlich. »Ihr wisst um meine Abstammung. Wir kämpften gemeinsam in Brigantia. Wir stellten uns Drachen und Albae. Wir Dritten sind Lorimburs Erben und bereit, die fünf Stämme anzuführen, sollte die Gefahr hereinbrechen, vor der uns Meister Tungdil warnt.«

Stille erfüllte die Halle. Die Überraschung war ihr perfekt gelungen.

Deswegen hat sie sich abgeschottet.

Niemand sprach, keiner rührte sich. Die Augenpaare waren auf Gata gerichtet, die in ihrer geschwärzten Panzerung ebenso majestätisch wie gefährlich wirkte. Nicht einmal der selbstbewusste Vraccimbur wusste eine Erwiderung.

»Nun habt ihr eine Wahlmöglichkeit zu dem sogenannten Allfünfer«, sprach Gata weiter. »Sodann entscheidet oder bringt einen weiteren Anwärter auf den Thron ins Spiel. Ich bin zu allem bereit, um mich als Beste zu erweisen. Für Lorimbur. Für Vraccas. Für das Geborgene Land!«

Ihre gerüstete Begleitschar wiederholte ihren schwurhaften Ruf, der lange durch die Zunfthalle rollte und die Stille zerschmetterte wie ein Hammer brüchiges Frühlingseis.

Vraccimbur sah zuerst zu Goldhand, der steif wie eine Statue neben ihm im Rednerrund stand. Dann sagte er: »Es ist wohl an mir, dir zuerst zu antworten, Regnorgata.«

»*Königin* Regnorgata«, verbesserte Gata ihn kühl. »So wie du auf deinen albernen Namen bestehst, so bestehe ich auf einer Anrede, die mir zusteht.«

Bei Vraccas! Goïmron freute sich insgeheim, wie abweisend und herablassend sie gegenüber dem Schaukämpfer auftrat. Er kannte Gata anders und vermutete, dass sie mit der Kandidatur eines anderen nicht gerechnet hatte.

»Königin Regnorgata, wir wollen dasselbe für unser Volk«, begann Vraccimbur milde.

»Ist das so?«, fuhr sie ihm in die Rede. »Hier steht eine Königin, die ihre Herkunft belegen kann. Die Schlachten schlug. Für jedes Leben im Geborgenen Land. Aber von dir weiß man *nichts.*«

»Ich verbürge mich für ihn«, kam es krächzend über Goldhands Lippen, was ein leises Raunen auslöste. »Mit meinem Leben.«

»Das ehrt dich. Doch das macht ihn nicht ebenbürtig«, hielt Gata dagegen. »Es muss geprüft werden, ob es überhaupt zulässig ist, Vraccimbur unter diesen Umständen zu wählen. Wer seine wahre Herkunft verleugnet, hat etwas zu verbergen.« Sie breitete die Arme aus. »Ich bin bereit, mich in den Dienst der fünf Stämme zu stellen. Mit meinem Leben.«

Sie erhielt leisen, zurückhaltenden Beifall aus der Versammlung. Die gekrönten Häupter besprachen sich währenddessen leise mit ihren Vertrauten.

Für Goïmron stand anhand ihrer Reaktion fest, dass man auch Gata nicht wählen würde. *Was dann?*

Vraccimbur und Goldhand blieben in der ausgesparten Mitte des runden Tisches, als stünden sie vor einem Tribunal.

Goïmron versuchte, Blickkontakt mit Gata herzustellen, aber sie wich ihm geschickt aus. Er konnte spüren, wie keinem am

Tisch etwas einfallen wollte, um der verfahrenen Situation zu entkommen. *Dann werde ich es richten. Sonst kommt es zu Zwist und einer kleinen Katastrophe.* Er überwand sich und steckte eine Hand in die Wamstasche. Zuerst wunderte er sich, keinen Edelstein vorzufinden, dann fiel ihm ein, dass er seit seiner Lossagung von der Magie keinen mehr bei sich trug. *Es muss ohne Magie gehen.*

»Hört mich an, Versammelte und Delegationen«, rief Goïmron und blieb absichtlich auf seinem Stuhl sitzen. Zu seinem Erstaunen reagierten die Zwerginnen und Zwerge auf der Stelle. »Wir kommen an dieser Stelle der Zusammenkunft nicht weiter. Es haben Gata … Königin Regnorgata und Vraccimbur Anspruch auf den Großthron erhoben. Einen Wettstreit zwischen ihnen möchte ich ausschließen, bevor das Grundsätzliche nicht geklärt ist.« Er fühlte sich, als tanzte er durch einen Raum voller gespannter Bärenfallen.

»Nur zu, Stimme der Vernunft«, sagte Bendoïn wohlwollend und kringelte seinen Schnauzbart um seinen Finger. »Wart's ab: Am Ende wählen wir dich zum Großkönig.«

Niemand lachte, als wäre eine offensichtliche Wahrheit ausgesprochen worden.

Das bereitete Goïmron Unwohlsein. *Bloß nicht!* »Ich rege an, übergangsweise einen Rat der fünf Stämme zu bilden, der ständig tagt und sich mit allgemeinen Fragen beschäftigt«, erklärte er seinen Ansatz. »Es wird gemeinsam und schnell entschieden, abgestimmt und in die Wege geleitet.«

»Und wir wären an die Entscheidungen gebunden?«, erkundigte sich Gandalgir.

Gata betrachtete Goïmron ganz genau, ohne etwas zu sagen. Ihren Blick mochte er nicht zu deuten. »Übergangsweise«, betonte er. »Bis Klarheit darüber herrscht, wer überhaupt für den Großthron infrage kommt und wie viele Anwärter es sein werden.«

»Und wer Vraccimbur ist«, warf Bendoïn ein. »Nicht schlecht. Damit hätten wir ein Gremium, das für alle Belange der Stämme bereitstünde. Es könnte entscheiden, sollten wir noch keinen

Großkönig gefunden haben, wenn die Gefahr heraufzieht, von der Meister Tungdil sprach.«

»Oder eine Großkönigin«, warf Gata ein. »Seht meine Bewerbung als gesetzt.«

»Meine ebenso«, folgte Vraccimbur unverzüglich. Goldhand schlug ihm lobend auf die Schulter und warf Goïmron einen dankbaren Blick zu.

»Entsenden wir doch von jedem Stamm fünf in den Rat«, schlug Gwendalyn vor. »Wir sollten in der Mitte des Geborgenen Landes ein hübsches Fleckchen finden und ihm eine Halle erbauen. Was meint ihr? Warum nicht in Kronenstahl?«

Der nachfolgende Beifall fiel erleichtert und lange aus.

Goïmron atmete auf. Gata schien, ihrer umwölkten Miene nach, nicht zufrieden zu sein. *Sie hat fest mit ihrer Wahl gerechnet.*

»Gut, das ist eine Lösung, mit der alle leben können. Meine Unterstützung ist ihm sicher.« Goldhand ließ seine Rechte auf Vraccimburs Schulter. »Eine Sache noch. Bis wir den Rat gebildet haben, bis er Entscheidungen fällen kann, bis die Wege geklärt sind, wie wir den Wettstreit um das Amt des Großkönigs bestreiten, bleiben die Durchgänge verschlossen. Damit ist das Geborgene Land sicher.«

»Was?«, brach es aus Gwendalyn heraus. »Wie wollen wir das den anderen im –«

»Es ist zum Schutz unseres Volkes, das sich in den Gebirgen einleben und einrichten muss. Und zum Schutz der sonstigen Bewohner des Geborgenen Landes«, führte Goldhand aus. »Sollte die Bedrohung über uns hereinbrechen, können wir nicht an vielen Fronten zugleich kämpfen.«

»Aber es könnte Zyklen dauern, bis der Rat gefunden ist, die Halle in Kronenstahl steht und die Vorbereitungen abgeschlossen sind«, warf Bendoïn vorsichtig ein. »Meister Tungdil, du sagtest selbst, wie sehr du dein Altern fürchtest.«

Goldhand lachte leise. »Das war eine schöne Umschreibung dafür, dass du um mein Leben fürchtest und ich die Lage der neuen

Durchgänge mit ins Grab nehme. Doch sei unbesorgt.« Er richtete sich auf und wandte sich zu Goïmron um. »Seid alle unbesorgt. *Er* kennt das Geheimnis ebenso. Sterbe ich, ist Goïmron derjenige, der euch zu gegebener Zeit verraten wird, wo diese Eingänge liegen. Gibt er meinen Mineuren die Erlaubnis, werden sie euch dorthin führen.«

Wie kann er das behaupten? Schon wieder wurde Goïmron angestarrt, und ihm wurde noch unangenehmer zumute. *Das ist eine Lüge! Ich weiß gar nichts!* Die aufsteigende Kopflosigkeit lächelte er krampfhaft weg und nahm seinen Becher mit Bier, um ihnen zuerst zuzuprosten und ihn dann rasch zu leeren. *Was in drei Tions Namen denkt er sich dabei? Was bringt ihm das?*

»Ich schlage vor, wir beenden unsere Unterhaltung für eine Pause. Lasst uns essen und trinken«, rief Goldhand. »Im Anschluss reden wir über den gemeinsamen Rat.«

Unter neuerlichem Applaus wurde die Zusammenkunft vorerst geschlossen.

Goïmron sprang regelrecht vom Stuhl auf und näherte sich Vraccimbur und Goldhand. Er wollte vom Greis erfahren, warum er ihn ungebeten ins Spiel gebracht hatte.

»… mich bitter enttäuscht«, sprach der Schaukämpfer wütend. »Ich wäre bereit für das Amt gewesen! Du hast mir versprochen, mich zum Großkönig zu machen. Jetzt trägst du die Schuld am Scheitern.«

Goldhand versuchte, den aufgebrachten Zwerg zu beruhigen, solange viele Augen auf sie gerichtet waren. »Nicht hier, Vraccimbur. Ich wurde überrumpelt.«

»Das hätte nicht passieren dürfen. Du hast mir dein Wort gegeben!« Er hob die Rechte mit dem elbischen Ring, der aufglänzte. »*Darauf* hast du es mir geschworen!«

»Und ich werde dich zum Großkönig machen, wie es Vraccas mir befahl«, betonte Goldhand.

Daran glaube ich nicht. Goïmron trat neben die beiden und sah sie nacheinander an. »Was war das eben?«

»Das war ein großer Haufen Trollscheiße«, fuhr ihn Vraccimbur an. »Und dann kommst du noch mit deinem Vorschlag eines Rats! Das wird Zyklen dauern, bis irgendeine Sache entschieden ist. Und wage es jetzt nicht, mich daran zu erinnern, dass unser Volk alt wird!«

»Wer von uns macht denn aus seiner Herkunft ein Geheimnis? Du hättest es ihnen sagen können und säßest vielleicht auf dem Thron. Oder stündest Gata im Wettstreit gegenüber. Stattdessen musste ich euren Plan retten«, erwiderte Goïmron keineswegs eingeschüchtert.

»Dafür danke ich dir«, sagte Goldhand. »Nun –«

Vraccimbur stieß Goïmron zur Seite, was sich anfühlte, als habe ihn ein Bulle gerammt. »Ich will diesen Titel und dieses Amt«, grollte er und stapfte los. »Ich weiß auch schon, wie ich etwas Besonderes werden kann, was man offensichtlich von einem Großkönig verlangt.«

»Was hast du vor?«, fragte Goldhand alarmiert. »Bleib in Malleniaswacht. Bitte!«

Der muskulöse Zwerg schüttelte den weißblonden Schopf »Nein. Ich gehe los und hole mir meine Besonderheit.« Er richtete seine blauen Augen auf Goïmron. »Danach werde ich nicht nur der beste Krieger des Geborgenen Landes sein, sondern auch der beste zaubernde Zwerg.« Er eilte hinaus.

»Wohin geht er?«, erkundigte sich Gata, die zu ihnen geschlendert war und Goïmron zur Begrüßung umarmte, als wäre nichts vorgefallen. »Sucht er seinen echten Namen?«

»Ich weiß es nicht«, gestand Goldhand verwirrt.

Ich schon. Goïmron prallte in der Umarmung gegen die Todesrüstung. *Er will ins Gebiet der Wunder und sich wandeln lassen! So ein verrückter Plan passt zu ihm.* Doch das behielt er für sich.

***

DAS GEBORGENE LAND, NORDGRENZE DES ZAUBERREICHS RHUTA, 1024 N.B. (7515. SONNENZYKLUS NACH ALTER ZEITRECHNUNG), FRÜHSOMMER

Klaey Berengart friemelte an seinem umgeschnallten Brustharnisch über der sandfarbenen Uniform, welche die brigantinischen Farben trug. Er bekam kaum richtig Luft, obwohl die Riemen im äußersten Loch festgemacht waren. Das Metall presste ihn zusammen, während sich seine Kleidung aus alten Zeiten rundherum zu eng anfühlte. Sie spannte hier und dort und überall. Die Füße und Unterschenkel hatten mit Müh und Not in die Stiefel gepasst.

Klaey konnte es drehen und wenden, wie er wollte: *Ich habe zu viel zugenommen.* Langsam senkte er die Hand und gab es auf, den Harnisch in eine bequemere Position rücken zu wollen. Es gab keine. *Ich muss mich beim Essen zügeln. Und öfter in die Fechthalle gehen.* Er sah zu seinen Leuten, die ihm aus Brigantia nach Rhuta gefolgt waren und ihn bei seinem Handstreich unterstützt hatten. Alle hatten erkennbar zugelegt. *Am besten mit ihnen zusammen.*

Vom Rücken seines schnaubenden Flugmahrs aus betrachtete Klaey den aufmarschierten, bunt zusammengewürfelten Haufen aus Rachsüchtigen und Gerechtigkeitsliebenden, denen die Ergreifung und Bestrafung des letzten Berengart zu lange dauerte. Der magische, unsichtbare Schirm verhinderte, dass sie geradewegs ins Zauberreich einmarschierten. Sie befanden sich gut fünfzig Schritt entfernt.

»Das sind zweitausend, sagen meine Spione«, sprach Adelia neben ihm, die auf einem Rappen saß und eine elegante, leichte Rüstung gewählt hatte. Um den Schein einer Gefangenen zu wahren, hatte sie sich Fesseln um die Handgelenke gelegt, eine schmale Kette führte zu Klaey. Sollte es nötig sein, konnte sie sie jederzeit abstreifen. »Angeführt von Mostro.«

»*An*geführt oder *her*geführt?«, erkundigte sich Klaey mit rauer Stimme. »Das ist ein gewaltiger Unterschied.«

»Ich denke nicht, dass er Ahnung davon hat, wie man ein Heer lenkt. Oder einen Haufen Möchtegernkrieger«, merkte Jowna an, die als Armbrustschützin und Kundschafterin in Brigantia gedient hatte. Auch sie trug, wie der Rest der Truppe, die sandfarbene brigantinische Uniform, Harnisch, Arm- und Beinschienen. Berühmt für ihre Unbarmherzigkeit und Zielsicherheit, galt sie als die Beste ihrer Profession. Damals. Auch sie war mit deutlich mehr Pfunden auf den Rippen unterwegs, doch sie hatte Klaey versichert, immer noch jedes Ziel beim ersten Versuch zu treffen. »Höchstens ein Zehntel von denen weiß, wie man sich in einem Gefecht verhält. Sobald zwei, drei Dutzend zu Boden gehen, drehen sie um und nehmen die Beine in die Hand. Die eigenen, wohlgemerkt. Nicht die abgeschlagenen.«

Die Brigantiner lachten leise.

»Ich sehe viele einfache Leute mit Dreschflegeln und Bauernwaffen, kaum Rüstungen und nicht mehr als hundert Bogenschützen«, fügte Kiil hinzu, der sich in der Kavallerie als tollkühner Lanzenreiter einen Namen gemacht hatte. Sein höheres Gewicht bringe nun mehr Wucht beim Zustoßen, behauptete er.

»Mostro versprach jedem, der sich ihm anschließt, Münzen und magische Artefakte aus der Kammer der Wunder«, erklärte Adelia und ließ ihre Blicke schweifen. »Sieht jemand den Famulus? Er müsste doch bei ihnen sein, um sein Versprechen zu halten.«

Klaey streichelte den unruhigen schwarzen Flugmahr, der seine langen Schwingen ausstreckte und die Muskeln dehnte. »Heute wirst du einen Leckerbissen bekommen, Todesschwinge. Es gibt Zaubererhäppchen. Frisch vom Knochen.«

Der Hengst scharrte vorfreudig mit dem rechten Vorderhuf über die Erde, und blitzende Entladungen umspielten Fessel und Huf. Er wieherte schauderhaft und reckte dabei den Kopf.

Jowna sah auf das Maul, in dem die raubtierhaften Fangzähne aufblitzten. »Dass du dieser Bestie vertraust, Klaey.«

»Ich werde immer ein waches Auge auf ihn haben. Aber Todesschwinge und ich verstehen uns gut.« Er streichelte den schlanken Hals.

»Na, sei dir nicht zu sicher.« Jowna hielt ihre Armbrust, als wollte sie damit jederzeit auf die Kreatur schießen können. »Frisst er nicht am liebsten Schwarzaugen?«

»Ja.«

»Dann macht er wohl gerade eine Entsagungskur. Der letzte Alb ist schon lange her, oder?«

Klaey nickte abwesend. »Mit Rinderherzen geht es auch.« Es gab derzeit Wichtigeres, als über den ungewöhnlichen Speiseplan seines Flugmahrs zu sprechen. *Das Heer an der Grenze, beispielsweise.* Man sammelte keine Streitmacht, um sie an einem Hindernis umkehren zu lassen. »Adelia, hat Mostro auch nur die geringste Aussicht, durch die Barriere zu dringen?«

Die Famula wiegte den blonden Lockenkopf hin und her. »Ich weiß nicht, in welchen Künsten er sich weiterbildete, während er auf dem Gebiet der Wunder weilte. Mag sein.« Sie pochte gegen ihre leere Ledertasche. »Hat jeder die Artefakte, die ich ihm gab, griffbereit?«

Klaey und seine Leute nickten.

»Wisst ihr noch, wie man sie benutzt? Sonst wird es euch nicht gut bekommen.«

»Das wissen wir«, antwortete Klaey stellvertretend. *Und dass unsere Leben davon abhängen, sollte die Sperre fallen.*

Außer ihnen war niemand auf der rhutanischen Seite erschienen, um sich den zweitausend Angreifern zu stellen. Die Bewohner verließen sich seit Anbeginn des Zauberreichs darauf, dass sie von Magie und magischen Gegenständen beschützt wurden. Eigene Truppen waren nie nötig gewesen.

»Was machen wir, wenn er verhandeln will?« Klaey sah zu Adelia. »Bleibt es dabei, nicht zu wanken und zu weichen?«

»Was kann er uns bieten? Nichts. Mir will er Rhuta und die Artefakte nehmen, dich will er im Verlies sehen, was ihn übrigens mit dem Geborgenen Land eint.« Ihr Gesicht wurde düster. »Vanéra sah *mich* als ihre Nachfolgerin vor. Er wird mich töten müssen, um über das Land zu herrschen.«

»Schön, dass wir uns einig sind.« Klaey zog das Fernrohr aus der Halterung, um die Reihen der Gegner genauer zu betrachten.

Am Morgen hatte er noch mit dem Gedanken gespielt, auf Todesschwinges Rücken über die Barriere zu fliegen und einen heimlichen Angriff auf den selbst ernannten Magus zu unternehmen. Da Mostro Zauberei beherrschte, konnte eine solche Attacke allerdings misslingen. Daher war das Abwarten hinter der Sperre die weisere Entscheidung.

»Da! Ist das nicht der Srgāláh, der uns festnehmen wollte?«, stieß Jowna aufgeregt aus.

»Wo?« Suchend schwenkte Klaey die geschliffene Linse über das Heer, ohne fündig zu werden. *Wie sollte er noch leben?*

»Jetzt ist er wieder zwischen den Leuten verschwunden.« Sie stieß die Luft aus. »Der soll sich hereinwagen! Ich muss ihm noch eine verpassen, als Revanche für die Schelle, die er mir mit seinem Speer gab.«

Klaey bezweifelte, dass es sich dabei um denselben Srgāláh handelte. Todesschwinge hatte ihn damals gepackt, in die Höhe gezogen und fallen gelassen. Das Blut des hundeähnlichen Menschwesens hatte an der Schnauze und der Brust des Flugmahrs gehaftet. »Du hast ihn doch gefressen, oder?«, erkundigte er sich bei dem Rappen und streichelte ihn mit einer Hand. *Außerdem überlebt niemand einen Fall aus den Wolken.*

Da machte Klaey durch das Fernrohr den Famulus aus.

Wie stets in prächtigen Gewändern und Pelz gekleidet, ritt Mostro durch den Pulk seiner zusammengewürfelten Streitmacht nach vorne bis an die Sperre. Hinter sich führte er einen großen Ackergaul mit riesigen Tonamphoren in einem Tragegestell und schweren, prallvollen Weinschläuchen.

»Klaey Berengart«, rief er laut und deutlich. »Ich kann dich sehen. Komm und rede. Rette dein Leben, bevor ich es nicht mehr schonen will.«

Die Männer und Frauen um Klaey herum lachten erneut.

»Ist das eine List?« Er sah zu Adelia. »Will er mich an die Sperre locken, um mich mit einem Zauber anzugreifen?«

»Nichts dringt hindurch. Höre ihn an, wenn du magst. Vielleicht verplappert er sich in seinem eitlen Stolz.« Die Famula hielt zwei Artefakte in ihren zum Schein gefesselten Händen. »Ich sichere dich von hier aus. Es kann dir nichts geschehen.«

Klaey warf Kiil die Kette zu. »Tötet die Famula, wenn sie uns hintergeht«, raunte er dem Mann zu und preschte vorwärts an die magische Sperre. Zwei Schritte davor brachte er Todesschwinge zum Stehen. »Na, wen haben wir denn da? Hast du deine Freunde zum Spielen mitgebracht? Tut mir leid, ich kann sie nicht reinlassen, Junge.«

»Du bist fett geworden, Berengart«, spie ihm Mostro verächtlich entgegen. Das Federkielbärtchen war frisch gestutzt, der Wind spielte mit den halblangen gewellten Haaren, die das gleiche Dunkelblond aufwiesen wie der Pelzkragen am schweren Mantel. »Und du klingst immer noch wie eine Krähe.«

»Was soll ich sagen? Dein Reich bekommt mir sehr gut. Es gibt alles, was man sich ausdenken kann. Aber wem erzähle ich das?« Klaey überging die Beleidigung mit grandios guter Laune. »Soll ich dir ein paar Pralinen hinauswerfen? Als Erinnerung?«

»Friss sie selbst und erstick daran.« Mostro stützte eine Hand in die Hüfte und imitierte die Haltung eines souveränen Herrschers. Er wirkte wie eine Karikatur seiner selbst. »Ich hole mir bald selbst, wonach mir der Sinn steht.« Er nickte an ihm vorbei zu Adelia. »Sie ist deine Verbündete in dem Spiel, habe ich recht?«

»Nein, großer mächtiger Zauberer, der nichts vermag«, erwiderte Klaey und grinste. »Meine Gefangene. Ich erpresse sie zu sämtlichen Taten, die sie begeht.«

»Das musst du sagen.«

»Ich muss gar nichts. Du schon.« Klaey vollführte eine ausholende Armbewegung, welche den Verlauf der magischen Barriere andeutete. »Nämlich draußen bleiben. Ausgesperrt. Wie fühlt sich das an?«

»Wie gesagt, ich …«

Klaey winkte ab. »Vergeude nicht länger meine Zeit. Sag, was du noch sagen möchtest, und dann verschwinde mit den Verblendeten, denen du falsche Versprechungen gemacht hast. Den Wein zur Feier des Umlaufs führst du vergebens auf deinem Packpferd mit.« Er hob die Stimme. »Habt ihr gehört? Heute wird es nichts zu holen geben! Eurer Anführer vermag die Barriere nicht zu durchdringen, die seine Meisterin erschaffen hat.« Mit einer Hand wies er zur gefesselten Magierin. »*Sie* ist die wahre Nachfolgerin von Vanéra, wie die ehrenwerte Maga noch zu ihren Lebzeiten selbst bestimmte. Ihr folgt dem Falschen!«

»Sei still!«, zischte Mostro.

»Hindere mich doch daran!«, erwiderte Klaey mit einem Lachen. »Seht! Dieser kleine Zänker und Stänkerer will sich über Vanéras letzten Willen hinwegsetzen«, rief er, »und den Thron nehmen, der ihm nicht gebührt. So einem anmaßenden, aufgeblasenen Wicht folgt ihr? Selbst ich habe mehr Recht, Rhuta zu führen und zu lenken, als er.«

»Halt's Maul, Mörder!«, rief einer der Soldaten wütend hinter Mostro. »Deine Familie hat mein halbes Dorf getötet!«

»Du bist ein Halsabschneider, ein Schlächter, ein Berengart«, kam es irgendwo aus der Menge, und sofort wurde applaudiert.

»Ich scheiß auf die Zauberer und ihren Zwist! Wir werden *dich* hängen«, versprach eine dritte Stimme unter dem Johlen. »Kein Berengart wird lebendig bleiben. Deswegen sind wir hier!«

Waffen und Schilde wurden gegeneinandergeschlagen und entfachten einen donnernden Lärmsturm, der schmerzhaft laut durch die Barriere drang und erst nach einer Weile abebbte.

»Na, sieh an. Jetzt vergeht dir das Lachen«, stellte Mostro zufrieden fest.

Auch wenn viele Vorwürfe gegen seine Familie gerechtfertigt waren, hatte Klaey daran den geringsten Anteil. *Das wird keiner von denen so sehen. Niemand im Geborgenen Land.* Er schob die aufkommenden Schuldgefühle zur Seite und sparte sich jegliche

Verteidigung gegen die Anschuldigungen. Man würde ihm weder glauben noch ihn anhören. *Umso wertvoller ist meine Zuflucht in Rhuta.*

Mostro winkte Adelia zu. »Halte durch. Ich befreie dich«, rief er in falscher Sorge und vorgetäuschter Freundlichkeit über die Ebene. »Dein Leid hat bald ein Ende.«

Die doppeldeutige Betonung des letzten Satzes verdeutlichte Klaey, dass auch für Adelia Rhuta eine Zuflucht war. »Na schön. Du hast genug gedroht. Was geschieht nun?« Er deutete zu seinen brigantinischen Freunden. »Wir haben ausreichend Artefakte dabei, um dich und deine zweitausend aufzuhalten, solltet ihr uns keine Wahl lassen.«

»Ich verstehe. Dann wirst du nicht kapitulieren und dich deiner Schuld stellen«, entgegnete Mostro. »Samusin wird im Kampf um mein Reich auf meiner Seite stehen, Berengart. Das ist gewiss.« Er tippte sich gegen die linke Schläfe. »Ich saß im Gebiet der Wunder und betete zu ihm, er möge mir helfen, das Unrecht wettzumachen, das mir widerfuhr. Und der Gott des Ausgleichs sandte mir einen brillanten Gedanken.«

Noch beeindruckte Klaey das überhebliche, leere Geschwafel nicht. Aber er merkte dem Famulus an, dass es keine leeren Worte waren. Daher hob er eine Hand und gab seinen Leuten ein Zeichen, wachsam zu sein.

»Wie du weißt, ist Samusin auch der Gott der Winde. Mir deucht, er furzte dir ins Hirn«, erwiderte er. »Einen feuchten, stinkenden Furz hat er dir hineingeschissen.«

»Warte es ab.« Mostro lauschte mit schief gelegtem Kopf und strich sich dunkelblonde, wellige Strähnen aus dem Gesicht. »Gleich wird er dir seine Nachricht senden.« Er ließ sich von einem Krieger einen Speer reichen.

Die Barriere flimmerte unvermittelt.

Sogleich schwirrte ein Pfeil aus den Reihen der gegnerischen Bogenschützen gegen Klaey. Doch das Geschoss zerbrach an der Sperre.

Klaey ließ sich seinen Schreck nicht anmerken. *Was ist mit der Sphäre?* Zu Adelia umdrehen wollte er sich nicht. Es hätte von Freund und Feind als Zeichen seiner Furcht gedeutet werden können. »Große Worte, Famulus«, sagte er stattdessen. »Du hast zweitausend –«

Ein lauter Pfiff erklang vom anderen Ende des aufmarschierten Pulks. Bewegung kam auf, die Gerüsteten setzten sich in Marsch.

Mostro hob den Speer. Die Spitze schwenkte herum und durchbohrte zuerst die großen Weinschläuche am Ackergaul, danach zerschlug die Klinge die Amphoren.

Platschend und plätschernd ergossen sich die Inhalte auf die Erde. In dem flüssigen Rot hafteten kleine, schwarze Klümpchen und zerstörten die Annahme, es handele sich um Siegeswein. Der metallisch-süßliche Geruch, der durch die Barriere rollte, war charakteristisch. In schmalen und breiten Bächen und Bahnen floss Blut über den Boden, umspülte die Hufe des Lastpferdes, das umgehend scheute und die Flucht ergriff. Umstehende wurden von roten Spritzern getroffen, es umschwappte Stiefel und Mantelsäume. Mit aufgebrachten Rufen sprangen die Männer weg von den Pfützen und Lachen.

»Dies wird dein Ende, Klaey Berengart«, sprach Mostro und schloss die Augen. »Bald gehört Rhuta mir!«

Blut? Klaey dachte sogleich an den Befehl seines Bruders, er solle die Schwachen und Hilflosen in der brigantinischen Festung einsperren und dem Rhamak überlassen, damit er die Leute töte und somit Wesen aus anderen Welten herbeirufe. *Dieser Widerling hat Hantu dabei!*

Das vergossene Blut diente als Lockmittel und Bezahlung für die körperlosen, geisterhaften Verbündeten, gegen die es kaum eine Waffe gab.

»Gebt acht! Der Famulus hat den Rhamak in seinem Gefolge! Den Seelenrufer!«, rief Klaey zu seinen Leuten und Adelia. Der Flugmahr schnaubte aufgeregt, der Geruch des Blutes machte ihn fahrig. Und hungrig.

Ich muss den Rhamak sofort töten, sonst ist alles verloren! Klaey ließ Todesschwinge für den besseren Überblick einige Schritte aufsteigen. *Wie erkenne ich Hantu in diesem Haufen?*

Um Mostro waberte die Luft an vier Stellen. Schemenhafte, unförmige Silhouetten wurden erkennbar, deren Körper aus Material bestand, das wie Seifenblasen in der Sonne schimmerte. Sie stürzten sich auf den kleinen Blutsee und saugten auf, was noch nicht im Boden versickert war.

Da begriff Klaey. *Mostro hat es selbst erlernt! Bei Cadengis' Mutter! Dieses Schwein hat sich von dem Rhamak unterweisen lassen!* Somit beherrschte der Famulus nicht nur Magie, sondern auch die Kunst der Seelenruferei. *Das … das muss das Geborgene Land erfahren.*

Die Bewaffneten rings um Mostro wichen vor Entsetzen aufschreiend weiter zurück. Sie waren von den unerwarteten Verbündeten ebenso überrascht wie Klaey.

»Auf der rechten Seite«, rief Jowna hinter ihm. »Ein Loch in der Barriere!« Gleich darauf erklang das Trappeln von Hufen, als sich seine Freunde aufmachten, die ersten hindurchgelangten Angreifer zurückzuschlagen.

Wie hat Mostro das geschafft? Die rätselhaften Wesen verloren mit jedem schlürfenden Schluck das Schillern und nahmen Gestalt an. Er sah felsartige Haut mit langen Klingen darauf. Und sie wuchsen, vergrößerten ihren Körper auf die Ausmaße eines Höhlenweißbären. Klaey musste sich zwingen, den Blick abzuwenden.

Aus größerer Höhe entdeckte er den Ursprung der Lücke.

Gut achtzig Schritt entfernt und hinter Büschen verborgen standen sich zwei Kinder gegenüber, die Arme ausgestreckt, und hielten einander an den Händen gefasst.

Mitten in der Barriere.

Sie bildeten ein menschliches Türchen, durch das Bewaffnete krochen oder gebückt hindurchhasteten. Zwei, drei, vier Dutzend Gegner befanden sich bereits auf Rhutas Boden und formierten sich zu einem Schildwall mit Bogenschützen dahinter.

»Was zum …?« Klaey schwenkte das Fernglas herum und betrachtete die Kinder mit safrangelber Haut und den charakteristischen weißen Linien über Wangen und Stirn. *Parsoi Khi?*

Anscheinend hatte Samusin Mostro doch nicht nur ins Hirn gefurzt, sondern eine höchst perfide Eingebung geschenkt. Da diese besondere Rasse unempfindlich gegen Magie war, unterbrachen die Kinder den Schutzschirm mit ihren Körpern. Sie durchdrangen ihn und schufen ein Fenster für die Angreifer.

Und für die Wesen, die Mostro mit seinen Rhamak-Künsten herbeirief. Angst erfüllte ihn. Er wollte die Parsoi-Khi-Kinder nicht töten, aber die Lücke im magischen Wall musste geschlossen werden.

Seine brigantinischen Freunde setzten die Artefakte gegen die Gegner ein. Heftige Winde wehten die Schildwand um, rissen Träger und Schützen mit. Die Pfeile kamen nicht gegen die Böen an. Blitze zuckten über die Umgeworfenen und ließen sie zappelnd, qualmend die Besinnung verlieren.

Klaey steckte das Fernrohr ein. »Dann los, mein Großer.« Er lenkte Todesschwinge herum und wollte zu den Kindern fliegen, um sie auf seine Seite der Grenze zu ziehen. *Ich wette, Mostro hat sie entführt. Sonst hätten erwachsene Parsoi Khi diese gefährliche Aufgabe übernommen.* »Schnappen wir uns die beiden. Aber nicht *zu*schnappen.«

Ein schreckenserfüllter Aufschrei aus hundert Kehlen ließ Klaey nach Mostro sehen. *Was tut sich dort? Hat er den Angriff begonnen?*

Die teils schillernden, teils felsenhäutigen Wesen spuckten und erbrachen das Blut, das sie aufgenommen hatten. Etwas daran bekam ihnen nicht. Schrille, gequälte Laute erklangen aus ihren Mündern, gemischt mit Wut und Bosheit.

Während sich zwei Gestalten mit einem letzten Flirren auflösten, fuhren die verbliebenen beiden in die Reihen des Heeres. Sie pflügten sich durch die Linien, frästen Schneisen, hinterließen verstümmelte Leichen und abgerissene Gliedmaßen. Weder Schild noch Speer, weder Pfeil noch Klinge hielten sie auf. In einem wahren Fressrausch dezimierten sie die Streitmacht des Famulus, verschlangen die Leben der Männer und Frauen schneller, als rollende Schneelawinen es vermochten. Mehrmals prallte eines der Wesen bei der Hatz gegen den magischen Wall.

Und der hielt.

Mostro hat die Wesen nicht im Griff. Klaey wusste nicht, ob er deshalb jubeln sollte. Geschützt durch den Barrierezauber wurde er Zuschauer eines Gemetzels.

Wie Bären in einem Hühnerstall wüteten die Kreaturen aus einer anderen Welt unter den Menschen. Sie rissen sie in Stücke, tranken vom Blut der Getöteten oder stopften sich wie von Sinnen Arme und Beine in die riesigen, weit aufgerissenen Mäuler.

Mostro saß gelähmt auf seinem tänzelnden Pferd und presste die Augen fest zusammen. Er verschloss sie buchstäblich vor dem Abschlachten, steckte sich die Finger in die Ohren und verzog das Gesicht.

So ein Irrsinn! Klaey war sich inzwischen sicher, dass Hantu sich nicht im Gefolge des Famulus befand. *Sonst hätte das Unternehmen einen anderen Verlauf genommen.* »Los! Schließen wir den Durchgang, Todesschwinge. Bevor sich eines von den Dingern zu uns verirrt.«

Der Flugmahr folgte den Zügelbewegungen, beschrieb einen eleganten Halbbogen und stieß raubvogelgleich auf die beiden Parsoi Khi nieder.

Im letzten Moment drehte der Rappe ab, und Klaey packte die Kinder am Kragen ihrer Gewänder, riss sie auf seine Seite des Walls. Etliche Schritte weit trug er sie durch die Luft, bevor er sie hinter seinen Leuten aus geringer Höhe zu Boden fallen ließ.

»Bleibt, wo ihr seid«, befahl er in der Gemeinsprache. »Euch wird nichts geschehen, und ihr werdet bald zu euren Familien zurückkehren. Aber nicht weglaufen, verstanden?«

Sie rappelten sich auf und sahen mit bangen Blicken zu ihm hinauf. Die glutroten Augen des Flugmahrs und dessen Fangzähne schüchterten sie ein. Zögerlich nickten sie.

Schnell kehrte Klaey zur Barriere zurück.

Unterdessen hatten Adelia und seine Brigantiner die restlichen Angreifer im Handumdrehen besiegt. Ohne Aussicht auf Rückzug hatten sie die Waffen fallen gelassen und sich ergeben. Die gesamte Aufmerksamkeit richtete sich nach draußen, auf jenseits der Barriere.

Auf der Wiese stapelten sich die Kadaver, zerfetzte Körperreste und Leichen mit aufgerissenen Kehlen und Bäuchen. Klaey sah wenig Blut für eine solche Masse an Toten und Wunden. Die beiden Wesen mussten es aufgesogen haben.

In alle Richtungen rannten und ritten die Handvoll Überlebenden davon. Nur wenige Hundert waren dem grauenvollen Treiben entkommen und suchten ihr Heil in der Flucht. Die geisterhaften Kreaturen lösten sich mit einem schauderhaften Kreischen auf, wurden gänzlich durchscheinend und verschwanden schließlich.

Erst jetzt öffnete Mostro die Augen und nahm die Finger aus den Ohren. Kreidebleich saß er im Sattel und starrte nach vorne, direkt auf Klaey. Sein Mund öffnete und schloss sich, ohne dass ein Wort über seine Lippen gelangte.

»War es das wert, Famulus?« Klaey deutete über die Berge aus verstümmelten Toten und Körperteilen. »Du hast Wesen herbeigerufen, die du nicht kontrollieren kannst.«

»Beim nächsten Mal wird es gelingen«, kam es heiser über seine Lippen.

»Das wagst du nicht!«, stieß Klaey fassungslos aus. »Wie viele willst du noch umbringen?«

»So viele nötig sind, damit ich mein Land zurückbekomme! Rhuta ist mein«, wisperte Mostro und fokussierte den Gesetzlosen mit seinem Blick. »Ich weiß, was ich falsch gemacht habe. Es geschieht nicht wieder.«

»Du hast den Verstand verloren!«

»Ich habe mein *Land* verloren! An einen Berengart. Du trägst die Verantwortung für dieses Massaker«, schrie Mostro heraus.

»Diese Toten tragen deinen Namen, Berengart. *Du* hast mich zu diesem Versuch gezwungen.«

Klaey schüttelte den Kopf. »Ja, du *hast* deinen Verstand verloren. Ganz sicher. Nun werde ich Rhuta mit allem gegen dich verteidigen, was ich finde. Niemals darfst du in den Besitz der Artefakte gelangen.« Er sah über das Leichenfeld. »Wo steckt der Rhamak? Weiß er davon?« Es war leicht, die Miene seines Gegenübers zu lesen. »Ah, ich verstehe. Er hat keine Ahnung, was du getan hast.«

»Das werde ich dir nicht auf die Nase binden.«

Klaey deutete auf die Flüchtenden, die zu kleinen Punkten und Strichen am Horizont wurden. »Bald weiß das Geborgene Land von deinen Taten. König Gajek wird dich jagen lassen. Als vielfacher, nein, hundertfacher Mörder!«

»Wegen was? Dieses Gemetzel war nicht mein Werk.« Mostro riss sich sichtlich zusammen, ein Ruck ging durch ihn. »Diese Wesen hat Adelia erschaffen, um gegen meine Übermacht anzukommen. Genau *das* werde ich sagen. Dann steht Aussage gegen Aussage.«

»Nicht, wenn man mich befragt. Es gibt gewiss mehr als einen unter den ehemaligen Soldaten aus Brigantia, der von Hantu weiß. Von seiner Rhamakkunst«, hielt Klaey dagegen. »Dieser Umlauf ist ein Wendepunkt. Das ganze Geborgene Land wird dich hassen. Dich heimsuchen, wie du mich heimsuchen wolltest.«

Mostro wendete sein verängstigtes Pferd. »Nein, das denke ich nicht. Man wird nach wie vor eher mir glauben als dir, Berengart. Du hast Adelia gezwungen, diese armen Menschen zu töten. Sie wollten nichts weiter, als einen Gesetzlosen zu fangen und zur Rechenschaft zu ziehen.« Er lenkte das Tier an den größten blutigen Anhäufungen vorbei. »Beim nächsten Mal werde ich obsiegen.« Mit den Sporen trieb er das Pferd an, das sogleich losgaloppierte, um das Feld aus Blut und Tod zu verlassen.

»Klaey!«, schallte es in seinem Rücken. »Klaey, ich hatte recht! Er ist es: Sònuk!«

Er wendete den Flugmahr und sah zu seiner Truppe. Inmitten der Gefangenen stand die aufragende Gestalt eines Srgālâh, dessen rechter Arm künstlich zu sein schien.

»Du hast ihn damals nicht aufgefressen, Todesschwinge?«, sprach er zum Hengst, der angewidert schnaubte und die Ohren spitzte, als könnte er sich genau an den Geschmack erinnern.

Irgendwie freute es Klaey, den allseits bekannten Sònuk lebendig, wenn auch nicht in einem Stück vor sich zu sehen. Am heutigen Umlauf waren genug gestorben.

***

Mostro warf den blutbesudelten Mantel im Reiten ab und ließ ihn achtlos auf den Weg fallen. Den Schock des Versagens und des Massakers hatte er überwunden, redete er sich ein. Das Zittern seiner Hände besagte etwas anderes.

Natürlich hatte Hantu nichts von seinem Plan gewusst. Er hätte ihm ein solches Vorgehen verboten.

Ich weiß, welchen Fehler ich beging. Mostro hatte Rinderblut statt Menschenblut benutzt, um die Wesen herbeizurufen. Der Lebenssaft einiger Kranker und Siechender aus einem Pesthaus, die er von ihrem Leiden erlöst hatte, hatte als Beigabe nicht ausgereicht. *Es muss frisch sein und darf nicht abgestanden sein.*

Das hatte die Wut der niederen Sphärenwesen ausgelöst, die sich betrogen gefühlt hatten. Zwei hatten sich mit Gewalt genommen, was sie unbedingt haben wollten, um ihren Zorn zu kühlen. *Ich brauche mehr Menschen, die ich opfern kann. Vor Ort.*

Mostro näherte sich einer Kreuzung und lenkte das Pferd nach Süden. Er würde es mit einem Beschleunigungszauber im fliegenden Galopp preschen lassen, bis es unter ihm zusammenbrach, und dann ein neues kaufen. Und noch eins und wieder eins. Münzen und Schmuck führte er genug mit sich.

Er ärgerte sich, dass er seine Rhamakkräfte zu früh offenbart hatte. Die Lüge, Adelia habe das Massaker mit einem Zauber angerichtet, würde nicht lange vorhalten. Das Geborgene Land war alarmiert. Berengart hatte recht, es gab bestimmt manche Veteranen aus Brigantia, die etwas über Hantu wussten. *Und die Parsoi Khi sind fortan meine Todfeinde. Den Raub zweier Kinder verziehen sie mir niemals.*

Daraus schloss Mostro zwei Dinge.

Zum einen musste er besser im Beschwören der Sphärenwesen werden, was wiederum mehr Menschenopfer erforderte.

Zum anderen benötigte er ein Vielfaches an Wissen über Magie. Über Zauberei. Über das Gebiet der Wunder und wo es als Nächstes entstehen würde. *Oder wie ich es zum Bleiben bewegen kann.*

Mostro reiste deswegen, so schnell es ging, nicht etwa zurück auf sein besetztes Gebiet nahe Wehrstadt – der Ritt führte ihn nach Enaiko, in die Stadt des Wissens. Ein Hort voller Aufzeichnungen, Bücher, Zeichnungen, Schrifttafeln und vielem mehr, was ihm helfen würde. Dort hatte ihn Vanéra einst Magie und Zaubersprüche studieren lassen.

Hantu wird sich solange um die Festung und das Gebiet der Wunder kümmern. Er wagt keinen Betrug an mir. Mostro fühlte, dass sein Pferd langsamer wurde. Schaum troff in weißen Bahnen aus dem offenen Maul, der Gang wurde unrund. Der Zauber verschliss seine Muskeln. Es war an der Zeit, ein ausgeruhtes Tier aufzutreiben.

Für die Dauer einiger Herzschläge wunderte sich Mostro, welchen Verlauf die Dinge seit dem Tod von Vanéra genommen hatten. Oder vielmehr seit dem Mord an ihr.

Es gibt kein Zurück mehr. Alles, was mir noch helfen kann, am Leben zu bleiben, ist Wissen. Viel Wissen und große Macht. Er genoss den Wind, der ihm kühlend ins Gesicht wehte, und sah eine Kutschstation seitlich der Straße auftauchen.

Sie kam wie gerufen.

***

»Auch Wasser wird zum edlen Tropfen,
mischt man es mit Malz und Hopfen.«

Zwergischer Trinkspruch

KAPITEL IX

DAS GEBORGENE LAND, BINNENMEER, KÖNIGINNENREICH UNDARIMAR, KÜSTENGEBIET DER INSEL ARIMA, 1024 N.B. (7515. SONNENZYKLUS NACH ALTER ZEITRECHNUNG), FRÜHSOMMER

Xanomir Wogenherz ging an Bord der *Meeresklinge II* auf und ab. Dabei kontrollierte er die jeweils vier Winden an Steuer- und Backbord, an deren Ketten schwere Tauchglocken vom Zweimaster ins flachere Küstengewässer hinabgelassen worden waren.

Diese dienten den sechzehn Tauchenden als Rückzugsort vor großen Raubfischen oder um neue Luft aufzunehmen und hernach mit der Unterwasserbergung weiterzumachen. Die Truppe packte die Säurekapseln der versenkten Albaeschiffe in sichere Hebenetze, die nach und nach aufwärtsgezogen wurden. An Deck und in den Laderäumen stapelten sich die Kisten, in denen die zerbrechlichen Glasbehältnisse auf Strohbetten gepolstert lagerten.

»Sieht gut aus«, sprach er zu Hamalys Kettenhart aus dem Clan der Funkenschläger, die als Constructa verantwortlich für die Mechaniken war. »Kein Zahnrad gebrochen, alle Ketten auf den Ritzeln.« Nach einem Blick auf die fast abgelaufene Sanduhr gab er den wartenden Helfern Anweisung, die Elriahauben nach einem akustischen Unterwassersignal hochzuholen. Die Luft war verbraucht. »Das müsste die letzte Fuhre gewesen sein.«

»Das war sie, Meister Wogenherz.« Hamalys eilte mit der Ölkanne von Winde zu Winde und träufelte, damit die beweglichen Teile surrten und schnurrten. Mittels Umlenkrollen, ausgeklügelter Konstruktion und ein wenig Muskelkraft kamen die schweren Glocken im Meer zum Vorschein und durchbrachen alsbald die ruhige Oberfläche. »Mehr haben sie nicht gefunden.«

Die Taucherinnen und Taucher kletterten an Strickleitern und Fallreepen zurück auf die *Meeresklinge II,* wo sie warme Getränke und Decken erwarteten. Die meisten waren Menschen, es befanden sich aber auch einige wagemutige Zwerge darunter.

Die glockenförmigen, einfachen Gebilde wurden unterdessen in ihre Verankerungen an Deck abgelassen und mit Bolzen gesichert.

»Wie viele haben wir jetzt?«, wollte Xanomir wissen und beteiligte sich an der Ausgabe von Tee und heißem Gewürzwein an die Tauchtruppe. Die langen grauen Locken hatte er nach hinten gebunden, der gleichfarbige Bart kräuselte sich in der Feuchtigkeit mehr als sonst.

»Wenn ich mich nicht verzählt habe, sind wir bei einundzwanzig vollen Kisten. Das entspricht knapp hundertsechzig Säuregeschossen. Die angeknacksten haben wir separat gelagert und überlassen den Inhalt den Alchemisten in den Laboratorien an Land. Die sollen die Rezeptur entschlüsseln.« Hamalys tätschelte eine Tauchglocke und befestigte die Arretierung an der unteren Wulst des Eisens. »Dann hätten wir Nachschub in nahezu unendlicher Menge und könnten uns gegen Heerscharen von Drachen erwehren.«

Wie Xanomir trug die Zwergin mit den kurzen, hellbraunen Haaren leichte Kleidung und keine Rüstung, um bei einem Sturz ins Meer nicht unverzüglich zu sinken. Als gute Schwimmerin verzichtete sie auf eine Korkweste, die einen Körper über Wasser hielt.

»Beten wir zu Vraccas, dass wir das niemals benötigen. Und zu Elria, dass sie uns noch weitere gelungene Fangzüge beschert.« Xanomir rief dem Maat zu, er möge Nachricht an Land geben, damit man sich dort für die Aufnahme der Kisten mit dem gefährlichen Inhalt bereit machte. Umfassende Sicherheitsvorkehrungen wurden am Hafen getroffen, damit weder Lebewesen noch Bauwerke bei einem Zwischenfall Schaden nahmen. Die Säure reagierte beim Austreten aus den Kapseln hochaggressiv.

Hamalys sah Xanomir neugierig an. »Oho! Ich dachte, wir haben die ganze Küstenlinie von Arima abgefischt? Die Wracks sind leer. Alles an Drachenbeinpfeilspitzen, Glasgeschossen und rettbaren Katapultvorrichtungen haben wir geborgen.« Sie verengte die hellbraunen Augen. »Oder nicht, Meister Wogenherz?«

Xanomir zeigte nach Norden. »Wir segeln morgen in diese Richtung. Dort, wo die letzten Schiffe der Albaeflotte versenkt wurden.«

»Aber da ist das Meer doch fast zwei Meilen tief. Da kommt nichts und niemand hinab.«

»Die Karten besagen, dass es ganz in der Nähe ein unterseeisches Plateau gibt, nur wenige Hundert Schritte breit«, erklärte er. »Wir haben das Tauchboot. Mit der *Buvendil* werde ich runterfahren und nachschauen, ob es etwas zu holen gibt, was wir vor Arima nicht gefunden haben.«

»Die *Buvendil*«, schwärmte Hamalys sogleich. »Ich habe sie mir im Laderaum angesehen. Du hast ein echtes Meisterwerk entworfen und gebaut.«

Xanomirs Lächeln wurde gequält. »Nicht ich alleine. Die Ehre gebührt vielen tüchtigen Bootsbauern und meinem Freund, nach dem ich das Tauchboot benannt habe. Mit ihm zusammen ersann ich den Uhrwerkantrieb, das Flachscheibenkatapult und …« Tränen stiegen in seinen Augen auf, die er mit dem Ärmel wegwischte. »Alles Wichtige eben.«

»Nicht ganz so uneitel, Meister Wogenherz. Wir wissen doch alle, dass schon dein Vater erste Pläne hatte, die du vervollkommnet hast. Das Unterseebootbauen liegt eindeutig in deinem Clan und deiner Familie.« Hamalys nahm erkennbar innerlich Anlauf und zupfte an den Bändeln ihrer Lederhaube, die sie zum Schutz gegen Wind und Sonne trug. »Darf ich dich begleiten? Du brauchst jemanden, der den Uhrwerkantrieb prüft und aufzieht und die vielen Anzeigen im Auge behält, während du steuerst.«

Xanomir freute sich über ihr Angebot. »Gerne. Du bist eine

tüchtige Ingenia. Deine helfenden Hände und dein Wissen sind mir willkommen.«

»Oh, danke, Meister –«

»Aber bevor du zu sehr jubelst: Macht dir Enge etwas aus? Bekommst du Angst, wenn es rüttelt und schüttelt oder die Luft dünner wird?«, fragte Xanomir. »Mach dir bewusst: Ein Tauchboot ist etwas anderes als ein Bergwerk.«

Hamalys nickte voller Begeisterung. »Ich kann alles ertragen und gehöre zu jenen, die das Wasser nicht fürchten. Weder darauf noch darin.« Sie strahlte. »Ich bin der festen Überzeugung, dass uns Elria das Tauchboot erfinden ließ, damit die Göttin und wir Freundschaft schließen.«

»Das ist die eigenwilligste Deutung, die ich jemals gehört habe. Aber sei's drum.« Xanomir streckte ihr die Hand hin. »Willkommen in meiner Mannschaft.«

»Wie viele sind wir?« Hamalys schlug leicht errötend vor Freude ein. Das Öl an ihrer Hand schmatzte leise.

»Du und ich. Und die *Buvendil* natürlich.«

Sie lachten gemeinsam und schlenderten unter Xanomirs Führung zur steilen Abwärtstreppe, die in den größten Laderaum führte, wo das Tauchboot auf seiner Halterung ruhte und mit Seilen gegen Abrutschen gesichert war. »Ich weise dich ein und erkläre dir die Anzeigen. Auf welche Markierungen du achten musst und wie schnell sich das Uhrwerk des Antriebs maximal drehen darf, bevor es uns um die Ohren fliegt.«

»Was schlecht wäre. Denn dann blieben wir auf dem Meeresgrund.«

»Sehr richtig. So nahe wollte ich Elria doch nicht kommen.«

Nacheinander kletterten Xanomir und Hamalys ins Innere des Tauchbootes. Die Einweisung in die Geheimnisse des Unterwassergefährtes begann. Die Zwergin saugte jedes Wort begierig auf, wiederholte die Handgriffe geschickt und wusste Nachfragen stets detailliert zu beantworten. Auch das Steuern der neu eingebauten Greifarme bewältigte sie nach kurzer Übung.

Xanomir war zufrieden. »Gut. Sehr gut, Hamalys«, lobte er sie. »Damit pflücken wir die letzten Reste der Schwarzaugenflotte vom Grund der See.«

»Wie kommst du darauf, dass es etwas zu finden gibt?«, erkundigte sie sich und kletterte die Eisensprossen zur Ausstiegsluke hinauf. »Herrscht an dieser Erhebung nicht eine immense Strömung? Sie ist umgeben von einem meilentiefen Abgrund.«

»Da wir die Ersten sind, die hinabtauchen, vermag ich dir nichts über einen Sog oder Ähnliches zu sagen«, gestand Xanomir. »Ich habe keinen Hehl daraus gemacht, dass es eine gefährliche Mission wird.«

»Das ist mir bewusst, Meister Wogenherz.« Hamalys schwang sich ins Freie und wartete neben dem Schott. »Ich meinte eher, was du dir in den Wracks zu finden erhoffst, was wir noch nicht kennen?«

Xanomir kletterte aus dem Tauchboot und grinste. »Sonst würde ich das Wagnis nicht eingehen, denkst du?« Die Zwergin nickte. »Sehr gut aufgepasst. Als ich damals die Aufsetzscheiben des Katapults abschoss und sie durch den Rumpf des albischen Schiffs krachten, glaubte ich, durch das Loch im Innern einen Stapel roter Kisten gesehen zu haben. Diese sind uns bislang aber nicht begegnet. Weder in den Wracks am Roten Gebirge noch in den Gewässern von Arima.«

»Und wenn deine Augen dich täuschten? Oder es am Licht lag?«

Xanomir war sich vollkommen sicher, diese ungewöhnlichen roten Kisten gesehen zu haben. »Nein. Das Schiff, das ich draußen auf See versenkt habe, trug eine Besonderheit im Laderaum. Das ist gewiss.« Er klopfte ihr auf die Schulter. »Wir beide werden sie finden und heben.«

Die Bootspfeife erklang und gab den Befehl an die Mannschaft, die Segel zu reffen und die Anker bereit zu machen.

Hamalys schaute hinauf. »Das Zeichen zum Anlegen! Wir sind auf Arima angekommen.«

Das ging schnell. »Laden wir rasch aus und nehmen noch etwas

Proviant auf. Morgen bei Sonnenaufgang geht es los.« Xanomir erklomm die steilen Treppenstufen, um an Deck zu gelangen und das Abladen zu überwachen, damit keine Kiste vergessen und achtsam damit hantiert wurde.

Behältnis um Behältnis ging von Bord und wurde auf mit Stroh ausgelegten Wagen weitertransportiert. Gemäß den Absprachen würden sie auf die Zwergenreiche verteilt werden, um Drachen schnellstmöglich abschießen zu können.

Währenddessen würde eine Alchemistengruppe aus Enaiko Proben der geborgenen Säure in mehreren Laboratorien auf Arima in ihre Bestandteile zerlegen und nach der Rezeptur forschen. Es gab bereits gute Ansätze und kleinere Durchbrüche, doch noch fehlte das Wissen um die exakte Zusammensetzung des Mittels, das sich durch Drachenhaut und Schuppenpanzerung fraß.

Für Xanomir war die albische Flotte, die aus zehn einzelnen Verbänden mit je acht Schiffen bestanden hatte, der Beweis für die wahren Bestrebungen von Dsôn Khamateion. Hätten die Albae mit ihren Waffen sämtliche feindlichen Drachen erst einmal ausgeschaltet, wären sie und ihre Zhussa zusammen mit den angeborenen Kräften der Albae und ihren Flugmahren nicht mehr aufzuhalten gewesen. Dank Tungdil Goldhand war es anders gekommen.

Vraccas und unser größter Held standen uns bei. Xanomir gab rasche Anweisungen an die Männer an der Winde, um die Schieflage einer im Netz schwebenden Kiste zu verhindern. *Vorerst ist Ruhe eingekehrt.*

Doch er glaubte nicht, dass die Albae ihre Wunden lange lecken würden.

Genauso wenig traute er den Orks und ihrem Anführer Borkon.

Umso wichtiger war ein üppiger Vorrat an Säuregeschossen und den Hochgeschwindigkeitskatapulten, welche die Schiffe der Roten Flotte eingesetzt hatten.

Ob wir damit die Schweineschnauzen, Schwarzaugen oder fliegende Geschuppte auflösen, ist mir gleich. Hauptsache, es funktio-

niert. Die Kinder des Schmieds hielten sich an ihren Auftrag, das Geborgene Land zu beschützen. Xanomir sah die letzte Kiste heil von Bord der *Meeresklinge II* schweben. Jetzt standen Proviant und Wasseraufnahme an. *Ich leiste meinen Beitrag. Aus ganzem Herzen.*

Einige Umläufe danach hatte der Zweimaster die Position erreicht, die Xanomir als Ort des Versenkens auf seiner Karte vermerkt hatte.

Mit Hamalys an Bord der *Buvendil* ging es für ihn hinaus aus dem Laderaum und rein ins Meer, das unruhiger wurde. Noch bedeutete der Wellengang keine Schwierigkeit für Schiff und Tauchboot.

Während die Ballastkammern langsam geflutet wurden und die *Buvendil* kontrolliert Handbreit für Handbreit sank, warfen Zwerg und Zwergin im Schein des schwachen Petroleumlämpchens einen letzten Blick auf die Aufzeichnungen der Entdecker des unterseeischen Plateaus. Es befand sich in achtzig Schritt Tiefe und trug den Namen *Fischamboss.*

Die Meeresgegend zeichnete sich durch enormen Fischreichtum aus, aber auch durch tückische Wechselströmungen. Die Erhebung rings um die mehr als zwei Meilen tiefe Stelle war gefunden worden, weil sich einst ein Fangnetz daran verfangen hatte. Fadenmessungen hatten die genaue Tiefe und die ungefähre Ausdehnung ergeben, die sich als flach und schmal erwies.

Gefahr für die Seefahrt bildete der Fischamboss aufgrund seiner tief liegenden Position nicht. Und so hatte man sich Zyklen nach seiner Entdeckung nicht mehr darum gekümmert. *Bis ich die Schwarzaugen versenkt habe.*

Xanomir sah zu Hamalys. »Es könnte knifflig werden«, warnte er vor. »Die Aufzeichnungen sind alt und basieren auf Fadenmessungen. Mit der *Buvendil* wird das Meer anders umspringen als mit einem Gewicht oder einem Eimer an einer Schnur. Du musst auf meine Anweisungen sogleich reagieren.«

»Natürlich, Meister Wogenherz.« Die braunhaarige Zwergin trat von der Karte weg und ging zum Uhrwerkantrieb, kontrollierte die Anzeigen, Druckstände und Füllmengen der Ballastkammern. »Ich bin gespannt, was es zu bergen gibt.«

»Ich auch.« Xanomir begab sich zur Steuereinheit. Er hatte einige kleinere Umbauten vorgenommen, und nun gab es visierkleine Guckfenster aus dickem Glas sowie Blendlaternen, die ihren gebündelten Schein durch Aussparungen hinaus ins Meer warfen. Für längere Tauchfahrten, bei denen der Sauerstoffvorrat wichtig wurde, hatte er Leuchtmoos in Halterungen gepackt. Sie verbrauchten im Gegensatz zu Flämmchen kaum Luft. »Gehen wir nachsehen.« Er packte die Rudervorrichtung und ließ die *Buvendil* mit der Nase voraus absinken.

Unmittelbar unter der Oberfläche herrschten gute Lichtverhältnisse. Seine für die Dunkelheit gemachten Zwergenaugen entdeckten Fischschwärme verschiedenster Arten. Manche flüchteten vor dem Tauchboot, andere umkreisten und umspielten es, während wieder andere Scheinangriffe begannen. Sie hielten das Boot offenbar für einen großen Räuber und setzten sich zur Wehr.

Hamalys hob aufgeschreckt den Kopf, als es mehrmals leise gegen die Außenwand pochte. »Was … ist das?«

»Keine Sorge. Nur ein paar neugierige Diamantheringe und Graurochen. Sie sehen uns als einen Jagdwal und wollen uns verscheuchen.« Xanomir hoffte, dass keine Sphyraeen auftauchten, mit denen er sich damals im Kanal hatte herumschlagen müssen. *Oder Panzerfische.* Sie konnten durchaus eine Gefahr für den Antrieb oder die Steuerruder werden.

Sicherheitshalber klappte er die Sicherheitsabdeckung für die Abwehreinrichtungen um, damit er schneller an die Auslöser kam. Gespannte Federn in kleinen, dosenartigen Behältnissen an der Außenhaut der *Buvendil* verschossen auf Knopfdruck Pfeilspitzen, um bedrohliche Meeresbewohner abzuwehren. Ähnliche Konstrukte hatten sich an den Tauchglocken bewährt.

Die *Buvendil* glitt mehr und mehr abwärts, was sich wie Schweben anfühlte.

Der Schein der Blendlaternen riss erschrockene Fische, Kraken und Quallen aus dem Zwielicht. Die Umrisse des Plateaus zeichneten sich allmählich ab.

»Ist da hinten alles bestens, Hamalys?« Geschickt lenkte Xanomir das Tauchboot auf die Erhebung zu. Zwischen Meeresgewächsen, wogendem Seefarn und wucherndem Riesentang machte er die Silhouetten albischer Schiffswracks aus.

»Die Anzeigen könnten besser nicht sein. Der Uhrwerkantrieb schnurrt wie ein Bergkätzchen«, meldete Hamalys aus dem Gestängegewirr. »Ballastkammern bei fünfzig Anteilen.«

Xanomir hielt das Tauchboot in der Schwebe und drehte es einmal um die waagrechte Achse.

Die Blendlaternen leuchteten die Ebene im Nichts zu einem kleineren Teil aus und machten die zerstörten Schiffsrümpfe, geborstenen Masten und zerfetzten Segel der einstigen albischen Flotte sichtbar. Zerschlissene rote Tuchstücke wehten in der Strömung, als wollten sie Fremde anlocken oder zum Abschied winken.

Xanomir gaben die aufwärtsgerichteten Stränge des Riesentangs zu denken. Bis zu vierzig Schritt wuchsen sie über den Untergrund hinauf und machten ein tieferes Abtauchen zu einer gefährlichen Unternehmung. Wickelten sich die zähen Fasern um Antrieb oder Ruder, wären sie verloren. *Ein Anker könnte uns nicht besser halten.*

Hamalys ölverschmiertes Gesicht spitzte zwischen den Maschinenteilen hervor. »Was gibt es? Warum halten wir an?«

»Riesenbrauntang. Ich fürchte, wir müssen erst ein wenig roden, bevor wir näher an die Wracks können.« Mit einem Nicken schickte er sie an die mechanisch bedienbaren Greifarme. »Rupfe uns eine Schneise. Gib acht, dass sich das lose Zeug nicht um die Wasserschraube wickelt.«

»Wird gemacht, Meister Wogenherz.« Hamalys begab sich freudestrahlend an die Steuerhebel, die neben Xanomirs Sitz befestigt waren. Sie begann mit dem Schaffen einer Pikade, durch welche die *Buvendil* langsam tiefer absacken konnte. Die Greifklammern schnappten und rupften mit der verstärkten Kraft von Stahlfedern und Umlenkketten.

Die Wrackteile und zerbrochenen Rümpfe kamen allmählich näher.

Da! Xanomir erkannte mehrere rote Kisten, die durch Beschuss und Aufprall zerschmettert worden waren. Sie boten keinerlei Hinweis auf die Ladung. *Ich habe mich also nicht geirrt. Sie trugen etwas Besonderes bei sich.*

Hamalys Schrei ließ ihn zusammenfahren. »Ein Drache! Bei Vraccas! Da liegt ein Drache auf der Lauer!«

»Wo denn?« Xanomirs Herz klopfte rascher. »Du musst dich irren. Er hätte uns längst angegriffen.« Er steuerte die *Buvendil* behutsam nach Backbord und schwenkte die Blendlaternen suchend. »Es sind nur die Planken und Masten, die sich …«

Vor ihnen fuhr ein weißer Drachenschädel in die Höhe, zwei Hörner verfehlten die Nase des Tauchbootes nur knapp.

Bei den Göttern! Wir müssen sofort rauf! Sofort hatte Xanomir die Hand am Auslöser zum Auspumpen der Ballastkammern, doch beim genauen Betrachten bemerkte er etwas, was sein Herz sogleich beruhigte. Erleichtert lachte er auf. »Das ist ein Skelett.« Er hielt die *Buvendil* ruhig und korrigierte den Winkel der Lampen. »Der Geschuppte ist schon lange von den Fischen gefressen worden. Sieh nur!«

»Gebeine?« Hamalys drückte sich die Nase an dem kleinen Bullauge platt. »Bei Vraccas! Wir haben die Gebeine eines Drachen gefunden. Hieß es nicht immer, dass es mehr als die bekannten Geschuppten im Geborgenen Land gegeben habe?«

»Einen davon haben wir wohl entdeckt.« Xanomir sah das Gerippe, das fest zwischen Wasserfarn und Riesenbraunalgen eingewachsen war. *Ich hoffe, es gibt keine lebendigen Exemplare hiervon.* Das Meer barg viele Geheimnisse.

»Wie er wohl gestorben ist?«

»Ich kann nicht näher heran, sonst verfangen wir uns in dem Gestrüpp.« Xanomir bedauerte, dass er das Skelett nicht in Gänze bergen konnte. Einzig den Schädel, der sicherlich fünf mal acht Schritte maß und teilweise vermooste Schuppenreste trug, bekamen sie mit den Greifarmen zu packen. »Sein Kopf ist ein schönes Mitbringsel. Er wird dich berühmt machen, Hamalys.«

»Wenn wir ihn denn vom Hals lösen können.«

»Das wird dir schon gelingen.« Xanomir sah wieder nach den rot angemalten Kistenbruchstücken. »Wir machen Folgendes. Ich halte die *Buvendil* in der Schwebe. Du wirst eine Skizze des Fischambosses anfertigen und die exakte Lage der Wracks einzeichnen. Damit ist sicher, dass wir nichts übersehen.«

»Und ich erstelle gleich einen passenden Rodungsplan«, fügte Hamalys begeistert hinzu. »Guter Gedanke, Meister Wogenherz.« Sie ließ die Steuerelemente für die Greifarme los und suchte im schwachen Schein des Öllämpchens nach Papier und Stift. »Beginnen wir.«

Xanomir grinste. »Du bist absolut die richtige Wahl als Ingenia für mein Tauchboot.« Er steuerte das Gefährt aufwärts und nach Osten, um an einer Seite der Plattform anzufangen. »Ich schlage vor, dass wir –«

Ruckartig beschleunigte die *Buvendil* und krängte nach links, während eine unsichtbare Kraft am Steuer zerrte.

»Sind das wieder die Graurochen?«, fragte Hamalys alarmiert und sah aus den schmalen Fenstern. »Ich kann nichts erkennen.«

Plötzlich begann das Tauchboot um seine Längsachse zu rotieren, als würde ein Unterwasserriese darauf laufen wie ein vorwitziger Zwerg auf einem Holzstamm.

Xanomir und Hamalys wurden durcheinandergewürfelt. Alles Lose klirrte und klapperte durch die *Buvendil*, die sich spürbar nach unten bewegte und weiterdrehte.

»Wir sind in eine Strömung geraten«, rief Xanomir und bekam einen Haltegriff zu fassen, um danach der Zwergin die Hand zu reichen und sie an sich zu ziehen. Er hatte sich mehrere blaue Flecken eingefangen, Hamalys blutete an der Wange und am Hinterkopf. Ihr Blick war glasig. »Bete zu Elria, dass sie uns freigibt.«

Sie nickte schwach und übergab sich ruckartig.

Die *Buvendil* ächzte am ganzen Leib, die metallene Haut quietschte und knarrte. Mit einem hässlichen Knall zerbarst die Ummantelung des überlasteten Uhrwerkantriebs, mehrere Anzeigen rutschten in den roten Warnbereich.

Wir sinken! Geradewegs in den Abgrund! Xanomir ließ Hamalys los und klammerte sich an die Steuerapparatur. Sosehr er es keuchend und schreiend versuchte, die Höhen- und Seitenruder gehorchten ihm nicht.

Mit der Nase voran schoss das Tauchboot abwärts.

***

DAS GEBORGENE LAND, FREIE STADT MALLENIASWACHT, 1024 N.B. (7515. SONNENZYKLUS NACH ALTER ZEITRECHNUNG), FRÜHSOMMER

»Ich freue mich, in Ruhe ein Bier mit dir zu trinken«, sagte Gata zu Goïmron und schüttelte die Anspannung nach der Versammlung endlich ab. Sie trug einen leichteren brünierten Harnisch und lediglich ein kurzstieliges Axtschwert bei sich. Auf die Todesrüstung hatte sie verzichtet. Es musste kein Eindruck mehr geschunden werden.

Ihr Plan, zur Großkönigin der fünf Stämme gewählt zu werden, war nicht aufgegangen. Aber auch Goldhands Favorit hatte das Nachsehen, sogar noch mehr als sie. Er kam keinesfalls für den Thron der Fünf Stämme infrage. *Dafür sorge ich.*

»Ja, ein Bier ist dringend notwendig.« Goïmron ging neben ihr, Rodana hatte sich bei ihm eingehakt. Das dunkelgrüne Kleid stand ihr hervorragend und betonte sowohl ihren zierlichen Wuchs als auch die kinnlangen, blonden Haare. »Ich hatte keinerlei Gelegenheit, dich seit deiner Ankunft in Malleniaswacht zu sprechen und ein paar freundliche Worte zu wechseln. Du bist mir aus dem Weg gegangen, habe ich recht?«

Gata schlug ihm freundlich auf die Schulter. »Entschuldige bitte.« Sie sah zuerst zu ihm und dann zur Puppenspielerin. »Die Aufregung. Ich wollte meine ganze Konzentration auf die bevorstehende Zusammenkunft legen.«

»Und Großkönigin werden.« Rodana lächelte. »Ich hätte es gut gefunden, wenn du auf dem Thron säßest. Die dunklen Haare und die Tätowierung stehen dir. Sie machen dich … mysteriöser. Und auch wie du mit Schminke die Augen und Wangen betonst.«

»Ich hätte mich auch sehr gefreut«, stimmte Goïmron ein. »Aber mir ist dein neues Äußeres einen Hauch zu düster.«

»Danke, danke. Doch leider verlief die Besprechung etwas anders. Dank des Kaninchens, das Goldhand aus dem Helm gezaubert hat.« Gata versuchte, die Niederlage mit grimmigem Humor zu nehmen. »Möge es von dannen hoppeln.« Sie sah Goïmron an, dass sie einen Nerv getroffen hatte. »Was gibt es dazu noch?«

»Nichts von Belang«, wich er aus.

»Nur dass er ein Teil des Kaninchens hätte sein sollen«, warf Rodana ein und gab ihm einen neckenden Kuss auf die Wange.

»Wie meint sie das?« Gata schaute erstaunt auf den Vierten, der abgelenkt einen Mann beobachtete, der einige Schritte entfernt Schmutz aus einem Fallrohr zog. Gata konnte bis auf die Augenklappe nichts Besonderes an dem Mann feststellen und stupste Goïmron fragend an.

Der Gesprächsgegenstand war ihm offenbar unangenehm, und er räusperte sich. »Tungdil meinte, dass Vraccimbur und ich uns ergänzen und dass wir uns gegenseitig bräuchten, wenn diese Bedrohung über das Geborgene Land hereinbricht«, sagte er. »Der Schaukämpfer sei der Krieger, der die Stämme anführte, und ich wäre das magische Gegenstück.«

»Aha. Aufschlussreich, dass du nicht zugesagt hast.« Gata rieb erleichtert über ihre Brosche, die am Kragen des Untergewands steckte. *Dagegen wäre ich mit meiner Kandidatur kaum angekommen.* »Darf ich erfahren, weswegen?«

»Ich mag mit Edelsteinmagie hantieren können, ja. Aber bei Weitem nicht mit solcher Meisterschaft, wie Vraccimbur die Waffen wirbelt.« Goïmron lächelte schwach. »Einige Experimente verliefen nicht, wie ich sie mir vorstellte. Bevor ich jemanden in Gefahr bringe oder ganz versage, wenn es darauf ankommt …«

»Wie in einem neuerlichen Kampf um das Geborgene Land«, warf Gata ein.

»… lasse ich es lieber. Wir haben mit Mostro und Adelia einen Magus und eine Maga. Sie verstehen sich auf diese Künste.« Goïmron orientierte sich kurz anhand der Fassaden, wo sie sich in Malleniaswacht befanden. »Hier entlang. Dann sind wir gleich im *Humpensammler.*«

Gata dachte über seine Ausführungen nach. Sollte eintreten, was Goldhand in seinen schlimmsten Träumen sah, fehlte den Kindern des Schmieds durch Goïmrons Rückzug ein wichtiger Held. *Dabei spielt es keine Rolle, ob Vraccimbur Großkönig ist oder jemand anderes.* Sie war unschlüssig. »Nun ja. Fehlschläge hin oder her: Denkst du nicht, du solltest es weiter versuchen? Ich hörte, Magie und Zauberei haben viel mit Handwerk und Übung zu tun.«

»Das sage ich ihm auch stets«, sprang Rodana ihr bei. »Magie. Ein seltenes Talent in diesen Zeiten. Vraccas gab es dir aus einem Grund.«

»Nein.« Goïmron blieb stur. »Ich habe es so entschieden. Wenn ich etwas mit dieser Gabe anfange, dann höchstens, um das *Curiosum* und deine Magie des Spiels zu unterstützen.« Damit schien für ihn die Angelegenheit beendet. »Gata, jetzt verrate mir lieber, wo Brûgar, Belîngor und Hargorina abgeblieben sind. Ich hätte sie bei einer derart wichtigen Unterredung in deinem Gefolge erwartet.«

»Sie sind im Schwarzen Gebirge und führen die Geschäfte fort, solange ich unterwegs bin.« Gata sah das Schild des *Humpen-*

sammlers im Schein der Straßenlaternen und freute sich auf einen guten Schluck. Sie hatte viel von der Braukunst der Vierten in der Stadt gehört. Dank Goïmrons Expedition in die Gänge, Hallen und Stollen des Grauen Gebirges waren alte Rezepte wiederaufgetaucht und nachgebraut worden. »Brûgar, Belîngor und Hargorina kann ich mehr vertrauen als dem Rat, der immer noch meinem Vater nachweint.«

»Geschäfte? Welche Geschäfte denn?«, fragte Goïmron verwundert. »Treibt ihr Handel ins Jenseitige Land? Ich dachte, der Zugang ist verschüttet?«

»Ist er auch. Es sind Geschäfte anderer Art. Ich trug den dreien auf, nach jener Stelle zu forschen, die Goldhand als neuen Eingang ins Geborgene Land anlegen ließ«, gestand Gata frei heraus. »Die Bergleute, die an Goldhands Plan beteiligt waren, sind ihm treu und verraten nichts. Aber ich bin sicher: Finden lassen wird sich der Eingang. Früher oder später. Auch ich habe gute Mineure.«

»Auf eigene Faust?« Goïmron blieb stehen, seine Brauen hoben sich noch ein Stück. »Wieso tust du das?«

»Ist das nicht ersichtlich?« Gata lächelte. »Goldhand erpresst uns. Ich lasse mich ungern zu Dingen zwingen oder hinhalten. Es ist mein Königinnenreich, also will ich bestimmen, was darin und an seinen Grenzen vorgeht.« Sie ging auf den Eingang der Schenke zu. »König Gajek von Gauragon ist der gleichen Ansicht.«

»Das ist … kühn. Weiß Goldhand davon?« Goïmron und Rodana schlossen rasch zu ihr auf. »Man könnte es dir als Verrat auslegen.«

»Er mag ein Greis sein, aber er ist nicht dämlich. Er wird davon ausgehen, dass die Stämme nach den Standorten suchen. Versteh mich bitte richtig, Goïmron. Dir und Goldhand wünsche ich die längsten Leben, die es geben kann. Doch wenn euch beiden etwas zustößt, bevor die genaue Lage der Zugänge offenbart werden kann, sind wir für eine sehr lange Zeit eingeschlossen.« Sie öffnete die Tür und ließ den beiden den Vortritt. Laute Bardenmusik und der Geruch von Pfeifentabak und deftigem Essen drangen heraus.

»Oder was noch schlimmer wäre: Bestien entdecken die vorbereiteten Felsdurchbrüche und dringen vor, ohne dass wir es bemerken. Das kann ich nicht dulden. Weder für meinen Stamm noch für das Geborgene Land.«

Goïmron und Rodana erwiderten nichts.

Weil sie wissen, dass ich recht habe. Die Geschichte von der zurückeroberten und vernichteten Ostfestung im Schwarzen Gebirge hatte sie bereits grob umrissen.

Gemeinsam betraten sie den *Humpensammler*.

Durch den Lärm der Gäste, den Gesang und das Sackpfeifenspiel der Barden drangen anfeuernde Rufe, rhythmisches Klatschen und Rumpeln von Bechern, die auf Tische geschlagen wurden.

Gata entdeckte sofort die Ursache für die ausgelassene Stimmung. *Was tut der denn noch in Malleniaswacht?* Die schwarzhaarige Zwergin verzog den Mund. *Das Kaninchen ist nicht von dannen gehoppelt.*

Vraccimbur saß umringt von einer Menge aus Menschen und Vraccaskindern an einem stabilen Tisch und betätigte sich im Armdrücken. Eingeölt und mit freiem Oberkörper, damit seine Muskeln und Narben besser zur Geltung kamen.

Einige der Umstehenden hielten sich die Hände und Arme, Blutergüsse und Abschürfungen zierten ihre Haut. Sie hatten erkennbar gegen den Zwerg verloren. Zwei anderen wurden die gebrochenen Unterarmknochen von einem Heiler geschient und verbunden. Es ging rabiat zur Sache.

Neben Vraccimbur stapelten sich die silbernen und kupferfarbenen Münzen, die er gewonnen hatte. Sogar zehn goldene waren darunter.

Just in diesem Augenblick schmetterte der Schaukämpfer den Handrücken eines anderen Zwerges mit Wucht auf die Tischplatte, dass die Humpen und Münzen darauf sprangen. »Verloren, mein Freund!«, rief er und lachte dröhnend. »Aber gräme dich nicht. Du kannst deinen Kindern erzählen, dass du gegen den kommenden Großkönig den Kürzeren gezogen hast.«

So ein Großmaul, dachte Gata. Die Zuschauenden lachten und spendeten Beifall als Trost und Ehrerbietung für den Verlierer, der ohne schwere Blessuren vom Tisch aufstand und seine Silbermünze auf den Stapel legte.

»Da drüben ist noch frei.« Goïmron versuchte, sie an dem Spektakel vorbeizulenken. »In der Nische. Da ist es nicht so laut.«

Gata nickte und schleuderte Vraccimbur einen bösen Blick in den Rücken wie eine Zweihänderaxt. »Das ist mir nur recht.« Sie wandte sich um.

»Ah, bei Vraccas und Lorimbur! Wen haben wir denn da?«, tönte Vraccimburs Stimme durch den *Humpensammler.* »Wenn das nicht Königin Regnorgata ist.«

»Komm«, sagte Goïmron, um sie in die ruhige Ecke zu lotsen. »Strafe ihn mit deiner Missachtung. Wir wollten gemütlich ein Bier trinken und von unseren Leben erzählen.«

Aber Gata konnte nicht anders.

»Es dauert nicht lange«, sagte sie zu ihrem Freund. »Bestell mir das Beste, was die Brauer zustande gebracht haben.«

Langsam wandte sie sich um. »Wenn das nicht der Schaukämpfer ist!«, erwiderte sie und stemmte die Hände in die Hüften. »Aber Großkönig wirst *du* nie. Das weißt du. Also hör auf, diesen Unsinn zu verbreiten. Es wird einen Großrat geben, keinen Großkönig. Und schon gar nicht einen Großkönig, der wie ein fetter Ölfisch in einer Kaschemme sitzt und sein Einkommen mit protzigem Gehabe und Armdrücken gegen Schwächere verdient.«

Schlagartig wurde es still im Raum. Die Worte hatten gesessen.

Vraccimburs Gesicht rötete sich. »Ach, warten wir es doch ab.«

»Das müssen wir nicht. *Du* jedenfalls nicht. Wolltest du Malleniaswacht nicht verlassen?«

»Wir haben noch ausverkaufte Darbietungen«, entgegnete er. »Ich will meine Bewunderer nicht im Regen stehen lassen. Sie haben sich so auf meine Kämpfe gefreut.« Er hob seinen Becher und prostete in die Runde.

Die Umstehenden erwiderten den Gruß sogleich, es wurde getrunken.

»Aber wenn du schon mal hier bist und es zumindest vorläufig keinen Wettstreit zwischen uns beiden geben wird, dann« – Vraccimbur deutete auf den leeren Platz ihm gegenüber – »könnten wir uns doch spielerisch messen. Du bist mir bestimmt an Kraft ebenbürtig.«

Gata sah die Neugier und die Vorfreude in den Gesichtern der Menschen und Zwerge, die um den Tisch standen. Ein Meldrith hielt sich im Hintergrund und paffte eine Pfeife, die Blicke aus den dunklen Augen ruhten auf ihr. »Du forderst also eine Königin heraus.«

»Ich bin Vraccimbur Schlaufaust aus dem Clan der Immersieger von den Allfünfen. Außer mir gibt es keine weiteren dieses Stammes. Also bin ich ebenso gut ein König und von gleichem hohem Blut wie du«, stellte er feixend fest und rieb sich den platinblonden Bart mit den dunklen Spitzen. Erneut deutete er auf den freien Platz und orderte mit dem leeren Humpen frisches Bier bei der umhereilenden Bedienung. Der Elbenring an seinem rechten Mittelfinger blitzte im Lampenschein auf.

Den Vorschlag wirst du bereuen, mein großspuriger Freund. »Nun gut. Aber wenn Königin und König gegeneinander antreten, muss der Einsatz unser beider würdig sein«, sprach sie und trat näher, um sich unter dem Raunen der Gäste auf den Schemel ihm gegenüber zu setzen.

»An welchen Einsatz dachtest du? Goldmünzen?«

Sie zeigte auf seinen elbischen Schmuck. »*Dies* wäre angemessen.« Sie zog einen ihrer Ringe von der Hand und legte ihn auf den Tisch.

Vraccimbur lachte abwehrend. »Oh nein, Königin. Du kennst den Wert dieses Kleinods. Es geht weit über den Wert des Edelmetalls hinaus.«

»Und du weißt, dass er nicht dir geschenkt wurde. Mein Vorschlag: Gib ihn seinem rechtmäßigen Besitzer zurück, wenn ich dich schlage.«

»Ich habe ihn gewonnen«, erwiderte Vraccimbur starrsinnig. Dafür erntete er den Unmut der Zuschauenden. Sie murrten, buhten und beschimpften ihn als Hasenfuß. »Na gut! Haltet die Klappe, alle miteinander«, rief er durch den Schankraum und legte den kostbaren Elbenring neben Gatas Einsatz. »Die andere Hand auf den Rücken. Die Ellbogen müssen auf der Tischplatte bleiben. Wer sie anhebt, hat verloren. Gewonnen hat, wer den Handrücken des anderen auf das Holz ringt.« Er setzte den rechten Ellbogen auf die Platte. »Aber fang nicht an zu weinen, wenn ich dir den Knochen breche, Königin der Dritten.«

Gata grinste maliziös und brachte ihren Arm in Position.

»Herrschaften, eure Wetteinsätze!«, brüllte jemand im Raum, und sogleich flogen die Münzen von allen Seiten in den aufgehaltenen Hut.

***

DAS GEBORGENE LAND, BINNENMEER,
1024 N.B. (7515. SONNENZYKLUS NACH ALTER
ZEITRECHNUNG), FRÜHSOMMER

Das Tauchboot ächzte, knackte und kreischte metallisch, wie in Schmerzen, während die Fahrt für die *Buvendil* samt der zweiköpfigen Besatzung abwärts ging. Der Innenraum verzog sich mehr und mehr, warf Dellen und bekam Beulen, als würde die Hand eines Giganten das Gefährt auswringen.

Xanomir und Hamalys waren zu hilflosen, herumrollenden Spielbällen geworden, bis die Hülle vom Druck zerquetscht werden würde. Entweder sie ertranken gleich drauf oder würden vom Gewicht der Binnensee zerdrückt.

»Vraccas, besänftige Elria«, sandte Hamalys ein Stoßgebet und schrie auf, als sie erneut mit Schwung gegen die Bedienelemente geschleudert wurde.

Wasserstrahlen zwängten sich durch Schlitze in den Nähten, knisternd breiteten sich Risse in den dicken Gläsern der Bullaugen aus. Xanomir ging davon aus, dass sie jederzeit bersten könnten und das Innere geflutet werden würde. *Dann wäre es vorbei.*

Unvermittelt gab es einen gewaltigen Schlag. Die *Buvendil* bremste ruckartig ab.

»Wir sind gegen etwas Massives geprallt«, rief er der halb ohmmächtigen Zwergin zu und versuchte, etwas durch das zersprungene runde Fenster zu sehen. Durch die Risse sickerte Wasser, mehrere lose Stückchen wurden ausgeschwemmt. *Ist das der Meeresgrund? Aber dann …*

Das Heck des Tauchbootes knickte ein wie zertretener Sporenmorchelpilz. Die Zerstörung setzte sich nach vorne fort, wo Hamalys und Xanomir im steigenden kalten Wasser ihr Ende erwarteten.

Mit einem lauten metallischen Scheppern brachen der Bug und die vorderen kleinen Fenster ein. Wasser drängte in breiten Kaskaden in die *Buvendil,* die unerwartet ins Rutschen kam und sich bewegte, ohne dass Xanomir die Richtung bestimmen konnte.

Er bekam Salzwasser in Mund und Augen, verschluckte sich und tastete in dem eisigen Nass nach Hamalys, um ihren Kopf über den ständig steigenden, schäumenden Fluten zu halten.

Gleich darauf versetzte sich das Tauchboot in Rotation, als schösse es in einen Abfluss. Erneut krachte es gegen ein festes Hindernis – und brach vollends auseinander. Die letzte Lampe erlosch, das Leuchtmoos flackerte schwach.

Xanomir hielt die Luft an und versuchte, irgendetwas in der Finsternis zu erkennen. Mehrere Trümmerstücke schrammten an ihm vorbei und verpassten ihm Schnitte.

Ein leichter Auftrieb schob ihn empor – und er durchbrach die Wasseroberfläche.

Was? Wir sind so weit aufgestiegen? Wie hätten wir das überleben können? Beim ersten Einatmen bemerkte er seinen Irrtum. Die Luft roch muffig und abgestanden, nach verrottenden Algen und toten Fischen. Ein sanftes Glimmen herrschte um ihn und über ihm. *Das ist eine Höhle!* Schnell blickte er sich nach Hamalys um, deren regungslosen Körper er am flachen Steinufer zu seiner Rechten entdeckte, umgeben von Trümmerstücken des Tauchbootes. *Vraccas, lass sie am Leben sein!*

Zitternd vor Kälte schwamm Xanomir an das treppenartige Ufer und stieg aus dem Wasser, zog Hamalys heraus und legte sie auf dem Stein ab, um sich umzuschauen. Seine Augen gewöhnten sich schnell an das schwache Leuchten des Salzglimmermooses an den Wänden.

Die Höhle war groß, geschätzte achtzig mal zehn Schritte, wobei gut ein Viertel des Bodens über dem schwarzen Wasser lag. In den Wänden sah er ausgeschwemmte Einbuchtungen und Gänge.

Das Ufer lag voller Fisch- und Krustentierüberreste, dazwischen ruhten die hüttengroßen Panzer von blauen und grünen Hummern sowie einer Walschildkröte. Ähnlich wie die *Buvendil* mussten die Tiere von der Strömung in diese Kaverne gedrückt worden sein. *Ohne Möglichkeit, dem Gefängnis zu entkommen.* Dazu gesellten sich Wrackreste, Planken und geborstene Masten, an denen Takelage und Segelfetzen hingen.

Was Xanomir auch erkannte, war: Es drohte keinerlei Gefahr. Somit kümmerte er sich zunächst um die verletzte Hamalys. Im schummrigen Höhlenlicht bekam er mithilfe von Treibgut und Stricken den Bruch ihres Armes geschient. Für seine und ihre Schnittwunden legte er behelfsmäßige Verbände aus Segeltuch an.

Als Nächstes hielt er Ausschau nach etwas, womit er ein Feuer entfachen konnte, um sich zu wärmen und die nassen Kleider zu trocknen. Zu Xanomirs Freude gab es genug Holz in Form von Planken eines kleinen Schiffes, das unter verschiedenen Schalen und Fischskeletten lag. Ein Hummer hatte versucht, sich darin eine Behausung zu erbauen. Alte Bücher und leere Blätter fanden sich außerdem. Mit Geschick, seinem Dolch und Funken auf dem Steinuntergrund erschuf der Zwerg ein Flämmchen, aus dem mit Geduld und Pusten ein Feuer wurde.

Xanomir achtete darauf, nicht zu viel Material zu vergeuden. *Wer weiß, wie viel wir noch davon brauchen?*

Der Rauch zog zur Decke und in die Einbuchtungen der Höhle.

Er entkleidete sich und die Zwergin, um die Sachen an einen Stab zum Trocknen aufzuhängen. *Sonst sterben wir an Unterkühlung oder einer Lungenentzündung.* Dass sie dazu einige Zeit nackt sein mussten, störte Xanomir nicht. Anschließend schaute er sich erneut vom Feuer aus in der erhellten Höhle um.

Ihre vorübergehende Behausung war alt, vielleicht sogar älter als das Binnenmeer. Der Zwerg erkannte Spuren von Behau und Grabungen an den Wänden. *Jemand hat sie erschaffen.* Zu welchem Zweck, erschloss sich Xanomir nicht.

Durch die Beben und Verwerfungen vor eintausend Zyklen waren die alten Strukturen unter dem Geborgenen Land zerstört worden, was für die einstigen Schnelltunnel ebenso galt wie für die Behausungen der Freien Zwerge. Alles, was unterirdisch verlaufen war, hatte seine Form verloren.

Diese Kaverne trotzte dem Gewicht von Unmengen Wasser. *Noch.* Xanomir machte Risse aus, und an einigen sickerte und tröpfelte es heraus. Abgesehen davon, dass er noch keinen Proviant und kein Trinkwasser gefunden hatte, war dies ein zusätzlicher Ansporn, der Höhle rasch zu entkommen.

Xanomir warf die langen, grauen Locken zurück und schüttelte den getrockneten Graubart auf. Er erhob sich und nahm ein Holzstück auf, das ihm als Prügel zur Verteidigung dienen sollte, und wanderte umher. Zum Schutz vor Splittern, scharfkantigen Muschelresten und Krabbenscheren zog er die nassen Stiefel wieder an. Er grinste, als er das leise nasse Schmatzen des Leders hörte, und überlegte, welches Bild er wohl abgab. *Ein nackter Zwerg in Stiefeln, mit einem Knüppel in der Hand. Wie gut, dass das niemand sonst sieht.*

Bei seiner Erkundungsrunde stieß er an der Felswand auf mehrere waagrechte Risse und Spalten, die breit genug waren, um sich hindurchzuquetschen und dem abziehenden Rauch zu folgen.

Dazu werde ich Kleidung tragen. Niemals gehe ich da unbekleidet entlang!

Außerdem fanden sich an der Wasserkante am anderen Ende ihrer kleinen Insel die geborstenen Überreste einer albischen roten Truhe.

»Bei Vraccas!«, stieß er aus und sah nach dem Inhalt. *Da ist doch etwas!* Unter mehreren Muschelschalen erkannte er Blechdosen in der Größe eines Humpens, deren Deckel mit Wachs gegen Feuchtigkeit versiegelt waren.

Was haben die Schwarzaugen ins Geborgene Land gebracht? Xanomir barg die insgesamt zehn schweren Büchsen und trug sie ans Feuer.

Dort öffnete er eine Versiegelung und hebelte den fest aufgedrückten Deckel mit einem Nagel auf. *Ich hoffe, es sind keine eingemachten Bohnen. Obwohl, dann hätten wir Proviant.*

Unverzüglich biss ein stechender, teerartiger Geruch in seine Nase und erzeugte Schwindel. *Keine Bohnen. Ein Lack vielleicht?* Er hielt die Dose von sich weg, um die Dämpfe nicht einzuatmen, und schob den Nagel hinein, um eine Probe vom Inhalt aufzunehmen. *Alchemistisch erzeugt, schätze ich.*

Gleich einer Mischung aus Quecksilber und Pech haftete die graumetallische Substanz am Nagel, floss zügig am Metall abwärts und füllte auf ihrem Weg jede noch so kleine Unebenheit und Vertiefung.

Was wollten die Schwarzaugen damit? Wie ein bloßer Anstrich wirkte das Zeug auf ihn nicht. *Dafür müsste man es nicht in warnrote Kisten packen.*

Dann kam ihm ein verwegener Gedanke.

Ist es ein Mittel gegen das unlöschbare Feuer? Oder gar gegen den Drachenbrodem der Geschuppten?

Um seine Eingebung zu prüfen, hielt Xanomir den Nagel mit der Substanz über das Feuer.

Gleißend und grell wie die Sonne flammte die Flüssigkeit auf, sodass Xanomir vor Schreck und Schmerz in den Augen aufschrie und den Eisennagel fallen ließ. Zischend und rauchend brannte die Masse weiter, wie er hörte und roch.

Es dauerte eine Weile, bis er wieder etwas sah. Vor seinen Pupillen drehten sich helle Kügelchen, die nur allmählich schwanden. Xanomir legte eine Hand vor die Augen und spitzte durch einen Spalt zwischen den Fingern, um sich gegen das gleißende Licht zu schützen.

Der vordere Teil des Nagels war in der Hitze des weißen Feuers geschmolzen und verging brodelnd in einer dünnen Lache der silbrigen Masse. Das leise Knistern stammte vom Fels, der unter dem Feuer platzte. Das Gestein wich unter der immensen Hitze. *Der Stein schmilzt? Bei Vraccas, was haben die Schwarzaugen ersonnen?*

Die Feuerlinie fraß sich abwärts, sprengte und schmolz den Fels. Inzwischen lag sie mehr als eine Handlänge tiefer als zuvor.

Ein Mittel, um sich durch Festungen zu brennen. Um Steine aufzuweichen. Sie wegzuschneiden, als wären sie aus Wachs. Xanomirs Mund wurde trocken, und das lag nicht nur an dem unsäglichen Durst. *Bei Vraccas! Wir hätten die Albae mit nichts aufhalten können. Keine Waffe, keine Mauer, kein Drache widersteht diesem Zeug.* Er sah auf die zehn unscheinbaren Dosen. *Die müssen gehoben werden. Von uns.*

Solange die alchemistische Substanz nicht gänzlich verbrannt war, gab der Zwerg verschiedene Materialien in das Flämmchen, um zu sehen, ob etwas von dem Sonnenblut, wie er es kurzerhand nannte, nicht angegriffen wurde. Doch selbst Bleche und dicke Eisenelemente schmolzen nach einer Weile.

Dabei machte Xanomir die Entdeckung, dass sich die Metallstücke im angelösten Zustand verbinden ließen und nach dem Erkalten wie fest miteinander verschmiedet blieben. Er bekam sie nicht mehr getrennt, nur verbogen. Auch harten Schlägen hielt die Verbindung stand.

Das ist … herausragend, dachte er verblüfft. *Damit kann man Dinge verschmieden, ohne eine Esse zu benötigen!* Xanomir musste die Albae bewundern. Was immer sich ihre Alchemisten ausgedacht hatten, er benötigte die genaue Zusammensetzung. *Wie bei der Säure.*

Hamalys stöhnte leise und erwachte aus ihrer Ohnmacht. Sie sah an sich herab und bemerkte, dass sie nackt war. »Sind wir … tot?«

Xanomir lachte auf. »Nein. Noch nicht. Nur in einem gewaltigen Sarkophag.« Er sah sie nicht unmittelbar an, solange sie nichts trug. »Unsere Kleidung muss trocknen. Sonst erkälten wir uns.«

Langsam richtete sich Hamalys auf und fuhr sich über die kurzen, braunen Haare. Sand und Muschelstückchen rieselten heraus. »Gut gemacht. Und geschient hast du meinen Bruch auch.«

»Nicht besonders gut, aber es ging nicht anders. Wie fühlst du dich?«

»Ich könnte etwas zu essen, zu trinken und einen Heiler gebrauchen«, gab sie zurück. »Hast du irgendwas davon schon gesehen? Und einen Witz vielleicht noch. Das wäre schön. Wie der Ork den Zwerg nach dem Weg fragt?«

Xanomir grinste. »Bisher hab ich nichts von alldem. Aber sobald die Höhle einbricht, kommt bestimmt eines von diesen Dingen zu uns herab.«

»Dann verdursten wir wohl, bevor wir verhungern.« Hamalys lehnte sich an einen Felsen. »Das ist nicht tröstlich.« Sie rieb sich die hellbraunen Augen mit der unverletzten Hand. »Sind wir wirklich *unter* dem Binnenmeer?«

»Ich nehme es an.«

»Elria hat ihre wahre Freude daran, uns zu vernichten. Nämlich quälend langsam.«

»Nein.« Xanomir deutete auf die Berge aus Schalen, Wrackteilen und Hummerpanzern. »Die Göttin gibt uns die Gelegenheit, daraus etwas zu bauen, was uns zurück an die Oberfläche bringt.«

Hamalys stieß die Luft aus. »Gewiss. Der Wasserdruck in zwei Meilen Tiefe presst uns in weniger als einem Blinzeln die Innereien aus allen Öffnungen. Sofern wir überhaupt hinaus ins offene Wasser gelangen.« Sie warf ein Scheit ins Feuer, um die Flammen höherschlagen zu lassen. »Was stinkt hier so? Als wäre etwas in einen Hochofen gefallen.«

»Sonnenblut.« Knapp erklärte Xanomir seine Entdeckung. »Man kann damit Stein schneiden und Metall verbinden«, schloss er.

»Gut. Raus kämen wir damit. Ich halte es dennoch für falsch, ein Loch in die Decke zu schneiden«, merkte Hamalys mit einem schwachen Grinsen an. »Aber wir können uns aus den vielen Schalen einen hübschen falschen Hummerleib bauen, in dem wir versuchen zu entkommen.«

Was sie im Scherz gesagt hatte, brachte Xanomir auf eine Idee. »Das ist gar nicht schlecht«, murmelte er und rieb sich über den grauen Bart. Er sah zum erlöschenden Sonnenblut, das sich eine Unterarmlänge tief in den Felsen gefressen hatte. »Wir bauen uns eine geschlossene Elriahaube.«

»Aus Hummer- und Krabbenpanzern?«, fragte sie und lachte lauthals. »Danke für deine Aufmunterung. Besser als der Witz.«

»Nein. Nicht nur!« Begeistert sprang Xanomir auf. »Sieh doch: Wir nutzen die Karkassen für die Grundhülle. Danach legen wir die Bleche darum und verbinden sie.« Sein Finger deutete auf die Dosen mit dem Sonnenblut. »Damit. Eine Kapsel, rund und verschmiedet, die dem Druck besser standhält als die *Buvendil.*«

Aus Hamalys verzweifelter Heiterkeit wurde echte Hoffnung. »Du denkst wirklich, dass es funktioniert?«

»Das sehen wir, sobald wir es versuchen. Ich will weder verdursten noch verhungern.« Xanomir eilte nach rechts und links, um mit dem Einsammeln der benötigten Materialien zu beginnen. »Vielleicht gibt es in den Gängen weiter hinten noch mehr Treibgut, das uns hilft.«

»Ich bin gleich dabei und helfe beim Suchen. Aber schleppen wirst du müssen.«

»Aber sicher!« Er prüfte rasch den Zustand ihrer Kleidung, die fast gänzlich getrocknet war. Den Rest würde die Körperwärme erledigen. »Ziehen wir uns an und legen los.«

Hamalys stimmte ihm zu. Rasch waren die Gewänder angelegt und die Gürtel umgeschnallt. Lediglich die feuchten Stiefel müssten nach dem weiteren Erkundungsgang zum Trocknen an die Flammen zurückkehren.

»Danke«, sagte Hamalys.

»Danke? Also, bitte. Du hättest dich auch um meine Verletzungen –«

»Nicht, nicht dafür.« Hamalys gab ihm einen Kuss auf die Wange. »Für die Hoffnung, Meister Wogenherz. Dass wir wirklich an die Oberfläche zurückkehren könnten.«

Xanomir umarmte sie behutsam. »Nicht *könnten.* Wir *werden.*«

Die Zwergin seufzte. »Ich vertraue deinen Worten.«

Zusammen machten sie sich ans Absuchen. Die Zeit verrann spürbar, und mehr und mehr Material häufte sich am Feuer, das sie nachschürten und mit Holz versorgten.

Zwischendurch legten sie Pausen ein, in denen Xanomir Konstruktionsskizzen für die Rettungskapsel mit Ruß auf die Felswand malte, überarbeitete, korrigierte. Sie durfte nicht zu groß und nicht zu klein sein, musste Platz für sie und die Dosen mit dem Sonnenblut haben. Das kostbare Papier wollte er erst zum Aufzeichnen nutzen, wenn er sich seiner Berechnungen sicher war.

Ihre Stimmung und ihre Zuversicht stiegen, als Hamalys unter einem großen Krabbenkopfskelett eine Quelle fand, aus der Wasser floss. Es roch süßlich, war leicht zäh und vollkommen klar sowie frei von Getier. Hamalys kostete vorsichtig und wartete hernach ab, ob sich Bauchgrimmen oder Schlimmeres einstellte. Da beides ausblieb, war der Beweis der Trinkbarkeit erbracht. »Es schmeckt auch nicht schlecht. Ist nur … anders als das, was ich kenne.«

»Wir werden nicht mehr verdursten. Ich preise Vraccas!«, stieß Xanomir aus und schöpfte eine Handvoll. Das zähe Nass fühlte sich im Mund voller an. *Wie angedickte Milch.* Womöglich lag es am veränderten Druck oder darin gelösten Algen.

»Und ich preise vorsichtshalber Elria.« Hamalys trank und

schmatzte leise. »Schmeckt fad. Aber macht den Mund voll. Wie eine wässrige Milchsuppe. Findest du nicht?«

»Hoffen wir, dass sie uns auch sättigt.« Xanomir rieb sich über die Stirn. Seine Gedanken begannen zu singen, sprachen zu ihm und flüsterten ihm zu, er möge sich beeilen, um die Rückkehr zu bewältigen. *Und neue Vorhaben anzupacken.* Begeistert blickte er zu Hamalys, auf deren Zügen sich die gleiche Vorfreude abzeichnete. »Bereit?«

»Bereit, Meister Wogenherz.« Sie nahm noch einen Schluck. »Wahrlich, die Tiefe ist gut für uns Zwerge. Ich fühle mich gut und beschwingt und beflügelt!«

Xanomir auch. Und er wusste, dass dies nicht am Mangel an frischer Luft lag.

***

»Ihr fragt, was das Verwunderlichste an den Meldrith sei?
Oh, alles an ihnen ist verwunderlich.
Ebenso beeindruckt wie irritiert war ich über ihren Sinn für Späße. Da sie dem Tod auf ihre eigene Weise huldigen, ersinnen sie Scherze über ihn. Sie vermenschlichen ihn, lassen ihn Abenteuer erleben und sich unter den Lebendigen bewegen.
Außerdem erheben die Meldrith ihn zu einem eigenen Gott, der sich zu den übrigen Göttern gesellt und über ihnen steht. Denn sie sagen, sogar Gottheiten sterben – nur eben der Tod nicht.
Dass darauf noch nie jemand gekommen ist.«

Dar Whjenn, Kundiger von Flora,
Fauna und Weltgesetzen

KAPITEL X

*DAS GEBORGENE LAND, ZAUBERREICH RHUTA,
1024 N.B. (7515. SONNENZYKLUS NACH ALTER
ZEITRECHNUNG), FRÜHSOMMER*

War ich in diesem Gang schon? Stémna nahm ihren selbst gezeichneten Orientierungsplan zur Hand und prüfte die Umgebung. *Ja. War ich. Regal 232.* Daher schritt sie zum nächsten und schob die riesige fahrbare Leiter vor den offenen Schrank. Brett um Brett arbeitete sie sich auf der Suche nach den drei Artefakten aufwärts. Bislang vergebens. Wie schon an den übrigen Regalen, Schränken und sonstigen Aufbewahrungsverschlägen.

Stémna hatte von der Schlacht gegen Mostro vernommen, die Nachricht war noch vor der Ankunft von Berengart und Adelia in den Palast geflogen. Zu ihrem Bedauern schien es viel zu gut für den Gesetzlosen ausgegangen zu sein. Seinen Tod hätte sie nicht beweint, ihm eine Verletzung durchaus gegönnt. *Man hätte ihn eh im Handumdrehen mit einem Artefakt heilen können.* Höher und höher stieg Stémna auf den Sprossen.

An manchen Regalböden und Fächern fand sie Markierungen und Nummern, doch sie besaß die passende Aufschlüsselung dafür nicht. Adelia hatte die Einteilung begonnen und die meisten verstreuten Sachen eingeräumt, sodass nichts mehr auf dem Boden der Kammer der Wunder lag. Kurz nach Rhutas Übernahme trieben sich Berengarts Freunde noch aus Neugier in dem hallengroßen Raum herum. Dem hatte die Famula ein schnelles Ende bereitet.

Ich kann es verstehen. Unkundige Hände richten geschwind eine Katastrophe an. Stémna erreichte die oberste Sprosse und das letzte Fach. Sie legte den Sicherungshaken um und verband die Holme mit dem Schrank, damit die Leiter nicht wegrollte, balancierte in mehr als dreißig Schritt Höhe und wurde trotz intensiver Suche erneut nicht fündig.

Unter normalen Umständen würde sie sich über diese Aufgabe ärgern, die schwerer zu bewältigen war, als eine Nadel im Heuhaufen zu finden. Doch hier in Rhuta entspannte sie sich: So konnte sie Berengart aus dem Weg gehen. Ungestört schmiedete sie Pläne über das weitere Vorgehen, ohne dem Gesetzlosen unentwegt zur Hand gehen zu müssen, sei es das Anreichen von Pralinen, das Zubereiten von Mahlzeiten, die Kissen zu richten, ihm beim An- oder Auskleiden zu helfen und viele andere Dinge, für die er selbst zu faul war.

Nur eine Forderung stellte Berengart glücklicherweise nicht: einen Liebesdienst.

Sofern Stémna es richtig beobachtet hatte, fand er Adelia anziehend. Aber sie ihn nicht. Auch daraus ließe sich ein Vorteil ziehen.

Über all ihren Überlegungen schwebte ihr Ziel: der Tod des Albs, des Mörders ihrer Herrin Ûra. Mòndarcai.

Nicht mehr ganz fünf Monde, und sein Ultimatum war abgelaufen. Dann erschien er in Rhuta und wollte die Artefakte entgegennehmen, die er von Berengart verlangt hatte.

Das wird mein Moment der Rache.

Stémna kannte die Beschreibungen der gesuchten drei Objekte inzwischen auswendig, sodass sie nicht jedes Mal die Notizen herausholen musste. Ähnliche Artefakte fand sie des Öfteren, aber in den Kleinigkeiten und Gravuren und Abmessungen unterschieden sie sich frappierend.

Nach einem letzten Blick ins oberste vollgestopfte Fach wollte sie herabsteigen und zu Regal 234 rollen. *Ich könnte versuchen, ob ich an Adelias Aufzeichnungen der Kammer gelange.* Sie löste die Sicherung, machte einen ersten Schritt abwärts und sah zu den schwebenden Kronleuchtern empor, die als Lampenartefakte für Licht sorgten.

Dabei fiel ihr der Schattenwurf oberhalb des eben durchsuchten

Schranks auf. Es schien, als stünde noch etwas oben drauf, hinter der bemalten Stuckleiste, die als Verblendung diente. *Aha?* Stémna kletterte hinauf und stellte sich auf die Zehenspitzen, lehnte sich nach vorne.

Die Sprossen unter ihren Sohlen ächzten leise, die Leiter drückte sich leicht weg vom Schrank, kippelte ein wenig.

Über den Rand des Blickschutzes hinweg erkannte sie eine kupferblechbeschlagene Kiste, die über und über mit geometrischen Gravuren versehen war. Korrosion hatte das Rötliche des Metalls in mattes, moosiges Hellgrün verwandelt.

Was wird das wohl sein? Stémna streckte sich und bekam den Holzgriff zu fassen. *Und wieso liegt es in keinem Regal?*

Das Behältnis hatte die Abmessungen eines Reisekoffers, war jedoch wesentlich leichter. Nach einer kurzen Inaugenscheinnahme stellte sie fest, dass es sich um hauchdünnes, reines Kupferblech handelte. Aufklappen konnte sie den Koffer nicht, der Abstand zur Decke war zu gering.

Schnell hatte Stémna die Schrankblende so weit umgebogen, dass sie den Koffer hervorziehen konnte, und stieg mit ihrem Fund abwärts.

Am Boden angekommen, lauschte sie zunächst, ob sich jemand außer ihr in der Kammer der Wunder aufhielt. Erst als sie sicher war, allein zu sein, untersuchte sie das Äußere des Kupferkoffers.

Die Muster wiederholten sich unentwegt, als wollte der Erschaffer die Unendlichkeit darstellen. Es hatte sicher lange gedauert, die Linien sorgfältig einzuprägen, ohne dabei das dünn ausgewalzte Metall zu perforieren. Ein fehlerhafter Schlag, und entweder wäre das Muster verloren oder das Kupfer durchstanzt gewesen.

Wofür bist du gut? Warnungen oder Totenköpfe oder Gebeine, die auf Gefährlichkeit hinwiesen, gab es keine. Daher wagte es Stémna, das einfache Schloss zu lösen und den Koffer zu öffnen.

Darin gab es: *Nichts?*

Nicht einmal Staub lag im Innern. Behutsam tastete sie das Kupfer ab, das unter ihren leichten Berührungen nachgab. Zum sicheren Transportieren von Dingen war der Koffer nicht gedacht gewesen.

Sie hatte die leise, unsinnige Hoffnung gehabt, darin wenigstens eines der gesuchten Artefakte zu finden, nach denen der Alb trachtete, und wurde nun enttäuscht. Am oberen Deckelrand bemerkte sie einen eingeprägten Spruch:

ÖFFNET,
LEGET,
SCHLIESSET,
MEHRET.
DOCH BEDENKET:
ES IST SCHEIN.

Stémna überlegte, was das bedeuten mochte. *Sollte es möglich sein, dass …?*

Sie riss einen Knopf von ihrem Gewand und legte ihn in den Koffer. Danach schloss sie den Deckel – und das gleichförmige Muster flammte kupferfarben auf, die grünliche Patina verlor sich entlang der Linien.

Als Stémna den Deckel anhob, sah sie auf zwei Knöpfe. Den echten, den sie hineingelegt hatte, und daneben die Nachbildung. *Dieser Koffer erschafft Imitationen!*

Stémna nahm die Knöpfe, drehte und wendete sie mit beiden Händen, hielt sie gegen das Licht. *Es ist die perfekte Nachformung.*

Als sie den Druck auf die Imitation erhöhte, zerbrach der falsche Knopf zwischen den Kuppen von Daumen und Zeigefinger. Die Substanz erinnerte sie an Holzbrösel. Es wurde also lediglich das Äußere nachgebildet, aber nicht die Besonderheiten eines magischen Artefakts oder Gegenstandes weitergegeben.

Stémna schloss den Kupferkoffer und rieb sich die Hand sauber. Dabei überschlug sie die Innenmaße und nahm zur Sicherheit den Zettel des Albs heraus, um sie abzugleichen. *Ich hoffe, dass die Artefakte wirklich klein genug sind, um hineinzupassen,* dachte sie mit einem zufriedenen Lächeln. Jetzt musste sie die Gegenstände nur noch finden. Die täuschend echten Imitationen würde sie Berengart übergeben oder kurz vor der Übergabe an Mòndarcai austauschen. *Je nachdem, was einfacher zu bewerkstelligen ist.*

Daraufhin würde der Alb Berengart vor lauter Wut über den Betrug umbringen, sodass er nicht auf sie achtete. Und dann tötete sie ihn.

Das wird Mòndarcais letztes Sandkorn in seiner unendlichen Lebensuhr sein. Sie schob den Kupferkoffer ins unterste Regal und positionierte zwei Almanache davor. Den losen Knopf würde sie später wieder annähen. Sie freute sich darauf, jenen Satz zu sagen, der für den Alb der letzte sein würde. *Dein Tod heißt Stémna.*

Gut gelaunt machte sie sich zurück auf die Suche und zu Regal 234.

***

DAS GEBORGENE LAND, FREIE STADT MALLENIASWACHT, 1024 N.B. (7515. SONNENZYKLUS NACH ALTER ZEITRECHNUNG), FRÜHSOMMER

Gata hielt ihre Muskeln in leichter Vorspannung, um von Vraccimbur nicht durch ein blitzartiges Andrücken überrascht zu werden.

»Los!«, kam das Kommando vom Wetteintreiber.

Vraccimbur hielt sich zurück, presste nur schwach und grinste sie über die ineinander verschlungenen Fäuste hinweg an. »Du zuerst, Königin. Danach antworte ich.«

»Der Schwächere beginnt«, gab sie zurück und erntete damit laute Lacher.

»Gut. Du hattest deine Gelegenheit.« Der Zwerg steigerte die Kraft alle zwei Herzschläge. Seine eingeölten Muskeln an Brust und Arm schwollen an.

Das Publikum feuerte beide an, es wurde geschrien und geklatscht. Mehr Münzen flogen in den Hut des Wettmachers.

Gata hielt ohne Anstrengung dagegen. »Mh. Für einen vermeintlichen Großköniganwärter ist das eine schwache Darbietung«, stellte sie fest und erhöhte ihrerseits den Druck. »Lass sehen, was du kannst, Allfünfer.« Erste Schweißtropfen bildeten sich auf ihrer Stirn, aber auch bei Vraccimbur, der allmählich auf seine Kraft zurückgriff und zu einem ernst zu nehmenden Gegner wurde.

Die Fäuste bebten und vibrierten, die Knöchel wurden weiß. Leise knackten die beanspruchten Gelenke. Aber sobald das Fingerpendel in eine Richtung ausschlug, neigte es sich alsbald in die entgegengesetzte.

Gata wusste, dass sie einen Vorteil besaß. Der Schaukämpfer hatte bereits mehrere Duelle ausgetragen, die ihn sicherlich weniger hart gefordert hatten. Dennoch war die Muskulatur beansprucht, und damit ermüdete sie rascher als ihre.

Doch sosehr sie sich mühten, es sah nach einem Unentschieden aus.

»Gibst du auf?«, fragte Gata keuchend über den Tisch.

»Niemals«, presste Vraccimbur heraus, die Adern auf Arm, Schulter und Hals pochten. »Du kannst jederzeit aufhören, Königin. Ich gebe dir gerne Revanche, wenn ich den Thron bestiegen habe.«

Die Umstehenden lachten, es wurde lauter angefeuert und gejohlt. Der Barde wanderte mit der Sackpfeife spielend im Kreis um Zwerg und Zwergin. Die lauten, treibenden Töne brachten die Besucher bald zum Mitsingen.

Gata sah auf den Elbenring von unfassbarem Wert. *Ich kann ihn nicht ihm überlassen.* Sie mobilisierte ihre verbliebenen Kräfte und lauerte auf ein Anzeichen der Unaufmerksamkeit bei ihrem Gegner.

Vraccimburs Gesicht glänzte vor Schweiß, er zwinkerte die Tropfen aus den geröteten Augen. »Was ist? Wolltest du mich nicht besiegen oder gar einen Arm ausreißen?«

Gata senkte den Kopf leicht. »Du wirst niemals Großkönig«, sprach sie auf Zwergisch. »Nicht bevor wir all deine Geheimnisse kennen.«

»Warte es ab. Wenn ich erst auf dem Gebiet der Wunder war und mehr Zauberei vermag als der Gemmenschnitzer, stehen die Dinge anders.«

»Du wirst auch niemals ein Magus.«

»Muss ich nicht. Es reichen mir ein paar Kunststückchen.« Vraccimbur nickte auf die beiden Ringe. »Verabschiede dich von deinem Schmuck. Gleich hast du verloren!«

»Sie beschimpfen sich schon in ihrer Sprache«, rief der Wettmacher begeistert. »So eng steht es zwischen den beiden! Wer will seinen Einsatz verdoppeln?«

Der angetrunkene und schwindlig gelaufene Barde mit der Sackpfeife nahm die Lippen für einen Moment von der Melodienflöte. »Hier! Ich gebe …« Beim nächsten unsicheren Schritt blieb er an Vraccimburs Stuhlbein hängen und taumelte zur Seite. Das aufgeblasene Instrument gab quäkend-unangenehme Töne von sich. Gleichzeitig wurde dem Zwerg der Sitz unter dem Hintern weggezogen. Er stürzte rücklings, ohne Gata loszulassen oder den Ellbogen von der Platte zu nehmen. Das hatte zur Folge, dass er den Tisch mit sich zog. Gata hielt dagegen und folgte ihm, schaffte es aber nicht, den Ellbogen auf dem Holz zu lassen. *Verflucht!*

Noch bevor sie gemeinsam rumpelnd auf den biergetränkten, feuchten Dielen des *Humpensammlers* zu Boden gingen, stieß Vraccimbur ein triumphierendes Siegesheulen aus. Umklingelt von seinen gewonnenen Münzen fing er seinen eigenen Ring und den von Gata auf. Er sprang auf die Beine, reckte den Schmuck in die Höhe. »Gewonnen! Bei Vraccas und Lorimbur, *ich* habe *gewonnen!*« Als er die ungläubigen Gesichter der Zuschauer sah, deutete er auf Gatas Arm. »Sie hat den Ellbogen zuerst vom Tisch genommen! Das ist gegen die Regeln, und damit bin ich Sieger.«

Alle Augen richteten sich auf die Königin.

Sie konnte behaupten, der Zwerg habe den Kontakt zur Platte

zuerst verloren. Sie konnte auf einer Wiederholung bestehen. Aber sie war die Herrscherin der Dritten, und es widerstrebte ihr, die Niederlage abzustreiten.

»Vraccimbur hat mich *nicht* geschlagen«, begann Gata, und die ersten Jubelrufe derer wurden laut, die gegen ihn gesetzt hatten. »Aber es stimmt: Bei unserem Sturz habe ich meinen Ellbogen angehoben.«

»Das ist nicht gerecht! Das muss wiederholt werden«, rief jemand aus der Menge. »Der besoffene Barde ist schuld!«

»Ruhig, ganz ruhig.« Der Wettmacher versuchte, die erhitzten und vom Bier angestachelten Gemüter zu beruhigen. »Das muss die Königin entscheiden.«

Gata hatte sich erhoben und schüttelte die Hand aus, bewegte prüfend ihren Ellbogen, den sie sich leicht verdreht hatte. Danach streckte sie Vraccimbur die Rechte hin. »Meinen Glückwunsch. Sieg durch Regelverstoß und einen betrunkenen Barden. Der Sieg ist deiner würdig.« Auf Zwergisch fügte sie hinzu: »Gib den Ring demjenigen, dem er geschenkt wurde. Sonst bringt er dir Unglück.«

»Ach, ich bin Schaukämpfer. Mir ist nur wichtig, dass ich gewonnen habe«, sagte er und schlug ein. Leise antwortete er auf Zwergisch: »Du hättest mich beinahe gehabt, Königin. Aber das wird niemals jemand erfahren.«

»Achte gut auf meinen Ring. Er ist sehr viele Goldmünzen wert.« Gata wandte sich um und ging zu Goïmron, der sich mit Rodana in die Nische zurückgezogen hatte, ohne sich das Armdrücken anzuschauen.

»Ich wette mit dir«, sagte der Gemmarius, »dass Vraccimbur den Barden dafür bezahlt hat, dass er stolpert. Damit er ihn aus seiner Notlage rettet.«

»Ja. Denn es war deutlich zu sehen, dass er gegen dich verloren hätte«, fügte Rodana hinzu.

Gata lachte und nahm den Humpen, den Goïmron für sie bestellt hatte. »Soll er doch. Ich hole mir den Ring bei einem wahren

Wettstreit zurück.« Sie kostete von dem dunklen Bier, das ihren Gaumen süß und mit einem Hauch von Vanillia sowie halbbitterer Schokolade erfreute. »Nicht schlecht. Nicht ganz nach meinem Geschmack, aber auch nicht schlecht«, sagte sie und wischte sich den Schaum vom Mund. »Das ist also der legendäre *Humpensammler,* in dem du das Buch von Goldhand zum ersten Mal gelesen hast.«

»Ja.« Goïmron sah sie ergründend an. »Es macht dir nichts aus, verloren zu haben?«

»Ich kann es nicht ändern. Und ich wollte nicht lügen. Das macht mich besser als diesen … Zwerg, der gerne Großkönig wäre.« Sie stieß mit ihren Freunden an. »Im Gegensatz zu ihm ist mir nämlich nicht gleich, wie ich gewinne. Ich hätte nur Goldhand gerne seinen Ring zurückgebracht.«

Eine Bedienung schleppte eine Platte voller Köstlichkeiten herbei, die zum Bier gereicht wurden. Röstbrot, Kräuterschinken und auch Ölzwiebeln. Die Ölzwiebeln fand Gata nach einem Bissen gewöhnungsbedürftig, dafür mundeten ihr der Flusskäse und die Treberwürste ausgezeichnet.

Nach drei Sanduhren hatte sie mit Goïmron und Rodana viel über die gemeinsamen Abenteuer geschwatzt, über ihre neue Rolle als Königin der Dritten gesprochen, die Stimmung im Schwarzen Gebirge beschrieben und noch länger über den kommenden Rat der Fünf Stämme debattiert, der als Ersatz für den Großkönig dienen sollte.

Ebenso abwechslungsreich wie die Unterhaltung fielen die Biere aus, die Gata kostete. Manche schmeckten schauderhaft experimentell, als habe ein Alchemist am Sudkessel gestanden, doch die Mehrheit der Humpenfüllungen sagten ihr zu.

Es wird Zeit, ins Bett zu gehen. Sie spürte die Wirkung des Alkohols deutlich. »Dann lasse ich euch noch einen ruhigen Abend verbringen«, verabschiedete Gata sich von Goïmron und Rodana. Sie sah zu dem ausgelassenen Barden und den Feiernden, die sich bei der Wette einige Münzen verdient hatten. Unter ihnen hob

Vraccimbur seinen Humpen. »Soweit es möglich ist. Und morgen besuche ich deine Vorstellung, Rodana.«

Sie verabschiedeten sich mit langen Umarmungen, danach verließ Gata das Wirtshaus.

Sobald sich die Tür hinter ihr geschlossen hatte, wurde es ruhiger. Nach einigen Schritten weg vom Tröten der Sackpfeife kehrte Stille in die Gassen von Malleniaswacht ein. Es musste mitten in der Nacht sein. Die Bewohner schliefen in ihren warmen, weichen Betten; hinter den meisten Fenstern herrschte Dunkelheit.

Gata grüßte den Nachtwächter, der seine Runden drehte, und atmete die kühle Luft ein, die so gänzlich anders roch als jene im Schwarzen Gebirge. Auch wenn sie ein sehr gutes Orientierungsvermögen besaß, stellte sie das Labyrinth aus Straßen, Gassen und Gässchen auf die Probe, zumal es auch noch acht Hügel gab.

Irgendwann gab sie es auf, sich nach den Häusern richten zu wollen, und schaute zu den Sternen hinauf. *So wird es was. Die Gestirne weisen mir zuverlässiger den Weg als Schlote, Kamine und Giebel.*

Nach einer Weile vernahm sie eine laute Zwergenstimme, die eine unflätige Weise zum Besten gab. Das Klappern von Stiefeln erklang im Takt, sodass der singfreudige Zecher die Anwohner ganz hervorragend in ihrem Schlaf störte.

Gata bog um die Ecke – und sah Vraccimbur knapp zwanzig Schritte vor sich laufen, begleitet von einem Zwerg namens Rathas und dem Hünen Bigarius aus seiner Schaukampftruppe. Sie hielten noch die Krüge aus dem *Humpensammler* in den Händen und gingen laut redend ihren Weg zum zweiten Hügel, wo sich ihr Lager befand.

Auf eine Unterredung verspürte Gata keinerlei Lust. Daher blieb sie auf Abstand und setzte die Sohlen leise auf, damit man sie nicht bemerkte. Durch den Anblick des Allfünfers kehrte ihre schlechte Laune zurück. *Beinahe hätte ich Goldhands Ring zurückerlangt. So ein Ärgernis. Nochmals wird ihm …*

Zwei geduckte Gestalten erschienen auf den Dächern über der

Schaukampftruppe, mit Tüchern vor Mund und Nase. Sie hielten schwere Prügel in Händen und machten sich für einen Sprung bereit.

Ah, ein Raubzug gegen den Gewinner des Abends, dachte Gata und konnte das Grinsen nicht unterdrücken. *Da will sich jemand die Münzen holen.*

Einer der Maskierten imitierte den Ruf einer Katze. Die angetrunkene Truppe im schmaler werdenden Gässchen äffte das *Miau* sogleich aufs Falscheste und Schrägtönigste nach und verlachte sich dabei.

Mitten in ihrer aufsteigenden Schadenfreude fiel Gata ein, dass damit auch der elbische Ring in Gefahr geriet. *Oh Lorimbur! Das darf doch nicht wahr sein.* Sie hatte nicht beabsichtigt, Vraccimbur beizustehen, doch diese Erkenntnis änderte ihre Einstellung. Am Finger des anmaßenden Allfünfers saß der Schmuck falsch. Aber ihn an der Hand eines Gesetzlosen zu wissen, der ihn womöglich schlicht einschmolz, um das pure Gold zu Geld zu machen – das durfte Gata nicht zulassen.

Sie zog das kurzstielige Axtschwert und holte Luft, um die Schaukampftruppe mit einem Ruf zu warnen.

Bevor sie dazu kam, stürmten drei weitere Gestalten in das Gässchen und ließen dicke Stöcke auf das überrumpelte Trio niedersausen. Vom Dach sprangen die beiden Räuber mit den Füßen voraus auf Bigarius' Rücken, um ihn zu Boden zu bringen.

Gata sprintete mit gezogener Waffe in den Kampf. »Ihr da! Weg von den Schaukämpfern!«, rief sie und schlug im Rennen die Klinge ihres Axtschwertes gegen die Hauswände, um auf sich aufmerksam zu machen. »Ich schwöre auf Lorimbur: Euer Tun wird euch nicht gut bekommen!«

Zwei aus der Bande wandten sich ihr zu, während die Übrigen auf Vraccimbur, Rathas und Bigarius eindroschen. Fäuste und Knüppel flogen, es wurde gestöhnt und geflucht, geschrien und geächzt.

Die beiden Räuber griffen Gata sofort mit den Knüppeln an und zogen Dolche aus den Gürteln.

Sie parierte die Schläge mit ihrer Klinge, und die Knüppel wurden entzweigeschlagen. »So. Und nun?«, sprach sie grimmig und machte eine herausfordernde Handbewegung. »Wehe, ihr versucht, die Dolche …«

Schon hob einer seine Klinge zum Wurf, sein Kumpan tat es ihm nach.

Gata reckte das breite Axtschwert, um die Geschosse abzuwehren. Da diese Art Dolche nicht sonderlich schnell flog und sie im schummrigen Licht sehr gut sah, fürchtete sie die Attacken nicht. »*Das* werdet ihr mehr als bereuen!«

Über ihr sirrte es zweimal rasch hintereinander.

Den ausholenden Räubern traten plötzlich Pfeilspitzen aus der Brust, und gleich darauf brachen sie kraftlos auf dem Pflaster zusammen. Die Dolche landeten leise klirrend neben den Toten.

Wer war das? Gata hob den Blick und hielt Ausschau nach dem Schützen.

Eine blonde, lang gewachsene Gestalt hielt einen Bogen und winkte ihr grüßend mit einem dritten Pfeil zu, bevor sie ihn auf die Sehne legte. Die Nachtgestirne beleuchteten die bekannten Züge.

Telìnâs! Gata winkte ihm mit einem erleichterten Auflachen zu und widmete sich dann der Schlägerei, welche die verbliebenen Räuber für sich entschieden hatten. Die Schaukämpfer lagen reglos auf dem Boden. Hastig durchwühlten die Angreifer deren Taschen, bis sie begriffen, dass der Kampf noch nicht zu Ende war. Ein leiser Pfiff des Anführers, und das Trio wandte sich geschlossen der Zwergin zu.

»Was geht hier vor?«, verlangte Gata zu wissen. »Wagt es nicht, die Flucht zu ergreifen, oder es ergeht euch wie euren Freunden. Ich rufe die Wache, und –«

»Beschissene Unterirdische. Ich sagte doch, es gibt zu viele von denen in der Stadt. Die halten alle zusammen«, zischte ein Räuber dem Anführer zu.

»Wir müssen sie ausschalten und verschwinden. Keine Zeugen«, gab er zurück und zog seinen Dolch; die anderen taten es ihm nach. »Stecht sie nieder, und dann fort von hier.«

Als sie die Pfeile in ihren toten Kumpanen entdeckten, wurden ihre Schritte zögerlicher. Die Köpfe hoben sich, die Blicke wanderten über die Dächer und hielten Ausschau nach dem Schützen.

Bin ich nichts? Gata nutzte die Gelegenheit und ging in den Blitzangriff über. Das Axtschwert fuhr nacheinander durch die Oberschenkel der Vermummten und brachte sie zu Fall. »Augen immer auf die sichtbare Gefahr. Das hättet ihr wissen sollen.«

Ächzend hielten sich die Räuber die Wunden und verfluchten die Zwergin.

»Nicht davonkriechen, ihr Würmer. Euch wird der Prozess gemacht.« Gata untersuchte rasch die niedergeschlagenen Schaukämpfer.

Bigarius war tot, die Sprünge ins Kreuz hatten Nacken und Rückgrat brechen lassen. Rathas trug zwei offene Unterarmbrüche, aus denen das Blut lief, und eine heftige dunkle Beule an der Schläfe davon, die noch anschwoll. Vraccimbur hatte Platzwunden am Kopf und an der Hand.

Der tödliche Angriff würde die drei Räuber das Leben kosten. Zu Recht. *Sie waren rücksichtslos und gierig.* Ohne Gatas Eingreifen hätten sie den Zwergen gewiss auch noch die Schädel eingeschlagen.

Ihre hellen Augen richteten sich auf die Ringe an Vraccimburs rechter Hand. Neben ihrem saß der elbische Ring, der mit ungeheurer Macht ausgestattet war.

Er gebührt dir nicht. Wie von selbst bückte sie sich und zog ihn vom Finger, zusammen mit ihrem eigenen. *Du hast ihn nicht geschenkt bekommen. Wenn er wirklich zu dir will, wird er einen Weg finden.* Sie sah auf den wundervoll gearbeiteten, verzierten Elbenschmuck.

Im gleichen Moment kam ihr das eigene Tun unredlich vor. *Was will ich mit dem Ring?* Tragen konnte sie ihn nicht. Damit wäre der Diebstahl offenbar. Gab sie ihn Goldhand unter dem

Vorwand zurück, den Ring einem Räuber abgenommen zu haben, schenkte er ihn umgehend dem Allfünfer und seinem auserwählten Großkönig. Das wertvolle Kleinod einfach im nächsten Fluss oder einem See zu versenken, brachte sie nicht übers Herz. *Er könnte noch von Nutzen sein. Für uns alle.*

Somit blieb nur, ihn an sich zu nehmen und im Schwarzen Gebirge zu verwahren. *Oder ihn zurück an den Finger seines derzeitigen Besitzers zu stecken.* Leise fluchte Gata. *Ist das eine Prüfung?*

»Eine aufregende Nacht«, vernahm sie Telìnâs' Stimme neben sich. Gehüllt in eine dunkelbraune Lederrüstung und einen weiten dunkelgrünen Mantel, glitt er aus den Schatten, als gehörte er zu ihnen; den Bogen hatte er umgelegt, der Köcher baumelte an seinem Gürtel. »Wer hätte gedacht, dass wir uns auf diese Weise wiedersehen?«

»Du bist wahrlich zur rechten Zeit erschienen.« Gata schüttelte die Hand des Elbs. »Ich wusste nicht, dass du in Malleniaswacht bist.«

»Niemand weiß es. Und das soll auch keiner erfahren, Königin.« Telìnâs deutete auf den Ring in ihrer Hand. »Ich bin wegen *ihm* gekommen. Die Kisâri schickt mich in einem geheimen Auftrag.«

Gata machte ein überraschtes Gesicht. »Ein Fîndaii sollte dem Allfünfer den Ring stehlen?«

Der blonde Elb lachte leise. »Nein. Ich sollte den Schmuck in aller Heimlichkeit betrachten und prüfen, was an den Gerüchten darüber dran ist.« Er streckte seine linke Hand aus. »Lass mich den Ring bitte sehen, Königin.«

Sie reichte ihm das Kleinod und schaute sich nach den Räubern um, die sich verdächtig still verhielten. »Na, ihr Würmer?« Die Männer lagen auf der Straße, die Augen geschlossen und die Körper entspannt. Anscheinend hatten sie das Bewusstsein verloren.

»Ich habe sie niedergeschlagen«, erklärte Telìnâs. »Ich möchte, dass meine Anwesenheit hier ein Geheimnis bleibt.« Beeindruckt und ehrfürchtig hielt er den goldenen Ring in das Mondlicht, rieb ihn sauber. Die Runen im Innern leuchteten schwach auf und formten eine weitere Inschrift. »Bei Sitalia! Er ist echt«, entfuhr es ihm. »Er stammt wirklich aus der Hand von Ataimînas, dem letzten Naishïon meines Volkes.«

Gata sah unglücklich auf den Schmuck. »Und er ist beim Falschen gelandet.«

»So sieht es meine Kisâri auch.« Telìnâs blickte ostentativ auf die Räuber und die Schaukämpfer in der Gasse. »Wir haben es in der Hand, diesen Umstand zu ändern, Königin«, sprach er mit beschwörendem Tonfall. »Ataimînas' Ring« – er hob ihn in einen silbernen Mondstrahl – »ist eine Gabe meines Volkes an Tungdil Goldhand. Nicht an diesen Allfünfer. Stimmst du mit mir überein?«

»Das tue ich.« Gata erschienen die Worte des Freundes wie eine Erlösung, die sie von der Last der Entscheidung befreite.

Telìnâs steckte den Naishïon-Ring in seine Gürteltasche. »Ich nehme ihn an mich und bringe ihn zur Kisâri, damit sie ihn mit eigenen Augen sieht. Danach soll sie entscheiden, was damit geschieht.«

»Das ist ein guter Gedanke.«

»Wenn die Kisâri bestimmt, er möge an Goldhand zurückgegeben werden, finden wir einen Weg, der weder dich noch mich belastet«, fuhr Telìnâs fort. »Diese Räuber werden einstweilen als Schuldige für das Verschwinden herhalten.«

Gata war sich nicht sicher, ob Vraccimbur und der überlebende Rathas sie gesehen hatten. »Er könnte mich beschuldigen, dahinterzustecken.«

Aus einiger Entfernung erklang der Ruf des Nachtwächters, der sich ihrem Standort näherte.

»Rasch, strecke die Räuber gänzlich nieder«, verlangte Telìnâs und nahm sämtliche gewonnenen Münzen der Truppe an sich. »Es darf keine Zeugen geben, die unsere Geschichte widerlegen können.«

Das erschien Gata angebracht. Die Räuber hatten für ein paar Münzen rücksichtslos gemordet und würden sowieso am Strick landen. Telìnâs und sie zogen das Urteil und die Vollstreckung lediglich vor.

Ohne nachzudenken, entfernte sie die Pfeile aus den Leichen und erstach die bewusstlosen drei Angreifer mit ihrem Axtschwert. Danach fügte sie ihren beiden Gegnern Hiebe mit ihrer Waffe zu. »Fertig«, sagte sie und richtete sich auf, um nach Telìnâs zu sehen.

Der Elb kniete neben Vraccimbur – und schnitt ihm den Finger ab, an dem der Elbenring gesessen hatte. »Damit lege ich die Blutspur eines entkommenen sechsten Räubers«, verkündete er und erhob sich. »Erfinde du eine Geschichte dazu.« Er ließ sich den Ring, der Gata gehört hatte, von ihr geben. »Du bekommst ihn an einem anderen Umlauf wieder. Einstweilen behalte ich auch ihn, um unsere Geschichte glaubhaft zu machen.«

Gata nickte und senkte das blutige Axtschwert. »Wir tun das Richtige.«

»So ist es.« Telìnâs lächelte ihr zu. »Der tote Meldrith in der Seitengasse war das erste Opfer der Räuber in dieser Nacht.« Elegant nahm er die zwei Pfeile an sich. »Du wirst bald wieder von mir hören. Ohne das Geschleiche und die Heimlichtuerei.« Er trat in die Schatten und verschmolz mit der Dunkelheit.

Gata eilte zum Allfünfer und band ihm den Fingerstumpf mit einem Tuch ab. Sie wartete sechzig Herzschläge, bevor sie nach der Wache und dem Nachtwächter rief.

***

DAS GEBORGENE LAND, KAISERREICH GAUTAYA, GEBIET DER WUNDER NAHE WEHRSTADT, 1024 N.B. (7515. SONNENZYKLUS NACH ALTER ZEITRECHNUNG), FRÜHSOMMER

Zimànja schlenderte auf dem Wehrgang entlang und starrte nach Osten in die Ferne, als könnte sie die Rückkehr des größenwahnsinnigen Famulus mit Blicken erzwingen.

Hinter ihr gingen wie stets zwei Wachen, die sie niemals aus den Augen ließen. Das leise Knarren der Lederrüstungen und Klimpern von Schnallen und Waffen war allgegenwärtig, sobald sie die Unterkunft verließ.

Nach drei Umläufen hatte Zimànja sich von den Strapazen der Reise erholt und konnte die Ruhe, die Sicherheit in Mostros Festung nicht mehr genießen. Alles in ihr drängte darauf, den verhassten Famulus zu töten und ihm den Moordiamanten zu entreißen, den er sich angeeignet hatte.

Daher wandelte sie in ihrer gewaschenen, ausgebesserten Kleidung oft durch die opulente Anlage voller prächtiger Gebäude und wunderschöner Gärten, die Mostro mithilfe von Edelsteinmagie und der andauernden Kraft des magischen Untergrunds erschaffen hatte.

Zwei Dutzend Famuli und Famulae hielten sich darin auf und warteten auf die Rückkehr ihres Meisters, der versprochen hatte, sie zu unterrichten. Obendrein gab es etwa hundert Menschen aus den Dörfern rings um die Wälder und Seen, die notwendige Arbeiten verrichteten, als Wachen fungierten und sich auf diese Weise Münzen verdienten.

Zimànja ahnte mit Gewissheit, dass Mostro seine Zauberlehrlinge benötigte, um Experimente mit und an ihnen durchzuführen, aber nicht, um sie auszubilden. *Diese Trottel sind verblendet und lassen sich von seinen falschen Worten täuschen.* Er wollte niemanden neben sich, der ihm gefährlich werden konnte.

Die Ragana wusste die begeisterten Erzählungen bei den gemeinsamen Essen in der großen Kaminhalle besser zu deuten als die menschlichen Versuchskaninchen. Aus den Berichten der jungen Männer und Frauen war herauszuhören, dass Mostro nach noch mehr Macht im Geborgenen Land trachtete. Seine Ziele drehten sich längst um mehr als Rhuta.

Das wird er nicht mehr erleben. Zimànja blieb stehen, lehnte sich gegen eine Zinne und sah hinunter auf die Zelte der Parsoi Khi, die eine lose Kette um die Festungsmauer zogen. Rauch stieg aus den Blechschloten der Jurten, es roch nach Essen. *Vorher wird er durch meine Hand sterben, der elende Räuber und Mörder.*

Es war ungewohnt für sie, sich außerhalb der geliebten Sümpfe zu bewegen. Sie gehörte zu den wenigen Ragana, denen es erlaubt und möglich war, sich aus den vereinnahmten Moorgebieten hinauszubewegen. Aus diesem Grund waren nur wenige ihrer Schwestern für den Auftrag infrage gekommen.

Zimànja wusste viel über das Geborgene Land. Doch es mit eigenen Augen zu sehen, unter den Bewohnern zu wandeln und nicht allzu viele ihrer Gesetze zu brechen, war eine immense Herausforderung. Meist nutzte sie die Tarnung als Scherenschleiferin und veränderte auf magische Weise ihr Gesicht, damit niemand sie zu beschreiben vermochte. Nur in Mostros Festung verzichtete sie darauf. Es waren zu viele magisch Begabte unterwegs, die Fragen stellen konnten.

Zimànjas braungrüngelbe Augen erfassten die Natur um das Gebiet der Wunder mit Wäldchen und Seen. Sie war froh, bald zurück in die Sümpfe zu gehen. Es wäre ein Leichtes, auch in diesem Teil des Geborgenen Landes herrliche Moore entstehen zu lassen. Wo Sumpf regierte, herrschten die Ragana.

Doch das war nicht Zimànjas Aufgabe. Nicht in diesen Umläufen. *Aber sie werden kommen. Und dann wird sich das Geborgene Land unterwerfen.* Dafür benötigte ihre Sippe viel Kraft. Kraft, von der viel in jenem Moordiamanten steckte, den Chòldunja bei ihrer Flucht gestohlen hatte.

Während Zimànja über eine mögliche Zukunft sinnierte, erfasste sie keinerlei Bewegung um die Behausungen der Parsoi Khi. Nicht eine Seele zeigte sich im Freien. *Sind sie in ihren Zelten?* Langsam richtete sie sich auf und band ihren Nackenzopf fester; die übrigen braunschwarzen Haare trug sie zu dezenten Widderhörnern geflochten. *Das kann nicht sein. Sonst haben sie stets Späher vor der Straße postiert.*

Eine Reiterin näherte sich von Osten in fliegendem Galopp, Rhutas Banner an der Lanze in den Wind gereckt.

Das wird nichts Gutes für mich bedeuten. Zimànja verzog die Lippen. *Hat sich der Famulus schon das Zauberreich gekrallt?* Wäre dem so, müsste sie umgehend zu ihm reisen. Noch bevor jemand aus den Reihen der Famuli eine Botschaft an Mostro sendete, seine Spionin sei mit einem Nachtdiamanten für seine Sammlung aufgekreuzt. *Damit wäre die Überraschung dahin.*

Das Tor wurde der Botin geöffnet und sie auf dem Hof von Famulus Eogan empfangen, der während Mostros Abwesenheit die Aufsicht über die Festung führte.

Das muss ich hören! Zimànja eilte die Stufen hinab, und ihre beiden Aufpasser folgten ihr.

»… Nachrichten aus Rhuta«, sprach die Botin, die verdreckt und erschöpft aus dem Sattel stieg; von ihrem Hut löste sich Staub. Sie mochte wie die Ragana Mitte dreißig sein. Die Reiterlanze warf sie einem Stallknecht zu und Eogan überreichte sie eine gesiegelte Rolle. »Da drin sind die Anweisungen für dich, Famulus Eogan.«

»Dann kehrt der Meister nicht zurück?«, fragte er und wischte umherfliegenden Schmutz von der dunkelorangefarbenen Robe. Mit der anderen Hand nahm er die Nachricht entgegen.

Die Botin zog den schweren Mantel aus und warf ihn über den Arm, darunter kamen Lederkleidung, hohe Stiefel und ein Wehrgehänge mit zwei Langdolchen zum Vorschein. Sie richtete sich auf und hielt sich mit einer Hand den Rücken. »Als er mich mit dem Botengang beauftragte, führte ihn sein Weg nach Enaiko. Mehr weiß ich nicht zu sagen.« Sie sah sich um. »Gibt es etwas zu essen und zu trinken für mich?«

»Was ist mit dem Heereszug gegen Rhuta?«, verlangte Eogan zu wissen, während er das Wachssiegel zerbrach und die Nachricht las. Er trug seine flache schwarze Kappe nur, um den lichten Haarschopf zu kaschieren, wie Zimànja gehört hatte. Die Folgen eines fehlgegangenen Experiments.

»Ich war nicht dabei. Aber es gibt Überlebende des Heeres, die der Auslöschung entgangen sind.« Die Botin bekam einen Becher mit verdünntem Wein gereicht, der Knecht führte das verschwitzte Pferd zu den Stallungen. »Ach ja, er hat verloren.«

»Dann griff Adelia ihn wirklich an!«, wisperte Kelja schockiert, die sich zu ihnen gesellte und eine blaue Robe trug. »Wie kann sie es wagen? Sie waren einst Freunde, sagte der Meister.«

»Nein, es war nicht die Famula. Die Überlebenden berichteten von wild gewordenen Geisterwesen, die Mostro mit Rinder- und Schweineblut herbeirief«, widersprach die Botin. »Wie gesagt, ich war nicht zugegen. Je mehr ich höre, umso glücklicher bin ich darüber.« Nach Keljas aufforderndem Blick beschrieb sie Grausamkeiten, Metzelszenen und unfassbare Gräuel, die von den phantomhaften Wesen begangen worden seien. Diese hätten erst von dem kleinen Heer abgelassen, nachdem sie sich satt gefressen und getrunken hatten. »Apropos satt: Das wäre ich auch gerne.«

»Eine misslungene Beschwörung. Wie schrecklich«, befand Kelja erschrocken. »Das kann nur das Werk von Berengart gewesen sein, der den Meister in seiner Konzentration störte. Sonst wäre Rhuta gefallen.«

Das war kein Zauber. Zimànja musste nicht lange überlegen. Sie hatte den Seelenrufer mit Rhutas Armbinde in den Ruinen von Kràg Tahuum getroffen. Also war der Famulus von dem brünetten Jüngling in der Taikhom-Kunst unterrichtet worden und die Herbeirufung der Sphärenwesen misslungen. *Mit dem toten Blut von Rindern und Schweinen füttert man diese Kreaturen nicht.* Also hatten sie sich geholt, was sie wollten, und danach die Rückreise angetreten. *Gut für mich.*

Damit blieb Zimànja die Gelegenheit, Mostro mit ihrem Besuch zu überraschen. Nach Enaiko, wohin er laut der Botin unterwegs gewesen sei, reiste man unter normalen Umständen und ohne Artefakte sehr lange. Was er dort wollte, lag auf der Hand. *Er wird in der Stadt des Wissens nach anderen Wegen suchen, wie man die Sphärenwesen kontrolliert.*

Das bedeutete für Zimànja möglicherweise ein quälend langes Verweilen auf dem Gebiet der Wunder. *Will ich das? Oder folge ich ihm nach Enaiko?* Dadurch stiege die Wahrscheinlichkeit, den Famulus unterwegs zu verfehlen. Die Suche und die anstrengende Reiserei würden von vorne beginnen und sich womöglich bis in den Winter ziehen.

Ich bleibe besser, wo ich bin. Zimànja juckte es in den Fingern, in den Monden des Wartens mit der Umgestaltung der Landschaft rings um Wehrstadt zu beginnen. Heimlich. Ohne dass es auffiel. Sümpfe entstanden in der Nähe von Seen gern einfach so.

Nein, tu es nicht, rief sie sich zur Ordnung. *Das kann ich nicht alleine entscheiden. Es könnte unser großes, langfristiges Vorhaben in Gefahr bringen.*

»Gebt mir und meinem Pferd einen Umlauf zur Erholung, und ihr seid mich los«, sagte die Botin und wurde von Kelja zum Gemeinschaftshaus gebracht, um eine Stärkung zu erhalten.

Zimànja trat zu Eogan und verschränkte die Arme unter der Brust. »Denkst du, Mostro ist für eine längere Zeit in Enaiko? Hat er dir etwas darüber geschrieben?«

Eogan schien ratlos und rollte die Nachricht zusammen, spielte damit. »Nein. Nicht über die Dauer. Er will Nachforschungen anstellen und zurückkehren, sobald er fündig geworden ist.«

»Und ihr sollt *was* in der Zwischenzeit tun?«

»Auf die Festung achten, die Übungen fortsetzen und jede Veränderung, die auf magischen Einfluss hinweist, aufschreiben«, fasste Eogan den Inhalt des Schriebs zusammen und machte aus seiner Enttäuschung keinen Hehl. »Dabei hatte mir der Meister versprochen, mich mit nach Enaiko zu nehmen.«

Zimànja war ebenso enttäuscht, wenn auch aus einem anderen Grund. »Irgendwas über den Diamanten, den ich ihm bringen sollte?«, fragte sie, um den Schein aufrechtzuerhalten.

»Nein, nichts.« Eogan steckte die Nachricht in seine braune Umhängetasche. »Es wäre vermutlich besser, wenn du bei uns bleibst und abwartest, bis der Meister mit den Ergebnissen seiner Nachforschungen zurückkehrt.«

Zimànja behagte die Vorstellung von ewigem Warten nicht. Der Gedanke, einen Sumpf nach raganischen Vorstellungen entstehen zu lassen, würde mit jedem Mondaufgang verlockender werden. Es wäre eine Herausforderung für ihre Geduld und ihre Disziplin.

»Nun denn. Wir sollten uns bei Gelegenheit unterhalten, wie ich mich nützlich machen kann.« Zimànja brauchte mehr Wohlwollen und Vertrauen seitens der Famuli und Famulae, um die lästigen Aufpasser loszuwerden. Ihr Blick blieb an einem Riss im Mauerwerk hängen, der sich an der Seite des Gemeinschaftshauses vom Boden bis hinauf zum Dach zog. *Die Folge eines Erdbebens?* »Wenn es etwas zu erledigen gibt, bin ich dabei.«

Eogans Mundwinkel wanderten leicht in die Höhe. »Das höre ich gern. Einstweilen wäre es mit einem frischen Schliff für unsere Messer, Scheren und Klingen getan.«

»Natürlich. Einschließlich der Pfeile«, fügte Zimànja an. »Ich gehe und hole meinen Karren.« Sie eilte in ihre Unterkunft und schob den hochgebauten Schleifkarren hinaus ins Freie, ging damit auf das Gardegebäude zu. Ihre beiden Aufpasser wichen nicht von ihrer Seite.

Im Gehen bemerkte Zimànja, dass sich der Riss in der Mauer des Gemeinschaftshauses verbreiterte und sich neue bildeten. Leise knisternd sprangen Steine auf, platzten Quader auseinander und fielen Brocken aus dem Verbund.

»Seht ihr das auch?«, wollte sie verwundert wissen und blieb stehen, stellte den Schleifkarren ab.

Erstaunte Rufe drangen von überallher auf dem Gelände. Männer und Frauen eilten ins Freie, manche hatten Steinchen und Staub in den Haaren und auf der Kleidung. Das Phänomen des Zerfalls ereignete sich überall und gleichzeitig.

Zimànja warf einen Rundumblick über die Anlage. Die Bauten und sämtliche Dinge, die Mostro mit Zauberei erschaffen hatte, waren von der Auflösung befallen. Die Gärten, Blumen und Sträucher verfaulten von einem Zwinkern zum nächsten.

Eogan kam mit rotem Gesicht aus dem Gemeinschaftshaus geeilt und blätterte hektisch in einem dicken Buch vor und zurück. Er suchte offenbar einen Zauber, der den Einsturz aufhielt oder die magischen Werke seines Meisters stabilisierte. Auf Kappe und Schultern hatte sich Steinstaub gesammelt.

Was könnte der Grund für …? Über Eogans Kopf hinweg sah Zimànja mehrere Gestalten die Zinnen auf der gegenüberliegenden Seite der Festungsmauer erklimmen und von den Wehrgangtreppen abwärtseilen. Sie hielten Schwerter und Schilde, Pfeil und Bogen in den Händen. *Ein Angriff!* Die fließenden Gewänder mit den überlangen Ärmeln, die miederähnlichen Waffengürtel und die Safranhaut verrieten es: Die Eindringlinge waren Parsoi Khi. *Was wollen sie hier?* Schlagartig wurde Zimànja kalt vor Schreck. *Mich! Sie wissen, dass ich eine Ragana bin, und denken, ich hätte ihre Kinder entführt!*

Eogan hatte die Parsoi Khi auch bemerkt. Aus einer anderen Ecke der Festung erklangen Alarmglocken, die hastig und aufgeregt geschlagen wurden.

Zimànjas Aufpasser zückten ihre Schwerter und hielten sich für ein Scharmützel bereit. Gerüstete Wachen eilten herbei und errichteten einen Schildwall, hinter dem sich die Zauberkundigen sammelten. Da Magie gegen die Angreifer nichts brachte, mussten es Stahl und Pfeile richten.

Erste geschwächte Gebäudeteile brachen ab und stürzten in sich zusammen, Staubwolken wirbelten in die Höhe. Kleine Feuer brachen in den halben Ruinen aus.

Das ist die zersetzende Wirkung der Parsoi Khi! Zimànja sah die vierzigköpfige Schar nahen, die sich für ein Gefecht bereithielt. Die Bögen machten ihr am meisten Sorge. Das Volk galt als sehr zielsicher.

»Was wollt ihr? Das widerspricht der Abmachung mit dem ehrenwerten Magus Mostro«, rief Eogan über die Kante des vorderen Schildes hinweg, hinter dem er stand. »Ihr habt nichts auf dem Gebiet der Wunder verloren. Eure Anwesenheit zerstört die Zauber. Geht weg! Verschwindet, sonst –«

»Wo sind Jonate und Nurhan?«, rief der erboste Anführer der Gegner. »Hat die Ragana sie entführt, die seit Kurzem in euren

Reihen weilt? Oder brauchtet ihr unsere Kinder für eure widerlichen Experimente?«

Die jungen Männer und Frauen in den blauen und dunkelorangefarbenen Roben tuschelten. Manche blickten scheu zu Zimànja. Es war offensichtlich, wer von ihnen als Moorhexe in Betracht kam und wer nicht.

»Ich weiß nicht, was du meinst«, erwiderte Eogan laut. Ein gemeinschaftlicher, erschrockener Aufschrei ging durch die Reihen, als Teile des Wallmauerwerks krachend einstürzten und noch mehr Staub aufwirbelten. »Wir haben kein Kind der Parsoi Khi bei uns.«

Er lügt. Kelja sagte mir, dass die verschwundenen Kinder Teil von Mostros Plan sind.

»Jonate und Nurhan wurden heimlich geraubt«, gab der Anführer zurück. »Falsche Spuren sollten uns glauben machen, sie wären auf eigene Faust aufgebrochen. Aber wir durchschauen die Täuschung.« Der Parsoi Khi hob die Hand, und seine vierzig Begleiter schwärmten aus, suchten Deckung hinter Mauerabbrüchen und Dachteilen. Die Pfeile lagen auf den Sehnen. »Dass eine Ragana bei euch ist, kann kein Zufall sein. Sucht der Magus nach neuen Verbündeten? Hat er ihr unsere Kinder als Festmahl versprochen? Oder handelte sie eigenständig?«

Eogan wandte sich zu Zimànja, sein gerötetes Gesicht zeigte Besorgnis und Furcht. »Ist das wahr? Bist du eine Ragana, Amîz?«

Zimànja schüttelte den Kopf. »Nein, niemals!« Sie ahnte, dass sie mit einer simplen Beteuerung nicht durchkam. »Ich schwöre, dass –«

»Bindet sie«, befahl Eogan ihren beiden Aufpassern. »Knebelt sie, damit sie ungefährlich wird. Wir sind von ihr getäuscht worden. Den Grund finden wir noch heraus.«

Es wäre zu schön gewesen. Zimànja zog abrupt ihre Bügelscheren und ließ sie wirbelnd durch die Kehlen der überrumpelten Wächter an ihrer Seite fahren. Das Blut spritzte aus den klaffenden Stichen, gurgelnd und zuckend brachen die Männer auf die Knie und kippten um.

Noch ehe Eogan sich von der Überraschung erholt hatte und einen Zauber sprechen konnte, drehte die Ragana ihren Karren mit einem Wink um und stellte ihn mit dem Schleifstein nach unten auf. Das Gefährt balancierte auf dem runden Stein wie eine gekippte Schubkarre.

Zimànja sprang hinauf und reckte die bluttriefenden Scheren abwehrend gegen zwei Famuli, die Anstalten machten, sie zu ergreifen. »Surre, summe, rolle los«, sprach sie die magische Formel in ihrer Sprache. Der Schleifstein drehte sich und setzte den Karren in Bewegung. »Voran sodann, geschwind wie Wind!«

Ihr Gefährt schoss durch die Reihen der Zauberkundigen und Soldaten des Famulus, stieß sie wie Puppen zur Seite und steuerte eines der aufgetanen Löcher in der Mauer an.

Pfeile schwirrten ihr nach, schlugen um sie herum ein. Einige davon bohrten sich in das Holz des Karrens, ohne die Ragana zu erwischen. Die Parsoi Khi werteten ihre Flucht als Schuldeingeständnis.

Sie sah rasch über die Schulter. *Werde ich verfolgt?*

Mostros Garde befand sich bereits im Kampf mit den Eindringlingen, während der Verfall der magisch errichteten Bauten um sich griff. Die Parsoi Khi schienen selbst überrascht von der vernichtenden Wirkung, die sie auslösten. Einige wollten das Gebiet der Wunder verlassen, damit die Festung nicht gänzlich einstürzte und ihre vermissten Kinder womöglich in Gefahr gerieten, doch die Angriffe der Verteidiger hinderten sie daran.

Dann wurden die Staubwolken zu dicht und zu gewaltig, sodass Zimànja das Geschehen nicht mehr sah. *Gut. Ich bin gerettet!*

Der Karren rollte auf dem Schleifstein vorwärts, holperte über Brocken und zerfallene Steine, bis die Ragana das Gebiet der Wunder verlassen hatte und in den Schutz eines Eisendornwäldchens tauchte.

Dort hielt Zimànja an und sprang vom Wagen, um Ausschau zu halten.

Wind wehte die grauen Dreckschleier umher, gelegentlich erklang das Klirren von Waffen oder das Scheppern von Schilden aus dem mehligen, trüben Dunst. Hustende Gestalten erschienen unvermittelt aus den Schwaden und taumelten, über und über mit Schmutz bedeckt, über die zerfallenen Mauerreste. Den blauen Roben nach handelte es sich um Famuli und Famulae.

Zimànja hielt ihre Bügelscheren noch in den Händen. Sie wartete am Rand des Dickichts ab, wie sich die Überlebenden verhielten.

Einer der Famuli entdeckte die Abdrücke des Schleifsteins im Boden und machte die übrigen Männer und Frauen darauf aufmerksam. Eine lebhafte Beratung begann, während sich der wabernde, dichte Staub lichtete und den Blick auf die Zerstörung freigab.

Nur noch die Hälfte der Gebäude erhob sich auf dem Gebiet der Wunder. Von der einstigen Pracht war kaum mehr etwas geblieben. Selbst die standhafteren Häuser und Bauwerke wiesen Schäden und Schwund auf, überall sah Zimànja fehlende Ziegel und Schindeln, geborstene Fenster und abgeblätterte Farbe an den Fronten. Die üppigen Gärten hatten sich in ein verfaulendes Pflanzenmeer verwandelt, über das braunes Laub segelte.

Der Famulus deutete der Spur des Schleifsteins nach und zog sein Schwert, die übrige Gruppe nickte entschlossen. Die Entscheidung war gefallen,

Die Parsoi Khi sind abgerückt. Zimànja steckte eine Schere weg und legte die Hand auf die blanke Erde. Sie fühlte die abstrahlende, geringer werdende Energie, auch wenn das Gebiet der Wunder erst bei der Festung begann. *Und da ihr Zauberlein beschlossen habt, mich zu jagen, werdet ihr sterben. Ich brauche keine Hunde in meinem Nacken.*

Ein Dutzend Eisendornefeuranken krochen unter ihrem magischen Wirken durch das Gras vorwärts auf die Männer und Frauen zu, ohne dass sie die Gefahr bemerkten. Als sie die Pflanzen entdeckten, war es zu spät.

Die Ranken wanden sich schlangengleich um Füße und Beine,

wickelten sich aufwärts und zogen die Menschen binnen weniger Atemzüge einen nach dem anderen auf die Erde.

Kaum lagen sie dort, wucherte der Efeu über sie, sodass man die Männer und Frauen für bewachsene Steine halten mochte. Die Eisendornranken zerdrückten Knochen und Hälse, erstickten ihre Opfer. Erst nachdem der letzte Herzschlag erloschen war, ließen die Ranken von den jungen Menschen ab und trieben kleine, weiße Blüten aus.

Totenblumen. Zimànja nahm die Hand vom Untergrund und erhob sich. *Ob das wirklich alle waren?*

Auch wenn ihr der Gedanke keine Freude bereitete, zurück auf das Gebiet der Wunder zu gehen und nach weiteren Überlebenden Ausschau zu halten, musste sie es tun. Keiner der Lehrlinge sollte die Ragana anklagen, an dem Untergang schuld zu sein.

Sobald es dank ihrer rasiermesserscharfen Bügelscheren keine Zeugen mehr gab, würde Zimànja nach Enaiko aufbrechen. Mit Schleifsteinkarren und Meilenstiefeln. *Ich habe genug Zeit verloren. Der Moordiamant muss endlich in meine Hände gelangen.*

Geduckt verließ sie das Unterholz und pirschte auf die zerstörte Festung zu.

***

»Wer über den Berg ist, kann immer noch auf der anderen Seite hinabfallen.«

Zwergische Redensart

KAPITEL XI

DAS GEBORGENE LAND, BRAUNES GEBIRGE, DSÔN KHAMATEION, 1024 N.B. (7515. SONNENZYKLUS NACH ALTER ZEITRECHNUNG), FRÜHSOMMER

Ascatoîa betrat den Tempel des Ostwindes und hatte kein gutes Gefühl. Seit einem Mondzyklus stieg die Unzufriedenheit der Geheimen Kammer, die den Ganyeios beraten und unterstützen sollte, und die heutige Zusammenkunft sollte einige Dinge klären.

Ascatoîa hatte ganz bewusst dieses Heiligtum als Versammlungsort vorgeschlagen. Der Ostwind galt als Wind der Inspiration, angefüllt mit betörendem Blütenduft, gespickt mit tanzenden Federn und bunten Blütenblättern. Der Ort sollte eine aufbauende Wirkung auf die Gemüter der Geheimen Kammer haben.

Das verhältnismäßig kleine Gebäude, dessen Form an ein gesetztes Segel erinnerte, war dreißig Schritt hoch und lag in Dsôns Osten auf einer Einbuchtung in der Felswand. Begeh- und nutzbar war lediglich ein Drittel davon, der Rest diente der architektonischen Schönheit und der Huldigung des Ostwindes sowie Samusin als Gott aller Winde.

In zahlreichen Windungen und Falten des aus Stein und dünnem Kupfer gestalteten Segels wuchsen zu jeder Zykluszeit Hunderte Blumen, die ihre Blätter bei starken Böen verloren und über Dsôn verteilten. Es waren eigene Züchtungen der Priesterschaft. Dazu gehörten ebenso ausgesuchte Gräser, die an Gefieder erinnerten und gleichermaßen vom Wind davongetragen wurden.

Ascatoîa roch bei ihrem Gang zur Halle des Ostwinds die einnehmenden Blütenessenzen, die in offenen Tiegeln in den Nischen der Tempelwände standen. Es erweckte den Eindruck, über eine blühende Sommerwiese zu schreiten. Sie roch Nachtnarzissen,

Mondrosen und Sterndahlien. Der Duft wechselte alle paar Schritte.

Zumindest bei Ascatoîa stellte sich die erhoffte beruhigend-heitere Stimmung nicht ein. Da sie in einer Zweifachrolle steckte, einmal als Zhussa und einmal als Ganyeios, musste sie jedes Mal neu entscheiden, in welcher Gestalt sie mehr bewerkstelligen konnte. Ihr Vorteil lag darin, dass sie als Zhussa bereits früher allein vor den Herrscher getreten war und in seinem Namen in der Geheimen Kammer gesprochen hatte.

Doch genau das wurde langsam zum Problem. Eifersucht und Missgunst gegenüber Ascatoîa stiegen. Man sah sie als Liebling des Ganyeios, da sie zu viel Aufmerksamkeit vom Herrscher erhielt. *Ich werde ihnen etwas geben müssen, um sie gleichermaßen zu beschwichtigen wie bei Laune zu halten.*

Ihr schlechtes Gefühl steigerte sich, als sie das Gremium bereits vollständig versammelt in der Halle des Ostwinds an einer gedeckten Tafel vorfand. *Sie haben sich früher getroffen, um sich gegen mich und den Ganyeios abzustimmen,* durchzuckte es Ascatoîa.

Die Wände waren mit wallenden Segeln verkleidet, winzige Löcher in den Mauern ließen unentwegt Wind hinein und sorgten für zufällige Bewegungen. Gemacht waren die Segel aus Häuten besiegter Gegner, sorgsam gebleicht und vernäht, danach mit Samusinsymbolen bemalt. Gelegentlich wehte ein Blütenblatt oder eine Feder durch die Halle, Kleinigkeiten, die von etlichen Kronleuchtern aus geschnitztem Gebein und Rauchglas illuminiert wurden.

Ascatoîa lächelte freundlich in die Runde und nahm auf ihrem weichen Stuhl Platz. Sie hatte absichtlich auf eine ausladende, angeberische Garderobe verzichtet. Schlichtes Schwarz, enger Schnitt, ihr Schmuck und eine zurückhaltende Silberhaube auf den schwarzen Haaren genügten. »Habe ich mich in der Zeit vertan?«, sprach sie gespielt entschuldigend.

»Nein. Wir trafen uns früher, um mit dem Priester über die

Tempelblumen zu sprechen«, antwortete Uphanîa. Sie hatte das aus Silberfäden und blauer Seide geschneiderte Kleid gewählt, wohlgesetzte Aussparungen zeigten ihre makellose helle Haut. »Und über die Ausstellung auf dem Platz der Heldenseelen, die in zwei Monden beginnen wird. Phegora stellt dort aus, und wir wollten etwas mehr über ihre Beweggründe hören. Ihre Deutung der Kunst.«

»Dann bin ich erleichtert. Ich wäre ungern der Grund für eine Verzögerung. Auch wenn Sterblichkeit kein Maßstab für uns ist, darf Zeit nicht vergeudet werden.« Ascatoîa fand ihre Überleitung perfekt. »Beginnen wir?«

Sie erntete rundherum Nicken, das unterschiedlich ausfiel und wenig Begeisterung zeigte. Ihr entging nicht, dass sich die Blicke verstohlen auf Simanôr richteten. Er hatte den Harnisch mit den zahlreichen Gebeinintarsien seiner besiegten Gegner angelegt, um an seine Verdienste und seine Gefährlichkeit zu erinnern. Damit lag auf der Hand, wen die Geheime Kammer zum Sprecher auserkoren hatte.

Ascatoîa wollte dem brodelnden, unterschwelligen Unmut des Gremiums Vorrang vor ihren Angelegenheiten einräumen. Hätte sich die Erregung erst abreagiert, träfen ihre Vorschläge auf aufgeschlossenere Gemüter.

»Ich bemerke eine leichte Anspannung«, begann sie. »Gibt es etwas, das die Geheime Kammer auf geheime Weise beschäftigt?«

Simanôr erhob sich. »Das ist gut beobachtet, Ascatoîa.« Er beschrieb eine halbkreisförmige Armbewegung, die das Gremium einschloss. »Wir haben den Ganyeios lange nicht mehr zu Gesicht bekommen.« Bei einer leichten Kopfbewegung flirrten die schwarzen Obsidiane in seinem Stirnreif, der die schulterlangen blutrotgrauen Haare zurückhielt. »Auch wenn wir verstehen, dass er sich abschottet, bis die Hintergründe der Attacke auf ihn ermittelt wurden, kann er den Geheimen Rat nicht ignorieren. Wir sind seine Berater in sämtlichen Belangen unserer Heimat.«

Ascatoîa warf ihm einen auffordernden Blick zu. Dem Tonfall nach kam da noch mehr als eine einfache Beschwerde.

»Wir sind uns einig, dass Dsôn Khamateion allmählich mit dem Planen verschiedener Eroberungsszenarien beginnen muss«, sprach Simanôr. »Wir haben zwei mächtige Drachen unter unserer Kontrolle, mehrere Flugmahre, dich obendrein als mächtige Zhussa und die geschlossenen Tore des Geborgenen Landes.« Er legte eine Hand auf seinen Harnisch, als wäre er der Gott des Krieges. »Sobald der Winter naht, wird das Gebiet der Wunder zusammenbrechen. Damit verliert dieser selbst ernannte Magus seine größte Macht. Dann sollten wir zuschlagen. Doch dafür benötigen wir wohldurchdachte Pläne.«

»Da unsere Flotte zerstört wurde, ist das Überraschungsmoment auf unserer Seite«, fügte Uphanîa hinzu. »Die Reiche nehmen an, dass wir uns erst von dem Rückschlag erholen müssen. Niemand rechnet mit Gefahr durch uns. Alle starren auf Borkon und seine Orks wie das Kaninchen auf die Schlange.« Sie streckte die Finger lang auf der hellgrauen Tischplatte aus, in der florale und federförmige Muster eingraviert worden waren. »Wir sind der Greif, der über Schlange und Kaninchen seine Kreise zieht und zuschlägt, wann immer ihm danach ist.«

Ascatoîa blieb ruhig. *Die Zeichen stehen auf Sturm.* »Unsere Flugmahre sind vier Stuten. Drei davon sind trächtig und kommen nicht für einen Einsatz infrage. Solange wir nicht mehr als fünfzig Exemplare haben, sind sie zu wertvoll«, erwiderte sie langsam. »Wir mussten sie mit Nachtmahren decken. Das wird vermutlich Flugmahre hervorbringen, die eher gleiten als große Strecken fliegen werden.«

Simanôr setzte sich. »Nun gut. Aber die Drachen …«

»Unsere vernichteten Schiffe hatten Harpunen und Bolzen an Bord, welche die Panzerung von Drachen durchschlagen. Und Säuregeschosse, die Schuppen auflösen und das Fleisch darunter gleich mit«, entgegnete Ascatoîa sanft, doch unerbittlich. »Die Unterirdischen haben dank ihres Tauchbootes einiges von unseren

Waffen vom Grund des Meeres und aus den gesunkenen Wracks geholt. Wir müssen damit rechnen, dass wir beide Drachen durch Bolzen, Harpunen oder Säure verlieren, sobald man sie sichtet.«

Simanôr stieß ein herausforderndes Lachen aus. »Sie kommen nicht alleine. Du wärst bei ihnen. Du und deine Magie, Zhussa.«

»Und unsere Streitmacht«, setzte Uphanîa hinzu.

Sie geben einfach keine Ruhe. »Nun, ich werde dem Ganyeios eure Ansichten darlegen«, sagte Ascatoîa in dem Versuch, dem Vorstoß den Wind aus den Segeln zu nehmen. »Er wird –«

»Nein. Wir wollen *selbst* mit ihm sprechen.« Simanôr war anzusehen, dass er darüber nicht verhandelte. »Früher trafen wir uns an jedem Neumond mit ihm, wie es Gesetz ist. Wir hatten lange Verständnis für seine Lage.«

»Nun, ich trage ihm auch das vor«, erwiderte Ascatoîa freundlich und heuchelte Einsicht. *Ich werde nicht klein beigeben. Da kannst du noch so sehr auf deinen Gebeinharnisch deuten.*

»Es würde auch die Gerüchte beenden, die man gelegentlich in den Gassen und auf den Plätzen vernimmt.« Uphanîa warf diese Dinge wie nebensächlich ein. »Ich weiß, dich sieht man selten außerhalb deines Anwesens, Ascatoîa, weil du viel mit magischen Forschungen zu tun hast. Oder dem Abrichten deiner Drachen. Oder mit den Aufträgen des Ganyeios. Deswegen wirst du kaum Gelegenheit gehabt haben, das Gerede aufzuschnappen.«

»Oh, ich bin neugierig. Welche Gerüchte könnten den Ganyeios beunruhigen?« Ascatoîa blieb die Liebenswürdigkeit in Person. Den wahren Grund für ihr Verschwinden aus der Öffentlichkeit würde sie bis an ihr Lebensende für sich behalten. Um die Illusion aufrechtzuerhalten, wandelte sie gelegentlich in den Kleidern und mit dem Gesichtsschleier des Ganyeios in den Palastgärten umher, ließ sich in den Räumen und Gängen von den Bediensteten sehen. Anscheinend reichten ihre Bemühungen nicht aus, um gefährlichen Tratsch zu unterbinden.

»Die Bediensteten erzählen, dass sich der Herrscher seit dem Anschlag seltsam benähme. Sich anders bewege. Und nur noch flüstere«, zählte Uphanîa auf. »Ein Schatten seiner selbst sei er.« Sie nahm den Blick von der Zhussa und suchte die Zustimmung der Geheimen Kammer. »Wir alle sind der Meinung, dass wir uns die Mär vom schwachen, verunsicherten Ganyeios nicht leisten können. Erst müssen wir ihn sehen, danach sollte er sich der Öffentlichkeit zeigen. Als Beweis für seine zurückgewonnene Stärke.«

»Vor allem mit Blick auf die von uns vorgeschlagenen Kriegspläne«, warf Simanôr ein. »Ein erster Feldzug muss unmittelbar nach der Sonnenwende im Winter geschehen. Beginnen wir jetzt nicht mit den Vorbereitungen, verschiebt sich die Planung um einen Zyklus. Bis dahin könnten die Tore ins Geborgene Land geöffnet sein. Damit wäre es schwieriger, dieses riesige Reich zu kontrollieren.«

Ascatoîa hatte sich perfekt im Griff. Sie legte die Hände zusammen und behielt ihr Lächeln bei. »Sollte mich der Ganyeios fragen, woher euer plötzlicher Blutdurst kommt, was sage ich ihm?«

»Sprachen wir nicht stets über mehr Macht für uns?«, fragte Uphanîa verwundert. »War es nicht stets Teil des Vorhabens, als wir an diesen Ort kamen und unser Reich erschufen, das eine Keimzelle sein sollte?«

»Dieser Keim kann sich nicht entfalten«, stimmte Simanôr zu. »Er darbt, umgeben von feindseligen Bergen und kargem Gestein. Er braucht mehr Platz zum Wachsen.«

»Was würdet ihr dem Ganyeios sagen, woher wir das Heer nehmen, um gegen die Streitmacht des Geborgenen Landes zu siegen? Wie können wir die Landstriche kontrollieren? Wie all das verwalten und halten und gegen Aufstände und Unruhen vorgehen?« Ascatoîa kam sich vor wie der Ganyeios bei ihrer letzten Unterredung. Dabei hatte sie nichts gegen eine Eroberung, ganz im Gegenteil. Doch der Zeitpunkt erschien ihr nicht mehr richtig. *Ich muss Regnorgata und ihre Dritten erst vollständig auf unsere Seite gezogen haben. Mit ihr als Großkönigin kann man über einen Feldzug nachdenken.*

»Das ist einfach. Wir töten alles, was regieren kann. Nicht nur ein, zwei Anschläge auf die Königinnen und Könige, sondern wir radieren aus, was befähigt ist, Menschen, Elben, Orks, Meldrith und Zwerge anzuführen«, führte Simanôr die Überlegungen der Geheimen Kammer aus. »Dazu muss man nicht zahlreich sein. Unsere Attentäter sind die besten. Im kopflosen Durcheinander der führungslosen Reiche und Völker sind wir zur Stelle und zwingen sie unter unsere Peitsche. Manche werden sich uns freiwillig unterwerfen.«

»Folgen uns mehr als die Hälfte, erobern wir mit diesen die Aufsässigen und Störrischen«, erklärte Uphanîa. »Dank zweier Drachen und dir, Zhussa, wird es eine leichte Angelegenheit.«

Sie haben sich viele Gedanken darüber gemacht. »Ich glaube nicht, dass der Ganyeios euren Überlegungen folgen wird«, widersprach sie behutsam. »Außerdem kennt ihr seine Pläne nicht. Ich hörte und sah, wie er für Dsôn etwas anderes ersonnen hat.«

»Sorge dich nicht, Zhussa. Wir legen es dem Ganyeios bis in die letzte Kleinigkeit selbst dar.« Simanôr sah über den gedeckten Tisch. »Ihm. Persönlich. Nicht seinem Sprachrohr. Wir drängen auf ein Treffen binnen dieses Mondes. Er wird Zeit für uns finden.«

Sie wollen sich ein Bild vom Herrscher machen. Sollten sie den Eindruck erlangen, er sei schwach oder nicht mehr Herr seiner selbst, drohte die Entmachtung durch die Geheime Kammer. *Meine Entmachtung.* Ascatoîa versank in Gedanken, was sie gegen das Gremium unternehmen konnte.

Letztlich blieb nur ein Weg, wenn es nicht zu kompliziert und unabwägbar werden sollte. Und diesen hatten sie bereits beim Ganyeios beschritten.

Aber was danach?

Samusin und Inàste schienen übereingekommen zu sein, dass eine Veränderung in Dsôn Khamateion stattfinden sollte. Angefangen hatte es mit dem Ganyeios. Weitergehen würde es mit der Geheimen Kammer, die sich zu wichtig nahm.

»Wie ist deine Antwort, Zhussa?«, vernahm sie Simanôrs drängende Stimme.

»Ich richte es dem Ganyeios aus«, sagte sie nach einem knappen Räuspern. »Weil es drängt, schaue ich am besten gleich nach ihm. Mit etwas Geschick kann ich euch in zwei, drei Nächten bereits wissen lassen, wann er euch anhört.« Sie erhob sich von ihrem Stuhl. »Wünscht mir Glück.«

Unter den verlogenen Segenswünschen der Geheimen Kammer eilte sie aus der Halle und dem Tempel des Ostwinds. Es gab keine Zeit zu verlieren, um das Ableben derer zu planen, die ihre eigenen Vorhaben gefährdeten. *Ihre Tode werden meinen Namen tragen.*

***

DAS GEBORGENE LAND, IM NORDEN DES VEREINTEN GROSSKÖNIGREICHS GAURAGON, PROVINZ FEUERN, AN DEN AUSLÄUFERN DES GRAUEN GEBIRGES, PLATINGLANZE, 1024 N.B. (7515. SONNENZYKLUS NACH ALTER ZEITRECHNUNG), FRÜHSOMMER

Barbandor saß im *Grünen Spundloch,* einen Humpen Brotbier vor sich. Dass es ihm nicht schmeckte, war kein gutes Zeichen. Weder Hunger noch Durst zu haben verdeutlichte ihm, wie sehr ihn die Ereignisse mitnahmen. *Vraccas, habe ich denn noch nicht genug Prüfungen bestanden? Was hast du mit mir vor?*

Die Unterhaltung mit dem königlichen Gesandten war schnell vorüber gewesen. Baron Lichte hatte Platinglanze daran erinnert, wie König Karelios die Zwerge vor mehr als tausend Zyklen auf seinem Land willkommen geheißen und den Bau von Siedlungen erlaubt habe. Karelios habe den Zwergen eine Bleibe gewährt. Mit Verweis auf diese Geschichte verlangte Lichte, dass sie sich dem Geheiß von König Gajek beugten, und dessen Anweisung besagte, dass die wertvollen Geiseln in Platinglanze verweilten, bis die Eskorte aus der Hauptstadt Schildenkopf erschien, um die Orks auf ihrer Reise an den Hof zu bewachen.

Als Ratsherr und Verantwortlicher für die Verteidigung der Siedlung hatte Barbandor Lichte bei seiner Ehre und stellvertretend für die Zwergengemeinschaft innerhalb der Mauern Platinglanzes schwören müssen, das Leben der hundert Geiseln zu beschützen. Danach war er umgehend dazu übergegangen, die Kinder des Schmieds zu versammeln und ihnen zu erklären, was die Aufgabe für die nächsten Umläufe sein würde.

Dass Zwerge einmal Orks beschützen ...! Barbandor schob das Brotbier von sich. Schon der Geruch schreckte ihn ab. Das ärgerte ihn, weil er wusste, wie schmackhaft der Trank war, wenn er nicht gerade vom Rauch der Sorgen verdorben wurde.

Wegen dringlicher Ratsherrenpflichten hatte er der Unterhaltung zwischen Borkon und Grimmz nicht beiwohnen können. Der Zweite war im Gewölbekeller des Wehrhauses untergebracht. Ungefesselt, aber weggesperrt. Grimmz hatte sich gefügt und versprochen, sich ruhig zu verhalten. *Ich werde ihn später besuchen und fragen.*

Das Gerangel zwischen dem tobenden Grimmz und den Zweiten auf dem Platz war glimpflich verlaufen. Das lag in erster Linie an den eingesetzten Giftpfeilen, mit denen man den wütenden Zwergenkrieger schließlich in den Schlaf gezwungen hatte. Seine Häscher hatten etliche blaue Flecken, Platzwunden, Bisse kassiert; eine Nase war gebrochen worden.

Aber es hat keine unschuldigen Bewohner erwischt. Barbandors Unruhe wollte nicht weichen, obwohl er nun sämtliche wichtigen Arbeiten erledigt hatte. Die Wacheinteilung stand, es gab keine größeren Unruhen wegen der ungewöhnlichen Geiseln, morgen wäre Borkon verschwunden und der Frieden zwischen ihm und König Gajek abgesichert.

Weswegen kommt mir all das seltsam vor? Barbandor bestellte sich einen anregenden Tee, um besser nachdenken zu können. Es war ihm nicht vergönnt gewesen, weitere Nachforschungen wegen seiner versuchten Verschleppung aus Platinglanze und über den verschwundenen Ork anzustellen. Die Dinge hatten sich zwischenzeitlich überschlagen.

Der Tee kam, angereichert mit Gewürzen und Honig. Auf die neckende Frage der Bedienung, ob er krank oder unglücklich verliebt sei, reagierte er nicht. Der Gedanke an seine Kutschfahrt wider Willen ließ ihn nicht los. Zumal Barbandor sich nicht sicher war, welcher Fährte er folgen sollte. *Was, wenn alles ganz anders verlaufen ist, als ich es mir ausmale?* Borkons ständige Erinnerungen an die Zeit ihrer Wanderung hatte einen neuen Verdacht in Barbandor geweckt. *Und was, wenn der Auftrag zu meiner Entführung von außerhalb gekommen ist?*

Schwere Schritte und das Klirren von Kettenhemden um ihn herum brachten ihn zum Aufblicken. Grandobil Meißelfinger war mit seinem Dutzend Zweiten ins *Spundloch* gekommen. Sie schleppten Rucksäcke und Satteltaschen abmarschbereit mit sich. Als klares Unterscheidungsmerkmal zu den Fünften trugen sie Bartspangen und Schmuckamulette aus Stein, die an Detailreichtum kaum zu überbieten waren. Nicht umsonst waren die Zweiten die besten Steinmetze. Das erkannten auch die Menschen in Platinglanze bei ihren Begegnungen mit den Besuchern aus dem Blauen Gebirge. »Wir haben dich gesucht, Ratsherr.«

»Und gefunden, Grandobil.« Barbandor lud sie mit einer Handbewegung zu sich an den Tisch. »Es geht um Grimmz, nehme ich an.«

»Ja. Wir wollten ihn mitnehmen. Aber man verwehrt uns den Zutritt zu seinem Gefängnis. Mit Verweis auf dich«, fasste Grandobil genervt zusammen.

»Das haben die Wachen richtig gemacht.« Barbandor schob dem dunkelblonden Anführer des Trupps sein unangetastetes Brotbier hin. »Ich finde es nicht richtig, was mit ihm geschehen soll.«

»Niemand von uns wird dir widersprechen.« Grandobil setzte

sich. Seine Begleitung suchte sich gleichermaßen Stühle und Schemel. Rumpelnd fiel das Gepäck auf die Dielen. »Aber mein Auftrag ist es, ihn zurückzubringen. Zu seinem Schutz und dem von anderen. Du hast ihn auf dem Marktplatz gesehen.« Er nahm das Brotbier und trank davon.

»Das habe ich. Ohne die Blasrohrpfeile wäre es langwierig geworden, Grimmz niederzuringen.« Barbandor sah über die blau geschlagenen Augen, Schrammen und Blessuren. »Dennoch werde ich als Ratsherr nicht zulassen, dass ihr ihn mitnehmt.«

»Mit welcher Begründung?«

»Er ist mein Helfer und Adlatus«, log Barbandor in einer Eingebung. »Als wir uns begegnet sind, rettete er mich aus einer Notlage. Ich brauche ihn, um Nachforschungen anzustellen und Erkundigungen einzuziehen.«

»Aha«, sagte Grandobil ungeduldig. »Wie stellst du dir das vor? Du trägst stets ein Blasrohr mit Schlafgiftpfeilen bei dir, und beim geringsten Anzeichen jagst du ihm die Nadel in den Pelz?«

Seine Leute lachten und bekamen Getränke und Kleinigkeiten zu essen gebracht, die sie beim Hereinkommen geordert haben mussten. Graubrot, Lammwürste und deftig marinierte und gebratene Erdäpfel. Der erhitzte Lavakäse verströmte einen starken Geruch. Die Zweiten genossen die Spezialitäten der Fünften bis zu ihrer Abreise.

Was als Scherz von Grandobil gemeint war, bescherte Barbandor einen Geistesblitz. »Angenommen, es wäre gewährleistet, dass Grimmz jederzeit aufgehalten werden kann – würdet ihr ihn mir *dann* lassen?«

»Na ja, das … das ist unmöglich.«

»Ich sagte ja auch, dass du es annehmen sollst.«

Grandobil nahm sich den nächsten Humpen. »Ich habe einen Auftrag«, beharrte er.

»Der sich auf einen Grimmz bezieht, der gefährlich ist. Aber wenn sich eine Methode fände, ihn –«

»Du willst ihn entzwergen?«, brach es aus Grandobil heraus.

»Bei Vraccas! Wie grausam! Du kannst keinen Eunuchen aus ihm machen!«

Berogard Granitmalmer aus dem Clan der Meißelgreifer und Teil der Häschertruppe wandte sich an Barbandor. »Das ist ja mal ein Gedanke, der mir Schmerzen am ganzen Leib bereitet. Vor allem im Schritt.«

»Nein, nein! Oje, das habt ihr falsch verstanden!« Barbandor hob eine Gabel. »Nein, ich dachte an ein Gerät, das aus –«

»Gabeln besteht? Warum aus Gabeln?«, unterbrach ihn Grandobil. »Willst du ihn blenden, damit er in seiner Raserei keine Ziele mehr sieht? Das scheint mir nicht weniger gefährlich.«

Barbandor schlug auf den Tisch. Schüssel, Humpen und das Essen sprangen. »Lasst mich zu Wort kommen!«

»Gut. Aber kein Entzwergen. Und keine Gabeln«, forderte Berogard und aß von dem Lavakäse.

»Ein Gerät, das wie ein Armband getragen wird. Oder ein Armschoner«, erklärte Barbandor. »Darin sitzen Nadeln, die mit dem Schlafgift behandelt sind. Durch Knopfdruck lösen kleine Federchen aus, die Nadeln stechen Grimmz, und er schläft ein.«

»Er selbst löst das aus?«, vergewisserte sich Grandobil.

»Ja.«

»Dazu müsste er erkennen, dass die Tobsucht aufsteigt. Und er muss Zeit finden, den Auslöser zu drücken. Und es wollen.« Grandobil wirkte nicht abgeneigt, aber skeptisch. »Die Lösung mit dem Blasrohr gefällt mir fast besser.«

»Warum fragen wir Grimmz nicht selbst? Er kann den Umgang mit dem Nadelstempel in einem sicheren, verschlossenen Raum üben, bis es ihm leichtfällt, den Zeitpunkt zu treffen«, schlug Berogard kauend vor. »Vor einem Kampf kann er entscheiden, ob er dem Gefecht aus dem Weg gehen will oder nicht. Da mag die Tobsucht von Nutzen sein.«

»Eine Aufziehmechanik! Mit einer Feder«, warf die Zwergin mit den lilafarbenen Haaren ein. »Ähnlich den Katapulten. Damit könnte er einen bestimmten Moment einstellen, in dem die Nadeln ausgelöst werden sollen. Und zwar genau *dann,* wenn für gewöhnlich die Tobsucht ausbricht.«

Barbandor beobachtete zufrieden, wie immer mehr aus den Reihen der Zweiten seinen Gedanken folgten. Das mochte ein Ausweg für Grimmz sein, statt bis ans Ende seiner Lebensesse eingesperrt in einem Raum hocken zu müssen. *Damit kann er wie ein gewöhnlicher Zwerg leben.* Vorausgesetzt, er stimmte dem Nadelgerät und der Übung damit zu.

Grandobil bemerkte, dass er sich mit seinem unnachgiebigen Standpunkt auf verlorenem Posten befand. »Einen Vorschlag zur Güte, Ratsherr. Bevor mich meine eigenen Leute absetzen und dir die Befehlsgewalt übertragen.« Die Zwerginnen und Zwerge am Tisch lachten leise. »Sollte Grimmz deinem Vorschlag zustimmen, wird dieses Gerät ersonnen. Danach übt Grimmz so lange damit, bis er es beherrscht. Sobald dieser Umlauf gekommen ist und er mich bei einer Prüfung überzeugt, darf er sich ohne Ketten oder anderen Sicherungen draußen bewegen«, führte er auf. »Wir bleiben in Platinglanze und in seiner Nähe, bis sichergestellt ist, dass er keine Gefahr mehr sein wird. Weder für sich noch für andere.«

»Außer für Orks«, warf Berogard ein. »Und sonstiges Geschmeiß, das uns ans Leder will.«

»Für mich klingt das nach einer vernünftigen Handhabung.« Barbandor freute sich über die Lösung, die zum Greifen nah war. »Ich gebe das Gerät gleich morgen in Auftrag.«

»Sofern Grimmz einwilligt.« Grandobil prostete ihm zu. »Auch wenn du nur Tee trinkst, erhebe ich meinen Humpen auf dich. Das ist ein kluger Einfall gewesen, Ratsherr.«

»Manchmal sieht man die Halde vor lauter Schutt nicht.« Barbandor liebäugelte nun doch mit einem Bier, blieb aber standhaft. Er wollte die anstehende Unterhaltung und seine Überzeugungsarbeit bei Grimmz nicht durch Überschwang oder eine lose Zunge verderben. Es ging um nichts weniger als die Zukunft des Zwergs. »Ich wünsche euch noch einen gelungenen Abend.« Rasch erhob er sich.

»Wohin des Wegs?« Grandobil deutete über die dampfenden und duftenden Köstlichkeiten. »Haben wir nichts bestellt, was dir schmeckt? Außerdem musst du uns die Besonderheiten in der Zubereitung erklären.«

»Ach, das macht gewiss eine der Schankmaiden.« Barbandor winkte zum Tresen und machte eine Geste, dass alles an diesem Tisch auf seine Kosten gehen sollte, was mit großem Beifall von den Zweiten bedacht wurde. »Ich eile und berede die Sache mit Grimmz.«

Grandobil nickte ihm zu, und in seinen Augen wurde Anerkennung deutlich. »Rede ihm Verstand ein, Ratsherr. Wenn jemand zu viel davon hat und etwas abgeben kann, dann du.«

Unter dem fröhlichen Lachen der Zweiten verließ Barbandor das *Spundloch* und stiefelte mit großen Schritten durch die abendlichen Gassen von Platinglanze.

Seit dem gescheiterten Entführungsversuch führte er seine stählerne Kampfaxt stets mit sich und blieb besonders wachsam. Nochmals sollten die Unbekannten keine einfache Gelegenheit bekommen, ihn abzugreifen.

In der Siedlung war es ruhig. Gelegentlich begegneten Barbandor Alteingesessene und umherirrende Neusiedler, denen er den Weg zu den Plätzen oder den Straßen erklärte, die sie gesucht hatten.

Fast hatte Barbandor das Wehrhaus erreicht, als er die grau gekleidete Gestalt entdeckte, die in einigen Schritten Entfernung lautlos durch die Böttchergasse huschte und auf das Gasthaus *Zum Ritterschlag* zuhielt. Die Kapuze des Umhangs verrutschte und gab den Blick auf kurzes Haar sowie eine einzelne lange Strähne aus Pferdehaar frei.

Eine Doulia? Barbandors Neugier war geweckt. Soweit er wusste, hielt sich niemand in der Siedlung auf, der eine Sklavin in seinen Diensten hatte. Den Einwohnern von Platinglanze war der Besitz von Doulia untersagt. Die Kinder des Schmieds mochten diese seltsame Art von religiöser Ergebenheit nicht.

Wer ließ sie herein? Barbandor schlüpfte aus den Stiefeln, um sich leiser zu bewegen, hängte sie sich an den Schnürsenkeln um und folgte ihr. *Was will sie im Ritterschlag?* Dort residierte lediglich ein Gast mit seiner Truppe.

Und das war: *Borkon!*

***

DAS GEBORGENE LAND, BINNENMEER, NORDÖSTLICHE GEWÄSSER, 1024 N.B. (7515. SONNENZYKLUS NACH ALTER ZEITRECHNUNG), FRÜHSOMMER

»… woher? Weit und breit sahen wir keine Wrackteile«, drang die Männerstimme an Xanomirs Ohr. »Wohin wolltet ihr? Wir fahren nach Woogentau ins Sinterreich. Von da müsstet ihr dann sehen, wie ihr weiterkommt.«

Xanomir blinzelte und konzentrierte sich auf den Unbekannten, der wie aus einem hellgrauen Nebel aus Licht auftauchte. Die Konturen gehörten zu einem älteren Mann, der die dunkelblaue Uniform der ribasturianischen Handelsmarine trug. *Wie kommt er in die Höhle? Oder bilde ich ihn mir nur ein?*

»Mmh«, machte er ausweichend und blickte sich um.

Er saß in einer kleinen Kajüte, vor dem Tisch des Kapitäns, auf dem sich verschiedene Speisen und zwei Humpen mit Bier befanden. Hamalys saß mit leerem Blick auf einem Stuhl an seiner Seite. Hinter dem Mann, der ihn angesprochen hatte, standen drei weitere Uniformierte mit Offiziersabzeichen auf Brust und Schultern. Sie sahen Zwerg und Zwergin neugierig an.

Ich träume. Das kann nur so sein. »Entschuldige, ich habe dir … Euch nicht zugehört.«

»Verständlich. Ihr beiden habt einige Entbehrungen erlitten, wie mir scheint.« Der Kapitän nahm sich ein Stück Dauerkuchen. »Nochmals: Was ist das für eine Kugel, mit der ihr beide gereist seid? Ist das ein Rettungsboot für Stürme? Und wie habt ihr die Nähte auf diese Weise verschmiedet bekommen? Mein Bordzimmerer und der Werkstattmeister verstehen die Welt nicht mehr.«

Xanomir sah zu Hamalys, deren Blick aus den hellbraunen Augen ins Leere ging. Sie schien ebenso abwesend zu sein wie er bis noch vor sechzig Herzschlägen. »Wo sind wir, Kapitän?«

»Immer noch auf der *Haubentaucher.*« Der braun gebrannte Mann lächelte mitfühlend. »Der Schock sitzt offensichtlich tief. Unser Medicus sieht gleich nach deiner Freundin.« Mit der rechten Hand nahm er eine Seekarte zur Hand. »Wie ich dir bereits sagte, liegen wir zweihundertfünfzig Seemeilen westlich von Woogentau und laufen unter Vollzeug. In drei Umläufen sind wir im Hafen.«

»Woogentau«, echote Xanomir ungläubig. *Das kann nicht sein. Ein Traum.* »Zweihundertfünfzig Seemeilen westlich?«

»Woogentau.« Der Kapitän klatschte einmal in die Hände, woraufhin Hamalys zusammenfuhr. Nach dem nächsten Blinzeln lag Fokus in ihrem Blick, und sie schaute ebenso verdutzt drein wie Xanomir. »Es gibt eine leere Ladebucht, die ich euch als Quartier herrichten lasse. Es ist nicht das Bequemste, aber besser als in dieser Kugel. Frische Kleidung und einen Waschzuber schicke ich ebenso.«

»Was bei Vraccas ist hier los?« Hamalys schaute in einer Mischung aus Angst und Unglaube umher. »Ist das ein Traum?« Sie richtete den Blick auf den Zwerg. »Ist es das?«

»Nein«, antwortete Xanomir. »Denke ich.«

»Ist es nicht. Eure veränderte Wahrnehmung wird eine Auswirkung der fehlenden frischen Luft in dieser Kugel sein. Und des Nahrungsmangels.« Der Kapitän erhob sich. »Wir haben euer Gefährt an Deck festgemacht. Das Wetter ist gut, Sturm droht nicht. Es kann demnach bis zu unserer Ankunft in Woogentau dort bleiben. Oder sollen wir es über Bord –«

»Nein!«, kam es gleichzeitig über Hamalys' und Xanomirs Lippen. *Was ist mit dem Sonnenblut?* Der Zwerg tat so, als suche er etwas in seiner Kleidung, die dringend gewaschen werden musste. »Ich müsste einen Blick hineinwerfen. Mir fiel etwas aus der Tasche.«

»Mein Erster Offizier bringt euch hin.« Der Kapitän stand auf und deutete eine Verbeugung an. »Es ist mir eine Ehre, Meister Wogenherz, dich und deine Constructa an Bord zu haben. Seid heute Abend meine Gäste. Ich lasse meinen Smutje die besten Speisen aufbieten, um die Entbehrungen vergessen zu machen.«

»Gerne«, bedankte sich Xanomir eilends und zog Hamalys beim Erheben mit sich. »Wir werden pünktlich erscheinen.«

Der Kapitän salutierte, während die Wache an der Tür den Ausgang öffnete und einer der Offiziere sich in Bewegung setzte.

Die *Haubentaucher* war ein schneller Dreimaster, an dessen Deck die Matrosen geschäftig umhersprangen, die Takelage prüften und die Planken schrubbten. In den Wanten wurde an den Segeln gezogen, um die letzte Falte aus den schweren Stoffen zu bekommen und jeden Windhauch einzufangen.

Nahe der Brücke stand die besagte verbeulte und mit Schrammen übersäte Kugel von drei Schritt Durchmesser, mit der Zwerg und Zwergin an die Oberfläche gekommen waren. Sie bestand aus einem Konglomerat aus verschweißten Blechen, Stabilisierungsstreben und einer einzelnen Luke.

»Erinnerst du dich an irgendwas?«, raunte Hamalys ihm zu.

»Nein. An nichts.«

»Auch nicht, wie wir die Kapsel gebaut haben?«

Xanomir schüttelte den Kopf und stieg über eine angelegte Leiter an der Außenhaut hinauf und sah durch die offene Luke ins Innere. Es stank darin nach Fisch, nach Alchemie und Metall. Zu seiner Erleichterung sah er die zehn albischen Blechdosen. *Das Sonnenblut!* Mit einem beherzten Sprung gelangte er hinein.

Karkassen von Hummern und Krabben hatten die innere Struktur stabilisiert, auf die er und Hamalys Bleche angebracht hatten. So war eine – wenn auch nicht exakte – Kugel entstanden. Den

Eingang hatten sie offenbar nach dem Betreten zu- und beim Auftauchen mittels Sonnenblut aufgebrannt.

Hamalys kletterte zu ihm und drehte sich in der Kapsel einmal im Kreis. »Da knutsch mich doch ein Ork«, raunte sie und bestaunte das Innere. »*Das* haben *wir* erschaffen, Meister Wogenherz?«

»Ich erinnere mich nicht.« Xanomir fuhr die Nieten und Bleche mit den Fingerkuppen nach, die er mit dem Sonnenblut verschmiedet hatte. »Aber wir *müssen* es gewesen sein.«

»Bei mir ist es wie … eine vage Ahnung. Ein Traum. Das ist vollkommen verrückt.« Hamalys berührte ebenfalls die Innenseite. »Was hat uns die Erinnerung genommen?« Sie sah auf die Dosen. »Alchemistische Ausdünstungen? Oder wirklich zu wenig Luft, wie der Kapitän meinte?«

»Vielleicht hat der Medicus eine Idee.« Xanomir bückte sich und hob ein halbes Dutzend Zeichnungen unterschiedlicher Formate vom Boden an, die unter leeren Trinkschläuchen halb verborgen lagen. Zum einen war auf den Skizzen eine Stadt abgebildet, die unter Wasser lag. Zum anderen waren es Baupläne für ein neues Tauchboot. *Was bei Elria …?* Fragend hielt er die Zeichnungen vor Hamalys' Nase. »Kommt dir davon etwas bekannt vor?«

»Nein, Meister.« Sie schaute genau hin. »Es ist deine Schrift. Du musst beides angefertigt haben.« Mit dem Finger fuhr sie die Konstruktionsanweisungen des Tauchbootes ab und murmelte die Abmessungen vor sich hin. »Nicht nur, dass die Form sich von der *Buvendil* unterscheidet – dieses Tauchboot ist auch mehr als doppelt so groß«, entfuhr es ihr. »Siehst du das? Sogar Waffen sind vorgesehen. Rammeinheiten. Und die Antriebe sind … das sind völlig neue Uhrmechaniken, die du dir ausgedacht hast.«

Xanomir stieß einen Fluch aus. »Was ist in der Höhle geschehen? Woher haben wir Vraccas' Eingebung erhalten?«

Hamalys tippte auf die Darstellung der Stadt. »Geht es nur mir so, oder möchtest du unbedingt dahin?«

Dieses Empfinden teilte Xanomir. *Wieso? Und wie komme ich*

auf diese Pläne? Hatte er die Konstruktionsweise richtig erfasst, vermochte das neue Tauchboot Soldaten aufzunehmen. *Es ist ein Unterseeschlachtschiff mit einem riesigen Rammsporn. Was will ich damit? Wieso habe ich es entworfen? Und wann?*

Der Erste Offizier streckte neugierig den Kopf durch die Luke über ihnen. »Ist alles in Ordnung?«

»Das ist es.« Xanomir rollte eilends Skizzen und Pläne zusammen. »Ich habe gefunden, wonach ich suchte.«

»Blendend! Dann führe ich euch in die Unterkunft.« Der Mann zog sich zurück. »Kleidung, ein Bad und Essen erwarten euch. Und ein Fässchen Bier. Gegen den Durst und den Schrecken.«

Xanomir und Hamalys tauschten einen Blick, in dem alles Wichtige steckte. Eine Entscheidung. Sie würden dieses neue Tauchboot bauen.

Warum, erschloss sich keinem von beiden.

***

DAS GEBORGENE LAND, IM NORDEN DES VEREINTEN GROSSKÖNIGREICHS GAURAGON, PROVINZ FEUERN, AN DEN AUSLÄUFERN DES GRAUEN GEBIRGES, PLATINGLANZE, 1024 N.B. (7515. SONNENZYKLUS NACH ALTER ZEITRECHNUNG), FRÜHSOMMER

Barbandor spähte um eine Hausecke der Unbekannten hinterher.

Die Doulia trat durch die Hintertür des Gasthauses in einen Vorraum, wo sie von einem grauhäutigen Ork sogleich rabiat durchsucht wurde. Dabei schloss sich der Eingang langsam. Die Zeit reichte aus, damit Barbandor erkannte, wie Bestie und Doulia die nahe Treppe hinauf in den ersten Stock gingen.

Das ist unerklärlich. Barbandor sah prüfend an der Fassade des vielstöckigen Fachwerkhauses hinauf. Es gab dank kleiner Vorsprünge in Mauern und Balken genügend Haltemöglichkeiten beim Klettern. *Vraccas, lass mich nicht abstürzen.* Barbandor eilte um die Ecke und machte sich ans Erklimmen. Er wollte unbedingt herausfinden, was es mit dem seltsamen Besuch auf sich hatte.

Dabei stiegen böse Erinnerungen in ihm empor, wie er im letzten Herbst auf der Suche nach den Orks die Smaragdfälle hinaufgeklettert war. Zusammen mit Gyndala. Sie hatte die Entdeckung von Borkon und seiner Truppe mit dem Leben bezahlt.

Dieses Mal wird keiner durch die Hand eines Scheusals sterben. Barbandor hatte den ersten Stock erreicht und umrundete das Gebäude an der Fassade, um jenes Zimmer aufzuspüren, in dem sich die Doulia befand.

Es dauerte nicht lange, und er sah die Schatten einer Frau und mehrerer Orks in schwachem Lichtschein auf einem weißen Vorhang. Da er das Fenster nicht öffnen konnte, ohne Aufmerksamkeit zu erregen, presste er das Ohr dicht an das Glas, um die Unterhaltung zu verfolgen. Damit stieg die Gefahr einer Entdeckung. Sollte jemand den Stoff für einen Blick auf die Straße beiseitestreifen, vermochte er sich nicht schnell zurückzuziehen. Aber ohne dieses Wagnis blieb er ohne Informationen. *Ich hoffe, ich habe das Wichtigste nicht schon verpasst.*

Die Stimme der Frau klang älter und war schwer zu verstehen, Borkons Worte hingegen drangen gut vernehmbar durch die Scheibe.

»… um das Treffen gebeten, mächtiger Orkfürst, um abzuklären, wie weit sich das Wort unseres Gottes Doul und eure Prophezeiungen ergänzen«, sprach die Doulia unterwürfig. »Es ergab sich die Gelegenheit, jene Quellen zu studieren, die von den Weissagungen von Nushrok dem Reißer sprachen. Sie besagen unter anderem: *Wenn der Ork mit Haut aus Nacht und Sternen erscheint, wird sich das Gefüge ändern. Und Großes erwacht schon bald. Großes, das den Orks zur Macht verhilft.*«

»Du hast uralte Aufzeichnungen dazu gelesen?« Borkon lachte. »Das wäre eine hohe Kunst, Gubnara.«

Damit hatte Barbandor einen Namen, nach dem er forschen würde, sobald die Besprechung vorüber war.

»Wir Doulia stammen von außerhalb. Von dort, wo auch du herkommst. Es gab gelegentlich Schwestern und Brüder, die in den letzten Hunderten Zyklen in Gefangenschaft deines Volkes gerieten und sich befreien konnten. Oder die für eine Weile in den Diensten von Orks standen«, erklärte die Doulia. »Dabei nahmen sie einiges an Wissen auf.«

»Wie interessant. Wer brachte euch unsere Sprache und Schrift bei?«

»Woher vermag ein mächtiger Orkfürst in alter Zwergensprache zu reden?«, konterte Gubnara.

Erneut lachte Borkon, aber der Ton hatte sich verändert. Barbandor glaubte, Verunsicherung und Staunen zu vernehmen. »Du bist in der Tat kenntnisreich.«

»Meinen Dank. Wir sammeln Wissen über Prophezeiungen und Zeichen, auf die gewartet wird und wurde, um vorbereitet zu sein«, erklärte Gubnara. »Dann seid Ihr erschienen, mächtiger Borkon. Der Ork mit der Haut aus Nacht und Sternen. Und da wussten wir, dass große Teile der Vorhersagung im Begriff standen, von Propheterei in Wahrheit überzugehen.«

»Ich hatte niemals erwartet, dass die Doulia einen derart ausgeprägten Spürsinn für unsere Kultur haben.« Borkons Stimme hatte jegliches Amüsement verloren. »Du und deine Sklavenfreundinnen scheinen mir gefährlicher als jeder Spion und jeder Späher des Geborgenen Landes. Weil ihr euch in unsere Seele eindenken wollt.«

»Seid unbesorgt, mächtiger Borkon. Wir trachten nicht nach Bösem.«

»Beobachtet ihr andere Völker ebenso genau wie mich und meine Leute?«

Das nenne ich eine aufschlussreiche Nacht. Die Doulia waren unversehens mehr als eine unterwürfige Sklavengemeinschaft, die ihrem rätselhaften Gott Doul durch ihre Ergebenheit huldigten.

Sie forschten, lauschten, sammelten im Hintergrund, was es an Wissenswertem zu sammeln gab. *Und das mit Sicherheit nicht nur über die Bestien und Borkon. Ich bin froh, dass wir keine Doulia in unserer Nähe dulden.*

»Wir haben die Zeichen eurer Weissagungen gedeutet und bemerkt, dass es Überschneidungen zu Doul geben könnte«, fuhr Gubnara fort, ohne auf Borkons Frage zu antworten. »Wir erwarten die Erweckung. Das Erwachen. Es mehren sich die Hinweise, das Ereignis könnte nahe bevorstehen. Wie bei euch.«

Borkon gab ein zustimmendes Grummeln von sich. »Du meinst, dass wir nicht nur Vorhersagungen teilen, sondern auch das Ziel?« Im Hintergrund erklang eine Mischung aus ungläubigem Lachen und aufbegehrendem Grollen. »Das kann nicht sein. Es steht *uns* zu, die neuen Herrscher des Geborgenen Landes zu sein!«

Wie ich es mir dachte. Die Geiseln sind nichts als Augenwischerei für König Gajek und die Reiche. Barbandor musste den Kopf drehen und das Ohr wechseln, da die unnatürliche, anstrengende Haltung zu schmerzhaft wurde. Allmählich schwand die Kraft in seinen Fingern. Die schwere Kampfaxt auf seinem Rücken und das Kettenhemd prüften Durchhaltewillen und Muskeln gleichermaßen.

»Das eine schließt das andere nicht aus, Fürst«, erwiderte Gubnara beschwichtigend.

»Weil ihr Sklaven seid und euch uns unterwerft«, rief ein Ork aus dem Hintergrund.

»Nein. Aus einem anderen Grund.« Gubnara behielt ihre Bedächtigkeit bei, wofür Barbandor sie ein wenig bewunderte. Keine Spur von Angst oder Unbehagen. Würden die Bestien über sie herfallen, um ihr das Fleisch von den Knochen zu reißen, bekäme es niemand in Platinglanze mit. »Der entscheidende Unterschied liegt darin, dass ihr auf Veränderungen wartet, die *dadurch* entstehen, dass unser Gott erwacht und sich erhebt. Unser Glaubensansatz und eure Prophezeiungen bedingen einander.«

Barbandor presste sein Ohr fester an die Scheibe. Jetzt durfte ihm nichts entgehen.

»Ich denke, dass du dich irrst«, knurrte Borkon.

»Diese Beben sind nicht das Werk von Vraccas, wie manche behaupten. Der Gott der Unterirdischen hat damit nichts zu schaffen«, sagte Gubnara. »Der Grund liegt tief unter dem Geborgenen Land vergraben und will sich erheben.«

»Was sagst du da?«, begann Borkon aufgeregt. »Du meinst –«

»Du meinst, es ist jedes Wort von Nushrok dem Reißer genau so gemeint, wie es in unseren Überlieferungen weitergegeben wird?«, platzte es aus einem anderen Ork heraus.

»Bevor wir über unsere heiligen Worte sprechen, sag mir, Gubnara: Woher genau stammen die Doulia?«, fragte Borkon. »Ich weiß, dass ihr nach den ersten Beben ins Geborgene Land gekommen seid. Es dauerte nicht lange, bis ihr euch einen Namen als die besten Sklaven gemacht hattet, die nahezu alles tun, was man von ihnen verlangt.«

»Wir sprechen nicht mit Außenstehenden über unsere Religion oder unsere Herkunft, mächtiger Orkfürst. Verzeiht mir dies bitte«, entgegnete sie ungebrochen freundlich. »Nur geborene Doulia erhalten Einsicht in unseren Glauben, aus dem auch dank euch echtes Wissen geworden ist.«

»Du hattest Zweifel?«

»Nein. Solange die Beben anhielten, wussten wir, dass das Erwachen nicht mehr aufzuhalten ist.« Gubnaras Schatten erhob sich unvermittelt und kam auf das Fenster zu.

Verdammt! Barbandor zuckte zurück und verlor fast den Halt. Während der weiße Vorhang über ihm leicht geöffnet wurde, zog er den Kopf ein.

Das Gesicht einer älteren Frau wurde sichtbar, sie war etwa sechzig Zyklen alt. Sie senkte den Blick nicht wie befürchtet in die Gasse, sondern richtete ihn hinauf zum nächtlichen Himmel. »Generationen warteten auf das Erwachen. Nun stehen wir kurz davor«, sprach sie versonnen. Die leisen Worte drangen durch das Glas wie durch dichten Stoff. »Wir beide werden davon profitieren.«

Vraccas, bitte, lass sie nicht nach unten schauen! Barbandor spürte, dass seine Finger nicht mehr lange durchhielten. Er entdeckte einen Riss im Balken, verkeilte die Klinge seiner Kampfaxt darin und stützte sich halb darauf. So konnte er seine Hände etwas entlasten. *Besser.*

»Aber wir dürfen vor lauter Vorfreude nicht unachtsam werden und müssen die Gelegenheit bewahren.« Gubnara wandte sich um, der weiße Stoff glitt zurück in Position.

Barbandor blieb nichts anderes übrig, als sich nach oben zu ziehen und das Ohr wieder gegen die Scheibe zu drücken. Mit einem Bein stützte er sich auf dem Griff der Waffe ab. Dem Schatten nach stand die Doulia mit dem Rücken zum Fenster. Das passte ihm überhaupt nicht.

»Ich weiß, worauf du anspielst.« Borkons breite Silhouette erhob sich und ging zum Kamin, warf einige Scheite hinein. »Auch diese Warnung in den Weissagungen von Nushrok dem Reißer ist wortwörtlich zu verstehen?«

»Daran gibt es keine Zweifel.«

»Wenn ihr Doulia so aufmerksam seid, wie ich seit diesem Treffen denke, wird euch nicht entgangen sein, *wo* diese Gefahr lauert. Und *wie* man sie aufhalten kann«, sagte der Ork nachdenklich.

»Dazu brauchen wir jeden starken Arm, den wir bekommen können. Wir Doulia müssen ausharren und Sklaven sein, wie es uns Doul auftrug. Bis zum Erwachen. Erst *danach* sind wir frei«, erklärte Gubnara. »Verändern wir unser Verhalten, wäre das ein Verstoß gegen das göttliche Gebot, Fürst.«

»Und ihr erweckt Aufmerksamkeit«, ergänzte Borkon. »Du möchtest, dass wir diese Gefahr finden und ausschalten?«

»Ja. Wir unterstützen euch mit jeglichem Wissen, das wir erlangt haben, und spielen euch zu, was ihr benötigt. Wir vermögen, die Dinge heimlich und im Hintergrund zu beeinflussen. Aber weder ergreifen wir Waffen noch begehen wir Morde.«

»Nicht vor dem Erwachen. Ich verstehe.«

Barbandor wurde von eiskaltem Grauen erfasst. Vor ihm bildete sich eine der unheimlichsten, mächtigsten Allianzen gegen das Geborgene Land, die er sich vorzustellen vermochte. Allsehende Augen und alles hörende Ohren verbündeten sich mit der Schlagkraft unsterblicher Bestien, um nur *ein* Ziel zu erreichen.

Welches Ziel genau das war, darüber hatte Barbandor noch nichts vernommen. Das Erwachen, wie es genannt wurde, blieb ein vager Begriff. Er reimte sich aus dem Gehörten zusammen, dass etwas Gewaltiges, Riesenhaftes unter dem Geborgenen Land lag, tiefer als jeder von Zwergen gegrabene Schacht. Es drängte aufwärts und wollte aus der Erde brechen, begleitet von Erdbeben, Vulkanausbrüchen und einer Verwüstung, bei der kein Stein auf dem anderen blieb.

Bei Vraccas! Wir täuschten uns! Wir täuschten uns in allem, was mit den Erschütterungen zusammenhing. Das mussten die Zwergenstämme ebenso erfahren wie sämtliche Herrschaftshäuser des Geborgenen Landes, von den Menschen über die Elben bis zu den Meldrith. *Aber ich habe nichts, was meine Warnung belegt.* Was Barbandor dringend benötigte, waren Beweise. Handfeste Nachweise für die Prophezeiungen, den geheimen Absichten der Doulia und vor allem für das Bündnis zwischen den Orks und der Sklavenkaste.

Und: Seine Nachrichten an die Mächtigen mussten heimlich überbracht werden, sonst erfuhren die Doulia sogleich, dass ihr Vorhaben enthüllt worden war. *Wer weiß, wie sie darauf reagieren?*

Er wechselte erneut das Ohr. Bei seiner Kopfdrehung rutschte die Kampfaxt einen halben Fingerbreit weit aus dem Spalt, in den er die Klinge geschoben hatte. Auf dem schrägen Stiel glitten seine besockten Füße langsam abwärts, sodass die meiste Last erneut auf den ermüdeten Fingern lag.

Ich hoffe, sie reden schneller. Barbandor mobilisierte seine letzten Kräfte, um sich an der Kante zu halten.

Klirrend zerbarst die Scheibe an seinem Ohr. Ein Dolch hatte den Vorhang zerschnitten und flog knapp an seiner Nase vorbei.

»Da lauscht einer!«, rief ein Ork wütend von drinnen. »Ich hab dich gerochen, Unterirdischer! Fasst ihn!«

Barbandor fühlte die Splitter in seine Haut schneiden und ließ die Kante los. Seine Finger bekamen im Fall den Axtgriff zu fassen, die Waffe federte einmal und rutschte aus dem Balken.

Einigermaßen geschickt landete der Zwerg auf dem Kopfsteinpflaster – und trat mit Sockenfüßen in das Scherbengewirr.

Glühend heiß fuhren die Schmerzen in die Sohlen, laut fluchte er und rannte davon. Die Stiefel baumelten über der Schulter, es war keine Zeit, sie anzuziehen. Mit verletzten Füßen wollte er nicht gegen Orks kämpfen.

Sein Laufen ging alsbald in ein Hinken über, bis Barbandor ächzend anhalten musste. Die blutgetränkten Socken hatten auf dem Pflaster eine leicht zu verfolgende Spur für seine Häscher gelegt.

Na schön. Dann kämpfe ich eben im Sitzen. Er setzte sich mit rasendem Herzen auf einen Pfosten, an dem für gewöhnlich Kutschpferde angebunden wurden, nahm die schwere Axt mit beiden Händen und hielt nach den Bestien Ausschau.

Aber weder tauchte Borkon noch seine Orks auf. Auch die ältere Doulia erschien nicht.

Sosehr Barbandor lauschte, es näherte sich niemand.

Sein Herz beruhigte sich, dafür wurden die Schmerzen in den Füßen deutlicher. Er musste dringend zu einem Heiler, um sich die Scherben entfernen und die Wunden versorgen zu lassen.

Ächzend stemmte er sich hoch, nutzte die Kampfaxt wie eine Krücke und humpelte fluchend voran, bis er auf den Nachtwächter traf, der sogleich in sein Horn stieß und nach der Garde rief.

»Was ist dir denn widerfahren, Ratsherr?«, fragte der Nachtwächter wissbegierig, während sie auf Hilfe warteten. Der hilfsbereite Mann entfernte einige große Splitter aus den Füßen des sitzenden Zwergs, der murrend stillhielt.

»Das ist eine dumme Geschichte. Ich müsste betrunken sein, um diese Peinlichkeit preiszugeben«, schwindelte Barbandor. Die

Wahrheit konnte er nicht erzählen, solange es keine Belege für das Erfahrene gab.

Er war sich sicher, dass Borkon eine gute Ausrede für das zerbrochene Fenster im Gasthaus fand. Die Doulia würde sich versteckt halten und alsbald die Stadt verlassen. So ungesehen, wie sie hereingekommen war, gelangte sie hinaus. Somit durfte er die Orks, die unter dem Schutz der weißen Fahne nach Platinglanze und auf Einladung von Baron Lichte gekommen waren, nicht festsetzen lassen und verhören.

Ich bekäme nichts aus ihnen heraus.

Im Gegenteil.

Die Bestien und die Doulia wüssten, dass sie keinen einfachen Einbrecher oder Neugierigen vor dem Fenster verscheucht hatten. Sondern dass der Ratsherr sie belauscht und vieles erfahren hatte, was entscheidend für das Geborgene Land war.

»Niemand darf davon erfahren«, schwor Barbandor den Nachtwächter und die eintreffenden Gardisten auf deren Schweigen ein. »Ich will mich nicht zum Gespött von Platinglanze machen.«

Ihm wurde Verschwiegenheit zugesichert, während man ihn durch die nächtlichen Straßen zum Heiler trug.

Unterwegs fiel Barbandor ein, dass ihn einer der Orks gewittert hatte. *Er könnte meinen Geruch erkennen.* Er musste sich starkes Duftwasser besorgen. *Sonst sind all meine Erkenntnisse vergebens.*

***

»Aus der Ferne sind alle Gebirge klein.«

Zwergische Redensart

KAPITEL XII

DAS GEBORGENE LAND, VEREINTES GROSSKÖNIGREICH GAURAGON, ZAUBERREICH RHUTA, 1024 N.B. (7515. SONNENZYKLUS NACH ALTER ZEITRECHNUNG), FRÜHSOMMER

Klaey sah auf die aufwendige Mischung aus unterstützender Schiene und Panzerung, die vor ihm auf dem Tisch lag. Sie bildete Schulter, Ober- und Unterarm nach, um die Gliedmaße und das obere Gelenk wie einen Schild zu umhüllen, ohne die Beweglichkeit einzuschränken. Dabei wog sie kaum mehr als ein Schwert.

So etwas hatte er noch nie zu Gesicht bekommen, weder in dieser Feinheit noch in dieser Robustheit. *Lederelemente, Scharniere, Stahlfedern und Eisenplättchen.* Die Rüstungs- und Feinschmiede der Meldrith hatten eine Arbeit angefertigt, die sogar Zwerge in Staunen versetzen würde.

Vor seinem Tisch in der riesigen Wohnhalle, mit Fesseln um Arme, Beine und Hals, stand der gefährliche Srgālâh, der Klaey und seine Brigantinertruppe hartnäckig gejagt hatte. Das Mischwesen mit menschlich anmutendem Körper und einem Hundekopf mit langen, aufrechten Spitzohren war perfekt für die Jagd erschaffen. Seine Rüstung hatte man ihm abgenommen und gegen ein einfaches Gefangenengewand aus grobem Flachs getauscht. Die Wachen hatten ihm einen Maulkorb aus Draht umgelegt, damit die Zähne in der langen Schnauze nicht zur Gefahr wurden. Die braunen Augen mit den geschlitzten Pupillen waren auf sein Gegenüber gerichtet, die goldledrige Nase witterte unentwegt.

Klaey steckte sich statt einer Praline einen Apfelwürfel in den Mund und redete sich ein, dass der säuerliche Geschmack gut für ihn wäre. Es half nichts, der Speck musste runter. Mehr Fechten und Körperertüchtigungen reichten nicht aus, doch er bildete sich ein, dass die Seidenunterwäsche und sein darübergelegter weißer Bademantel schon ein ganz klein wenig lockerer saßen.

»Ich hatte gedacht, du bist tot«, sprach er krächzend. »Wie war noch gleich dein Name?«

»Dein Flugmahr empfand mich nicht als sonderlich schmackhaft«, erwiderte der Srgālāh mit dem schwarzbraunen Fell. »Ich bin Sònuk.«

»Ja, richtig. Ich entsinne mich.« Klaey betrachtete den rechten Arm des Gefangenen, der aus Knochen, kaum mehr Fleisch und sichtbaren Sehnen und Muskeln unter der nachgewachsenen Haut bestand. Die mehrteilige Panzerschiene verlieh der Gliedmaße Schutz und zusätzliche Kraft. Das gewaltsame Abnehmen hatte Schnitte und Löcher im versehrten Arm hinterlassen, um die sich nun Bandagen wanden. »Todesschwinge mag eigentlich das Fleisch von Albae.«

»Damit konnte ich nicht dienen.«

»Wie kommt es, dass du überlebt hast?« Klaey nahm den nächsten Apfelschnitz. Und hasste den Geschmack. »Ich erinnere mich sehr genau, dass du uns auf der Straße nach Rhuta beinahe überwältigt hast, bevor mein Flugmahr aufkreuzte, dich packte und in die Höhe riss. Und danach …« Er warf das angebissene Stück zurück auf die Platte. »Plumps.«

»Ich stürzte weich. Dein Mahr vertilgte einige Bissen von mir, bevor er abließ. Ihr dachtet wohl, ich sterbe an meinen Verletzungen.« Sònuk knurrte leise. »Was auch gewiss gewesen wäre, gäbe es nicht die Meldrith, die mich fanden und mitnahmen.« Er zeigte mit seiner langen Schnauze auf die zerlegte Panzerschiene. »Sie pflegten mich und fertigten dies für mich an.«

»Bis du aufgebrochen bist, um mich zu finden.« Klaey warf die langen, schwarzen Haare nach hinten.

»Ich mag keine unerledigten Dinge.« Sònuk sah ihm in die Augen. »Du bist der letzte Berengart und sollst für deine Taten verurteilt werden. Als ich von Mostros Versuch hörte, durch die Sperre zu gelangen, habe ich mein Glück versucht.«

Klaey legte eine Hand auf den Bademantel und deutete eine Verbeugung an. »Ich bin geehrt, dass du diesen Aufwand betrieben hast.« Er richtete sich in dem Sessel auf.

»Nicht nur wegen dir«, eröffnete Sònuk. »Ich bin dir und deiner Truppe gefolgt, weil wir nach der Einnahme von Brigantia und der Festung den Rhamak nicht gefunden haben. Da ich ihn nirgends witterte, glaubte ich, er sei mit dir geflohen.«

»Und? Denkst du das immer noch, nachdem du das Gleiche gesehen hast wie ich?« Klaey ließ sich von Elora einen Kräutertee bringen, um damit den Geschmack des Mürbapfels aus dem Mund zu spülen. *Wer isst so etwas aus freien Stücken?*

»Nein.« Sònuks Ohren blieben kerzengerade aufgerichtet, er war wachsam. »Der Famulus zeigte die gleiche Gabe wie Hantu. Niemals hätte ich das vermutet, wäre es nicht vor meinen Augen, meinen Ohren und meiner Nase geschehen.«

»Stattdessen lebt Hantu wohl unter den Gefolgsleuten des Famulus auf dem Gebiet der Wunder. Mostro hat ihm Schutz vor euch gewährt, unmittelbar nach der Schlacht in Brigantia, wenn du mich fragst. Du hast die Falschen gejagt, Srgāláh.« Klaey rutschte an die Sesselkante. Probeweise hantierte er mit der Panzerschiene und staunte über die Beweglichkeit der einzelnen Komponenten. »Aber tröste dich. Du warst nicht der Einzige mit dieser Annahme«, sagte er leichthin – bis ihm siedend heiß einfiel, dass er soeben andeutungsweise sein albisches Geheimnis verraten hatte. *Bei Cadengis' Mutter! Ich hoffe …*

»Du meinst, das gesamte Geborgene Land denkt das?« Sònuk lachte leise. »Nach diesem Gemetzel werden es alle besser wissen.« Er neigte sich leicht nach vorne. »Aber die Falschen jage ich dennoch nicht. Du bist und bleibst ein Berengart. Ein Verbrecher und Besatzer, wie man an diesem Palast sieht.«

»Ja, mit meiner Attacke hat keiner gerechnet!« Klaey bekam den Tee von Elora gereicht und nahm einen Schluck. Das Apfelaroma schwand und machte einer unappetitlichen Mischung aus vergammelnden Obstsorten Platz. Selten hatte er sich mehr nach

Süßigkeiten gesehnt. »Mit Todesschwinge über die Barriere hinweg und im Handstreich der neue Herrscher von Rhuta geworden.«

»Ich denke nicht, dass du das bist.«

»Was?« Klaeys Lachen war echt. »Du siehst, dass ich mit meinen Artefakten und meiner Truppe die Kontrolle habe. Die Famula ist nicht gut genug, um mich mit Zauberei aufzuhalten.«

»Ich sah sie in Fesseln auf dem Schlachtfeld.« Sònuk lachte bellend. »Aber sie riecht nicht wie eine Gefangene. Ihr Duft verströmt Macht. Überzeugung. Weder Furcht noch Unsicherheit. Schon gar nicht vor dir.«

Bei Cadengis! Klaey räusperte sich verlegen. »Das … ist ein Trugschluss.«

»Mein Geruchssinn täuscht mich sehr selten. Du hingegen riechst nach Selbstgefälligkeit. Und nach Brunft, sobald die Famula in der Nähe ist.« Sònuk grinste und entblößte dabei seine Fänge, die auch hinter dem Drahtkorb gefährlich wirkten. »Ich kann dir sagen, dass sie nicht interessiert ist. Ihr Duft ist ohne Paarungsbereitschaft, Berengart.«

Elora hustete sich im Hintergrund aus dem beginnenden Lachen heraus und verließ eilends den Raum. Kaum hatte sich die Tür hinter ihr geschlossen, erklang ihr lautes Auflachen durch das Holz, das sich rasch entfernte.

»Vielen Dank für die unaufgeforderte Einschätzung, Srgāláh«, kommentierte Klaey säuerlich. »Sag, kann man vor deiner Nase irgendetwas geheim halten?«

»Wenig.« Sònuk bleckte erneut das Gebiss. »Manchmal ist es eine Bürde.«

»Kann ich mir vorstellen.« Klaey nahm an, dass die Herrschaftshäuser zumindest den Verdacht hegten, es gäbe eine Absprache zwischen ihm und der Famula. Das störte ihn nicht, solange niemand Partei für Mostro ergriff. Mit dessen misslungener Attacke auf Rhuta mit anderthalbtausend Toten hatte sich der Famulus die Mächtigen zu Feinden gemacht. Zumal er mit dem Angriff gezeigt hatte, dass er nicht nur den Rhamak bei sich versteckt, sondern auch dessen grausame Kunst erlernt hatte.

»Was wird mit mir geschehen, Berengart?« Sònuk klang nicht ängstlich.

Klaey trank angewidert von dem Tee, der angeblich eine abnehmende Wirkung erzielte. *Vermutlich, weil man danach kotzen will.* »Ich denke, ich werde dich jenseits der Barriere absetzen lassen. Damit du deiner Wege gehen kannst. Und dir die beiden Parsoi-Khi-Kinder mitgeben. Sie sollen zu ihrer Familie zurückkehren.«

Nun straffte sich die Körperhaltung des gefesselten Srgāláh. »Ist das ein Scherz?«

»Nein.«

»Eine List?«

»Wozu?«

»Was weiß ich, was sich dein beschränkter Geist ausdenkt?« Sònuk blieb bei seiner entwaffnenden Ehrlichkeit. »Ich sage dir gleich, dass ich dir nichts schulde, solltest du mich wirklich freilassen. Begegnen wir uns danach bei irgendeiner Gelegenheit oder schaffe ich es erneut, hinter den magischen Schirm zu gelangen, werde ich dich und deine Leute festnehmen.«

»Aber gewiss doch! Versuch's gerne«, sagte Klaey huldvoll und wedelte mit einer Hand herum, als gewähre er ihm einen Feenwunsch. »Nur eine Sache solltest du nicht verschweigen.«

»Dass du die Famula begehrst?«

»Nein, bei Cadengis' Mutter!«, stieß Klaey aus. »Was du auf dem Schlachtfeld gesehen hast. Dass Mostro die Schuld an den hundertfachen Toten trägt. Was er getan hat und alles Schändliche, was ihm anzulasten ist. Er soll es mir nicht in die Schuhe schieben können.«

»Das würde ich ohnehin tun, Berengart.«

»Gut.«

»Und dein Verlangen nach der –«

»Verfluchte Scheiße!«, platzte es aus Klaey heraus, und er wollte gerade auffahren, als er die hochgezogenen Lefzen des Srgāláh sah. *Er lacht mich aus! Cadengis noch eins, er foppt mich.* »An dir ist ein wahrer Hofnarr verloren gegangen.«

»Mein Lächeln wird zu oft falsch gedeutet«, gab Sònuk zurück.

Klaey mochte seinen Sinn für Humor. »Bevor ich dich aus meinem wunderschönen Rhuta werfe, lasse ich dir die Panzerschienenteile ansetzen und deine Wunden heilen. Es tut mir leid, dass du beim Abnehmen verletzt worden bist.«

»Ich habe versucht, deine Leute davon abzubringen, aber man fürchtete, es könnten Waffen eingebaut sein.« Er neigte leicht den Kopf. »Was sie auch sind. Du hättest sie zweimal aus Versehen beinahe ausgelöst, als du damit rumgespielt hast.«

Klaey grinste. Er glaubte, dass er und der Srgāláh ohne ihre verschiedenen Hintergründe so etwas wie Freunde hätten werden können. *In einem anderen Leben.* »Gut. Es wird dauern, bis wir verstanden haben, wie diese Schiene an dir sitzen muss. Ich lasse dich sicher unterbringen, und ich lasse dir Schutzartefakte anlegen. Damit können wir auf den erniedrigenden Maulkorb verzichten.«

»Ich kann dir mein Wort geben, dass ich dir und deinen Gesetzlosen erst etwas antun werde, nachdem ich Rhuta einmal verlassen habe«, sagte Sònuk ohne Humor in der Stimme. »Das ist bindender als jede Kette.«

Klaey wiegte den Kopf hin und her. »Wir versuchen es in einer Kombination aus beidem. Damit deine Friedfertigkeit für alle ersichtlich ist und keiner vor Schreck in Ohnmacht fällt, sobald du erscheinst.«

»Einverstanden, Berengart. Betrachte mein Wort als gegeben.«

Bevor Klaey etwas herrscherhaft Souveränes erwidern konnte, eilte Adelia ohne Klopfen herein, gefolgt von Elora. »Es gibt Neuigkeiten!«, rief sie begeistert beim ersten Schritt in den Saal. »Und diese sind ausgezeichnet für uns.« Dass der Srgāláh sich bei ihnen befand, störte sie augenscheinlich nicht. Sie trug eine dicke, lederne Alchemistenrobe und eine Lederhaube über den blonden Locken zum Schutz vor Spritzern und Hitze. In ihrer Freude war sie unmittelbar aus dem Laboratorium gestürmt. »*Das* wird Mostro einen schweren Schlag verpassen.«

»Was ist geschehen?« Klaey wandte sich den beiden Frauen zu. »Wurde schon ein Bann über ihn wegen seines Angriffs auf uns … auf mich verhängt? Das wäre schnell.«

»Viel besser.« Adelia hielt eine winzige Nachricht in der Hand. »Eine Brieftaube brachte dies.« Sie räusperte sich und nahm eine theatralische Pose ein. *»Das Gebiet der Wunder brach zusammen«*, trug sie vor. *»Alles magisch Errichtete stürzte ein oder verging.«*

Klaey lachte laut und schlug auf den Tisch. »*Das* geschieht ihm recht!«

»Ein Zusammenbruch des Energiefeldes? Das gab es noch nie, glaube ich«, warf Sònuk verwundert ein.

»Ich denke, es war die Wirkung der Parsoi Khi. Sie haben die Festung des Trottels angegriffen, weil sie ihre verschwundenen Kinder befreien wollten«, merkte Adelia an.

»Es wird immer besser und besser!« Klaey rieb sich die Finger. »Wenn wir die Kinder mit Sònuk zurückschicken, werden wir deren beste Freunde.«

Die blondgelockte Famula runzelte die Stirn. »Was hast du vor?«

Kurz fasste er die Beschlüsse zwischen ihm und dem Srgāláh zusammen. Ihr Gesicht entspannte sich daraufhin.

»Das erscheint mir eine gute Geste. Es zeigt, dass wir nicht die Feinde des Geborgenen Landes sind.« Sie sah rasch zu Sònuk. »Ich meine, dass der Besatzer von Rhuta –«

»Er weiß es«, unterbrach sie Klaey.

»Ich weiß vieles«, fügte Sònuk grinsend hinzu. »Man kann es riechen.«

»Wie meint er das?« Adelia war verwirrt.

»Das ist nicht so wichtig«, wiegelte Klaey rasch ab. »Wichtiger ist, dass wir das feiern müssen!«

»Damit hat Mostro viele seiner Möglichkeiten verloren. Und seinen Ruf.«

»Wie kann das Feld zusammengebrochen sein?«, fragte Sònuk bei Adelia nach. »Gibt es dafür eine Erklärung?«

»Nur meine Vermutung.« Sie nahm sich einen Apfelschnitz und aß ihn mit Genuss. »Ich weiß nicht, wie viele Parsoi Khi letztlich in Mostros Festung eingedrungen sind. Sie haben das Gebiet damit instabil gemacht und die Magie aus der Erde verjagt. Dies ist der Grund, warum sie das Gebiet der Wunder niemals direkt oder lange betreten. Stattdessen warten sie ab, bis sich magisch gewandelte Kreaturen herausbewegen, und greifen sich diese.« Sie fischte noch ein Stück Mürbapfel von der Platte. »Ihre Sorge um die verschwundenen Kinder übertraf nun die Gier nach magischen Pflanzen und Tieren.«

»Ich bete zu Samusin und Sitalia, dass dieses Völkchen niemals etwas mit unseren Artefakten anfangen kann«, murmelte Klaey. *Es wird einen Grund geben, warum sie nicht in Rhuta aufkreuzen.* »Nun denn. Also laufen Mostro seine Schüler davon. Er hat nur noch die magische Energie in seinen Edelsteinen zur Verfügung. Bis zum Entstehen eines neuen Gebiets der Wunder dauert es noch einen Viertelzyklus.«

»Wir sollten alles daransetzen, einen königlichen Ächtungsbann über ihn legen zu lassen. Überall«, sprach Adelia. »Solange er kaum Zaubermacht hat, kann man ihn ergreifen.«

»Und wo Mostro ist, steckt auch Hantu.« Klaey sah zu Sònuk. »Ist dir das Ansporn genug, auf die Jagd nach ihm zu gehen?«

»Das ist es.« Der Srgāláh bleckte die Reißzähne. »Beide werden nicht mehr sicher vor mir sein.«

»Ausgezeichnet.« Klaey tauschte mit Adelia einen triumphierenden Blick. *Ich bin aus dem Schneider.* »Dann lasse ich dich in deine Unterkunft bringen. Die Maga wird dir ein Sicherungsartefakt anlegen, das nur ich abnehmen kann. Sobald deine Panzerschienen richtig sitzen, wird Adelia dich heilen, und du kannst zu deiner Jagd aufbrechen.«

»Das gehen wir sofort an.« Adelia nahm den künstlichen Arm von der Tischplatte und verschwand zusammen mit Sònuk aus der Wohnhalle.

Klaey schaute zu Elora, die zurückhaltend wie stets im Hintergrund auf Anweisungen wartete, und grinste breit. »Und von dir hätte ich gerne ein Tablett voller Pralinen.«

»Herr, wolltet Ihr nicht abnehmen?«, erkundigte sie sich verwundert und schob die Halbmaske zurecht.

»Wozu? Die Kämpfe werden von anderen ausgetragen. Ich bin fertig damit und bleibe ein sehr zufriedener Besatzer der Herzen.« Klaey zeigte auf die Apfelstückchen. »Nimm die mit. Iss sie, wenn du magst. Den widerlichen Faultee kippst du in den Ausguss. Ich möchte stattdessen einen Schaumwein. Das muss gefeiert werden! Und bring ein Glas für dich mit!« Klaey fühlte sich, als platze er vor Überschwang. Und Schadenfreude. *Mostro, deine Umläufe sind gezählt.*

***

Stémna eilte mit dem Tablett durch den Palast, auf dem mehrere kühle Flaschen Schaumwein und einige Gläser standen; eine davon hatte sie bereits geöffnet. Da Adelia und Berengarts Truppe wahrscheinlich zum Feiern dazustießen, hatte sie vorgesorgt, um nicht mehrmals hin und her laufen zu müssen.

Die Entwicklungen überraschten sie. Glücklicherweise beeinträchtigten sie in keiner Weise ihren eigenen Plan. Alles, was sie tun konnte, war, weiter zu warten, heimlich nach den drei Artefakten zu suchen, um sie dann in den Kupferkoffer zu stecken und die perfekten Abbilder Mòndarcai auszuhändigen. *Ein Ornamentwürfel aus Grantholz mit Kupfer- und Bronzeintarsien. Die Feuervogelfeder aus Gebeinporzellan. Und ein Wassertropfen aus einem verwunschenen Meer in einer Bergkristallphiole.*

Sie war auf die Wirkung der drei magischen Gegenstände gespannt. Dadurch ließe sich erraten, welche Pläne der Alb damit verfolgte. Denn leider stand in der Beschreibung nicht, was sie vermochten.

Es hatte sich bisher keine Gelegenheit ergeben, an das Verzeichnis zu gelangen, das Adelia angelegt hatte. Sie bewahrte es durch schützende Artefakte gut gesichert in ihren Gemächern auf. *Vermutlich, weil sie den Gesetzlosen nicht traut.* Also blieb Stémna nichts weiter als die akribische, systematische Suche. War sie die Nachforschungen anfangs noch zuversichtlich angegangen, beschlich sie allmählich das Gefühl, es könnte knapp werden. Die Zeit verrann, und noch hatte sie nichts vorzuweisen, sosehr Berengart auch drängelte.

Unvermittelt erschien der hochgewachsene Srgāláh neben ihr aus dem Schatten eines Vorhangs, was sie erschrocken aufschreien ließ. Das Tablett mit Flaschen und Gläsern rutschte ihr aus den Fingern – und wurde von ihm gefangen.

Er trug die Meldrith-Armschiene und einen Stirnreif, in dem ein heller Stein schimmerte. Es war das Sicherungsartefakt, um das Berengart gebeten hatte. Was der Reif tat, wusste sie nicht, aber er erschien wie ein drittes Auge auf der Stirn des Wesens und machte den Srgāláh noch eindrucksvoller.

»Verzeiht, aber ich …«, keuchte Stémna mit rasendem Herzen. »Ich war in Gedanken.« *Ich hätte mich niemals derart überrumpeln lassen dürfen.*

Sònuk reichte ihr das Tablett zurück und stellte zwei umgefallene Gläser auf. »Die Stimme der Drachin. Ihr Blut fließt in einer geringen Menge in dir. Ich erkannte dich am Geruch«, stellte er unaufgeregt fest. »Was soll diese Maskerade? Du bist keine Doulia. Wieso haben dich die anderen Sklavinnen nicht längst schon bloßgestellt?«

Genau *das* hatte Stémna befürchtet. Aber sich zu weigern, Berengarts Wünsche zu erfüllen, solange der Srgāláh mit der feinen Nase in seiner Nähe weilte, hätte Misstrauen geweckt.

Und Leugnen war zwecklos. *Doch ich kann die Wahrheit vielleicht formen, um nicht alles preiszugeben.* »Nun gut. Ich verrate es dir. Um meine Rache zu bekommen, wurde ich zu einer von ihnen«, begann sie behutsam. »Ich bitte dich: Geh deiner Wege und lass mich auf meinen wandeln. Berengart wird seiner gerechten Strafe zugeführt, wenn du mich machen lässt!«

Sònuk lachte leise. »Du hast Händel mit dem Gesetzlosen? Das wäre mir neu.«

»Es ist so.«

»Was hat er dir angetan, dass du …?« Sònuk stockte. »Oh, ich liege falsch. Es geht nicht um dich. Du warst Ûras Stimme. Bringst du nach ihrem Tod etwas zu Ende, was sie dir auftrug? Oder geht es um Adelia? Um Rhuta? Brauchst du dafür die Tarnung als Doulia? Wieso erlauben sie es dir?«

Verunsichert sah Stémna auf die witternde, goldlederne Nase des Srgāláh. Für ihn war es leicht, eine Unwahrheit zu erkennen und so lange nachzuhaken, bis er sich auf dem richtigen Weg befand. Jede Frage brachte ihn näher ans Ziel.

Ich vermag kaum etwas gegen ihn zu unternehmen. Fieberhaft überlegte sie, was sie ihm auftischen konnte, ohne dass sie nach Lüge stank. Es musste dicht genug an der Wahrheit sein und zugleich nicht. *Aber wie?*

»Elora!«, schallte unvermittelt Berengarts Stimme durch den Gang. »Elora, warte mit dem Servieren!« Sònuk verschwand zurück hinter den riesigen Vorhang, und schon kam der Mann in Bademantel und Seidenunterwäsche angekeucht. Auf die Puschen hatte er verzichtet. »Gib mir die Sachen.« Er streckte die Arme aus. »Du musst sofort los und die Artefakte finden.«

»Herr, aber Ihr schicktet mich nach Schaumwein und –«

»Ich weiß.« Er nahm ihr ruppig das Tablett ab. »Das mache ich selbst. Adelia und meine Leute sind schon da.«

»Werden sie es nicht seltsam finden, wenn Ihr –«

»Ich denke mir etwas aus«, unterbrach er sie. »Spute dich. Jedes Sandkorn ist wichtig!«

»Das weiß ich doch, Herr. Ich hätte die Nacht genutzt, um …«, setzte Stémna ein drittes Mal an, um ihn unauffällig zu bremsen. *Der Srgāláh darf nicht zu viel Wissen erhalten.* Sie konnte Sònuk nicht hinter dem Vorhang bloßstellen, da er sie sonst verraten hätte. Die ganzen Entbehrungen wären für nichts und wieder nichts nutze, und ihre Rache ginge verloren.

»Ich bekam eine Nachricht, die das Auffinden der drei Artefakte dringend nötig macht«, redete Berengart hastig und nahm einen Schluck unmittelbar aus der geöffneten Flasche. »Der Zusammenbruch des Gebiets der Wunder ändert die Lage. Binnen eines Mondes brauche ich sie.«

Ein Mond? »Das … Herr, Ihr wisst, ich strenge mich an, doch Ihr selbst habt eine Vorstellung, wie groß die Kammer –«

»Still, Elora! Eile und suche. Und lass dich nicht erwischen.« Berengart wandte sich um und ging los. »Mein Leben liegt wahrlich in deinen Händen.« Dann war er durch die Tür getreten und wurde unter großem Beifall von seinen Leuten empfangen. Die Tür schloss sich.

Sònuk tauchte aus seinem Versteck auf. »Sieh an. Berengart lässt dich ohne das Wissen der Famula nach Artefakten suchen. Hat das etwas mit deinem Plan zu tun, Stémna?«

Sie wich seinem Blick aus. *Er wird meine Lüge riechen!*

»Was hat er damit vor?«

Stémna sah unter sich und ging langsam rückwärts. »Ich habe zu tun.«

»Kann es sein, dass er die drei Artefakte für jemand anderen braucht? Jemand, der ihm diese Nachricht sandte?«

Ihre Schritte wurden schneller. *Nur weg! Vielleicht hält ihn der Stirnreif auf.*

»Und kann es sein, dass du genau auf *diesen* Jemand wartest?« Sònuk schob sich ihr in den Weg. »Du wirst mir nicht entkommen. Falls doch, gehe ich zu Berengart und sage ihm, wer sich hinter der Halbmaske verbirgt.«

Es hat keinen Sinn. Ich muss ihn einweihen. Stémnas Abwehr brach zusammen.

Sie erzählte, welches Vorhaben sie verfolgte, um Ûras Mörder zu stellen und zu vernichten – ohne dass der Alb die echten magischen Gegenstände erhielt. Sobald sie in ihrem Bericht auch nur stockte, zuckte Sònuks lange Schnauze. Er prüfte ihren Geruch und damit ihre Schilderung unentwegt.

»So. Nun kennst du die Wahrheit«, schloss Stémna erschöpft. Sie schwitzte und fühlte sich ausgelaugt wie lange nicht mehr. Die zweihundert Lebenszyklen lasteten schwerer als sonst auf ihr. »Lass mir meine Rache. Ich erlöse das Geborgene Land von einem übermächtigen Alb.«

»Das wird dir nicht gelingen. Mòndarcai tötet dich schneller, als du an ihn denken kannst.«

»Ich werde mir etwas einfallen lassen.« *Kann ich meine Feuerfedern vor ihm geheim halten?*

»Oder hast du noch ein Geheimnis vor mir, Drachenstimme?« Absichtlich schnupperte er laut. »Ja, das hast du. Sprich!«

»Nein«, log Stémna. »Du vermagst den Unterschied nicht mehr zu riechen, so sehr hast du mich ausgequetscht.«

Sònuk musterte sie aus seinen braunen Augen mit den geschlitzten Pupillen. »Es mag sein, dass mein Geruchssinn erlahmt. Gut, ich frage dich an einem anderen Umlauf danach.« Er machte eine auffordernde Geste den Gang entlang. »Gehen wir.«

»Wohin?«, entfuhr es ihr verdattert.

»In die Kammer der Wunder. Wir müssen Artefakte suchen.« Der Srgāláh tippte sich gegen die Nase. »*Die* wird uns dabei von Nutzen sein.«

Stémna war zu müde, um sein Angebot auszuschlagen. »Meinetwegen. Aber da unten quillt alles über vor Dingen, die magisch behandelt wurden oder Zauberei verstrahlen. Wie willst du Artefakte aufspüren, deren Witterung du nicht kennst?«

»Diese drei Dinge sind für Mòndarcai. Folglich nehme ich an, dass sie eine Vergangenheit haben, die nach Dsôn Khamateion führt oder dass sie in einer anderen Form Berührung mit Albae hatten.« Er grinste und schob sie sanft im Rücken an. »Wenn ich etwas vermag, dann eine Fährte aufzunehmen.«

Das erfreute Stémna außerordentlich. »Gut, versuchen wir es. Wie erklärst du Berengart, dass du lieber in Rhuta bleibst und nicht auf die Jagd nach Mostro gehst?«

»Das neue Gebiet der Wunder wird erst in einem Viertelzyklus erstehen. Irgendwo im Geborgenen Land. Wir haben also jede Menge Zeit, was Mostro angeht. Uns hingegen bleiben etwa dreißig Umläufe für eine erfolgreiche Suche.« Sònuk pochte gegen die mehrteiligen Panzerschiene. »Die Begründung für mein Bleiben trage ich bei mir. Ich werde Rhutas Feinschmiede mit angeblichen Beschädigungen des Meldrith-Armes und meinen Ausbesserungswünschen zur Verzweiflung bringen.«

»Ah. Guter Vorwand.« Einerseits fühlte es sich beruhigend an, einen geheimen Verbündeten zu haben, der ihr beistand, den Racheplan umzusetzen. Andererseits traute sie ihm so wenig wie er vermutlich ihr. Aber da die Körner in der Sanduhr unnachgiebig verrannen, nahm sie, was sie kriegen konnte.

Gemeinsam gingen Stémna und Sònuk durch den Palast. *Und ich habe noch meine Feuerfedern.*

Davon wiederum wusste der Srgāláh nichts.

***

DAS GEBORGENE LAND, IM NORDEN DES VEREINTEN GROSSKÖNIGREICHS GAURAGON, PROVINZ FEUERN, AN DEN AUSLÄUFERN DES GRAUEN GEBIRGES, PLATINGLANZE, 1024 N.B. (7515. SONNENZYKLUS NACH ALTER ZEITRECHNUNG), FRÜHSOMMER

Barbandor betrat den Gewölbekeller des Wehrhauses, dessen verstärkte Wände und Boden sogar den besten zwergischen Mineuren für mindestens sieben Umläufe standhielten. »Grimmz! Aufgewacht. Wir haben etwas zu besprechen.« Das Gehen gelang ihm ohne Humpeln oder Hinken. Er brauchte nur länger. *Wie ein alter Zwerg.* Das penetrante Duftwasser hatte seine Nase schier geruchstaub werden lassen.

Die Erbauer des riesigen Kellers hatten eine Belagerung durch Orks in Betracht gezogen, als sie einst die massiven Fundamente errichteten. Um die raffiniert gesetzten und mit Zwischenmaterial verfüllten Dreifachreihen zu durchbrechen, würden die Scheusale einen halben Zyklus brauchen.

Doch Orks hatten sich nie bis ins Innere von Platinglanze vorkämpfen können.

Lange war das riesige Gewölbe zur Einlagerung von Gepökeltem und sauer Eingelegtem genutzt worden, ab und zu hatten Betrunkene darin ihren Rausch ausschlafen müssen. Die Zellen waren nicht auf die Schnelle oder mit reiner Muskelkraft zu bezwingen. Deswegen saß der tobsuchtgefährdete Zweite in dem Gewölbe ein. Zum Schutz für sich und andere.

»Was zu besprechen? Was könnte das wohl sein?«, rief Grimmz aus seiner Unterkunft zurück.

Neuerdings hatte er Gesellschaft in Gestalt der hundert orkischen Geiseln. Mehr Sicherheit als an diesem Ort gab es in ganz Platinglanze nicht. Barbandor hatte es den Kreaturen selbst überlassen, wie sie sich aufteilen wollten: nach Sippen, Liebschaften, Alter, Freundschaften und Abneigungen. Es war erstaunlich gut verlaufen, gänzlich ohne Schlägerei und Gebrüll.

Trotz seiner tauben Nase bemerkte Barbandor, dass es in dem Gewölbe nicht stank. Die Bestien waren reinlicher als gedacht. Zusammen mit den Geiseln war säcke- und kistenweise Gepäck voller einfachster Habseligkeiten und Wäsche eingezogen, das sich an den Wänden auftürmte.

»Es sind gute Nachrichten, wenn du das meinst«, gab er zurück. »Lass uns das in Ruhe besprechen. Die Gäste verstehen mitunter Zwergisch.« Vor der Zellentür hielt er an und zückte den Schlüssel, öffnete die Tür und trat ein. »Bald können deine Fesseln Geschichte sein«, sprach er in normaler Lautstärke und strahlte den Zwerg an.

Grimmz trug eine Fußschelle, die mit einer langen Kette an der Wand verankert war. Er lächelte betrübt und stellte das kunstvolle Ausrasieren seines Bartes ein. Der dicke, schwarze Haarzopf baumelte bis zum Steiß. »Das sagst du nur, um mir falschen Mut zu machen.« Er stand vor dem Spiegel an der Waschschüssel, das Unterhemd lag locker über der Hose. Alles in allem war der Raum halbwegs erträglich für ihn eingerichtet worden, aber weit entfernt davon, gemütlich oder schön zu sein. Er verwedelte die Luft mit der Hand. »Puh. Bist du in einem Feld mit Starkminze eingeschlafen?«

»Gewiss nicht. Höre, was ich mit Grandobil besprochen habe.« Rasch fasste Barbandor die Vorschläge zusammen; dabei nahm er auf dem freien Stuhl neben dem Zweiten Platz, der sich den Rasierschaum mit einem Handtuch abwischte. »Das Nadelkästchen habe ich bereits in Auftrag gegeben«, schloss er. »Es wäre die einfachste Methode für dich, um als freier Zwerg zu leben.« Aufmunternd legte er ihm eine Hand auf die Schulter. »Und wer weiß? Am Ende gelingt es dir, die Tobsucht, das lavaheiße Blut in dir durch Willen und Übung zu beruhigen? Dann kommt irgendwann der Umlauf, an dem du das Nadelkästchen ablegen kannst.«

Grimmz hatte aufmerksam zugehört. Aus seiner anfänglichen Ablehnung wurde erkennbar Zuversicht. »Das ist ein ausgezeichneter Gedanke!«, rief er erleichtert und riss Barbandor an sich, um ihn zu umarmen. »Darauf hätte ich früher kommen sollen!«

»Das wird der Grund sein, weswegen dich Vraccas nach Platinglanze sandte. Und natürlich, um mich zu retten«, sagte Barbandor und erwiderte die herzliche Umarmung. »Du akzeptierst die Bedingungen, die Grandobil stellt?«

»Aber natürlich!« Grimmz gab ihn frei und juchzte glücklich. »Bei Vraccas! Das ist ein ausgezeichneter Umlauf!« Er ließ die Kette an seinem Fußgelenk klirren. »Nun ertrage ich sie viel leichter.« Fragend sah er den Fünften an. »Sag, wie schnell kann ein Ingenius dieses Nadelkästchen bauen?«

»Das wird keine große Sache. Ein Aufziehmechanismus, ein paar Federn, Knöpfe in Form von Edelsteinen und fertig. Ich lasse es als Armband anfertigen, damit es jeder für Schmuck hält«, versprach Barbandor. »Da der Ingenius weiß, wie wichtig es ist, und du den Umgang damit noch erlernen musst, wird er bereits übermorgen einen ersten Entwurf fertig haben.«

»Übermorgen schon?« Grimmz lachte überglücklich auf und hielt sich die Hände vors Gesicht. »Oh, das ist … das ist wundervoll, Barbandor!«

»Wir beide haben Großes anzugehen«, sprach er mit gedämpfter Stimme. »Ich hätte dich sehr gerne weiterhin in meiner Nähe und in Platinglanze. Als Adlatus.«

Grimmz mühte sich, zur Ruhe zu finden. Schnell setzte er sich. »Verstehe. Wegen deiner versuchten Entführung.«

»Nicht nur deshalb.« In Kürze schilderte er sein nächtliches Erlebnis mit Borkon und Gubnara. »Nun brauche ich einen Verbündeten wie dich, der mir zur Hand geht.« Er pochte sich gegen den Fuß. »Solange die Wunden nicht gänzlich verheilt sind.«

»Oh, du denkst, dass ich so schnell den Umgang mit dem Nadelkästchen beherrsche? Das ehrt mich.« Grimmz lachte befreit auf.

»Natürlich werden mir weder Doulia noch Orkfürst Rede und Antwort stehen. Und das will ich auch nicht. Es brächte meinen Vorteil in Gefahr.« Barbandor zeigte auf die geschlossene Zellentür. »Diese Geiseln sind damit wertvoller geworden.«

»Du erhoffst dir von ihnen Wissen zu den Prophezeiungen und Weissagungen, denen Borkon und Gubnara folgen?«

»Ja. Und vor allem meine Rolle dabei.«

»*Deine* Rolle? Was meinst du damit?«

»Als ich der Gefangene der Bestien war, gestand mir ein sehr besoffener Ork … ich glaube, es war einer der Brüder von Borkons abscheulicher Gemahlin … jedenfalls sagte er, dass in diesen Weissagungen auch ich vorkomme. Und ich entscheidend wäre.« An den genauen Wortlaut erinnerte er sich nicht mehr. *Hätte ich es mir bloß besser gemerkt, bei Vraccas!*

»Sie wollten deinen Tod.«

»Eben nicht!« Barbandor schüttelte den dunklen Schopf. »Der Ork sagte, man bräuchte mich lebendig, damit sich alles erfüllt, wie es überliefert wurde.«

»Oha?« Grimmz zog grübelnd die Augenbrauen zusammen.

»Das macht aus deiner Entführung und dem Überfall der Orks auf die Kutsche eine völlig neue Sache.«

»So ist es. Ich sehe, wir verstehen uns. Sag, was du denkst. Ich bin neugierig, in welche Richtung deine Vermutung geht.«

»Also, schön. Du bist Borkon in der Salzsee entwischt, aber der benötigt dich für die Prophezeiungen. Will er dich in die Finger bekommen, muss er eine List anwenden. Nach Platinglanze kommt kein Ork unter gewöhnlichen Umständen lebendig hinein, geschweige hinaus. Daher heuerte er ein paar Schurken an …«

»Oder bestach die königlichen Postkutscher«, fügte Barbandor hinzu.

»Damit sie dich abgreifen, mit der Kutsche aus der Siedlung schmuggeln und dich vor den Toren an die wartenden Bestien übergeben.« Grimmz machte große Augen. »Ich entsinne mich! Bevor ich aufgetaucht bin und die Orks zu Brei schlug, sprachen sie mit den Langen. Ich dachte mir nichts dabei. Verflucht noch eins! *Das* war die List des *Orkfürsten,* nicht einer deiner Gegner aus den Reihen der Zwerge und Menschen!«

Barbandor stimmte ihm zu und tätschelte seine Kampfaxt. »Nochmals wird ihnen ein solcher Schurkenstreich nicht gelingen.« Auch er erinnerte sich an die lange Unterhaltung zwischen Nuntios und Bestie. Leider hatte er den genauen Wortlaut nicht vernommen.

»So etwas wagt Borkon auch nicht mehr.« Grimmz lehnte sich gegen die Wand. »Denkst du, er setzt die Geiseln als Spione ein, um Platinglanze einzunehmen?«

»Nein. Dazu taugen sie nicht. Es sind viele junge und kleine Orks dabei. Nicht erwachsen genug, um sich mit Zwergen anzulegen. Und dazu sein Erstgeborener.«

»Das ist sicher sein Balg? So lange sind seine Vermählung und die Hochzeitsnacht noch nicht her.«

»Baron Lichte sieht es als erwiesen an. Borkon schwor es ihm auf sein Leben.« Barbandor rieb sich nachdenklich den braunen

Bart. »Wir müssen die Geiseln schnell zum Reden bringen. Sie dazu verleiten, Geheimnisse auszuplaudern.«

»Überlass das mir«, schlug Grimmz begeistert vor. »Ich bin ja die ganze Zeit bei ihnen.«

»Du beherrschst ihre Sprache?«

»Ja. Ich finde, man sollte seine Feinde verstehen. Das bringt Vorteile.« Grimmz grinste und tat, als müsste er mit Hauern sprechen. »Deswegen redet Borkon auch Altzwergisch. Ein Liebhaber der Sprachen ist er kaum aus freien Stücken.«

»Wir wissen viel zu wenig über ihn. Über diese neuen Orks aus dem Jenseitigen Land.« Erneut schlug er dem Zweiten auf die Schulter. »Das wird viel Arbeit für dich. Der Umgang mit dem Nadelkästchen, die Bestien belauschen und beeinflussen …«

»Es lenkt mich ab. Den Ratten habe ich alle Kunststückchen beigebracht«, sagte Grimmz. »Die Bestien auszuhorchen ist viel aufregender. Sinnvoller. Dringend nötig.«

»Es muss schnell gehen«, murmelte Barbandor. »Sobald die Eskorte des Großkönigs eintrifft und die Geiseln nach Schildenkopf bringt, haben wir keinen Zugriff mehr auf sie und ihr Wissen.«

»Das ist eine Herausforderung, mit der ich umgehen kann!« Grimmz schwebte erkennbar auf einer Wolke der Erleichterung, die ihn an den Rand von Euphorie brachte. »Hätte ich das nur vorher schon gewusst.«

»Was meinst du?«

»Unsere geheimen Nachforschungen und Vorhaben. Dann wäre meine Unterhaltung mit Borkon anders verlaufen.«

Barbandor schlug sich mit der flachen Hand gegen die Stirn. »Die hätte ich beinahe vergessen!«

»Wer mag es dir verdenken? Bei dem, was du alles erlebt hast und was in deinem Kopf vorgeht.« Grimmz schöpfte tief Luft. »Es war eine nette Unterredung. Er wollte wissen, wie ich auf diesen vermessenen Einfall gekommen sei, ihn zum Zweikampf herauszufordern. Und ich meinte« – er senkte seine Stimme zu einem drohenden Grollen –, »jemand muss dich aufhalten, Bestie.« Dann lachte er schallend und schlug sich auf den Schenkel. »Er hat darüber genauso gelacht wie ich.«

»Ich habt euch gut verstanden, was? Seid ihr nun Freunde?«, erkundigte sich Barbandor.

»Nein. Aber nach ein, zwei weiteren Wortwechseln endete das Gespräch mit seiner Empfehlung, ich solle einen anderen Tod sterben als den sinnlosen gegen einen unsterblichen Ork wie ihn.« Grimmz richtete die Kette an seinem Fuß, damit sie unter weniger Spannung stand. »Mir war bewusst, dass ich ihm als Ausrede gedient hatte, nach Platinglanze zu kommen. Rein zufällig an jenem Umlauf, an dem sich Baron Lichte als königlicher Gesandter in der Siedlung aufhält.«

»Um dem Geborgenen Land Sand in die Augen zu streuen, was seine Friedfertigkeit angeht und seine wahren Absichten sind.« Barbandor fand die Allianz zwischen den Bestien und den Doulia krude, brisant und brandgefährlich. Allsehende Augen und brachiale Kraft formten sich zu einer großen Gefahr. Dabei schien das gemeinsame Ziel in ein noch gefährlicheres Ende zu führen. *Das Erwachen.* »Vraccas leitet mich. Und dich.«

»Das tut er.« Grimmz erhob sich. »Dann los, Barbandor, und verrichte wichtige Dinge. Ich fange mit dem Belauschen an.«

»Die Kette behindert dich doch.«

»Sie macht meine Rolle glaubwürdiger. Es genügt, wenn der Schieber an der Tür offen bleibt, damit ich zuhören und mit den Orks sprechen kann«, bat Grimmz. »Ab übermorgen werde ich mich dank des Kästchens frei bewegen können.«

»Nein. Sobald du den Umgang damit erlernt hast. Und selbst dann werden Grandobil und seine Truppe immer in deiner Nähe sein.«

»Mh. So wird's mit dem Aushorchen schwierig«, gab der Zweite zu bedenken.

»Ich rede mit Grandobil. Mal schauen, ob ich ihn milder gestimmt bekomme.« Barbandor verließ sich auf seine Improvisationsgabe, die in seiner Zeit als Ratsherr gewachsen war. Mit einem leisen Aufstöhnen erhob er sich und stützte sich auf die Kampfaxt.

»Erst bringe ich in Erfahrung, was Borkon treibt und ob eine Torwache die Doulia gesehen hat.«

»Vielleicht im Gefolge von Baron Lichte?«

»Möglich. Aber dann verbarg sie sich zuvor äußerst geschickt. Ich sah sie nicht bei seinem Einritt in die Siedlung.«

»Vielleicht in einer Kutsche geschmuggelt?«, warf Grimmz ein und zwinkerte. »Wir wissen jetzt ja, wie das geht.«

Unvermittelt erklang auf dem Flur zweimaliges metallisches Scheppern, gefolgt von vielen lauten Stimmen, die durcheinanderriefen. Danach klirrte es anhaltend laut. Jemand schlug mit einem massiven Gegenstand gegen Gitterstäbe.

»Die Bestien versuchen auszubrechen!«, rief Grimmz und sah auf seine Fußfessel. »Verflucht! Und ich bin angebunden wie ein Wachhund.«

Barbandor sah durch die Spähluke hinaus und hielt seine Kampfaxt in der Linken. Gegen hundert unbewaffnete Bestien kam er auch mit einer Waffe nicht an. Die schiere Menge würde ihn über den Haufen rennen und auf dem Steinboden platt trampeln.

Doch was er vor der Zelle sah, machte ihn für mehrere Herzschläge sprachlos.

Bei Vraccas! »Die sind von allen guten Geistern verlassen«, stieß er nach einem kurzen Luftholen aus und riss die Tür zum Gang auf. »Ihr habt den Verstand verloren!«, brüllte er die dreißig Eindringlinge an, die sich mit Tüchern vor Mund und Nase notdürftig maskiert hatten. Zwerge und Menschen waren mit Küchenbeilen, Schwertern und Mistgabeln ins Wehrhaus eingedrungen und hatten die Wachen überrumpelt. Einige trugen Kurzbögen und Armbrüste mit sich. »Sofort raus aus dem Keller! Das hat sonst schwerwiegende Folgen für jeden und jede von euch!«

Ein breit gebauter Mann in einfacher Kleidung, der seinen Speer wie ein erprobter Kämpfer hielt, wandte sich ihm zu. »Bleib bei dem irren Zwerg, Ratsherr. Dann müssen wir dir nichts antun.« Die Spitze seiner Waffe zeigte auf die Geiseln, die sich teils ängstlich in die Zellen zurückgezogen, teils unerschrocken an den Stäben aufgebaut hatten.

»Ihr wollt sie feige erlegen. Ohne dass sie sich wehren können.« Barbandor fürchtete sich nicht vor dem Pulk, der ihm gegenüberstand. »Sie stehen unter dem Schutz von König Gajek. Das wisst ihr. Erfährt Baron Lichte von eurem Überfall, lässt er euch aufknüpfen.«

»Deswegen tragen wir die Masken«, gab der Rädelsführer zurück. »Wir wollen keine Orks in Platinglanze.«

»Wenn ihr die Geiseln anrührt, werdet ihr von Baron Lichtes Soldaten gejagt. Und von mir«, warnte Barbandor. »Ihr bringt damit meine Siedlung in Gefahr. Stirbt auch nur eine Bestie, wird Borkon einen Krieg gegen Gauragon ausrufen und zuerst uns angreifen.«

»Soll er doch! Das war, was Grimmz von uns verlangt hat!«, konterte der Anführer. »Nur ein Krieg schafft uns die Schweineschnauzen ein für alle Mal vom Hals.« Er spuckte in Richtung der voll besetzten Zellen. »Die Geiseln werden für eine bessere Zukunft des Geborgenen Landes sterben. Den Krieg werden wir gewinnen.«

Seine Worte wurden von begeisterten Rufen begleitet.

Er hob die Hand, und die gespannten Armbrüste reckten sich, die Bolzenspitzen richteten sich auf die Orks an den Gitterstäben. »Ich sag es dir ein letztes Mal: Geh zurück zum irren Zwerg, Ratsherr. Sonst wirst du zu einer toten Legende.«

Eine maskierte Frau zog an seinem Arm. »Was redest du da? Wir haben gesagt, wir töten nur die Bestien!«

»Du hast ihn gehört. Er droht uns. Und wird uns jagen«, gab der Anführer zurück. »Um das Märchen von ausgebrochenen Bestien zu stricken, die wir aufgehalten haben, bevor sie über Platinglanze herfallen konnten, brauchen wir wohl einige tragische Opfer.« Seine Speerspitze zielte auf Barbandors Hals. »Einen Ratsherrn, zum Beispiel. Mit seinem Mündel, dem irren Zwerg.«

Dieses Mal wartete er vergebens auf Zustimmung.

Das war der Moment, den Barbandor nutzte. »Kehrt zurück auf die Straße und schämt euch in Grund und Boden. Die Sache ist nicht vergessen. Aber niemand wird euch dafür zur Rechenschaft ziehen, solange kein Blut geflossen ist.« Er langte an den Gürtel und zog den Schlüsselbund ab, um ihn Grimmz zuzuwerfen. »Öffne deine Fußfessel und nimm meinen Dolch«, sagte er mit fester Stimme. »Du bist hiermit kraft meines Amtes als Gardist von Platinglanze und als mein persönlicher Adlatus vereidigt.«

»Mit Vergnügen.« Die Kette fiel mit einem Klirren zu Boden, dann stand Grimmz neben ihm. »Ich habe ein Herz für Unschuldige.« Schnell hatte er den Dolch aus der Hülle gezogen. »Den Schuldigen reiße ich es gerne mal heraus, wie ihr wisst. Ich bin der irre Zwerg!«

»Das klang aber auf dem Marktplatz anders«, fuhr ihn der Anführer erbost an. »Ein schönes Großmaul bist du! Erst wiegelst du uns gegen die Scheusale auf und stachelst uns an, einen Krieg zu beginnen. Und nun?«

»Schlitze ich dich auf, wenn du den Geiseln etwas antust«, antwortete Grimmz mit einem gefährlichen Lächeln. »Reize mich besser nicht. Du weißt, was sonst geschehen kann.« Er zwinkerte einmal. »Der irre Zwerg – das wird ab heute mein Kampfruf sein. Meinen Dank dafür!«

Barbandor wusste um das Wagnis, das er eingegangen war, als er den Zweiten buchstäblich von der Kette gelassen hatte. *Wie einen Wachhund. So sagte er es selbst.* Gleichzeitig gab es keine bessere Drohung an den Pulk, dessen Entschlossenheit angesichts der kampfbereiten Zwerge sichtlich abnahm. Auch die Worte des Anführers kamen nicht gut bei der Mehrheit an.

Mit Erleichterung bemerkte Barbandor, dass sich die ersten Aufrührer umdrehten und zum Ausgang eilten. Sie wollten mit dem Geschehen nichts mehr zu tun haben. Ob Vernunft oder Angst vor den Folgen sie dazu bewog, war ihm gleich.

»Was …? Ihr Feiglinge!« Der Anführer sah auf die stetig kleiner werdende Truppe. »Ihr da, los! Schießt die Scheusale zusammen. Sie können euch nichts tun.«

Aber die Schützen ließen weder die Pfeile von der Sehne noch zogen sie den Abzug der Armbrüste. Verunsicherung breitete sich aus, das Vorhaben wankte.

Einzig der Anführer blieb entschlossen. »Gebt mir einen Bogen und alle Pfeile«, verlangte er und hob den Speer zum Wurf gegen eine der Geiseln. »Ich mache es selbst.«

»Nichts wirst du tun!« Barbandor sprang auf den Mann zu und schlug die flache Seite der Kriegsaxt in seinen Rücken, sodass er nach vorne stolperte und gekrümmt zu Boden fiel. Der Speer klapperte davon. »Ich weiß, wer du bist, Igenatz Hollenz. Deine Maske schützt dich nicht.« Er sah zum traurigen Rest der Truppe. »Ich kenne eine jede und einen jeden von euch. Verschwindet und preist die Götter, dass niemandem wegen versuchten Mordes der Prozess gemacht wird.«

»Hört nicht auf ihn«, rief Igenatz und stemmte sich in die Höhe, hielt sich mit einer Hand die getroffene Stelle am Rücken. »Steht mir bei, und wir bringen den gerechten Krieg gegen die Scheusale ins Rollen! An diesem Umlauf entfachen wir das Feuer der –«

Der lernt es nicht mehr. Barbandor war mit einem langen Schritt bei ihm und schlug ihm den Griff der Axt ins Gesicht, sodass er ächzend zusammensackte und das Bewusstsein verlor.

Nur einen Atemzug darauf klapperte es hinter ihm hölzern, ein Schmerzensschrei folgte.

Hastig wirbelte Barbandor herum.

»Zurück, ihr Bastarde!« Grimmz hatte einem Bogenschützen den Dolch in den Oberarm gerammt. Ein weiterer Maskierter lag vor seinen Füßen, Blut sickerte aus der zerschlagenen Nase. In Grimmz Augen flackerte aufsteigende Wut, ein roter Schleier zog auf. »Ihr seid schändlich genug, dem Ratsherrn einen Pfeil in den Rücken zu jagen?« Er holte zum Stich gegen den Nächstbesten aus, der aufgebend die Hände hob. »Ich sollte euch gehörige Denknarben verpassen!«

»Grimmz! Besinne dich!« Barbandor sprach deutlich, aber ruhig. *Ich hoffe, ich erreiche ihn auf diese Weise.* »Es tut mir keiner mehr etwas.«

»Oh, wer will sich mit dem irren Zwerg anlegen? Hä?« Der

Zweite zuckte mit dem blutigen Dolch nach rechts und links, das Blut malte Tröpfchen und Spritzer auf die Kleidung des geschrumpften Pulks. »Was ist? Los, versucht's! Versucht es!«

Die Leute sprangen so weit weg, wie es möglich war. Wer konnte, rannte zur Tür hinaus und die Treppe hoch.

Als schließlich nur noch der ohnmächtige Anführer zu ihren Füßen übrig war, brach Grimmz in schallendes Gelächter aus. »Die haben sich vor mir in die Buxen geschissen! Hast du das gesehen, Barbandor? Oink, oink, macht Platz: Es ist der irre Zwerg!«

»Du bist kein schlechter Schauspieler.« Er stimmte in das erleichterte Lachen ein und wusste zugleich, dass Grimmz nur so tat, als habe er nie am Rand zur Tobsucht, zum tödlichen Ingrimm wie einst sein Ahne gestanden. Die Augen hatten ihn verraten. *Es wird Zeit, dass wir den Umgang mit dem Nadelkästchen üben.*

Ein leises Scharren aus den Zellen der Geiseln ließ die Zwerge sich umwenden.

Sämtliche Bestien waren an die Gitterstäbe getreten und knieten sich ehrerbietend nieder. Sie hielten die aufwärts gerichteten Handflächen nebeneinander, sodass sich ihre Daumen berührten. Ein repetierender Singsang setzte ein.

Barbandors Härchen im Nacken und auf den Armen stellten sich auf, Schauder rollten über ihn hinweg. *Bei Vraccas!* Auf Altzwergisch priesen sie unentwegt seinen Namen, gefolgt von der Bezeichnung *Beschützer der Unschuldigen* und einem orkischen Begriff, den er nicht verstand: *Ushkar trech Ochar.*

»Wir haben wirklich viel herauszufinden«, wisperte Grimmz neben ihm beeindruckt.

Stumm nickte Barbandor.

***

»Leckere Hyrnkuychleyn

- Nymm Hyrn vom Kalbe, wyeg es feyn, brat es myld yn Schmalz myt Salz, Pfeffer und der Petersylye
- Nymm und menge Mehl, Mylch, Butter, Eygelb, Salz und geschlagenen Eyschnee und mache aus dem Teyg yn eyner Pfanne eynen weychen Fladen
- Werfe den Fladen auf eyn Tuch
- Fuyelle den Fladen mit dem Hyrn, rolle es zu eyner dycken Schlange und lasse sye auskuyhlen
- Schneyde sye hernach yn duynne Scheiben, panyere sye und backe sye yn Fett guyldengelb«

Aus: Verbotene Recepte der Orks, Albae und anderen Feynden
von Anonymius der Zweite

KAPITEL XIII

DAS GEBORGENE LAND, FREIE STADT MALLENIASWACHT, 1024 N.B. (7515. SONNENZYKLUS NACH ALTER ZEITRECHNUNG), SOMMER

»In all den Zyklen als Schaukämpfer habe ich kein Körperteil eingebüßt«, sprach Vraccimbur und hielt anklagend die rechte Hand hoch, an welcher der Mittelfinger fehlte. Stattdessen prangte dort ein dämpfender Schutzverband, unter dem die vernähte und versorgte Wunde lag. »Dann komme ich nach Malleniaswacht und verliere den Ring, meinen guten Freund Bigarius und einen Teil meines Stolzes. Zu Tion mit diesem entkommenen Mörder! Ich werde ihn eigenhändig töten.«

»Ich verstehe deinen Wunsch von ganzem Herzen.« Goïmron sah sich auf dem Marktplatz des zweiten Hügels um, auf dem sich etliche Bewohnerinnen und Bewohner versammelt hatten, um der Truppe einen gebührenden Abschied zu bereiten. »Aber die Wache hat die Spur vor den Toren verloren.«

Die Nachricht von dem Überfall und den Morden an Bigarius und einem Meldrith hatte sich verbreitet und für Bestürzung gesorgt. Eine wahre Flut aus Münzen war in den letzten Umläufen über die Truppe hereingebrochen, was keinen der Schaukämpfer über den Verlust des Freundes hinwegtröstete.

Rathas hatte zwar überlebt, doch der Schläfentreffer hatte ihm einen großen Teil seiner motorischen Kräfte geraubt. Sabbernd saß er die meiste Zeit auf dem Stuhl und würde fortan nichts anderes tun können, als Eintrittskarten zu verkaufen. Das Geld half lediglich, den finanziellen Schaden auszugleichen, der durch sein Ausscheiden entstand.

»Ich gräme mich, ihn nicht erwischt zu haben«, sprach Gata, die in ihrer geschwärzten Todesrüstung auf dem Pferd saß. Sie und ihre Dritten in den düsteren Panzerungen waren eine Erscheinung. Wo sie erschienen, nahm das Licht merklich ab, als saugten die Harnische es auf. »Lorimbur weiß, wie gerne ich den Mörder deiner Freunde für seine Taten zur Rechenschaft gezogen hätte.«

»Dieser Hundsfott hat meinen Ring ebenso wie den deinen.« Vraccimbur hatte für die bevorstehende Reise auf seinen Harnisch verzichtet und trug ein schlichtes braunes Ledergewand. »Früher oder später wird er mit diesem Schmuck auffallen. Sobald wir Kunde über seinen Verbleib haben, schnappen wir ihn uns.«

»Du kannst mir jederzeit eine Nachricht ins Schwarze Gebirge senden. Wir mögen Rivalen um den höchsten Titel unseres Volkes sein, aber das hindert uns nicht, ein Unrecht gemeinsam zu rächen.« Gata betrachtete die Menge auf dem Platz. »Du hast ihre Herzen im Sturm erobert. Nicht nur ihr Mitleid erlangt.«

»Nichts gegen die Langen, aber mir wäre es lieber gewesen, ich hätte die Herzen der Königinnen und Könige erobert und wäre nun Großkönig«, erwiderte Vraccimbur leicht gequält. »Dennoch gebe ich nicht auf.« Er sah auf die leere Stelle an seiner rechten Hand. »Vielleicht mache ich einen Umweg und besuche die Meldrith. Sie sollen mir so eine hübsche Schiene basteln wie eurem Freund Sònuk. Dann werde ich zu Vraccimbur Goldfinger – ist das nicht nahe an Goldhand? Und der Name eines Helden?«

»Deinen Humor hast du nicht verloren.« Rodana umarmte den Schaukämpfer, was Goïmron mit unterdrückter Eifersucht sah. »Ich wünsche dir, dass du erreichst, wonach du trachtest.«

»Natürlich nur, was den Titel angeht«, fügte Goïmron rasch hinzu.

Gata lachte leise. »Du bleibst bei deinem festen Vorhaben, ins Gebiet der Wunder zu reisen und dort nach magischem Talent zu suchen?«

Vraccimbur ließ die zierliche Puppenspielerin los, die er in seinen muskulösen Armen hätte zerdrücken können, und blickte zur schwarzhaarigen Königin hinauf. »Ja. Und damit werde *ich* der beste Anwärter für den Thron. Das muss auch der Rat der Stämme einsehen.«

»Der Rat muss gar nichts. Aber ich sorge dafür, dass er dich ebenso anhört wie mich«, versprach Gata. »Ich mag die Herrscherin der Dritten sein, doch solltest du den anmaßenden Famulus dazu bringen, dich zu einem Magus zu machen, ist dies ein Umstand, der bedacht sein will.«

Goïmron war erstaunt, wie leicht Vraccimbur über die neusten Nachrichten hinwegging. »Aber … Mostro hat Rhuta angegriffen! Er ist rücksichtslos und egoistisch. Wieso sollte er dir helfen? Du kannst Mostro unmöglich vertrauen.« Goïmron dachte an die grausame Macht des Rhamak. »Glaubt man den Gerüchten, ist das Gebiet der Wunder schneller zusammengebrochen als gewöhnlich. Dennoch reist du dorthin?«

Rodana und Gata tauschten wissende Blicke, blieben aber ruhig. Sie kannten wie Goïmron das Geheimnis, das Mostro lange Zeit vor dem Geborgenen Land gewahrt hatte. Nach der gescheiterten Invasion an Rhutas Grenze hatte sich offenbart, mit welcher Macht er im Bunde war. Eine Reaktion der Herrschaftshäuser darauf stand noch aus. Das Wort *Ächtung* machte hinter vorgehaltener Hand die Runde.

»Ich hab ihm nichts getan und ihm auch nicht sein Zauberreich gestohlen. Also muss ich ihn nicht fürchten«, lautete Vraccimburs bockige Antwort. »Zudem sind es überwiegend Gerüchte, die nach Malleniaswacht kamen.« Er bestieg den Streitwagen, an den wiederum der große Karren angehängt war. »Sobald ich mich vergewissert habe, wie es wirklich um das Magiefeld bestellt ist, sende ich euch eine Nachricht.« Er zwinkerte Rodana, danach Gata zu. »Oder ich bringe sie selbst. Als Magus. Und Großkönig kurz vor seiner Inthronisierung.« Ruckartig ließ er die Lederriemen knallen, und die eingespannten Rappen zogen an. »Auf bald! Bis der Rat der Stämme sich trifft, werden wichtige Dinge geschehen sein.«

»Vraccas und Lorimbur mögen dich beschützen«, wünschte Gata.

»So ein Narr«, murmelte Goïmron und fühlte große Erleichterung, dass der Schaukämpfer die Stadt verließ. Er hatte die Ruhe lange genug gestört, nun war der Nebenbuhler um Rodanas Gunst Geschichte. »Er kehrt niemals als Magus zurück.«

Rodana rempelte ihn an. »Sprich nicht abfällig über ihn. Er hat ein Ziel und eine unglaubliche Entschlossenheit.«

»Sturheit. Unvernunft. Verblendung«, erwiderte er säuerlich.

Sie schenkte ihm einen vorwurfsvollen Blick. »Du bist voreingenommen.«

Vraccimbur führte den Tross der Schaukämpfer an, stand auf der Erhebung des Streitwagens und winkte der jubelnden und johlenden Menge zu. Bunte Blätter und Blüten wurden geworfen, erneut flogen der Truppe Münzen zu. Barden liefen neben den Wagen her und begleiteten den Auszug musikalisch.

»Ein guter Abschied. Mit traurigem Hintergrund.« Gata sah zu Rodana und Goïmron. »Ihr wisst, was uns bevorsteht. Wir müssen die Jagd auf Hantu und den Famulus beginnen, bevor sie noch mächtiger werden. Gerade diese Seelenrufersache ist gefährlich für uns alle. Sollte Mostro das Zauberreich erobern und in den Besitz sämtlicher Artefakte kommen, stehen wir vor einem größeren Problem, als es Ûra jemals gewesen ist.«

Goïmron stimmte ihr zu. »Vielleicht hätten wir es früher angehen sollen?«

»Ich hätte nicht gewusst, wie, und nun ist es nicht einfacher geworden. Wir sollten die Herrschaftshäuser vollständig in Kenntnis setzen. Heimlich. Um das Vorgehen mit ihnen abzusprechen.«

»Vielleicht will Hantu nach Brigantias Untergang nichts weiter als das Geborgene Land verlassen?«, warf Rodana ein. »Sein Herr ist tot. Was soll er noch hier?«

»Die Frage ist eher: Was will Mostro mit ihm, da er ihn vor uns verborgen hat?«, gab Goïmron zu bedenken. »Die größere Bedrohung geht eindeutig von diesem beleidigten, größenwahnsinnigen Famulus aus.«

»Das sollte das Geborgene Land gemeinsam entscheiden.« Gata

schaute sich suchend um. »Wo ist Goldhand? Wollte er nicht dabei sein, wenn sein Schützling sich verabschiedet?«

»Er mag eingeschlafen sein?«, sagte Goïmron. »Jetzt, wo alles besprochen ist, wird die Anspannung von ihm abgefallen sein. Auch wenn es nicht so lief, wie er es sich gewünscht hat.«

»Das tut mir nicht leid. Er versuchte, die fünf Stämme mit seinen Plänen zu überrumpeln und auf diese Weise an unsere Zustimmung zu kommen.« Gata stellte das Axtschwert aufrecht als Zeichen für ihren Tross. Befehle wurden durch die Reihen der berittenen Dritten gerufen, Unruhe kam auf. Hufgeklapper mischte sich mit dem Klirren von Rüstungen. »Ich kann unmöglich unwidersprochen einem Dahergelaufenen mit anmaßendem Gehabe und erfundener Herkunft den Thron überlassen. Das muss auch Goldhand verstehen.«

Goïmron pflichtete ihr bei. *Solange niemand von mir erwartet, ein Magus zu sein.* Schaudernd dachte er an die einstige Jagdtruppe. Gefühlt sah er jeden Umlauf einen von ihnen in Malleniaswacht, als wollten sie ihn beständig mahnen. Sie alle hatten ihr Leben nach dem Zusammentreffen mit ihm im Wald grundlegend ändern müssen, weil seine magischen Versuche außer Kontrolle geraten waren. Fallrohrsäuberer, Hirtin, Lohnarbeiter. *Nie mehr! Ich habe meinen Teil beigetragen. Nun sind andere an der Reihe.*

»Hab eine gute Reise, Gata«, verabschiedete er sie. »Grüße mir Hargorina, Brûgar und Belîngor! Ich vermisse sie. Vor allem Brûgars Humor und seine Pfeifchen für jeden Anlass.«

Gata lachte fröhlich. »Das werde ich ihm genau so ausrichten. Und er wird es nicht glauben.«

»Wann schaust du wieder vorbei?« Rodana trat vom unruhig werdenden Pferd zurück, das erwartungsvoll schnaubte und lostraben wollte.

»Ich denke, dass wir den Rat in Kronenstahl abhalten werden. Auf dem Weg dorthin komme ich in Malleniaswacht vorbei«, versprach Gata und ließ das Pferd langsam losgehen. »Du willst mir zum Abschied nicht die genaue Lage des neuen Durchbruchs mit auf den Weg geben, Goïmron?«, fragte sie mit einem Lachen. »Ein Scherz. Ich weiß, dass du es nicht tun wirst, auch wenn ich es nicht gutheiße, dass Goldhand uns damit unter Druck setzt. Erpresst, um es deutlich zu benennen.«

»Im Notfall verrate ich es dir«, sagte Goïmron nicht ganz ernst gemeint.

»Im Notfall?« Gata hob ihr Axtschwert und deutete als Zeichen des Abmarsches die breite Allee hinab. »Ich bin mir nicht sicher, was ich mir lieber wünsche. Vraccas und Lorimbur seien mit dir und Goldhand. Sage ihm Lebewohl von mir.«

»Werde ich.« Goïmron hob die Hand zum Gruß und wich vor den nachfolgenden Dritten zurück, die auf ihren großen Pferden saßen und gleich einem schwarzen Strom durch die Straßen der Stadt nach Osten flossen.

Auch ihnen jubelten die Bewohner zu, doch die Hochrufe fielen wie bei ihrem Auftauchen deutlich leiser und zurückhaltender aus.

Goïmron bedauerte nicht, wie die Versammlung beendet war. *Ein Rat aus allen Stämmen. Vraccas, lass dadurch kein böses Blut entstehen.*

»Was für eine Aufregung«, sagte er leise und sah zu Rodana. »Du und das *Curiosum,* ihr habt den Marktplatz wieder für euch. Keine Sackpfeifen und donnernden Trommeln, welche die Melodie der Walzenspieluhr übertönen.«

»Das ist eine wahre Wohltat für meine Ohren. Die Schaukampftruppe hat tüchtig Lärm gemacht.« Rodana sah den verschwindenden Dritten nach. »Es ist Zeit für ein neues Stück«, beschloss sie.

»Aha? Was wird es?«

»Ein Abenteuer. Über die Versammlung, die vielen verschiedenen Zwerge, die Tragik von Vraccimbur«, fasste sie ihre Idee zusammen.

»Aber das erzählte ich dir im Vertrauen! Die Menschen dürfen keine Einzelheiten –«

»Ich lasse dich mein Stück gegenlesen, bevor ich es aufführe. Einverstanden?« Rodana ging langsam zum *Curiosum.* »Die Zwerge haben es verdient, in den Mittelpunkt gerückt zu werden. Gerade weil wir ihnen den Schutz der Außengrenzen verdanken. Das wird zu oft als Selbstverständlichkeit hingenommen.«

»In den letzten tausend Zyklen gab es wenig Lob dafür. Da hast du recht.« Goïmron verspürte die kühle Abendluft, in die sich erster Kaminrauch mischte.

»Allerdings muss ich dafür neues Schnitzmaterial besorgen. Ohne Holz wird es keine neuen Figuren geben«, sagte Rodana nachdenklich und schaute in den Himmel. »Am besten, bevor das Wetter unfreundlicher wird. Sobald der Herbst einsetzt, mit Stürmen und Unwettern, ist das Reisen eine unschöne Angelegenheit.«

Verwundert sah sie Goïmron an. »Gibt es im Umkreis von Malleniaswacht nicht genug Wald?«

Zu seinem Erstaunen verneinte sie. »Diese besondere Art Linde, Arve und Ahorn, die ich benötige, gibt es nur an einem einzigen Ort.« Rodana und er hatten das *Curiosum* erreicht, und sie sperrte die Tür zur Werkstatt auf. »Als ich noch mit dem Wagen reiste, von einer Stadt zur anderen, kam ich gelegentlich an diesem einmaligen Hain vorbei. So blieb der Nachschub gesichert. Aber seit ich das Theater habe …« Sie blieb in der Tür stehen, sodass Goïmron nicht auf den Gedanken kam, ihr ins Innere zu folgen. »Verzeih, ich muss Reisevorbereitungen treffen und früh ins Bett. Gleich beim ersten Hahnenschrei geht es für mich nach Dhadweiler.«

»Das ist eine ganz ordentliche Strecke.«

»Ich reite schnell und nehme nur das Nötigste mit.« Rodana lächelte. »Oder war das dein Versuch zu fragen, ob du mich begleiten darfst?«

Goïmron strahlte vor Glück. »Morgen früh werde ich da sein. Mit Pony und allem, was man braucht.«

»Das freut mich.« Rodana umarmte ihn. »Ich könnte mir keinen besseren Begleiter wünschen.«

Er erwiderte die Umarmung kurz, obgleich er sie sehr genoss. »Du hast noch nicht gesagt, was es mit dem Hain auf sich hat.«

»Hast du dir nie Gedanken darüber gemacht, weshalb mein Spiel lebendig wirkt? Warum die Puppen und Schatten meiner Stabfiguren fast schon ein eigenes Leben entwickeln, wenn ich sie führe?« Rodana legte eine Hand auf den inneren Türgriff. »Das ist die Wirkung des Holzes, aus dem ich sie schnitzte.«

»Davon habe ich noch nie …« Gleich darauf verstand Goïmron. »Der Wald wächst dort, wo einst das Gebiet der Wunder lag! Die Magie veränderte die Bäume.«

»So wird es sein. Ich entdeckte ihn durch einen Zufall.« Rodana schob den Eingang langsam zu. »Nun kennst du das Geheimnis meines Erfolgs. Behalte es für dich, Goïmron.«

»Das tue ich.« Er warf ihr eine übertriebene Kusshand zu und wandte sich zum Gehen. »Bis zum ersten Hahnenschrei. Ich freue mich auf unsere Reise.«

Den Kopf voller schöner Gedanken fuhr Goïmron mit dem Laufrad über die Hügel zurück auf den fünften, um Meister Funkelstein zu gestehen, dass er die nächsten Umläufe nicht zur Verfügung stand. Es lagen genug Drachen-Edelstein-Figürchen im Lager, die der Juwelier abverkaufen konnte. *Es wird ihm gefallen, dass er sie zu einem knappen Gut erklären kann,* dachte Goïmron grinsend. *Das hebt den Preis.*

Danach wollte er nach Goldhand sehen. Das Fehlen des greisen Helden bei Vraccimburs Abreise hatte ihn gleichermaßen in Sorge wie Verwunderung gestürzt.

Auf dem Weg zu Goldhands Unterkunft dachte er über den seltsamen Meldrith nach, der von den Räubern bei ihrem Überfall auf die Schaukampftruppe getötet worden war. Goïmron hatte die Leiche nicht gesehen, aber er würde Stein und Bein schwören, dass es sich um jenen Meldrith handelte, den er lauschend vor dem *Curiosum* und später im Zelt der Schaukämpfer gesehen hatte. *Was hat er in jener Nacht dort gewollt?* Sein Verweilen in der Stadt konnte kein Zufall gewesen sein. Vraccimbur hatte sich in einem Meldrithdorf aufgehalten, bevor er Malleniaswacht erreichte. Seitdem könnte der Meldrith, der viel Wert auf Unauffälligkeit gelegt hatte, ihm gefolgt sein. Wegen des Rings? Hatten die Meldrith es darauf abgesehen?

Das Mysterium weiß ich nicht zu lösen. Noch bevor Goïmron das Haus erreichte, in dem Goldhand sein Quartier aufgeschlagen hatte, sah er ihn von Weitem in einen Mantel gehüllt in eine große, robuste Reisekutsche klettern, die für lange Strecken zum Einsatz kam.

Das Gefährt war beladen mit etlichen Koffern. Die zwei Kutscher wuchteten soeben eine weitere Kiste auf den hinteren Träger und schnallten sie mit breiten Lederriemen fest.

Er verlässt Malleniaswacht? Mit einem Spurt erreichte Goïmron das Gefährt, bevor der Mann auf dem Bock die Bremse lösen und die beiden Schimmel antreiben konnte. »Einen Moment«, bat er und lehnte das Laufrad an. Er stellte sich auf den Tritt, der das Einsteigen in die Kabine erleichtern sollte. Goldhand war nicht allein in der Kutsche. Bei ihm saß eine junge Zwergin, die ihren Waffengurt richtete, den sie über dem Kettenhemd trug.

»Tungdil«, rief er durch die geschlossene Scheibe und pochte dagegen. »Was hast du vor?«

Goldhand sah auf und klappte das Fenster nach innen. »Ah, wie schön, dass wir uns noch sehen«, sprach er erleichtert. »Ich dachte, wir verpassen uns.«

»Du verreist für längere Zeit?«

»Ich hoffe nicht. Aber ich wäre darauf vorbereitet.« Goldhand deutete auf die Zwergin mit butterblumengelben Haaren, die auf einer Seite ausrasiert waren. »Das ist Silbalyn Silberschein aus dem Clan der Kleinkerber vom Stamm der Vierten. Sie wird mich begleiten und mir als Adlata zur Hand gehen, falls mich unterwegs die Kraft verlässt.« Er lächelte Goïmron an. »Sie nimmt deinen Platz ein. Denn du hast deinen gefunden.«

Silbalyn nickte ihm freundlich zu. »Ich achte auf Meister Goldhand, als wäre er mein Vater.«

Goïmron schwebte zwischen Enttäuschung und Erleichterung. Er wäre gerne gefragt worden – auch wenn er abgesagt hätte. »Ausgezeichnet«, sagte er und überspielte seine verwirrenden Gefühle. »Nur wohin, das hast du noch nicht gesagt.«

»Ich folge Vraccimbur«, eröffnete Goldhand. »Leider gab mir Vraccas einen gesegneten Schlaf, und ich verpasste seine Abreise.«

»Das haben wir bemerkt. Deswegen eilte ich aus Sorge zu dir.«

»Es ist nichts. Nur etwas zu viel Aufregung in den letzten Umläufen, die nun dem Nichtstun gewichen ist. Das ergab eine Leere, die sich mit zu langem Schlaf füllte.« Goldhand legte seine faltige, altersfleckige Hand auf Goïmrons Finger. Die goldenen Einsprengsel glommen auf. »Ich kann ihn nicht auf das Gebiet der Wunder ziehen lassen. Er braucht keine Magie, um Großkönig zu werden und die anderen auszustechen. Ich weiß, dass er derjenige sein wird, der die fünf Stämme führt.« Seine zerfurchte Miene wurde bedauernd. »Wie sehr habe ich mir gewünscht, dass du ihm dabei zur Seite stehst. Aber du hast dich anders entschieden, und das nehme ich hin.« Er drückte einmal fest. »Schnitze deine Figürchen, Goïmron. Lebe das Leben, das du haben möchtest. Dich werde ich nicht mehr umstimmen. Bei Vraccimbur kann ich es nicht hinnehmen. Darf ich es nicht hinnehmen.«

Goïmron fand das Unterfangen unsinnig. »Er hat sich dir schon einmal widersetzt.«

»Das war, bevor er meinen Ring und seinen Finger an einen Räuber verlor.« Goldhand seufzte schwer. »Meine Lebensesse erkaltet, Goïmron«, flüsterte er. »Ich spüre, wie das Blut seine Wärme verliert.«

»Was?«, entfuhr es ihm bestürzt.

»Ich durfte ein langes Leben führen. Vraccas war mit mir. Und oft konnte ich Gutes für das Geborgene Land bewirken. Du hast meine Erlebnisse in deinem Büchlein verewigt, und dafür danke ich dir. Eine letzte Tat muss ich noch vollbringen. Danach mag mein letzter Funke erlöschen.« Goldhand ließ Goïmron los. »Ich freue mich auf den Einzug in die Ewige Schmiede, wo mich viele,

viele lange vermisste Freunde erwarten.« Er griff mit der anderen Hand in das Fach seiner Reisetasche und zog einen versiegelten Umschlag heraus. »Das ist mein Abschiedsbrief an dich.«

»Aber –«

»Nein, Goïmron. Es ist alles gesagt. Lies den Brief, wenn du von meinem Tod hörst oder der neue Zyklus anbricht.« Er sah ihm fest in die blauen Augen. »Versprich es mir. Es ist das letzte Mal, dass ich etwas von dir verlange.«

Mit schwerem Herzen nahm Goïmron das gesiegelte Schreiben an sich. »Ich werde mich daran halten.« Er sprang vom Tritt herab und nahm das Laufrad zur Hand. Er fühlte sich überfordert, während der Kutscher die Peitschenschnur in der Luft kreisen ließ und ein stechender, heller Knall ertönte. Das Gefährt setzte sich in Bewegung und ratterte die Breitenallee entlang. »Wir werden uns wiedersehen! Ganz bestimmt«, rief er der Kutsche nach.

»Vraccas sei mit dir, mein Junge«, rief Goldhand aus dem Kutschfenster und winkte. Der wallende Bart wehte wie ein Taschentuch zum Abschied. »Danke für deine Geduld und deine Nachsicht mit mir störrischem altem Zwerg.« Er zog den Kopf ein. Das Fenster schloss sich, und das Gefährt bog ab.

Goïmrons Stimmung wandelte sich.

Eben noch war er froh gewesen, Rodana morgen bei ihrer Reise zu begleiten, und nun hielt er den Abschiedsbrief seines Mentors in den Fingern. Ihn erfüllte die schreckliche Gewissheit, Tungdil Goldhand nicht mehr lebend zu begegnen.

Tränen stiegen in ihm auf, die er mit dem Ärmel wegwischte, um nicht als Weichzwerg dazustehen, wie Brûgar es formuliert hätte. Dabei sah er auf den Umschlag.

Was, wenn ich ihn früher öffne? Unschlüssig sah Goïmron auf das Papier und das dunkelrote Wachs mit Goldhands Siegel darauf. *Vielleicht war das seine Absicht?*

***

DAS GEBORGENE LAND, BRAUNES GEBIRGE, DSÔN KHAMATEION, 1024 N.B. (7515. SONNENZYKLUS NACH ALTER ZEITRECHNUNG), SOMMER

»Unseren Dank für deine Worte«, flüsterte Ascatoîa. Seit Sonnenuntergang vernahm sie die Einfälle, Ausarbeitungen und freundlichen Aufforderungen der Geheimen Kammer, als seien es die klügsten Sätze, welche die Welt seit Anbeginn der Zeit vernommen hatte. Die Halle der Worte wurde ihrem Namen mehr als gerecht.

Die knapp zwei Dutzend Albae wussten nicht, dass sie zur Zhussa statt zum Ganyeios sprachen. Wenn es jemanden gab, der Sprechweise, Gestus und Habitus gut zu imitieren vermochte, dann Ascatoîa. Trotzdem hatten die Abweichungen in den Feinheiten für Getuschel bei den Bediensteten gesorgt, das bis zur Geheimen Kammer vorgedrungen war. Daher hatte Ascatoîa das Gremium empfangen und im Glauben gelassen, der Ganyeios höre sie an. Höre sich alles an.

Ascatoîas Gesicht lag hinter einem mit Blicken kaum zu durchdringenden Silbergazestoff, wie ihn der Ganyeios stets getragen hatte. Zudem nutzte sie etwas Magie, um ihre Züge zu verfremden, sollte ein Hauch von Licht durch das Gewebe dringen. Ihr zweifarbiges Gesicht war zu auffällig. Um nicht an der Stimme erkannt zu werden, flüsterte sie. Das machte das Zuhören anstrengender für die Albae und sie wiederum geheimnisvoller.

Sie zeigte anmutig auf Simanôr. »Nun ist die Reihe an dir. Lege Uns dar, was dir in deiner Seele brennt.«

Simanôr erhob sich in seinem Harnisch mit Gebeinintarsien und verbeugte sich andeutungsweise. Er wollte offenbar nicht zu unterwürfig wirken. »Gern führe ich aus, worin der Vorteil eines Kriegszuges für unser Reich besteht«, setzte er an und hörte nicht mehr auf.

Ascatoîas Blicke huschten zu den gewaltigen bunten Glasbildern in den gebogenen Wänden der Kuppelhalle. Sie zeigten verschiedene Szenerien aus der Geschichte der Albae.

Noch schienen die Sterne hindurch und tauchten die verstreut stehenden Kunstobjekte in dem riesigen Raum in schwach mattes Licht. Doch der gewaltige Mond rückte mit seinen Grau- und Silberstrahlen erkennbar näher vor die Fenster. Sobald er am höchsten Punkt stand und die Halle der Worte lichtdurchflutete, war die Unterredung beendet.

Ich kann es kaum erwarten. Mehr als einen Splitter der Unendlichkeit wird es nicht mehr dauern. Ascatoîa lauschte erst gar nicht Simanôrs Rede. Das hatte sie bei keinem Vortrag aus den Reihen der Geheimen Kammer getan. Von ihrem eigenen Plan ließ sie sich nicht abbringen. Von niemandem. Das Wenige, das sie aufgeschnappt hatte, trug keinen Funken Genialität in sich, den man aufgreifen konnte.

Die Versammlung beklatschte jede Rede ausgiebig. Das bedeutete, dass man sich im Vorfeld abgesprochen hatte, um Einigkeit zu demonstrieren und den Ganyeios geschickt in eine Entscheidung zu leiten.

Ascatoîa richtete die Augen auf die halb durchsichtigen, silbernen Kokons, die an Glasstahldraht aufgehängt wie schwerelos in der Halle schwebten. In dem äußersten Gebilde auf der rechten Seite befanden sich die Überreste des Ganyeios. Sie lächelte kühl. *Auch der echte Herrscher von Dsôn hört euch nicht zu.*

»… und zum Schluss noch anmerken, dass der Ganyeios eine Allianz mit den Ragana durchaus in Betracht ziehen möge«, beendete Simanôr seinen Monolog. »Die Sumpfhexen wären an einer Ausweitung ihres Territoriums nach Norden interessiert. Mit Dsôn Khamateion als Verbündete gelänge es ihnen rascher. Ein Angriff von ihnen bände die Kräfte des Geborgenen Landes an einer Front, mit der niemand rechnet. Alle schauten auf uns und die Orks.« Er verneigte sich erneut. »Danke, dass Ihr mich anhörtet, hochwürdiger Ganyeios.«

Erneuter Beifall der Geheimen Kammer untermalte die Ausführungen und setzte den Schlusspunkt in einer Kette von Argumenten, die mit einem Kriegsentschluss enden sollte. Befohlen und ausgerufen vom Ganyeios, aber gewollt von der Geheimen Kammer.

Ich denke nicht daran. Nicht jetzt. Ascatoîa hatte einen Trumpf im Ärmel, um sämtliche vorgebrachten Begründungen zu zerschlagen. »Wir danken dir und allen der Kammer. Es wurde viel gesagt und aufgeführt. Krieg liegt in der Luft«, raunte sie. »Aber Wir beabsichtigen nicht, ihn morgen oder in einem halben Zyklus losbrechen zu lassen.«

Schnelle, unzufriedene Blicke wurden unter den Albae ausgetauscht. Sie hatten fest mit einem Erfolg gerechnet.

»Ascatoîa leitete Uns jedes Wort von euch weiter. Und Wir schätzen, was ihr entworfen habt«, redete die Zhussa weiter. »Ihr konntet nicht ahnen, was Wir in der Zwischenzeit erreichten. Ihr wusstet nicht, dass Wir einen geheimen Pakt mit der Königin der Dritten geschlossen haben. Dass Wir sie kontrollieren, ohne dass sie etwas davon weiß.« Ascatoîa weidete sich an der Verblüffung auf den Antlitzen der Albae. »Sie trägt einen albischen Willensflüsterer als Brosche, der sie auf Unsere Seite gezogen hat. Sie ist Unsere willige Spionin.«

»Das ist ausgezeichnet, hochwürdiger Ganyeios.« Man merkte Simanôr an, wie schwer ihm das Kompliment fiel. Er neigte andeutungsweise das Haupt, auf dem der Stirnreif mit den schwarzen Obsidianen saß. »Ihr hattet Gründe, das bislang für Euch zu behalten?«

»Die hatten Wir.« Ascatoîa gefiel ihre Rolle als Doppelgängerin des Herrschers. »Auch Wir trieben Vorhaben voran, die noch nicht abgeschlossen sind.« Der Auftritt vor der Geheimen Kammer war ihre Feuertaufe. Niemals hatte sie bislang mehr als zwanzig, dreißig Herzschläge zu den Bediensteten gesprochen oder sich längere Zeit blicken lassen. Sobald sie das Gremium von sich als Ganyeios überzeugt hatte, könnte sie in Dsôn tun und lassen, was sie wollte. Niemand würde mehr über geringfügige Veränderungen sprechen, sondern sie als gegeben hinnehmen und sie auf das versuchte Attentat zurückführen.

Als Ganyeios konnte sie jedoch ihren machtvollen Zhussa-Schmuck nicht tragen, in dem magische Energie steckte. Ketten, Armbänder und Stirnreif hätten sie sofort verraten. Sie lagen in einem verborgenen Fach des Throns.

Ascatoîa öffnete ihre rechte behandschuhte Faust und ließ einen goldenen Ring im Gestirnlicht aufblinken. »Dies ist der Ring von Ataimînas, Regent über das gefallene Ti Lesinteïl und Naishïon der Elben.« Sie hob den Schmuck ins Licht, sodass er warmgelb aufleuchtete. »Seine Inschrift besagt, dass jeder Elb und jede Elbin seinem Träger einen Wunsch erfüllen muss.«

Aus dem Erstaunen, das sich seit der Erwähnung des Willensflüsterers auf die Antlitze der Albae gestohlen hatte, wurden Faszination und Bewunderung.

»Dieser Ring wird, getragen an der richtigen Hand, zu unserem zweiten Verbündeten neben der Königin der Dritten. Zu einem unschlagbar mächtigen Verbündeten«, führte Ascatoîa aus. »Versteht die Geheime Kammer jetzt, warum Wir sie in dieser Nacht anhörten, aber nicht in der Lage sind, ihrem Wunsch nach Krieg nachzugeben?« Die Frage war rhetorischer Natur, das wussten die Versammelten.

»Würdet Ihr uns mehr als diesen kleinen Einblick in Euer Tun gewähren?«, erbat sich Simanôr als Mutigster der Versammlung, der die schulterlangen blutrot-grauen Haare im Nacken verknotet trug. »Die Kammer möchte unverzüglich neue Pläne ausarbeiten, um Eure Vorhaben zu unterstützen.«

»Nein.« Ascatoîa freute sich bis ins Mark über die Macht, die sie als Ganyeios besaß. *Ganz ohne Magie.* »Wir werden rechtzeitig eine neue Versammlung in der Halle der Worte einberufen. Bis dahin sehe ich von Treffen mit der Geheimen Kammer ab. Ascatoîa wird Uns über alles in Kenntnis setzen, was ihr Uns wissen lassen wollt. Mehr ist nicht nötig.« Sie genoss den pikierten Ausdruck auf sämtlichen Gesichtern. »Der Mond hat seinen höchsten Punkt erreicht. Wir sind am Ende.«

»Ich bitte, eine letzte Sache vortragen zu dürfen. Es geht dabei nicht um den Kriegszug, hochwürdiger Ganyeios.« Erneut erhob sich Simanôr auf ihren erlaubenden Wink. Sie wollte nicht zu kleinlich wirken. »Eure Zhussa ist nicht die, für die Ihr sie haltet«, begann er. »Um offen sprechen zu dürfen?«

Nun rang Ascatoîa mit ihrer Fassung. *Gut, dass das Tuch über meinem Gesicht liegt.* »Gewiss, Unser guter Simanôr«, flüsterte sie und hoffte, dass ihr nichts anzumerken war. »Wieso sollten Wir an Unserer treusten Dienerin zweifeln?«

»Weil sich die Zhussa mehr und mehr benimmt, als wäre sie der Ganyeios«, schleuderte er angeekelt heraus. »Weil ihre Kräfte seit dem Vorfall auf dem Gebiet der Wunder gewachsen sind und sie den Drachen befiehlt.«

»Ihr müsst sie stärker kontrollieren, Ganyeios«, bat Uphanîa. Zu ihrem Kleid aus blauer Seide mit Silberfäden trug sie eine aufwendige Kette aus weißen Perlen, Tionium und Silber. »Oder gebt uns die Befugnis, sie in die Schranken weisen zu dürfen.«

»Sie erteilt barsche Auskünfte und harsche Anweisungen, als wäre die Kammer ihre Untergebene«, fuhr Simanôr fort. Schwarze Wutlinien bildeten sich auf dem Antlitz. »Seit dem Tod ihres Vetters verändert sie sich. Nicht nur ihre Macht. Auch ihr Verstand.«

Wie gut, dass ich ihn reden ließ. Nun weiß ich, woran ich bin. Ascatoîa schlug die Finger in die Lehne und presste sie, bis das Gebein unter ihren Händen warnend knackte. Die Albae deuteten es hoffentlich als die Wut des Ganyeios auf die Zhussa. *Sag nichts Falsches,* mahnte sie sich. »Was meinst du damit, Simanôr? Erzähle Uns mehr«, raunte sie.

Kaum hatte sie es ausgesprochen, setzte ein Lamento sondergleichen ein.

Auf der einen Seite fand Ascatoîa es amüsant, zu hören, wie sich die Kammer über sie beschwerte und die schlimmsten Vorwürfe gegen sie vorbrachte. Teils waren die Behauptungen erstunken und erlogen, teils über Gebühr ausgemalt und nur in zwei Fällen der Wahrheit entsprechend.

Auf der anderen Seite wusste Ascatoîa, dass ihre Momente der Unendlichkeit als Zhussa gezählt waren. Selbst wenn sie als Ganyeios ein Machtwort zu ihren Gunsten sprach, blieben Neid, Missgunst und Ablehnung der Kammer ihr gegenüber lebendig. Sie würden ihre Intrigen fortsetzen und hinter ihrem Rücken ihren Sturz planen, um nicht auf das Eingreifen des Ganyeios angewiesen zu sein.

Das ist mir genug. Langsam hob Ascatoîa eine Hand und beendete die Tirade. »Verstehen Wir euch richtig: Die Geheime Kammer verlangt, dass Wir die Zhussa zügeln?« Daraufhin nickten die Albae. »Denkt ihr, es wäre besser, dass Wir den Befehl über die Drachen an Uns ziehen?« Erneute stumme Zustimmung. »Oder unter euch aufteilen?«

Wieder gab es freudige Bekundungen, in die nur Nacailôr nicht einfiel. *Ahnt er etwas?*

Der ungewöhnlich stämmige Alb mit kurzem Haar wie aus gesponnenem Gold hatte zum Freundeskreis ihres Vetters Vascalôr gehört und war an seine Stelle in der Kammer getreten. Er schien die Falle zu wittern, auf welche die Übrigen regelrecht zurannten. Seine Pupillen leuchteten stets silbern, eine Nebenwirkung der Alchemie, die seine Ahnen genutzt hatten, um als Elben ins Geborgene Land zu reisen. Er gehörte zu einer neuen Generation Albae, deren Wuchs deutlich mehr Masse und Kraft aufwies, ohne Geschick und Geschwindigkeit einzubüßen. Dies wusste man sich ebenfalls nur durch die alchemistischen Tränke und Mittel zu erklären. Im Umgang mit Lanze und Speer war niemand Nacailôr ebenbürtig. Für die Zusammenkunft der Geheimen Kammer hatte er lange, fließende Seidengewänder in Schwarz und Silber gewählt, an den Unterarmen lagen handlange, geschnitzte Gebeinspangen.

»Was sollten Wir mit Ascatoîa tun?«, schloss sie als Ganyeios mit der letzten Frage. »Sie ist Unsere Zhussa und mächtig. Wir werden sie auf dem Kriegszug benötigen. Sie könnte nachtragend sein, so Wir ihr die Drachen nehmen und sie einschränken.«

»Sie ist Eure Untertanin, hochwürdiger Ganyeios. Ascatoîa hat Euch zu gehorchen«, kam es prompt von Simanôr.

»Oder sonst was?«, wollte sie wissen. »Schlägst du Uns vor, sie hinrichten zu lassen? Das bedeutete eine immense Schwächung von Dsôn. Zudem sind die Drachen auf sie geprägt. *Sie* allein.«

»Die Hinrichtung muss nicht sogleich geschehen. Lasst uns heimlich nach Zhussa-Talenten suchen, die an Ascatoîas Begabung heranreichen. In ihrer Familie wird sich vielleicht jemand finden«, schlug Uphanîa listig vor. »Manchmal vererbt sich diese Veranlagung innerhalb einer Linie.«

Sie würden mich über die Klinge springen lassen! Ascatoîa legte den elbischen Goldring an und tastete nach dem Auslöser für jenes Fach, in dem sie ihren Zhussa-Schmuck aufbewahrte. *Diese Elenden!*

»Sieht die gesamte Geheime Kammer das so?«, flüsterte sie. »Wir lassen euch abstimmen: Wer ist dafür, Ascatoîas Macht zu beschneiden und sie ihr zusammen mit ihrem Leben zu nehmen, sobald Wir Ersatz fanden – der hebe die Hand.«

Bis auf Nacailôr reckten alle die Arme in die Luft.

»Wer ist dagegen?«

Niemand meldete sich.

Ascatoîa wandte den Kopf und sah zu Nacailôr. »Also enthältst du dich der Stimme und möchtest mit dem Tod der Zhussa nichts zu tun haben?« Sie ließ die Klappe im Gebeinthron aufschnappen und schob ihre Linke hinein, legte die Finger um ihre Perlenkette. Es war ein gutes Gefühl. »Weswegen? Haben Wir etwas übersehen, oder teilst du die Meinung der Kammer nicht?«

Der breit gebaute Alb mit den metallisch-goldenen Haaren stand langsam auf, eine Hand an den Griff seines stählernen Kurzspeeres gelegt, den er in einer Halterung am Oberschenkel trug. Die Klinge war im oberen Teil gespalten und mit Hakenenden versehen. »Wisse, dass ich auf deiner Seite bin, Zhussa«, sprach er klar und deutlich, was erstaunte Ausrufe nach sich zog. »Dsôn Khamateion braucht eine Erneuerung. *Deine* Erneuerung, Ascatoîa!«

Schneller, als einer der Albae im Raum zu reagieren vermochte, zog Nacailôr den Kurzspeer und schlitzte Uphanîa in der gleichen eleganten, halbkreisförmigen Bewegung den Hals auf. Ihr dunkelrotes Blut sprühte weit und malte Sprenkel auf den Boden, die zerschnittene Kette fiel von ihrem Dekolleté.

Die Überraschung war mit dem Zusammenbrechen und Uphanîas Aufschlagen auf dem Marmor überwunden. Die Albae sprangen auf, schwarze Wutlinien auf den feinen Gesichtern und die Augen schwarz wie Abgründe. Sie rissen ihre Dolche und Schwerter heraus und machten sich zum Angriff bereit.

Verflucht! Das hätte nicht geschehen dürfen! Ascatoîa packte ihre Kette mit den Perlen und griff auf ihre Magie zu. *Nicht jetzt und nicht so!* Ihre Zuversicht, den Thron des Ganyeios weiter besetzen und seine Rolle viele Zyklen spielen zu dürfen, geriet arg ins Wanken. *Inàste, sei mit mir.*

Ascatoîa schleuderte den Schleier vom Kopf und offenbarte sich ihrem einzigen Freund und ihren mehrheitlichen Feinden. »Entweder geht Dsôn mit mir zusammen unter, oder ich führe es zu neuer Größe!«

Aus der Ferne ertönte das Gebrüll der beiden Drachen, die sich rasend schnell näherten. Sie spürten, dass ihre Herrin in Todesgefahr schwebte.

Und der Kampf begann.

***

DAS GEBORGENE LAND, IM NORDEN DES VEREINTEN GROSSKÖNIGREICHS GAURAGON, PROVINZ FEUERN, AN DEN AUSLÄUFERN DES GRAUEN GEBIRGES, PLATINGLANZE, 1024 N.B. (7515. SONNENZYKLUS NACH ALTER ZEITRECHNUNG), SOMMER

Inzwischen war sich Barbandor sicher, dass die Entsendung der Geiseln nichts weiter als eine Probe darstellte, ob sich die Prophezeiungen der Orks bewahrheiteten. Mit dem Vertreiben des Pulks aus dem Kellergewölbe hatte sich die nächste Weissagung erfüllt, und er selbst war zu *Ushkar trech Ochar* geworden. Noch wusste Barbandor nicht: *Ist dieser Umstand gut oder schlecht?*

Nach dem Überfall auf das Wehrhaus, der verletzte Wachen und tote Rädelsführer nach sich gezogen hatte, herrschte Anspannung in Platinglanze. Zwar wurde hinter vorgehaltener Hand über den Vorfall getuschelt, doch auf den Märkten und in den Straßen sprach niemand darüber, geschweige denn wurde es in den Schenken von Barden besungen. Es war, als wäre die Angelegenheit den Bewohnern hochnotpeinlich. Etwas, über das man lieber nicht sprach, um nicht an die Schmach erinnert zu werden.

Borkon war wohlweislich abgereist, bevor ihn Barbandor hätte befragen können, und von Gubnara fand sich keine Spur. Zwar hatte Baron Lichte zwei Sklaven in seinem Gefolge, doch sie ähnelten der älteren Doulia kein bisschen. Daher vermutete Barbandor, dass Gubnara für den Besuch bei Borkon die Kleidung getauscht und die Torwache auf diese Weise überlistet hatte.

Sie haben uns ausgetrickst. Ausgestattet mit einem großen Korb voller Leckereien betrat er den Keller des Wehrhauses, um nach den Geiseln zu sehen und zu fragen, ob es etwas zu erledigen gäbe. Vor der Tür waren die Wachen verstärkt worden, nicht aber im Innenbereich. Dort hielt sich nur Grimmz auf, der seinem Auftrag nachkam und die Orks belauschte.

Barbandor hob bei seinem Eintreten grüßend die Hand und winkte den Geiseln, die freundlich zurückwinkten, als wäre er ein alter Freund. *Nein, kein Freund, sondern ihr Beschützer. Was auch immer Ushkar trech Ochar bedeutet.*

Er öffnete die Zelle des Zweiten und trat ein. »Einen fantastischen Umlauf wünsche ich dir.« Er warf das Schloss zu und stellte den Korb auf dem Tisch ab. »Wie geht es mit dem Nadelkästchen voran?«

Grimmz trug die Erfindung, die aussah wie ein breiter Armreif, am Handgelenk. Die winzigen Spitzen lagen auf der Innenseite über den Adern. Sie stachen bei Betätigung des Federmechanismus leicht zu und sonderten das beruhigende Gift vom darüberliegenden Stempelkissen in die Blutbahn ab. Der Auslöser war mit einer Abdeckung geschützt und kaschiert mit einem Halbedelstein, damit er nicht versehentlich betätigt wurde.

»Ich gewöhne mich immer mehr daran«, antwortete Grimmz und schob das Tuch über dem Korb zur Seite. »Oh, wie fein! Panierter Lavakäse, Honigkrapfenbrötchen und Malzwurst! Das habe ich schon lange nicht mehr gegessen.« Er breitete die Speisen auf dem Tisch aus und biss von allem einmal ab, bevor er schwelgend die Augen schloss. »Dazu ein leckeres Bierchen, und ich würde … noch mehr wollen.« Er lachte. »Danke für die Gaben.«

»Nur das Beste für meinen Spion.« Barbandor setzte sich grinsend ihm gegenüber, wurde aber sogleich ernst. »Was gibt es Neues?«

»Es ist nicht gut, dass du so dreinblickst. Was ist geschehen?«

»Nachricht von Baron Lichte.« Barbandor stibitzte sich einen halben Hefekrapfen und biss ab. »Die Eskorte, welche die Geiseln abholen soll, ist auf dem Weg. Sie sind von Baumsee aufgebrochen. Keine zwei Umläufe mehr, bis sie hier sind.«

»Verflucht!«

»Zählen wir uns noch zwei weitere hinzu, bis der Transport geregelt ist, läuft uns alles in allem die Zeit davon.« Barbandor nahm das Fläschchen mit aromatisiertem Wasser heraus und befüllte zwei Becher. »Jetzt sage mir, was du aufgeschnappt hast. Und mach mich glücklicher, als ich es gerade bin.«

»Oh, nichts, was uns viel Wissen einbrächte«, gestand Grimmz und seufzte. »Höchstens man interessiert sich für orkische Rezepte.« Er sah auf die Malzwurst in seiner Hand. »Hast du schon mal etwas von Hirnküchlein gehört?«

Das Stück Hefekrapfen wurde unvermittelt schwerer in Barbandors Mund. »Ich bitte dich! Ich genieße gerade –«

»Oder von Blutsuppe, die nicht fischig riecht, wenn man Calaunblätter und Oranapfelabrieb hineingibt?«, erzählte Grimmz weiter. »Auch stinkt sie nach drei Umläufen nicht, wenn man sie erneut erhitzt. Und Fliegen legen auch keine Eier hinein.«

»Nein, diese Art von Küche würde ich nicht kosten wollen.«

»Eine Sache doch.« Grimmz schien sehr stolz auf die belauschten Küchengespräche. »Frittierte Schweineschwarte.«

»Bitte?«

»Sie nehmen Schwarten vom Schwein, schneiden sie klein, lassen sie trocknen und werfen sie in siedendes Öl. Dadurch ploppen die Stückchen auf. Sie reichen dazu Salz und Marinade.« Grimmz biss von einem knusprigen Käse ab. »Also, *das* scheint mir gut zu schmecken.«

Barbandor war froh, den Hefebissen herunterspülen zu können. Er hatte eingebildeten Blutgeschmack im Mund. *Orkküche. Gewöhnungsbedürftig.* »Mehr hast du nicht in Erfahrung bringen können? Wie enttäuschend. Ich wollte kein Orkgasthaus eröffnen.«

Grimmz zog die Nase hoch und lehnte sich zurück. »Ich kann dir sagen, warum. Sie wissen, was ich tue. Deswegen reden sie absichtlich gelegentlich in der Gemeinsprache oder auf Altzwergisch.«

Das hatte Barbandor befürchtet. *Von wegen dumm wie ein Ork.* Das Vorurteil hatte er seit seinem Zusammentreffen mit Borkon über Bord geworfen. »Na schön. Was wird wohl die nächste Probe sein, der sie uns unterziehen?«

»Vermutlich wie wir verhindern, dass sie nach Schildenkopf gebracht werden.« Grimmz zeigte aus der Tür zu den Zellen. »Warum gehst du nicht und fragst sie? Du bist immerhin ihr *Ushkar trech Ochar.* Wer weiß, welche Rechte du nun bei ihnen hast?«

Die Idee fand Barbandor nach kurzem Überlegen nicht falsch. Er schlug sich einmal anfeuernd auf die Schenkel. »Gut. Versuch ich es.«

»Da! Ich bin nicht nur dein vereidigter Adlatus und Gardist, ich bringe dich noch auf gute Einfälle.« Grimmz suchte das letzte Stück Malzwurst aus dem Korb und warf es Barbandor zu. »Bring es dem Anführer mit. Als Gabe.«

»Nein, so funktioniert das nicht.« Er warf es dem Zweiten zurück. »Aber wer weiß? Du hast mich auf noch eine Eingebung gebracht.« Barbandor erhob sich. »Denkst du, du bist bereit, ohne die Kette zu leben und dich nur auf die Nadeln zu verlassen?«

Grimmz verlor das Grinsen. »Ich … gib mir noch zwei Umläufe. Bis die Eskorte eintrifft. Dann versuchen wir es.«

»*Versuchen* ist gefährlich.«

»Mehr kann ich nicht versprechen. Grandobil und seine Leutchen werden wie rabiate Gouvernanten in meiner Nähe lauern, bis seine letzten Zweifel ausgeräumt sind.« Grimmz roch genüsslich am letzten Bissen Malzwurst. »Los, geh zu deinen neuen Freunden, *Ushkar trech Ochar.* Verrate mir dann, was sie dir sagen und vor mir verheimlichen.« Noch ehe Barbandor die Zelle verlassen hatte, fügte der Zweite hinzu: »Eine von ihnen meinte, dass sie wüssten, woran ich leide. Auf Altzwergisch. Sie wollten, dass ich es höre. Vermutlich, um mich zu quälen.«

»Ich erzähle dir, was ich erfahren habe.« Er trat hinaus in den Gang und schloss die Zellentür hinter sich. Er tat so, als würde er sie verriegeln, ließ aber das Guckloch offen.

Langsam ging er zu jener Zelle, in der er vor etlichen Umläufen den Größten der Orks ausgemacht hatte, der den Namen Aktrag trug und ursprünglich zu den Bewohnern von Kràg Tahuum gehörte.

Noch immer stanken die Geiseln nicht. Sie waren mehr als reinlich, wuschen sich einmal am Umlauf und bestanden darauf, ihre schlichte Kleidung zwischendurch reinigen zu können. Sie vertrieben sich die Zeit mit Würfeln oder Kartenspielen, andere lasen ein Buch oder unterhielten sich leise.

Eine alte Bestie erzählte den Kleinsten erkennbar Geschichten. Die Kinder der Orks unterschieden sich beim Zuhören weder von denen der Menschen noch der Zwerge. Sie machten große Augen, fieberten mit oder erschraken, um gleich darauf laut zu lachen.

»Ich grüße euch«, sprach Barbandor in die Runde und erhielt einen Gegengruß. Er musste sich immer öfter in Erinnerung rufen, was Borkon mit Gyndala getan hatte, um den Groll auf die Scheusale nicht zu verlieren. »Es gibt Neuigkeiten, Aktrag. Die Eskorte wird morgen oder übermorgen eintreffen, um euch nach Schildenkopf zu bringen.«

»Ah. Danke, dass du uns das wissen lässt.« Aktrag kreuzte die Arme vor der mächtigen Brust und überragte den Zwerg um mehr als eine Armlänge. Er hatte sich eine Glatze geschoren, auf der sich Bemalungen zeigten. Etliche Ringe zierten seine Ohren, zwei weitere steckten in den Nasenflügeln. Seine hauerähnlichen Zähne waren nicht so stark ausgeprägt, was ihn beim Sprechen weniger behinderte. Er beherrschte die Gemeinsprache fast ohne einen Dialekt.

»Passt euch das oder würdet ihr lieber in Platinglanze bleiben?«, fragte Barbandor in der Hoffnung, ihnen eine Reaktion zu entlocken. »Bei mir?«

»Borkon gab uns als Geiseln, *Ushkar trech Ochar*. Das ist unsere Aufgabe.«

»Wo du den Begriff gerade nutzt, frage ich mich: Was bedeutet er?«

»Nur Gutes.« Aktrag grinste und wies dabei sein kräftiges Gebiss, wobei die Eckzähne spitz wie Fänge wirkten. »Noch nie wurde ein Unterirdischer damit bedacht. Da die Weissagungen von Nushrok sich nicht irren, kann es nur so sein.«

»Ushkar trech Ochar«, wiederholten die Orks in ihrer Nähe, vollführten ein rasches Zeichen mit den Händen und hielten zwei Finger senkrecht vor das Sonnengeflecht.

Es macht mich verrückt, nicht dahinterzukommen! »Wie soll ich der Auszeichnung gerecht werden, wenn ich ihre Bedeutung nicht kenne?«

»Die Überlieferungen sagen, dass du es selbst erkennen wirst.« Aktrag neigte sein kahles Haupt vor ihm und überragte ihn dennoch.

»Meinetwegen. Dann macht weiterhin ein Geheimnis darum.« Barbandor warf einen Blick in die Zellen. »Ist ansonsten alles in Ordnung bei deinen Leuten? Benötigt jemand etwas? Oder einen Heiler?«

»Mir scheint, dein Freund benötigt einen«, befand eine Orkin aus dem Hintergrund. »Oder wollt ihr ihn bis an sein Lebensende mit dem Blut des Dämons leiden lassen?«

Barbandor horchte auf und fahndete mit Blicken nach der Sprecherin, die in der Zelle zu seiner Rechten saß und einen Säugling stillte. Schmatzend sog der kleine Ork Milch, halb unter einem Tuch verborgen.

»Er ist nicht besessen«, sagte er.

»Ich weiß. Bei uns nennt man das Leiden so.«

»Dann kennt man bei euch diese Form der angeborenen Tobsucht auch?« Barbandor näherte sich ihr und ging in die Hocke. »Das ist aufschlussreich.«

»Wir können diese Eigenschaft auch mit einem Trank auslösen, kurz bevor wir in den Kampf ziehen. Und mit anderen Kräutern lassen wir sie versiegen«, erklärte die Orkin mit den langen dunkelgrünen Haaren und sah ihn freundlich an. »Ich bin Eshkara.«

Barbandor sah an ihrem Gürtel viele kleine Beutelchen baumeln, deren Leder verschiedene Runenmarkierungen trugen. Das erinnerte ihn sogleich an die Nacht, in der er Borkon und den Schamanen beim Versuch beobachtet hatte, einen Unsterblichkeitstrunk zuzubereiten. »Du bist eine Druidin?«

Eshkara nickte. »Ich kann das Gift riechen, das an den Nadeln haftet, die sich dein tapferer Freund in die Haut schießt, um das Dämonenblut zu beherrschen. Aber so wird es nichts.«

Ist das eine List, um mein Vertrauen und meine Dankbarkeit zu erschleichen? Barbandor setzte sich vor die Stillende auf den Boden. »Kannst du ihm einen Trank zubereiten, der sein heißes Blut kühlt?«

»Heißes Blut?« Eshkara lachte auf. »Ulkig. Aber passend für Unterirdische. Ich dachte mir schon, dass eure Bezeichnung etwas mit Lava oder einer Esse zu tun hat. Ihr seid recht berechenbar.«

»Man kann auch Tobsucht sagen.«

Eshkara nahm den Säugling von ihrer Brust und ließ ihn aufstoßen, bevor sie ihn stramm in ein Tuch einwickelte, sodass er sich kaum mehr bewegen konnte. »Unsere Arten sind unterschiedlich. Ob unsere Kräuter bei deinem Freund auf gleiche Weise wirken, kann ich dir nicht versprechen. Mag sein, dass er nichts spürt. Oder es lähmt ihn. Es könnten Nebenwirkungen auftreten, die ihn seinen Verstand kosten.« Sie warf ihm einen kurzen Blick zu. »Ich möchte dafür nicht zur Rechenschaft gezogen werden, *Ushkar trech Ochar.*«

»Das wird niemand. Ich spreche mit Grimmz. Vielleicht geht er darauf ein, wenn er dafür die Nadeln nicht mehr benötigt.« Barbandor betrachtete die Beutelchen. »In meiner Gefangenschaft von Borkon sah ich, wie ein Druide einen Trank zubereitet hat, der einen Ork gegen Schaden immun machen sollte. Aber es misslang.«

»Ah«, kommentierte Eshkara wissend und reichte den Säugling an eine andere Frau, um sich ganz auf den Zwerg zu konzentrieren.

»Ah?«

Sie lächelte, was bei ihren beeindruckenden Zähnen unmittelbar gefährlich wirkte. »Das muss Torsuk gewesen sein.« Sie beschrieb ihn rasch, und Barbandor bestätigte. »Er gehört zu jenen, die mit Borkon ins Geborgene Land kamen. Er kennt diese besondere Rezeptur.«

»Du nicht?«

»Nein. Ich bin weit davon entfernt, *Ushkar trech Ochar.*« Eshkara sah liebevoll zu ihrem Kind, das in den Armen der anderen Orkin kräftig gähnte. »Noch reicht ihm meine Milch. Doch bald wird er größer und stärker und Fleisch verlangen.«

»Wie das meiner Freundin Gyndala«, entfuhr es Barbandor, und er machte sich bewusst, wie nahe er davorgestanden hatte, Eshkara als harmloses Wesen zu betrachten. »Ihr seid Bestien.« Rasch erhob er sich. »Und ihr lauert auf jenen Umlauf, an dem sich die Gefüge der Macht im Geborgenen Land ändern, um euch zu Herrschern über uns aufzuschwingen. Das habe ich nicht vergessen!« *Das werde ich niemals.*

Eshkara warf ihm einen langen Blick zu. Anschließend löste sie mehrere Lederbeutelchen von ihrem Gürtel und reichte sie ihm durch die Stäbe. »Davon zu gleichen Teilen, nicht mehr als eine Messerspitze. Es wird schwach dosiert sein und Grimmz nicht umbringen. So findest du heraus, ob es gegen sein Dämonenblut ankommt. Er kann es direkt zu sich nehmen oder in einem Sud.«

»Woher weiß ich, dass du ihn nicht vergiften willst? Oder abhängig machst?«

»Oder ihn unsterblich werden lasse?«, fügte sie mit einem spöttischen Lächeln hinzu. »Du bist *Ushkar trech Ochar,* Barbandor Stahlgold. Ich kann nichts tun, was dir Schaden zufügt. Denn damit schade ich mir und meinem ganzen Volk. Das sagen die Weissagungen von Nushrok dem Reißer. Mit unserer Rettung durch dich ist dies gewiss wie die Sonne nach der Nacht.«

Barbandor nahm die Beutelchen zögernd an sich. »Was sagen diese Überlieferungen noch über mich, Eshkara?«

»Lass uns darüber an einem anderen Umlauf sprechen.« Sie schloss die Augen. »Stillen macht mich immer müde, *Ushkar trech Ochar.*«

Barbandor ging langsam an den Zellen vorbei zu Grimmz, und etliche Augenpaare verfolgten jeden seiner Schritte. Noch nie hatte er sich dermaßen beobachtet und gleichzeitig über die Maßen besonders gefühlt, ohne dass er sich einen Reim auf all das machen konnte.

***

»Bier ist der überzeugendste Beweis dafür, dass Vraccas seine Kinder liebt und sie glücklich sehen will.«

Minnejab Flinkran,
Philosophicus und Bierfreund

KAPITEL XIV

DAS GEBORGENE LAND, VEREINTES GROSSKÖNIGREICH GAURAGON, PROVINZ FEYRNLAND, 1024 N.B. (7515. SONNENZYKLUS NACH ALTER ZEITRECHNUNG), SPÄTSOMMER

Vraccimbur betrachtete die leere Stelle an seiner rechten Hand und nahm die Branntweinflasche, die neben Rakib stand. »So eine verfluchte, elende, mistige …« Schnell setzte er die Öffnung an den Mund und nahm einen langen Schluck. Die Wunde an der Wurzel des abgetrennten Mittelfingers pochte und schmerzte, er spürte den Wetterumschwung deutlich. »Das hätte anders für mich laufen sollen. Für uns alle«, rief er übellaunig in die Runde des Lagers, das er und seine Truppe inmitten eines Wäldchens abseits der schmalen Straße aufgeschlagen hatten. Er saß auf einem kleinen Thron aus Kissen und Decken, den ihm seine Truppe gebaut hatte.

»Wissen wir doch, baldigst hoheitliche Fasthoheit«, gab Rakib zurück und drehte das Wildschwein über dem Feuer. Der Duft hing verlockend in der Luft. Der lange dürre Mann, der bei den Vorstellungen im Kostüm auf Stelzen lief und einen Troll imitierte, warf eine weitere Handvoll frische Kräuter ins Feuer, damit der aufsteigende Rauch das Fleisch aromatisierte.

»Und weil wir wissen, dass du Großkönig sein wirst, machen wir auch bei deiner unsinnigen Reise zum Gebiet der Wunder mit«, rief Narkabtu vom Wagen herüber und zurrte die Abspannungen des Faltzelts auf der Ladefläche fester. »Alles für dich, o weiser und mächtiger Großkönig der Zwergenstämme.«

Freundliches Lachen erklang von seiner Truppe, die ringsherum werkelte. Es gab immer etwas an der Ausrüstung zu flicken oder zu überarbeiten, ob an Schilden, Rüstungen, an Stelzen oder Kostümierungen.

Vraccimbur ertrug ihren kameradschaftlichen Spott. Er freute sich, ihre Gesellschaft zu haben und nicht allein in den Westen reisen zu müssen. Es war eine weite Strecke, und mit den langsamen Karren dauerte es noch länger.

»Wir machen dich schon noch zum Großkönig.« Sintash, ihr Konstruktionsmeister und Zimmerer, spannte die nächsten zwei Pferde aus und führte die Schimmel zum nahen Bach, damit sie tranken. Die übrigen Tiere blieben locker angeleint neben den Karren. »Der Greis konnte sich nicht gegen die anderen durchsetzen. Aber du wirst es bald können.«

Vraccimbur hob die Flasche. »Ich trinke auf euch, meine Freunde«, rief er unter dem Johlen der Truppe. »Und auf Bigarius und Rathas.«

Der schwerverletzte Zwerg war am zweiten Umlauf ihrer Reise nicht mehr erwacht. Sein Hirn hatte den Schlag nicht überstanden, und sein Leben war im Schlaf erloschen. Das Grab hatten sie ihm abseits des Weges geschaufelt und ihn würdevoll bestattet.

»Wenn wir diesen Letzten der Mörderbande aus Malleniaswacht finden, reißen wir ihm die Eingeweide heraus, erdrosseln damit seine Familie und lassen ihn zuschauen.« Narkabtu prüfte die Schnüre des Zeltes ein letztes Mal und sprang auf den weichen Waldboden. »Geben wir unterwegs eigentlich Vorstellungen? Nötig hätten wir es nicht. Unsere Kasse ist prallvoll.«

Vraccimbur warf ihm die Flasche zu. »Nein. Das kostet nur Zeit. Ich muss auf das Gebiet der Wunder. Dabei zählt jeder Umlauf.«

»Gut.« Rakib zupfte an dem Wildschweinbraten und prüfte den Garzustand, kostete den Bissen und schmatzte zufrieden. »Wir können essen. Es ist fertig. Und verflucht lecker.«

Vraccimbur stieß den Sammelpfiff aus und nahm eine bequemere Haltung auf seinem Kissenthron ein. Er ergriff das riesige Rundbrot und schnitt dicke Scheiben, Rakib packte saftige Fleischscheiben darauf.

Das übrige Schwein wurde am Bratspieß zur Seite gewuchtet und das Feuer geschürt, damit die Hitze die Essenden wärmte.

Die Schaukämpfer unterhielten sich beim Mahl leise. Dazu gab es Bier vom Fass aus der besten Zwergenbrauerei von Malleniaswacht.

Vraccimbur sah kauend den aufsteigenden Funken nach, die zwischen den kahler werdenden Baumkronen zu den Sternen hinauftanzten. *Wie mein Leben sich veränderte. Vom bejubelten Unterhaltungskrieger zum Thronanwärter zum verschmähten Kandidaten.*

Goldhand hatte in ihm die feste Überzeugung eingepflanzt, der einzig Wahre für dieses Amt zu sein. Etwas in Vraccimbur wusste, dass es richtig war. Dass er Großkönig sein musste, um die Kinder des Schmieds anzuführen und sich der unbekannten Bedrohung entgegenzustellen.

Regnorgata kann nicht mehr vorweisen als ich, abgesehen von ihrer Abstammung. Eine hohe Geburt durfte kein Garant für den Thron sein. Das wusste die Königin. Die Gründung des Stammesrats verschaffte ihr Zeit, um hinter den Kulissen Allianzen zu schmieden. Zu ihren Gunsten. *Aber daraus wird nichts.* Vraccimbur kaute grimmig und nahm den Humpen mit Bier von Narkabtu entgegen. *Ich bin nicht nur der beste Kämpfer sämtlicher Stämme – das Gebiet der Wunder wird aus mir einen Magus machen!*

Andernfalls musste Mostro ihm dabei helfen. Ihm war gleich, was man dem eingebildeten, arroganten Famulus an Gräueltaten nachsagte. Er war nicht sein Feind, daher konnte er vor ihn treten und ihn um Rat fragen. *Wer könnte dem kommenden Großkönig seinen Beistand verweigern?* Wenn jemand dringend einen mächtigen Verbündeten benötigte, war es Mostro.

Trottender Hufschlag wurde hörbar.

Die Truppe sah von ihrem Mahl auf. Zwei von ihnen langten an die Waffengriffe.

»Guten Abend, werte Leute.« Ein junger Mann in einer leichten Panzerung und mit hellem Wollwebmantel darüber ritt in den

Schein des lodernden Feuers; auf einer weißen Armbinde war das rote Wappen Rhutas eingestickt. »Ist es wohl erlaubt, die Nacht in eurer Gesellschaft zu verbringen? Ich habe das letzte Gasthaus wohl verpasst.« Er blieb höflich im Sattel und wartete auf die Erlaubnis.

»Sag uns etwas zu dem Signum an deinem Arm. Wen haben wir denn vor uns? Bist du ein Gefolgsmann von Berengart oder von Mostro?« Vraccimbur sah einen schweren Säbel am Wehrgehänge des Jünglings, dazu trug er einen Dolch am hohen Stiefelschaft. *Nichts, was uns gefährlich werden könnte.* »Die Besitzverhältnisse in Rhuta sind noch ungeklärt, wie man sich berichtet.«

»Mein Name ist Darislaff. Ich diene dem ehrenwerten Magus Mostro und gehöre seiner magischen Garde an.« Er deutete eine Verbeugung an. »Berengart ist nichts anderes als ein Verbrecher wie alle in seiner Familie. Daran zweifelt niemand. Oder irre ich mich bei euch?«

»Oha! Dann kannst du uns mehr vom Gemetzel und der Schlacht erzählen«, sagte Narkabtu neugierig und füllte seinen Humpen nach. »Warst du dabei?«

Darislaff wirkte verwundert. »Schlacht?«

»Du willst seiner magischen Garde angehören, aber hast die Schlacht verpasst?« Vraccimbur hob die platinweißen Augenbrauen. »Wo hast du gesteckt?«

»Ich weilte auf dem Gebiet der Wunder. Dort hielt ich Wache und wollte …«

»Existiert es noch?«, unterbrach ihn Rakib. »Es gibt Gerüchte, es sei zusammengebrochen, nachdem Parsoi Khi es betreten haben.«

Die Verwunderung auf dem Gesicht des brünetten Jünglings wuchs weiter. »Nun, bei meinem Aufbruch war es noch intakt. Aber das ist schon eine Weile her.«

Vraccimbur winkte ihm huldvoll von seinem Kissenthron, damit er aus dem Sattel stieg. »Ich bin wissensdurstig geworden. Du kannst so viele einfache Fragen zu deinem Herrn und dem Gebiet der Wunder nicht beantworten, dass du Geheimnisse haben *musst.*« Er deutete auf das gebratene Schwein und das Bierfass. »Nimm dir was zu essen und zu trinken. Wir wollen der Sache auf den Grund gehen.«

Unter dem Lachen der Truppe stieg Darislaff ab und band sein Pferd am vorderen der drei Karren an. »Da danke ich recht schön.«

»Aber wehe, wir finden heraus, dass du ein Hochstapler bist, der nur behauptet, er kenne Mostro und gehöre zur Garde«, drohte Vraccimbur. »Ich bin nämlich auf dem Weg zu ihm.«

»Ach?« Darislaff schnitt sich vom Braten ab und lehnte das Bier dankend ab. Er nahm sich ein Kissen aus dem improvisierten Thron und setzte sich darauf. »Ihr wollt ihn mit eurer Schaukampfkunst unterhalten?«

»Nein. Aber was ich möchte, sage ich ihm selbst.«

»Ich bin sein Leibwächter und Vertrauter. Du kannst es mir sagen. Ich kann ein gutes Wort für dein Anliegen bei ihm einlegen. Der ehrenwerte Magus hat kaum Zeit für die Belange von Bittstellern.« Darislaff schlug die Zähne in das Fleisch. »Und bevor du mich wieder fragst, weswegen ich nicht bei ihm weile: Ich bin in einer geheimen Mission für den ehrenwerten Magus unterwegs.«

»Das erklärt natürlich deine Unkenntnis in allem«, spöttelte Narkabtu und erntete dafür laute Lacher. »Und du kannst natürlich auch nicht wissen, dass vor dir der kommende Großkönig der Zwergenstämme sitzt.«

Darislaff kaute langsamer und musterte den muskulösen Zwerg. »Ist das so?«

Vraccimbur lachte. »Ich arbeite daran.«

»Dann ist das kein Scherz von euch?« Der junge Mann sah in die Runde. »Was macht ihn zu einem Anwärter?«

Rasch fasste die Truppe reihum die Vorkommnisse zusammen, die sich in Malleniaswacht zugetragen hatten.

»Das ist wahrlich ungewöhnlich«, stellte Darislaff fest. »Wenn der berühmte Tungdil Goldhand dich als seinen Favoriten für das Amt auserkor, musst du etwas Außergewöhnliches sein.«

»Der Einzige, der das Geborgene Land vor der kommenden Gefahr –«, wollte Narkabtu protzend hinzufügen.

Vraccimbur unterbrach ihn mit einem lauten Rülpsen. »Als Magus *und* Krieger wäre ich von niemandem mehr ablehnbar. Keiner vereint solche Kräfte«, sagte er. »Nun weißt du, was ich bei Mostro will. Aber behalte es für dich, außer gegenüber deinem Herrn. Wir sind nämlich auch in einer geheimen Mission unterwegs.«

Die Schaukampftruppe lachte lauter und ausgelassener als zuvor, schwenkte die Becher voller Branntwein und Bier.

»Ich werde meinem Meister deinen Namen nennen und dein Begehr vortragen. Es mag wirklich sein, dass er dir helfen kann. Oder nein, *möchte.* Denn helfen kann er gewiss.« Darislaff hatte sein Essen beendet und pulte mit einem Stöckchen die Reste des Fleischs aus den Zahnlücken. »Das sind bemerkenswerte Zeiten, in denen wir leben, nicht wahr?« Sein Blick blieb auf Vraccimbur gerichtet. »So ein Name wie der deine – ist er normal für einen Sohn des Schmieds?«

Die Truppe gluckste wissend.

»Nein, ich gab ihn mir selbst. Aufgrund meiner Ahnen aus allen Stämmen«, erklärte er.

»Das ist dein gutes Recht. Warum sollte man einen Namen behalten, wenn man ihn nicht mag?«, erwiderte Darislaff. »Was war mit deinem alten?«

»Ich habe ihn abgelegt. Such ihn. Er liegt bestimmt irgendwo im Geborgenen Land herum.« Vraccimbur grinste und fragte seinerseits: »Deine geheime Mission führt dich wohin? Was könnte wohl so wichtig sein, dass Mostro dich *nicht* mit nach Rhuta nimmt?«

Darislaff zwinkerte nur und warf das Stocherstöckchen ins Feuer.

»Lasst uns raten«, rief Rakib übermütig.

»Tut das. Ich werde euch keinen Hinweis geben«, entgegnete Darislaff freundlich. »Selbst wenn ihr es erraten würdet. Aber das glaube ich nicht.« Er streckte sich und schaute sich um. »Habt ihr noch ein Plätzchen für mich, wo ich schlafen kann? Sonst mache ich es mir unter einem Karren bequem.«

»Wir … haben Platz«, sagte Narkabtu stockend. »Zwei sogar.«

Daraufhin senkte sich betretenes Schweigen über das Lager. Das Feuer knisterte und knackte überlaut. Rakib warf zwei, drei dicke Äste nach, die in die Glut polterten und noch mehr Funken zu den Zweigen und Gestirnen aufwärtssandten.

Unvermittelt erklang leises Wiehern.

Gleich darauf trappelten zwei Schimmel aus dem Wäldchen in den Lichtschein und umkreisten das Feuer, als wollten sie Schatten von sich abbrennen, und drängten sich sogleich zu den anderen Pferden. Unruhig schnaubten sie unablässig.

Bei Vraccas und Lorimbur! Vraccimbur stellte den Becher mit dem Bier ab und erhob sich. »Wo steckt Sintash?«

»Vraccimbur, sieh nur!«, rief Rakib erschrocken. »An den Schimmeln!«

Das weiße Fell der verängstigten Pferde war voller Blutspritzer und roter Handabdrücke, als habe Sintash versucht, sich daran festzuhalten, um seinem Angreifer zu entkommen.

»Zu den Waffen. Es muss ein Bär in der Nähe sein«, befahl Vraccimbur. »Holt Fackeln und Lampen. Wir müssen Sintash suchen.«

»Müsst ihr nicht.« Darislaff reckte die Hände gegen die Flammen. »Er ist tot.«

Vraccimbur packte seinen Morgenstern mit den Ketten. »Dann holen wir seine Leiche. Ich überlasse meinen Freund nicht den wilden Tieren!«

Ein Schrei ließ ihn herumfahren.

Narkabtu hing einen Schritt in der Luft und zappelte mit den Armen und Füßen, während ihm eine unsichtbare Macht den Hals längs aufschlitzte und den Kehlkopf samt Zunge herausriss. Danach zerfetzte sie seine Bauchdecke, und die nassen Gedärme fielen ins Feuer. Zischend stieg Qualm auf, die Lohen wehrten sich gegen das Erlöschen.

»Bei …« Vraccimbur versiegte vor Entsetzen die Sprache. Das

spritzende Blut wurde von der Luft aufgesogen und verschwand vor ihren Augen. Der kräftige Mann schrumpelte zusammen wie Dörrfleisch, und schließlich brach sein gequälter Blick. Gleich danach fiel sein ausgemergelter Leib auf den Boden.

Als Nächstes erwischte es Rakib und Auriga. Es erging ihnen ebenso wie dem unglücklichen Narkabtu. Nach wenigen Herzschlägen waren alle bis auf Vraccimbur und die Zwergin Stelyndis zu vertrockneten Mumien geworden.

»Was für ein Tionswerk ist das?«, schrie Stelyndis wütend und furchtsam zugleich. Sie stellte sich mit dem Rücken an Vraccimburs und reckte den Speer gegen die unsichtbaren Angreifer. »Haben wir einen verfluchten Wald betreten, ohne es zu bemerken?«

Vraccimbur sah erbost zu dem seelenruhigen Darislaff. »Du! Hast du damit etwas zu schaffen?«

Hinter ihm schrie die Schaukämpferin auf. Erneut erklang das feuchte Reißen von Haut und Innereien. Das Feuer erlosch fast zur Gänze, während die Pferde wiehernd das Weite suchten und in die Dunkelheit galoppierten; die Leinen hatten sie nicht halten können, als auch die Zwergin den unsichtbaren Gegnern zum Opfer gefallen war.

»Du bist das!« Vraccimbur warf sich mit einem lauten Schrei auf den vermeintlich harmlosen Jüngling. »Dafür ...« Seine Schwungbewegung endete im Ansatz. Er vermochte sich nicht mehr zu rühren, sosehr er sich anstrengte, die Muskeln bis kurz vor dem Zerreißen anspannte und keuchte.

Darislaff erhob sich, machte einen Schritt nach hinten und wich den stinkenden Wolken aus, die weiß und grau aufwärtsstiegen. »Du kannst mir nichts anhaben. Ich stehe mit Kräften im Bunde, die nichts mit Magie zu tun haben«, erklärte er ruhig. »Eigentlich kam ich in euer Lager, um meinen unsichtbaren Begleitern Nahrung zu bieten. Sie ernähren sich von Lebenskraft und Blut, wie du gesehen hast.«

Vraccimbur kam gegen die Lähmung nicht an. Er fühlte deutlich die Umklammerung, die er nicht zu sprengen vermochte. Die Wesen hatten ihn gepackt. *Ich werde in diesem Wald sterben,* sickerte es in seinen tobenden Verstand. *Es gibt keinen Ausweg mehr.* All seine Pläne, seine Vorhaben endeten, weil der Irre seine Dämonen fütterte. »Töte mich wie meine Freunde«, brüllte er außer sich vor Hass. »Erspare mir deine Worte und deine hässliche Fratze!«

Darislaff musterte ihn und trat einen Schritt näher. Die Glut malte sein unschuldiges Gesicht rötlich an, Licht und Schatten tanzten darauf. »Deine Worte waren aufschlussreich, Vraccimbur. Ich zweifle nicht an ihnen. Weder am Ende des magischen Feldes noch am Gemetzel an der Grenze zu Rhuta. Du hättest keinen Grund zur Lüge.«

Schlagartig begriff der Zwerg, dass die gleiche Kunst gegen seine Freunde eingesetzt worden war wie gegen das Heer. *Ist … ist das der Rhamak, der Brigantia gedient hatte?*

»Damit ändern sich auch meine Pläne«, sprach Darislaff nachdenklich. »Ich werde schneller und anders vorgehen, als ich beabsichtigte. Dieser idiotische Mostro! Er hätte auf mich hören sollen.«

Bei Vraccas! Er ist es! »Worauf wartest du?«, schrie Vraccimbur. »Wirf mich deinen Dämonen zum Fraß vor!«

»Es sind keine Dämonen. Sondern Wesen aus … einerlei. Du würdest es nicht verstehen.« Darislaff ging vor ihm in die Hocke, um ihm von unten in die Augen sehen zu können. »Die Zeit ist gekommen, sie auf anderem Wege einzusetzen. Du wirst mir von großem Nutzen sein, kommender Großkönig der Zwerge. Es ist nicht ungefährlich für dich, aber ich sorge dafür, dass es dir lange gut geht. Sträube dich nicht. Das ist das Beste.«

Ein eiskaltes Gefühl durchfuhr Vraccimbur, schoss unter seine Haut, drängte sich bis zu seinem Herzen und brachte es zum Stehen.

Erstickend fühlte er Nachtfrost in sich emporsteigen, der seine Lippen, seine Zunge, seine Augen und letztlich sein Denken einfror.

***

DAS GEBORGENE LAND, VEREINTES GROSSKÖNIGREICH GAURAGON, PROVINZ FEUERN, 1024 N.B. (7515. SONNENZYKLUS NACH ALTER ZEITRECHNUNG), SPÄTSOMMER

»Die Blätter färben sich blau?« Goïmron mochte den ungewöhnlichen Hain, in den ihn die Reise mit Rodana geführt hatte. Das Dörfchen Dhadweiler lag gute dreißig Meilen von ihnen entfernt, wo sie in einem einfachen Bauernhof die Nacht im Strohbett verbracht hatten. »Das sieht wunderschön aus!«

Das Laubwäldchen mit ungewöhnlich gefärbtem Blattwerk lag nahe einer verträumten, halb zugewachsenen Straße, die einst eine Allee gewesen sein musste. Vor langer Zeit hatten Constructoren sie angelegt, dann war sie zugunsten einer neuen aufgegeben worden, die zwei Meilen westlich lag. Der Himmel über ihnen war dunkel und wolkenverhangen, das Licht erinnerte mehr an die Dämmerung als einen späten Vormittag.

»Ja, nicht wahr? Erst im Spätsommer und Herbst zeigen die Bäume ihre Besonderheit. Sonst hält man sie für gewöhnliche Arven, Ahorne und Linden.« Rodana kletterte in Lederhose und Stiefeln auf einem breiten Ahorn herum und suchte in den oberen dicken Ästen nach geeignetem Schnitzmaterial. Sie hatte eine Säge auf dem Rücken und trug Handschuhe zum Schutz. »Gut, dass sie an dieser einsamen Stelle weitab vom Schuss stehen, wo man sie schwerlich entdeckt. Ich bin sicher, dass sie sonst längst gefällt und ihr Holz für viel Geld verkauft worden wäre.«

»Um was damit zu tun?«

»Häuser bauen? Stell dir vor, wie lebendig die Schatten von Menschen, Tieren und Gegenständen in einem solchen Gebäude wirkten.« Rodana hatte einen dicken Ast gefunden und setzte die Säge an. Leise entschuldigte sie sich bei dem Ahorn und begann ihre Arbeit.

Goïmron schauderte bei der Vorstellung, dass sich die Dunkelheit unentwegt bewegte und es um ihn zuckte. »Mich würde das wahnsinnig machen.« Sägemehl und kleine Spänchen gingen auf ihn nieder. »Hey! Ich stehe direkt darunter.«

»Was keine gute Idee ist, oder?« Rodana lachte und sägte weiter. »Du musst den Ast nicht fangen. Lass ihn einfach aufschlagen.«

Goïmron brachte sich mit einigen Schritten außerhalb des Gefahrenbereichs. »Was wirst du daraus schnitzen?«

»Mal sehen, was mir in den Sinn kommt.« Rodana vollführte die letzten Armbewegungen, knackend brach der Ast unter seinem eigenen Gewicht an der Schnittstelle ab und rauschte in die Tiefe. Schnell trug sie etwas von der mitgebrachten Baumsalbe auf, welche Druiden beim Mistelschneiden nutzten, damit die verletzte Stelle kein Einfallstor für Krankheiten wurde. Dabei bedankte sie sich leise beim Ahorn. »Das Holz sendet mir Eingebungen, auch wenn ich schon weiß, was es ungefähr werden soll. Die Figuren müssen zum Stück passen.«

»Verstehe.« Goïmron hob den Ast auf und entfernte die Zweige, strich über die blauen Blätter, auf deren Unterseite silberne Härchen wuchsen, die einen herrlichen Schimmer verursachten. *Das Gebiet der Wunder hat wahrlich Wundervolles hervorgebracht.* »Was kann das Holz noch?«

Rodana hatte den Abstieg begonnen. »Was meinst du damit?«

»Riecht es anders, wenn man es verbrennt, oder lässt es die Schatten des Feuers lebendig werden?«

»Habe ich noch nie versucht. Dafür ist es zu wertvoll für mich.« Sie sprang die letzten zwei Schritte auf den Boden und federte in den Knien nach.

Goïmron betrachtete den kleinen Hain mit Arven, Ahornen und Linden. »Na ja. Das sind schon … fast hundert von ihnen. Einen könnte man doch für Brennholz opfern.«

»Bist du verrückt?« Rodana klang ernsthaft erschrocken. »Das würde ich niemals tun! Ich verdanke ihnen so viel. Meinen ganzen Erfolg.«

»Ohne deine Geschichten und die Figuren, die du aus ihnen erschaffst, wäre es einfach Holz in einem Wald, den keiner kennt.«

Der Ast erschien ihm schwerer als der eines gewöhnlichen Ahorns. »Jedenfalls hast du da etwas Besonderes gefunden und etwas Ausgezeichnetes daraus werden lassen.« Er präsentierte ihr den entzweigten Ast wie ein Geschenk. »Ist es so recht?«

Rodana lachte. »Sehr gut gemacht.« Sie hob einen dickeren Zweig auf, den er abgetrennt hatte. »Aus dem kann ich schon jetzt etwas schneiden. Komm, wir machen ein Feuer und wärmen uns auf, bevor wir den Rückweg antreten.«

»Dann kannst du mir zeigen, wie es sich mit den Schatten verhält.«

Er genoss es, dass sich die zierliche Puppenspielerin bei ihm unterhakte. Die Hoffnung, dass ein Paar aus ihnen werden würde, hatte er allerdings aufgegeben. Dennoch freute ihn, dass Vraccimbur als Nebenbuhler ebenso wenig Rodanas Herz erobert hatte. *Wenigstens vergrößert es nicht mein Leid.*

Gemeinsam gingen sie auf die zugewucherte Straße zurück, wo sie ihre Ponys angebunden hatten, und entfachten auf dem befestigten Boden mit trockenen Zweigen, Laub und zerbrochenen Ästen von gewöhnlichen Bäumen ein Feuer. Schnell waren mitgebrachte Erdäpfel und Gelbe Bete an die Glut gelegt; sie würden zusammen mit etwas Butter und Brot eine warme Mahlzeit ergeben.

Aus der Ferne vernahmen sie gelegentlich das Klappern von Hufen oder das Rattern von Wagenrädern, wenn der Wind in ihre Richtung wehte. Keiner der Reisenden kam auf den Gedanken, von der breiten, bequemen Straße abzubiegen und den schwer befahrbaren Weg zu wählen. *Wozu sollten sie auch? Es wird kaum mehr jemand wissen, dass es dieses Sträßchen jemals gegeben hat.*

Goïmron bewachte die Knollen, damit sie nicht verbrannten.

Rodana hatte sich ans Feuer gesetzt, das gegen die kühlen Böen half, die durch den Wald strichen und das Laub rascheln ließen. War der Frühling zu heiß gewesen, so schwächelte der Spätsommer nun und gab sich als Herbst aus. Den dicken Zweig hielt sie mit geschlossenen Augen zwischen Daumen und Zeigefinger.

»Was machst du?«

»Sssch«, zischte sie ihn an. »Ich sondiere.«

Goïmron wartete, bis sie nach einer Weile die Lider hob und ihr dämonisch scharfes Schnitzmesser zog, um ihr Werk am Zweig zu beginnen. »Und was ergab deine Sondierung? Was sagte der Ahorn?«

»Das wirst du sehen.« Rodana führte die Klinge schnell und präzise, machte aus dem hellen, cremefarbenen Holz mehr und mehr eine Figur. Aus Verästelungen erschuf sie Arme mit Krallen, Beine mit Pfoten und einen Bestienkopf, der zwischen Wolf und Bär schwankte. Ebenso schnell hatte sie andeutungsweise Fell in das weiche Holz geritzt und die Muskeln des Scheusals umrissen. Aus einer Zweiggabelung wurde das geöffnete, mit Reißzähnen besetzte Maul.

Unterdessen wurde der Himmel dunkler, sodass das Feuer nicht nur Wärme, sondern auch Helligkeit spendete. Goïmron fand es zunehmend unheimlich in dem Hain, in dem es dank des Windes beständig knackte, knarrte und raschelte.

»Tada«, sagte Rodana nach einer Weile und hielt ihm das Figürchen hin. »Na?«

»Ein … Bärwolf?«

»Du Banause«, fuhr ihn Rodana gespielt empört an. »Ein Wandelwolf.«

»Das hast du erfunden.«

»Habe ich nicht! Es sind Wölfe, die sich in Bären oder andere große Raubtiere verwandeln können«, widersprach sie. »Eine Legende aus dem Süden. Vraccimbur berichtete mir davon. Sie sind schwer zu fassen und gefürchtet bei den Schäfern, weil sie ihre Gestalt an die Umgebung anpassen.«

»Wie schön«, sagte Goïmron säuerlich. Auch wenn der Schaukämpfer sich verzogen hatte, schien er nicht gänzlich verschwunden zu sein.

»Jetzt gib acht.« Rodana steckte das Figürchen auf einen weiteren Zweig und hielt es so, dass es dank des Feuers einen Schatten an eine nahe Linde warf. »Eines Umlaufs«, sprach sie mit ihrer hypnotischen Erzählerinnenstimme, die sie bei ihren Aufführungen einsetzte, »erschien der berüchtigte Wandelwolf Frissgern dem berühmten Gemmarius Goïmron in einem kleinen Wald ...«

Er wollte lachen und die Geschichte abtun – vermochte die Augen jedoch nicht vom Schatten zu nehmen, der unversehens wuchs und wuchs, bis er zwei Schritt hoch und breit wie der Stamm war. Die Arme und Beine bewegten sich, die Klauen öffneten sich zum Zupacken, und auch die Schnauze schnappte mehrmals drohend zu.

»Bei Vraccas«, stieß Goïmron verblüfft aus und hielt schnell die Hand vor den Schattenwurf, um den Spuk zu beenden. »Das ... das wirkt echt!«

Rodana grinste ihn an. »Hast du Angst bekommen, berühmter Gemmarius?«

»Nur Bedenken.«

»Welche?«

»Dass ... der Schatten mich wirklich anspringt und frisst«, sagte er und lachte peinlich berührt. *Ich hatte tatsächlich Angst.* Er spürte Gänsehaut am ganzen Leib. »Es sah aus, als würde ihn eine echte Bestie werfen, die unsichtbar am Feuer steht.«

»Jetzt kennst du das Geheimnis meiner besten Puppenkreaturen. Zwar beherrsche ich das Spiel auch ohne dieses besondere Material, aber die Lebendigsten erwecke ich auf diese Weise zum Leben.« Rodana zeigte auf das Wäldchen. »Durch das magisch veränderte Holz.«

»Danke, dass du mich eingeweiht hast. Und dass ich dich begleiten durfte.« Goïmron rollte die gegarten Beten und Erdäpfel aus der Glut und klopfte die Asche ab. »Hier, fang. Sie sind noch sehr heiß.« Aus dem Proviantsack nahm er verschiedene Gewürze, Brot, Butter und ein Ölfläschchen, um die Knollen zu verfeinern. »Stärken wir uns. Danach sollten wir zurück. In etwa zwanzig Meilen südlich kommt ein Gasthof. Da sind wir vor dem Regen sicher. Der hängt nicht zu knapp in den dunklen Wolkenbergen über uns.«

»Oh, guter Gedanke.« Rodana pulte die verbrannte, schützende Schale ab und würzte die Knolle, biss ab und balancierte den Happen in ihrem Mund hin und her, fächerte kalte Luft hinein.

»Danke für die Warnung.« Goïmron begann mit dem Schälen, als ihm aus den Augenwinkeln der Schatten auf dem Baum auffiel. Er war schlank und hochgewachsen. *Was bei …?* Er drehte den Kopf in die Richtung, wo der Besitzer des Schattens stehen musste. »Bei Vraccas! Wie kommst du hierher?« Er sprang sogleich auf und zog seinen Dolch.

Rodana folgte seinem erschrockenen Blick und erhob sich, während sie ihren Dolch ebenfalls zog. »Zu Tion mit dir!«, stieß sie aus.

»Nein. Ich habe andere Pläne«, gab Hantu in der Gestalt von Darislaff zurück. Er stand auf der unebenen, schiefen Straße und beobachtete sie offenbar schon eine Weile. Den Säbel trug er im Wehrgehänge, unter dem Wollmantel lag eine leichte Rüstung. Dem Zustand seiner Kleidung nach reiste er darin bereits seit geraumer Zeit. »Tion hat damit nichts zu tun.«

Goïmron hielt Rodana an der Schulter zurück, die sich anschickte, den Rhamak zu attackieren. *Das würde sie nicht überleben.* Irgendwo um sie herum waren die beiden Sphärenwesen als unsichtbare Leibwächter, die sie spielend leicht zerfetzen würden. »Wo ist deine Rhuta-Armbinde abgeblieben, Hantu? Nicht mehr in den Diensten von Mostro?«

»Mir erschien es nicht ratsam, sie offen zu tragen«, erwiderte er. »Dieser anmaßende Trottel glaubte sich bereit, meine Künste einsetzen zu können. Ich verstehe, warum die Menschen ihn hassen.«

»Wie hast du uns gefunden? Was willst du?«, verlangte Goïmron zu wissen.

Hantu zuckte mit den Schultern. »Ich fand euch nicht. Und suchte euch nicht. Auf meinem Weg bemerkte ich diese ungewöhnlichen Bäume mit den blauen Blättern und wollte sie mir aus der Nähe betrachten. Weil ich dachte, das Gebiet der Wunder sei an diesem Ort entstanden, nachdem es nahe Wehrstadt dank der Parsoi Khi zusammengebrochen ist.« Er sah den geschnitzten Wandelwolf neben dem Feuer liegen. »Sie sind magisch, oder?«

Goïmron verfluchte die Fügungen des Schicksals. Sie waren auf einen der gefährlichsten Männer des Geborgenen Landes getroffen und besaßen nicht mehr als zwei Dolche und Schattenspielereien.

Und meine Edelsteinmagie, durchfuhr es ihn.

Am linken Finger trug er einen schlichten Ring mit einem prächtigen violetten Rubin, dessen Energie er abrufen konnte. Doch er hatte der Zauberei abgeschworen. Nicht auszudenken, wenn bei seiner Attacke Rodana getroffen wurde. *Nein, ich vermag es nicht!*

»Was hast du vor? Willst du Mostro suchen und ihm beistehen?« Rodana fürchtete sich nicht vor dem Rhamak. »Was sind seine Pläne für das Geborgene Land? Wonach trachtet er wirklich, nachdem offenkundig ist, dass du ihn als Seelenrufer ausbildest?«

Hantu atmete lange ein und aus, betrachtete sie nacheinander. »Lass es mich so sagen, Puppenspielerin. Du kommst mir bei *meinen* Vorhaben sehr gelegen.« Er hob die Hand, und aus dem Dickicht des verwilderten Wegesrands trat Vraccimbur. »Den künftigen Großkönig habe ich bereits in meinem Gefolge. Eine Geschichtenweberin, die zu meinen Gunsten Märchen und Abenteuer über meinen Großmut und meine Weisheit im Geborgenen Land verbreitet, fügt sich ausgezeichnet in meine Sammlung.« Er sah zu Goïmron. »Einen Gemmarius, den man für einen Magus hielt, benötige ich hingegen leider nicht. Du ahnst, wie es für dich ausgehen wird?«

Goïmron erkannte auf den ersten Blick, dass Vraccimbur nicht er selbst war. Der Blick war kalt, gefühllos, und anstelle des Augenweiß gab es ein opalisierendes Farbenspiel um die Pupille. »Was hast du mit ihm getan?«

»Ich bin kein Magus, aber ich vermag mir Menschen untertan

zu machen. Wenn auch ohne Zauber, sondern mit meinen Sphärenwesen«, antwortete Hantu. »Die niedrigen kann ich in Körper einfahren und den Körper übernehmen lassen. Das ist zwar auf Dauer nicht gesund für den Wirt, aber auch nicht Sinn dieser Übung. Man wechselt die Hüllen, wenn sie verbraucht sind.«

»Nein!«, stieß Rodana aus. »Ich lasse mich nicht von diesen Kreaturen übernehmen. Niemals!«

Hantu lächelte bloß.

Bei Vraccas! Nein! Goïmron sah, wie sich der Gesichtsausdruck der zierlichen Frau veränderte. Lagen eben noch Abscheu und Wut auf ihren Zügen, verschwand innerhalb eines Blinzelns jegliches Gefühl aus ihrem Gesicht. Ihr Augenweiß opalisierte sanft. »Hantu, lass sie!« Er legte eine Hand auf den Rubin und konzentrierte sich. »Befiehl deinen Wesen, sich zurückzuziehen! Oder ich töte dich mit meinem Zauber!«

Hantu nickte Vraccimbur zu. »Lass sehen, was in dir steckt, zaubernder Gemmarius. Ob du ein Gegner für Mostro und mich sein kannst.«

Der Schaukämpfer hob seine Waffe, deren Kettenenden von sachten perlmuttfarbenen Blitzen umspielt wurden. Er verfiel ins Rennen und holte mit einem Schrei zum mörderischen Hieb aus.

Verflucht! Was bei …? Goïmron beschwor einen Schutzzauber. Mehr wollte er dem Rubin nicht abverlangen, aus Furcht, eine neuerliche Katastrophe anzurichten.

Die blitzenden Kettenenden prallten gegen den magischen Schirm und durchschlugen ihn teils, schleuderten Goïmron rücklings durch die Luft.

Ächzend schlug er im blauen und braunen Laub auf und rollte umher. Sämtliche Knochen taten ihm weh. Ohne seinen Zauber wäre er vermutlich nicht mehr am Leben.

Aber seine ganze Sorge galt Rodana.

Keuchend und leicht benommen stemmte er sich in die Höhe. »Gib sie frei!«, verlangte er und spuckte Blut aus. Er hatte sich beim Sturz auf die Zunge gebissen.

»Diese Wesen verstärken die Eigenschaften des Wirtes«, hörte er Hantus Erklärung. »Niemand wird es mit Vraccimburs Kampfkraft aufnehmen können. Sogar ein wandelnder Turm würde von ihm mit einem Hieb erschlagen.«

»Du wirst ihn und Rodana mit der Besessenheit umbringen!«

»Ach, ich lasse die Sphärenwesen gelegentlich aus den Körpern fahren, damit die beiden sich regenerieren können. Sei unbesorgt. Ich brauche sie noch.« Hantu rief Vraccimbur zurück, machte stattdessen eine auffordernde Handbewegung zu Rodana. »Welche besonderen Kräfte könnten in einer Puppenspielerin stecken?«

Sofort ergriff die besessene Rodana das Figürchen des Wandelwolfs. Tonlos bewegten sich ihre Lippen, während sie eine lautlose Geschichte erzählte. Dabei hielt sie ihr geschnitztes Wesen vor die Flammen, damit es einen Schatten auf die Linde warf.

Erneut wuchs der Schemen des Wandelwolfs am Baum empor, nur dass er dieses Mal laut grollte und geifernd bellte. Schwarzer Geifer troff von den Schattenlefzen und verging, sobald er auf den Boden troff. Aufwiehernd rissen sich die Ponys los und flohen vor dem Raubtier.

Ruckartig drehte Rodana ihre Hand und steuerte den Schatten auf Goïmron zu.

Mit einem begeisterten Aufheulen ging die Bestie auf die Jagd. Sie huschte als Silhouette von Rinde zu Rinde, über das Unterholz und streckte die Krallen nach dem Vierten aus.

Er ist lebendig geworden! Goïmron löste einen zweiten Zauber aus, und der Rubin gehorchte. Die schwarzen Nägel schrammten mit einem grellen Quietschen über den schützenden Schirm. Erneut wurde der Zwerg zu Boden geworfen. *Alles, was sie mit ihren Puppen und Schattenspielen entwirft, erweckt sie zum Leben und steuert es!* Er wusste zu gut, dass Rodana sowohl eine Meisterin im Schnitzen als auch im Handschattenspielen war. *Es gibt nichts, was für sie unmöglich zu erschaffen sein wird.*

Eine weitere Erkenntnis traf ihn bis ins Innerste: Mit seinem Schutzzauber kam Goïmron nicht weit. Damit konnte er weder

Vraccimbur noch Rodana befreien. Gegen einen Rhamak benötigte er einen Magus oder eine Maga. *Nicht einen unsicheren Stümper wie mich, der alles nur schlimmer macht.*

Da Mostro und Hantu zusammenarbeiteten, hieß die einzig verbliebene Rettung: Adelia.

Goïmron stemmte sich auf die Beine. *Ich kann nicht länger bleiben, sonst finde ich den Tod. Damit ist keinem gedient.* Er sah zu Rodana und warf ihr eine Kusshand zu, dann wandte er sich um und rannte durch den Hain. Dabei hielt er den Schutzschirm des Rubins aufrecht, um sich vor Schattenwesen zu schützen, die ihm die Puppenspielerin möglicherweise nachsandte.

Als Goïmron nach geraumer Zeit mit brennenden Lungen und schmerzenden Beinen anhielt, weil sich Feuerkreise vor seinen Augen drehten, blieb er unbehelligt. *Ich bin ihm entkommen!*

Erleichtert kämpfte er sich durch das Unterholz auf die breite Straße und hoffte, auf ein Gefährt und einen freundlichen Kutscher zu treffen, der ihn mitnahm. Er brauchte nicht nur Adelias Hilfe, sondern auch Beistand von echten Kämpfern. *Wie Gata. Wie Brûgar und Belîngor. Und Barbandor.*

In einiger Entfernung sah er zwei Streitwagen am Horizont verschwinden. *Das sind doch Vraccimburs Gefährte!* Hantu hatte sich mit seinen unwillentlichen Verbündeten auf den Weg gemacht. *Aber wohin? Steht er noch im Auftrag des Magus oder verfolgt er eigene Pläne?* Sollte der Rhamak Verrat an Mostro geübt haben, käme sogar dieser als Hilfe infrage. Doch ganz oben auf der Liste stand Adelia.

Es dämmerte Goïmron, dass er Hantu nicht entkommen war. *Er hat mich nicht einmal verfolgt, weil er denkt, ein zaubernder Gemmarius sei keine Gefahr für ihn.* Er verfiel trotz der schweren Beine und schmerzenden Füße in einen langsamen Dauerlauf. *Das war ein Fehler. Oh bei Vraccas. Das war ein immenser Fehler!*

Goïmron würde Rodana retten. Und wenn es das Letzte war, was er in diesem Leben tat.

***

»Mein grauer stolzer Wolkenkönig du!
Die Sonne steigt, schon Strahl auf Strahl sie sendet.
Wie's droben funkelt!
Wie's das Auge blendet!
Und drunten alles Dämm'rung, alles Ruh'.
So sah ich, unter Märchen eingeschlafen,
Im Traume einst des Winterfürsten Haus,
der mit Eisgrimmmiene streut
bitt're Kälte aus.«

Aus: Der Wolkenkönig
von Annlyndis Droshoff, Dichterin aus Enaiko

KAPITEL XV

DAS GEBORGENE LAND, IM SÜDEN DES GROSSKÖNIGREICHS KHALTERAN, ENAIKO, 1024 N.B. (7515. SONNENZYKLUS NACH ALTER ZEITRECHNUNG), SPÄTSOMMER

»Und dann noch den *Almanach über experimentelle Einlassungen zu magischen Quellen, Sprüchen und Entladungen.* Die Ausgabe von Meyster Schrenk, bitte.« Mostro stand am Tresen der Okkulten Bücherei und hatte seine umfangreiche Buchbestellung bei den Bibliothecarii in den bestickten weißgrauen Mänteln aufgegeben. »Auf den Namen Lavidus. Wie an den letzten Umläufen.« Er packte zehn Goldmünzen auf den Tisch. »Die Ausleihgebühr.«

Mostro hatte sich für den falschen Namen und eine billige Garderobe entschieden, um nicht Gefahr zu laufen, vor den Toren Enaikos abgewiesen zu werden. Die Nachricht über den Schlachtverlauf an Rhutas Nordgrenze breitete sich allmählich bis in die hintersten Ecken des Geborgenen Landes aus.

Nun hoffte Mostro, dass er niemandem über den Weg lief, den er aus der Zeit seines magischen Studiums kannte, zu dem Vanéra ihn einst verdonnert hatte. Immerhin hatte er eine gehörige Zeit in der Stadt des Wissens mit Studien rund um die spruchbasierte Edelsteinzauberei verbracht. Sicherheitshalber trug er einen flachen Hut mit ausladender Krempe, um seine Züge im Schatten zu verbergen. Das Federkielbärtchen war einem gestutzten Vollbart gewichen, die einst wallenden Haare hatte er mit Topf und Schere zu einem Pagenschnitt umfrisiert.

Der Bibliothecarius gab die Liste an seinen Gesellen weiter, strich die Münzen ein und deutete in den Wartebereich. »Es dauert nicht lange, Meister Lavidus. Wie an den letzten Umläufen«, sprach er und lächelte. »Ich muss Euch ein Kompliment machen.

Ihr seid mit Abstand der fleißigste Gelehrte, den ich seit zwei Zyklen in der Bücherei gesehen habe. Niemand hat diese Anzahl von Werken in so kurzer Zeit durchgearbeitet.«

Mostro deutete eine Verbeugung an. »Die Sterblichkeit sitzt uns allen im Nacken. Außer den Albae. Und da ich kein Schwarzauge bin, spute ich mich.«

»Löblich, Meister Lavidus. Sehr löblich.« Der Bibliothecarius wandte sich dem nächsten Wartenden zu.

Mostro ging durch die kleine Halle, in der es nichts als den langen Tresen und einige Bänke zum Sitzen gab. Er diente der Ausleihe und Annahme zugleich.

Die Buchschätze verbargen sich in endlosen Gängen und Magazinen, zu denen Besucher keinen Zutritt hatten. Dies diente dem Schutz der Schriften, von denen mitunter bloß ein einziges Exemplar existierte. Manche Einmaligkeiten durften nur in Anwesenheit eines Aufpassers gelesen werden, der zudem das Umblättern mit Handschuhen übernahm. Nichts durfte die Seiten beschädigen.

Mostro setzte sich und nahm seine Liste heraus. Nach dieser Bestellung hatte er die Werke, die für seine Nachforschungen in Betracht kamen, in der Okkulten Bücherei durchgearbeitet. Ohne nennenswerte Erkenntnisse. Wäre bei diesem Schwung Bücher nichts dabei, müsste er in Enaikos nächsten Bücherhort, von denen es etliche gab.

In manchen war es erlaubt, sich frei zu bewegen und zu stöbern, andere bargen gesonderte Bereiche, deren Betreten viel Geld kostete, wieder andere arbeiteten wie die Okkulte Bücherei mit Magazinordnung. Mal durfte man Werke mit in die Unterkunft nehmen, mal nicht einmal bei Sonnenlicht aufschlagen, weil die Strahlen Pergament, Papier oder Tinte zersetzten.

Erschaffen worden war Enaiko am Fuße des Blauen Gebirges von den Zweiten und unter dem Namen Hortburg, wo sie alles an verlorenem Wissen und Gegenständen aus den Reichen der Vierten, Zweiten und Fünften zusammengesammelt hatten.

Nach mehreren Hundert Zyklen war daraus ein Mittelpunkt für Wissenschaft, Alchemie, Kunst, Musik und Heilkunde geworden, der zahlreiche kluge Köpfe unter den Zwergen, Elben, Menschen und Meldrith anlockte. Die neuste Erfindung in der Stadt, von der Mostro gehört hatte, war eine übergewaltige Himmelslaterne, mit der man aufsteigen und durch die Luft fahren konnte. Gerüchteweise gab es in Enaiko auch Albae aus der freien Stadt Brandenwall, denen man Zutritt erlaubte. Heimlich.

Genau hier, in diesem Hort des Wissens, erhoffte sich Mostro, die Lösung für sein Problem zu finden. *Wer braucht eine Himmelslaterne, um zu fliegen, wenn es Zauberei gibt?*

»Meister Lavidus«, schallte es durch die Halle. »Eure Bestellung.«

Mostro eilte zur Ausgabe und bekam drei dicke Bücher hingelegt. »Kann ich sie mit in die Unterkunft nehmen? Da habe ich Stifte und Papier.«

Der Geselle sah in den Anmerkungen zu den Werken nach. »Das dürft Ihr, Meister Lavidus. Macht nochmals –«

»Zehn Goldmünzen. Ich weiß.« Ohne zu disputieren, zahlte er die Summe und nahm die Bücher an sich. Sie wogen viel. Fast zu viel für ihn, aber um einen der Träger zu bezahlen, die vor den Büchereien warteten, war er zu geizig. Außerdem wollte er nicht, dass man wusste, wo er abgestiegen war. »Ich bringe sie morgen zurück.«

»Gewiss, Meister Lavidus.« Der Geselle wandte sich den nächsten eingehenden Buchbergen zu, um sie zu sortieren. »Bis morgen. Denkt daran, Euch mit den Büchern nicht aus der Stadt zu bewegen, sonst wird man Euch am Tor wegen versuchten Diebstahls aufhalten.«

Das sagt er jedes Mal. Als vergäße ich die magische Sicherung von gestern auf heute. Mostro eilte aus der Okkulten Bücherei und keuchte durch die Nebenstraßen in die billigste Absteige, die er gefunden hatte: den *Tintenlecker.* Dort kamen die Studierenden aus ärmeren Verhältnissen unter, die kaum Münzen hatten, um eine Ausleihe zu bezahlen. Sie waren jung genug, um Mostro zu seinen eigenen Studienzeiten nicht begegnet sein zu können.

Ohne aufzuschauen, ging er die Außentreppe zum zweiten Stockwerk hinauf, unter Wäscheleinen voller nasser Kleidung hindurch den Gang entlang, über Eimer mit Fäkalien und Abfällen hinwegsteigend, bis er seine Bleibe erreicht hatte.

Drei Schlösser und zwei schwere Ketten sicherten den Zugang.

Wie ich mein altes Heim vermisse. Nach etwas Balancieren und Gefummel am Schlüsselbund hatte er die Tür geöffnet und war hineingehuscht, bevor ihn jemand ansprechen konnte. Oft lauerte ihm Manimos auf, um derbe Witze zu erzählen. Oder Ilsina wollte zusammen mit ihm kochen und über magische Theorien räsonieren. Das kostete Mostro wertvolle Zeit. Wenn ihm etwas kostbar war, dann jedes Sandkorn, das verrann.

Etwas Licht fiel durch das kleine vergitterte Fenster über dem Eingang. Die Kammer war lang und schmal und trist wie eine Zelle.

Es kümmerte Mostro nicht. Ein gutes, schönes Leben würde er wieder in seiner Festung haben. Schnell stellte er die Bücher auf dem schmalen Schreibtisch ab, entzündete die zwei Öllampen und machte sich ans Sichten der Aufzeichnungen.

Er wusste, dass ein großes Problem auf ihn zukam, und das nicht nur wegen der verlorenen Schlacht. Nach dem nahenden Herbst folgte Winter – und dann schwand das Gebiet der Wunder. Außer den Annehmlichkeiten, welche die magische Kraft im Boden ermöglichte, hatte er mit seinen Experimenten keinerlei Durchbrüche erreicht. Noch hatte er keinen Weg gefunden, sich das Zauberreich anzueignen.

Daher suchte Mostro eine Möglichkeit, das magische Feld nach seiner Neuentstehung im Handumdrehen zu finden – oder es zum Bleiben zu zwingen. *Das würde mir noch besser passen.* Routiniert durchblätterte er die Seiten des Buchs von Meyster Schrenk und überflog jede Zeile. *Ich bin sicher, dass ich dazu etwas finde.*

Natürlich war er in Tausenden Zyklen nicht der erste Magus,

der sich damit beschäftigte. Der Tenor in den bislang durchforsteten Werken lautete, dass es keine Möglichkeit gab, das Auftauchen vorherzusagen. Nicht einmal grob.

Manche Verfasser verwiesen auf die Srgāláh, die es angeblich zu wittern vermochten, und auf magisch sensitive Insekten, die der Abstrahlung folgten, und natürlich auf die Parsoi Khi. Doch einen Spruch, einen Zauber, eine Formel hatte keiner ersinnen können.

Mostro blätterte um – und stockte.

Von eyner methodie,
das Gebieth der Whunder
zu halten, zu zwingen
unt nitt mehr freyzugeben

Genau danach hatte er geforscht.

Daneben las er die gekritzelten Anmerkungen zahlreicher Lesenden vor ihm. Nicht ein Magus und eine Famula ließen ein gutes Haar an Meyster Schrenks Ausführungen, teils waren dessen Sätze durchgestrichen, teils mit Schmähungen und herablassenden Zeichnungen bedacht.

Mostro lächelte herablassend. *Oh, ihr Kleingläubigen. Ihr Nichtwissenden.*

Schnell suchte er in seinen Unterlagen nach dem Wortschlüssel, den er vor etlichen Umläufen aus einem seltenen Folianten übernommen hatte. *Da ist er!* Ohne diese exakte Anweisung, wie welche Worte und Buchstaben von Meyster Schrenk anzuordnen waren, blieben dessen gedruckte Texte banal oder eine sinnlose Reihung von Ausführungen.

Mithilfe des Wortschlüssels machte er sich an die Dechiffrierung der vermeintlich schwafelnden Abhandlung ohne Hand und Fuß. Pausenlos schrieb er Buchstaben, Silben und Worte heraus, bis sich nach und nach ein zusammenhängender neuer Text daraus ergab.

Nachdem Mostro die letzte Seite umgeblättert und die letzte Silbe notiert hatte, wagte er es, seine Aufzeichnung anzuschauen. *Das ist sie! Das ist die Methode, nach der ich gesucht habe!* Er juchzte auf und schlug sich eine Hand vor den Mund. Generationen von Zauberkundigen waren daran gescheitert. *Und hier sitze ich, und alles breitet sich vor mir aus.*

Meyster Schrenk beschrieb die komplizierte Vorbereitung eines magischen Spruches ebenso wie das zugehörige Ritual und die Ausführung selbst. Damit könne ein kühner Magus das Feld stabilisieren. Allerdings räumte Meyster Schrenk ein, dass es noch nie erfolgreich versucht worden sei. Auch nicht von ihm. Bei seinen Experimenten hätten sehr viele Menschen auf dem Gebiet der Wunder ihr Leben verloren, was er dem Feld in die Schuhe geschoben habe, sodass er ungeschoren davongekommen sei. Zum Schutz hatte er seine Erkenntnisse verschlüsselt. Nur findige Köpfe sollten sie übersetzen dürfen und ihrer würdig sein.

Darauf lasse ich es ankommen. Mostro lachte auf. *Ich habe ohnehin keinen Ruf mehr zu verlieren.*

Mit einem Ruck riss er die Seiten aus dem Almanach und hielt sie über das Flämmchen einer Öllampe. Das Papier fing sofort Feuer, die Tinte erschuf bunte Lohen, die aus den Seiten stachen. Bevor er sich die Finger versengen konnte, warf er die Reste in seinen Kehrrichteimer.

Meinen Dank, Meyster Schrenk. Es gibt keinen Würdigeren für deine Worte als mich. Mostro sah auf seine eigene Dechiffrierung. Den Rest des Umlaufs würde er damit verbringen, die Zeilen auswendig zu lernen, bis er sie im Schlaf beherrschte. *Danach verbrenne ich sie. Niemand sonst darf dieses Wissen erlangen.*

Beherrschte er das Gebiet der Wunder, würde er darauf weiterforschen und sein eigenes Zauberreich errichten. *Mächtiger als jedes sonstige Reich im Geborgenen Land.* Rhuta würde bald keinen mehr interessieren. *Dann werde ich Adelia für ihren Verrat zusammen mit Berengart vernichten und mir …*

Es hämmerte gegen die Tür.

»Lavi!«, rief Manimos aufgeregt von draußen. »Lavi, mach auf!«

Zu Tion mit diesem Trottel. Mostro rieb sich über die angestrengten Augen. »Ich stecke mitten in meinen Studien. Ich kann nicht.«

»Lavi, hast du es schon gehört?« Das Pochen ließ nicht nach. »Los, öffne mir! Das musst du erfahren.«

»Ich habe keine Lust auf eine derbe Zote.«

»Was? Nein. Es ist … eine ungeheuerliche Neuigkeit.«

»Wehe, es ist nicht wirklich umwerfend.« Seufzend erhob sich Mostro und öffnete, weil Manimos nicht eher gehen würde, bis er seine Nachricht losgeworden wäre. »Was gibt es so Ungeheuerliches, dass du mir die Bude einschlägst?« Er bemerkte, dass sämtliche Türen auf dem außen liegenden Flur geöffnet waren Die Studierenden standen vor ihren Kammern und redeten aufgeregt miteinander, Wortfetzen drangen bis zu ihm. *Was geht hier vor?*

»Stell dir vor: Das Gebiet der Wunder ist zusammengebrochen!«, schrie ihm Manimos, der Sehgläser im Holzgestell trug, geradezu ins Gesicht. Er war jung, versoffen und stets unrasiert. »Das gab es noch nie!«

Mostro zog die Augenbrauen zusammen. »Woher hast du den Schwachsinn?«

»Die Kunde verbreitet sich gerade. Die Parsoi Khi haben das Gebiet kollabieren lassen. Alles, was sich darauf befand, ist eingestürzt und vergangen. Aber warum sie es betreten haben, weiß ich nicht. Das haben sie noch nie getan.« Manimos eilte weiter. »Das müssen alle erfahren! Wir bereden es nachher im *Gesprungenen Kelch.* Bist du dabei? Jeder muss eine Theorie dazu mitbringen, die wir zerpflücken können.« Schon drosch er an die nächste Tür und schrie den Bewohner der Kammer heraus.

Die Parsoi Khi, verflucht! Mostro wusste natürlich, was sie gesucht hatten. *Die beiden Kinder, die ich entführt habe.*

Damit waren seine Vorhaben zum Erhalt des Feldes unwichtig geworden. Es existierte nicht mehr.

Fluchend umklammerte er mit beiden Händen das Geländer und rüttelte vor Wut daran. *Was tue ich nun?* Die Antwort gab er sich sogleich selbst. *In Enaiko bleiben. Mich vorbereiten. Der Erste sein, der mit Anbruch des neuen Zyklus das Gebiet der Wunder erreicht.*

Mostro überlegte, ob er einen Srgāláh in seine Dienste nehmen könnte, dessen Spürnase ihm Vorteile verschaffte. *Hantu muss zu mir kommen und …*

Dann fiel ihm ein, dass der Rhamak gar nicht wusste, wohin er gereist war. Umgekehrt hatte Mostro keine Ahnung, wie es Hantu bei dem Überfall der Parsoi Khi ergangen war. *Sollte ich nach ihm sehen?* Mostro kehrte grübelnd in seine Kammer zurück. *Das muss überlegt sein. Man kennt mich zu gut rund um Wehrstadt. Vor allem die Parsoi Khi würden über mich herfallen.*

Er spielte mit dem Gedanken, zum Treffen der Studierenden in den *Gesprungenen Kelch* zu gehen. Dabei erfuhr er vielleicht mehr über die Vorgänge auf dem Gebiet der Wunder und konnte besser einschätzen, wie viel Wahrheit in der Kunde steckte.

»Oy! Habt Ihr Scheren zu schleifen? Messer? Oder eiserne Schreibfedern?«, erkundigte sich eine Frauenstimme durch den Spalt der angelehnten Tür.

»Nein. Geh weiter«, sprach Mostro abwesend.

»Braucht Ihr vielleicht eine schöne neue Schere?« Der Eingang flog auf. »Ich bringe Euch rasch eine Auswahl. Wir probieren sie gleich aus.«

»Was erlaubst du dir?« Mostro sah zu der aufdringlichen Verkäuferin, die just in seiner Kammer stand. Das Gegenlicht blendete ihn leicht, sodass er das Gesicht nicht sah. »Raus mit dir!« Er streckte den Arm und wies mit dem Zeigefinger hinaus auf den Flur.

Ein leises Wirbeln erklang, Schneiden schnappten reibend zu.

Mostro sah seinen Finger auf die abgewetzten, abgelaufenen Dielen fallen, danach folgten der Schmerz und Blutspritzer im Takt seines Herzschlags.

Noch ehe er zu schreien vermochte, schlug die Tür zu, die Scherenschleiferin sprang gegen ihn und riss ihn zu Boden, stopfte ihm eine Handvoll Papier in den Mund. An seiner Kehle fühlte er einen weiteren schmerzlichen Stich. Die Spitzen einer robusten Bügelschere steckten leicht in seinem Fleisch.

»Habe ich auch nur den Hauch eines Eindrucks, dass du einen Zauber webst«, raunte sie, »töte ich dich.«

Mostro versuchte zu verstehen, wen er vor sich hatte Er ignorierte die peinigende Fingerwunde, aus der sein warmes Blut floss. Da er wegen des Papiers nicht sprechen konnte, nickte er.

»Wo ist der Moordiamant?« Die Unbekannte zog die geknüllten Seiten halb aus seinem Schlund. »Sprich!«

»Welcher Moordiamant?«, fragte er undeutlich.

»Den du meiner Schwester abgenommen hast.«

Mostro befiel zuerst die Erinnerung und danach blanke Furcht. *Chòldunjas Familie hat mich gefunden.* Aus irgendeinem Grund schien die Sumpfhexe zu glauben, er besäße den Stein noch. »Ich habe ihn verloren.«

»Schlechte Lüge.« Die Schere glitt spürbar in sein Fleisch und brachte ihn zum Aufstöhnen. »Noch eine, und du stirbst. Mostro. Ich weiß, dass du ihn an dich genommen hast. Wie ein Dieb. Ein Räuber. Man sah ihn um deinen Hals.«

Seine Edelsteine, mit deren Kraft er Magie webte, lagen auf dem Schreibtisch, ebenso wie zwei Artefakte, die ihm gegen die Ragana helfen würden.

»Ich hatte ihn, ja! Aber er ging mir verloren. Nach dem Treffen in Woogentau«, redete er hastig. »Durchsuche mich und die Kammer. Es gibt nichts zu finden.«

»Hast du eine Ahnung, wie viel er mir bedeutet? Wie mächtig er ist?«

»Nein! Ich schwöre es auf Samusin: Ich verlor ihn!« Mostro ächzte vor Schmerzen, die in Halsbeuge und Fingerwunde tobten. Noch immer vermochte er das Gesicht der Gegnerin im blendenden Licht nicht zu erkennen.

»Ich dachte, du würdest ihn erforschen. Oy, was tust du sonst unter falschem Namen in Enaiko?«

Mostro wollte nicht antworten, wollte lügen und sie hinhalten. Schweiß brach ihm aus, und die Schmerzen peinigten ihn.

Die Ragana schob die Scherenklingen weiter in seinen Hals. »Nun?«

Viel fehlte nicht mehr, um ihn zu töten. Ihm blieb kaum noch Zeit, die Wunden auf magische Weise zu schließen, sofern er an seine Edelsteine gelangte. »Das Gebiet der Wunder! Ich will es dauerhaft binden, um seine Kraft zu nutzen«, gestand er haspelnd. »In Enaiko existieren Aufzeichnungen dazu.«

Jetzt lachte ihn die Ragana aus. »Unsinn. Das gelingt keinem.«

»Doch, es gibt Bücher mit verborgenen Abhandlungen dazu.« Er deutete langsam auf den Tisch. »Schau sie dir an. Eine Dechiffrierung von Meyster Schrenk. Neben dem Almanach.«

»Das werde ich.« Sie nahm seine kostbaren, einmaligen Übersetzungen – und steckte sie ein. »Sollte ich herausfinden, dass du mich täuschen wolltest, was den Moordiamanten und diese Aufzeichnungen angeht, komme ich zurück und töte dich, Mostro.« Langsam glitt sie von ihm herab und riss ihm ein Büschel Haare aus. »Finde ich hingegen heraus, dass ein wahrer Kern in deinen Notizen steckt, sehen wir uns wieder, ohne dass du sterben musst.« Sie erhob sich und nahm die Bügelschere von seiner Kehle. »Ich bleibe in deiner Nähe. Mit den Haarsträhnen finde ich dich überall. Du kannst mir nicht mehr entkommen.«

Sie wird mir die Früchte meiner Arbeit stehlen! »Wie ist dein Name?« Mostro bedeckte den Schnitt an seinem Hals mit der unverletzten Hand und stemmte sich auf. Dabei schielte er zu den Edelsteinen. *Ich kann sie nicht mit den Aufzeichnungen entkommen lassen. Damit wäre das Wissen an die Moorhexen verloren. Das darf nicht sein!*

»Mein Name tut nichts zur Sache. Chòldunja war eine meiner Schwestern. Das genügt.« Die Ragana ging langsam rückwärts zur Tür, über ihrem Haupt das Licht der Sonne, das gebündelt durch das schmale Fenster hereinfiel.

Mostro schluckte. »Wer hat dir gesagt, dass ich einst ihren Diamanten besaß?«

»Die Puppenspielerin. Rodana von Psalí. Ich drohte, sie zu töten, wenn sie mich belügt. Wie dir.« Sie öffnete die Tür weiter mit dem Fuß. »Glück für sie, dass sie die Wahrheit sprach.«

Oh, na warte, Rodana. Umbringen lassen wolltest du mich! Das zahle ich dir heim. Mostro machte einen Satz zu den Edelsteinen auf dem Schreibtisch. *Aber erst stirbt die Ragana! Dieses Wissen gehört mir alleine!* Er bekam einen Diamanten zu fassen und setzte zu einem vernichtenden Zauber an.

Durch das Zuschnappen der Schere hörte Mostro seinen eigenen Schrei. Die durchtrennten Finger fielen zusammen mit dem Edelstein herab, und wieder spritzte sein Blut, dieses Mal weiter und aus vier Stummeln. Lediglich der Daumen war an der Hand geblieben.

Die geschlossenen Klingenspitzen stießen von vorne durch seinen Hals und machten aus dem Schrei ein heißeres, feuchtes Gurgeln. Eine zweite Schere schnitt die Finger seiner anderen Hand ab.

»Du wirst nie wieder zaubern, Mostro«, sagte die Ragana, umhüllt von Licht. »Man wird dein Ende bejubeln. Ich hätte das Zeug zu einer Heldin, findest du nicht? Die Heldin, die das Geborgene Land von dir befreite.«

Mostro fühlte keine Schmerzen mehr. Gierige Kühle breitete sich aus, sein Herz schlug langsamer. *Der Tod kommt zu mir,* begriff er überrascht und sackte zusammen. *Ich hatte Pläne und … herausgefunden, wie man …* Sein Denken verlor sich in der rasch zunehmenden Kälte. Aus seinem Mund drangen lediglich Blubbern und Blut. Er konnte die Ragana nicht einmal mehr verfluchen.

»Aber nein. Niemand wird erfahren, wer dich ermordet hat«, sprach sie über ihm stehend und wandte sich ab, zog die Tür auf der Schwelle hinter sich halb zu. »Vielleicht sollte man dich auch einfach gar nicht finden?« Mit der blutfeuchten Schere warf sie eine der brennenden Öllampen zu Boden. Das Glas brach, Petroleum floss über das Holz und entzündete sich augenblicklich am

Dochtflämmchen. »Ich mache dich zu einem Mythos: der verschwundene Mostro. Ich hoffe, das gefällt dir.«

Der Eingang schloss sich.

Ich hatte Pläne. Mostro fühlte, wie sein Herz stehen blieb, während die Flammen über die verstreuten Blätter, die Dielen und die Bücher krochen. *Nicht einer davon ist wahr geworden.*

Mit seinem Tod erfüllte sich sein letzter Zauber.

***

DAS GEBORGENE LAND, VEREINTES GROSSKÖNIGREICH GAURAGON, PROVINZ FEYRNLAND, NAHE DEN RUINEN VON KRÀG TAHUUM, 1024 N.B. (7515. SONNENZYKLUS NACH ALTER ZEITRECHNUNG), SPÄTSOMMER

Ein harter Schlag fuhr durch die Kutsche, und Silbalyn Silberschein hob leicht vom gepolsterten Sitz ab. *Haben wir einen Riesen überfahren?* Schnell sah sie zum schlafenden Tungdil Goldhand, dem das Gerüttel nichts auszumachen schien, da es nicht einmal seinen Schlummer störte. *Gut.* Sie richtete ihre verschobene Kleidung, Wehrgehänge und Rüstung. Es war eine Ehre, dem greisen Helden als Adlata fungieren zu dürfen.

Silbalyn gehörte zu den Anwärterinnen der Stadtgarde, was für sie eine nicht mindere Ehre bedeutete. Es war selten, dass der Senat Zwerge in die Reihen der Wachen aufnahm. Als sie von Goldhands Gesuch gehört hatte, musste sie ihm dennoch für die Reise zusagen. Der Hauptmann hatte ihrem Anliegen nachgegeben und sie freigestellt.

Die voll beladene Kutsche folgte Vraccimbur Schlaufaust und seiner Truppe, die trotz der vielen Wagen einen ordentlichen Vorsprung herausgefahren hatten. Ihr Weg war nicht zu verfehlen, denn die Karren und Streitwagen hinterließen leicht erkennbare Spuren auf den Straßen, und wenn diese mal verloren gingen, war der Tross nach ein paar Fragen in Gasthäusern oder Wechselstationen entlang der Straße wieder aufgespürt.

Allerdings hatte sich die Anzahl der Gefährte nach einer Rast verringert.

Silbalyn vermutete, dass es Zwist unter den Schaukämpfern gegeben und man sich getrennt hatte. Da von der Gruppe keiner aufzufinden gewesen war, hatte Goldhand entschieden, den Streitwagenspuren nachzufahren.

Sie klappte das Seitenfenster herab und schaute hinaus in die einbrechende Dämmerung. Nieselregen ging auf ihr rundliches Gesicht mit den zahlreichen Sommersprossen nieder, das Wetter hatte sich deutlich abgekühlt. Die butterblumengelben Haare trug sie zu einem gewickelten Zopf am Hinterkopf. Der Fahrtwind riss und zerrte daran und fuhr durch die Stoppeln an der ausrasierten Seite.

Die beiden Kutscher saßen in dicken Mänteln und mit tief in die Stirn gezogenen Hüten auf dem hohen Bock. Die Blendlampen beleuchteten Pferden und Menschen den weichen, matschigen Weg. *Wir kommen gut voran.*

»Etwas Neues?«, rief sie hinauf.

»Nein, Silbalyn. Wir sind an den Streitwagen dran«, gab einer der Männer zurück. »Ist Meister Goldhand wach?«

»Er schläft. Warum?«

»Weck ihn auf. Wir müssen ihn etwas fragen.«

»Was denn?«

»Wir folgen den Spuren, wie es uns aufgetragen ist. Aber« – der Kutscher deutete nach rechts – »ich bin nicht sicher, ob das eine gute Eingebung ist.«

Silbalyn drehte den Kopf. Vor dem dunkler werdenden Himmel erhoben sich etliche Ruinen, an deren Mauerresten sich schwacher, bläulicher Feuerschein abzeichnete. Krähenschwärme umrundeten die beeindruckenden Gebäudereste und suchten Schutz vor der unfreundlichen Witterung. *Oh nein. Bei Vraccas! Was hat Vraccimbur da bloß geritten?*

»Ist das … Ist das Kràg Tahuum?«, wollte sie verwundert wissen.

»Ja. Das ist wohl der schlechteste Ort für ein Nachtlager. In den Ruinen wimmelt es von wütenden Orkgeistern, die uns zu gerne zerfleischen würden. Siehst du die bläulichen Seelenfeuer? Bei Palandiell! Das ist eine deutliche Warnung.« Der Kutscher schickte sie mit einer Handbewegung zurück ins Innere. »Weck ihn auf und frag, was wir tun sollen.«

»Ist gut.« Silbalyn zog den Kopf ein und schloss das Fenster.

Sie betrachtete den schlafenden, greisen Helden. Im wachen Zustand lamentierte er die meiste Zeit darüber, dass man ihn abgeschrieben habe und seinem Wort nicht mehr glaube. Für ihn war Vraccimbur der einzig infrage kommende Großkönig. Er haderte mal laut, mal leise mit sich, seiner Gebrechlichkeit und dem Umstand, sich von den fünf Stämmen missverstanden zu fühlen. Das Geborgene Land sei in großer Gefahr.

Silbalyn hörte jedes Mal aufmerksam zu. Doch auch sie, die Goldhand kaum kannte, erkannte, wie sich sein betagter Verstand um dieselben Dinge drehte und kaum mehr aus der Spirale herausfand. In den dunkelsten Momenten wollte Goldhand alles hinwerfen und ins Graue Gebirge, wo er seinen Sohn und die Feuerklinge verloren hatte, um dort zu sterben und das Elend hinter sich zu lassen. Es kostete Silbalyn viel Kraft, den alten Helden aus diesen Löchern herauszuholen. Prompt fing er danach wieder davon an, Vraccimbur müsse Großkönig werden.

Das wird er bestimmt gleich erneut tun. Sie beugte sich nach vorne und rüttelte den Schlafenden fest an der Schulter. »Meister Goldhand, wach auf. Die Kutscher brauchen deine Anweisung.«

Schnarchend fuhr der silberhaarige Zwerg zusammen und riss die Augen auf, blinzelte sie an und benötigte mehrere Atemzüge, um zu begreifen, wo er sich befand. »Ah, du bist es, Balyndis.«

»Silbalyn, Meister Goldhand.« Sie lächelte verständnisvoll. Dieser Irrtum unterlief ihm andauernd.

»Verzeih, natürlich. Ich hätte es an den Haaren sehen müssen.« Er rieb sich die Augen. »Es wird dunkel?«

»Ja. Die Spuren der Streitwagen führen nach Kràg Tahuum, sagen die Kutscher. Vraccimbur und seine Freunde wollen darin offenbar ihr Nachtlager aufschlagen.«

Goldhand klatschte zweimal begeistert. »Wir haben sie endlich eingeholt! Nach all der Zeit!«

»Schon, aber …« Silbalyn zeigte zu den mächtigen, düsteren Ruinen, die vor dem Seitenfenster erschienen. »Die Männer fürchten sich vor den Geistern der Orks, die darin hausen.«

Als hätte man ihre Worte draußen vernommen, öffnete sich der kleine Schieber am Dach, und das vermummte Gesicht eines Kutschers erschien. »Hast du den alten … ah, Meister Goldhand. Die Pferde werden unruhig und langsamer. Ich fürchte, sie werden die letzte intakte Brücke nicht überqueren wollen.«

Goldhand sah mit einem beruhigenden Lächeln zu Silbalyn. »Dann haltet an und wartet auf uns. Wir gehen zu Fuß. Führen die Spuren der Streitwagen darüber?«

»Ja, Meister Goldhand. Und nicht wieder zurück, soweit ich es im Lampenschein sehe.« Der Kutscher zog den Schal von seinem Gesicht herab. Seine Miene zeigte tiefste Sorge. »Wollt Ihr nicht bis zu Morgen warten? Es gibt nur den einen Übergang in die Ruinen. Macht es Euch in der Kutsche bequem, und sobald Vraccimbur mit dem Aufgang der Sonne weiterreist –«

»Nein. Ich muss sofort mit ihm sprechen.« Goldhand warf sich seinen Mantel über und zog die Kapuze hoch, griff sich seine Doppelaxt. Für das Anlegen des Kettenhemdes nahm er sich keine Zeit. »Außerdem bringt mich mein Rücken fast um. Noch eine Sanduhr länger, und ich breche in der Mitte durch.« Er legte die Hand auf den Türgriff. »Ihr wartet hier auf uns.« Beschwingt stieg er aus.

Silbalyn sah zum Kutscher hinauf. »Du hast ihn gehört. Wartet auf uns. Nutzt das Innere gerne, um euch aufzuwärmen. Die Unterhaltung wird dauern.«

»Aber die Geister?«, wagte der Mann einen letzten Hinweis. »Hast du die Seelenfeuer nicht gesehen?«

»Das werden Plünderer sein, die alchemistisches Pulver ins Feuer werfen, um uns abzuschrecken«, sagte sie und nahm das Langstielbeil unter der Liege hervor. Sie sprang aus dem Gefährt. »Wir sind bestimmt bald zurück.« Sie bekam eine Lampe vom Kutschbock gereicht, eilte dem Greis nach und holte ihn nach wenigen Schritten ein. »Es ist doch nichts anderes als Alchemie, oder?«

Goldhand nickte entschlossen, schwieg jedoch.

Gemeinsam stapften sie an zahlreichen Warntafeln vorbei, an denen frische Kadaver und skelettierte Überreste hingen, um Wanderern die Gefahren zu verdeutlichten, die in Kràg Tahuum lauerten.

Die Radspuren der Streitwagen führten über die Westbrücke und folgten einer freigeräumten Schneise, die sich ins Innere der zerstörten Orkfeste schlängelte.

»Lösch das Licht«, befahl Goldhand. Er wirkte angesichts der Gefahr unvermittelt kräftig und jünger. »Unsere Augen sehen noch genug.«

Silbalyn drehte den Docht herab. Das Klacken ihrer Stiefelsohlen drang auf dem steinigen Untergrund weit in die gespenstische Ruhe, in der gelegentliches Rabenkrächzen und das Tröpfeln von Wasser erklangen. Fledermäuse flatterten lautlos über ihre Köpfe hinweg.

»Müssten wir nicht so etwas wie Stimmen hören?«, raunte Silbalyn und packte ihr Langstielbeil fester.

»Nicht, wenn sie schon schlafen. Die Wache wird kaum mit sich selbst sprechen.« Goldhand schritt zügiger voran.

Sie gingen eine Weile durch die Ruinen, immer den Rad- und Hufspuren nach, und näherten sich einem warmrötlichen Feuerschein.

Die unheimliche Ruhe hielt an.

Als Silbalyn und Goldhand um die Reste eines eingebrochenen Hauses bogen, sahen sie ein kleines Lagerfeuer, an dem eine gefesselte blonde Frau mit geschlossenen Augen halb unter einer Plane lag. Sie war zierlich und schlief in der unbequemen Haltung. Das Licht der Flammen beleuchtete ihr dunkleres Gesicht, in dem die schwarzen Lippen sogleich auffielen.

»Das ist Psalí! Die Puppenspielerin«, raunte Silbalyn überrascht. »Was tut sie hier? Und warum ist sie gefesselt?«

Etwa zehn Schritte entfernt öffnete sich ein kreisrundes Loch in den Steinplatten, in das ein Seil hinabführte. Die Streitwagen der Truppe standen umher, die Pferde waren verschwunden.

Wie aus dem Nichts sprang ein breit gebauter Schatten von einem Vorsprung schräg neben ihnen und landete auf dem Steinboden. In den Händen hielt er einen Morgenstern mit Ketten und ein Beil.

»Vraccimbur!«, rief Goldhand erleichtert und ging auf ihn zu. »Endlich! Ich preise Vraccas, dass wir dich einholen konnten. Ich muss mit dir sprechen.« Er schaute sich um. »Aber sage mir zuerst: Was geht hier vor? Wo ist deine Truppe? Plündert sie die Ruinen?« Er deutete auf die Schlafende. »Und warum ist Rodana bei dir? Gefesselt?«

Der Schaukämpfer rührte sich nicht und schwieg, hielt die Waffen drohend bereit.

»Meister Goldhand, tritt zurück«, flüsterte Silbalyn. »Es mag ein Orkgeist Besitz von ihm ergriffen haben.«

»Das würde ich so nicht sagen«, erklang eine Stimme aus dem Loch, und gleich darauf sprang ein junger Mann heraus, dessen Augen opalisierend leuchteten. Unter dem Wollmantel trug er eine leichte Rüstung, im Wehrgehänge einen schweren Säbel. »Orkgeister gibt es in Kràg Tahuum nicht.« Er zuckte kurz zusammen, und das Schimmern verschwand aus seinem Blick. »Ich bin geehrt, einen Helden in meinem Lager willkommen zu heißen.«

Rodana erwachte und öffnete die Lider, riss sie weit auf, als sie die beiden Besucher entdeckte. »Lauft«, rief sie. »Das ist Hantu! Der Seelenrufer! Er ist von Mostro in diese Gestalt gewandelt worden, damit …« Abrupt endete ihre Warnung, und ihr Körper verfiel in ein anhaltendes Rütteln und Beben. Es dauerte mehrere

Herzschläge, bis das Schütteln nachließ. Dann leuchteten ihre Augen wie ein funkelnder Opal.

Silbalyn versuchte zu verstehen, was vor sich ging. *Hat er diese Sphärenwesen, von denen man berichtet, in sie und Vraccimbur einfahren lassen?* Sie hob das Langstielbeil, um auf einen Angriff reagieren zu können.

»Hantu!« Goldhand starrte den jungen Mann an. »Was hast du mit den beiden getan?«

»Sie rekrutiert.« Er zeigte auf das Loch hinter sich. »Meine Begleiter lassen ihre Kräfte wachsen und machen sie zu perfekten Werkzeugen.« Er ging zur Puppenspielerin und löste die Fesseln. »Damit habe ich einen unbesiegbaren Krieger an meiner Seite und jemanden, deren Schattenspiele zum Leben erwachen.«

»Du willst das Geborgene Land unterwerfen«, stieß Goldhand aus und hob langsam die Doppelaxt an.

»Nein. Meine Vorbereitungen sind abgeschlossen. Ich werde in diesen Schacht steigen, um etwas zu töten, das seit Anbeginn der Zeit unter euren Füßen schlummerte. Es ist erwacht und will sich nach oben graben.«

»Das ist doch Unsinn!«, wehrte Goldhand ab.

»Habt ihr euch nie Gedanken um die Form des Geborgenen Landes gemacht?«, entgegnete Hantu süffisant. »Es gleicht einem Einschlagkrater, der sich über die Dauer von Tausenden Zyklen verfüllte und seine einstige Form verloren hat.«

Silbalyn lauschte mit offenem Mund. *Bei Vraccas! Kann das sein?*

Hantu stampfte zweimal auf. »Die Beben, Goldhand. Die Erschütterungen, die dein Volk aus den Gebirgen vertrieben? Das ist *sein* Werk. Nicht das eures Gottes.«

Goldhand wagte einen Schritt nach vorne. »Und was willst du mit deiner selbstlosen Tat bezwecken? Du bist kein Freund des Geborgenen Landes!«

»Ich bin ein Rhamak. Ich schaffe durch bloße Geisteskraft Verbindungen zu anderen Sphären und Wesen. Für diese Kunst benötige ich Lebenskraft, Blut von Opfern.« Hantu lächelte vorfreudig. »Du hast *keine* Vorstellung, was ich mit der Lebenskraft dieses gigantischen Wesens rufen kann. Welche Sphären ich öffnen und erreichen werde.«

Für Silbalyn klang das gefährlicher als alles, was das Geborgene Land in den letzten tausend Zyklen überstanden hatte. »Wird sich das Tor nicht in beide Richtungen öffnen?«, wagte sie die Frage.

»Darauf kann ich keine Rücksicht nehmen. Diese Welt ist mir einerlei.« Hantu bedeutete Rodana, sich zu erheben. »Leider leben dort unten Kreaturen, die mich aufhalten wollen. Aber dank meiner beiden neuen Verbündeten sind sie keine Gefahr mehr.« Er lachte leise und sah hinauf zu den Nachtgestirnen. »Genießt diesen letzten Spätsommerabend, auch wenn er kalt und regnerisch ist. Schon bald wird alles vergangen sein.«

»Niemals!« Goldhand sprang nach vorne und riss seine Doppelaxt in die Höhe.

Vraccimbur blockierte den Hieb mit seinem Morgenstern, als wäre es ein Kinderspiel, und schleuderte den Greis mehrere Schritte zurück. Ein warnendes Leuchten umspielte die Ketten wie Elmsfeuer.

Silbalyn fing Goldhand auf und bewahrte ihn vor dem Sturz. »Was tun wir?«, raunte sie. »Ein Angriff erscheint sinnlos.«

Hantu lachte. »Ihr fragt euch, was ihr gegen mich unternehmen könnt? Nun: nichts. Geht. Ich halte euch nicht auf. Alles, was ihr euch auszudenken vermögt, wird nicht fruchten.« Er bewegte sich auf das Loch im Boden der Festung zu. »Solltet ihr eine gute Flasche Wein haben, trinkt sie aus. Erinnert euch an die schönen Momente, und …«

Urplötzlich keuchte der Rhamak auf und sackte auf die Knie, dann stieß er einen Schrei aus und riss an seiner Kleidung. Aus seiner Schulter kräuselte sich Rauch, während sich sein Körper knackend verformte und groteske Proportionen annahm.

»Was geschieht mit ihm?« Silbalyn half Goldhand auf die Beine.

»Der Täuschungszauber, mit dem Mostro ihn vor unseren Augen schützte, zerfällt.« Goldhand richtete sich mit neu gewonnener Kraft auf. »Halte dich bereit. Sind die Sphärenwesen abgelenkt, versuchen wir unser Glück. Wir bekommen nur eine Gelegenheit.«

»Ja, Meister Goldhand.«

»Sollte es nicht gut für mich ausgehen, rette dich und berichte den Zwergenstämmen. Berichte hiervon allen, die etwas zu sagen haben.«

Ächzend wühlte Hantu mit bloßen Fingern am freigelegten Schlüsselbein herum, pulte in der Haut, bis er eine flache, dunkle Steinscheibe herauszog, die zischte, als das Blut daran verdampfte. Aus dem ebenmäßig gewachsenen Jüngling wurde ein ebenso schmächtiger wie deformierter Mann mittleren Alters, dessen Schultern unterschiedlich hoch standen; sein verkrümmter Rücken bog sich wie Schilf im Sturm.

»Mostro, du Bastard von einem Versager!«, brüllte er und warf die Onyxscheibe von sich. »Dein Todeszauber war nicht schnell genug.« Blutend erhob er sich und stand schief, die rechte Hand zitterte unentwegt. Er hatte ein feines, elbenhaftes Gesicht, was die Missgestaltung seines Körpers noch deutlicher hervorhob.

Die Besessenen wankten, die Sphärenwesen fühlten die Schwäche ihres Seelenrufers. Vraccimburs und Rodanas Verstand lehnte sich gegen die Besatzer auf und rang mit ihnen.

»Lenk sie ab«, raunte Goldhand. »Ich schnappe mir Hantu.« Er stürmte voran, zwischen dem taumelnden Schaukämpfer und der stolpernden Puppenspielerin hindurch.

Hantu sah die Gefahr kommen. Er machte einige Schritte rückwärts und zog beim Gehen das rechte Bein nach. »Wage es nicht! Ich lasse deine Freunde sterben!«, schrie er dem Zwergengreis entgegen.

Doch Goldhand stürmte voran, schwang die Doppelaxt. »Du wirst das Geborgene Land nicht zerstören!«

Bevor Silbalyn den Krieger erreichte und angreifen konnte, zuckte Vraccimbur herum und schlug nach ihm. Zwar verfehlte der Morgensternhieb den alten Zwerg, aber die energieumspielten Ketten trafen den Doppelaxtkopf und entrissen Goldhand die schwere Waffe. In hohem Bogen flog sie davon.

Hantu lachte auf. »Vernichte ihn, Rodana!«

Die Puppenspielerin formte aus ihren Fingern an die Mauerruine ein schauriges Schattenwesen mit langer Schnauze und Fangzähnen, das sogleich zum Leben erwachte und sich auf Goldhand werfen wollte.

Nein, nicht! Silbalyn setzte zum Sprung an, um Psalí niederzureißen und die Hände auseinanderzuzwingen.

Klickernd rollte die blutige Scheibe aus Onyx über den Boden der Ruine – und zerbarst ansatzlos in einer Detonation, sandte scharfkantige Splitter in sämtliche Richtungen davon. Wäre sie im Körper verblieben, hätte sie Hantu das Leben gekostet

Die Druckwelle warf Silbalyn zurück gegen die Mauer und schleuderte die Zeltplane über die Puppenspielerin, brachte sie aus ihrem magischen Tun. Das Schattenwesen löste sich auf, bevor es Goldhand erreichen konnte.

Vraccimbur hingegen hob sein Beil zum Wurf in den Rücken des Zwergengreises.

Silbalyn schüttelte die Benommenheit ab. *Ich muss ihn hindern. Sonst …* Doch es war zu spät. *Nein! Vraccas, nein!*

Die Waffe surrte rotierend auf Goldhand zu, der den zitternden, blutüberströmten Rhamak fast erreicht hatte und nichts von der Gefahr ahnte, die sich ihm rasend schnell näherte.

Was tut er? Silbalyn musste mitansehen, wie sich der Zwerg abdrückte und mit ausgestreckten Armen auf Hantu warf, der vor dem Rand des Abgrunds stand.

Sie prallten zusammen und hoben gemeinsam ab. Gleichzeitig drehte Goldhand sich mit dem umklammerten Gegner, und das geworfene Beil traf den Rhamak in den schiefen Rücken. Mit einem dunklen Knacken drang die Klinge in ihn ein.

Einen Lidschlag lang standen Goldhand und Hantu über dem schier endlosen, schwarzen Schacht im Boden, bevor sich ihr Flug absenkte und sie in die Dunkelheit stürzten. Der Abyssus verschlang sie lautlos.

Unschlüssig standen Rodana und Vraccimbur an ihrem Platz, bis sie ihre Köpfe langsam drehten und die Blicke auf die Zwergin richteten. Das bunte Schillern in den Augen war nicht verschwunden.

Er … er hat sich geopfert! Silbalyn vermochte sich nicht zu rühren. *Er ist in den Tod gegangen und …* Sie erinnerte sich an den Auftrag, den sie von Goldhand bekommen hatte. *Das Geborgene Land muss hiervon wissen.*

Die Kutsche wartete am anderen Ende der Brücke.

Silbalyn wich erst langsam, dann schneller vor dem Zwerg und der Puppenspielerin zurück, wandte sich schließlich um und rannte aus den Ruinen von Kràg Tahuum. Gegen die vereinten Kräfte der Besessenen käme sie niemals an.

Noch während Silbalyn über die Brücke hetzte, bebte die Erde unter ihren Füßen.

***

DAS GEBORGENE LAND, BLAUES GEBIRGE, FESTUNG BEILSTEIN (NORDEINGANG INS ZWERGENREICH), 1024 N.B. (7515. SONNENZYKLUS NACH ALTER ZEITRECHNUNG), SPÄTSOMMER

»Bei Vraccas! Das hätte ich niemals für möglich gehalten!« Baëndala Zweiklingenhand richtete sich langsam auf und hob die Blendlaterne am ausgestreckten Arm in die Höhe. »Wir sind da!«

Die gebündelte Helligkeit schnitt sich weit durch die Dunkelheit. Der Lichtfinger deutete umher und zeigte auf die Überreste überragender Steinmetzarbeit, die den Erdbeben und dem Wüten von Bestien zum Opfer gefallen war.

In der Halle der Trauer hatten sich die Zweiten vor Tausenden

Zyklen versammelt, um einen verstorbenen König zu beweinen und zu besingen. Hier hatte das letzte Geleit für seinen Leichnam im steinernen Sarkophag stattgefunden, auf dessen Deckel sein Abbild eingemeißelt worden war. Danach war die steinerne Grabhülle in die Halle der Könige gelangt, die sich unmittelbar anschloss. Dort befanden sich die Sarkophage der Königinnen und Könige, die nun unter einer neuerlichen Schicht Gestein ruhten, denn durch die Verwerfungen waren die Mauern zwischen der Halle der Trauer, die Baëndala und ihre Truppe endlich erreicht hatten, und der Halle der Könige eingestürzt.

Von außen fielen grauweiße Sonnenstrahlen in dicken Bahnen durch Schlitze und Löcher, stachen in chaotischer Anordnung in die Dunkelheit. Einst lagen die gebohrten Löcher in den Felsen so, dass jede Luke eines der steinernen Gesichter beleuchtete.

»Es ist vieles zerstört.« Baëndalas Augen hatten sich schnell an das Mischlicht aus Laternen und Sonne gewöhnt. »Der Lichteinfall ist willkürlich geworden.«

»Aber wir sehen auf diese Weise etwas«, befand Gondrabur Metzhammer und sah sich um. »Ich las, dass die Säulen der Halle der Trauer unendlich weit nach oben ragen sollen.« Der ältere, grauhaarige Zwerg blickte zur Decke. »Das ist Vergangenheit.«

»Wie so vieles.« Als Gildenmeisterin der Steinmetze tat Baëndala der Anblick der zerstörten Gesteinsarbeiten in der Seele weh. Was Erdbeben nicht vernichtet hatten, war durch die Hand von eingedrungenen Bestien beschmutzt und geschändet worden. Ein Schicksal, welches das Blaue Gebirge mit dem Grauen und dem Braunen teilte. »Da, in der Mitte, muss im Falle eines Todes der Steinsarkophag gestanden haben, erschaffen von den Besten meiner Zunft.« Sie richtete den Lampenstrahl auf die Erhöhung. »Mit den schönsten Gravuren, um die Taten eines Großkönigs zu rühmen.«

Bondobil Mehlfaust ging an den beiden vorbei und erklomm rasch den Schuttberg, der sich zwanzig, dreißig Schritte weit erhob und in dem es kleine Schluchten gab, deren Durchquerung lebensgefährlich sein mochte. Er gehörte zur Familie der Königin und hatte es sich nicht nehmen lassen, die Truppe zu begleiten. Die dunkelbraunen Haare trug er lang bis zu den Fersen und an den Seiten ausrasiert, an den kahlen Stellen waren winzige, flache Mosaiksteine mit Harz aufgeklebt. Seine Schritte waren sicher, und bald winkte er ihnen von oben zu.

»Ich kann in die Halle der Könige sehen«, rief Bondobil begeistert. Das Echo seiner Stimme hallte dunkel und lange durch die Kaverne. »Keine Schweineschnauzen.«

»Gut«, sagte Baëndala erleichtert. »Wir sind vor ihnen hier.«

»Und nun?« Gondrabur blickte sie auffordernd an. »Was tun wir?«

»Ein Lager aufschlagen und die Hallen absuchen, ob wir den Durchgang finden, den ich in die Stele gemeißelt habe.« Sie deutete nach rechts, wo sich ein schuttfreier Platz auftat. »Dort. Der ließe sich leicht verteidigen.«

Gondrabur gab entsprechende Befehle. Während die einen mit den Aufbauarbeiten begannen, schwärmten die Kundschafter aus, die neuartige Handbolzenschleudern und Kurzbögen mit sich führten.

Baëndala kletterte den Berg aus Quadern, Säulenstücken und Deckenfragmenten hinauf. Dabei nutzte sie ihren schlanken Krähenschnabel als Steighilfe. Nach dem Einsturz betrug die Höhe der Hallen geschätzte hundert Schritte, getragen von wenigen schadhaften Säulen und einem Gewölbe, das die Last darauf verteilte.

»Ich bin tief im Herzen berührt«, sprach Bondobil zu ihrer Begrüßung. Er trug sein langes, breites Schwert auf dem Rücken und jeweils zwei tellergroße Rundschilde an den Unterarmen. »Wir sind an einem Ort, an dem schon lange keine lebendigen Zwerge mehr waren.«

»Die Seelen unserer Ahnen freuen sich gewiss, uns zu spüren.« Baëndala fühlte Gänsehaut. *Ich verstehe genau, was er meint.* Sie nahm das Fernglas aus der Gürtelhalterung und blickte sich um, suchte nach einer Stelle, die jener glich, die sie in ihrer göttlichen Besessenheit fingerklein aus dem Stein geschlagen hatte.

Dabei glitt ihr Blick hinab in die Halle der Könige, in welche die Sonnenstrahlen kreuz und quer stachen, als jagten und stocherten sie nach Geistern.

Einst war es Pflicht und Brauch gewesen, dass ein Nachfolger oder eine Nachfolgerin auf dem Thron eine Nacht lang Wache am Sarkophag des Verstorbenen halten musste. Legenden berichteten davon, dass die Seelenfunken der toten Herrscher aus der Ewigen Schmiede kamen, um den Nachfolger genauestens zu prüfen. Auf seinen Mut, ihre Gesinnung, seine Tapferkeit oder ihr gutes Herz. Manchmal war es vorgekommen, dass die Seelen der Altvorderen einen Anwärter ablehnten.

»Weißt du noch, welcher Erbe damals am nächsten Umlauf tot am Sarg des verstorbenen Königs gefunden wurde?«, erkundigte sich Baëndala bei Bondobil. Ihre Gänsehaut verstärkte sich bei dem Gedanken, was die Geister der Ahnen mit dem Unglücklichen getan hatten, der nicht ihre Zustimmung gefunden hatte.

»Nein. Ich passte bei den alten Geschichten nicht gut genug auf. Das ist so lange her«, gab der Zwerg zurück, der ein Großvetter der Königin war und sich einen Namen als Breitschwertkämpfer gemacht hatte. »Wer hätte gedacht, dass diese alte Sitte aufleben darf?«

»Wird sie das?« Baëndala schwenkte das Fernglas weiter und in die Höhe, um in der verschobenen, halb eingebrochenen Decke nach Eingängen zu suchen. »Da weißt du mehr als ich. Königin Gwendalyn ist bei bester Gesundheit. Wir erleben allenfalls ihre Vermählung, aber nicht ihre Beisetzung.«

Bondobil lachte leise. »Möge ihre Lebensesse lange glühen.«

Baëndala dachte bei seinen Worten an ihren Zwillingsbruder. Grimmz hatte Platinglanze erreicht, nach allem, was sie vernommen hatte. Seine Häscher räumten ihm die Gelegenheit ein, seine Tobsucht zu beherrschen, mit einer Art Nadelstempel am Handgelenk, der ihn per Knopfdruck mit Gift in den Schlaf zwang. Sie freute sich sehr über diese Wendung, möglich gemacht durch den Helden Barbandor, der sich für Grimmz verbürgte. *Vraccas, wie schön das wäre. Ein normales Leben für ihn.*

Baëndalas Furor beschränkte sich einzig auf das visionenhafte Erschaffen von Kunst, von Vraccas gesandt und dazu gedacht, Warnung und Weisung zu sein. *Wie bei der Abbildung der Orks.*

Sie suchte unentwegt mit dem Fernglas die Wände ab, ohne einen Anhaltspunkt zu entdecken.

Währenddessen gaben die Kundschafter reihum Hornsignale, nichts entdeckt zu haben. Die Durchgänge waren fest verschlossen.

»Was, wenn wir uns in der Deutung irren?«, sprach Bondobil aus, was vermutlich auch andere dachten.

»Du hast die Orks gesehen, die ich aus dem Stein grub«, gab Baëndala zurück. Der Einwand traf sie mehr, als sie zugeben wollte. Nichts von dem, was in der Stele entstanden war, hatte sich bislang in irgendeiner Form bewahrheitet. Kein Jüngling, kein Schacht, kein Hinweis auf ein riesiges Wesen in irgendeiner Ecke des Geborgenen Landes oder gar unter dem Meer. »Vraccas kann sich nicht irren.« Sie senkte die Sehhilfe und blickte den Zwerg mit der überlangen Haarpracht an. »Wobei ich auf Bestien in unseren Hallen getrost verzichten könnte.«

»Deswegen fragte ich, ob *uns* der Fehler unterlief.« Bondobil ließ ebenfalls sein Fernrohr sinken. »Gewiss, es können Scheusale eingedrungen sein, bevor der Durchgang sich geschlossen hat. Wie in Brigantia, als die letzten Söldner zu den Berengarts gestoßen sind. Aber hier?« Er zuckte mit den Schultern.

»Ich bleibe dabei«, erwiderte Baëndala überzeugt. »Ich sagte auch, dass es nicht heute geschehen muss. Oder in drei, vier Umläufen.«

»Wir werden kaum einen Zyklus an dieser Stätte verbringen.« Bondobil warf ihr einen nachdenklichen Blick zu. »Du hast nicht zufällig einen neuerlichen Anfall von Furor, der uns weiterhilft?«

Baëndala seufzte. »Der göttliche Schmied entscheidet, wann es mich überkommt.«

»Soll ich dich aufregen? Ärgern?«, bot er feixend an. »Klappt es dann schneller?«

»Wenn es so einfach wäre.«

An ihrem Lagerplatz flammten zusätzlich zu den Feuern die warmen Lichter von Kohlebecken auf, welche die Schar gefunden und befüllt hatte. Die rotgoldene Helligkeit schien zugleich Wärme in die Hallen zu bringen, die Schatten tanzten schier vor Freude. Die Überbleibsel der Reliefs in den Säulen und den Stützbögen erwachten zum Leben, als führten sie ein kleines Stück für die Besucher auf.

Die Helligkeit offenbarte die vielen sagenhaften Darstellungen an den Wänden, von Heldentaten der Zweiten, von Abenteuern der Könige und Königinnen – was Baëndala erneut tief berührte und bewegte. *Bald werden wir zurückkehren. Neu gestalten und erhalten. Aufbauen und Besiedeln. Die Erdbeben haben ihren Schrecken verloren.*

Als Gildenmeisterin hatte sie bereits Entwürfe angefertigt, um sich vom Nordtor des Blauen Gebirges quer hindurchzuarbeiten. *Jedenfalls bis zur Mitte.* Spätestens dann musste Baëndala erfahren, wo sich der neue Durchgang ins Jenseitige Land befinden würde. Sie trachtete danach, alten Steinmetzglanz zurückzubringen und jeden Tunnel mit Eisenstreben zu sichern. Stützwände würden ein erneutes Einbrechen unmöglich machen. *Nichts kann uns ein weiteres Mal vertreiben.*

»Wir werden den Zweiten ihr altes Leben, ihr altes Dasein zurückgeben. Wie sie es in den Tausenden Zyklen davor voller Stolz führten«, sagte sie leise zu Bondobil. »Zieren wir das Blaue Gebirge mit Schmuckrunen, mit neuen Reliefgeschichten, mit Landschaften und Erzählungen.«

»Das wird wundervoll. Lass Gondrabur eine Geschichtentreppe machen«, bat Bondobil sie. »Er hat alles darüber gelesen, wie man Ornamente in die Trittflächen treibt, die sich nicht abreiben. Es wäre sein größter Wunsch, hat er mir verraten.«

»Gerne.« Baëndala war nicht minder fasziniert von den ewig

langen Treppen, auf deren Stufen Sätze geschrieben waren, die man ebenso auf- wie abwärtsgehend lesen konnte. Ein Zeitvertreib für unterwegs. »Und ich will eine steinerne Bogenbrücke zu Ehren unserer Toten errichten, wie sie die Zweiten noch nie gesehen haben. Von nie da gewesener Spannweite und Schönheit.« Sie lachte. »Sie sollen sich vor Ehrfurcht die Stiefel ausziehen, wenn sie darübergehen. Oder sie mögen für ihren Frevel in die endlose Tiefe der alten Stollen stürzen!«

Bondobil stimmte in ihr Lachen mit ein.

Wieder rollte das Echo weit durch die Hallen der Trauer und der Könige. Darin mischte sich leiser Gesang der Truppe am Lagerfeuer, die eine Weise über die Schönheit des Blauen Gebirges zum Besten gab.

Das ist wundervoll. Baëndala atmete wohlig ein und aus. *Es tut so gut, in der Heimat zu sein.* Sie schloss die Augen und lauschte auf den Chor, der durch die hohen Wände zu einem Kanon wurde. Behutsam nahm sie das Lied auf und ergänzte die dunklen Stimmen um ihre helle, klare Tonlage.

Langsam hob sie die Lider und sog jeden Eindruck der beiden Hallen auf, durchstochen von Licht, durchwabert von Tönen und umgeben von zerfallener Pracht, die alsbald einer neuen weichen würde.

Dabei bemerkte sie eine Bewegung am Rand der Halle der Könige. *Was zum …?* Schnell setzte sie das Fernglas an und suchte in den Schatten zwischen den Sonnenlanzen nach Umrissen oder Schemen. *Täuschte ich mich?*

Zuerst entdeckte Baëndala jene Zeichen an der Seitenwand, die sie in ihrem Furor in die Steinstele geritzt hatte. *Das sind sie! Ich wusste es! Ich bin nicht …*

Im gleichen Moment trat ein riesiger Ork aufreizend langsam aus dem Halbdunkel in einen hellen Kegel. Er hob den Kopf mit den langen, grauen Haaren, die flache Nase mit schweren Bronzeringen in den Flügeln witterte. Die Lippen waren weiß geschminkt, den Helm hatte er am Wehrgehänge befestigt.

Die Sonne machte eine Täuschung unmöglich. Und doch traute die Zwergin ihren Augen nicht. *Sind es die Geister der Ahnen, die mir einen Streich spielen wollen?*

»Bondobil«, flüsterte sie vor Aufregung. »Sieh nach unten. Zum dritten Sonnenstrahl von hinten. Was erkennst du?«

Der Zwerg kam ihrer Aufforderung nach – und fluchte beim nächsten Herzschlag. »Das ist Borkon! Wie bei allen Dämonen gelangte er an unseren Festungen vorbei ins Gebirge?«

Baëndala betrachtete die nachtblaue Haut, die auf dem Gesicht, zwischen den Rüstungselementen und ledernem Untergewand zu sehen war. Ansatzweise machte sie die weißen Linien seiner Tätowierungen aus, für die er berühmt war. Aus Berichten hatte sie vernommen, welch ein Koloss der Ork sein sollte, doch er wirkte noch größer als in den Botschaften beschrieben. Wesentlich größer.

»Ich habe nicht den blassesten Schimmer«, antwortete Baëndala verblüfft. »Was mag er in der Halle der Könige suchen?«

Da trat eine riesige Orkin in den zweitletzten Lichtstrahl, eine Axt geschultert und einen Schild in der Rechten. Den Kopf schützte sie mit einem Helm, unter dem sich dunkelrote Haare heraus- und bis auf Brusthöhe über die Rüstung schlängelten.

Keine der Bestien gab einen Laut von sich.

»Bondobil! Bin ich farbenblind geworden oder …?« Auch bei ihr erkannte Baëndala die nachtblaue Hauttönung sowie die weißen Tätowierungen. »Ist das ein Zauber? Ein Blendwerk von verärgerten Geistern? Oder spukt ein …?«

Ein dritter Orkkrieger begab sich stumm in den letzten Lichtkegel – und es gesellten sich weitere hinzu. Groß, breit und gerüstet marschierten sie aus den Schatten in die Halle der Könige. Allesamt mit dunkelblauer Haut und weißen Tätowierungen.

Die kleine Heerschar versammelte sich still hinter dem zuerst aufgetauchten Scheusal, teils im Licht, teils im Zwielicht. Ihre Rüstungen und Waffen klirrten leise, und die beschlagenen Sohlen ihrer Stiefel klackten auf dem Stein, was die Szene noch gespenstischer machte.

Gleich darauf erschallten nacheinander die warnenden Hörner der Kundschafter. Die Orks waren entdeckt worden.

Vraccas, was ist dein Wille? Baëndala starrte den Schutthügel hinab und umfasste den Krähenschnabelstiel. *Kampf? Oder etwas gänzlich anderes?*

ENDE BAND 1

Fortsetzung folgt. Bald …